[II]

福楼拜小说全集
Gustave Flaubert

[法]福楼拜 著
王文融 刘方 译

人民文学出版社

目　次

情感教育 …………………………………… 王文融 译 1
　第一部 …………………………………………… 3
　第二部 ………………………………………… 105
　第三部 ………………………………………… 299
圣安东尼的诱惑 …………………………… 刘　方译 447
　一 ………………………………………………449
　二 ………………………………………………461
　三 ………………………………………………480
　四 ………………………………………………491
　五 ………………………………………………550
　六 ………………………………………………596
　七 ………………………………………………603

情 感 教 育

一个年轻人的故事

王文融 译

第 一 部

一

一八四〇年九月十五日晨六时左右,停泊在圣贝尔纳码头的蒙特罗城号轮船即将启程,烟囱里冒着滚滚浓烟。

乘客们气喘吁吁地赶来。大桶、缆索、盛衣服的篮子堵塞了交通。水手们对谁都不搭理。大家你推我挤;行李高高堆在两个绞车卷筒之间。从金属板炉栅里冒出来的水蒸气,把一切笼罩在淡淡的雾霭里,咝咝的声音盖过了人群的喧嚣,船头的大钟不停地响着。

轮船终于起航了。商店、船坞、工厂林立的两岸,好像两条宽大的带子,飞快地向后滑去。

有位留长发的十八岁青年,胳膊下面夹着一本画册,一动不动地待在舵旁。他透过雾霭,凝视着一座座不知名字的钟楼和大厦。随后,他向圣路易岛、巴黎旧城和圣母院最后扫视了一眼。不一会儿,巴黎看不见了;他长叹了一声。

弗雷德里克·莫罗先生,新近从中学毕业,在攻读法科之前,回塞纳河畔的诺让城消磨两个月的假期。此前,母亲给了他必要的盘缠,打发他到勒阿弗尔城去探望一位叔叔,指望这位叔叔将来能把遗产传给她的儿子。莫罗先生头天才从勒阿弗尔归来;他特地选了一条最远的路线返回家乡,以弥补未能在京城逗留之缺憾。

喧闹声渐渐平息下来。大家在各自的舱位上坐好。有几个人站着,围着锅炉取暖。烟囱吐出缕缕黑烟。嘶哑的喘息声缓慢而有节奏。铜板上滚动着点点露珠。随着船身内部的颤动,甲板也在抖动。两个机轮迅速旋转,拍击着河水。

河两岸是沙滩。沿途可见一排排木筏,在波浪回旋中随波荡漾。有时还能看到一艘无帆的船,一个男人坐在船上垂钓。随后,浮云散开,太阳出来了。塞纳河右岸丘陵逶迤,高度逐渐下降。可是对岸又突然冒出一个山岗,离河岸更近。

这座山上,一些意大利式屋顶的低矮房屋掩映在绿树丛中,屋前是一块块斜坡花圃,花圃之间被新砌的墙、铁栅栏、草坪和暖房隔开。一盆盆天竺葵有规则地摆放在人们可以凭倚的平台上。望见这一幢幢如此宁静而又雅致的住宅,想当房主的何止一人!只要有一张好台球桌,一艘小艇,一个女人,或者其他梦想的东西,便可以在这里过一辈子。水上旅行的新鲜乐趣,容易让人发泄感情。爱打趣的人开始讲笑话,许多人唱起了歌。大家都很快活,一杯又一杯地斟酒痛饮。

弗雷德里克想着回家后将住的房间,一出戏的梗概,若干幅画的主题,以及将来的爱情。他发现配得上他高尚心灵的那份幸福,至今迟迟不来。他给自己朗诵一些伤感的诗句,在甲板上快步踱来踱去。他一直走到大钟那边的甲板尽头,只见在旅客和水手中间,有位先生正对一个农家女子甜言蜜语,同时用手抚摸挂在她胸前的金十字架。这是一条壮汉,年纪四十开外,头发短而卷曲,粗大的腰身把黑绒礼服抻得鼓鼓的,细麻布的衬衫上闪烁着两颗祖母绿,肥大的白裤,裤筒垂到用俄罗斯牛皮做的模样古怪的靴子上,靴子是红的,上面有蓝色花纹。

弗雷德里克的到来没有碍他的事。他几次转过身来冲弗雷德里克挤眉弄眼。接着,他送雪茄烟给周围的人抽。可是,这群人大概让他腻烦了,他走到稍远的地方去。弗雷德里克也跟着走过去。

起先,两人谈论各种各样的烟草,随后,自然而然地扯到了女人身上。穿红皮靴的先生给了年轻人不少忠告。他大谈理论,叙述逸事,甚至现身说法。他口若悬河,语气亲切,带着一股放荡的坦率劲儿,听着叫人开心。

他拥护共和政体。去过许多地方,深谙戏院、餐馆和报社的内幕,认识所有知名的艺术家,亲热地称呼他们的名字,弗雷德里克随即把自己的打算告诉他,受到他的鼓励。

忽然他中断谈话去观察烟囱管,口中念念有词,计算了许久,想弄清楚"活塞每分钟抽动几次,每次多长时间……等等"。数目算出来后,他又大大称赞沿途的风景,说自己摆脱了事务羁绊,感到很高兴。

弗雷德里克对他怀有几分敬意,忍不住问起他的尊姓大名。这位陌生人一口气回答道:

"雅克·阿尔努,工艺社的老板,家住蒙马特尔大街。"

一个鸭舌帽上镶着一条金绒饰带的仆人过来对他说:

"先生可以下去一会儿吗?小姐哭了。"

他走了。

工艺社是一家兼营两项业务的商号,包括一个画报社和一个画店。在家乡书摊的大广告牌上,弗雷德里克不止一次看到过这家商号的名称,雅克·阿尔努的大名神气活现地横书在广告上。

烈日当空,船桅的铁箍、栏杆的铁皮和水面被照得闪闪发光。船头把河面犁出两道沟,两股河水一直流到草场的边缘。每到河流拐弯处,映入眼帘的总是杨树组成的一道淡绿色屏障。乡野空空荡荡的,天空有几朵静止的白云。厌倦隐隐约约地扩散开来,连轮船也行驶得无精打采,旅客的模样就更不起眼了。

除了头等舱有几个资产者外,乘船的全是工人、店员和他们的家眷。那时候,人们出远门习惯穿得又脏又破。差不多每位旅客都戴顶旧希腊瓜皮帽,或褪了色的帽子;穿的不外是在写字台上磨破了的窄小的黑上装,要不就是在商店里穿得过久、纽扣开裂了的

5

礼服。间或,一件交叉式圆翻领的羊毛开衫,露出里面沾上咖啡渍的白布衬衣,假金饰针别着破领带,粗布条编的便鞋上系着鞋套。两三个无赖手里拿着缠皮条的竹杖,乜斜着眼睛看人。有些做父亲的,瞪着眼睛问东问西。他们站着或蹲在行李上聊天。还有人躲在角落里睡觉。有几个人在吃东西。胡桃壳、雪茄烟头、梨皮和包在纸里带来的吃剩的猪肉碎屑,把甲板弄得很脏。三个穿工作罩衣的木器工人,待在餐厅门前。一个弹竖琴的,衣衫褴褛,把臂肘支在乐器上养神。不时可以听见炉膛里炭火的哗剥声,或者一声喊叫,一声朗笑。驾驶台上,船长不停地在两个绞车卷筒之间走来走去。弗雷德里克想回到自己的舱位,他推开头等舱的栅栏,惊动了两个带狗的猎人。

突然,他眼前仿佛出现了幻象。

她独自坐在长椅当中。或者说,至少他没有看到其他任何人,因为她的目光使他两眼发花。他走过时,她正好抬起头来。他不由自主地垂下肩膀。待走到稍远处,他站在同一侧望着她。

她戴一顶宽边草帽,粉红色的飘带在背后随风飘拂。紧贴两鬓的黑发从中间分开,绕过两道长眉的眉梢,梳得低低的,仿佛充满柔情地紧靠在她的鹅蛋脸上。一件带小圆点的浅色细布连衫裙,四面铺开,起了许多褶子。她正在绣着什么;笔直的鼻梁,下巴,整个身躯,清晰地映衬在蓝天的背景上。

由于她一直不改姿势,他左右绕了好几圈,以掩饰自己的勾当。后来,他索性站在她那把靠长椅放着的小阳伞近旁,假装观看河上的一只小艇。

他从没见过像她那样光亮的褐色皮肤,那样诱人的身材和能透过阳光的纤纤玉指。他十分惊讶地端详着她的针线筐,仿佛在看一件新奇的东西。她姓什么,住在哪里,生活得怎样,有过什么经历?他希望知道她卧室里有什么家具,她都穿哪些衣裙,和什么人交往。他有一种更深层的欲望,一种永不满足的、折磨人的好奇心,肉体占有的欲望反而消失了。

这时,来了一个戴头巾的黑种女人,手里牵着一个已经长得很高的小女孩。女孩刚睡醒,眼里滚动着泪花。她把女孩抱在膝盖上。"小姐快七岁了,可还是不听话,再不乖,妈妈就不喜欢她了。她被人惯坏了。"弗雷德里克听到这番话,喜上心头,仿佛有了一个发现,到手了一件东西。

他猜她是安达卢西亚①人,说不定是克里奥尔人②,从岛上随身带来了这个黑女人。

一条紫色阔条纹的长围巾搁在她身后的铜船壳板上。在海上遇到潮湿的夜晚,也许她曾多次用它来裹身,盖脚,蒙在里头睡觉!可是,围巾被流苏拽着,渐渐往下滑,眼看就要掉进河里。弗雷德里克纵身一跃,一把抓住它。她对他说:

"谢谢您,先生!"

两人的目光碰在了一起。

"太太,你准备好了吗?"阿尔努先生出现在扶梯的防雨罩下,大声喊道。

玛尔特小姐向他奔过去,搂住他的脖子,揪他的胡须。传来了竖琴声,她吵着要听音乐。不一会儿,弹竖琴的人被黑女人带进了头等舱。阿尔努认出他以前当过模特,便用"你"称呼他,引得在座的人十分惊讶③。终于,竖琴手把长发往肩后一甩,伸出双臂弹奏起来。

这是一支东方的抒情歌曲,歌中唱到匕首、鲜花和星星。这位衣衫褴褛的歌手,声音尖锐刺耳。蒸汽机突突的响声与曲调合不上拍。他益发用力弹奏,琴弦震颤着。琴声铿锵,如泣如诉,好像一个失恋而又高傲的情人在唉声叹气。河流两岸,树林从高处一

---

① 安达卢西亚,西班牙南部一地区。
② 克里奥尔人,指安的列斯群岛等地的白种人后裔。
③ 按法国习俗,代词"你"(tu)一般在亲友熟人之间使用,表示关系的亲密。

直延伸到水边;河上吹过一阵凉风。阿尔努夫人茫然地凝视远方。乐曲停了,她眨了好几下眼睛,仿佛刚从梦中醒来。

竖琴手谦恭地走近他们。正当阿尔努掏钱的当儿,弗雷德里克把握紧的手掌伸向琴手的帽子,怪难为情地张开手掌,把一个金路易放在里面。促使他在她面前进行施舍的不是虚荣心,而是一个和她一起祈求赐福的念头,一种近乎虔诚的感情。

阿尔努一边给弗雷德里克指路,一边诚心诚意地请他一起下到船舱去。弗雷德里克说他刚用过午餐,其实他饿得要死,可是钱袋里已空无分文。

随后转念一想,他和别人一样,有权在船舱里待着。

资产者们正围着几张圆桌吃饭,一名侍者跑前跑后地忙着。阿尔努夫妇坐在餐厅右边的尽里头。弗雷德里克在一张绒面长凳上坐下来,顺手捡起一张报纸来看。

阿尔努夫妇将在蒙特罗改乘开往夏龙的驿车。他们要去瑞士旅行一个月。阿尔努夫人埋怨丈夫溺爱孩子。他在她耳边叽咕了些什么,大概是句贴心话,因为她露出了笑容。然后他站起来拉上背后的窗帘。

天花板很低,又刷得雪白,反射出强烈的光线。弗雷德里克坐在对面,连她睫毛的影子都看得一清二楚。她用嘴唇抿一口酒,掰一小块面包吃。手腕上用金链子系着的一枚天青石圆形饰物,不时碰着盘子,叮叮当当地响。可是在座的人好像没有注意到她。

有时,隔着舷窗可以看见一只靠过来接送旅客的小船从船侧滑过。饭桌上的人把头伸出窗外,叫着沿岸的地名。

阿尔努抱怨菜做得不好,一看账单,大惊小怪地叫起来,硬要人家打了个折扣。随后,他带年轻人来到船头喝掺热糖水的烈酒。可是弗雷德里克不一会儿又来到天篷下,因为阿尔努夫人已经回到那里。她正在阅读一本灰色封面的薄薄的书,两边嘴角不时翘起,额头闪耀着快乐的光芒。弗雷德里克真羡慕这本书的作者,竟能编出这些似乎吸引住她的东西来。他越凝神注视她,越觉得她和他之间存在一道鸿沟。他想到,他还没引她说出一句话,没能给她留下一点回忆,可是一会儿就要无可挽回地同她分别了。

右岸一马平川,左岸是片牧场,缓缓地延伸开去,和一座山丘相接。山上有些葡萄园、胡桃树、一座掩映在绿树丛中的磨坊;更远处,与天边相连的白色岩石上,蜿蜒着一条条小路。若能同她并肩攀登,她的裙子下摆扫着发黄的落叶,他搂着她的细腰,聆听她的声音,凝望她的明眸,那该是何等的幸福!船可以停下,他俩只须弃船登岸;可是,这件区区小事,却比撼动太阳还难!

稍远的地方,有座带方形墙角塔的尖顶城堡。城堡正面有个花坛。林荫道两旁,高大的椴树形成黑色的拱顶。他想象着她从绿荫小径边经过。就在这时候,一名少妇和一个青年出现在台阶上。台阶两边有几棵箱栽的橘树。随后,一切都消失了。

小女孩在弗雷德里克身边玩耍,他想吻她一下,她躲到保姆身后。他母亲责备她对这位抢救了披肩的先生不礼貌。这莫非是间接谈话的一个开端?

"她终于要和我讲话了?"他忖度着。

时间紧迫,怎样才能得到去阿尔努家做客的邀请呢?除了吸引阿尔努注意秋色以外,他想不出更好的办法来。他说:

"眼看冬天就要到了,那可是舞会和宴会的季节啊!"

但是阿尔努一心忙着照管行李。絮维尔的堤岸出现了,两座桥愈来愈近。轮船先驶过一家制绳厂,接着又驶过一排低矮的房屋;下面有几口烧沥青的锅和一些碎木片。沙滩上,孩子们边跑边翻筋斗。有个男人穿着汗衫,弗雷德里克认出了他,冲他喊道:

"快点!"

船靠岸了。弗雷德里克在成群的旅客中,费力地寻找阿尔努。阿尔努见到他,握着他的手说:"再见,亲爱的先生!"

弗雷德里克上了码头,转过身来。阿尔努夫人站在舵旁。他向她投去一眼,尽量把全部心意倾注在这一眼中。她依然纹丝不动,好像他什么也没有表示似的。随后,他对仆人的问候毫不理会,问道:

"为什么不把车赶到这儿来?"

那家伙连忙赔不是。

"蠢东西!把钱给我!"

他上一家客栈吃饭去了。

一刻钟后,他真想假装出于偶然走进驿站的院子,说不定还能再见她一面。

"何苦呢?"他想。

一辆四轮马车把他载走了。这两匹马并不全是母亲的,有一匹是向税吏尚布里翁先生借的,和她的那一匹并排套在一起。伊齐多尔头天动身,在布雷一直歇到傍晚,又在蒙特罗宿了一夜,因此两匹牲口显得很精神,轻快地嘚嘚地跑着。

收割过的田野,一望无际。大路旁栽着两行树,石子堆一个接着一个。渐渐地,圣乔治新镇、阿布隆、夏蒂翁、科尔贝以及其他地方,整个旅程又浮现在他脑际,那样的清晰,以致他现在又看出一些新的细节,一些更隐秘的特征。在她袍子的最后一道边饰下面,露出她脚上的一双细巧的栗色高帮缎鞋;在她头顶上,斜纹布的天篷好似一顶宽大的华盖,边沿的小红流苏迎着微风不停地颤动着。

她活像浪漫派小说中的女子。在他看来,给她增添一分则有余,削减一分则不足。天地仿佛突然间变得开阔了,她正是万物会聚的那个光点。——于是,他在马车的晃动中,半闭起眼睛发起呆来,沉浸在想入非非的无限欢乐之中。

到了布雷,他不等车夫拿荞麦喂牲口,一个人先上了路。阿尔努叫她"玛丽"来着。他高声大喊:"玛丽!"他的声音消失在空中。

一大片紫色的晚霞,把西边天空染得火红。大捆的麦秸,堆在只剩下麦茬的田地中间,投下巨大的阴影。远处的农舍,传来狗吠声。一种莫名其妙的不安涌上心头,他打了一个寒战。

伊齐多尔追上了他,他坐到车夫座上亲自赶车。他不再动摇,打定主意,不管怎样,一定要登门拜访阿尔努夫妇,与他们结交。他们的家一定很好玩,再说他喜欢阿尔努;以后的事,谁知道呢?想到这里,一股热血涌到脸上,两边太阳穴嗡嗡作响。他狠抽马鞭,紧抖缰绳,把马赶得飞快,害得老车夫一再说:"慢点!慢点嘛!这样马会得气喘病的。"

弗雷德里克渐渐平静下来,听着家仆讲话。

家里人正眼巴巴地等着少爷回去,路易丝小姐还哭着吵着要跟车来接。

"路易丝小姐是谁?"

"罗克先生的闺女,您知道吧?"

"啊,我倒忘了!"弗雷德里克漫不经心地应道。

可是,两匹马快走不动了,一瘸一拐的。圣洛朗教堂的大钟敲九点时,他来到校场母亲的家门口。莫罗夫人是当地最受尊敬的人。这幢宽敞的、花园朝向田野的房子,更增加了她的名望。

她出身于贵族世家,如今没落了。由父母做主,她嫁给了一个平民,她怀有身孕时,丈夫被一剑刺死,留给她一笔受了损失的财产。虽然她每周接待三次客人,不时还在家里摆酒席,可是点多少根蜡烛,都是预先计算好的,而且她经常眼巴巴地等着收地租。她像掩盖恶习一样瞒着这份拮据,因此变得很严肃。然而,她锻炼操守,却不假装正经,也不尖酸刻薄。她最小的施舍,也好像大施善财。谁要挑选用人,教育闺女,制作果酱,无不前来向她请教。主教每次巡视,总到她家里下榻。

对儿子的前程,莫罗夫人是雄心勃勃的。出于谨慎的处世态度,她不喜欢听人谴责政府。她儿子先得有个后台,然后再凭自己的本事,也许能当上参议员、大使、部长。他在桑斯中学得过优等奖,出色的成绩说明她有骄傲的资本。

弗雷德里克一跨进客厅，大家乱哄哄地全站起来，一一同他拥抱。然后大家拉过扶手椅和靠背椅来，在壁炉前围成半个大圆圈。冈布兰先生立即问他对拉法热夫人的看法——这件轰动一时的案子①不可避免地引起了一场激烈的争论，莫罗太太把他拦住了。冈布兰先生深表遗憾，他认为，这场争论对这位将来要当法学家的青年有好处。一气之下，他离开了客厅。

这位是罗克老爹的朋友嘛，做什么事也不会叫人吃惊！一提起罗克老爹，大家自然谈到当布勒兹先生，因为他刚刚购置了福泰尔的地产。但是税吏把弗雷德里克拉到一边，想听听他对基佐先生②的一部新作有什么看法。人人都想了解他的个人事务；伯努瓦夫人巧妙地打听他叔叔的消息。这位好亲戚身体怎样啊？好久没有他的音信了。他在美洲不是有个远房的堂兄弟吗？

厨娘进来说，少爷的菜汤做好了。大家识趣地纷纷告辞。等到客厅里只剩下他们母子俩，她低声对他说：

"怎么样？"

老人十分热忱地接待了他，但没有表露自己的意图。

莫罗夫人叹了口气。

"她如今在哪儿呢？"他想道。

驿车滚滚向前，她一定裹在披巾里，秀丽的头依着车壁的衬布睡着了。

母子俩上楼各回各的卧室。这时，十字天鹅客栈的一名侍者送来一张便条。

---

① 指一八四〇年在诺让发生的一起毒杀亲夫的案件。据悉拉法热其人举止鄙俗，性格粗暴，其妻屡受伤害，终至以砒霜杀之，当年九月，罪犯被判服终身苦役。

② 基佐（1787—1874），法国政治家和历史学家。文中所提他的新作，是指《法国文明史》。自复辟时期起，他历任政府要职，担任过内政、教育、外交大臣等。他对内反对一切社会改革，对外主张与英国融洽相处，一八四八年二月革命时被赶下台。

"什么事？"

"戴洛里耶叫我去一下。"他应道。

"啊！你的同学！"莫罗夫人轻蔑地冷笑了一声，"他真会挑时候！"

弗雷德里克犹豫了一下，但友谊占了上风。他拿起了帽子。

"可别去得太久了！"母亲对他说道。

二

夏尔·戴洛里耶的父亲原是作战部队的上尉，一八一八年退伍，回诺让结了婚。他用妻子陪嫁的钱，买了一个执达吏的职位，勉强维持生计。由于积愤难平，性情变得乖戾，加上受旧伤折磨，又始终怀念皇上①，他把满腔怒气都发泄在周围人的身上。像他儿子那样动辄挨打的小孩是少有的。但无论怎样拳打脚踢，这孩子就是不求饶。他母亲有时出面调解，同样遭到粗暴的对待。最后，上尉把儿子安插在自己的事务所里，叫他终日伏案抄写公文，结果他的右肩明显比左肩发达得多。

一八三三年，在法院院长的劝说下，上尉卖掉了事务所，他妻子患癌症去世了。他搬到第戎去住，随后又去特鲁瓦做招兵的买卖。他为夏尔弄到了半公费，送他上桑斯中学读书。弗雷德里克就是在这所中学认识夏尔的。但是，一个十二岁，一个十五岁；加上性格迥异，门第悬殊，两人并不来往。

弗雷德里克的五斗橱里，放着各式各样的食品，许多考究的东西，比方一整套梳妆用品。他喜欢早上睡懒觉，喜欢看燕子飞，还要读剧本。他留恋家里的舒适生活，觉得住校苦不堪言。

执达吏的儿子却觉得在中学里过得挺好。他学习勤奋，读了

---

① 指拿破仑。

两年就跳班升入三年级①。可是,因为他穷,也许还因为他好斗,周围的人暗中对他怀有敌意。有一次,一个工友在中级班的院子里喊他小叫花子,他扑过去掐住工友的喉咙,要不是有三个学监拦着,他一定会把工友掐死。弗雷德里克不胜钦佩,上前紧紧抱住他。从这以后,两人亲密无间。一个高班生的友情,肯定满足了低班生的虚荣心;而那个高班生把这主动献上来的忠心,当作一种福分接受下来。

每逢假期,戴洛里耶的父亲都让他留在学校里。他偶然翻开柏拉图的一个译本,读后欣喜若狂。于是,他对形而上学的论著着了迷;他带着年轻人的蓬勃朝气,怀着冲破思想牢笼的豪情接触这类论著,因此进步神速。茹弗鲁瓦②、库赞③、拉罗米吉耶④、马勒布朗什⑤、苏格兰学派⑥,他读完了图书馆的全部藏书。为了弄到书看,他甚至偷过图书馆的钥匙。

弗雷德里克的消遣活动就不那样严肃了。他到三王街去画雕刻在一根柱子上的基督系谱树,又去画大教室的正门。读完了中世纪的戏剧,他又开始读弗鲁瓦萨尔、科米纳、皮埃尔·德·莱斯图瓦尔、布朗托姆的回忆录⑦。

---

① 法国中学最低的年级是六年级,数字越小,年级越高。
② 茹弗鲁瓦(1796—1842),法国唯灵论派哲学家,翻译了大量苏格兰哲学著作,如《托马斯·里德全集》。
③ 维克托·库赞(1792—1867),法国哲学家和政治家,翻译过柏拉图的著作,主要作品有《真善美》《现代哲学史》等。
④ 拉罗米吉耶(1756—1837),法国哲学家。折中主义奠基人之一。
⑤ 马勒布朗什(1638—1715),法国哲学家,著有《真理探索》《道德论》《形而上学和宗教对话录》等。
⑥ 指信奉托马斯·里德提出的"常识哲学"的哲学流派,它不仅是十八世纪、十九世纪初英国哲学的重要组成部分,而且影响了同时代的法国和意大利哲学。
⑦ 弗鲁瓦萨尔(1333—1404),科米纳(约1447—1511),皮埃尔·德·莱斯图瓦尔(1546—1611),均为法国编年史家。布朗托姆(1540—1614),法国作家,著有《名人传》等。

读了这些书,种种图像萦回脑际,他觉得需要把它们再现出来。他野心不小,想有朝一日成为法国的瓦尔特·司各特①。戴洛里耶思考的则是一个放之古今而皆准的庞大哲学体系。

他俩常在课间休息时站在院子里,面对大钟下用油漆涂在墙上的箴言,谈论着这一切,在小教堂圣路易的鼻子底下窃窃私语,在俯临公墓的宿舍里憧憬着未来。每逢散步的日子,他俩排在别人后面,说个没完没了。

他们的一个话题是中学毕业后的打算。首先,用弗雷德里克成年时可以从自己财产中提取的一笔钱,他们要做一次远游,然后返回巴黎一起工作,永远不分离。至于工作之余的消遣,他们将在用绸缎装点的小客厅里与公主谈情说爱,或与名妓一起痛饮狂欢。希望的激情冷却了,继之而来的是重重疑虑。兴高采烈地讲了一通废话后,他们静悄悄地一言不发。

夏日傍晚,他们沿着葡萄园边的石子路,或旷野的大道久久地走着。夕照下麦浪滚滚,空气中飘过阵阵白芷的芳香。他们觉得憋闷,面朝天躺下来,头昏眼花,好像醉了。其他人脱去外衣,有的玩捉人游戏,有的放风筝。学监呼唤他们。大家沿着流水潺潺的花园和老墙投下阴影的大马路回校;空寂的街道上响起他们的脚步声;栅栏门开了,他们登上楼梯,好像纵酒作乐以后那样忧伤。

学监先生硬说他俩互相吹捧。然而,假若没有朋友的激励,弗雷德里克是升不上高班的。一八三七年暑假,他带戴洛里耶回了家。

这个年轻人不讨莫罗夫人喜欢。他饭量极大,星期天不肯去望弥撒,还发表拥护共和政体的言论。最后,她想他一定带他儿子去过声名狼藉的地方。他们的交往受到监视,这更加深了他们的

---

① 瓦尔特·司各特(1771—1832),英国著名作家,创造了多部脍炙人口的叙事长诗和历史小说,对后世作家产生过很大影响。

友情。第二年,戴洛里耶从中学毕业,到巴黎读法科,两人真是难舍难分。

弗雷德里克原打算去巴黎找他的。他们已有两年未见面了。久别重逢,他们互相紧紧拥抱。为了说话更方便些,他们来到桥头。

上尉目前在维尔诺克斯开一家弹子房。他儿子要求结算由他代管的遗产,他勃然大怒,索性不再给儿子寄生活费。戴洛里耶想以后参加会考,竞争法学院的教职。可是他没有钱,只好在特鲁瓦给一名诉讼代理人当首席文书。靠节衣缩食,他能攒下四千法郎。即使从母亲的遗产中得不到分文,这笔钱也够他在谋到职位以前,自由自在地用三年功。所以,至少目前必须放弃他们一起在京城生活的原定计划。

弗雷德里克垂下了头。他的第一个梦想破灭了。

"别难过,"上尉的儿子说,"来日方长,我们还年轻。我会去找你的!别再想它了!"

他用手摇了摇弗雷德里克,为了分散他的注意力,问起他旅行的情况。

弗雷德里克可讲的事情不多。但是,一想起阿尔努夫人,他的悲伤立即烟消云散。他怕难为情,没有提到她。相反,他大谈特谈阿尔努,把这位先生的言谈举止和社会关系细说了一遍,戴洛里耶大力鼓励他和这个人多多交往。

弗雷德里克近来没有动笔。他改变了对文学的看法,认为激情高于一切;维特、勒内、弗兰克、拉腊、莱莉亚①以及其他更平凡的人物,几乎激起他同样的热情。有时候,他觉得唯有音乐方能表达他内心的骚动,于是他梦想创作交响乐;或者,事物的外表吸引

---

① 维特是歌德的书信体小说《少年维特之烦恼》的男主人公。勒内是夏多布里昂的《基督教真谛》中的男主人公。弗兰克不详。拉腊是拜伦的同名长诗《拉腊》的男主人公。莱莉亚是乔治·桑的同名小说《莱莉亚》的女主人公。

了他,他又想作画。他倒写过一些诗;戴洛里耶觉得写得很美,但没有要他再读一首。

至于戴洛里耶,他不再迷恋形而上学,专心致志地研究社会经济和法国大革命。如今,他正是个二十二岁的青年,高个子,阔嘴巴,身材瘦削,神情坚定。这天晚上,他穿一件斜纹粗呢外套,皮鞋上蒙了一层土;他是特意从诺克斯镇步行来看弗雷德里克的。

伊齐多尔走了过来。太太求少爷回去,她怕少爷着凉,派他送大衣来了。

"再待会儿!"戴洛里耶说。

他们继续在两座桥上踱来踱去。河流和水渠形成一个狭长的岛,这两座桥就架在岛上。

朝诺让方向走,迎面是一片略微倾斜的房屋。右边,是几座关着闸门的木制水车,磨坊后面屹立着教堂;左边,沿河岸有一道道篱笆墙,围起来的园子看不大清楚。朝巴黎方向,有一条笔直的大路;远处的牧场隐没在夜雾里。夜静悄悄的,泛着微白的光。树叶湿漉漉的,清香味沁人心脾。百步开外,汲上岸来的水汩汩地流着,既粗重,又轻柔,好似黑暗中的波涛声。

戴洛里耶停下脚步,说道:

"这些善良的人睡得安安稳稳,多可笑啊!等着瞧吧!新的一七八九年正在酝酿!什么宪法呀,宪章呀,微妙的问题呀,连篇谎话呀,让人腻味透啦!啊!我要是有份报纸,有个讲坛,我不把你们这一切批倒批臭才怪!可是,不论干什么事都得有钱!做一个小酒馆老板的儿子,为挣一口面包浪费自己的青春,真是倒霉!"

他垂下头,咬了咬嘴唇,身子在单薄的衣服里瑟瑟发抖。

弗雷德里克把半边大衣披在他肩上。两个人裹好大衣,互相搂着,并肩而行。

"没有你,你叫我怎么在那边生活呢?"弗雷德里克说(朋友的苦楚又勾起他的忧思),"假若有一个女人爱我,我也许能干出点名堂……你笑什么？爱情是天才的食粮和空气。不寻常的情感能产生卓越的作品。至于寻找我所需要的女人，这我可不干！再说，即便找到了她，她也会拒绝我的，我是个苦命人，将来会抱着个宝贝死的；这个宝贝也许是玻璃，也许是钻石，谁知道呢？"

石板路上出现了一个人的身影，同时他们听见了下面的话："你们好，先生们！"

说这话的人个子矮小，穿一件宽大的褐色礼服，戴一顶鸭舌帽，帽檐下露出一个尖鼻子。

"罗克先生吗？"弗雷德里克问道。

"正是！"那声音回答。

这位诺让人说他刚从水边园子里查看捕狼的陷阱回来，正巧走过这里。

"您这是回家乡来了？太好了！我是从我闺女那儿知道的。我想贵体一直安好吧？我想您一时还不会走吧？"

他走开了，大概弗雷德里克对他的态度叫他扫兴。

实际上，莫罗夫人是不和他来往的。罗克老爹和他的女用人同居，大家瞧不起他，尽管他是选举帮办，当布勒兹先生的财产代管人。

"就是住在安茹街的那个银行家？"戴洛里耶接着说，"我的朋友，你知道该怎么办吗？"

伊齐多尔又一次打断了他们的谈话，他奉命一定要把弗雷德里克带回去。少爷不回家，她不放心。

"好！好！就回去，"戴洛里耶说，"他不会在外面过夜的。"

仆人走了，他接着说：

"你应当求这个老头引荐你去当布勒兹家；和有钱的人家来往，最有用了！既然你有一套黑礼服，一副白手套，那就该利用！你必须踏进个社会！过后再带我进去。一个有百万家私的人，想想看！你要设法讨他喜欢，讨他太太喜欢。你要做她的情夫！"

弗雷德里克惊叫起来。

"我跟你讲的不都是司空见惯的事吗?想一想《人间喜剧》中的拉斯蒂涅①吧!你会成功的,我有把握!"

弗雷德里克对戴洛里耶无比信任,他的话使他受到震动。他忘记了阿尔努夫人,或者把她包括在对另一位夫人所作的预言里,于是他情不自禁地笑了。

书记官补充说:

"最后一个忠告:你要通过考试!有个学衔总是好的;给我毫不犹豫地甩掉你那帮天主教诗人和魔鬼般的诗人吧,他们的哲学观点,不比十二世纪的人先进。你灰心失望是愚蠢的。有不少伟人,从米拉波②开始,初次踏进社会时困难更大。况且我们不会分别很久的。我要逼那个骗子父亲把侵吞的东西全吐出来。我该回去了,再见!你有没有一百个苏③付我的晚餐钱?"

弗雷德里克把早上向伊齐多尔要的钱余下的十法郎全给了他。

这时,左岸离桥四十米处,有道亮光从一座矮房子的天窗上射了出来。

戴洛里耶看到了这道亮光。于是,他摘下帽子,装腔作势地说:

"维纳斯,天国的女王,向你致敬!但是,贫穷是智慧之母。天啊!我们为此受够了诽谤!"

这段影射一次共同经历的话,把两人逗乐了。他们在街上纵

---

① 拉斯蒂涅,巴尔扎克的小说《高老头》中的人物,一个在人欲横流的社会腐蚀下野心勃勃、不择手段向上爬的青年。
② 米拉波(1749—1791),法国大革命时期著名的演说家和富于才智的政治家。他是经济学家米拉波侯爵的次子,早年生活坎坷。他天生丑陋,三岁生天花,更损害了面容。十八岁当志愿兵,由于胡作非为,多次被囚禁。获得自由后,过了多年冒险家的生活。
③ "苏",法国旧时的一种辅币,二十个苏相当于一法郎。

声大笑。

随后,戴洛里耶付清了客栈的费用,再把弗雷德里克一直送到主宫医院的十字路口;两位朋友久久地拥抱,然后分了手。

三

两个月后的一天清晨,弗雷德里克抵达了鸡鹭街,他立即想去拜访那位要人。

事有凑巧,罗克老爹拿给他一卷文件,求他亲自转交给当布勒兹先生,还附了一封未封口的短笺,介绍他这位年轻的同乡。

这个举动使莫罗夫人感到诧异。弗雷德里克满心欢喜,但不露声色。

当布勒兹先生的真名是德·昂布勒兹伯爵①。从一八二五年起,他渐渐舍弃自己的贵族身份和党派,转向了实业界。他在各个事务所安插耳目,插手各项事业,窥伺各种良机,像希腊人那样敏锐,像奥弗涅②人那样勤劳。就这样,他积累了一份据说相当可观的家产。此外,他是四级荣誉勋位获得者,奥布省③议会议员,这几天说不定就要当贵族院议员。他还乐于助人,不断地为人申请救济,申请十字勋章,申请开办烟草专卖店,惹大臣们烦心。由于和当局怄气,他倾向中左派。他的妻子,漂亮的当布勒兹夫人,主持慈善活动,她的玉照经常刊登在时装杂志上。她靠奉承那些公爵夫人平息贵族城关的怨气,让人相信当布勒兹先生还能幡然悔悟,效犬马之劳。

去当布勒兹家的路上,年轻人心里发慌。

---

① 德·昂布勒兹伯爵的姓氏前的"德"(de)字表示贵族身份,舍弃贵族身份后,便将德·昂布勒兹(d'Ambreuse)改成了当布勒兹(Dambreuse)。
② 奥弗涅,法国的一个地区,位于中央高原的中部。
③ 奥布,法国香槟-阿登地区的一个省份,诺让市便位于该省内。

"我该穿礼服来的。我也许会被邀请参加下周的舞会吧?人家会对我说什么呢?"

一想到当布勒兹先生不过是个资产者,他心里又安定下来。他愉快地跳下双轮轻便马车,站在安茹街的人行道上。

有两扇供车辆出入的大门,他推开其中的一扇,穿过院子登上台阶,走进铺着彩色大理石的门厅。

一座对折的直楼梯,铺着用小铜棒压住的红地毯,紧靠光亮的仿大理石高墙。楼梯下端有棵芭蕉树,阔大的叶子低垂在栏杆的丝绒上。两座青铜枝形大烛台,用小链条挂着好多球形瓷灯罩。敞开的暖气通风窗散发出沉浊的热气。门厅那头,陈列各种武器的盾形板下,一只大座钟嘀嗒嘀嗒地响着。

门铃响了,出来一个听差。他带弗雷德里克来到一个小房间,房里有两口保险柜,格子里摆满文件夹;中央有张带活动柱面盖的写字台,当布勒兹先生正伏在上面写东西。

他很快读完罗克老爹的信,然后用小刀切开文件的封布,仔细地看起来。

他身材瘦长,远看还像个年轻人。但是,稀疏的白发,无力的四肢,尤其白得出奇的脸色,表明他的体质极差。一双海蓝色的眼睛比玻璃还冷,蕴蓄着无情的力量。他的颧骨很高,手上青筋暴露。

终于,他站了起来,向年轻人询问一些熟人、诺让以及他的学业情况,随后躬了躬身,打发他走了。弗雷德里克从另一条走廊出来,到了后院车库旁边。

台阶前停着一辆双座四轮轿式马车,驾着一匹黑马。车门开了,上去一位太太。马车隆隆地在沙路上行驶起来。

弗雷德里克从另一边走过来,恰好与马车同时到达大门。地方不宽,他只好停下来等。那位少妇把头伸出气窗,低声对门房吩咐了几句。他只瞥见她的背影,她披着一件紫色的斗篷。他俯视

21

车厢,只见内壁衬着紫色的棱纹布,饰以丝带和毛边。妇人的衣服塞满了车厢,一股鸢尾的芬芳从这个铺着软垫的小箱子里逸出,仿佛是风雅女子身上淡淡的香气。车夫松开缰绳,马儿骤然掠过墙角石,然后一切都消失了。

弗雷德里克沿着马路步行回家。

他没能看清楚当布勒兹夫人,心里挺别扭。

过了蒙马特尔街没多远,车辆堵塞了交通。他掉转头来,发现街对面一块大理石牌子上写着:

雅克·阿尔努

他怎么没早点想到她呢?这是戴洛里耶的错。他朝那家店铺走过去,但没有进门,只等她出来。

隔着透明的高大玻璃窗,映入眼帘的是一些摆放得错落有致的小雕像、素描、版画、目录和几期《工艺画报》。门上贴着预订价目表,门中央装饰着发行人姓名的起首字母。靠墙有几幅漆得闪闪发亮的巨幅油画。尽里头,两口矮橱里摆满瓷器、青铜制品和诱人的古玩。矮橱之间有道小楼梯,机织割绒门帘遮住它的上端。一盏古式的萨克森分枝吊灯、地板上铺的绿地毯、一张细木镶嵌的桌子,使室内看上去不像店铺,倒像客厅。

弗雷德里克假装赏画,犹豫了好久,才走了进去。

一个店员掀起帘子,回答说先生五点前不在"店"里,但如果有话可以转告的话⋯⋯

"不用了,我以后再来。"弗雷德里克轻声应道。

接下来的几天,他忙于找住处,最后决定在圣雅散特街一家带家具的旅馆里,租下三楼的一个房间。

开课那天,他腋下夹着一本崭新的吸墨纸本去听课。三百个没戴帽子的年轻人坐满一间阶梯教室,一位穿红袍的老先生用单调的声音在讲课。笔尖画在纸上沙沙地响。在这间教室里,弗雷德里克又嗅到中学课堂的那股尘土气味,又看到同样形状的讲台,又感到同样的无聊!他听了半个月课,没等到讲解《民法》第三款就不再听了,刚到《总论——人之分类》便放弃了《法学纲要》。

他所期待的快乐没有到来。他读完了一家书刊租阅处的全部书刊,参观了卢浮宫的全部收藏品,连着看了好几场戏。随后,他无所事事,闲得发慌。

还有上千桩事增添他的忧愁。他必须清点被单、内衣,受门房的气;门房是个护士模样的粗人,每天早上来给他收拾床铺,浑身酒气,嘴里嘟嘟哝哝。弗雷德里克不喜欢他的房间。房里有只大理石的座钟,板壁很薄,隔壁大学生喝潘趣酒,笑闹,唱歌,都听得一清二楚。

他受不了孤独,去找过去的一个名叫巴蒂斯特·马蒂侬的同学。在圣雅各街的一家舒适的公寓里,弗雷德里克找到了他,他正在煤炉前啃他的诉讼法。

在他对面,一个穿印花布连衫裙的女人正在补袜子。

马蒂侬堪称美男子:身材高大,两颊丰满,五官端正,有双浅蓝色的凸出的眼睛。他父亲是个富裕的农民,指望他将来当法官。马蒂侬已经想显得老成持重,蓄起了络腮胡子。

弗雷德里克的烦恼没有任何道理,他又讲不出遭到过什么不幸,所以他对人生的悲叹,马蒂侬感到莫名其妙。至于马蒂侬自己,他每天早上去学校,课后到卢森堡公园散步,晚上到咖啡馆喝一小杯咖啡。每年有一千五百法郎生活费,还有这个女工的爱情,他觉得心满意足了。

"他多幸福啊!"弗雷德里克心里感叹道。

他在学校还结识了另一个人,就是德·西齐先生。西齐是名门之后,举止优雅,像一位小姐。

德·西齐先生致力于绘画,喜爱哥特式建筑艺术。他们好几次一同去观赏圣夏佩尔宫和圣母院。可是这位贵族少爷虽然出身高贵,智力却极其低下。他看到什么都大惊小怪,听见半句打趣话就呵呵大笑,而且天真之极,弗雷德里克起初以为他是爱逗乐,最后却把他视为傻瓜。

因此,他无法向任何人倾吐衷肠,一直在等当布勒兹夫妇的邀请。

元旦那天,他给他们送去了几张拜帖,可是没有收到一份回帖。

他又到工艺社去了。

第三次去时,他终于见到了阿尔努夫人。阿尔努夫人正站在五六个人中间争论着什么,几乎没有理睬他的问候。弗雷德里克感到不快,但仍然想方设法接近她。

第一个念头是经常去买画,随后想在画报社的信箱里塞几篇"有分量的"文章,以便建立联系。或许单刀直入向她表白爱情更好?于是他写了一封充满激情和叹喟的十二页长信。但是他把信撕了,什么也不做,什么办法也不试。他怕失败,一动也不敢动。

阿尔努店铺的二楼上有三扇窗户,每晚都亮着灯。一些影子在窗后移动,尤其有一个,那是她的影子。他常常从老远赶来观看这些窗户,凝视这个影子。

有一天,他在杜伊勒里公园遇到一个牵着一个小女孩的黑女人,这使他想起阿尔努夫人的黑种女用人。她一定同她们一道来了。所以,每次他穿过杜伊勒里公园,心就怦怦地跳,希望能遇见她。晴朗的日子,他一直漫步到香榭丽舍大街的尽头。

一些女人懒洋洋地坐在敞篷四轮马车里,面纱随风飘拂,从他身边鱼贯而过。马步矫健,油光闪亮的皮鞍具随着轻微的摆动发出声响。车辆越来越多,从圆形广场开始放慢速度,占去了整条路。马鬣挨着马鬣,灯笼贴着灯笼。钢马镫、银马勒、铜扣环,在短套裤、白手套和垂在车门徽记上的皮裘中间,疏疏落落地撒下一些光点。弗雷德里克仿佛迷失在遥远的世界。他的目光在一张张女人脸上游移不定,稍稍的相似便使他想起阿尔努夫人。他想象着她在这些女人中间,坐在一辆和当布勒兹夫人一样的轿式马车里。夕阳西下,寒风扬起滚滚尘土。车夫们把下巴缩在领带里。车轮转得更快了,在沙石地面上嚓嚓地响。一辆辆马车贴近而过,你追我赶,互相躲让,急速地奔下林荫大道,然后在协和广场分道扬镳。杜依勒里公园后面,天空呈现出板岩的色调。公园的树木,形成两个庞大的树丛,树梢略带紫色。煤气灯亮了。塞纳河河面一片淡绿,在桥墩周围撕裂成银光闪烁的波纹。

他到阿尔普街的一家餐馆,吃了一份定价四十三苏的晚餐。

他一脸不屑地望着桃花心木的旧柜台,污渍斑斑的餐巾,沾满油垢的银餐具,以及挂在墙上的帽子。周围全是像他一样的大学生,在一起议论他们的教授,他们的情妇。他才不管教授不教授!可是他没有情妇呀!他尽量晚来,避免听到他们的谈笑。每张桌子上都留下残羹剩饭,两个疲乏的伙计在角落里打盹,冷冷清清的餐厅里弥漫着饭菜、灯油和烟草的气味。

吃完饭,他沿街慢慢往回走。路灯摇晃着,泥地上长长的暗黄反光也跟着颤动。撑着雨伞的人影沿着人行道悄悄走过。街石滑腻腻的,下雾了。他觉得潮湿的夜色笼罩着他,模模糊糊地一直渗入他的心田。

他感到内疚,又去听课了。但是他对讲解过的内容一无所知,非常简单的东西也把他难住了。

他着手写一部小说,书名是《渔夫之子西尔维奥》。故事发生在威尼斯。男主人公就是他自己;女主人公是阿尔努夫人,名叫安托妮娅。为了得到她,他谋杀了好几名贵族,焚毁了部分城池,在她的阳台下唱歌;阳台上,蒙马特尔大街的那幅红色花缎窗帘在和风中飘拂。他发觉模糊的回忆太多了;他泄了气,不再写下去,更加闲得无聊了。

于是,他恳求戴洛里耶来和他同住。他有两千法郎生活费,两个人过日子还是够用的。不管怎样,总比这难以忍受的生活强。戴洛里耶还不能离开特鲁瓦,他劝弗雷德里克散散心,经常去看看塞内卡尔。

塞内卡尔是数学辅导教师,很有头脑,持共和派观点,书记官说他是未来的圣鞠斯特①。弗雷德里克三次爬上他的六层楼,但他没有回访过一次,弗雷德里克也就不再去找他了。

他想消遣消遣,便去参加歌剧院的舞会。一进门,看到那种欢快喧闹的景象,他的心就凉了半截。再说,他猜想吃一顿饭,再加上玩多米诺骨牌,要花一大笔钱。这太冒险了,他担心因囊中羞涩而受辱,不敢再去。

不过,他觉得应该有人爱他。有几次,他满怀希望地醒来,像要专赴约会似的精心打扮,然后在巴黎街头没完没了地转。看到每个在他前面走或迎面走过来的女人,他心里便想:"就是她!"但每次都大失所望。一想起阿尔努夫人,这种欲望便更强烈。说不定会在路上碰到她。为了接近她,他设想了许多错综复杂的巧合,许多由他把她救出来的离奇的危险。

时光就这样流逝,重复着同样的烦恼和养成的习惯。他去奥岱翁连拱廊下翻阅小册子,在咖啡馆里看《两世界杂志》,走进法兰西学院的一间教堂听一堂汉语课或政治经济学课。每周他给戴洛里耶写一封长信,不时和马蒂侬一起吃顿晚饭,偶尔去看看德·西齐先生。

他租了一架钢琴,编了几首德国华尔兹舞曲。

有天晚上,他在王宫剧院舞台一侧的一个包厢里,望见阿尔努坐在一个女人身边。是她吗?绿色塔夫绸的屏幕一直拉到包厢边上,遮住了她的脸。终于,大幕升起,屏幕落下。这是位高个儿女

---

① 圣鞠斯特(1767—1794),法国大革命时期的政治家,公安委员会委员,一七九四年被处绞刑。

人,年纪三十上下,面容憔悴,笑时两片厚嘴唇露出一排洁白的牙齿。她亲热地和阿尔努交谈,还用扇子轻轻敲打他的手指头。随后来了一个金黄头发的少女,眼皮微红,好像刚哭过,在他俩中间坐下来。从这时起,阿尔努微微朝她肩头弯下身子,一直对她讲着话,她只听不答。弗雷德里克绞尽脑汁,猜想这两个朴素地穿着深色翻领连衫裙的女人究竟是什么人。

戏一演完,他急忙跑到过道里。过道挤满了人。阿尔努在他前面,正挽着两个女人一级级地下楼梯。

忽然,一盏煤气灯照在阿尔努身上,只见他帽子上缠着一圈黑纱。也许她死了?这个念头把弗雷德里克折磨得好苦。第二天,他跑到工艺社,很快买了一幅陈列在橱窗里的版画,然后向店里的伙计询问阿尔努先生身体如何。

伙计答道:

"很好呀!"

弗雷德里克面色苍白,又问道:

"那么夫人呢?"

"夫人也很好!"

弗雷德里克连版画也忘记带走了。

冬去春来,他不再那样郁郁寡欢,开始准备考试。他考得不太好,然后动身回诺让。

他没去特鲁瓦看望朋友,免得母亲责怪。随后又开学了,他退掉原来的住房,在拿破仑滨河路租了两间房,自己置办家具。对当布勒兹夫妇邀请他做客这件事,他已不抱希望;对阿尔努夫人炽烈的爱也开始降温。

四

十二月的一天早晨,他去上诉讼法课时,似乎觉得圣雅各街比平时热闹。大学生们匆匆走出咖啡馆,或者隔着一幢幢房子打开的窗户互相呼唤。店铺老板站在人行道上,神色不安地东张西望;家家紧闭着百叶窗。他走到苏弗洛街,看到先贤祠周围聚了一大群人。

一群群年轻人,少则五人,多则十二人,互相挽着胳臂溜达,并且向停在四处的更大的人群靠拢。广场尽里一些穿工装的人正靠着栅栏高谈阔论。三角帽压住耳朵的警察们,倒背着手顺墙游来荡去,大皮靴踩在石板地上咯咯作响。每个人都露出莫测高深、十分惊讶的神色。显然,大家正等待着什么;人人嘴边都挂着一个问号。

弗雷德里克身边有位金黄色头发的青年,模样可爱,蓄着两撇小胡子和一把山羊胡,活像路易十三时代的一位雅士。弗雷德里克向他打听混乱的原因。

"我一无所知,"他应道,"他们也一样!如今,这是他们的时尚!多么滑稽可笑!"

接着他纵声大笑。

六个月以来,由于在国民自卫军内征集签名的改革请愿运动①,加上于曼②的人口普查,以及其他一些事件,巴黎人经常莫名其妙地聚集街头。这种现象一再发生,连报纸也不再提了。

"这既不优美,又无色彩,"弗雷德里克身边的那个人继续说,"我认为,先生,我们一代不如一代!在路易十一③,甚至邦雅曼·贡斯当④的好时代,学潮可比现在多。我觉得他们温顺如绵羊,傻

---

① 改革运动,指要求降低人头税,扩大选举权,增加选民数额的运动。
② 于曼(1780—1842),法国政治家,时任财政大臣。他主张提高人头税。由于税吏目无法纪,引起外省各城市的流血事件。
③ 路易十一,法国国王,一四六一至一四八三年当政。
④ 邦雅曼·贡斯当(1767—1830),法国作家和政治家,在复辟时期(1814—1830)对自由派产生过很大影响。

得像黄瓜,只配开杂货铺。天啊!这就是所谓的青年学生!"

他把两臂朝外一伸,活像《罗贝尔·马凯》剧中的弗雷德里克·勒迈特①。

"青年学生们,我祝福你们!"

随后,他冲一个正在一家酒馆的墙角翻牡蛎壳的捡破烂者嚷道:

"喂,你,你也是青年学生吗?"

那老头抬起一张丑陋的脸,一把灰胡子中间露出一个红鼻头,一双眼睛因酗酒显得呆滞无神。

"不!我倒觉得你是各个人群中都有的那班一脸凶相、大把撒金子的人……噢!撒吧,我的族长,撒吧!用阿尔比翁②的财宝腐蚀我吧!你是英国人吗?我不拒绝阿尔塔薛西斯③的礼品!咱们谈谈关税联盟④吧。"

弗雷德里克觉得有人碰了一下他的肩膀,转过身来一看,原来是马蒂侬,脸上没有一点血色。

"瞧啊,又闹事了!"他长叹一声,说道。

他担心受到牵连,唉声叹气;那些穿工装的人尤其使他不安,他们好像是秘密会社的会员。

"难道真有秘密会社?"那个留胡子的年轻人说,"这是政府用来吓唬资产者的老掉牙的谎话!"

马蒂侬担心被警察听见,劝他小点声。

"您呀,您还相信警察?说实在的,先生,您怎么知道我本人不是密探呢?"

―――――――

① 弗雷德里克·勒迈特(1800—1876),法国著名演员,以成功扮演《罗贝尔·马凯》中的男主人公著称。
② 阿尔比翁是古代人对英国的别称。
③ 阿尔塔薛西斯,波斯阿契美尼德王朝(前559—前330)的国王。
④ 关税联盟,指一八四一年英法两国签订的《英吉利海峡协定》。

他紧盯着马蒂侬,马蒂侬心慌意乱,一开始没听出这是句玩笑话。人群推着他们走,三个人不得不走上一个小台阶。上台阶后再穿过一条走廊,就是新的阶梯教室。

不久,人群自行闪开一条路;许多人摘下帽子,向大名鼎鼎的萨缪埃尔·隆德洛教授致敬。教授穿着宽大的礼服,戴着银边眼镜的头高高昂起,因哮喘病急促地喘着气,迈着安闲的步伐前来上课。这个人是十九世纪司法界的名人之一,是扎沙里埃们,鲁道尔夫①们的劲敌。他新近当上法兰西贵族院议员,但这个头衔丝毫没有改变他的举止。大家知道他穷,对他十分尊敬。

这时,广场深处有几个人喊道:

"打倒基佐!"

"打倒普里查德②!"

"打倒卖身投靠者!"

"打倒路易-菲力浦③!"

人群左推右挤,拥向关闭的院门,挡住了教授的去路。他在台阶前停下了。不久,他登上只有三级的台阶,开口讲话了。但嘈杂声盖住了他的声音。刚才大家还喜欢他,现在却恨他了,因为他是当局的代表。每次他试图提高嗓门,叫喊声便又响起来。他打了一个有力的手势,要学生们跟他走。回答他的是异口同声的叫骂。他鄙夷地耸耸肩,一头钻进了走廊。马蒂侬利用他站的位置,也跟着溜了。

"胆小鬼!"弗雷德里克说。

---

① 扎沙里埃(1806—1875),鲁道尔夫(1803—1873),均为德国法学家。
② 普里查德(1796—1883),英国传教士,被英国政府派驻萨摩亚任领事。一八四三年,塔希提岛被宣布为法国保护领地时,他鼓动英国女王抗议,刺激了法国人的民族情绪。
③ 路易-菲力浦(1773—1850),一八三〇年七月革命后登上法国王位,他的一系列内外政策激起人民的反抗,修改选举法的决定则成为一八四八年革命的导火线。

"他很谨慎!"另一位应道。

人群中爆发出掌声。教授的退避变成众人的胜利。在每个窗口,都有好奇的人在张望。有些人唱起《马赛曲》,另一些人提议去贝朗瑞①家。

"去拉斐特②家!"

"去夏多布里昂③家!"

"去伏尔泰④家!"蓄金黄色胡子的年轻人吼道。

警察们努力来回走动,并尽量和和气气地说:

"走吧,先生们,走吧,离开这儿!"

有个人喊道:

"打倒屠夫!"

这是九月份骚乱以来惯用的骂人话。大家重复着这句话,有的讥笑公共秩序的捍卫者,有的向他们发出嘘声。他们的脸色变得刷白,其中有个按捺不住,见一个小个子青年凑过来当面耻笑他,便猛力一推,那青年摔了个四仰八叉,倒在五步之外的一家酒馆前。大家四下散开了,但警察本人几乎立即被一个赫拉克勒斯⑤似的人物击倒,滚到地上。此人的头发像一堆乱麻,从一顶漆布鸭舌帽下露了出来。

他在圣雅各街的拐角已待了几分钟。他迅速放下手上捧着的一个大纸板盒,朝警察猛扑过去,把他扳倒压在自己身下,抡起拳头狠狠捶打他的脸。其他警察跑了过来。可怕的小伙子力大无比,至少四个警察合起来才把他制服。两个揪着他的衣领使劲摇

---

① 贝朗瑞(1780—1857),法国深受人民喜爱的歌谣作者。
② 拉斐特(1767—1844),法国银行家和政治家,在七月革命中起过积极作用。
③ 夏多布里昂(1768—1848),法国作家,复辟时期曾任驻伦敦大使和外交大臣。他是正统主义者,反对路易-菲力浦的自由派。
④ 伏尔泰(1694—1778),法国十八世纪启蒙运动的思想家和文学家,资产阶级自由派的偶像。
⑤ 赫拉克勒斯,希腊神话中力大无比的半人、半神的英雄。

他,另外两个拉住他的胳臂,第五个用膝盖狠撞他的腰部。他们都骂他强盗,凶手,暴徒。他袒露着胸膛,衣服被撕成碎片。他申辩自己无罪;他只是不能眼睁睁地看人家打一个孩子而无动于衷。

"我叫杜萨迪埃,在克莱里街瓦兰萨兄弟的花边和新潮服饰用品商店工作。我的纸板盒呢?我要我的纸板盒!"

他一再重复着:

"杜萨迪埃!……克莱里街。我的纸板盒!"

不过他平静下来了,泰然自若地任人带到笛卡尔街的哨所。一大群人跟在他后面。弗雷德里克和留小胡子的青年紧跟在人群后面,心中充满对这名店员的钦佩和对当局使用暴力的愤慨。

越往前走,跟随的人越少。

警察们不时恶狠狠地转过头来;大吵大闹的人再也无事可干,看热闹的人也没什么可看的了,于是人群渐渐散了。一些过路人打量着杜萨迪埃,高声地议论他,侮辱他。一个站在家门口的老太太甚至嚷嚷他偷过一块面包。这种不公正的行为更激怒了两个朋友。终于,哨所到了,跟来的人只剩下二十来个。一看见士兵,他们各自散开了。

弗雷德里克和他的同伴,大胆要求释放刚被投进监狱的那个人。哨兵威胁他们,如果再坚持,也叫他们坐班房。他们求见哨所长官,并报了姓名和法科学生的身份,一口咬定被拘禁的人是他们的同学。

他们被带进一间空荡荡的房间,靠着熏黑了的灰泥墙摆着四条长凳。尽里的一个小窗户打开了,露出了杜萨迪埃壮实的胸膛。蓬乱的头发,坦诚的小眼睛,方形的鼻头,依稀让人想到一只良犬的嘴脸。

"你认不出我们了?"于索奈问道。

这是那位留小胡子的年轻人的名字。

"可是……"杜萨迪埃结结巴巴地说。

"别装傻了，"另一位接着说，"大家知道你和我们一样，是读法科的学生。"

不管他们怎样挤眉弄眼，杜萨迪埃也猜不透他们的用意。他好像在凝神思索，随后突然说：

"我的纸盒找到了吗？"

弗雷德里克两眼望天，大为泄气。于索奈回答道：

"啊！里面放了课堂笔记的纸板盒？找到了，找到了！放心吧！"

他们更起劲地演哑剧，杜萨迪埃终于明白他们是来帮助他的。于是他不再开口，生怕连累他们。再说，见自己被抬到大学生的社会地位，和这些双手如此白净的年轻人一模一样，他有点自惭形秽。

"你要给谁捎句话吗？"弗雷德里克问道。

"不，谢谢，没什么人可捎的。"

"你的家人呢？"

他垂下头，没有回答；可怜的小伙子是私生子。两个朋友对他的沉默感到吃惊。

"你有烟抽吗？"弗雷德里克又问道。

他摸了摸身上，从衣兜里掏出一只烟斗的碎片。这原是一只漂亮的海泡石烟斗，有根乌木管，一个银盖子和一个琥珀烟嘴。

三年来，他费工费时，把它制成一件杰作。他小心地始终把烟锅装在岩羚羊皮套里，尽量慢慢地抽，从不把烟斗放在大理石上，每晚总把它挂在床头，如今，他用指甲流血的手握着烟斗的碎片晃动着，他下巴贴着胸膛，眼珠一动不动，张大嘴巴，用难以形容的忧郁目光，凝视着他的心爱之物的残片。

"我们给他一些雪茄烟怎么样？"于索奈低声说，同时做出取烟的动作。

弗雷德里克早把一只装得满满的烟盒放在小窗口的边沿上。

33

"收下吧,再见,振作起来!"

杜萨迪埃扑向两只伸过来的手,发狂似的紧紧握住,抽抽噎噎地说:

"怎么?……是给我的!……是给我的!……"

两位朋友避开他的感激,走了出来,一起到卢森堡公园前的塔布雷咖啡馆用午餐。

于索奈一边切牛排,一边告诉同伴他在几家时装报社工作,并为工艺社制作广告。

"是在雅克·阿尔努那儿?"弗雷德里克问道。

"您认识他?"

"对!不!……我是说。我见过他,遇到过他。"

他漫不经心地问于索奈是否偶尔见到他的妻子。

"有时见到。"艺术家回答。

弗雷德里克不敢再问下去;这个人一下子在他的生活中占据了不可估量的位置。他付了饭钱,另一位丝毫没有争着付钱的意思。

他们彼此间产生了好感,互留了地址。于索奈亲切地邀弗雷德里克陪他一直走到弗勒吕街。

他们来到花园中央时,阿尔努的这位职员屏住气,做出一副鬼脸,学起鸡叫来,周围的公鸡全应声喔喔喔地叫了好一阵。

"这是一个暗号。"于索奈说。

他们在包比诺剧院附近的一幢房前停下。有条小径通向房子。阁楼的天窗窗口,在旱金莲和香豌豆之间,出现了一位年轻女子,她没戴帽子,穿着胸衣,双臂支在檐槽边上。

"你好,我的天使,你好,小乖乖。"于索奈边说边给她送去几个飞吻。

他一脚踹开栅栏门,随即不见了。

弗雷德里克等了他一个星期。他不敢去他家,免得显出急于要别人回请他吃午饭的样子。弗雷德里克找遍了拉丁区,有天晚上终于遇到了于索奈,把他带到拿破仑滨河路自己的房间。

他们推心置腹地谈了很久。于索奈渴望在剧坛获得名利,与别人合写了几出歌舞剧,但未被采用。他有成堆的计划,还谱写歌曲。他唱了几段。随后,他发现书架上有一册雨果的书①和一册拉马丁的书②,便对浪漫派狠狠挖苦了一番。这些诗人既缺乏良知,品行又不端正,更有甚者,他们不是法国人!于索奈吹嘘自己精通法语,给最优美的句子挑刺儿,那份疾言厉色的恼恨,那种学院式的趣味,正是那班爱闹着玩的人谈论严肃艺术时才有的。

弗雷德里克的偏好受到他的伤害,真想同他一刀两断。何不立即大胆地把维系着他幸福的那句话讲出来呢?他问这个青年文人能否把他引荐给阿尔努夫妇。

这事不难办,他们约好次日就去。

于索奈没有赴约,以后又三次失约。一个星期六,四点钟光景,他来了。可是,他利用有车之便,先在法兰西剧院停下买了一张包厢票,然后又吩咐把马车赶到一家裁缝店,一家女服铺;他还在好几个人家的门房里写了些便笺。最后他们总算到达蒙马特尔大街。弗雷德里克穿过店铺,登上楼梯。阿尔努从写字台前的镜子里认出了他,一边继续写字,一边从肩膀上方朝他伸出一只手。

屋里站着五六个人,把狭窄的房间挤得满满的。只有一扇朝院子开的窗户;尽里的凹室内,放着一张棕色呢绒花缎面的长沙发,两边挂着同样料子的帘子,堆满废纸的壁炉上,有一尊青铜维

---

① 雨果(1802—1885),法国大文豪,一八二七年发表的《〈克伦威尔〉序》是浪漫主义文艺理论的经典之作。后来他又创作了大量浪漫主义的戏剧,诗歌和小说。
② 拉马丁(1790—1869),法国著名浪漫诗人和政治家。一八四八年二月革命后任临时政府成员,外交部长,六月暴动后,威望下降,曾竞选共和国总统,但未获成功。

35

纳斯像,两个插满粉红色蜡烛的枝形大烛台,并列置于铜像的两侧。右边一个文件架旁边,有个戴帽子的人坐在扶手椅里看报。墙上挂满了铜版画、油画、当代大师的珍贵版画或草图,上面的题词表达了对雅克·阿尔努的最诚挚的情谊。

"身体一向不错吧?"他转过头来,向弗雷德里克问道。

不等弗雷德里克回答,他又低声问于索奈:

"您的朋友怎么称呼?"

随后高声说:

"文件架上的盒子里有雪茄,请自己拿好了。"

工艺社位于巴黎市中心,是个方便的约会地点,竞争对手随便来往的中立地带。这一天到工艺社来的有专画国王肖像的昂泰诺尔·布雷夫,用自己的画使民众开始了解阿尔及利亚战争的儒勒·比里厄,漫画家松巴兹,雕刻家乌尔达,以及其他一些人,他们中间没有一个符合大学生的先入之见。他们举止平凡,谈吐随便。神秘主义者洛瓦里亚斯讲了一个猥亵的故事;发明东方风景画的大名鼎鼎的迪特梅,西装背心里面穿着一件女式短毛线衫,而且是乘公共马车回家的。

他们先谈起一个原先当过模特的女人,名叫阿波洛妮,比里厄说他在蒙马特尔大街的一辆四驾马车里认出了她。于索奈列举了一大串供养她的人,来解释这种变化。

"这家伙多熟悉巴黎的妓女!"阿尔努说。

"先生,比起您来,我甘拜下风。"艺术家反唇相讥,同时行一个军礼,模仿掷弹手把自己的水壶献给拿破仑的动作。

随后大家讨论了照阿波洛妮的头部画的几幅画。不在场的同行受到了批评,他们的作品要价高得令人吃惊;大家都抱怨自己钱赚得不够。这时走进来一个中等个儿的男子,衣服只扣了一颗纽扣,双目炯炯有神,样子有点癫狂。

"瞧你们这群资产者!"他说,"这有啥了不起,天哪!那些创造杰作的老辈人,才不把百万钱财放在心上!柯勒乔①,牟利罗②……"

"再加上佩勒兰。"松巴兹说。

来人并不介意别人的揶揄,继续慷慨陈词,阿尔努不得不两次对他说:

"我太太有事找您,星期四,可别忘了。"

这句话又把弗雷德里克的心思引到阿尔努夫人身上。

要到她屋里去,大概得穿过沙发旁边的盥洗室吧?阿尔努刚刚打开盥洗室的门,取了一条手帕;弗雷德里克瞥见尽里有个盥洗盒。这时从壁炉边传来一阵咕哝声,原来是坐在扶手椅上读报的那个人发出来的。此人身高五尺九寸,眼皮有点下垂,头发银灰,神气威严。他名叫雷冉巴尔。

"有什么消息,公民?"阿尔努问道。

"政府又干了一件混账事!"

他指的是一名小学教师被革职的事。佩勒兰继续比较米开朗琪罗③和莎士比亚④。迪特梅走了,阿尔努追上去,往他手里塞了两张钞票。于是,于索奈以为良机已到:

"亲爱的老板,您能不能给我预支点钱?"

但是阿尔努已经坐了下来,正在训斥一个戴蓝眼镜、外表腌臜的老头:

"啊!您干得真漂亮,伊萨克老爹!三件作品全掉了价,全毁了!人人都嘲笑我!现在谁都知道这些画了,您叫我拿它们怎么办?我得把它们送到加利福尼亚去!……滚开!给我住口!"

---

① 柯勒乔(1494—1534),意大利文艺复兴时期的著名画家。
② 牟利罗(1618—1682),十七世纪西班牙最受欢迎的巴洛克宗教画家。
③ 米开朗琪罗(1475—1564),意大利文艺复兴时期的雕刻家、画家、建筑设计师和诗人。
④ 莎士比亚(1564—1616),英国著名戏剧家。

伊萨克这老头的专长,是在这些画的下端仿造古代大师的署名。阿尔努拒绝付钱给他,粗暴地把他打发走了。接着,他换了一副面孔,向一位佩戴勋章、系白领带、蓄着连鬓胡子、装作一本正经的先生打招呼。

阿尔努臂肘支在窗户的长插销上,一脸媚态,和这位先生谈了很久。最后,他提高嗓门说:

"哎!雇几名捐客,这事对我不难,伯爵先生!"

绅士无可奈何,阿尔努付给他二十五个路易。等他一出门,便说:

"这班大老爷,烦死人了!"

"全是浑蛋!"雷冉巴尔咕哝着说。

天越来越晚,阿尔努手头的事也越来越多:给商品归类,拆阅信件,在店里咚咚的锤声中记账,到外面去监督装箱,然后再回来干活。他一边用蘸水笔在纸上疾书,一边回答别人的玩笑话。晚上他要到他的律师家去吃饭,次日动身去比利时。

其他人聊着当前的事:谢吕比尼①的肖像,美术学院的半球形礼堂,下届展览会,等等。佩勒兰大骂法兰西研究院。闲话和争论互相交错。房间天花板很低,人挤得转不开身。粉红色蜡烛的烛光,在缭绕的雪茄烟烟雾中,好似穿过轻雾的阳光。

靠沙发的那扇门开了,进来一个细高挑儿的女人。她动作粗鲁,手表上的全部小饰物,在黑塔夫绸的连衫裙上丁零作响。

这是夏天在王宫剧院瞥见的那个女人。有几个人喊着她的名字,与她握手。于索奈总算要到了五十法郎。挂钟敲了七下,大家都告辞了。

阿尔努叫佩勒兰留下,并带瓦特纳兹小姐进了盥洗室。

---

① 谢吕比尼(1760—1842),意大利作曲家,后入法国籍,领导巴黎音乐戏剧学院。

弗雷德里克听不清他们的谈话；他们在耳语。可是，那女人提高了嗓门：

"事情办妥已经半年了，可我一直在等！"

一阵长久的沉默。瓦特纳兹小姐出来了。阿尔努又向她许诺了什么。

"噢！噢！以后再说吧！"

"再会，幸福的人儿！"她边走边说。

阿尔努急忙回到盥洗室，挤了一点油膏抹在胡子上，往上提了提裤子的背带，以便勒紧裤脚管的带子，然后一边洗手一边说：

"我要两块门头饰板，每块二百五十法郎，布歇①风格的，同意不同意？"

"同意。"艺术家红着脸答道。

"好！别忘记我太太的事！"

弗雷德里克陪着佩勒兰一直走到普瓦索尼埃城关边上，问他允许不允许有时去看看他。这个恩典被亲切地赐给了弗雷德里克。

佩勒兰为了发现真正的美的理论，阅读所有的美学著作。他坚信，一旦发现了这个理论，他就能创造出杰作。

他周围放满了一切可以想见的辅助物：素描、石膏像、模型、版画；他寻觅，他苦恼，抱怨时间不够，神经紧张，画室不佳。他上街去寻找灵感，一旦捕捉到灵感，就激动得浑身发抖。随后，他扔下自己的作品，幻想另一件应该更美的作品。对名望的觊觎折磨着他，无休止的讨论耗费了他的光阴。他相信许许多多的无聊玩意儿，相信体系、评论、规章制度或艺术改革的重要性。就这样，到了五十岁，他还只画出一些草图。他傲气十足，绝不会泄气，但他终

---

① 弗朗索瓦·布歇(1703—1770)，法国宫廷画家、雕刻家和装饰艺术家，题材以田园风光和神话为主。

日怒气冲冲,总处于演员那种既做作又自然的亢奋状态。

　　走进他家,可以看到两幅巨大的油画。底色上得东一块,西一块的,在白画布上留下褐色、红色和蓝色的斑点。上面用粉笔画的线条纵横交错,好似一张补过二十次的渔网的网眼。要看出画的是什么,那简直是不可能的。佩勒兰用大拇指指着空白的部分,解说这两幅画的主题。一幅是《纳布哥多诺索①的疯狂》,另一幅是《尼禄②焚烧罗马城》。弗雷德里克很欣赏这两幅画。

　　他还欣赏披头散发的裸体女人像,丛生的树木在风暴中扭弯了树干的风景画,特别是那些临摹卡洛、伦勃朗或戈雅③的钢笔随想画,尽管他并没有看过原作。佩勒兰不再看重这些青年时代的画作;现在他崇尚宏伟的风格。关于菲迪亚斯和温克尔曼的理论④,他讲起来头头是道,他周围的东西更增强了他话语的力量:跪凳上的一个骷髅,几把土耳其弯刀,一件袈裟。弗雷德里克把袈裟披在身上。

　　有时他到得早,发现佩勒兰还在床上,这是一张摇摇晃晃的帆布床,用一小块帏幔遮住。佩勒兰经常去看戏,睡得很迟。服侍他的是一个衣衫褴褛的老太婆。他在廉价小饭馆吃晚饭,而且孤身一人,没有情妇。他的知识来源很杂,因此他发表的悖论很有趣。他对平庸之辈和资产者深恶痛绝,极尽讽刺挖苦之能事,但他的冷嘲热讽犹如壮美的抒情诗。他对大师奉若神明,以致几乎把自己也抬高到和他们一样的地位。

　　但他为什么从不提起阿尔努夫人呢?至于她丈夫,佩勒兰有

---

① 纳布哥多诺索,公元前七至前六世纪的巴比伦国王。
② 尼禄(37—68),罗马皇帝,无恶不作的暴君。
③ 卡洛(1592—1635),法国画家;伦勃朗(1606—1669),荷兰画家;戈雅(1746—1828),西班牙画家。
④ 菲迪亚斯,公元前五世纪的希腊雕刻家,他为帕台农神庙制作的雕刻装饰,达到了希腊古典主义风格的顶峰。温克尔曼(1717—1768),德国艺术史学家和考古学家,对新古典主义艺术的兴起产生过重大影响。

时称他是个好小伙子,有时又骂他是江湖骗子。弗雷德里克等着听佩勒兰讲出隐情。

有一天,弗雷德里克翻阅佩勒兰的一个画夹,发现一个吉卜赛女人的画像与瓦特纳兹小姐颇为相似。他对这位小姐很感兴趣,想知道她的身份。

佩勒兰听说她原先在外省当小学教师,现在一边上点课,一边给小报撰稿。

弗雷德里克认为,从她对阿尔努的举止看,可以猜测她是他的情妇。

"啊!得了!情妇他有的是!"

这时,年轻人为自己的一个卑鄙想法羞红了脸。他掉过头去,壮起胆子说:

"他妻子一定以牙还牙吧?"

"才不是呢!她可是正派人!"

弗雷德里克感到内疚,从此到画报社去得更勤了。

他觉得,店铺上端大理石牌上组成阿尔努这个姓名的几个大写字母十分特别,寓意深长,如同圣书的字体。宽宽的人行道是下坡道,走起来不费力;门几乎自动开敞,门把手摸着很光滑,握在手里像人的手一样柔和,有灵性。不知不觉地,弗雷德里克变得和雷冉巴尔一样守时。

每天,雷冉巴尔在壁炉边他的安乐椅上坐下,抢过《国民报》来就再也不放手,忽而感叹,忽而耸肩,以表达自己的思想。卷成猪血肠形的手帕,塞在绿礼服胸前的两颗纽扣之间,他不时用手帕擦擦额头。他穿一条烫出褶儿的长裤,足蹬一双短筒靴,戴一条长领带;那顶卷边帽,老远就能让人在人群中认出他来。

早上八点,他走下蒙马特尔高地,到胜利圣母院街喝白葡萄酒。午餐后,打上几局台球,一直消磨到下午三点。随后去全景小巷饮茴香酒。在阿尔努的店里坐上一阵后,他走进博德莱小咖啡馆喝苦艾酒,随后,他不回家与老婆欢聚,常常宁愿在加庸广场的一家小咖啡馆里独自一人用晚餐,要人给他做"几样家常菜,一些天然食品"。最后,他转到另一家台球室,一直待到半夜,凌晨一点,直至灯灭窗关,店主精疲力竭,恳求他离开为止。

公民雷冉巴尔之所以被吸引到这些地方来,不是因为他嗜酒贪杯,而是因为他有在这些地方谈论政治的老习惯。如今上了年纪,他谈兴大减,变得闷闷不乐,沉默寡言。看着他一脸的严肃,人家还以为他脑子里在反复思索世界大事,可是他什么也没有想出来。他自称主持一家事务所,可是包括他的朋友在内,谁也不知道他在忙些什么。

阿尔努好像对他无比敬重,有一天对弗雷德里克说:

"这个人知道的事情可多了!一个了不起的人啊!"

另一次,雷冉巴尔把布列塔尼高岭土矿的证券摊在阿尔努的斜面桌上;阿尔努相信他有经验,把买证券的事托给他办。

弗雷德里克对雷冉巴尔更显得彬彬有礼,甚至不时请他喝茴香酒。尽管弗雷德里克认为他很蠢,但仍然陪伴他个把钟头;不为别的,只为他是雅克·阿尔努的朋友。

这位画商是进步人士,当代的一些大师初出茅庐时得到过他的提携。他一方面保持艺术家的风度,另一方面想方设法牟取厚利。他追求艺术的解放,追求廉价的高尚。巴黎的奢侈品工艺全受到他的影响,这种影响成全了小事,却坏了大事,他热衷于迎合舆论,把有才干的艺术家引入歧途,腐蚀强者,搞垮弱者,替庸才扬名。他利用自己的关系和画报,把他们握在掌心里。拙劣的画匠渴望自己的作品能陈列在他的橱窗里,挂毯商到他店里购买室内装饰的样本。弗雷德里克把他视为百万富翁、艺术爱好者和活动家。不过有许多事情令他吃惊,因为阿尔努先生做生意诡计多端。

他从德国或意大利内地,收购一幅用一千五百法郎从巴黎买进的油画,却出示一张四千法郎的发票,然后做个人情,以三千五百法郎转卖出去。他对画家使的一个惯伎,是借口要把他们的作品制成版画出版,要求打个折扣做酬金;他总按原价将画售出,却从来见不到版画的影子。有些人抱怨受了剥削,他拍拍肚子,算是回答。不过他为人豪爽,大方地请人抽雪茄烟,用"你"称呼陌生人,对作品和作者满腔热情。为了促销,他顽强地不计得失地四处奔走、八方致函、大登广告。他自以为非常老实,出于一吐为快的需要,天真地把那些不正当行为全讲出来。

有一次,一位同行大摆筵席,庆贺自家的画报发刊。为了气气他,阿尔努在宴会开始前不久,求弗雷德里克当着自己的面写了好些取消邀请的短笺。

"这不伤面子,懂吗?"

年轻人没敢拒绝帮这个忙。

次日,弗雷德里克和于索奈踏进阿尔努的办公室时,看见一条连衫裙的下摆一闪,消失在门后(朝楼梯的门)。

"真抱歉!"于索奈说,"早知道这里有女士……"

"噢!这位女士是我妻子,"阿尔努接口道,"她路过这里,顺便上来看看我。"

"怎么?"弗雷德里克说。

"是啊!她走了,回家去了。"

周围事物的魅力突然间消失了。原先他模模糊糊感到这里弥漫着的某种东西,这时已烟消云散,或不如说从来没有存在过。他惊诧不已,像被人出卖了一样痛苦。

阿尔努面带微笑翻着抽屉。是不是在讥笑他?伙计往桌上放了一捆潮湿的纸。

"啊!广告!"商人嚷起来,"今晚我怕是饭也吃不上了!"

雷冉巴尔拿起了帽子。

"怎么,您要走?"

"七点了!"雷冉巴尔说。

弗雷德里克跟着他走了。

走到蒙马特尔街的拐角,他转过身来,望了望二楼的几扇窗户。想起曾经怀着何等深情,多少次凝视这些窗户,他不禁觉得自己又可怜,又可笑。她究竟住在哪儿?现在如何才能遇见她?他的欲望从来没有这样强烈。但孤寂再次展现在欲望周围。

"您要吗?"雷冉巴尔问道。

"要谁?"

"茴香酒!"

弗雷德里克脑子里转着挥之不去的念头,被带到博德莱小咖啡馆。正当他的同伴胳臂肘支在桌上端详长颈大肚酒瓶时,他却东张张,西望望。突然他瞥见人行道上闪过佩勒兰的侧影,便赶快敲了敲玻璃窗。画家还没坐下,雷冉巴尔就问他,为什么在工艺社再也见不着他了。

"我宁死也不去了!他是个蛮子、市侩、浑蛋、无耻之徒!"

这顿臭骂替弗雷德里克出了气。但他心里不大痛快,因为他觉得阿尔努夫人也连带挨了骂。

"他怎么得罪您了?"雷冉巴尔问道。

佩勒兰跺着脚,用力喘了一口气,没有回答。

他专干一些黑活儿,比方用铅笔临摹或模仿大师的肖像画,去骗那些不在行的业余爱好者。他觉得干这种活儿丢脸,一般情况下宁可不说。但对"阿尔努的卑劣手段",他实在气愤不过,终于讲了实情,出了口闷气。

原来阿尔努向佩勒兰订购了两幅画——弗雷德里克当时恰好在场,佩勒兰把画送来了,画商竟敢提出批评!他对布局、色彩和构图,尤其对构图横加指责,出什么价都不要。佩勒兰有一张期票正好到期,只得把两幅画出让给犹太人伊萨克。半个月后,阿尔努本人把画卖给了一个西班牙人,索价两千法郎。

"一个铜板都不少!多么卑鄙无耻!当然,这种事他干得可多了!等着吧,总有一天他会被押上重罪法庭!"

"您言过其实了!"弗雷德里克怯生生地说。

"什么?好啊!我言过其实!"艺术家大叫大嚷,狠狠捶了一下桌子。

这样激烈的举动反倒使年轻人完全镇定下来。无疑,阿尔努可以做得客气些;可是,如果他觉得这些画……

"画得不好!您就明说吧!您见过这两幅画吗?您懂行吗?您知道,小老弟,我呀,我容不下这个,这些业余爱好者!"

"唉!这关我什么事!"弗雷德里克说道。

"您替他说话究竟有什么好处?"佩勒兰冷冷地接口道。

年轻人结结巴巴地说:

"但是……因为他是我朋友。"

"替我拥抱他吧!晚安!"

画家怒气冲冲地出去了,自然没提付账的事。

弗雷德里克为阿尔努辩护时十分自信。在激烈的争辩中,他对这个受朋友诽谤,如今被人抛弃而独自工作的聪明善良的人,突然产生了好感。他抗拒不了立即见到他的古怪需要。十分钟后,他推开店铺的门。

阿尔努正和他的伙计为一个画展设计巨幅广告。

"咦,您怎么又回来了?"

这么简单的问题,却使弗雷德里克感到为难。他不知如何回答是好,便问有没有人碰巧拾到了他的小笔记本,一个很小的蓝皮本子。

"就是您放女人情书的那个本子?"阿尔努说。

弗雷德里克脸红得像个处女,对这个假设竭力否认。

"那么,是您写诗的本子?"画商又问道。

他抚弄着摊开的样本,评论它们的形式、色彩和边饰;那副沉思的神情,尤其那双在广告上摸来摸去的手,肥厚绵软、指甲扁平的手,叫弗雷德里克越来越恼火。终于,阿尔努站起来说:"行了!"并用手亲热地摸了摸弗雷德里克的下巴。弗雷德里克不喜欢这个过分随便的举动,身子直往后退。随后他跨出办公室的门槛,以为这是平生最后一次了。阿尔努夫人也因为丈夫的庸俗降低了身份。

就在这个星期,他接到戴洛里耶的一封信,通知他下周四将抵达巴黎。于是,他整个身心又扑到这种更牢固、更高尚的情谊上去。戴洛里耶这样的男人,抵得上一切女子。他不再需要雷冉巴尔、佩勒兰、于索奈,不再需要任何人!为了让朋友住得舒适些,他买了一张小铁床,添置了另一把扶手椅,把自己的卧具分成两份。星期四早上,他穿戴好准备去接戴洛里耶。正在这时,门铃响了。阿尔努走了进来。

"就一句话!昨天,有人给我从日内瓦捎来一条肥鳟鱼;我们等着您,晚上七点整……舒瓦瑟尔街乙二十四号。别忘了!"

弗雷德里克不得不坐了下来。他的双膝直打战,心里反复想着:"总算盼到了!总算盼到了!"随后他写信给自己的裁缝、帽商和鞋匠,派了三个人把这三封短笺分别送去。钥匙在锁孔里转了一下,门房扛着一个大箱子站在门口。

弗雷德里克见到戴洛里耶,浑身发起抖来,好像淫妇见到了丈夫。

"你怎么回事?"戴洛里耶说,"按理你早该收到我的信了?"

弗雷德里克没有勇气撒谎。

他伸开双臂,扑到戴洛里耶的怀里。

随后,文书讲起他那些烦心事。他父亲不愿交出作为监护人代管的账目,以为这种账目十年不交就失去了时效,可是戴洛里耶精通诉讼法,终于把母亲的全部遗产夺到手,净值七千法郎。这笔钱就在他身上的一只旧钱夹里。

"这是笔储备金,以防天灾人祸。我得考虑拿它去投资,明天一大早还得考虑如何安置自己。今天嘛,完全放假,一切听你安排,老弟!"

"噢!别不好意思!如果今晚你有什么要紧事……"

"得了!那我岂不成了十足的浑蛋了……"

这个脱口而出的修饰语,好似一支含沙射影的暗箭,直刺弗雷德里克的心窝。

门房在火炉边的桌子上放了猪排、肉冻、一只龙虾、一盘果点以及两瓶波尔多葡萄酒。面对如此的款待,戴洛里耶深为感动。

"说实在的,你把我当成国王来款待了!"

他们畅谈过去和未来,不时伸出手越过桌子互相紧握着,动情地对视片刻。然而,一个跑腿的送来一顶新帽子,戴洛里耶高声指出这顶帽子何等耀眼。

随后,裁缝亲自把熨好的衣服送来了。

"你好像要结婚似的。"戴洛里耶说。

过了一个钟头,第三个人突然来到,从一个大黑包里取出一双锃亮的漆皮靴子。弗雷德里克试穿时,鞋匠用嘲讽的眼光注视着外省人的鞋子。

"先生不要什么吧?"

"谢谢。"书记应道,一边把穿着系带旧鞋的脚缩到椅子底下去。

这件丢脸的事叫弗雷德里克感到难堪,他迟迟不吐露心事。终于,他大叫一声,仿佛突然间想起了一件事:

"啊!见鬼!我竟然把这事忘了!"

"什么事?"

"今晚我要在外面吃饭!"

"是在当布勒兹家吗?你在信里怎么从来没有提起过他?"

不在当布勒兹家,而是在阿尔努家。

"你本该通知我一声!"戴洛里耶说,"我可以迟一天来。"

"没办法呀!"弗雷德里克粗声粗气地说,"今天早上人家才邀请我,就是刚才!"

为了弥补自己的过失,并让朋友不再想这件事,弗雷德里克解开箱子上的绳子,把戴洛里耶的全部衣物放进五斗柜。他硬要把自己的床铺让给他,自己睡到放木柴的小屋去。随后,四点钟一到,他开始梳洗打扮。

"还早呢!"另一位说道。

终于,他穿戴完毕,走了。

"这就是有钱人!"戴洛里耶心想。

然后,他到圣雅各街一家熟识的小馆子吃晚饭。

弗雷德里克心跳得太厉害,在楼梯上停了好几次。

他的一只手套太紧,绽开了线。他正把裂口往衬衣袖口里塞时,在他后面上楼的阿尔努一把抓住他的胳膊,把他带进了家。

前厅是中国式的装饰,天花板上挂着一盏彩绘的灯笼,屋角摆着盆竹。穿过客厅时,弗雷德里克在一块虎皮上绊了一下。烛台还未点燃,但尽里的小客厅亮着两盏灯。

玛尔特小姐出来说,她妈妈正在穿衣服。阿尔努把她举到嘴边亲了亲。然后,他要亲自去地窖选几瓶酒,留下弗雷德里克和孩子在一起。

自蒙特罗之行以来,她长高了许多。棕色的头发烫成长长的发卷,一直垂到裸露的胳膊上。她的连衫裙比女舞蹈家的裙子还要膨起,露出粉红色的小腿。她整个人那样可爱,像鲜花般清纯。她带着女子卖俏的神态接受这位先生的恭维,用一双深邃的眼睛盯住他看,随后从家具中间悄悄地溜走,像一只猫似的不见了。

他不再心慌意乱。蒙着花边纸的灯泡,射出乳白色的光。墙上张挂着淡紫色的缎子,在灯光下显得更柔和了。层片状的挡火板像把大扇子,透过它可以看见壁炉里的煤;靠着座钟有一只银扣环的小匣子。到处乱放着一些个人用品:双人沙发中央有个布娃娃,椅背上搭着一条头巾,针线桌上搁着一件正在织的毛衣,两根象牙毛线针尖头朝下露了出来。这个地方有种宁静、诚实和亲切的气氛。

阿尔努回来了,阿尔努夫人也从另一道门出来了。她笼罩在阴影中,弗雷德里克起先只看清她的头。她穿一袭黑丝绒袍子,一个缠在压发梳上的阿尔及利亚式红绸长发网把头发兜住,一直垂落到左肩。

阿尔努把弗雷德里克介绍给太太。

"哦!我认识这位先生。"她应道。

随后,客人们几乎同时都到了,有迪特梅、洛瓦里亚斯、布里厄、作曲家罗森瓦尔德、诗人泰奥菲尔·洛里斯、于索奈的两位艺术评论界同行、一名造纸商。最后还有鼎鼎大名的皮埃尔-保尔·曼休斯,伟大绘画的最后一位代表;他声名显赫,虽年届八十,大腹便便,但依然步履矫健。

大家步入餐厅,阿尔努夫人挽着这位老人的胳臂。给佩勒兰留的位置空着。阿尔努尽管剥削他,但还是喜欢他的。更何况阿尔努怕他那张厉害的嘴,为了感动他,阿尔努在《工艺画报》上刊登了他的肖像,并配上溢美之词。佩勒兰是个重利更重名的人,八点钟前后他上气不接下气地赶来了。弗雷德里克猜想他们早已言归于好。

宾主也好,菜肴也好,一切都合他的意。餐厅如同中世纪的会客室,墙上张挂着捶平了的兽皮;在放置土耳其长管烟斗的架子前面,竖立着一个荷兰式搁物架。餐桌四周,摆着不同颜色的波希米亚玻璃酒杯,在鲜花和水果中间,好似花园里的灯彩。

有十种芥末供他选择。他吃了香油拌菜、咖喱、生姜、科西嘉的乌鸦和罗马的宽面条。他喝了几种美酒:意大利的利普-弗拉奥利葡萄酒和匈牙利的托考依甜酒。阿尔努的确以好客为荣。为了弄到食品,他讨好所有的邮车车夫,还与钟鸣鼎食之家的厨师交往,他们传给他一些做调味汁的方法。

弗雷德里克尤其觉得席间的谈话很有趣。迪特梅谈到东方,正投合他周游四方的爱好;听罗森瓦尔德谈歌剧院,满足了他对剧坛的好奇心;于索奈有声有色地讲述他如何仅以荷兰干酪充饥,度过了整整一冬,他谈笑风生,使弗雷德里克觉得艺术家的艰辛生涯滑稽可笑。随后,洛瓦里亚斯和布里厄关于佛罗伦萨流派的争论,使他知道了许多杰作,扩大了他的眼界。他难以抑制兴奋之情,这时佩勒兰高声说道:

"别再给我提你的丑恶现实了!现实,这是个什么玩意儿?有的人看是黑的,有的人看是蓝的,大众看它是愚蠢的。米开朗琪罗的作品最不自然,但最有力!关心外表的真实,正表明当代的低下;如果长此以往,艺术不知会变成什么无价值的玩意儿!就诗意而言,它在宗教之下;就功利而论,它比不过政治。你们休想达到艺术的目的,是的,它的目的!这就是:不管你们在制作上耍什么手腕,它要用一些小作品激起我们非个人的热情。就拿巴索利埃的画做例子吧:这些画漂亮、雅致,干净利索,而且不重!可以放在衣兜里,随身带着旅行。那班公证人花两万法郎买下它,可是其中的思想只值三个铜板;而没有思想,就谈不上伟大,没有伟大,何以有美!奥林匹斯①才称得上一座山!傲然屹立的古迹之最,将永远是金字塔。奔放胜过文雅,沙漠胜过人行道,野蛮人胜过理发匠!"

弗雷德里克边听边望着阿尔努夫人。这些话落入他的头脑,如同金属掉进了熔炉,再掺上他的激情,就铸成了爱。

他和她坐在桌子的同一侧,中间隔着三个座位。她不时掉过头,略微俯下身来,和女儿讲几句话。这时她微笑着,脸上露出一

---

① 希腊山名。古希腊人视它为圣山,希腊神话中的诸神都住在这座山的山顶上。

个酒窝,善良的神情显得格外优雅。

喝餐后甜烧酒时,她退席了。谈话变得更加随便;阿尔努先生大出风头,这些人的寡廉鲜耻令弗雷德里克吃惊。不过,他们对女人的那份关注,在他们和他之间好像建立起一种平等关系,提高了他在自己心目中的地位。

回到客厅后,为了掩饰窘态,他从胡乱放在桌上的画册中拿起一本。画册里有当代大艺术家的绘画、散文、诗歌,或仅仅他们的签名;在这些响当当的名字中,有许多是陌生人;稀奇古怪的想法,在滔滔不绝的蠢话中流露出来。所有的题词都直接间接地表达了对阿尔努夫人的敬意。弗雷德里克可不敢在旁边也写上一行。

她到小客厅去取他在壁炉台上见到过的那只带银扣环的小匣子。这是她丈夫送她的礼物,一件文艺复兴时代的艺术品。阿尔努的朋友恭维他,妻子也向他表示谢意。他深受感动,当着众人的面,吻了她一下。

随后,大家三三两两分头聊天。曼休斯老头和阿尔努夫人坐在壁炉边的一张大扶手椅里;她俯身靠近他耳边,两人头碰着头。弗雷德里克哪怕当聋子、残疾人,丑八怪也心甘情愿,只要有个显赫的名字,满头的白发,总之能有点什么帮他建立如此亲密无间的关系,他万分苦恼,恨自己为何这般年轻。

然而,她来到他所在的客厅一角,问他在宾客中有没有熟人,喜欢不喜欢绘画,在巴黎读书有多久了。弗雷德里克觉得,从她嘴里说出来的每一个字眼,都是一件新奇的东西,只属于她的东西。她的绸发网的毛边,轻抚着裸露的肩膀;他聚精会神地注视着,无法把视线移开,整个心灵都渗进这白皙的女性的肌肤中去。然而,他不敢抬起眼睛正面看她。

罗森瓦尔德打断他们的谈话,请阿尔努夫人唱支歌。他弹起前奏,她等待着;然后,她双唇微启,空中扬起清脆、悠长、连绵不绝的声音。

歌词是意大利语,弗雷德里克一句也听不懂。

开头节奏缓慢,如同一支圣歌;随后速度加快,声音渐强,增加了许多洪亮的高音,然后突然缓和下来;旋律大幅度、懒洋洋地起伏着,多情地一再重现。

她伫立在键盘旁边,双臂下垂,目光迷离。有时,她眨着眼睛,探头看一下乐谱。她那次女低音的歌喉,在低音区发出凄怆的音调,令人不寒而栗。这时,长着一双浓眉的秀丽的头歪向肩膀,胸脯鼓起,双臂分开,飞出一串华彩乐句的脖颈软绵绵地向后仰着,仿佛在接受来自天国的亲吻。她抛出三个高音,然后降下来,再发出一个更高的音,经过片刻休止,以一个延长音结束。

罗森瓦尔德没有离开钢琴,继续弹奏。不时有客人告辞。十一点钟,最后几位客人离开时,阿尔努借口送送佩勒兰,和他一起出去了。他是那班吃完晚饭不兜一圈就自称有病的人。

阿尔努夫人已来到前厅。迪特梅和于索奈正同她告别,她伸出手与他们握别,也与弗雷德里克握别。他感到好像有什么东西钻进了皮肤的每个细胞。

他告别了朋友;他需要一个人独处,心里的话满得要溢出来,为什么伸出手来呢?这是一个未加思索的举动,还是一种鼓励?"得了吧!我疯了!"况且这又有什么关系,既然现在他可以随便同她来往,在她的身边生活?

街上冷冷清清,偶尔有辆沉重的大车经过,震动了路面。房屋一幢接着一幢,正面墙是灰色的,窗户紧闭着。他不屑地想着所有躺在这些墙后睡觉的人,他们活在世上却没有见过她,甚至没有一个想到有她这个人存在!他对环境、空间、一切失去了意识。他鞋跟拍打着地面,手杖敲着店铺的门板;他一直信步朝前走,欣喜若狂,身不由己。一股潮湿的空气笼罩住他;他发觉自己在河堤边上。

路灯的灯光形成两条笔直的线,没有尽头。长长的红色火焰在河水深处摇晃着。河水呈深灰色,两岸高耸的巨大阴影,仿佛擎住微明的夜空。看不见的高楼大厦,使夜色更加昏暗。远处,屋顶上方,飘浮着明晃晃的雾霭;各种声响融汇成单一的嗡嗡声;轻风吹拂着。

他在新桥当中停下脚步,光着头,敞着衣襟,呼吸着新鲜的空气。然而,他觉得从心底涌上来某种永不枯竭的东西,一股令他激动的柔情,就像眼前这起伏的波浪。一座教堂的钟敲了一点,钟声慢悠悠的,仿佛是呼唤他的一个声音。

于是,他忽然感到灵魂在战栗,仿佛被带到了一个更高的境界。他拥有了一种非凡的才能,但不知道将把它用在哪里。他认真地反躬自问,究竟当一名大画家,还是当一名大诗人。他决定从事绘画,因为这个行当需要他接近阿尔努夫人。他终究找到自己的志向了!人生的目的,现在明确了,前途在握了。

他关好房门,听见卧室旁边的小黑屋里传来阵阵鼾声。是另外那个人。他不再想他了。

他在镜子里看到自己的脸,觉得很英俊,便自我端详了一分钟。

五

次日中午前,他买了一盒颜料,几支画笔,一个画架。佩勒兰答应给他上课,弗雷德里克便把他领到住处,看看画具是否齐全了。

戴洛里耶已先回来。一个年轻人坐在另一张扶手椅里。文书指着他说:

"就是他!他来啦!塞内卡尔!"

这个小伙子不讨弗雷德里克喜欢。剪成刷子状的平头,使额头显得更高。一双灰色的眼睛流露出残酷和冷漠的神情;黑色的长燕尾服,全身的衣着,有股学究气和教士的派头。

起先,大家谈论当前发生的事,比如罗西尼的《圣母哀歌》①;问到塞内卡尔有何看法时,他说他从不看戏。佩勒兰打开了颜料盒。

"这全是你用的东西?"文书问道。

"那还用说!"

"哟!多怪的念头!"

他俯身在桌子上,那位数学辅导教师正在桌边翻阅一本路易·勃朗②的书。这书是他自己带来的,他低声读着一些段落,而佩勒兰和弗雷德里克则一起检查调色板、刀子、囊袋。随后,他们谈起阿尔努家的晚餐。

"是那个画商吗?"塞内卡尔问道。"一个坏家伙,真的!"

"为什么?"佩勒兰说。

塞内卡尔应道:

"那是个靠玩弄卑劣的政治手腕捞钱的家伙!"

他谈起一幅著名的石印画,画的是王室一家都在从事有教益的事:路易-菲力浦捧着一部法典,王后手拿一本祈祷书,公主们在刺绣,内穆尔公爵③正在佩一把马刀;德·茹安维尔先生指着一张地图给弟弟们看,背景,一张双层床。这幅名为《高尚之家》的画,令资产者十分快乐,却伤了爱国者的心。佩勒兰仿佛是这幅画的作者,气恼地回答说,各种见解都有可取之处。塞内卡尔提出异议。艺术的唯一目的应该是教化群众! 只应该画那些褒扬德行的

---

① 罗西尼(1792—1868),意大利作曲家,创作了多部歌剧,如《塞维涅的理发师》《奥赛罗》《威廉·退尔》《圣母哀歌》等。
② 路易·勃朗(1811—1882),法国历史学家和政治家,一八四八年二月革命后,他是临时政府成员,提出建立社会工场的计划。六月革命后被迫流亡。
③ 内穆尔公爵(1814—1896),路易-菲力浦的次子;德·茹安维尔(1818—1900),路易-菲利浦的第三子。

主题,其他的主题是有害的。

"但这取决于技巧!"佩勒兰嚷道,"我可以创造出杰作来!"

"那你就活该了!人家无权……"

"怎么样?"

"不!先生,您无权要我对我所不齿的东西感兴趣!我们才不需要那些精雕细琢的小玩意儿!像那些维纳斯像,还有你们所有的风景画,不可能有任何用处!我瞧不出对人民有什么教育意义!还不如给我们看看人民的苦难,鼓舞我们为人民做出牺牲!哎!天啊!题材有的是:农庄,工场……"

佩勒兰气得结巴起来,他认为找到了一个论据:

"莫里哀①呢,您承认他吧?"

"好吧!"塞内卡尔说,"他是法国大革命的先驱,我钦佩他。"

"啊!大革命!什么玩意儿!从来没有比它更可悲的时代!"

"没有比它更伟大的时代,先生!"

佩勒兰把双臂交叉在胸前,盯着他说:

"我看您像大名鼎鼎的国民自卫军的士兵!"

对方是辩论的老手,回答道:

"我不是!我和您一样憎恨国民自卫军。可是,凭着这样的原则,就会把民众带坏!何况这对政府有利,没有一大群像阿尔努那样的轻浮家伙与政府狼狈为奸,它就不会如此强大了。"

画家为画商辩护,因为塞内卡尔的见解把他激怒了。他甚至敢于认定雅克·阿尔努有颗金子般的心,忠于朋友,钟爱妻子。

"哦!哦!要是有人出一大笔钱,他准会让她当模特的。"

弗雷德里克脸色变得煞白。

"先生,他得罪过您不成。"

"我?没有!我和一位朋友在咖啡馆里见过他一次。如此

---

① 莫里哀(1622—1673),法国喜剧大师。

而已。"

塞内卡尔讲的是实话。可是他天天看到《工艺画报》的广告,感到很厌烦。在他看来,阿尔努是危害民主的一个阶层的代表。作为严肃的共和主义者,他怀疑所有的风雅都是腐化堕落的表现。他刚正不阿,在世上一无所求。

话不投机,难以为继。画家很快想起自己有个约会,辅导教师想起学生在等他;两个人走了。经过长时间的沉默,戴洛里耶提了好几个关于阿尔努的问题。

"以后你会带我去他家的,是不是,老弟?"

随后他们考虑了安置问题。戴洛里耶没费什么事,就在一家诉讼代理人的事务所里谋得了二等文书的职位。他还在法学院注了册,购买了必要的书籍;就这样,他们朝思暮想的生活开始了。

他们正值韶华之年,生活是迷人的。戴洛里耶既然闭口不谈经济上如何共同分担的问题,弗雷德里克也就不开口。他负担一切开支,整理橱柜,料理家务;但是,一旦需要教训一下门房,文书便当仁不让,和上中学时一样,继续充当保护人和兄长的角色。

他们白天分开一整天,晚上才重聚。两人各自坐在炉边自己的位置上,开始工作。可是过不了一会儿便停下来,没完没了地倾吐心事,无缘无故地嘻嘻哈哈;有时也为油灯冒烟或找不到一本书争吵两句,但不过一分钟,两人又笑起来,气也消了。

堆放木柴的小室的门始终开着,他们躺在各自的床上,隔着老远聊天。

每天清晨,他们穿着衬衣在平台上散步。旭日东升,河面上雾霭蒙蒙,邻近的花市传来阵阵尖叫声;他们抽着烟斗,青烟袅袅,仍然肿胀的眼睛,接触到清新的空气,觉得很凉爽;他们呼吸着这纯净的空气,感到巨大的希望在四周蔓延。

星期天,如果不下雨,他们便一道出门,臂挽着臂在街头漫步。他们几乎总是不约而同地产生同一个想法,或者,他们自顾自地聊着,对周围视而不见。戴洛里耶渴望发财,把财富视为控制人的有力工具。他恨不得打动许许多多的人,做出惊天动地的事,有三名秘书听他调遣,每周举办一次政治盛宴。弗雷德里克为自己布置了一座摩尔式的宫殿,整日躺在开司米的长沙发上,聆听喷泉的窃窃私语,受到年轻黑人侍从的服侍。最后,这些幻想的东西竟变得那样清晰,他感到痛心,仿佛失去了这些东西。

"谈这些有什么用啊,"他说,"我们永远也得不到!"

"谁说得准呢?"戴洛里耶接口道。

尽管他主张民主,还是劝弗雷德里克上门求见当布勒兹夫妇。弗雷德里克表示反对,说他已做过尝试。

"唔!你再去啊!人家会邀请你的。"

三月中旬,他们收到了一大叠钱数不少的账单,其中有给他们送晚饭的那家餐馆的账单。弗雷德里克手头的钱不够,向戴洛里耶借了一百埃居①,半个月后,又开口向他借一百埃居。文书责备他不该在阿尔努的店里乱买东西。

他的确在这家店里花钱漫无节制。三面墙的中央分别挂着三幅风景画,一幅是威尼斯的,一幅是那不勒斯的,还有一幅是君士坦丁堡的。到处是阿尔弗雷德·德·德勒②的骑马塑像,壁炉上有一组普拉迪耶③的雕刻,钢琴上放着几期《工艺画报》,屋角地上堆着一些包装纸板。这些东西把房间塞得满满的,连放本书、动一下胳膊都困难。弗雷德里克硬说,为了画画,他需要所有这一切。

他在佩勒兰那里学画。但是佩勒兰经常外出,因为他有个习惯,凡是登报的葬礼或事件,他都要去参加,去亲眼看看。弗雷德里克独自在画室里一待就是几个钟头。这个大房间很安静,只听

---

① 埃居,法国古币,一埃居一般价值三法郎。
② 德勒系诺曼底的贵族世家,阿尔弗雷德·德·德勒事迹不详。
③ 普拉迪耶(1792—1852),法国雕刻家,曾为许多纪念性建筑物(如拿破仑墓)工作。他创作的女性小雕像楚楚动人,充满魅力。

得见耗子在房上跑;光线从天花板折射进来,火在煤炉里呼呼地响。这一切起初使他感到某种精神上的惬意。随后,他的目光从自己的画上移开,投向斑驳的墙壁,书架上的小摆设,积满了灰土、仿佛披着碎绒布片的半身像。他好像一个在树林中迷了路的旅客,条条路都通向同一个地点,在每一个念头的深处,他总看到阿尔努夫人的影子。

他给自己定下去看她的日子;爬到三楼,站在她家门口,他犹疑着不敢按门铃。脚步声近了;门开了,一听到"太太出去啦"这句话,他获得了解脱,好像心上搬去一块石头。

不过他还是见到她了。第一次,有三位太太同她在一起;另一个下午,玛尔特小姐的书法老师又突然来了。再说,阿尔努夫人接待过的男人都不去拜访她。出于谨慎,弗雷德里克也不再去了。

但是,为了能接到出席星期四晚宴的邀请,他每星期三必定在工艺社露面,佯装看一幅版画或浏览一份报纸,待到最后一个才走,比雷冉巴尔待的时间还长,坚持到最后一刻。终于,阿尔努对他说:"明晚您有空吗?"话音未落,他已经接受了邀请。阿尔努似乎喜欢上了他,教他辨认各种葡萄酒,如何热潘趣酒,如何做烩串烤山鹬。弗雷德里克对他言听计从,喜爱从属于阿尔努夫人的一切,她的家具,她的仆人,她的房子,她的街道。

晚餐时,他很少讲话,默默凝视着她。她右鬓角上有一小颗美人痣;紧贴两鬓的头发比其他的头发黑,而且边沿始终好像有点潮湿,她不时用两根指头摸一摸。他知道她每个指甲的形状,欣喜地听着她从门边经过时丝绸衣裙的窸窣声,暗暗嗅着她的手帕的香气;她的梳子、手套、戒指,在他眼里都是特殊的东西,像艺术品一样贵重,几乎像人一样生意盎然。样样东西全占据了他的心,使他变得更加痴情。

他无法向戴洛里耶隐瞒这片痴情。每次从阿尔努夫人家回来,他都装作不小心把戴洛里耶弄醒,好谈谈她的事。

戴洛里耶睡在小屋的水槽旁边,打了一个长长的呵欠。弗雷德里克坐在床脚,先谈晚餐的情形,接着讲述许许多多无关紧要的细节;据他看来,这些细节或是轻蔑的表示,或是情感的流露,比方,有一次她没有挽他伸出的手臂,却挽住迪特梅的胳膊,为此他伤透了心。

"啊!多傻呀!"

或者,她曾称他是她的"朋友"。

"那就快快活活地追求她就是了!"

"我可不敢。"弗雷德里克说。

"那就别想了!晚安!"

戴洛里耶翻了个身,面朝墙又睡着了。他觉得这种爱情莫名其妙,把它看成青少年期的最后一个弱点。他这个知己想必已不能满足弗雷德里克的需要,于是他想出个主意,每周请他俩共同的朋友聚会一次。

他们在每星期六晚九点前后到达。三幅阿尔及利亚出产的毛织窗帘已仔细地拉好,点着一盏油灯和四支蜡烛;桌子中央摆着烟草罐、茶壶、一小瓶朗姆酒和一些花式糕点。大家讨论灵魂是否不朽,比较教授的短长。

有天晚上,于索奈领来一位高个子青年,这青年穿一件袖子不及手腕的礼服,神情局促不安。他就是去年他们在哨所要求释放的那个小伙子。

他在打斗中丢了那盒花边,无法交还东家,东家就赖他偷窃,威胁要上法庭告他;现在他在一家运输公司当伙计。早上于索奈在一条街的拐角处遇上他;出于感激,杜萨迪埃想见见"另一位",于索奈就把他带来了。

他把那个依然装得满满的雪茄烟盒递给弗雷德里克,他希望有一天物归原主,一直小心翼翼地保存着。在场的年轻人邀请他再来。他果然来了。

大家很合得来。首先,他们对政府的仇恨达到信条的高度,不容置辩。唯独马蒂侬试图为路易-菲力浦辩护。大家引用报纸上那些有气无力的老生常谈来攻击他,什么巴黎的巴士底狱化呀,九月法令呀①,普里查德呀,基佐勋爵②呀……马蒂侬怕得罪人,不吭声了。中学的七年里,他从未受到做额外作业的惩罚;在法学院,他有办法讨老师的欢心。平日,他穿着一件宽大的灰黄色礼服和一双橡胶套鞋。可是有天晚上,他一身新郎打扮露了面:穿交叉式圆翻领的丝绒背心,系白领带,挂条金链子。

听说他是从当布勒兹先生家里来的,大家更觉诧异。原来,银行家最近从老马蒂侬那里买了一大片树林,老头子把儿子介绍给他,他便请父子二人吃饭。

"块菰多不多?"戴洛里耶问道,"有没有在过道里搂抱一下他的妻子,sicut decet?③"

于是,话题转到了女人身上。佩勒兰不承认有美女(他更喜爱老虎);而且,从美学角度讲,女性是低等造物。"诱惑你的,尤其是那些使女性思想上堕落的东西,我是说乳房、头发……"

"不过,"弗雷德里克反驳道,"长长的黑发,大大的黑眼睛……"

"噢!谁不知道!"于索嚷道,"别再提草地上的安达卢西亚女人了!古代的呢?谢谢啦!因为,好吧,说正经的!一个俏娇娃比米洛的维纳斯④有趣多了!他妈的!咱们当高卢人⑤吧!能回

---

① 一八三五年,法国发生暗杀路易-菲力浦未遂事件。政府在当年九月通过一系列法令,加强重罪法庭的权力,严格对出版物的审查。
② 勋爵是英国贵族的头衔,称基佐为勋爵,是讽刺七月王朝的这位大臣对英国采取谄媚政策。
③ 拉丁文:像应该的那样。
④ 指一八二〇年在希腊米洛岛上发现的断臂维纳斯大理石塑像。
⑤ 高卢人,古代欧洲人种,被视为大多数法兰西人的祖先。高卢人性格达观、开朗、言行放纵,喜寻欢作乐。

到摄政时代①更好!

美酒,流淌吧;女人们,给个笑脸吧!

"必须扔下棕发女郎,去找金发女郎!——您有何高见,杜萨迪埃老爹。"

杜萨迪埃没有回答。众人催促着,想了解他的口味。

"好吧,"他红着脸说,"我呀,我宁可始终爱同一个女人。"

这话讲得如此诚恳,以致一时鸦雀无声。有些人对这种纯朴大为惊讶,另一些人或许从中发现了自己灵魂深处的贪欲。

塞内卡尔把啤酒杯往壁炉台上一搁,以不容分辩的语气说,卖淫无异于暴虐,而婚姻是伤风败俗,还是不结婚为妙。戴洛里耶认为女人是玩物,如此而已。德·西齐先生对她们有各种各样的恐惧。

他是在虔诚的祖母的眼皮底下长大的。和这些年轻人为伍,他觉得像花街柳巷一样吸引人,像巴黎大学一样给人以教益。大家不遗余力地开导他,他也非常卖力地学,甚至想抽烟,尽管每次都呛得恶心。弗雷德里克对他关怀备至。他欣赏德·西齐领带的色调,短大衣的皮毛,尤其那双皮靴,薄如手套,异常干净雅致。每次来,他的车都在下面街上等他。

有个下雪的夜晚,西齐刚走,塞内卡尔便可怜起他的车夫来,随后,语气激动地攻击黄手套②们,攻击赛马俱乐部,比起这些先生来,他更看重一名工人。

"我嘛,我至少是干活的!我是穷人!"

"这是明摆着的。"末了,弗雷德里克不耐烦地说。

---

① 摄政时代,指一七一五至一七二三年法国奥尔良公爵摄政的时期。在这个时期,上层社会风气淫靡,生活放荡。
② 黄手套,当时上流社会的时髦人物均戴黄手套,因而黄手套成为时髦人物的代名词。

为了这句话,辅导教师对他怀恨在心。

雷冉巴尔曾说他与塞内卡尔有过一面之交。弗雷德里克为了向阿尔努的这位朋友表示礼貌,便请他来参加星期六的聚会。对于两位爱国者,这次会面是十分愉快的。

不过,他们是不同的人。

塞内卡尔长着一个尖脑袋瓜,他唯一看重的是体系。雷冉巴尔呢,恰恰相反,在事实中只看见事实。最叫他不安的是莱茵河的疆界。他自称精通炮术,并请巴黎综合理工学院的裁缝给自己做衣服。

头一次来,请他吃糕点,他鄙夷地耸肩膀,说这是女人吃的。以后几次,他的表现也没文雅多少。每当思想达到一定高度,他便嘀咕道:"噢!别搞乌托邦,别做梦了!"谈到艺术,他的见解并不高明(尽管他经常出入画室,为了讨好,有时还在画室教一堂击剑课)。他拿马拉斯特先生①的文笔与伏尔泰的文笔相比,拿瓦特纳兹小姐与德·斯塔尔夫人②相比,只因为这位小姐写了一首"倾注了真情"的《波兰颂》。终于,大家对雷冉巴尔腻烦透了,尤其戴洛里耶,因为这位公民是阿尔努家的常客。然而文书巴不得与这家人交往,希望认识一些有用的人。"你什么时候带我去呀?"他常常问。阿尔努不是工作太忙,就是出了远门;再说,也不必费这个心了,因为请客的季节即将结束。

如果需要为朋友赴汤蹈火,弗雷德里克一定在所不辞。但是,他想尽可能表现得好一些,检点言行,注意穿着,每次去工艺社办

---

① 马拉斯特(1801—1852),法国报人和政治家。曾任《论坛报》主编,是反对七月王朝的共和党创始人之一。一八四八年二月革命后任临时政府成员,但由于反对六月起义,大失民心。
② 斯塔尔夫人(1766—1817),法国文人,写过两部长篇小说和《论文学与社会建制的关系》《德意志论》等理论著作。她的思想有自由主义倾向,所以受到拿破仑的迫害和流放。

公室,都无可挑剔地戴着手套。而戴洛里耶呢,穿着他那身黑色的旧礼服,一副讼师的模样,谈吐自命不凡。弗雷德里克担心阿尔努夫人不喜欢戴洛里耶,这可能会连累自己,在她面前降低自己的身份。他可以容忍其他人,可是这个人,恰恰会使他大为尴尬。文书发觉弗雷德里克不愿意遵守诺言,弗雷德里克的沉默使他感到备受侮辱。

戴洛里耶真想好好引导弗雷德里克,看着他依照他们年少时的理想成长起来;可是他终日无所事事,戴洛里耶很反感,仿佛这是一种违抗,一种背叛。而且,弗雷德里克满脑子里装的都是阿尔努夫人,所以常常谈起她的丈夫。于是,戴洛里耶开始一次次地开同样的玩笑,在每句话的末尾带上阿尔努这个名字,一天重复上百遍,如同白痴的一种怪癖。有人敲门,他就应道:"请进,阿尔努!"在饭馆,他要一块"阿尔努式"的布里干酪;夜里,假装做噩梦,嚎叫着"阿尔努!阿尔努!"把同伴吵醒。终于有一天,弗雷德里克烦透了,可怜巴巴地对他说:

"别再拿阿尔努烦我了!"

"办不到!"文书回答。

> 时时有他!处处有他!滚烫也好,冰凉也好,
> 阿尔努的形影……

"住嘴!"弗雷德里克举起拳头喊道,接着轻声说:

"你很清楚,这是一个叫我心里难受的话题。"

"噢!对不起,我的好人儿,"戴洛里耶深深地鞠了一躬,说道,"从今以后,再不刺激小姐的神经了!再次请求原谅!一千个对不起!"

于是,玩笑到此结束。

三个星期后的一天晚上,戴洛里耶对弗雷德里克说:

"喂,我刚才看见她了,看见阿尔努夫人了!"

"在哪儿？"

"在王宫，和诉讼代理人巴朗达尔在一起，她一头棕发，中等个儿，对不对？"

弗雷德里克点了点头。他等着戴洛里耶讲下去。只要听到半句赞美的话，他就会把心里的话全倒出来，并准备好好疼爱戴洛里耶。但是另一位始终不开口；末了，他实在憋不住，就装出漫不经心的样子问戴洛里耶对她印象如何。

戴洛里耶觉得她"不错，但也没有任何特别的地方"。

"啊！你这样看。"弗雷德里克说。

八月份到了，这是他的第二次考期。照一般看法，考试内容准备半个月就够了。弗雷德里克不怀疑自己的能力，一口气复习完诉讼法典的头四卷，刑事法典的头三卷，刑事诉讼法的好几章和一部分民事法典，还有蓬斯莱先生的注释。考试前一天晚上，戴洛里耶要他把重点复述一遍，一直搞到天明；为了把最后一刻钟也利用上，他在人行道上边走边继续向弗雷德里克提问。

由于好几门考试同时进行，院子里有许多人，于索奈和西齐来了，轮到朋友考试，大家是不会不来的。弗雷德里克穿上传统的黑袍，走进一个大房间，后面跟了一大群，还有另外三名大学生。光线从没有窗帘的窗户照进来，沿墙摆了一些长凳。房间正中有张桌子，铺了绿台布，周围几把皮椅。桌子把考生和考官先生们隔开；考官身穿红袍，左肩上披着白鼬皮阔垂带，头戴绣金线的直筒无边高帽。

弗雷德里克被排在倒数第二名应考，这是个不利的位次，第一个问题是公约和契约的区别，弗雷德里克张冠李戴，把定义弄混了。教授是位好心人，对他说：

"别慌，先生，定定神！"

接下来是两个容易的问题，但回答得含混不清。终于问到第四个问题。头儿开得不好，弗雷德里克大为泄气。戴洛里耶坐在对面的旁听席上,向他示意并非一切都无可挽救。第二轮考刑法,他答得还可以。但是,第三轮密封遗嘱考完以后,由于主考官一直不动声色,他心里更打起了鼓。于索奈两手合十好像要鼓掌,戴洛里耶却频频耸肩膀。最后,该考诉讼法了!提出的是第三者异议问题。教授听到的理论与自己讲授的相反,十分不快,粗声粗气地问他:

"您,先生,这是您的看法吗?您如何把民事法典第1351条的原则与这种特别的攻击途径协调起来呢?"

弗雷德里克一夜没睡,觉得头痛欲裂。一道阳光从百叶窗的缝隙间射进来,正好照在他的脸上。他站在椅子后面,身子摆来摆去,用手揪着胡子。

"我等着您回答呢!"那位戴金线檐帽的人又说。

大概弗雷德里克的动作使他恼火:

"您在胡子里是找不到答案的!"

这句挖苦话引起哄堂大笑。教授很得意,口气软下来。他又向弗雷德里克提了两个关于传讯和速决裁判的问题,然后点头表示同意。公开答辩结束了,弗雷德里克回到前厅。传达室的工友脱下他的袍子,立即给另一个学生穿上。朋友们围上来,纷纷对考试结果表示互相矛盾的看法,弄得他更加六神无主。不一会儿,有个人在大厅门口用洪亮的声音宣布考试结果:"第三位考生……补考!"

"吹了!"于索奈说,"咱们走吧!"

在门房前面,他们遇到了马蒂侬,他脸色绯红,情绪激动,眼里含着笑意,眉宇间得意扬扬。他刚才顺利通过了最后一次考试,只剩下论文答辩了。要不了半个月,他将获得业士学位。他家里人认识一位大臣,在他面前展现着"锦绣前程"。

"这家伙还是把你甩在后面了。"戴洛里耶说道。

世上最丢脸的事,莫过于看到笨蛋在你失败的事情上成功。

65

弗雷德里克气恼之下,回答说他才不在乎,他有更大的抱负。于索奈做出要走的样子,弗雷德里克把他拉到一边,对他说道:

"在他们家可千万别提这件事,说定啦!"

要保密很容易,因为阿尔努第二天将去德国旅行。

晚上回家时,文书发觉朋友情绪大变;踮着脚尖转圈,吹着口哨;正当他为这种好心情感到诧异时,弗雷德里克宣布他不回家看母亲了,他要利用假期好好用功。

听到阿尔努动身的消息,他喜不自胜。这下他可以自由自在地到那边走动,而不用担心拜访时有别人打扰了。绝对安全的信念将给他带来勇气。总之,他将不再远离她,不再与她分离了!有种比铁链子还牢的东西把他拴在巴黎,内心有个声音喊他留下来。

这样做并非没有障碍。他给母亲写了封信,把障碍克服了。在信中他首先坦白考试失败了,但这是教学大纲的变动造成的,纯属偶然,冤枉得很;再说,所有大律师(他列举了他们的姓名)全是考试不及格的。但是他打算十一月份再考一次,为此要抓紧时间,今年就不回家了。除了要一个季度的费用外,他还要求另加二百五十法郎,供补习法律之用,这种补习是非常有用的。这些话写得很动听,满篇都是悔恨、慰问、假装的柔情和孝顺词句。

莫罗夫人原本等他第二天回家,接到信后为两件事黯然神伤。她向别人隐瞒了儿子的不幸遭遇,回信叫他"还是回来"。弗雷德里克没有让步。母子之间产生了不和。但是,到了周末,他收到了一个季度的钱和供补习用的款子。他拿这笔款子买了一条银灰色长裤,一顶白毡帽和一根金头细手杖。

这些东西全到手后,他想:

"或许我是剃头挑子一头热?"

他突然迟疑起来。

为了决定去不去阿尔努夫人家,他拿几枚硬币往空中抛了三次,每次都是好兆头。因此,这是天意使然。他雇了辆马车去舒瓦瑟尔街。

他疾步爬上楼梯,拉了拉门铃的绳子;门铃不响;他几乎昏厥过去。

随后,他猛然摇了摇那条沉甸甸的红绸穗子。响起了悦耳的铃声,声音逐渐由强变弱,最后什么也听不见了。弗雷德里克害怕了。

他把耳朵贴在门上听,没有一丝声息!拿眼睛对着钥匙孔,他只瞥见前厅墙上纸花中间的两根芦苇梢。临了,正待转身要走时,他改变了主意。这次,他在门上轻轻叩了一下。门开了,阿尔努本人出现在门口,他头发蓬乱,面孔通红,满脸不高兴。

"咦!您怎么来啦?请进!"

阿尔努没有把他带进小客厅或他的卧室,却把他领进了餐厅,餐桌上放了一瓶香槟酒和两只酒杯。阿尔努语气生硬地说:

"您找我有什么事,亲爱的朋友?"

"没事!没事!"年轻人寻找着来访的借口,结结巴巴地应道。

终于,弗雷德里克说是来打听他消息的,因为据于索奈所述,还以为他在德国呢。

"没那回事!"阿尔努接着说,"这小伙子真糊涂!把什么都听拧了!"

为了掩饰自己的慌张,弗雷德里克在餐厅里踱来踱去。他碰着一个椅子脚,把放在椅子上的一把阳伞撞落在地上,象牙的伞柄摔碎了。

"天呀!"他叫道,"把阿尔努夫人的阳伞弄坏了,我真难过!"

听到这话,画商抬起头来,露出古怪的微笑。弗雷德里克抓住这个可以谈论她的机会,怯生生地补了一句:

"我不能见见她吗?"

她母亲病了,她回老家了。

他不敢打听她何时回来,只问阿尔努夫人的老家在哪儿。

"夏特勒！您奇怪吗？"

"我？不！为什么？一点也不奇怪！"

随后，他们彼此再也找不出话说。阿尔努卷了一支烟，喘着气，围着桌子绕圈。弗雷德里克靠火炉站着，凝视着墙壁、搁物架和地板；一些可爱的形象络绎不绝地出现在他的记忆中，或不如说出现在他的眼前。他终于告辞了。

前厅地上，有个用报纸揉成的纸团；阿尔努捡了起来，踮起脚尖，把它塞进门铃。他说，这是为了继续被打断的午觉。随后，他握了弗雷德里克的手，说道：

"请通知门房一声，说我不在家！"

然后在他身后猛地关上了门。弗雷德里克一级级地走下楼梯。第一次尝试碰了一鼻子灰，他不敢再做毫无把握的其他尝试。于是开始了无聊的三个月。由于无任何事可做，闲散更增添了他的愁绪。

他时常站在阳台上，一连几个钟头望着河水从浅灰色的堤岸间流过。墨黑的阴沟洞口把堤岸弄得这儿黑一块，那儿黑一块；岸边有座供人洗衣的浮桥；一些顽童偶尔站在岸边的烂泥里给鬈毛狗洗澡玩。他的视线从左边的圣母院石桥和三座悬索桥移开，总转向榆林码头的一大片古树，这些古树颇似蒙特罗港口的椴树。对面，犬牙交错的屋顶中间，屹立着圣雅各教堂的钟楼、市政厅、圣热尔韦教堂、圣路易教堂和圣保罗教堂。七月柱顶的自由神像宛若一颗硕大的金星，在东方闪烁；尽西头，杜依勒里宫向空中耸起沉重的蓝色大圆顶。在后面，就在这一边，大概是阿尔努夫人的房子了。

他回到房间，在长沙发上躺下，思绪如麻，构想着写作提纲、行动计划、未来的发展。最后，为了放松一下，他出了门。

他信步朝拉丁区走去。平时这里很热闹，这段时间却冷冷清清，大学生们全回家去了。在寂静中，学校的高墙显得更高，样子更加阴沉。各种各样宁静的声响清晰可闻:笼中鸟的拍翼声,车床的隆隆声,补鞋匠的钉锤声。旧衣商站在街当中,徒劳地用目光探询每扇窗户。寂寞的咖啡馆尽里,女掌柜在装得满满的长颈大肚小玻璃瓶中间打着呵欠。书刊租阅处的桌子上,报纸仍然摆得整整齐齐。熨衣女工的作坊里,一件件内衣在阵阵热风下轻轻地抖动。他不时在旧书摊前停下;一辆公共马车紧挨着人行道驶过,令他转过身来;到达卢森堡公园前,他就不再往前走了。

有时,他希望散散心,朝马路走去。穿过一条条散发着潮湿凉气的阴暗小巷,他来到冷清的大广场,那儿阳光耀眼,纪念性建筑物在街边投下锯齿形的黑影。然而,眼前又出现了运货马车和店铺。而且,人群令他头晕,尤其在星期天,从巴士底狱广场一直到玛德莱娜广场,潮水般的人流在沥青路面上涌动,尘土飞扬,喧声不断。那些猥琐的相貌,愚蠢的言谈,汗淋淋的额头上露出的傻呵呵的满意神情叫他恶心。然而,想到自己比这些人强,注视他们的疲劳也减轻了。

他每天去工艺社打听阿尔努夫人何时归来,并长时间地询问她母亲的病情。阿尔努的回答一成不变:"继续好转。"他妻子和女儿下周回来。她越是迟迟不归,弗雷德里克越显得不安。阿尔努为如此深切的情谊所打动,带他上餐馆吃了五六次饭。

在这些长时间的单独会面中,弗雷德里克发觉这位画商才智并不高,对他态度冷淡下来。阿尔努可能有所觉察,何况弗雷德里克也该还还礼了。

为了把事情办得漂亮些,他把新衣服全卖给了一个旧货商,得到八十法郎,再添上身上剩下的一百法郎,他去阿尔努家邀他吃饭。正好雷冉巴尔也在,于是三人一起上了普罗旺斯三兄弟餐馆①。

---

① 这是巴黎一家有名的餐馆。

那位公民脱下礼服,点了菜,相信另外两位会尊重他的意见。他跑到厨房亲自吩咐厨师长,下到他了如指掌的酒窖里,还把餐馆老板喊来教训了一顿。但这都无济于事,菜也好,酒也好,服务也好,他全不满意!每上一道菜,每开一瓶酒,他刚吃一口就丢下餐叉,刚喝一口就把酒杯推得老远;然后,整个胳臂压在台布上,大声嚷嚷,说在巴黎再不能上餐馆吃饭啦!临了,他想不出什么东西对自己的胃口,"干脆"要了一盘油烧四季豆,尽管半生不熟,仍使他稍稍平静了一些。接着他和跑堂聊起餐馆以前的那些伙计来:"安东尼现在怎么样了?那个叫欧仁的呢?还有那个小不点,总在楼下当差的泰奥多尔呢?当年的菜肴讲究多了,还有首屈一指的勃艮第酒,如今休想再见到了!"

然后谈起市郊的地价。阿尔努做了一笔包赚不赔的投机买卖,直至目前他损失了一些利息,因为不论什么价他都不肯出售。雷冉巴尔将给他找个买主;两位先生用铅笔算来算去,直到用完果点才作罢。

大家去索蒙巷一家设在中二层的小咖啡馆喝咖啡。弗雷德里克站着看人家没完没了地打台球,喝下无数杯啤酒;由于懦弱,由于愚蠢,他在那里一直待到半夜,不知所为何来,心中隐隐希望发生一件什么事,成全他的爱情。

到底什么时候才能再见到她?弗雷德里克绝望了。可是,十一月底的某天晚上,阿尔努对他说:

"您知道,我太太昨天回来了!"

次日下午五时,他走进她家。

他先对她母亲的康复表示祝贺,老人家曾经病得那么厉害。

"哪儿的事?谁告诉您的?"

"阿尔努呀!"

她轻轻"啊"了一声,然后补充说,她起初着实十分担心,现在都过去了。

她坐在火边的一张绒绣面安乐椅里。他则坐在一张长沙发上,帽子夹在两膝之间。交谈很费力,她说不上两句话就停下来,他找不到机会表达自己的感情。当他抱怨学的是打官司这门行当时,她应道:"是的……我理解……办案子……!"边说边垂下头,突然陷入了沉思。

他渴望了解她在想什么,别的念头全抛诸脑后。暮色降临了,黑影聚集在两人周围。

她起身说要上街买东西。等她再出来时,只见她戴了一顶系带丝绒帽,披着一件镶灰鼠皮毛的黑斗篷。他自告奋勇陪她上街。

外面黑黢黢的;天气寒冷,空气中弥漫着浓雾的气味,屋宇的正面变得模模糊糊。弗雷德里克畅快地呼吸着,因为透过衣服的棉絮,他感觉到她胳膊的形状;而那只戴着双纽扣鹿皮手套的手,那只他恨不得印满热吻的小手,就靠在他的袖子上。路面滑溜溜的,他们走得不大稳;他觉得他俩仿佛驾着云随风摇晃。

马路上灯火辉煌,他被拉回到现实中来。良机难逢,时间紧迫。他打定主意,等走到黎塞留街,就向她表白爱情。但她几乎立即在一家瓷器店前停下来,对他说:

"到了,谢谢您!星期四见,和往常一样,对不对?"

每周一次的晚宴又开始了;而他越和阿尔努夫人交往,越感心境郁悒。

凝神细看这位女子,就好像用了气味太冲的香水,叫他神经受不了。这种感觉渗入他的气质,几乎变成全身性的感觉,一种新的生存方式。

他在街灯下遇到的妓女,高唱华彩乐段的女歌唱家,纵马驰骋的马戏女演员,步行的女市民,倚在窗口的俏女工,所有的女人,或由于相像,或由于对比鲜明,都使他想起这一位。他沿着店铺走,一边望着开士米套衫、花边和宝石耳坠,一边想象着这些东西裹住她的腰身,缝在她的胸衣上,在她的黑发间闪闪发光的情景。售花

71

摊上鲜花盛开,供她路过时挑选;鞋铺的陈列橱窗里,天鹅绒毛镶边的缎面小巧拖鞋似乎等着穿在她的脚上;条条街道通向她的房子;车辆停在广场上,仅仅是为了更快地奔向她家;巴黎与她息息相关,大都市和它的各种声音,如同一支庞大的乐队,在她身边轻轻演奏。

他到植物园去,看到一株棕榈树,便被带向遥远的国度。他俩一起旅行,骑着单峰驼,坐在大象的小天篷下,乘游艇在蓝色群岛间游弋,或并肩骑在两头系着铃铛的骡子上,骡子被草丛中的断柱绊得跌跌撞撞。有时,他在卢浮宫的古画前驻足;爱情似乎使他置身于往昔的世纪,把她变成画中的人物。她头戴圆锥形高帽,跪在用铅条卡住玻璃的窗前祷告。身为卡斯蒂利亚或佛兰德①的女领主,她戴着僵硬的绉领,身着用鲸骨支撑的大皱泡连衫裙,端端正正地坐着。随后,她穿上锦袍,在鸵鸟毛做的华盖下,由元老们前呼后拥着,走下宽大的斑岩楼梯。另一些时候,他想象她穿着黄色绸裤,倚在穆斯林后宫的靠垫上。凡是美的东西,星星的闪烁,某些曲调,一句话的韵味,一个人的轮廓,不知不觉地都会突然叫他想起她来。

至于要她当自己的情妇,他相信任何尝试都是枉费心机。

有天晚上,迪特梅来了,吻了一下她的额头;洛瓦里亚斯也吻了吻她,一边还说:

"依照朋友的特权,您允许这样做,对吧?"

弗雷德里克结结巴巴地说:

"我想我们都是朋友吧?"

"可并不全是老朋友!"她应道。

这等于事先间接地拒绝了他。

---

① 卡斯蒂利亚是西班牙中部的一个地区。佛兰德,又译弗朗德勒,是法国和比利时交界的地区,濒临北海。

怎么办呢？对她说他爱她？她一定会严词拒绝，说不定会气愤地把他轰走。与其厄运当头，再也见不着她，他宁可忍受一切痛苦。

他羡慕钢琴家的才华和士兵脸上的刀疤。他真想生一场重病，希望以此引起她的关心。

他并不忌妒阿尔努，这叫他好生奇怪。他的廉耻心似乎与生俱来，他只能想象穿着衣服的她，把性的问题推到神秘的暗影中。

然而，他梦想与她一起生活，亲昵地用"你"称呼她，用手久久地抚摸她两鬓的头发；或者跪在地上，双臂搂住她的腰肢，从她的眼里吮吸她的灵魂！为了得到这种幸福，非把命运颠倒过来不可。但是他拿不出行动来。他怨天尤人，责怪自己懦弱，被欲望搅得坐立不安，就像在囚室里打转的俘虏。终日的苦恼压得他喘不过气来，他常常一连几个钟头一动不动地发呆，要不就哭得泪人儿似的；有一天他实在控制不住自己了，戴洛里耶对他说：

"见鬼！你怎么回事呀？"

弗雷德里克说他心情烦躁，戴洛里耶根本不信。看他这般痛苦，戴洛里耶心软了，好言劝慰。像他这样的人竟然垂头丧气，多么傻呀！现在年轻还不要紧，以后也这样，就会虚度光阴。

"你糟蹋了我的弗雷德里克！我还要原先的那一个，小男孩，永远那样，那时他讨我喜欢！哦，抽支烟斗吧，畜生！振作点，你真叫我难过！"

"真的，"弗雷德里克说，"我疯了！"

文书接着说：

"啊！老行吟诗人，我清楚你为什么苦恼！有了心上人？招认吧！算了！失去一个能找回四个！失去贞洁女人不要紧，可以到其他女人那里找到慰藉。这类女人，你愿不愿意我带你去见识见识？只要去阿朗布拉就行了。"

这是最近在香榭丽舍大街顶头开的一家公共舞厅，由于超前的豪华,到第二个季度便破了产。

"看样子在那儿可以好好玩玩。咱们去吧! 如果你愿意,可以约朋友一道去,甚至带上雷冉巴尔也行。"

弗雷德里克没有邀请这位公民。戴洛里耶也撇开了塞内卡尔。他们只带了于索奈、西齐和杜萨迪埃。一辆马车把五个人载到阿朗布拉门口。

两道摩尔式游廊,一左一右平行伸展开去。正面深处,横着一幢房子的墙;第四边(餐馆那一边),是一条饰有彩绘玻璃窗的哥特式回廊。乐师演奏台上有个中国式的屋顶;周围地面铺了沥青;挂在柱子上的彩色纸灯笼,远远望去,好似给跳四对舞的人戴上了五色缤纷的火的冠冕。这儿那儿,一个底座托着一只石盆,喷出细细的水柱。叶丛间隐约可以看到一些石膏像,赫柏也好,丘比特[①]也好,浑身涂满黏糊糊的油彩。耙得平平整整的黄沙小径,纵横交错,使花园看上去比实际上大了许多。

一些大学生带着情妇散步;身着时装的店员手指间夹着手杖,趾高气扬地走来走去;中学生们吸着雷加利亚烟[②];还有些老独身者,用梳子轻轻梳理染过色的胡须;这儿有英国人、俄国人、南美人和三名头戴土耳其帽的东方人。来这儿的还有一些轻佻的漂亮女郎、年轻的缝纫女工和妓女;她们希望找个靠山或情人,挣一块金币或仅仅为了跳舞取乐;她们身着水绿色、蓝色、樱桃色或紫色的宽大长裙,穿梭于乌木树和丁香树之间。男人几乎全穿着格子衫,有几位不顾夜晚天凉,穿着白色长裤。煤气灯亮了。

于索奈与时装报社及小戏院素有来往,认识许多女人。他用指尖向她们送去飞吻,不时离开朋友去同她们聊天。

看到这种做派,戴洛里耶好生忌妒。他厚着脸皮上前去和一

[①] 赫柏和丘比特分别为希腊神话中的青春女神和爱神。
[②] 雷加利亚烟是古巴出产的一种上等雪茄。

位身穿紫花衣、头发金黄的高个女郎攀谈。她沉着脸打量了他一番,然后说:"不,信不过,我的好好先生!"说完掉头就走。

他又走近一位肥胖的棕发女人。她一定是个疯子,刚听他讲第一句话就蹦起来,威胁说,假若他继续纠缠,她就喊警察来。戴洛里耶强作笑脸;随后,他发现路灯下僻静处坐着一个娇小的女人,便过去请她跳四对舞。

高高坐在台上的乐师们,姿势活像猴子,拼命地又吹又拉。乐队指挥站着,机械地打着拍子。舞池里人挤人,大家跳得很开心;散开的帽带轻触领带,皮靴伸到衬裙下面;一切都有节奏地跳动着;戴洛里耶被康康舞的狂热所感染,把那个娇小的女人搂在胸前像个大木偶似的在四对舞的舞伴中间乱蹦乱跳。西齐和杜萨迪埃继续散步;这位贵族少爷瞟着妓女们,不管杜萨迪埃如何鼓励,也不敢同她们讲话,心想这类女人家里总有"一个持枪藏在衣橱里的男人,他会跳将出来,逼着你签发汇票"。

他俩回到弗雷德里克身边。戴洛里耶不再跳舞了;大家正在商量如何度过这个夜晚,于索奈突然叫起来:

"瞧!阿麦吉侯爵夫人!"

这是一个面色苍白、长着一只翘鼻子的女人,露指手套一直戴到肘部,一对黑色的大耳环垂在面颊两侧,活像两只狗耳朵。于索奈对她说:

"我们到你家举办一个小型晚会,一个东方式的聚会,好不好?想法子找几位你的女友来陪陪这些法国骑士吧!嗳,什么叫你为难呀?你要等你的西班牙贵人吗?"

这位安达卢西亚女子低着头;她深知这位朋友素来出手不大方,生怕要她付冷饮费。临了,听到她吐出钱这个字,西齐把他钱袋里的五个拿破仑①全拿了出来;事情就这样定了。可是弗雷德

---

① 一枚拿破仑金币值二十法郎。

里克不见了踪影。

他以为听出了阿尔努的嗓音,瞥见了一顶女帽,于是一溜烟钻进旁边的小树林里去了。

瓦特纳兹小姐单独和阿尔努在一起。

"对不起!我打扰你们了吗?"

"一点也不!"商人应道。

弗雷德里克从他们交谈的最后几句话听出来,画商跑到阿朗布拉来,是为了同瓦特纳兹小姐谈一件急事。阿尔努大概没有完全放心,神情不安地问她:

"您的确有把握?"

"非常有把握!人家是爱您的!啊!瞧这个人!"

她伸出两片厚嘴唇,冲他撇了撇嘴;口红涂得太多,嘴唇几乎是血红的。但是,她有一双浅黄褐色的漂亮眼睛,眸子里金光点点,充满才智、爱情和肉欲。这双眼睛像灯一样照亮她那张略微发黄的瘦脸。阿尔努看到她这种无礼的样子,似乎觉得有趣,俯下身来对她说:

"您真可爱,吻吻我!"

她抓住他的两只耳朵,在他额头上亲了一下。

这时,舞停了。乐队指挥的位置上,出现了一个俊美的青年。他身材过分肥胖,脸色白得像蜡,长长的黑发梳成基督的式样。他穿一件天蓝色丝绒背心,上面用金线绣着宽大的棕榈叶。他的神情如孔雀一样骄傲,如火鸡一样愚蠢。他向观众敬礼,然后开始唱一首小调,歌词大意是一个乡下人讲述自己逛京城的情景。歌手操着下诺曼底的方言,装出醉汉的样子:

啊!我笑呀,我笑呀!
在这叫花子般的巴黎!

这个叠句引起阵阵狂热的跺脚。戴马斯,这位"声情并茂的歌手"十分机灵,不会让听众的情绪冷下来。有人迅速递给他一把吉他,他低声哼起一首抒情歌曲,名叫《阿尔巴尼亚女人的兄弟》。

听到这首歌的歌词,弗雷德里克不由得想起那个衣衫褴褛的人在船上两个绞车卷筒之间唱的歌。他的眼睛不由自主地盯着在他面前摊开的袍子的下摆。每段歌词之间有个长长的休止,树林里的风声听起来好似波涛翻滚。

瓦特纳兹小姐用手拨开挡住她视线的一株女贞树的树枝,目不转睛地望着台上的歌手。她鼻孔张开,双眉拧起,仿佛沉浸在真正的欢乐中。

"好呀!"阿尔努说,"我明白今晚您为什么来阿朗布拉啦!亲爱的,您喜欢戴马斯。"

她矢口否认。

"啊!这么怕难为情!"

随后,他指着弗雷德里克说:

"是不是因为他?您错了。没有比他嘴更紧的小伙子了!"

其他几个人为了寻找他们的朋友,也走进了青葱翠绿的大厅。于索奈一一做了介绍。阿尔努把雪茄烟分给众人抽,还请大家喝冰镇果汁。

瓦特纳兹小姐瞥见杜萨迪埃,脸红了。她很快站起身,向他伸出手来,说道:

"您不记得我了,奥古斯特先生?"

"怎么,您认识她?"弗雷德里克问道。

"我们曾在同一幢房子里住过。"他应道。

西齐拉了拉他的袖子,两人出去了。杜萨迪埃刚一走,瓦特纳兹小姐便夸他脾气好,甚至说他是个情种。

随后,大家谈起戴马斯,他如果演哑剧,可能会成为名角儿。接着展开了一场讨论,话题五花八门,涉及莎士比亚、对书报戏剧

77

的审查、风格、人民、圣马丁门戏院的收入、亚历山大·仲马、维克多·雨果和杜麦桑①。阿尔努结识过好几个著名女戏子,这群年轻人欠着身子注意听他讲。但是嘈杂的乐曲声盖过了他的话。四对舞或波尔卡舞一停,大家冲到桌边,呼唤小厮,又说又笑;树下,啤酒瓶和汽水瓶的开瓶声响成一片,一些女人像母鸡一样高声尖叫;偶尔,两个先生要动手打架;一个小偷被逮住了。

跳加洛普舞时,一对对舞伴拥入小径。他们气喘吁吁,面带微笑,满脸绯红,旋风般地一一闪过,长裙飘飘,燕尾摆动。长号更响,节奏加快;中世纪式样的回廊后面,传来噼噼啪啪的声音,鞭炮齐鸣;轮转烟火转了起来;孟加拉烟火色如碧玉,把整个花园照得亮如白昼,长达一分钟之久。最后一支烟火升上天空时,大家发出了一声长叹。

人群缓缓流动。空气中弥漫着火药的烟雾。弗雷德里克和戴洛里耶夹在人群中一步步走着。突然他们停下了脚步:他们看见马蒂侬在雨伞存放处前叫人找零钱;他陪着一位年纪五十开外、衣着华丽、身份不明的丑女人。

"这家伙不像人们想象的那样简单,"戴洛里耶说,"西齐究竟上哪儿了?"

杜萨迪埃给他们指了指小咖啡馆。他们瞥见这位公子哥儿面对一碗潘趣酒,身边有位戴粉红帽子的女子与他相伴。

于索奈五分钟前就不见了,这时又露了面。

一位少女倚着他的胳膊,高声叫他"我的小猫"。

"别这样叫!"他对她说,"不!别在大庭广众之中这样叫!你不如称我子爵吧!这才有路易十三时代足蹬软靴的骑士的派头,我喜欢这种派头!对了,朋友们,这是一位老相识!她是不是很可爱?"

---

① 杜麦桑(1780—1849),法国通俗笑剧作家和古钱币学家。

他托起她的下巴。

"向这些先生们行礼！他们全是法兰西贵族院议员家的少爷！我常同他们来往,为的是让他们任命我当大使!"

"看您疯成什么样子了!"瓦特纳兹小姐叹道。

她求杜萨迪埃把她送到家门口。

阿尔努望着他们走远,然后转身对弗雷德里克说：

"您喜欢她吗,这位瓦特纳兹小姐？不过,您在这个问题上是不大坦率的。我相信您把心中所爱瞒着不说,对不?"

弗雷德里克面色变得灰白,发誓说他什么也没有隐瞒。

"可是大家不知道您有没有情妇。"阿尔努接着说。

弗雷德里克真想随便举出一个人名来。但是这事会传到她的耳朵里,于是他回答说他的确没有情妇。

画商为此责备他。

"今晚机会多好！您为什么不学别人的样？他们全带着女人走了。"

"那您自己呢?"弗雷德里克受不了这种追问,顶了他一句。

"我呀！小鬼！那可不一样！我回到我女人身边去!"

他叫了一辆双轮轻便马车,随即不见了。

两个朋友步行回家。东风吹拂,他们谁也不讲话。戴洛里耶没有在一家报社的社长面前出出风头,觉得很遗憾。弗雷德里克则忧心忡忡;终于他说,他觉得这个舞场低级庸俗。

"那怪谁呢？谁叫你把我们甩了去找你的阿尔努的!"

"算了！无论我做什么都根本不管用!"

但是文书有一大套理论。想得到什么,只须有强烈的欲望。

"可是,刚才,你自己……"

"我才不把她放在眼里呢!"戴洛里耶斩钉截铁地打断他的暗示,"难道我会被女人缠住!"

于是他攻击她们矫揉造作,愚昧无知;总之,女人惹他讨厌。

79

"别装模作样了!"弗雷德里克说。

戴洛里耶住了口。过了一会儿,他突然说:

"你愿不愿意同我赌一百法郎?我担保把第一个路过的女人搞到手。"

"行!同意!"

第一个路过的女人是个奇丑无比的叫花子;他们正为运气不佳失望时,突然看到里沃利街街当中有个高个子的姑娘,手里拿着一个小纸板盒。

戴洛里耶赶到拱廊下同她搭讪。她突然朝杜依勒里公园斜插过去,很快走过卡鲁塞尔广场。她边走边注视左右,然后跑着去追一辆出租马车。戴洛里耶赶上了她,挨着她走,同她讲话,还打着富于表现力的手势。终于,她挽住他的胳臂,两人继续沿堤岸而行。走到夏特莱监狱对面,他们在人行道上至少溜达了二十分钟,活像两个值勤的水兵。可是,突然他们穿过汇兑桥、花市和拿破仑码头。弗雷德里克尾随其后。戴洛里耶叫他明白他会妨碍他们,还告诉他只须如法炮制就行了。

"你还有多少钱?"

"两个一百苏的硬币!"

"足够了!晚安!"

看到他假戏真做,弗雷德里克大吃一惊。"他拿我开心,"他想,"要是我再跟上去呢?"戴洛里耶说不定会以为我羡慕他有这种爱情?"好像我没有爱情似的,其实它比这稀有百倍,高尚百倍,炽烈百倍!"他受怒气驱使,来到阿尔努夫人的家门口。

临街的窗户没有一扇是她的住房的。尽管如此,他两眼依然紧盯着正面的墙,仿佛这种凝视能够穿墙裂壁。现在,她一定安歇了,像一朵沉睡的花儿那样安详,美丽的黑发披散在枕头的花边上,双唇微启,头枕在一只手臂上。

他眼前出现了阿尔努的头。为了躲避这个幻象,他离开了。

他想起戴洛里耶的劝告,心里十分反感,于是他在街头踟蹰。

每当有行人走过,他都尽力看清楚这人的面孔。不时,一道光从他的两腿间射过来,在街面上划出一个巨大的弧;暗影中走出一个人来,背着筐,提着灯笼。有些地方,风摇撼着烟囱的铁皮。远处响起一些声音,与他脑袋里的嗡嗡声交织在一起;他仿佛听到空中隐约回荡着四组舞的前奏曲。走路的动作维持了这种如痴如醉的状态;他来到协和桥桥头。

这时,他又回想起头年冬天的一个晚上,他第一次从她家出来,满怀希冀,心扑通扑通跳得那么快,他不得不停了下来。如今,一切希望全化为泡影!

片片乌云掠过月亮的表面。他举头望月,遐想宇宙的浩瀚,人生的苦难,万物的虚空。天发白了;他的牙齿咯咯作响;他半睡半醒,衣服被雾气打湿,满脸泪水,扪心自问为何不了结此生?只做一个动作就行了!额头的重量拖着他的身子,他看见自己的尸体在水面上漂浮;弗雷德里克俯下身去。桥栏杆比较宽,由于疲乏无力,他才没有试图跨过去。

他突然惊惧万分,折回马路,倒在一张长椅上。几个警察把他喊醒,以为他一定"胡闹了一夜"。

他又往前走。但是他感到饥肠辘辘,而所有餐馆都关着门,他便到中央菜市场的一家小酒馆里吃了点心。然后,他觉得时间尚早,便在市政厅周围闲逛,直到八点一刻。

戴洛里耶早把那个轻佻女人打发走了,正伏在房间中央的桌子上写东西。下午四点钟光景,德·西齐先生进来了。

头天晚上,在杜萨迪埃的撮合下,他勾搭上一位太太;他甚至用车把她和她丈夫一直送到家,她在家门口同他订了约会。他刚从那儿回来。提到的那个姓氏,大家可不熟悉!

"您要我做点什么呢?"弗雷德里克说。

于是,这位绅士开始东拉西扯,谈起瓦特纳兹小姐,安达卢西亚女人，以及其他女子。绕了许多圈子，最后才说出来访的目的：他相信朋友守口如瓶，所以来求弗雷德里克帮他做一件事，做了这件事，他就终于可以把自己看成男子汉了。弗雷德里克没有拒绝他，还把这事一五一十讲给戴洛里耶听，但只字未提与他本人有关的实情。

文书觉得"他现在干得不错"。由于弗雷德里克听从他的劝告，他的心情更舒畅了。

正是由于他的好心情，见面第一天他就把克莱芒丝·达维乌小姐迷住了。她是为军服做金线刺绣的女工，性情最温柔不过，身段像芦苇般苗条，蓝色的大眼睛不断流露出惊讶的神情。文书欺她天真老实，甚至骗她说自己得过勋章。两人单独在一起时，他在礼服上饰一条红绶带，来到众人面前，他便把它取下来，他说这是为了不叫他东家难堪。此外，他故意疏远她，像老爷似的任她爱抚，还开玩笑地称她为大众女郎（指妓女）。每次她都给他带来几小束紫堇。这样的爱情，弗雷德里克可不稀罕。

然而，每当他们臂挽臂地出门，到潘松或巴里奥的小房间去的时候，他总感到格外的忧伤。他哪里知道，一年来，每逢星期四，他洗刷指甲准备去舒瓦瑟尔街赴宴时，他叫戴洛里耶多么痛苦！

有天晚上，他从阳台上望着他们出去，远远看见于索奈站在阿科勒桥上。艺术家打手势叫他下去，等弗雷德里克下了五层楼，他说：

"是这么回事：周六二十四号，是阿尔努夫人的生日。"

"怎么，她不是叫玛丽吗？"①

"也叫昂热尔，管它呢！他们将在圣克卢的乡间别墅举行生日宴；我受托来通知您。当天下午三点，画报社有辆车等您。就这

---

① 按照法国人命名的习俗，名叫玛丽的女子，生日应与圣母玛利亚的节日在同一天，即八月十五日。

么说定了！对不起,打扰了。我还要跑许多地方！"

弗雷德里克还没有转过身来,门房就交给他一封信:

"当布勒兹先生和夫人敬请弗·莫罗先生于本月二十四日星期六光临寒舍,共进晚餐。——候复。"

"太晚了。"他想。

不过,他拿信给戴洛里耶看,戴洛里耶叫道:

"啊！终于来请你了！可是你好像并不高兴。为什么呀？"

弗雷德里克迟疑片刻,然后说同一天另有一家请他。

"你给我叫舒瓦瑟尔街的那一家滚开！别傻了！如果你不好意思,我来替你回信。"

文书用第三人称写了一封接受邀请的回帖。

他对上流社会垂涎三尺,但从未身临其境,仅仅想象它是一个按数学定律运转的人造社会。在餐馆吃顿饭,邂逅一位要人,一位漂亮女人嫣然一笑,这一切通过互相演绎的连锁反应,有可能产生巨大的成效。某些巴黎沙龙就好像是那种加工原料的机器,产品的价值增加百倍。他相信真有为外交家出主意的名妓,巧施计谋同有钱人结成的亲事,才气非凡的苦役犯,在强者手中百依百顺的机遇。总之,他认为与当布勒兹一家交往大有裨益,他娓娓而谈,倒弄得弗雷德里克不知如何是好了。

既然这是阿尔努夫人的生日,他总该送她一件礼物;他自然而然想到送一把阳伞,以弥补他那次笨手笨脚造成的损失。他物色到一把从中国进口的闪色绸阳伞,配着雕镂的象牙短柄。这把伞要卖一百七十五法郎,而他身无分文,甚至寅吃卯粮,靠下个季度的费用度日。然而,他一心一意要买它,尽管很不情愿,也只好向戴洛里耶求助。

戴洛里耶回答说他没钱。

"我需要用钱,"弗雷德里克说,"有急用！"

可是另一位依然说他没钱,弗雷德里克发火了。

"你偶尔总可以……"

"什么?"

"没什么!"

文书明白了。他从储备金中取出需要的款数,把硬币一枚枚倒了出来。

"我不要你立字据,既然我靠你养活!"

弗雷德里克扑过去搂住他的脖子,说了一大堆亲热的话。戴洛里耶听了无动于衷。次日,他看见钢琴上搁着一把阳伞,说道:

"啊!原来是为这个!"

"我或许派人送去。"弗雷德里克怯懦地说。

事有凑巧,当晚他收到一封带黑框的信,当布勒兹夫人说她的一个舅舅去世了,只好过些时候再有幸结识他,她为此深表歉意。

弗雷德里克两点钟就来到画报社的办公室。阿尔努按捺不住对乡野的渴望,头天就走了,没有等他,也没用自己的车把他带去。

每年树木长出新叶的时节,他一连好几天,清早出门,在田野里走上半天,到农庄喝鲜牛奶,同村妇们嬉戏,询问收成的好坏,用手帕包些生菜回家。终于,他实现了夙愿,买下了一幢别墅。

弗雷德里克正和店员谈话时,瓦特纳兹小姐突然来了。见不到阿尔努,她十分沮丧。他说不定还要在那边待两天。店员劝她"去一趟",她去不了;要不"写封信",她怕信会遗失。弗雷德里克自告奋勇替她捎信。她急急写就一封,恳求他在无别人在场时把信交给阿尔努。

四十分钟后,弗雷德里克到达圣克卢。

别墅离桥有百来步远,坐落在半山腰上。花园的围墙被两排椴树遮住,一大片草坪延伸到河边。栅栏门开着,弗雷德里克走了进去。

阿尔努躺在草地上,和一窝小猫玩耍。这种消遣似乎完全把他吸引住了。瓦特纳兹小姐的信使他清醒过来。

"见鬼,见鬼!真烦人!她说得对,我该跑一趟。"

随后,他把信往衣兜里一塞,高高兴兴地介绍起自己的家世来。他带弗雷德里克看了一切,马厩啦,车棚啦,厨房啦。客厅在右边,靠巴黎那一边,对面有个用板条钉成的棚架,上面爬满铁线莲。突然,他们头顶上方响起一串华彩乐章;阿尔努夫人以为只有她一个人,正在唱歌玩。她练习音阶、颤音和琶音。有些音符悠长,好似悬于半空;另一些音符急速落下,宛若瀑布的水珠。她的声音穿过遮光帘,划破寂静,升向蔚蓝的天空。

邻居乌德里夫妇来了,她的歌声戛然而止。

随后她本人出现在台阶上。她一级级往下走时,弗雷德里克瞥见了她的脚。她穿着一双小巧的金褐色敞口皮鞋,三根鞋襻在袜子上勾勒出一个金色的栅栏。

客人到齐了。除了律师勒弗舍尔先生外,其余全是周四晚宴的常客。每人都带来一件礼物:迪特梅送一条叙利亚围巾,罗森瓦尔德送一册抒情歌曲集,布里厄送一张水彩画,松巴兹送一幅自己创作的漫画,佩勒兰送一幅木炭画,画的是一种死神舞,形象丑陋,绘制粗劣。于索奈没带任何礼物。

弗雷德里克等到最后才送上自己的礼品。

她万分感谢。于是,他说:

"但……这几乎等于还一笔债!我曾经非常懊恼……"

"懊恼什么呀?"她接口道,"我不明白。"

"入席!"阿尔努一边喊,一边抓住弗雷德里克的胳膊。

随后附在他耳边说:

"您呀,您可不大聪明!"

餐厅漆成水绿色,十分宜人。一头立着一尊石雕仙女,脚趾浸在一只贝壳状的水盆里。从敞开的窗户望出去,整座花园和长长的草坪尽收眼底。草坪的一侧有株枝叶落了四分之三的苏格兰古松,草坪上隆起一个个高矮不等的花坛。河对岸,布洛涅森林、纳依、塞夫勒、默东,形成半个大圆圈。对面,栅栏外边,一只小帆船随风荡漾。

大家从眼前的景色谈起,继而又谈到一般的风景。争论刚刚开始,阿尔努盼咐仆人在九点钟把他的四轮马车驾好。他的账房来信叫他回去一趟。

"要不要我同你一道回去?"阿尔努夫人问道。

"那当然啰!"

然后潇洒地向她行了一个礼,说道:

"您很清楚,太太,没有您我是活不下去的!"

众人都恭维她有这么一位好丈夫。

"啊!这是因为我不仅仅是一个人!"她指着小女儿柔声说道。

随后,话题转到绘画上,大家提到雷斯达尔①的一幅画,阿尔努希望能卖个大价钱。佩勒兰问他:"据说鼎鼎大名的扫罗·马蒂亚斯上个月从伦敦来,出价二万三千法郎想买这幅画,真有这回事吗?"

"千真万确!"

然后转向弗雷德里克说:

"就是那天我在阿朗布拉陪着散步的那位先生。说实话,我这是不得已,因为这些英国人好没意思!"

弗雷德里克猜想瓦特纳兹小姐的信涉及一件风流韵事,十分佩服阿尔努先生从容不迫地想出了一个体面的脱身之计。但是阿尔努再次扯谎是毫无必要的,他吃惊地瞪大了眼睛。

画商一脸天真地补充道:

"您怎么称呼他来着,那个高个子青年,您的朋友?"

"戴洛里耶。"弗雷德里克迅速应道。

---

① 雷斯达尔(1628/29—1682),荷兰著名风景画家。

接着,他觉得这样说对不起朋友,赶紧弥补,夸他才智超群。

"啊!真的吗?看上去他可不如另一位,运输公司的那位职员正派。"

弗雷德里克在心里咒骂戴洛里耶。她会以为他尽同平庸之辈交往。

随后,大家谈论京城的美化,新的街区;乌德里老头列举了一大串大投机商的名字,无意中提到了当布勒兹先生。

弗雷德里克抓住这个表现自己的机会,说他认识当布勒兹。但是佩勒兰开始尖刻地讽刺杂货商;卖蜡烛的也罢,做货币买卖的也罢,在他看来都是一路货色。接着,罗森瓦尔德和布里厄聊起瓷器来;阿尔努同乌德里夫人谈论园艺;松巴兹是个老派的滑稽家伙,拿她的丈夫寻开心,把他叫作奥德里——一位演员的名字,还说他一定是画狗名家乌德里的后裔,因为他的额头上有明显的兽类隆凸。松巴兹甚至想摸摸他的脑壳,那一位由于戴着假发,护着头不让他摸。果点在一片大笑声中用完了。

大家在椴树下抽烟,喝咖啡,又在花园里兜了几圈,然后沿着河边散步。

一行人在一个渔夫面前停下来,他正在一个养鱼箱里洗鳗鱼。玛尔特小姐想看看鱼。渔夫把箱子里的鱼全倒在草地上;小姑娘跪到地上抓,快活地咯咯直笑,又吓得大喊大叫。鳗鱼全跑了。阿尔努照价付了钱。

接着,他想出了乘船游玩的主意。

地平线的一边开始暗下来;另一边,天空抹上一大片橘黄色,山峦完全变黑了,顶峰被染得更红。阿尔努夫人坐在一块巨石上,背后映衬着这片火红的光。其他人四处溜达;于索奈在陡峭的河岸下边打水漂儿玩。

阿尔努回来了,后面跟着一条旧小艇。他不听最明智的劝告,硬把客人们往船上装。船渐渐往下沉,大家只好弃船登岸。

87

四壁张挂着擦光印花布的客厅里,插在靠墙放的水晶多枝烛台上的蜡烛已经点燃。乌德里大妈坐在扶手椅里静静地睡着了,其他人听勒弗舍尔议论律师行业的名人。阿尔努夫人独自待在窗前,弗雷德里克走了过去。

他们聊着大家谈论的事。她佩服演说家;他更羡慕作家的声名。她接着说,能直接打动群众的心,眼见自己的全部感情移入群众的心灵,你一定会感到更强烈的乐趣。这种春风得意对弗雷德里克吸引力不大,他没有雄心壮志。

"啊!那为什么呢?"她说,"总该有一点吧!"

他俩站在窗口,彼此挨得很近。夜色宛如一张布满银钉的深色大幕,展现在他们面前。他们第一次没谈微不足道的琐事。无意中他甚至了解了她的好恶:某些香水她闻了会恶心,她对历史书很感兴趣,她还相信梦。

他开始讲情场上的种种遭遇。她同情爱情造成的不幸,但对虚情假意的卑劣行径深恶痛绝;这种正直的品德与她端正秀丽的容貌如此相称,仿佛这种品德是由她的容貌决定的。

她有时粲然一笑,目光在他脸上停留一分钟。这时,他觉得她的目光深入他的灵魂,就像强烈的阳光一直照射到水底一样。他爱她,没有二心,不存回报的希望,是一种纯粹的爱。在这种默默无言、感恩图报的冲动中,他恨不得用雨点般的吻盖满她的额头。这时,内心涌动的一股力量令他振奋不已;这是自我献身的一种欲望,立即效忠的一种需要;这欲望,这需要,由于得不到满足而益发强烈。

他没同大家一起走,于索奈也一样。他俩将乘车回去;四轮马车已在台阶下面等着。但是阿尔努又回花园采玫瑰花,然后用线扎成一束。由于花枝长短不齐,他从塞满纸片的衣兜里,随便掏出一张来包好,又用一根大别针别住,然后怀着几分激动把花献给妻子。

"拿着,亲爱的,原谅我把你忘了!"

但是她轻轻叫了一声;别针没有别好,扎了她一下,她又回到楼上她的房间。大家等了近一刻钟,她终于出来了,拉着玛尔特钻进车里。

"你的那束花呢?"阿尔努问道。

"不!不!用不着去拿了!"

弗雷德里克跑去取花;她冲他嚷道:

"我不要了!"

过了一会儿,他把花取回来,说他发现花掉在地上,又把它重新包好了。她把花束塞进座位的皮护板里,车随即走了。

弗雷德里克坐在她旁边,发觉她浑身抖得厉害。车子过了桥,阿尔努正朝左拐时,她喊道:

"不对!你搞错了!向那边,向右!"

她似乎很生气,看什么都不顺眼。后来,玛尔特闭起眼睛睡着了,她抽出那束花,从车门扔了出去,然后抓住弗雷德里克的胳臂,用另一只手示意他不要声张。

接着,她用手帕捂住嘴,再也不动了。

另外那两位在座位上谈着印刷和订户的事。阿尔努漫不经心地赶着车,在布洛涅森林里迷了路。车子驶进小路。马儿慢步走着;树枝擦着车篷。昏暗中,弗雷德里克只看得见阿尔努夫人的两只眼睛;玛尔特躺在她身上,他托着玛尔特的头。

"她累着您了!"母亲说。

"不!不!"

滚滚尘土慢慢扬起;车子穿过奥特依;家家户户门窗紧闭;街灯时而照亮一个墙角,车子驶过,又隐入黑暗中;有一次,他发觉她哭了。

是悔恨?是欲望?到底怎么回事?她不明原委的这份忧伤引起他的关心,好像与他有切身关系;如今,他俩之间有了一条新的

89

纽带,配合默契;他用最温柔的声音对她说:

"您不舒服吗?"

"嗯,有一点。"她应道。

车在行驶,忍冬和山梅花伸出花园的篱笆墙,在黑夜中散发出令人浑身发软的芬芳。她的袍子有许多皱褶,盖住了她的脚面。他仿佛觉得,通过这个躺在他俩之间的孩子的躯体,他和她整个人连在了一起。他朝小女孩俯下身,拨开她美丽的棕发,轻轻在她额头吻了一下。

"您真好!"阿尔努夫人说。

"为什么?"

"因为您爱孩子。"

"并非所有的孩子!"

他没有再说什么,但是朝她那边伸出左手,张得开开的;他设想也许她也会这样做,他就能碰到她的手了。随后他感到羞愧,把手缩了回去。

不久,车子上了马路,走得更快了。煤气灯越来越多,巴黎到了。于索奈在家具仓库前跳下座位。弗雷德里克等马车停在院子里才下车;然后他埋伏在舒瓦瑟尔街的拐角,瞥见阿尔努慢慢地又回到马路上来。

从第二天起,他全力以赴地投入学习。

他想象着一个冬天的夜晚他置身刑事法庭的情景。辩护即将结束,陪审员们面色苍白,屏息聆听的人群把法庭的板壁挤得咯咯直响。他已经讲了四个钟头,扼要陈述了他的全部证据,同时披露新的证据。他感到,他每讲一句话和一个字眼,每做一个手势,身后断头机的铡刀便高高吊起。接着,在议院的讲台上,身为双唇维系着整个民族存亡的演说家,他以雷霆万钧之力和悦耳动听的语调,猛烈抨击对手,驳得他们哑口无言;或嬉笑怒骂,或感人肺腑,或怒火填膺,或慷慨激昂。她就在那儿的某个地方,夹在其他人中

90

间,用面纱遮住兴奋的泪水;随后他们重新聚首;只要她用手轻轻抚摸他的额头,说一句:"讲得多好啊!"那么,泼冷水也罢,诽谤咒骂也罢,都伤不着他一根毫毛。

这些想象的图景,好似灯塔,在他人生的天际闪亮。他精神振奋,人变得更机敏,更坚强。直到八月份,他闭门不出,终于通过了最后一门考试。

戴洛里耶曾经费了九牛二虎之力,再次帮他复习功课,应付十二月底的第二次考试和二月份的第三次考试,如今看他这样用功,感到十分吃惊。于是,旧日的希望重新涌上心头。弗雷德里克必须在十年后当议员,十五年后当部长。为何不行?用他不久将到手的遗产,他可以先创办一份报纸;这是第一步;以后的事再说。至于戴洛里耶自己,他一直妄想得到法学院的教职;他的博士论文答辩极其出色;博得了教授的称赞。

三天后,弗雷德里克的论文也通过了。动身度假前,他搞了一次野餐,给周六聚会画上一个句号。

野餐那天他很快活。阿尔努夫人回夏特勒她娘家去了。但是不久他将再见到她,并终将成为她的情夫。

同一天,戴洛里耶加入了青年律师辩论会,发表了演讲,赢得了许多掌声,平日他很少饮酒,这天也喝了个半醉。吃果点时,他对杜萨迪埃说:

"你呀,为人老实!等我有了钱,我指定你当我的财产管理人。"

大家都很高兴;西齐尚未读完法科;马蒂侬将去外省继续实习,并将被任命为代理检察长;佩勒兰准备画一幅表现革命之神的巨幅油画;于索奈下周要给德拉斯芒剧院的经理读一个剧本的梗概,他对成功毫不怀疑:

"因为这出剧的构思已经被接受了!激情嘛,我四处流浪,有不少体验,至于俏皮话,这是我的拿手好戏!"

他纵身一跃,来了个倒立,两手着地,双腿朝上,绕着桌子走了几圈儿。

这种淘气的举动也没能使塞内卡尔舒展眉头。他打了一个贵族公子,刚刚被赶出寄宿学校。由于日益贫穷,他责怪社会秩序,咒骂有钱人,把一腔苦水向雷冉巴尔倾吐。雷冉巴尔越来越失望、忧郁和厌世了。这位公民如今把注意力转向预算问题,谴责王党在阿尔及利亚损失了好几百万①。

他不去亚历山大小咖啡馆消磨一段时间是睡不着觉的,所以十一点钟就走了。其他人更迟些才离开;弗雷德里克向于索奈道别时,得知阿尔努夫人大概头天已经回来了。

于是他去运输公司把订的票后延一天,傍晚六点钟左右到她家拜访。门房告诉他,她的归期推迟了一星期。弗雷德里克独自吃了晚饭,然后在马路上闲逛。

玫瑰色的云霞,斜抹在屋顶的上方;店铺的天篷卷了起来;洒水车往尘土上洒了一阵水,清凉的空气中混杂着从咖啡馆散发出来的气味。咖啡馆敞着门,可以望见金银器皿之间摆着束束鲜花,花儿又映在一面面高大的镜子中。人群慢悠悠地走着。男人们三三两两地在人行道当中聊天;过往的女人,眼神无精打采,酷暑的疲倦使女性的面皮呈现山茶花色。某种庞大的东西扩散开来,笼罩了幢幢房屋。弗雷德里克从未感到巴黎这样美,在他心目中,未来只是无休无止的谈情说爱的岁月。

他在圣马丁门剧院停下来看海报,由于无事可做,便买了一张票。

上演的是一出旧梦幻剧。观众寥寥,最高层楼座的天窗,被光线切割成蓝色的小方块,舞台上的脚灯连成一条黄色的光线。台上的布景是北京的一个奴隶市场,有铃铛、铜锣、对襟女长袍、尖顶

---

① 十九世纪四十年代,法国以十万兵力不断征讨阿尔及利亚,耗资巨大。

帽和语义双关的对白。随后幕落了,他独自在休息室里徘徊,欣赏台阶下边马路上的一辆绿色的双篷四轮大马车,驾车的是两匹白马,车夫穿着短套裤。

他回到座位上。这时,一位夫人和一位先生走进楼厅舞台一侧的第一个包厢。丈夫面孔苍白,蓄着一缕灰白胡子,翻领纽扣上别着荣誉勋位四级勋章,脸上一副外交官的冰冷神情。

妻子至少比他年轻二十岁,个子不高不矮,长得不丑不美,金黄色的头发卷成英国式的螺旋形,穿一件平胸的连衫裙,手执一把黑色花边的大扇子。在这个季节,像这种阶层的人能来看戏,那想必是出于偶然,或者因为两人单独在一起度过夜晚太无聊了。那位夫人轻轻摇着扇子,而那位先生不时打个呵欠。弗雷德里克想不起在哪里见过这副面孔。

在下一个幕间休息时,他正穿过一条走廊,迎面遇上了这对夫妇。弗雷德里克微微点头致意,当布勒兹先生认出了他,走上前来,立即为自己不可饶恕的疏忽表示歉意。原来,弗雷德里克听了文书的劝告,曾给他送去许多拜帖。但是他弄混了年代,以为弗雷德里克还在上法科二年级。随后,听到弗雷德里克要去乡下,他十分羡慕。他也需要休息一下,无奈事务繁忙,只好待在巴黎。

当布勒兹夫人靠在他的胳膊上,微微点了点头,彬彬有礼的一脸聪明相,和刚才的忧郁神色形成鲜明的对比。

"不过这里也有很好的消遣!"听到丈夫最后那句话,她接口道,"这出戏多无聊!是不是,先生?"

三人一直站着,谈论各家剧院和新上演的戏。

弗雷德里克看惯了外省市民女子的扭捏作态,从未见过一个女子如此落落大方,朴素文雅。天真的人以为这表达了一种顿生的好感。

他们希望他一回来就能见到他;当布勒兹先生托他向罗克老爹问好。

弗雷德里克回到住处,没忘记把他们对他的欢迎讲给戴洛里耶听。

"棒极了!"文书接着说,"别让你妈给缠住!赶紧回来!"

到家第二天,吃完中饭,莫罗夫人领儿子来到花园里。

她说,她希望他有一个职业,因为他们并不像人家想象的那样有钱;田地收成不好;佃户缴不起租;她甚至不得不把马车也卖掉了。最后,她向他陈述了家里的境况。

在她寡居最初的困境中,一个奸诈小人——罗克先生——借给她几笔钱;她迫不得已,一再续借和延期。突然他上门索债;她接受了他的条件,以低得可怜的价钱把普雷斯勒的田产出让给他。十年后,她存在默伦一家银行的资金,因为银行倒闭而化为乌有。她讨厌抵押,为了儿子的前程又要保全面子,所以当罗克老爹又找上门来时,她再次听了他的话。不过,现在她已还清了欠账。简言之,他们还剩下一万法郎的年金,其中两千三百法郎属于他,这是他的全部财产!

"这怎么可能!"弗雷德里克叫道。

她点了点头,意思是这完全有可能。

可是他叔叔能给他留下点什么吧?

这事毫无把握。

他们在花园里绕了一圈,默默无语。临了,她把他搂在怀里,抽抽搭搭地哭着说:

"啊!可怜的孩子!我不得不丢掉了多少梦想啊!"

他在大洋槐树荫下的长椅上坐了下来。

她劝他到诉讼代理人普鲁阿朗先生那里去当文书,这个人以后说不定会把事务所出让给他;如果他把事务所办得很兴旺,还可以再把它卖掉,结一门好亲事。

弗雷德里克不再听了,目光越过篱笆,不由自主地望着对面另一家的花园。

一个满头红发、年纪十二岁左右的小姑娘,孤零零地待在花园里。她用花楸的浆果做了一对耳环;灰布短上衣露出被太阳晒得有点金黄的双肩;白衬裙沾上果酱的污渍;她既矫健,又纤弱,全身充溢着小野兽般的妩媚。看见陌生人,她大概吃了一惊,因为她突然站住了,手里提着喷壶,用一对蓝绿色的清亮眸子盯着他。

"这是罗克先生的女儿,"莫罗夫人说,"他最近娶了他的女用人,这孩子就成了合法子女了。"

六

破产了,一贫如洗了,前程断送了!

他仿佛被震得晕头转向,呆呆坐在长椅上。他诅咒命运,恨不得揍谁一顿;他感到蒙受了侮辱,声名扫地,因而更加绝望;原先他以为,从父亲那里继承的财产有朝一日会达到年收入一万五千法郎,并且拐弯抹角地告诉过阿尔努夫妇。现在,人家会以为他是一个好吹牛的人,一个坏家伙,一个下流坯,巴望捞到什么好处,才常去他们家的!而她——阿尔努夫人呢,如今有何脸面再去见她?

再说,仅仅三千法郎的年金,根本无法生活!他不能总住在五楼,把门房当听差使唤,戴着指端发蓝的破旧黑手套和油腻的帽子,一年到头穿同一件礼服!不!不!绝不!可是没有她,生活是难以忍受的。许多人没有财产也过得很好,戴洛里耶就是其中的一个;他觉得自己太懦弱,竟如此看重平凡小事。贫困或许能百倍激发他的才智。想到那些在阁楼工作的伟人,他精神为之一振。像阿尔努夫人那样有感情的人,看到这种景象一定会感动,会心软的。如此看来,他倒因祸得福了;正如地震暴露出地下的宝藏,灾祸向他披露了秘藏在他本性中的巨大财富。但是世上只有一个地点可以开掘这些财富,那就是巴黎!因为在他的头脑中,艺术、科学和爱情(佩勒兰可能会说这是上帝的三重面孔)只能依附于京城。

当天晚上,他告诉母亲要回巴黎去。莫罗夫人又惊又气。这简直是发疯,是荒唐的举动!他最好听从她的劝告,就是说留在她的身边,待在事务所里。弗雷德里克耸了耸肩膀:"得了吧!"他觉得这个建议简直是侮辱他。

于是,老太太采用了另一种方法。她低声啜泣着,用温柔的声音向他诉说她的孤独、衰老和做出的牺牲。现在她更可怜了,他却撇下她不管。接着,她暗示自己将不久于人世:

"再耐心点,天呀!不用多久你就自由了!"

三个月当中,她每天要叹二十次苦经;同时,家里讲究的生活消磨着他的意志;他睡的是一张更柔软的床,用的是没有破损的毛巾;他变得疲疲沓沓,软弱无力,终于被可怕的软功所击败,被人领到普鲁阿朗的事务所。

他在那里显得既无学识,又无才干。大家一直把他看作一个有为的青年,将来可为本省增光。可是他辜负了众人的期望。

他首先想到"必须通知阿尔努夫人",于是用了一周时间构思充斥溢美之词的长信和文笔简练高雅的短笺。但是他怕道出自己的处境,没有动笔。接着,他想最好给她丈夫写信。阿尔努阅历丰富,会理解他的。经过半个月的迟疑,终于他想:

"算了!我不该再同他们见面;让他们把我忘了吧!至少在她的记忆里,我还没有名誉扫地!她会以为我死了,说不定会沉痛地怀念我……"

由于作出极端的决定不费吹灰之力,他发誓永远不再回巴黎,甚至再也不打听阿尔努夫人的消息。

然而,他连煤气灯的气味和公共马车的喧嚣都念念不忘。他昼思夜想她对他讲过的话,她的音色,她的目光。他把自己当成行尸走肉,什么事情都不做了。

他日上三竿才起床,然后凭窗注视来来往往的运货马车。头半年的日子特别难熬。

不过,有些时日,他对自己感到气愤。于是,他出门到牧场去。时值冬季,塞纳河泛滥,把牧场淹没了一半。一排排杨树把牧场分成几片。这里那里,架着一座小桥。他踩着发黄的落叶,呼吸着雾气,跳过沟渠,一直游荡到傍晚;脉管跳动的加剧,激起他做出疯狂之举的欲望;他想去美洲捕捉毛皮兽,到东方为帕夏①效力,上船当水手;他把自己的一腔郁闷,倾吐在写给戴洛里耶的长信中。

戴洛里耶为有出头之日,正在发奋努力。朋友怯懦的行为和喋喋不休的哀叹,他觉得好没道理。不久,两人几乎不再通信了。弗雷德里克把自己的全部家具给了戴洛里耶,后者保留了他原先的住房。母亲不时同他谈起家具的事;终于,有一天他说全送了人,正当母亲责备他时,他收到了一封信。

"究竟什么事?"她说,"你怎么直发抖?"

"我没什么!"弗雷德里克应道。

戴洛里耶告诉弗雷德里克,他留下塞内卡尔与他同住,他们共同生活已有半个月了。这么说,塞内卡尔摊手摊脚地躺在从阿尔努店里买来的东西中间!他可能卖掉这些东西,还会说长道短,取笑一番。弗雷德里克感到心灵深处受到伤害。他上楼回到卧室。他真想一死了之。

母亲唤他,要同他商量花园里种些什么。

这个花园,式样如英国的园林,中间被一道木栅隔成两半,一半是属于罗克老爷的,他在河边还有一块菜园。两个邻居闹翻了脸,避免同一时刻在花园里露面。但自从弗雷德里克回来后,那个老头儿来花园的次数更多了,而且对莫罗夫人的公子非常客气。他同情弗雷德里克住在一座小城里。有一天,他讲当布勒兹先生曾问起他的情况。另有一次,他大谈特谈香槟地区的习俗,那里的

---

① 帕夏,奥斯曼帝国各省的总督,也是旧时土耳其对某些显赫人物的尊称。

97

爵位是由母系世袭的。

"在那个时代，您准是个大贵人，因为您母亲娘家姓德·福旺。嘿！不管怎么说，姓氏可是个了不起的东西！话说回来，"他神情狡狯地望着弗雷德里克，又补了一句，"这全看掌玺大臣的了。"

对贵族地位的这种觊觎与他的外表非常不相称。他个头矮小，栗色大礼服使他的上半身显得格外的长。他摘下鸭舌帽，露出一张几乎像女人一般的脸，上面长着一个特别尖的鼻子；一头黄发，和假的一样；他贴着墙根走，见了人深深鞠一躬。

五十岁前，服侍他的只有一个名叫卡特琳娜的洛林女人，和他同庚，满脸麻子。但是，一八三四年前后，他从巴黎带回一个头发金黄、一脸温顺、颇有"王后风度"的美人。不久，大家见她戴着大耳环，大摇大摆地走来走去。后来一个女孩问世，取名伊丽莎白-奥林珀-路易丝·罗克。于是，一切都清楚了。

卡特琳娜心怀忌妒，以为会恨死这个孩子，哪知却喜欢上她，对她呵护备至，体贴入微。她想取代孩子的亲娘，让众人讨厌她。这事并不难，因为埃莱奥诺尔太太宁可在商店里聊天，对孩子根本不闻不问。结婚第二天，她便去造访专区区长官邸，不再用亲昵的"你"称呼女仆，以为严厉管教子女才有教养。她亲自观看女儿上课；老师是市政府的一名老公务员，不知如何办才好。女学生奋起反抗，挨了几记耳光，跑去扑在卡特琳娜的怀里哭诉，而卡特琳娜总判她有理。于是，两个女人争吵起来；罗克老爹叫她们住口。他因为疼爱女儿才结的婚，不愿意让女儿受到折磨。

女孩平日穿一件破破烂烂的白色连衫裙，一条镶花边的裤子；每逢盛大节日，她出门时打扮得像位公主，这是为了气气那些小市民，由于她是私生女，他们禁止自己的孩子同她来往。

她孤零零地待在花园里，荡秋千，扑蝴蝶，然后突然停下，静观落在玫瑰上的金龟子。大概正是这种习惯，使她的脸上流露出既

大胆又耽于沉思的表情。而且,她的身材与玛尔特相仿。所以,弗雷德里克第二次见到她,便对她说:

"小姐,您愿意让我亲亲您吗?"

小女孩抬起头答道:

"愿意!"

但是两人之间横着那道木栅子。

"要爬上来才行。"弗雷德里克说。

"不,你把我举起来!"

他俯身在木栅上,用胳膊举起她,在她的两个腮帮上各亲了一下,再把她放下来。以后每次都如法炮制。

她像四岁的小丫头那样不知克制,一听到朋友来了,便奔过来迎接他,要不就躲在一棵树后学狗叫吓唬他。

有一天莫罗夫人出门去了,弗雷德里克把她带到自己的房间。她打开所有的香水瓶,往头发上抹了好多香水;随后她毫无顾忌地上了床,伸直了躺着,眼睛睁得大大的。

"我想象自己是你的妻子。"她说。

第二天,他看见她泪流满面。她承认"她为自己的罪孽哭泣",他想知道是什么罪孽,她垂下眼睛答道:

"别多问了!"

初领圣体的日子临近了;这天早上她被带去做了忏悔。

领受圣体并没使她比以前乖多少;有时她大发脾气;家里人来求弗雷德里克帮忙,让她平静下来。

他经常带她去散步。他边走边胡思乱想,她忙着在麦田边采丽春花;见他比平日更忧郁,她就试图讲些亲切的话安慰他。他的心既然失去了爱,对这种儿童的友情便十分投入;他给她画小人儿,讲故事,并开始教她读书。

他从当时一本有名的诗文集《浪漫主义年鉴》读起。接着,见她聪明过人,竟忘记她的年龄,接连读了《阿塔拉》《散-马尔斯》和

99

《秋叶集》①。但是,有天晚上她听他读了勒图纳尔翻译的简本《麦克白》②,夜里醒来时大叫:"血迹!血迹!"她牙齿打战,浑身发抖,惊恐的眼睛盯着右手,一边擦手一边说:"总有一块血迹!"最后医生来了,他嘱咐不要让她激动。

市民们把这件事看成她品行不端的一个征兆,说"小莫罗"想叫她日后当女戏子。

不久发生了另一件事:巴特莱米叔叔来了。莫罗夫人把自己的卧室腾出来给他住,甚至委曲求全,斋戒日也给他做荤菜吃。

老人不太招人喜欢。他一个劲地拿勒阿弗尔和诺让做比较,认为诺让空气窒闷,面包不香,街道不平,饮食很差,居民懒惰。

"你们这儿生意多萧条!"

他指责过世的哥哥挥霍无度,而他呢,已经积攒了两万七千法郎的年金!一周后,他终于走了;上车时站在踏板上,他甩下一句叫人不放心的话:

"知道你们景况不错,我心里总是高兴的。"

"你什么也得不到!"莫罗夫人回客厅时对儿子说。

叔叔是经她一再恳求才来的;一星期当中,她央求他露点口风,或许她做得太露骨了,为此追悔莫及。她垂着头,抿紧嘴唇,坐在扶手椅里不动。弗雷德里克坐在对面注视着她;两人都不开口,和五年前他从蒙特罗回来时一样。这个巧合在他脑中一闪,勾起了他对阿尔努夫人的回忆。

这时候,窗下传来一阵鞭子声,同时,有个人在喊他。

原来是罗克老爹,他一个人坐在他的马车上。他要去福泰尔

---

① 这三部书分别为法国作家夏多布里昂、阿尔弗雷德·德·维尼(1797—1863)和维克托·雨果的作品。
② 《麦克白》,莎士比亚的著名悲剧,写苏格兰大将麦克白在妻子怂恿下,杀死了国王邓肯和自己的帮凶班柯。班柯的鬼魂经常出现在他眼前,而他妻子也总觉得手上沾着国王的血迹。

当布勒兹先生家里消磨一整天,亲切地向弗雷德里克建议带他一起去。

"您跟我一道去不需要邀请;不必担心!"

弗雷德里克很想接受。但是如何解释他在诺让的定居呢?再说他也没有一套合适的夏装;最后,母亲会怎么说呢?于是他谢绝了。

从此以后,这位邻居显得不那么友好了。路易丝渐渐长大;埃莱奥诺尔太太得了重病;弗雷德里克和他们的关系断了。莫罗夫人大为高兴,她担心和这种人交往会影响儿子成家立业。

她一心想替他买下法院书记官的职位;对这个念头,弗雷德里克并不怎么反对。如今,他陪她去望弥撒,晚上和她一起玩牌,对外省的生活,他渐渐习惯了,并沉湎其中;连他的爱情也仿佛带上忧郁的柔情蜜意,具有令人昏昏欲睡的魅力。由于他在书信中倾注了痛苦,把它和书中的情景交织在一起,带着它在乡野散步并到处抛撒,他的痛苦几乎枯竭了,阿尔努夫人在他看来也好像死了;他奇怪怎么不知道她的坟在哪里,他的心已经平静,念头早就断了。

一八四五年十二月十二日那天,上午九点钟光景,厨娘把一封信送到他的房间。地址是用大写字体写的,字迹很陌生。弗雷德里克睡意蒙眬,并不急于拆信。终于他把信拆开,信中写道:

勒阿弗尔治安裁判。第三区。

先生:

令叔莫罗先生未立遗嘱辞世……

他要继承遗产了!

仿佛墙后着了火,他跳下床,赤着双脚,只穿着衬衣;他用手抹了一下脸,不相信自己的眼睛,以为还在做梦。为了证实自己不在梦中,他把窗户开得大大的。

101

夜里下过雪,屋顶全白了;他甚至认出院子里的一只洗衣桶,头天晚上曾被它绊了一下。

他把信连读了三遍;千真万确!叔叔的全部家产!两万七千法郎年金!一想到又能见到阿尔努夫人,他心头一阵狂喜,眼前出现了幻象;他清清楚楚看见自己在她家里,待在她身边,把一件用绢纸包的礼品送给她;门外停着他的轻便双轮马车,不,最好是辆四轮轿式马车!车身是黑的,配一名穿褐色号衣的仆人;他听见他的马用前蹄踢蹬的声音,马衔索的叮当声融合在他们低低的亲吻声中。这种情景将天天重现,永无尽期,他将在自己家,自己的房子里接待他们;餐厅摆着红色皮椅,小客厅挂着黄绸帷幔,到处都是长沙发!多么漂亮的搁物架!多么贵重的中国花瓶!多么柔软的地毯!这些画面纷至沓来,他头都晕了。这时,他想起了母亲,于是下了楼,手里始终拿着那封信。

莫罗夫人竭力克制内心的激动,但还是晕过去了。弗雷德里克把她抱在怀里,在她的额头上吻了一下。

"好妈妈,你现在可以赎回你的车子;笑一笑,别哭了,该高兴才是!"

十分钟后,这个消息一直传到了市郊。于是,伯努瓦夫人、冈布兰先生、尚布里翁先生,所有的朋友都跑来了。弗雷德里克溜出去一分钟给戴洛里耶写信。其他的拜访接踵而至。整个下午在一片道贺声中过去了。大家忘记了罗克的女人,虽然她已"气息奄奄"。

晚上,母子俩单独在一起时,莫罗夫人对儿子说,她劝他在特鲁瓦开业当律师。他在家乡比在外地出名,更容易结一门好亲。

"啊!这太过分了!"弗雷德里克叫道。

他的幸福刚刚到手,人家就想把它夺走。他明确表示决定住在巴黎。

"在那儿做什么呢?"

"什么也不做！"

莫罗夫人对他的态度感到惊讶，问他想做什么样的人。

"部长！"弗雷德里克应道。

他肯定地说，这绝不是开玩笑，他打算投身外交界，他的学业和本能推动他干这一行。他要靠当布勒兹先生的提携，先进入行政法院。

"那么你认识他？"

"当然啦！通过罗克先生认识的！"

"这就怪了。"莫罗夫人说。

他唤醒了昔日她心中野心勃勃的梦想。她暗暗沉醉在这些美梦中，不再提其他的梦。

要按他的急性子，弗雷德里克立刻就会动身。但是，次日驿车的座位全预订完了；他一直熬到第二天晚上七点。

他们坐下来用晚餐的当儿，教堂响起了三下钟声；女用人进来说，埃莱奥诺尔太太刚刚咽气。

说到底，她的死对任何人，甚至对她的孩子都不是什么不幸。小姑娘日后说不定会过得更好。

由于两家毗邻，所以听得见许多人来来往往的脚步声、讲话的嘈杂声；想到离他们不远停着一具尸体，母子俩的离别更显凄凉。莫罗夫人擦了两三次眼睛。弗雷德里克心里发紧。

两人用毕晚餐，卡特琳娜在过道里拦住了他，说她家小姐非要见见他不可，正在花园里等他。他出了门，跨过篱笆，身体被树枝擦着，朝罗克先生的房子走去。三楼有扇窗户亮着灯；接着黑暗中出现了一个人影，一个声音悄悄说：

"是我。"

他觉得她比平常高了一些，大概是穿了黑衣黑裙的缘故，他不知从何说起，只是握住她的手，叹息道：

"啊！可怜的路易丝！"

103

她没有回答,深情地久久注视着他。弗雷德里克担心误了车,仿佛听见远处车轮滚动的声音。于是,为了结束会面,他说:

"卡特琳娜告诉我你有事……"

"对,是真的!我想对您说……"

这个"您"字使弗雷德里克吃了一惊;见她还不开口,便说:

"那好,说什么?"

"我不知道了。我忘了!您真的要走吗?"

"对,马上就走。"

她重复道:

"啊!马上?……不回来了?……我们再也见不着了?"

她一阵呜咽,喉咙哽得说不出话来。

"永别了!永别了!拥抱我一下吧!"

她激动地把他紧紧搂在怀里。

第 二 部

一

他在前车厢尽里的位置上坐好,驿车启程了,拉车的五匹马一齐奔跑,他感到如醉如痴。如同设计宫殿的建筑师,他事先对自己的生活做了一番安排。他在生活的殿堂里装满精致的东西,它富丽堂皇,高耸入云,物品奇多;他看得出了神,对外面的事物视而不见。

行至苏顿山麓,他才发觉到了什么地方。车子至多走了五公里!他很生气,放低窗玻璃看路,几次问车夫,究竟多久才能抵达。不过,他渐渐平静下来,睁大眼睛待在角落里。

挂在车夫座位上的提灯,照亮辕马的臀部。再远些,他只瞥见其他马匹的马鬃,白浪似的起伏波动;马呼出的气息在车辕两侧形成一片雾气;铁链条叮当作响,玻璃在窗框里抖动,笨重的驿车,以不变的速度行驶在块石铺砌的路面上。时而,可以辨认出一座谷仓的墙,或一家孤零零的客栈。有时经过村庄,面包房的烘炉发出熊熊火光,马儿的庞大黑影,在对面另一家的墙上闪过。每到驿站,给马卸下套后,周围静悄悄的。一分钟后,有个人在上面的防雨布下跺着脚,一个女人站在门口,用手护着蜡烛的火苗。接着,车夫跳上踏脚板,驿车又出发了。

到了莫尔芒,钟敲一点一刻。

"总算挨到今天了,"他想,"就在今天,再过一会儿就到了!"

但是,渐渐地,他的希冀和回忆,诺让,舒瓦瑟尔街,阿尔努夫人,母亲,一切都搅混在一起。

一阵木板的沉闷响声把他惊醒,驿车正穿过夏朗东桥,巴黎到了。于是,他的两个旅伴,一个摘掉鸭舌帽,另一个解下围巾,戴上礼帽聊了起来。那个身穿立绒礼服,面色红润的胖子是批发商;另一个是来京城看病的;弗雷德里克担心夜里打扰了他,主动向他道歉,幸福使他大动恻隐之心。

火车站的月台大概被水淹了,驿车一直朝前走,眼前又出现了田野。远处,工厂高大的烟囱冒着烟。接着驿车转向伊夫里,驶上一条街;突然,他瞥见了先贤祠的圆顶。

遭过水灾的平原,隐约看去好似一堆堆废墟,上面隆起堡垒的围墙;大道两侧的土路上,布满钉子的板条栅围在没有枝丫的小树四周。堆栈相互交替。田庄常有的高大的门半敞着,可以望见污秽不堪的院子,院内垃圾遍地,当中积着一摊摊污水。一间间牛血颜色的长形小酒馆,在二楼窗户之间挂着彩色纸花环,中间交叉摆着两根弹子棒。这儿那儿,盖了一半的灰泥小屋被人弃置。接着是连绵不断的两排房屋;正面墙光秃无饰,隔老远清楚地显出一支巨大的白铁皮雪茄烟,表明这是一间烟草零售店。接生婆的招牌上,画着一个戴软帽的胖女人,轻轻摇着一个裹在镶花边棉被里的娃娃。墙角贴满广告,大多撕破了,像破布片似的在风中抖动。身着工装的工人,啤酒商的平板马车,洗衣妇的货车,屠户的小推车,来来往往,络绎不绝。细雨霏霏,寒气袭人,天色暗淡。但是,有双对他而言好似太阳的眼睛,在薄雾后闪耀着光辉。

驿车在城门口停了很久,因为大批禽蛋、运货马车和一群羊堵住了通道。哨兵翻下军大衣的风帽,在岗亭前来回走动取暖。税卡的职员爬上公共马车的车顶,然后响起一声短号。驿车顺着马路飞驰而下,车前横木震动,驾车套索飘飞。长鞭梢的细绳在潮湿的空气中噼啪作响。车夫嗓音洪亮地叫道:"借光!借光!喂!"

清道夫闪到一边，行人往后一跃，泥浆溅到气窗上；驿车与两轮载重车、双轮轻便马车、公共马车交错而过。终于，植物园的栅栏展现在眼前。

塞纳河混浊的河水，几乎涨到桥面，散发出一股清凉的气息。弗雷德里克拚命吸气，品味着巴黎这宜人的空气，空气中似乎蕴含着爱情的气息和智慧的芳香；看见第一辆出租马车，他动了感情。连酒铺铺着麦秸的门槛，擦皮鞋的人和他们的工具箱，焙炒咖啡豆的杂货店伙计，他看了都喜欢。一些女人撑着伞快步走着；他探出身辨认她们的脸，说不定阿尔努夫人碰巧也出了门。

店铺鳞次栉比，人群变得稠密，市声更加喧哗。过了圣贝尔纳滨河路、图奈尔滨河路和蒙特贝洛滨河路，驿车驶向拿破仑滨河路，他想看看自己的窗户，可是离得太远。接着驿车驶过塞纳河上的新桥，直抵卢浮宫；又经过圣奥诺雷街、小野十字街和布卢瓦街，到达鸡鹭街，进了旅馆的院子。

为了让快乐持久些，弗雷德里克尽量慢腾腾地穿好衣服，甚至步行去蒙马特尔大街；想到过一会儿就将在大理石牌子上看到心爱的名字，脸上浮起了笑容；他抬起眼睛，玻璃橱窗不见了，画幅不见了，什么都没有了！

他跑到舒瓦瑟尔街。阿尔努夫妇不住在那里，一个女邻居替看门人看守门房；弗雷德里克等着他；终于他露面了，但不是原来的那位。他不知道他们的地址。

弗雷德里克走进一家咖啡馆，一边吃午饭，一边查阅商业年鉴。年鉴上有三百个阿尔努，就是没有雅克·阿尔努！他们究竟住在哪儿？佩勒兰一定知道。

他来到位于普瓦索尼埃城关最高处的佩勒兰的画室。门上既无门铃又无门环，他用拳头猛捶，又喊又叫。没有人应声。

他接着想到于索奈。可是到哪儿去找这个人呢？有一次，他曾陪着于索奈一直走到弗勒吕街他的情妇家。到了弗勒吕街，弗雷德里克才发觉他不知道那位小姐的姓名。

他向警察局求助,爬了一道道楼梯,去了一个个办公室。问讯处关着门。人家叫他次日再来。

随后,凡是能找到的画店他都进,去打听是否有人认识阿尔努。阿尔努先生不再做买卖了。

他垂头丧气,筋疲力尽,感到不舒服,终于回到旅馆躺了下来。当他伸直身子躺在被窝里时,突然灵机一动,高兴得跳起来:

"雷冉巴尔!我多笨呀,居然没有想到他!"

第二天,他七点钟就来到胜利圣母院街一家卖烧酒的店铺前,雷冉巴尔常常来这里喝白葡萄酒。铺子尚未开门;他在附近逛了一圈,半个钟头后,他又来到酒铺前。雷冉巴尔刚刚离开。弗雷德里克跑到街上,仿佛还远远看到他的帽子;一辆柩车和许多送殡的车夹在两人之间。车辆过去后,连个人影也没有了。

幸好他想起这位公民每天十一时整到加庸广场的一家小饭馆吃午饭。关键是要有耐性;于是他没完没了地闲荡,从交易所到玛德莱娜教堂,又从玛德莱娜教堂到竞技剧场。十一时整,他走进加庸广场的那家饭馆,相信准能找到雷冉巴尔。

"不认得!"老板语调傲慢地说。

弗雷德里克一问再问,老板又说:

"先生,他不再来了!"边说边扬起眉毛,连连摇头,好像藏着什么秘密。

但是,他们最后一次见面时,这位公民曾提到亚历山大咖啡馆。弗雷德里克三口两口吃下一只奶油圆球蛋糕,跳上一辆双轮轻便马车,向车夫打听在圣热纳维埃夫高地有没有一家亚历山大咖啡馆。车夫把他载到弗朗布儒瓦-圣米迦勒街一家叫这个名字的咖啡店。他问道:"请问雷冉巴尔先生在吗?"店主带着极其亲切的微笑回答他:

"先生,我们还没有见到他。"说着,朝坐在柜台后边的老婆使了个眼色。

然后立即转过身去看时钟：

"但是我希望，不出十分钟，顶多一刻钟，他就会到了。——塞莱斯坦，快拿报纸来！——先生想喝点什么？"

弗雷德里克尽管什么也不想喝，仍然接连吞下一杯朗姆酒、一杯樱桃酒、一杯柑香酒和各种各样、或冷或热的掺糖水烈酒。他读完当天的《世纪报》①，然后再读了一遍；他仔细地看《哇里哇啦报》②的漫画，连纸张的颗粒面都注意到了；临了，报上的广告他全能背出来。人行道上不时传来靴子的橐橐声，是他！一个人的身影显现在窗玻璃上；但总不见有人进来！

弗雷德里克为了解闷，换了好几次座位；他先去坐在店堂的尽里，接着移到右边，然后又挪到左边；他伸开双臂，坐在软垫长椅的当中。一只猫轻轻蹭着椅背的丝绒，突然跳到桌上舔滴到托盘上的果汁，把他吓了一跳；店家的孩子，一个讨人嫌的四岁娃娃，在柜台的阶梯上玩一种摇动时发出嘎嘎声的玩具。他的妈妈是个面色有些苍白的矮小女人，满嘴蛀牙，傻里傻气地微笑着。

雨点像雹子一样打在轻便马车的车篷上。他从细布窗帘的间隙望出去，街上那匹可怜的马一动不动，比木马还呆。路边的水变成一股巨流，从车轮的辐条间流过；车夫躲在车篷底下打盹。但是，他怕自己的顾客溜走，不时微微推开咖啡馆的门，浑身像条河似的直淌水。如果目光能够侵蚀物体，那么弗雷德里克早把那只时钟熔化了，因为他的两眼总盯着它。不过，时钟仍在走。亚历山大先生踱过来踱过去，一再重复道："他就来了，放心！他就来了！"为了给弗雷德里克解闷，老板对他高谈阔论，聊起了政治，甚至讨好地建议和他玩一局骨牌。

---

① 《世纪报》创刊于一八三六年，是左翼君主立宪派的喉舌。
② 《哇里哇啦报》创刊于一八三二年，是一份攻击路易-菲力浦政府的讽刺性报纸。

弗雷德里克从中午一直待到下午四点半,他终于一跃而起,说他不再等了。

"我也弄不明白!"咖啡店老板一脸天真地回答他说,"勒杜先生不来还是头一回呢!"

"怎么,勒杜先生?"

"是他呀,先生!"

"我说的是雷冉巴尔!"弗雷德里克很恼火,大声嚷嚷。

"啊!太对不起了!您自己讲错了!——对吧,亚历山大太太,先生说的是勒杜?"

他又问伙计:

"您和我一样听到的是勒杜先生吧?"

伙计大概想报复他的老板,只笑了一下。

弗雷德里克叫车夫把他带回大马路。他对浪费了时光感到气愤,心里恨透了这位公民,求见他和求见上帝一样难;弗雷德里克下了决心,一定要在最远的地下室酒吧间里把他找出来。他坐在那辆车里觉得心烦,就把车退掉了。起先他脑子里很乱;后来,他听那个傻瓜讲过的所有咖啡馆的名字同时从记忆中冒了出来,好似烟火迸射出万千火花:加斯卡尔咖啡馆、格兰贝尔咖啡馆、阿布咖啡馆、博德莱小咖啡馆、哈瓦那咖啡馆、勒阿弗尔咖啡馆、时髦牛咖啡馆、德国啤酒店、莫雷尔大娘咖啡馆,他都一一跑遍了。但是,赶到这家,人家说雷冉巴尔刚走;赶到那家,说不定他会来;到了第三家,有半年没见他了;再到一家,昨天他为周六预订了一份烧羊腿。最后,在沃蒂埃饮品店,弗雷德里克开门时和侍者撞了个满怀。

"您认识雷冉巴尔先生吗?"

"怎么,先生,您问我是不是认识他?是我有幸伺候他用餐的。他在楼上,刚吃完晚饭!"

这时,店主胳膊下夹着餐巾,过来与弗雷德里克攀谈:

"先生,您找雷冉巴尔先生吗?他刚刚还在这里。"

弗雷德里克说了一句粗话,但是饮品店老板说肯定能在布特维兰咖啡馆找到雷冉巴尔。

"我向您担保!他今天和一些先生约会谈生意,比平日走得早一些。但是我再说一遍,您一定能在布特维兰咖啡馆找到他,就在圣马丁街九十二号,左边第二个台阶,院子尽里,中二楼,右面的门!"

终于,透过烟斗的烟雾,弗雷德里克瞥见雷冉巴尔独自坐在弹子台后酒吧间的尽里,面前摆着一大杯啤酒,耷拉着脑袋,一副沉思的样子。

"啊!您呀!让我找得好苦!"

雷冉巴尔无动于衷,只向他伸出两根手指,仿佛头天还同他见过面似的,他就议会开始开会讲了几句无关痛痒的话。

弗雷德里克尽量装出若无其事的样子,打断他的话问道:

"阿尔努好吗?"

雷冉巴尔用饮料润着嗓子,半天才回答:

"对,不错!"

"现在他住在哪儿?"

"不就在……天堂-鱼贩子街吗?"公民惊讶地答道。

"多少号?"

"三十七号呀!您可真怪!"

弗雷德里克站起身来。

"怎么,就走?"

"对,对,得跑一趟,有件事我忘记办了!再会!"

从小咖啡馆到阿尔努家,弗雷德里克好像被和煦的风轻轻托着,心情畅快之极,如同梦中的感觉。

不久他来到三楼一家门口,拉响了门铃;一个女仆出来了;第二道门开了;阿尔努夫人坐在火边。阿尔努纵身跃起,和他拥抱。

111

她的膝盖上坐着一个大约三岁的小男孩;女儿如今和她一般高,站在壁炉的另一边。

"请允许我向您介绍这位先生。"阿尔努夹着儿子的腋窝抱起他来,说道。

他和儿子玩了几分钟,把他高高抛起,再用两手接住。

"你会把他摔死的!啊!天呀!还不快住手!"阿尔努夫人叫着说。

但阿尔努发誓说这没有危险,继续玩着,还用家乡马赛的方言亲热地唤着他:

"啊!好宝宝!我的小夜莺!!"

随后,他问弗雷德里克为什么这么久不给他们写信,在那边做了些什么,为什么又回来了。

"我呢,亲爱的朋友,现在我做瓷器生意了。不过还是谈谈您的情况吧!"

弗雷德里克以一场耗时的官司和母亲的健康为托词,并一再强调,以便引起人家的好感。总而言之,这次他终身定居巴黎了;关于遗产的事,他只字未提,唯恐损害自己过去的名声。

窗幔和家具的外罩,全用栗色花呢做成;两只枕头并排靠着长枕;一只开水壶在炭火上烧着;一盏灯摆在五斗橱的边沿上,灯罩使屋里显得昏暗。阿尔努夫人身穿蓝色粗羊毛便袍,眼睛望着壁炉里的灰烬,一只手搭在小孩的肩上,用另一只手解开他的长袖内衣的带子。小东西只穿着衬衣,一边哇哇地哭,一边搔着头,活像小亚历山大先生。

弗雷德里克原以为久别重逢会欣喜若狂;可是爱情离开原来的土壤,就要发黄枯萎。阿尔努夫人不再置身于他与她相识时的那个环境,他觉得她失去了什么,恍惚见她不再光彩依旧,总之和以前不一样了。自己心情如此平静,他不禁为之愕然。他打听佩勒兰等老朋友的情况。

"我不常见他。"阿尔努说。

她补了一句：

"不像从前，我们不再请客了。"

这莫非是提醒他，他们再也不会邀请他了？但是阿尔努依然满腔热忱，甚至埋怨他没来和他们一道吃顿便饭；他还对自己的改行做了一番解释。

"在我们这样一个没落的时代能做什么呢？伟大的绘画过时了！况且艺术可以无处不在。您知道，我这个人呀，我是爱美的！最近哪天我该带您去看看我的工厂。"

他立即领弗雷德里克去中二层他的商店看部分产品。

地板上堆满盘子、有盖大汤碗、碟子和脸盆。靠墙摆着铺洗澡间和盥洗室用的大块方瓷砖，上面绘有文艺复兴时代风格的神话故事。商店中央有个触到天花板的双层货架，上面摆着盛冰块的钵、花盆、枝形大烛台、小花盆架，以及各种彩色塑像，如黑人或蓬巴杜尔式①的牧羊女。阿尔努逐一做了说明；弗雷德里克又冷又饿，听得心里发烦。

他跑到英吉利咖啡馆，美美地吃了一顿，边吃边想：

"我在那边痛不欲生，何苦来呢？她几乎认不得我了！十足的女市侩！"

他突然感到身康体健，暗自作出了种种自私的决定。他觉得自己的心，硬得像他支着胳膊肘的桌子。所以，如今他可以毫无畏惧地投身到社会中去了。他想起了当布勒兹一家；他要利用他们；随后，他又想起了戴洛里耶。"啊！算了！随他去！"不过，他仍然派人给他送去一封短笺，约他次日在王宫广场见面，一起吃顿饭。

戴洛里耶运气可不好。

---

① 指蓬巴杜尔夫人（1721—1764）时代的艺术风格，蓬巴杜尔夫人系法王路易十五的宠妃，其审美趣味对当时法国的文化艺术有很大影响。

他报名参加大中学教师学衔会考,写了一篇有关立遗嘱权的论文,主张尽量限制这个权利。答辩对手激他讲蠢话;他讲了一大堆,可是主考官没有表示异议。随后他凑巧抽到时效作为讲课题目。于是,戴洛里耶发表了一通奇谈怪论,说什么旧的争议应该与新的争议同时提出;为什么因为产业主过了三十一岁才能提供财产证明,就剥夺他的财产呢?这无异于把正派人的安全感赋予发迹盗贼的继承人。一切不公正现象得到认可,正是由于这项权利的延伸,因为它是暴政,是力的滥用!他甚至大声疾呼:

"废除这项权利吧!这样,法兰克人将不再欺压高卢人,英国人将不再欺压爱尔兰人,美国佬将不再欺压印第安人,土耳其人将不再欺压阿拉伯人,白人将不再欺压黑人,波兰……"

主席打断他的话,说道:

"好啦!好啦!先生!我们没必要听您的政治见解,您以后再考吧!"

戴洛里耶不愿再考了。但是,《民法》第三卷那倒霉的第二十章是一座横在他面前的大山。他构思一部巨著,题为《作为各国民法和自然法基础的时效》;他埋头阅读杜罗、罗热留斯、巴比斯、麦尔兰、瓦泽依、萨维尼、特罗普隆等人卷帙浩繁的著作。为了更自在地研究学问,他辞去了首席文书的职务,靠给人补习和炮制论文维生。在青年律师辩论会上,他的言辞辛辣尖刻,吓坏了保守党的追随基佐先生的那帮青年空谈家。因此,他在某一阶层小有名气,尽管其中掺杂着对他这个人的不信任。

他如约来了,穿一件红法兰绒衬里的肥大外套,和塞内卡尔过去穿的那件一样。

由于人来人往,他们顾及礼仪,没有长时间地拥抱,臂挽着臂一直走到维富尔餐馆;一路上快活地傻笑着,眼里含着热泪。后来,当周围没有旁人时,戴洛里耶大声说:

"啊！妈的！现在我们又可以过好日子啦！"

弗雷德里克不喜欢这种立即与他共享财产的想法。朋友表露的喜悦是为了他们两人，而不单单是为了他个人。

接着，戴洛里耶把自己遭受的失败诉说了一番，渐渐又讲起自己的生活和工作情况。他谈自己时泰然自若，提到别人时言辞尖刻。一切都惹他讨厌。有地位的人无一不是呆子或恶棍。有只杯子没涮干净，他就冲侍者大发脾气。弗雷德里克稍稍说了他几句，他应道：

"这些家伙每年赚你六千到八千法郎，又是选民，说不定还有被选资格。难道我还要对他们客客气气！不！才不呢！"

接着，他诙谐地说：

"我竟忘记正在同一位资本家，一位蒙多尔①讲话，如今你可是一位蒙多尔了！"

他又谈起继承问题，表述了以下见解：过不了多久，到下次革命时，旁系继承（本身是不公平的，尽管他为弗雷德里克的旁系继承感到高兴）一定会废除。

"你这样认为？"弗雷德里克问道。

"肯定没错！"他回答，"这种情况不可能继续下去了！苦受得太多了！当我看到人们处于水深火热之中，像塞内卡尔……"

"总是塞内卡尔！"弗雷德里克心里想。

"还有什么新消息？你依然恋着阿尔努夫人吗？事情过去了吧？"

弗雷德里克不知如何回答，闭起眼睛垂下了头。

提起阿尔努，戴洛里耶告诉他，阿尔努的画报社如今已为于索奈所有，并被改头换面，叫作"艺术社，文学学会，每股一百法郎的股份公司；公司资金为四万法郎"，每位股东都有权在画报上发表

---

① 蒙多尔，十八世纪的戏剧《爱情的礼物》中的人物，一个有钱的老风流。

自己的稿子,因为"本公司的宗旨是发表新人的作品,保护人才甚或天才,使之避免重重痛苦的危机,等等",你看,简直胡扯淡!不过有件事倒可以干干,就是提高这份报纸的调门,保留编辑部全班人马,预告连载小说的续篇,然后,突然给订户送去一份政治性报纸;投资不会很大。

"怎么样,喂!想入股吗?"

弗雷德里克没有拒绝这个建议,不过得等他把事情处理完才行。

"那么,如果你需要什么……"

"谢谢,小兄弟!"戴洛里耶说。

然后,他们胳膊肘支在铺丝绒的窗台上,抽着雪茄烟。阳光灿烂,空气和煦,成群的飞鸟落在花园里;青铜和大理石的雕像,经雨水冲洗,闪闪发亮;戴着围裙的保姆坐在椅子上聊天;传来孩子们的笑声和喷泉水柱连绵不绝的低语。

听戴洛里耶倒一肚子苦水,弗雷德里克感到心烦意乱。但是,葡萄酒在他的脉管里流淌,在酒力的作用下,他似睡非睡,头脑麻痹,太阳直射在脸上,他只感到舒适之极,快乐得发呆,活像一株汲饱了热量和水分的植物。戴洛里耶眯着眼睛,茫然远望。他挺起胸膛,开口说:

"啊!当卡米耶·戴穆兰①站在那边的桌子上,鼓动人民向巴士底狱挺进时,那景象更美!在那个时代,人们活得有意义,可以实现自己的价值,证明自己的力量。普通律师统率将军,叫花子痛打国王,而现在……"

他不作声了,突然又说:

"未来风云莫测啊!"

---

① 卡米耶·戴穆兰(1760—1794),法国记者和政治家,一七八九年七月十二日,他号召民众拿起武器攻占巴士底狱,在革命中起了积极作用,后因反对左翼雅各宾派被处绞刑。

他一边用手指在窗玻璃上敲出冲锋的鼓点,一边朗诵巴泰勒米①的诗句:

> 可怕的议会,它将再次出现,
> 四十年后,搅得你心神不安,
> 巨人以有力的步伐奋勇直前。

"其余的我记不得了!时间不早了,咱们走吧?"

到了街上,他继续阐述自己的理论。

弗雷德里克没有听,只注意商店橱窗里适合他布置新居的布料和家具。或许因为思念阿尔努夫人,他在一个旧货摊的三只瓷碟前停了下来。这些瓷碟绘有黄色阿拉伯式装饰图案,反射出金属般的光泽,每只售价一百埃居。弗雷德里克叫人把它们放在一边。

"要是换了我,"戴洛里耶说,"我宁可买银餐具。"这句爱慕豪华的话,透露出此人的卑微出身。

戴洛里耶一走开,弗雷德里克便到赫赫有名的波玛戴尔裁缝店,为自己定做了三条长裤、两件上衣、一件裘皮大衣和五件背心;随后又去了鞋店、衬衣店和帽店,到处吩咐人家赶快做,越快越好。

三天后的傍晚,他从勒阿弗尔回来,发现衣服鞋帽已全部做好;他急于穿戴上试试,决定立即去拜访当布勒兹一家。可是时间太早,才八点钟。

"要是我去另一家呢?"他思忖道。

他只看到阿尔努一个人,正对着镜子刮脸。阿尔努建议带他去一个好玩的地方,听到当布勒兹先生的名字,便说:

"啊!太巧了!您可以在那儿见到他的一些朋友;去吧!会

---

① 巴泰勒米(1796—1867),法国诗人,创作过多首政治讽刺诗,抨击七月王朝。

挺有趣的!"

弗雷德里克婉言谢绝。阿尔努夫人听出是他的声音,隔着板壁向他问好,因为女儿偶染微恙,她本人身体也不舒服。弗雷德里克听见勺子碰着玻璃杯的响声,和病人房间里轻微挪动东西的簌簌声。阿尔努进去向妻子道别。他搬出一大堆理由:

"你很清楚这是要紧的事!我必须去,人家需要我,正等着我哩!"

"去吧,去吧,我的朋友。好好玩吧!"

阿尔努叫住一辆出租马车。

"王宫!蒙庞西埃廊七号。"

然后仰面倒在靠垫上:

"啊!我累坏了,亲爱的!快累死了。这话我可以对您说说。"

他俯下身,凑近弗雷德里克的耳朵,神秘地说:

"我正千方百计地配制中国紫铜色。"

然后他解释什么是高温釉,什么是文火。

到了舍韦酒家,人家交给他一只大篮子,他吩咐把篮子放到马车上。然后他为"他可怜的妻子"挑选了一些葡萄、菠萝和各色新奇的食品,嘱咐第二天一清早把这些果品送到他家。

接着他俩来到一家戏装出租店;原来他们要参加一个舞会。阿尔努要了一条蓝丝绒短裤、一件蓝丝绒上衣和一顶红色假发;弗雷德里克选了一件带风帽的化装长外衣。他们在拉瓦尔街的一幢楼房前下车,三楼挂着彩色灯笼,灯火通明。

一到楼梯底下,便听见小提琴的声音。

"您把我领到什么鬼地方来了?"弗雷德里克问道。

"一位好姑娘家里!别害怕!"

一名年轻侍者替他们开了门,他们走进前厅,外套、大衣和围巾一堆堆地扔在椅子上。正在这时,一位身着路易十五时代龙骑兵服装的少妇打从前厅经过。她是这儿的主人,萝丝-安奈特·布隆小姐。

"怎么样?"阿尔努说。

"办成了!"她应道。

"啊!谢谢,我的天使!"

他想拥抱她。

"当心点!傻瓜!你要把我化的妆弄坏了!"

阿尔努把弗雷德里克介绍给她。

"里面请,先生,欢迎光临!"

她撩起身后的门帘,拿腔拿调地叫起来:

"伙夫阿尔努先生和他的朋友——一位王子驾到!"

弗雷德里克起先被灯光照花了眼,只看见丝绸,天鹅绒,裸露的肩膀,随着乐曲摆动的缤纷色彩;乐队藏在青枝绿叶之间;四壁蒙着黄绸子,上面疏疏落落挂着几幅彩粉肖像画,嵌着一些路易十六式样的水晶壁灯。高大的吊灯,照着放在角落里蜗形脚桌上的花篮,球形的毛玻璃灯罩好似一个个雪球。对面,一个更小的房间后面还有一间房,可以看见里面有张带螺旋形柱的床,床头挂着一面威尼斯的镜子。

舞停了,阿尔努头顶篮子走过来,掌声四起,一片欢腾;食品在篮子中间堆成了尖。

"当心吊灯!"

弗雷德里克抬起眼睛:这是装饰工艺社店铺的那只老式萨克森吊灯;对以往岁月的回忆涌进他的脑海。但是,一个人身着战列步兵的便服,带着新兵惯有的憨态,在他面前停下来,张开双臂表示惊讶。虽然此人留着吓人的黑色小胡子,上端极尖,使面容改了样,弗雷德里克仍然认出了他的旧友于索奈。这位艺术家操着阿尔萨斯方言和殖民地土著法语参半的难懂语言,连连向他表示祝贺,把他称作上校。弗雷德里克不知如何回答,被所有在场的人弄得十分窘迫。一支琴弓在谱架上敲了一下,跳舞的男女站好了位置。

他们大约有六十个人,女人大多扮成村姑或侯爵夫人,男人几乎全是中年人,化装成货车车夫、装卸工或水手。

弗雷德里克贴墙而立,望着面前跳四对舞的舞者。

一个老来俏打扮成中世纪的威尼斯总督,身着大红的丝绸长袍,正与萝莎奈特夫人①跳舞;她身穿绿上衣,针织短裤,脚踏金马刺软靴。对面的那对,男的是配土耳其弯刀的阿尔诺特人;女的是瑞士人,一对碧眼,肤色乳白,像鹌鹑那样胖乎乎的,只穿着衬衫和红色胸衣。一位金黄色头发的高个女子,歌剧院的哑角,为了炫示长及膝弯的头发,把自己化装成野人;在棕色的紧身衣外面,只用一块皮子缠在腰间,腕上戴着玻璃手镯,头戴一顶金箔王冠,上面插着一束长长的孔雀翎。在她面前的是位普里查德,他身着肥大得可笑的黑衣,用肘部在鼻烟盒上打着拍子。一个华托②式的牧童,穿着天蓝和银白相间的衣服,用牧棒撞击酒神女祭司的酒神杖;女祭司头顶葡萄,左侧披着一块豹皮,脚套系金带子的厚底靴。另一边,一个波兰女子身穿肉色丝绒斯宾塞式上衣,在珍珠色的长丝袜上摆动着薄纱衬裙,粉红色的高帮皮鞋箍着白色皮毛。她冲一个大腹便便、年纪四十开外的男子微笑;这男子化装成教堂的侍童,一只手撩起宽袖白色法衣,另一只手按住红色无边圆帽,一蹦蹦得老高。可是,舞会的王后,明星,是公共舞厅的著名舞女露露小姐。如今她有了钱,无纹饰黑丝绒上衣外面,加了一个大花边绉领;朱红色的宽大绸裤紧紧裹住臀部,拦腰扎着一条开士米围巾,沿裤子缝线点缀着小朵白山茶花。她的面孔苍白,有点浮肿,鼻子翘起,乱蓬蓬的

---

① 即女主人萝丝-安奈特。
② 华托(1684—1721),法国画家,有许多取材于田园生活的作品。

假发上,戴着一顶男式灰毡帽,帽子挨了一拳,贴在右耳上,使她的神态更显傲慢。她每跳跃一下,那双配钻石搭扣的薄底浅口皮鞋,几乎触到身旁一个人的鼻子;此人装扮成中世纪的大贵族,披挂着铁制盔甲,显得笨手笨脚。还有个天使,手握金剑,背插一双天鹅翅膀,来往穿梭,同化装成路易十四的男舞伴总跳不到一块儿;这位舞伴对舞步一窍不通,打乱了四对舞的队形。

弗雷德里克望着这些人,有种被遗弃的感觉,很不自在。他仍然想着阿尔努夫人,觉得自己在参与某个反对她的勾当。

四对舞结束后,萝莎奈特夫人走过来同他攀谈。她有点气喘,光滑如镜的护喉在颏下轻微地起伏。

"先生,"她说,"您不跳舞吗?"

弗雷德里克表示歉意,他不会跳舞。

"真的?跟我跳呢?当然?"

她把身子重心放在一侧的髋骨上,另一侧的膝盖稍稍收紧,左手抚摸着剑柄的螺钿圆头,用半带恳求,半带戏弄的神情打量了他一分钟,最后说了声"晚安",便转身不见了。

弗雷德里克对自己很不满意,但不知做什么好,于是在舞厅里东游西荡。

他走进小客厅。四壁安装了淡蓝绸面的软垫,室内装点着束束野花;天花板上一个金黄色的圆木框里,一群爱神在蓝天显现,在羽绒般的云端嬉戏。这些精美的装潢,如今对萝莎奈特们而言可能显得寒酸,却叫弗雷德里克眼花缭乱。他对一切都赞不绝口:点缀镜框的纸牵牛花,壁炉的炉门,土耳其式长沙发,墙壁凹处一个类似天篷的东西,内衬粉红色的绸子,外罩白色细布。卧室里摆放着嵌铜的黑色家具,铺着一块天鹅皮的台子上,搭了一张有天盖并饰有鸵鸟羽毛的大床。用三条细链子挂着的一只波希米亚吊灯,发出微弱的光线,昏暗中可以看出别在针垫上的宝石头别针,零乱地丢在托盘里的戒指,金边的圆形颈饰和银匣子。从一扇半开的小门望出去,有一个暖房占据了平台的整个宽度,尽头挂着一只大鸟笼。

这正是供他玩乐的一个好地方。年轻人的反叛情绪油然而生,他发誓要尽情享受,胆子也大了起来。他回到客厅门口,这时客厅里人更多了(一切都在某种闪光的尘埃中晃动),他站着观赏四对舞,为了看得清楚些,他眯起眼睛,同时用鼻子吸着女人身上的一股股幽香,香气流溢,好似一个铺天盖地的吻。

在门的另一边,离他不远站着佩勒兰;盛装的佩勒兰,左臂放在胸前,右手拿着帽子和一只撕破了的白手套。

"哟,好久没见了!您究竟到什么鬼地方去了?到意大利旅游?意大利,没新鲜玩意儿,是吧?不像人家说的那样僵化?管它呢!哪天把您的画稿拿来给我看看。"

不等弗雷德里克回答,艺术家谈起自己来了。

他最终认识到线条毫无价值,因此有了很大进步。在一部作品中,既不该探索美和协调,也不该关注事物的个性和多样性。

"因为一切都存在于自然中,一切都是合理的,一切都具有造型美。关键在于把握住色调,如此而已。我找到了秘诀!"

他用肘推了弗雷德里克一下,一再说:

"您知道,我找到了秘诀!您倒给我瞧瞧跟俄国马车夫跳舞的那个梳狮身女怪发型的小女人。那才叫清晰,干瘪,不可改变,全是棱面和生硬的色彩:眼下方是靛蓝色,面颊上一抹朱红,两鬓是茶褐色;噼!啪!"他用大拇指在空中点了几下,仿佛在挥毫泼墨。

"至于那边的胖女人,"他指着一个卖鱼妇继续说,她身穿樱桃红连衫裙,颈上挂着金十字架,一条上等细麻布方围巾系在脑后,"她浑身滚圆,鼻孔和帽翼一样扁平,嘴角朝两边翘起,下巴低垂,一身肥肉,轮廓模糊,胴体丰满,神情安详,笑容絮然,一幅真正的鲁本斯①的画像！然而她们个个十全十美！典型在哪儿呢？"

他越说越激动：

"美女是什么样子？美是什么！美啊！您倒给我说说看……"

弗雷德里克打断他的话，问那个为所有跳方阵舞的人祝福、侧面像山羊的丑角是什么人。

"什么也不是！一个鳏夫，三个男孩的父亲。他听凭孩子们没有裤头穿，自己成天在俱乐部里鬼混，夜里同女用人睡觉。"

"那个人呢？身穿大法官服、站在窗口同装扮成蓬巴杜尔侯爵夫人的女子讲话的那人是谁？"

"侯爵夫人是旺达埃尔太太，从前竞技剧场的女演员，威尼斯总督帕拉佐伯爵的情妇。他们同居有二十年了，不知是什么缘故。从前，这女人的一双眼睛美极了！她身边的那位公民，人称德·埃尔比尼上尉，是帝国时期的老兵，全部家当只有他那枚十字勋章和一份退休金；在隆重的仪式上他充当年轻女工的大叔，他替别人安排决斗，在馆子里吃晚饭。"

"是个流氓？"弗雷德里克问道。

"不！是个正派人！"

"啊！"

艺术家还叫出其他一些人的名字，这时他瞥见一位先生，和莫里哀剧中的医生一样，身穿宽大的黑哔叽长袍，为了显示身上佩戴的那些小饰物，长袍从上到下大敞着：

"您看到的这位是戴罗吉大夫，因为成不了名，一气之下，写了一本医学淫书；他心甘情愿替上流社会人士擦皮靴，而且守口如瓶，这些太太们挺喜欢他。他和妻子（就是那位一身灰衣裙、瘦瘦的城堡女主人）同来同往，没有一处公共场所或其他地方不去的。

---

① 鲁本斯(1577—1640)，佛兰德斯画家，注重色彩，笔力遒劲。

尽管家境窘迫,仍有一个接待日,举办吟诗赋词的艺术茶会。——注意!"

原来那位大夫走过来了;他们三人很快就在客厅门口聊上了。于索奈也来加入他们的聚谈,随后来的是那个蛮族女人的情夫,一位年轻诗人,弗朗索瓦一世式的短大衣下面,显出瘦得无以复加的体型。最后又来了一个风趣的小伙子,化装成守边卡的土耳其人。他那件镶黄色饰带的上衣,不知曾伴随江湖牙医游历过多少地方;肥大的有褶长裤,红颜色已经褪尽;照鞑靼人的式样鳗鱼般缠在头上的包头巾,看上去寒碜之极;总之,他的一身行头如此蹩脚,大获成功,女人们看了毫不掩饰自己的厌恶。大夫为了安慰他,对他的情妇装卸女工大大夸奖了一番。这位土耳其人是银行家之子。

在两轮对舞的空隙,萝莎奈特朝壁炉这边走过来。壁炉旁的一张扶手椅里,坐着一个肥胖的小老头,绿色的礼服上缀着金纽扣。干瘪的腮帮耷拉在系得高高的白色领带上,但是头发依旧金黄,像鬈毛狗的毛似的自然卷曲着,显出几分淘气的模样。

她俯身靠近他的脸,听他讲话,然后给他调了一杯果汁;花边袖子下的两只手在绿礼服领饰上方端着杯子,什么也比不上这双玉手的娇小可爱。老人喝完后,吻了吻这双手。

"这不是阿尔努的邻居乌德里先生吗?"

"他们不是邻居了!"佩勒兰笑着说。

"怎么回事?"

隆朱莫的一名马车夫①搂住萝莎奈特的腰,一曲华尔兹响了起来。于是,坐在客厅四周长椅上的全体女士,迅速地依次站起身来;她们的裙子、披巾、头饰开始旋转。

她们旋转着,离弗雷德里克那样近,连她们额头上的汗珠,他

---

① 《隆朱莫的马车夫》,一八三六年首演的一出三幕喜歌剧,是作曲家阿道尔夫·阿达姆(1803—1856)的作品。

都看得清清楚楚,这种旋转运动越来越轻快整齐,令人晕眩,使他的头脑也感染上某种热狂,浮现出另一些影像;女人们以同样炫目的舞姿翩然而过,不同类型的美,激起特殊的欲望。波兰女子一副恹恹无力的模样,叫他恨不得把她搂在怀里,乘着雪橇双双在雪原上疾驰。瑞士女郎上身挺直,眼皮低垂,跳着华尔兹舞,在她的舞步下展现了湖畔木屋中安心作乐的前景。随后,他见酒神女祭司一头棕发向后仰着,突然幻想风雨交加,在一片杂乱的铃鼓声中,躲进夹竹桃林里享受令人销魂的爱抚。卖鱼妇纵声大笑,节拍过快,她跳得气喘吁吁;他真想同她一道在波什隆酒家畅饮,像在太古时代那样,一把扯下她的头巾。装卸女工舞步轻盈,几乎脚不着地,灵活的四肢和严肃的面容中,似乎蕴含着现代爱情的全部精华,这种爱情如科学般精确,像鸟儿一样流动性强。萝莎奈特一手叉腰旋转着,双髻假发在衣领上跳跃,把鸢尾香粉洒在她的四周;每转一圈,她的金马刺尖都险些碰到弗雷德里克。

华尔兹舞曲的最后一个和弦响起时,瓦特纳兹小姐出现了。她戴一条阿尔及利亚头巾,额角上垂着许多硬币,眼眶涂了一圈锑粉,上身是一件黑色开士米的外套,下穿一条饰银箔的浅色裙子,手执一面铃鼓。

她身后走着一个身材高大、穿着但丁式古装的小伙子,他从前是阿朗布拉舞场的歌手(如今她不再隐瞒此事),真名是奥古斯特·德拉马尔。随着名望的提高,他不断更改和完善自己的名字,起先叫安泰诺·戴拉马尔,继而叫戴马、贝马,最后才改为戴马尔。他离开低级舞场去演戏,刚刚在昂必居剧院演出了《渔夫加斯帕尔多》,初次登台便引起轰动。

于索奈一见到戴马尔便沉下脸来。自从他的剧本遭到拒绝,他恨死了演员。这班先生的虚荣心,尤其这一位的虚荣心是难以想象的!

"瞧,多会装腔作势!"

戴马尔微微向萝莎奈特行过礼后,背靠在壁炉上;他纹丝不动,一只手放在心口,左脚前伸,两眼朝天,风帽上套着一顶金色桂冠,为了迷惑那些太太,他竭力使自己的眼神脉脉含情。在他周围,远远地围了一大圈人。

瓦特纳兹小姐久久地拥抱了萝莎奈特,然后来求于索奈,把她要发表的教育著作从文笔角度复审一遍,这是一部文学和伦理汇编,书名为《少女的花环》。这位文人答应帮忙。于是,她问他是否能在他有门路的报纸上,替她的朋友美言几句,甚至以后给戴马尔派个角色。于索奈听了,竟忘了喝一杯潘趣酒。

潘趣酒是阿尔努调制的;伯爵的青年侍者捧着一个空托盘跟在他身后,他得意地向众人敬酒。

他经过乌德里先生面前时,萝莎奈特叫住了他。

"怎么样,那件事?"

他的脸略微发红;终于,他对老人说:

"我们的朋友告诉我,您肯……"

"怎么,我的邻居!甘愿为您效劳。"

随后提到了当布勒兹先生的名字;他们低声交谈着,弗雷德里克听不清楚他们讲什么;他走到壁炉的另一边,萝莎奈特和戴马尔正在那儿谈天。

那戏子形象平庸,好像是供人远看的舞台布景,手掌厚厚的,一双大脚,下颌肥大;他诋毁最有名的演员,鄙视诗人,开口闭口"我的嗓子,我的长相,我的才能"。他的话里夹杂着许多他喜欢用却并不理解的字眼,诸如"病态美、相似和同质"。

萝莎奈特一边听,一边微微点头表示赞同。涂脂抹粉的脸上,显出钦佩的神情,色泽难以名状的明亮眼睛,蒙上某种潮湿的、轻纱般的东西。这样一个男人,怎么会把她迷住了呢?弗雷德里克心里愤愤不平,对他更加鄙视,或许这是为了消除自己对他的羡慕。

瓦特纳兹小姐现在和阿尔努在一起；她高声笑着，不时朝女友瞟上一眼，乌德里先生也目不转睛地望着她的女友。

随后阿尔努和瓦特纳兹小姐不见了；老头走过去低声同萝莎奈特讲话。

"好，对，就这样定了！让我安静一点。"

她请弗雷德里克去厨房看看阿尔努在不在那儿。

一排排半满的玻璃杯摆在地板上；一只只有柄平底锅、无柄锅、菱形烧鱼锅、煎锅，煮的煮，炸的炸。阿尔努用"你"称呼仆人，吩咐他们做这做那，他亲自调制芥末醋汁，尝各种沙司，同女仆打趣。

"行了，"他说，"请通知她！我这就吩咐上菜。"

舞停了，女宾们刚刚坐下，男宾们走来走去。客厅正中，一幅窗帘被风吹得鼓鼓的；狮身女怪不顾众人的劝告，伸出汗津津的胳臂让风吹。萝莎奈特在哪儿呢？弗雷德里克上远处去找，一直找到小客厅和卧室。有些人躲到这儿来，一人独处，或两个两个地待在一起。人影幢幢，耳语声声。可以听见手帕捂住嘴巴发出的轻微笑声，依稀看见女子短上衣边沿上扇子徐徐的、柔柔的颤动，就像受伤的鸟扑打着双翼。

他走进暖房，在喷泉边一株杯芋的宽大叶子下，他看见戴马尔平躺在麻布长沙发上；萝莎奈特坐在他身旁，一只手伸进他的头发里；两人对视着。就在弗雷德里克跨入暖房的当儿，阿尔努从鸟笼那一边走了进来。戴马尔一跃而起，然后头也不回，迈着平稳的步子往外走；到了门边，他还停下来摘了一朵木槿花插在纽孔上。萝莎奈特侧过脸来；弗雷德里克看见她的侧面，发觉她哭了。

"哎！你怎么了？"阿尔努问道。

她耸了耸肩，没有回答。

"是不是因为他？"他又问。

她伸开双臂搂住他的脖子，吻着他的额角，慢悠悠地说：

"你心里清楚,胖小子,我永远爱你。别再想它啦!吃夜宵去!"

一只插着四十根蜡烛的铜吊灯把餐厅照得雪亮,四壁挂满老式瓷盘;餐桌四边,摆着盛满虾酱浓汤的盆子;冷盘和水果之间,一条肥美的大菱鲆占据台布正中,在直射的强光下显得更白。女士们比肩而坐,裙子、袖子和披肩互相摩擦,窸窣作响;男人们在各个椅角站着。佩勒兰和乌德里先生的座位被安排在萝莎奈特旁边;阿尔努在她对面。帕拉佐和他的女友刚刚离开。

"走好!"萝莎奈特说,"开始吃吧!"

装扮成教堂侍童的男子是个好开玩笑的人,他画了一个大十字,开始念饭前经。

太太们十分反感,特别那个卖鱼妇,她有个女儿,想把她培养成贤德女子。阿尔努也"不喜欢这个",认为应当尊重宗教才是。

一只饰有公鸡的德国挂钟,咕咕叫着报时两点,引得众人纷纷拿它取乐,咸语淡话,无所不有:双关语、逸闻趣事、吹牛打赌、被当作真话的诺言,不可信的断语;众人乱哄哄地胡扯一阵,接着三三两两聊起天来。酒斟了一巡又一巡,菜上了一道又一道,大夫持刀切肉。大家远远互掷一只橘子,或一个瓶塞;有人离开座位去同别人交谈。萝莎奈特常常掉过头去看戴马尔,他站在她身后一动不动。佩勒兰喋喋不休,乌德里先生满脸笑容。瓦特纳兹小姐几乎一个人吃光了一大盆虾,长长的牙齿咬得虾壳咯咯地响。天使停落在琴凳上(由于插着翅膀,只能待在这个地方),平静地嚼个不停。

"食量真大!"教堂侍童惊得目瞪口呆,一再说,"食量真大!"

狮身女怪喝着烧酒,扯着嗓子叫喊,着了魔一样乱奔乱跑。突然,她的腮帮胀得鼓鼓的,一股血直往上涌,她透不过气来,忙拿餐巾捂住嘴,随即把它扔在桌子底下。

弗雷德里克把一切看在眼里。

"没事!"

弗雷德里克一再劝她回去看看病,她慢悠悠地应道:

"算了!何苦呢?没有这个,就有那个!生活并不那么有趣!"

他哆嗦了一下,心头感到一阵凄凉,仿佛看见困苦绝望的芸芸众生,帆布床边的一只煤炉,太平间里套着皮罩衫的尸体和冲洗死尸头发的冷水龙头。

这时,蹲在蛮族女子脚边的于索奈,模仿演员格拉索,用沙哑的嗓音怪声叫道:

"噢!塞吕塔①!别这样狠心!这小小的家庭聚会多么温馨!我的爱,让我快乐地飘飘欲仙吧!让我们一起尽情玩乐!尽情玩乐!"

他开始吻女人们的肩膀,胡子扎得她们浑身打战;接着,他又想出一个花样,用头轻轻撞一下碟子把它撞碎。其他人如法炮制;于是碎瓷片满天飞,如狂风掀起的石板瓦片。装卸女工嚷道:

"别不好意思!这东西不值一文!全是瓷器厂老板送的!"

所有的眼睛都盯着阿尔努。他答道:

"啊!对不起,照发票收钱!"他说这话,大概想表示自己不是,或不再是萝莎奈特的情夫。

这时响起两人的对骂声:

"笨蛋!"

"流氓!"

"悉听吩咐!"

"悉听吩咐!"

原来是那个中世纪骑士和俄国马车夫在抬杠;马车夫坚持说,披盔戴甲的人算不上勇敢,骑士把这话当成一种侮辱。他们想动

---

① 塞吕塔是夏多布里昂青年时代的作品《纳谢兹人》中的女主人公。

手打架,众人居间调停,一片嘈杂中,上尉竭力提高嗓门,好让大家听见他的话:

"诸位,听我说!就一句话!我有经验,诸位!"

萝莎奈特用餐刀敲了几下玻璃杯,大家终于安静下来,她相继对戴盔的骑士和头戴长毛帽的马车夫说:

"先把您头上的平底锅拿下来!我看着就热!——您,那边的,摘下您的狼头。——见鬼,你们听我的好不好!瞧瞧我的肩章!我是你们的女元帅!"

他们俩遵命照办,众人鼓掌高叫:

"女元帅万岁!女元帅万岁!"

随后,她从炉子上拿起一瓶香槟酒,高高举起,往大家伸过来的酒杯里倒。由于餐桌太宽,客人们,尤其是女宾,全踩在椅杠上,踮起脚尖,朝她探过身去。一时间,女人的头饰,裸露的肩膀,伸直的胳臂,倾斜的身体,组成了一座金字塔;两道长长的酒流喷射在这一切之上,原来那个小丑和阿尔努站在餐厅的两个角落里,每人打开一瓶酒,溅了人们一脸。大鸟笼的门敞着,小鸟成群飞了进来,只受了惊吓,围着吊灯飞来飞去,往窗玻璃和家具上乱撞;有几只落在人们头上,像大朵的花插在头发中间。

乐师们早已走了。大家把钢琴从前厅移到客厅里来。瓦特纳兹小姐坐在钢琴前,由教堂侍童敲着铃鼓伴奏,发狂般地开始弹奏一支四组舞曲,指按琴键犹如马蹄踢蹬,身体左右摇摆,更用力地打着节拍。女元帅带着弗雷德里克跳起来,于索奈翻开了筋斗,女装卸工像马戏班的丑角一样屈肢弯腰,小丑学着猩猩的动作,蛮族女子伸开双臂,模仿摇摇摆摆的小艇。最后,人人筋疲力尽,只好停下来。有人推开了一扇窗。

曙光照进来,带着清晨的凉气。大家先是一阵惊叹,接着默不作声。昏黄的烛焰摇曳着,烛台的托盘不时发出爆裂声;地板上撒满绸带、花朵和珍珠;靠墙的蜗形脚桌上黏糊糊的尽是潘趣酒和果子汁的污渍；帷幔脏了，衣服皱了，沾满灰尘，发辫垂在肩上；脂粉随着汗水流淌，露出一张张苍白的面孔，发红的眼睑眨个不停。

女元帅像刚刚沐浴过一样容光焕发，两颊绯红，双目炯炯。她把假发远远一扔，浓密的头发如羊毛般披散开来，把上身的衣服全遮住了，只露出短裤，显得既滑稽又可爱。

狮身女怪因为发烧牙齿咯咯作响，她需要一条披巾。

萝莎奈特跑到自己房间去找，另一位在后面跟着，萝莎奈特急匆匆给她吃了闭门羹。

土耳其人高声说没有看见乌德里先生出去。大家实在太累，没有理会这句俏皮话。

大家戴上软帽，裹在大衣里等车。钟敲了七点。那位天使仍然在餐厅里，坐在桌旁面对一盘牛油沙丁鱼；卖鱼妇在她身旁抽着烟卷，向她提出人生的忠告。

出租马车终于到了，宾客们纷纷离去。于索奈受雇于外省的一家通讯社，午餐前必须阅读五十三份报纸；蛮族女子要去戏院排练；佩勒兰要和一位模特见面，教堂侍童得赴三个约会。但是天使出现了消化不良的初期症状，站不起来了。中世纪大贵人把她抱到了马车上。

"当心她的翅膀！"女装卸工在窗口喊道。

在楼梯平台上，瓦特纳兹小姐对萝莎奈特说：

"再见！亲爱的！你这个晚会好极了！"

然后附在她耳边说：

"留下他吧！"

"等到更好的时候再说。"女元帅慢慢转过身去应道。

阿尔努和弗雷德里克同平时一样一道回去。瓷器商脸色特别阴沉，他的同伴以为他身体不舒服。

"我吗？没有的事！"

他咬着唇髭，蹙起眉头，弗雷德里克问他，是不是为了生意上的事苦恼。
"根本不是！"
接着,他突然问道:
"您认识他,是不是,那个乌德里老爹？"
他带着愤恨的神情又说:
"他有钱,这个老无赖！"
随后,阿尔努说今天他厂里有一大窑瓷器快焙烧好了,想去看一看。火车一小时后就开。
"不过我得去亲亲我的老婆。"
"啊！他的老婆！"弗雷德里克心想。
他的后脑壳痛得受不了,便躺了下来,喝了一瓶水解渴。
他产生了另一个渴望,对女人、奢侈和巴黎生活所包含的一切的渴望。他像一个刚下船的人,头有点晕;在似睡非睡的幻觉中,眼前来来回回不断出现卖鱼妇的肩膀,女装卸工的腰身,波兰女郎的小腿,蛮族女人的头发。然后,出现了一对黑色的大眼睛;它们没在舞会上,轻盈如蝴蝶,炽烈似火炬,来来回回,震颤不止,忽而跃上天花板的突饰,忽而降到他的嘴边。这时他已进入梦乡;他觉得好像在阿尔努身边,套在一辆出租马车的辕木上,而女元帅骑在他身上,用金马刺踢破他的肚皮。

二

弗雷德里克在伦弗尔街拐角处租了一小套公寓,同时买了双座四轮轿式马车、马和家具,还从阿尔努的店铺里买回两个花盆架,摆在客厅门两侧。客厅后面有一间卧室和一间书房。他想叫戴洛里耶搬来同住。但如何接待她,自己未来的情妇呢？有个朋友在,总不大方便。他打通隔墙把客厅扩大,又把书房改为吸烟室。

他购买了自己喜爱的诗人的作品,还有游记、地图和字典,脑子里有无数工作计划。他催促工人,跑商店,由于急于享用,买什么都不讲价钱。

　　商店开来了账单,弗雷德里克发现自己即将支付四万余法郎,还不包括超过三万七千法郎的遗产税。由于他的财产尽是地产,所以他写信给勒阿弗尔的公证人,盼咐他卖掉一部分地,好用来还债并供自己开销。随后,他希望有机会领略一下被称作上流社会的那个模模糊糊、闪闪发光和难以言传的东西,于是致函当布勒兹先生,询问是否能接待他。当布勒兹夫人答复,希望他次日光临。

　　这天正好是接待日,一些车辆停在院子里。两名听差急忙站到挑檐下相迎,站在楼梯上面的第三名听差走在他前面带路。

　　他穿过前厅和另一间屋子,又走过一间窗户很高的大客厅;这间客厅奇大的壁炉上,摆着一只球形座钟和两个特大瓷盆,盆里放着两个枝形烛台,仿佛两丛金色的荆棘。墙上挂着西班牙佬①风格的画;沉重的绒绣门帘庄严地垂挂着;扶手椅,蜗形脚桌,桌子,家具全部是帝国时代的式样,显得威严典雅。弗雷德里克情不自禁,快活地笑了。

　　最后,他来到一个椭圆形房间,房间镶着巴西香木护壁板,摆满小巧玲珑的家具,只有一扇朝向花园的玻璃窗。当布勒兹夫人坐在火边,约有十二个人在她周围围成一个圆圈。她亲切地打了一声招呼,示意他坐下,并没有因为久久未见到他而露出惊讶的神色。

　　他进来时,大家正在夸科尔教士有口才。接着,提起一个贴身男仆偷东西的事,大家对仆人们道德的低下又嗟叹了一阵;于是,扯起了闲篇儿。德·索姆里老太太患了感冒,德·图尔维索小姐

---

① 西班牙佬指西班牙画家荷塞·里贝拉(1588—1656)。

嫁了人,蒙沙龙一家一月底以前回不来,布雷唐古尔一家也一样,如今在乡下住的时间很长;闲言碎语在奢华环境的衬托下更显得无聊。讲的话虽然蠢,但那种漫无目的、毫不连贯、死气沉沉的聊天方式则更蠢。尽管在座的有老于世故的人,一位前部长,一位大教区的教士,两三位政府高官,但他们尽弹老调,毫无新意。有几位活像疲惫不堪的老奶奶,另一些模样像马贩子;有些老人陪着他们的太太,看上去却像她们的爷爷。

当布勒兹夫人温文尔雅地接待每个人。一提起某个病人,她便痛苦地紧锁眉头;若谈到舞会或晚会,她便眉开眼笑。不久,她将不得不停止参加这些活动,因为她即将把她丈夫的一个侄女从寄宿学校接出来;这是一名孤女。大家赞扬她的献身精神;她这样做不愧为真正的主妇。

弗雷德里克打量着她。面部灰暗的皮肤似乎绷得很紧,颜色虽鲜却无光泽,好似一只久藏的果子。但是,她的头发比丝还细,按英国式样卷成螺旋形;一双碧眼炯炯有神,全部动作温柔优雅。她坐在尽里的双人沙发上,抚弄着一柄日本隔热扇的小红穗子;这大概是有意炫耀她的一双手,一双略瘦的、指尖翘起的纤纤玉手。她身穿灰色波纹绸连衫裙,上衣是立领,像个清教徒。

弗雷德里克问她今年去不去福泰尔。当布勒兹夫人说她不清楚。对此,他倒不难理解:诺让一定会使她厌倦的。来客越来越多,衣裙擦着地毯的窸窣声持续不断。太太们坐在椅子边上,轻轻冷笑着,说上三言两语,过了五分钟,便带着女儿们走了。不久,谈话难以为继,弗雷德里克起身告辞,当布勒兹夫人对他说:

"每周三见,对不对,莫罗先生?"她仅用这句话来弥补表现出来的冷淡。

他很满意。不过,到了街上,他仍然深深吸了一口气;弗雷德里克需要一个不那么做作的环境,他想起来应该去看看女元帅。

前厅的门开着。两只哈瓦那狮子狗跑了过来。一个声音叫道：

"戴尔菲娜！戴尔菲娜！——是您吗，菲利克斯？"

他站着，没有朝前走；两只小狗尖声叫个不停。萝莎奈特终于出来了，她裹着一件镶花边的白纱晨衣，光脚趿着拖鞋。

"啊！对不起，先生！我还以为是理发师来了。稍等片刻！我这就来！"

于是他一个人待在餐厅里。

百叶窗关着。弗雷德里克一边浏览着餐厅里的摆设，一边回想那天夜里喧闹的情景。忽然他注意到正中央桌子上有顶男人的帽子，一顶凸凹不平、油腻肮脏的旧毡帽。这帽子是谁的呢？它不顾体面地露出绽了线的衬里，好像在说："我才不在乎呢！我是主人！"

女元帅回来了。她拿起帽子，打开暖房往里一扔，又把门关上（就在同时，其他几扇门打开又关上），然后带着弗雷德里克经过厨房，来到她的梳妆室。

一眼就能看出来，这是家里最经常被人光顾的地方，是它真正的精神中心。四壁挂着画有大树叶的擦光印花布帏幔，扶手椅和一张弹簧大沙发的罩子也是用这种布料做的；一张白色大理石桌上，摆着两只蓝瓷大脸盆；上方好几层水晶搁物板上，堆放着小玻璃瓶、刷子、梳子、口红和粉盒；一面高大的活动穿衣镜，映出壁炉的火光；一条浴巾垂在浴缸外面，散发出杏仁蜜和安息香的香气。

"这儿零乱，请别见怪！今晚我要在外面吃饭。"

她边说边转过身去，差点踩着一只小狗。弗雷德里克说这两条狗逗人喜爱。她把它们双双举起来，把它们的黑嘴一直送到他的嘴边：

"来，笑一笑，亲亲这位先生。"

一个身穿肮脏的皮领礼服的男人闯了进来。

"菲利克斯,我的朋友,"她说,"您要的东西,下星期天一准能拿到。"

那人开始给她梳头,并把她的一些朋友的情况讲给她听,如德·罗什居纳夫人、德·圣弗洛朗坦夫人、隆巴尔夫人,她们都是贵妇,同在当布勒兹公馆里见到的一样。接着他又谈起戏剧;当晚在昂必居剧院将上演一出新奇的戏。

"您去吗?"

"我可不去!我待在家里。"

戴尔菲娜回来了。萝莎奈特责备她未经允许就擅自出门。另一位发誓说她"刚从市场回来"。

"那好,把账本给我拿来!——对不起,可以吗?"

萝莎奈特低声念着账本,对每项开支都挑剔一番。她发现总数不对。

"还我四个苏!"

戴尔菲娜把钱还给她,被打发走了。萝莎奈特说:

"圣母啊!同这班人打交道是活受罪!"

弗雷德里克听了这种怨言很不舒服,使他联想起在另一家听到的抱怨;这两家是一路货色。

戴尔菲娜又回来了,她走到女元帅身边,咬了几句耳朵。

"啊,不!不行!"

戴尔菲娜不一会儿又来了。

"太太,她非见您不可。"

"啊!真讨厌!把她赶出去!"

就在这时候,一个穿黑衣服的老太太推门进来了。萝莎奈特迎着她匆忙走进卧室,弗雷德里克什么也没听到,什么也没看到。

萝莎奈特又露面时,两颊绯红。她在一张扶手椅里坐下,没有作声。一滴眼泪滚落在她的面颊上;随后她朝年轻人转过身来,柔声说：

"您的名字叫什么？"

"弗雷德里克。"

"啊！费德里科！我这样称呼您,您不介意吧！"

她温存地,几乎脉脉含情地望着他。突然间,她一眼看见瓦特纳兹小姐,高兴得叫了起来。

这位女艺术家没有时间耽搁,准六时,她得主持一顿客饭；她气喘吁吁,累得不行。她从篮子里先拿出一条用纸包住的表链,接着又拿出其他买来的东西。

"你知道,儒贝尔街有三十六个苏一副的瑞典手套,漂亮极了！你那个洗染商要求再等一周。至于镂空花边,我吩咐人去烫了。比涅奥收到了部分付款。我想就这些了吧？你欠我一百八十五法郎！"

萝莎奈特在一个抽屉里取出十个拿破仑金币。两个女子,谁都没有零钱,弗雷德里克拿出自己的钱来。

"我会还您的。"瓦特纳兹小姐一边说,一边把十五个法郎塞进钱袋。"可是您真坏。我不喜欢您了,那一天,您没请我跳过一次舞！——啊！亲爱的,我在伏尔泰滨河路的一家店铺里,看到一架蜂鸟标本,真招人爱！我要是你,一定买下来。瞧！你觉得怎样？"

她拿出一块粉红色零头绸子,是她在神庙街买的,准备给戴马尔做一件中世纪式样的紧身短上衣。

"今天他来过,是不是？"

"没来过！"

"这就怪了！"

过了片刻,又问：

"今晚你去哪儿？"

"去阿尔丰西娜家。"萝莎奈特应道。

这是她如何度过当晚的第三种说法了。

瓦特纳兹小姐又说：

"山上那个老头子，有什么消息？"

萝莎奈特连忙向她丢了个眼色，要她住嘴，然后把弗雷德里克一直送到前厅，问他是否不久将见到阿尔努。

"烦您请他来一趟；当然，别当他妻子的面！"

在台阶上，一把伞靠墙放着，旁边有一双木底鞋。

"这是瓦特纳兹小姐的套鞋，"萝莎奈特说，"脚真大，是吗？我这位小朋友，她很健壮。"

随后，她拉长最后一个字母，用夸张的语调说：

"对她可别相信——信！"

看她这副推心置腹的样子，弗雷德里克放大胆子，想吻吻她的脖子。她冷冷地说：

"噢！吻吧，这算不了什么！"

他轻快地从她家里出来，不怀疑她不久将成为他的情妇。这个欲望激起了另一个欲望；尽管他对阿尔努夫人有点怀恨在心，仍然想见见她。

何况他受萝莎奈特之托，必须去一趟她家。

"可是，"他想（六点钟敲响了），"现在阿尔努大概在家。"

他把拜访推迟到次日。

她的姿势和他第一天来时见到的一样，正在缝一件童衫。小男孩在她脚边玩木制动物玩具；玛尔特在稍远处写东西。

他先从两个孩子谈起，对她恭维了一番。她的回答不带任何护犊的愚蠢夸张。

房间给人一种宁静的感觉。灿烂的阳光透过窗玻璃射进来，家具的犄角闪闪发亮。阿尔努夫人靠窗坐着，一大缕阳光照在垂落于颈背的鬈发上，金色的流体渗进她琥珀色的皮肤。这时他说：

"一个小姑娘,才三年就长这么大了!小姐,您还记得吗,您曾经在马车里睡在我的膝盖上?"

玛尔特记不起来了。

"有天晚上,从圣克卢回来的时候。"

阿尔努夫人的目光一下子变得格外忧郁。这是否意味着不准他对他俩的共同回忆做任何暗示呢?

她那双美丽的黑眼睛,在稍显沉重的眼皮下缓缓地转动着,巩膜发亮,瞳孔深处蕴含着无限的善良。他再次产生了广阔无边的爱情,其炽烈程度前所未有。他凝视着她,头脑变得迟钝了,不过他还是打起精神来。怎样叫人看重自己?该用什么办法呢?考虑再三,除了金钱外,弗雷德里克想不出更好的法子。他开始谈天气,说巴黎没有勒阿弗尔冷。

"您去过那儿?"

"去过,为了一件……家事……一份遗产。"

"啊!那太好了。"她说,一脸的高兴,那份真诚,令他感动,仿佛她帮了他一个大忙。

接着,她问他打算做什么,一个男人应该做点事才是。他想起曾经编造过的谎言,便说他希望靠议员当布勒兹的提携进入行政法院。

"您也许认识他?"

"只听说过他的名字。"

随后,她低声问道:

"他那天带您去跳舞了,是不是?"

弗雷德里克没有作声。

"这正是我想要知道的,谢谢。"

接着,她对他的家庭和故乡提了两三个很有分寸的问题。他在那边待了那么久,却没有忘记他们,真是太好了。

"可是……,我怎么忘得掉呢?"他应道,"您不相信?"

阿尔努夫人站了起来。

"我相信您对我们怀着深厚和牢固的友情。别了……再见！"

她爽直地、带着男子气概地伸出手来。莫非这是一种鼓励，一个许诺？弗雷德里克觉得活着真快活。他想唱歌，不过忍住了，他需要倾吐衷肠，需要行侠仗义，赈灾济贫。他环顾四周，看看有没有人需要救助。没有一个穷苦人走过；他舍己救人的愿望烟消云散，因为他不是那种四处寻找献身机会的人。

随后他又想起他那些朋友来。第一个想到的是于索奈，第二个是佩勒兰。杜萨迪埃地位卑微，自然应当受到尊重；至于西齐，弗雷德里克很高兴能向他炫示一下自己的家业。他给四个人写了信，请他们于下周日十一时整来吃他的乔迁喜酒，并托戴洛里耶把塞内卡尔也带来。

这位辅导教师不赞成搞授奖仪式，视这种习惯做法是对平等的破坏，结果被第三所寄宿学校解雇了。如今他在一家机器制造厂工作，半年前就不再与戴洛里耶同住了。

两人分手没有任何困难。在同住的最后一段时期，塞内卡尔经常接待穿工装的人，他们全是爱国者、劳动者、大好人，但是律师讨厌与他们为伍。而且，他朋友的某些主张，作为战斗武器是极好的，但是他不喜欢。由于有野心，他缄默不语，不得罪塞内卡尔，是为了驾驭他。戴洛里耶焦急地等待天下大乱，以便在乱中谋得一个职位，找到自己的位置。

塞内卡尔私心较少。每晚一下工，他便回到阁楼。在书籍中寻找自己种种梦想的根据。他给《民约论》①做旁注，脑子里塞满《独立评论》②的观点。他知道马布利、莫雷利、傅立叶、圣西门、孔

---

① 《民约论》，法国启蒙思想家和作家卢梭（1712—1778）的重要著作，对法国资产阶级革命影响巨大。
② 《独立评论》，一份主张民主的杂志，发行于一八四一至一八四八年。

德、卡倍、路易·勃朗①、一大批可用车载的社会主义作家,以及要求把人类社会变成兵营的人,或者宁愿世人在妓院作乐或伏在柜台上挣钱的人。他把这一切混杂在一起,提出一个实行德政的民主国理想:它既有分成制租田,又有纺纱厂,是一个美洲斯巴达②式的国家,这个国家比达赖喇嘛和纳布哥多诺索王族的权力更高,更绝对,更可靠,更神圣,个人仅仅为服务于社会而活着。塞内卡尔毫不怀疑,这个设想即将有可能实现;凡是他认为与该设想敌对的东西,他都以几何学家的推理和宗教裁判所法官的善意予以猛烈的抨击。贵族头衔,十字勋章,羽毛饰,特别是仆从的号衣,甚至响当当的名声,都令他气愤填膺。他最恨荣誉称号和优越地位,随着他研修的进展,痛苦的加剧,这种仇恨与日俱增。

"我又不欠这位先生什么,干吗要去拜访他?如果他想见我,自己可以来嘛!"

戴洛里耶把他拖来了。

他们到时,他们的朋友正待在卧室里,遮帘,双层窗帘,威尼斯大镜子,卧室用具应有尽有;弗雷德里克身穿丝绒上衣,仰卧在一把安乐椅里,抽着用土耳其烟草卷的香烟。

塞内卡尔沉下脸来,好像那班被带到娱乐场所的伪君子。戴洛里耶把整个房间扫了一眼,然后向弗雷德里克深深鞠了一躬:

"老爷,我向您致敬!"

杜萨迪埃扑过去搂住弗雷德里克的脖子。

---

① 马布利(1709—1785),法国哲学家,对同时代的进步资产阶级产生过一定影响。莫雷利,法国十八世纪哲学家,其《自然法典》等著述对空想社会主义者影响很大。傅立叶(1772—1837)和圣西门(1760—1825),法国空想社会主义者。孔德(1798—1857),法国哲学家,实证主义创始人。卡倍(1788—1856),法国空想共产主义理论家。路易·勃朗(1811—1882),法国历史学家和政治家,他的社会主义主张扩大了反对七月王朝的队伍。

② 斯巴达是古希腊实行寡头统治的城邦,曾有过数百年繁荣昌盛的时期。美洲斯巴达指的是美利坚合众国。

"您现在阔气了？啊！太好了,他妈的,这太好了！"

西齐来了,帽子上缠了一圈黑纱。自从祖母去世后,他享有一份可观的家私,心思就不在玩上了。他一心想出人头地,有别于众人,总之"要有特点"。这是他的原话。

晌午到了,大家打着呵欠;弗雷德里克还在等一个人。佩勒兰听说等的是阿尔努,便做了一个鬼脸。自阿尔努放弃艺术这个行当后,佩勒兰把他视为叛徒。

"是不是不等他了？你们看呢？"

大家一致赞成。

一名扎长裤腿套的听差把门打开了。大家一眼看见了餐厅,高高的嵌金橡木护壁板,还有两口摆满餐具的碗橱。一瓶瓶葡萄酒在火炉上加热,新餐刀的刀刃在牡蛎旁闪着亮光;磨砂玻璃杯的乳白色调仿佛蕴含着动人的柔情,餐桌上摆满野味,水果,珍馐美味。这样殷勤的招待,塞内卡尔并不领情。

他一开始就要家庭自制的面包吃(越硬越好),就此谈起了比藏塞的凶杀案①和衣食的匮乏。

假如农业得到更好的保护,假如一切不听凭竞争、无序和"听之任之"这个可悲格言的摆布,这些事情原本是不会发生的！金钱的封建制度就是这样形成的,它比封建制度更糟糕！可是要当心！人民最终将忍无可忍,可能会通过残忍的驱逐,或对公馆的洗劫,要资本的拥有者偿还他们遭受的痛苦。

刹那间,弗雷德里克依稀看见赤膊的人流涌进当布勒兹夫人的大客厅,用长矛把一面面大镜子砸得粉碎。

塞内卡尔继续说,工人工资微薄,难以糊口,特别如果有孩子要抚养的话,他们比斯巴达的国有奴隶、黑人和印度贱民还要

---

① 比藏塞,法国安德尔省某区政府的所在地,一八四六至一八四七年冬天,一群饥民在该地暴动,抢劫田庄商店,杀死许多地主。

悲惨。

"难道工人应该听从不知哪位马尔萨斯①派的英国医生对他们提出的劝告,把自己的孩子憋死?"

然后他转向西齐说:

"难道我们将不得不接受马尔萨斯那个下流坯的建议?"

西齐不知道马尔萨斯做了什么下流事,连有没有这个人都不清楚。他回答说毕竟许多穷人得到救助,有教养的阶级……

"啊!有教养的阶级!"那位社会主义者冷笑着说,"首先,没有什么有教养的阶级;一个人有无教养,要看他的心!你们听着,我们不要施舍,我们要平等,要公平分配产品。"

他所要的,是工人可以变成资本家,正如士兵可以升为上校。行会管事会通过限制学徒人数,至少能阻止劳动者过多,而节日和战旗维持着亲如手足的感情。

于索奈身为诗人,对战旗恋恋不舍;佩勒兰也一样,他这种偏好是在达尼奥咖啡馆听傅立叶学说的信徒们交谈时产生的。他称傅立叶是位伟人。

"得了吧!"戴洛里耶说,"一个老糊涂虫!他把各帝国的动荡不安视为神明报复!正如圣西门先生和他的教派,连同他对法国大革命的仇恨:想为我们重建天主教的一帮闹剧演员!"

德·西齐先生大概想把事情搞清楚,或给人家一个好印象,声音轻轻地问道:

"这两位学者和伏尔泰见解不同吗?"

"那家伙呀,我可不想谈他!"

"怎么?我,我原以为……"

"才不呢!他并不爱老百姓!"

---

① 马尔萨斯(1766—1834),英国经济学家,提出人口总按几何级数增长而生活资料只能按算术级数增长的著名理论,主张限制人口的增长。

接着,话题转向当代的事件:西班牙的婚礼①,罗什福尔的营私舞弊②,圣德尼教堂的新教务会③,这将加重捐税。照塞内卡尔的看法,大家付的税已经够多的了!

"天呀,这究竟为了什么呢?为了给博物馆的猴子盖宫殿,在广场上检阅我们出众的参谋部,在宫廷侍从中维持哥特式的礼节!"

"我在《时尚》杂志上读到一条消息,"西齐说,"圣费迪南节那天,在杜依勒里宫的舞会上,大家全化装成希卡尔④。"

"多么无聊!"社会主义者厌恶得直耸肩膀,说道。

"还有凡尔赛的博物馆!"佩勒兰嚷起来,"咱们得说说!那班笨蛋缩短了德拉克鲁瓦的一幅画,又加长了格罗⑤的一幅画!在卢浮宫,所有的画都修的修,刮的刮,改的改,不出十年,说不定一幅也剩不下来了。至于编目的错误,有个德国人专门写了厚厚一本书。我发誓,外国人对我们嗤之以鼻!"

"对,我们成了欧洲的笑柄。"塞内卡尔说。

"这是因为艺术听命于王权。"

"只要一天没有普选……"

"对不起!"二十年来被一切画展拒之门外的艺术家,对当局怀着一腔怒火,"哎!让我们安静些吧!我呀,我什么也不要!只

---

① 一八四六年,西班牙女王伊莎贝尔二世与法国波旁王族在西班牙的亲王唐·弗朗索瓦·德·阿那斯结婚,妹妹也嫁给了路易-菲力浦的幼子蒙庞西埃公爵。
② 罗什福尔,法国的一个海军基地,一八四七年,其兵工厂发生一起营私舞弊案。
③ 圣德尼教堂,位于巴黎北郊,是历代法兰西国王的墓地。一八四七年,新教务会通过了修葺教堂的决议。
④ 希卡尔是一个舞蹈家的名字,他的演出服一度成为时髦的狂欢节或化装舞会装束:长筒靴,紧身短裤,头盔上插着一根大翎毛。
⑤ 德拉克鲁瓦(1798—1863),法国画家,浪漫主义画派的领袖。格罗(1771—1835),法国画家,创作了不少以战争为题材的巨幅油画。

是两院应当定出法规,保障艺术的利益,必须设一个美学教席,由一位实践家兼哲学家担任教授,我希望他能把众人组织起来。于索奈,把这事在您的报纸上提一句好不好?"

"报刊自由吗?我们自由吗?"戴洛里耶愤愤地说,"一想到要在河上行一条小船可能得办二十八道手续,我恨不得去同吃人肉的野人一起生活!政府把我们生吞活剥!哲学、法律、艺术、天上的空气,一切都归政府所有;在宪兵的皮靴和教士的道袍下,法兰西软弱无力,气息奄奄!"

未来的米拉波慷慨陈词,一吐心中的块垒。最后,他举起酒杯,站起身来,一手叉腰,双目炯炯:

"我为现存秩序的彻底毁灭,即一切所谓特权、垄断、领导、等级、权威、国家的彻底毁灭而干杯!"接着提高嗓门说:"我要把一切像这个东西一样砸碎!"说着他把一只漂亮的高脚杯往桌上一摔,杯子乓啷一声碎成了千百片。

众人鼓掌,杜萨迪埃尤其起劲。

一看到不公平的事,杜萨迪埃就气得心直跳。他关心巴尔贝①;是那班为搭救倒地的马匹扑到车子底下去的人。他的学识只限于两本著作,一本是《国王的罪行》,另一本是《梵蒂冈的秘密》。他张大嘴,怀着莫大的乐趣听律师讲话。临了,他忍不住说道:

"我呀,我谴责路易-菲力浦抛弃了波兰人!"

"且慢!"于索奈说,"首先,波兰并不存在;它是拉法夷特②杜撰出来的!一般而言,波兰人全是圣马尔索城关的人,真正的波兰

---

① 巴尔贝(1809—1870),法国政治家,主张共和,多次组织阴谋活动,一八三九年被判死刑,一八四八至一八五四年关在狱中,最后被流放他乡。
② 拉法夷特(1757—1834),法国将军和政治家,美国独立战争期间曾率兵赴美支援起义军。法国大革命时他任国民自卫军司令,一八三〇年为七月王朝的建立立下了汗马功劳。

人和波尼亚托夫斯基①一块淹死了。"

总而言之,"他不再上当了",他"抛弃了这一切!"南特敕令的废除②,和"圣巴托罗缪之夜的胡诌"③,不过是报纸编造的假新闻!

塞内卡尔没有替波兰人辩护,只驳斥了文人最后的那句话。过去有人诽谤教皇,其实教皇倒是保护人民的。塞内卡尔把联盟④称作"民主的曙光,是一场反对新教个人主义的伟大平等运动"。

弗雷德里克听到这些见解有点吃惊。西齐大概听烦了,把话题引向竞技剧场吸引了许多人的舞台造型上。

塞内卡尔对此感到痛心。这类演出把无产者的女儿带坏了,而且炫耀的豪华太惹人注目。因此,对巴伐利亚大学生凌辱洛拉·蒙泰斯⑤一事,他表示赞成。他和卢梭一样,与国王的情妇相比,他更看重烧炭人的妻子。

"别瞎扯!"于索奈庄重地顶了他一句。

为了萝莎奈特,于索奈替这些太太说话,随后谈起她的舞会和阿尔努那天穿的化装服。佩勒兰说:

"据说他遇到麻烦了。"

画商为了他在贝勒维尔的地产刚刚打了一场官司,目前正在下布列塔尼一家高岭土公司,与一帮和他一样的滑稽家伙厮混。

---

① 波尼亚托夫斯基(1763—1813),忠于拿破仑的波兰将军,一八一三年被任命为法国元帅,同年掩护法军撤退时淹死在埃尔斯特河。
② 一五九八年亨利四世发布南特敕令,给予法国新教徒以信仰自由。一六八五年路易十四废除该敕令,把许多新教徒逐出法国。
③ 指一五七二年八月二十四日圣巴托罗缪节之夜,法国查理九世在王太后卡特琳娜·德·梅迪契逼迫下,下令对新教徒发动大屠杀,新教主要首领均遭杀害。
④ 指一五七六至一五九三年,天主教徒为反对新教而结成的神圣联盟。
⑤ 洛拉·蒙泰斯,当时巴伐利亚国王的情妇。

杜萨迪埃知道得更多。他的老板穆西诺先生,曾经向银行家奥斯卡·勒费弗尔打听过阿尔努的情况。这位回答说,他认为阿尔努不大牢靠,有几桩期票到期又续借的事。

果点用完后,大家来到客厅。它同女元帅的客厅一样,张挂着黄缎帏幔,家具是路易十六时代的式样。

佩勒兰责备弗雷德里克没有选择仿古希腊艺术的式样;塞内卡尔在帏幔上擦火柴;戴洛里耶没有发表任何意见。但他对书橱很有看法,称它是小姑娘的书橱,当代文学家的作品,这里大多都有。谈论他们的作品是不可能的,因为于索奈立即讲开了他们的逸闻趣事,批评他们的长相、习惯和衣着,赞扬末流作家,诋毁一流作家,对现代颓靡之风自然表示遗憾。一首乡村小调,比十九世纪全部抒情诗包含更多的诗意;巴尔扎克被捧得太高,拜伦失去了声望,雨果对戏剧一窍不通,等等。

"为什么您没有我们的工人诗人的作品呢?"塞内卡尔说。

德·西齐先生是专攻文学的,他在弗雷德里克的书桌上没有看到"诸如吸烟者生理学、垂钓者生理学、关卡人员生理学等这类新兴生理学的书",感到愕然。

他们终于把他惹火了,他真想抓住他们的肩膀,把他们推出门去:"我可变成傻瓜了!"他把杜萨迪埃拉到一边,问杜萨迪埃要不要他帮什么忙。

忠厚的小伙子十分感动。他现在当出纳,什么都不缺。

随后,弗雷德里克把戴洛里耶带到卧室,从写字台抽屉里取出两千法郎:

"拿着,好朋友,收下吧!我的旧债结清了。"

"可是……办报的事呢?"律师说,"你很清楚,我和于索奈谈过了。"

弗雷德里克回答说"眼下他手头有点紧",戴洛里耶冷笑了一声。

喝完利口酒,又喝啤酒;喝完啤酒,又喝搀热糖水的烈酒,并且重新抽起烟斗。傍晚五点,大家终于走了。他们并肩而行,默不作声,还是杜萨迪埃先开口说,弗雷德里克对他们的招待十分周到。众人表示同意。

于索奈嫌弗雷德里克的午餐太油腻了。塞内卡尔批评他的室内陈设一文不值。西齐也有同感。这绝对缺乏"特色"。

"我呢,"佩勒兰说,"我觉得他本来可以向我定购一幅画。"

戴洛里耶一声不吭,手伸进裤兜里捏着他的钞票。

弗雷德里克剩下一个人了。他想着自己的这些朋友,感到他和他们之间有一道黑洞洞的大鸿沟。我向他们伸出了手,可是他们辜负了我的一片真心。

他回想起佩勒兰和杜萨迪埃关于阿尔努的那番话。这一定是无中生有,流言蜚语吧?可是为什么呢?他仿佛看到阿尔努夫人破了产,流着泪变卖家具。这个念头折磨了他一整夜;第二天,他上她家去了。

他不知如何把他知道的事情告诉她,便闲聊似的问她,阿尔努在贝勒维尔的地产是否还在他手上。

"对,还在。"

"他目前在布列塔尼的一家高岭土公司,是吗?"

"不错。"

"他的厂子办得很好,是不是?"

"这个……我想是的。"

看他吞吞吐吐的样子,她又说:

"您究竟怎么了?您叫我害怕!"

他告诉她续借的事。她垂下头,说道:

"我早料到了!"

原来,阿尔努为了做一笔有利可图的投机生意,没有卖掉地产,而以它作抵押借了一大笔债;由于找不到买主,他以为建一个厂子可以把本钱捞回来。可是费用超出了预算。她知道的就是这些；阿尔努对任何问题都避而不答，一再断言"事情非常顺利"。

弗雷德里克设法安慰她。说不定这是暂时的麻烦。而且，要是他听说了什么，一定会告诉她的。

"噢！就这样，是吧？"她双手合十，带着招人怜爱的祈求神情说道。

这么说他可以对她有用。瞧他！正走进她的生活，走进她的心窝！

这时阿尔努露面了。

"啊！是来接我吃晚饭的，您太客气了。"

弗雷德里克张口结舌。

阿尔努讲了几件无关紧要的事，然后告诉妻子他与乌德里先生有约会，很晚才能回来。

"在他家吗？"

"当然在他家啦。"

下楼梯时，他承认女元帅正好有空，他们将一道去红磨坊快活一番。由于他总需要有个人听他倾吐衷情，他叫弗雷德里克用车一直把他送到她家门口。

但是他没有进去，只在人行道上溜达，同时注意望着三楼的窗户。突然，窗帘拉开了。

"啊！好呀！乌德里老爹已经不在了。晚安！"

这么说是乌德里老爹供养她？弗雷德里克这时不知作何感想。

从这天起，阿尔努比以往还要热忱。他请弗雷德里克去他情妇家吃饭，没过多久，弗雷德里克便同时经常出入两家了。

在萝莎奈特家他很开心。晚上，离开俱乐部或剧院后来到她家，喝上一杯茶，玩一盘摸子填格游戏；星期天，大家一起猜字谜。萝莎奈特比谁都好动，别出心裁地想出些滑稽玩意儿，比方趴在地上跑,或者怪里怪气地戴顶棉布帽。为了隔窗观看行人,她戴上一顶煮硬的牛皮帽;她抽土耳其长管烟斗,唱蒂罗尔①山歌。下午闲来无事,她找块擦光印花布剪出一朵朵花,然后亲自把花贴在窗玻璃上。她胡乱给她的两只小狗擦胭脂抹粉,烧香锭熏屋,或者用纸牌算命。她克制不住自己的欲望,看见一个小摆设,就爱不释手,寝食不安,跑去把它买来,再用它和别人换另一件。她糟蹋衣料,丢失珠宝,浪费金钱,宁可卖掉衬衣也要得到舞台一侧的包厢。她经常要弗雷德里克解释她读到的一个字词,但并不听他回答,因为她马上又跳到另一个念头,问题越提越多。她忽而欣喜若狂,忽而耍小孩脾气。要不就席地而坐,面对炉火,奄拉着脑袋,两手抱膝,想入非非,比冬眠的游蛇还没有活气儿。她不经意地当着他的面穿衣服,慢条斯理地拉好长丝袜,然后用水冲洗面孔,身子朝后仰,活像浑身打战的水神。她那露出皓齿的笑容,那双眼睛的光芒,她的美貌和快活,令弗雷德里克眼花缭乱,刺激着他的神经。

他每次去阿尔努夫人家,她几乎总在教小男孩认字,或站在玛尔特的椅子后面看女儿练钢琴。如果她做针线活,替她拿几回剪刀是他的一大乐事。她的每个动作都那样安详庄重;一双小手似乎生来是为了施舍财物和揩眼泪的;她的嗓音,天生有点低沉,语调柔和,如徐徐清风。

谈到文学她并不兴奋,但她用简单而透辟的词语表达的思想令人着迷。她喜爱旅行,聆听林中的风声,不戴帽子在雨中散步。弗雷德里克心里甜丝丝地听她讲这些事,以为她开始信赖他了。

与这两个女子交往,仿佛在他生命中奏响了两支乐曲:一支调皮、火爆、逗乐,另一支庄重,几乎像宗教音乐;两支乐曲同时颤动,音量越来越大,渐渐交织在一起。假如阿尔努夫人偶然仅仅用手指碰了他一下,另一位的形象立即出现在她的欲望中,因为在这一

---

① 蒂罗尔,奥地利西部地区名。

边,他的机会并不那样遥遥无期;而同萝莎奈特在一起时,每当他心有所动,他即刻想起对另一个女人的伟大爱情。

这种相混,是由两个住宅的种种相似引起的。过去在蒙马特尔大街看到的两只矮橱,如今一只装饰着萝莎奈特的餐厅,另一只点缀着阿尔努夫人的客厅。两家的台布和餐巾是一样的,连扔在安乐椅里的小丝绒帽也是一样的;成堆的小礼物,隔热扇,匣子,扇子,在情妇和妻子家中来来往往,因为阿尔努毫无顾忌地经常把送给一个女人的东西,又拿去送给另一个女人。

女元帅时常同弗雷德里克一起取笑阿尔努的恶劣行为。有个星期天,用完晚餐后,她把弗雷德里克带到门后,给他看藏在阿尔努外套里的一袋点心,这是阿尔努刚刚从餐桌上偷来的,一定是拿回去给孩子们吃。阿尔努先生的一些调皮捣蛋的行为近乎可耻。对他而言,偷税漏税义不容辞;他看戏从不付钱,拿着一张二等座位的戏票,总想挤到头等座位上去。洗冷水澡时,他惯于把裤头的纽扣当作值十个苏的硬币,塞进浴室伙计的钱箱,事后还把它当作绝妙的玩笑来讲。尽管如此,女元帅仍然爱他。

不过,有一天谈到他时,她说:

"啊!他真把我烦死了!我受够了!说实在的,真倒霉,我再找一个吧!"

弗雷德里克认为"另一个"已经找到了,他名叫乌德里先生。

"就算是,"萝莎奈特说,"又有什么用?"

接着,她带着哭腔说:

"虽然我很少向阿尔努要东西,可他还是不肯给,这畜生!他不肯给!但许起愿来,就大不一样了。"

他甚至答应过,要把大名鼎鼎的高岭土矿四分之一的赢利送给她;她没见到任何赢利,吊了她半年胃口的开士米大围巾,也连个影子都没有。

弗雷德里克立刻想送她一条大围巾。阿尔努可能会把这当成对他的一个教训而生气。

不过他心地善良,他妻子也这样说。但他那样疯疯癫癫!如今他不再天天带人到家里吃饭,而在餐馆招待熟人。他常买些毫无用处的东西,诸如金链子、挂钟、家用什物。阿尔努夫人甚至让弗雷德里克看走廊里的一大堆汤壶、脚炉和茶炊。终于,有一天,她道出了心中的不安:阿尔努曾叫她签了一张到期票据,偿还当布勒兹先生。

弗雷德里克为了自己的面子,没有放弃原先的写作计划。他想根据自己与佩勒兰的谈话写一部美学史。在戴洛里耶和于索奈的间接影响下,又想把法国大革命的各个时期编成剧本,并创作一出大型喜剧。写作过程中,这个或那个女子的面孔经常浮现在他眼前;他努力克制去看望她们的欲望,但很快就熬不住了;从阿尔努夫人家回来,他的心情更加忧郁。

有天早上,他闷闷不乐地坐在火边,戴洛里耶突然进来了。塞内卡尔的煽动性言论引起老板的不安,他又一次走投无路了。

"你要我做什么呢?"弗雷德里克说。

"什么也不要!你没有钱,这我知道。但是,通过当布勒兹先生或者阿尔努,替他找个工作,这不会叫你太为难吧?"

阿尔努的工厂一定需要工程师。弗雷德里克忽然灵机一动:塞内卡尔若去了便可以替他捎信,可以告诉他做丈夫的在不在家,时时处处帮助他。男人们之间总是这样互相帮忙的。再说,他将设法利用塞内卡尔,却不让他察觉。天赐良机,给他送来一个助手,这是个吉兆,必须抓住它。于是,他装出无所谓的样子,回答说事情也许能办,他去办就是了。

他说办就办。阿尔努为他的工厂煞费苦心。他正在研制中国紫铜色;但是他的颜色一经焙烧全挥发了。为避免瓷器出现裂纹,他在黏土里掺了石灰;结果大部分瓷器烧碎了,坯子上涂的釉冒出水泡,大盘子翘曲不平。阿尔努把这些失误归咎于厂子的工具不佳,准备请人另制磨机,另造晒场。弗雷德里克回想起这些事,便去找阿尔努,说他发现了一个非常能干的人,可以配制出阿尔努要的那种红颜色。阿尔努一听跳了起来,再一听,却回答说他不需要任何人。

弗雷德里克赞扬塞内卡尔学识渊博,是出类拔萃的数学家,既是工程师、化学家,又是会计员。

陶器商答应见见他。

两人就薪金问题吵了一架。弗雷德里克居间调停,一周后,终于使他们谈妥了。

然而,工厂位于克雷依,塞内卡尔根本帮不上他的忙。单单想到这一点就令他大为沮丧,仿佛遭逢了不幸。

他想,阿尔努越和妻子疏远,他接近她的机会就越多。于是,他开始不断为萝莎奈特唱颂歌,凡阿尔努对不住她的地方,他都一一指出来,把那天她含糊其词的威胁话和盘托出,甚至谈到开士米大围巾,也没有隐瞒她骂他吝啬的事。

这个字眼伤害了阿尔努的自尊心(而且,他心里也忐忑不安),他给萝莎奈特送来了开士米大围巾,但责备她不该向弗雷德里克诉苦。她说,对他的许诺,她提醒过他一百次。他借口工作太忙,压根记不起这件事了。

第二天,弗雷德里克到萝莎奈特家里去。虽然已是下午两点,女元帅还躺在床上;戴马尔坐在床头一张独脚小圆桌前,正要吃完一片鹅肝。她老远就喊道:"我得到它了,得到它了!"

然后,她揪住弗雷德里克的耳朵,在他的额头上吻了一下,向他连连道谢,用"你"称呼他,甚至要他坐在她的床上。她那双脉脉含情的美目闪闪发亮,湿润的嘴巴带着笑意,两只滚圆的胳臂露在无袖衬衣外面。隔着细麻布的衣裳,弗雷德里克不时感觉到她身体的清晰轮廓。这当儿,戴马尔的眼珠骨碌骨碌地转。

"可是,真的,我的朋友,我亲爱的朋友!……"

以后几次,情况依旧。弗雷德里克一进门,她就站到一个靠垫上,好让他更好地拥抱她。她叫他小乖乖,小宝贝,在他的纽孔上插一朵花,替他整理领带;只要戴马尔在场,她就越发体贴亲切。

难道是对他有意?弗雷德里克这样想。至于欺骗一位朋友,阿尔努要是他,才不管三七二十一呢!再说,他对阿尔努的妻子始终规规矩矩,对他的情妇就不必如此正经了。弗雷德里克以为自己一直很规矩,或不如说他宁可相信这一点,好替自己异常的怯懦辩解。不过他觉得自己太蠢了,决计干脆从女元帅下手。

于是,有天下午,乘她在五斗橱前弯下身子的当儿,他走近她,做了一个意思再明确不过的动作,她一下直起身子,满脸绯红。他接着又来一下;于是,她泪如泉涌,说她是个不幸的女人,但不该为此就瞧不起她。

他一再试图得手。她换了一个做法,就是一笑置之。他以为聪明的做法,是以同样的态度回敬她,甚至做得过火一点。但是他显得那样快活,她不信他是真心实意的;而且,他们的友谊妨碍任何真情的流露。有一天,她终于回答说,她不拾另一个女人的牙慧。

"哪个女人?"

"哎!找阿尔努夫人去吧!"

这是因为弗雷德里克常把她的名字挂在嘴边;阿尔努也有同样的癖好;萝莎奈特总听人夸奖这个女人,终于不耐烦了;她迁怒于人的做法是一种报复。

弗雷德里克于是对她怀恨在心。

而且,她开始令他十分不快。有时,她装出一副老于世故的样子,大讲爱情的坏话,那怀疑的笑声让人真想抽她一耳光。一刻钟后,爱情又成了世上唯一存在的东西,她双臂抱在胸前,她像搂着一个人,半闭起眼睛,如醉如痴,嘴里呢喃道:"噢!是的,这真好!那么好!"要了解她这个人是不可能的,比方你无法知道她是否爱阿尔努,因为她既嘲笑他,又为了他吃醋。对瓦特纳兹小姐也一样,她有时骂她浑蛋,有时又称她是最好的朋友。总之,萝莎奈特整个人,直至她高高盘起的发髻,有某种难以言表、类似挑战般的东西;他渴望得到她,特别想尝尝战胜她和支配她的乐趣。

怎么办呢?她经常在过道里露一下面,低声说句:"我忙着呢,今晚见!"毫不客气地把他打发走了。要不然,他来时见她身边有一打人;他俩单独在一起时,各种障碍接踵而至,真的不可思议。他多次请她吃饭,她一再拒绝;有一次她接受了,但没有来。

一个狡猾的念头闪过他的脑际。

他从杜萨迪埃那里听说了佩勒兰对他的指责,便想不如请佩勒兰给女元帅画一幅真人大小的肖像;这样一幅肖像必须分多次来画,他将每次都到场;艺术家不准时的习惯将给单独会面大开方便之门。于是他劝萝莎奈特叫人画一幅像,好把她的容颜献给她亲爱的阿尔努。她同意了,因为仿佛看到自己的画像被置于大展厅最引人注目的地方,许多人驻足观赏,报纸纷纷发表评论,使她一举"成名"。

至于佩勒兰,他贪婪地抓住这个建议。这幅画像一定是幅杰作,将使他成为伟人。

他把自己见过的全部大师的肖像画回顾了一遍,最后选中了提香①的一幅,并给它添上韦罗内塞②式的装饰。这样,他打草图时将不用人造的阴影,而用自然光,以单一色调照亮肌肤让陪衬部分也闪闪发亮。他想:

"给她穿上一袭玫瑰红丝袍,再披上东方式的斗篷,这会如何?噢,不行!斗篷太低级了!要不让她穿蓝丝绒,用浓浓的灰色

---

① 提香(1488/89—1576),意大利名画家,作品大多取材于宗教、神话等历史。他还创作了许多肖像画。
② 韦罗内塞(1528—1588),意大利威尼斯画派的名画家之一。作品常以富丽堂皇的建筑物为装饰。

打底? 还可以给她添上白色镂空花边的打褶颈圈,一把黑扇子,身后是猩红色的帏幔?"

他这样搜索枯肠,构思日益开阔,他不禁为之惊叹。

萝莎奈特头一次由弗雷德里克陪着来他家时,他一阵心跳。他让她站在房中央的一个台子上,一边抱怨光线不足,说他原先的画室多么多么好,一边请她把臂肘支在一个台座上,接着又请她坐在一张安乐椅里;他时而离开她,时而走近她,用手指弹直她的长袍的皱褶,然后眯起眼睛注视她,不时征求弗雷德里克的意见。

"唉,不!"他高声说,"还是我原先的主意好!我要把您画成威尼斯女子。"

她将身着朱红色丝绒长袍,系一条镶金缀银的腰带,一只裸露的胳膊从白鼬皮衬里的宽大衣袖里伸出来,倚在身后楼梯的扶栏上。在她左边,一根大圆柱高及画布顶端,与建筑物连成一体,形成一个拱形。下方,一丛丛近乎黑色的橘树依稀可见,与抹着几朵白云的蓝天相映成趣。栏杆的柱子上铺着台毯,上面放着一只银盘、一束鲜花、一串琥珀念珠,一把匕首和一只略微发黄的旧象牙匣子;匣子里装满金币,有几枚散落在地上,组成一连串闪光发亮的斑点,把视线引向她的足尖;她的一只脚自然地踏在楼梯倒数第二个梯级上,暴露于充足的光线中。

他去找来一只画箱,把它放在台子上权作梯级;然后在一只充当栏杆的凳子上,布置了一些东西作陪衬,其中有他宽大的短上装、一只盾牌、一盒沙丁鱼罐头、一盒羽笔和一把刀。他又在萝莎奈特面前撒了十来个硬币,叫她摆好姿势。

"您就想象这些东西是金银财宝,是光彩夺目的馈赠。头偏右一点!好极了!别再动了!这样雍容的姿态与您的姿色十分相称。"

她穿一件苏格兰式长袍,拿着个大手笼,竭力忍住笑。

"至于头饰嘛,我们在头发中夹一串珍珠,珍珠配红头发效果始终不错。"

女元帅叫起来,说她不是红头发。

"您别管了!画家的红色不同于市民的红色!"

他开始勾勒主体的布局;他心里装满文艺复兴时代的大艺术家,不由得谈起他们来。整整一个小时,他高声虚构着这些人充满才气、荣耀和奢华的壮丽一生,想象他们凯旋入城,在火把光下出席盛宴,坐在美若天仙的半裸女子中间。

"您生来应该活在那个时代。像您这样的女人配做王妃!"

他这些恭维话,萝莎奈特觉得十分中听。他们约定了下次画肖像的时间;弗雷德里克负责把那些作陪衬的东西带来。

由于炉火热得她头有点晕,两人步行从巴克街回去,来到了王家桥。

天气晴朗,严寒,明媚。太阳西沉;旧城屋宇的一些玻璃窗,金片似的在远处闪着光。而在后边,右侧,巴黎圣母院的钟楼黑魆魆地映衬在蓝天上,天际缓缓地浸沉在灰蒙蒙的雾气中。起风了;萝莎奈特说她饿了,于是两人走进英吉利点心店。

一些少妇带着孩子,靠着大理石餐台吃东西;餐台的玻璃钟形罩下,摆着一碟碟小点心。萝莎奈特吞下两块奶油水果馅饼,糖粉沾在嘴角上,像抹了几撇胡子。她不时从手笼里抽出一块手帕擦嘴;在绿色的系带绸帽下,她的面孔宛若绿叶丛中一朵怒放的玫瑰。

他们又开始走;在和平街,她在一家金银首饰店前停下来,端详着一只手镯;弗雷德里克想买了送给她。

"不,"她说,"留着你的钱吧。"

这句话刺伤了他。

"宝贝儿,怎么了?伤心了?"

两人恢复了谈话,他像通常那样向她表白爱情。

"你很清楚这是不可能的!"

157

"为什么?"

"啊!因为……"

他们并肩走着,她靠在他的胳臂上,连衫裙的边饰拍打着他的腿。于是,他回想起某一个冬日黄昏,就在这条人行道上,阿尔努夫人也曾这样在他身边走着;他完全沉浸在往事的回忆中,不再注意萝莎奈特,也不想她了。

她漫无目的地望着前方,有点让他拖着走,好像一个懒孩子。这是人们散步后归家的时辰,一辆辆华丽的马车在干燥的路面上疾驶而过。她大概想起了佩勒兰的奉承话,叹了一口气。

"啊!有些女人多么幸福!我生来是为了嫁给富翁的,这没错。"

他粗声粗气地顶了她一句:

"您不是有一个了!"——因为据说乌德里先生有三百万家私。

她巴不得把他甩掉。

"谁拦着您了。"

接着他把这个戴假发的老财东大大取笑了一番,向她指出维持这样的关系很丢人,应当同他一刀两断!

"是的。"女元帅答道,仿佛在自言自语,"最终我一定会这样做!"

弗雷德里克很高兴她这样不计私利。她越走越慢,他以为她累了,但是她执意不肯乘车。到了家门口,她用指尖送了他一个飞吻,把他打发走了。

"啊!多可惜!可是有些笨蛋还以为我很有钱哩!"

他阴沉着脸回到家中。

于索奈和戴洛里耶正等着他。

艺术家坐在他桌前画土耳其人头像,律师穿着一双泥迹斑斑的长靴,坐在长沙发上打瞌睡。

"啊！总算回来了！"他嚷道，"怎么一脸凶相！你能听我讲讲吗？"

他当辅导教师，向学生灌输不利于考试的理论，所以越来越不受欢迎。他替人辩护过两三回，全败诉了，每次新的失望都更有力地把他抛向旧日的梦想：办一份报纸，他可以在报上卖弄才学，报仇雪恨，发泄烦恼，阐明观点。再说，名利也会随之而来。他怀抱这个希望，哄于索奈上了钩，因为这位艺术家有一份报纸。

现在，于索奈用粉红色纸张印报；他造假新闻，编字谜，力图展开论战，甚至想举办音乐会（尽管没有场地）！订阅一年"可以免费享受巴黎任何一家主要剧院的一个正厅前座；报社还负责向国外订户提供一切他们想知道的艺术方面或其他方面的情况"。但是印刷厂厂主发出威胁，报社拖欠了业主三个季度的房租，各种各样的麻烦纷至沓来；律师天天给于索奈打气，没有他的鼓励，于索奈早就听凭《艺术报》完结了。为了给自己的活动增添分量，他把律师也请来了。

"我们是为报纸而来。"他说。

"哦，你还想着哪！"弗雷德里克漫不经心地应道。

"我当然想着！"

他再次陈述了自己的计划。通过交易所的报告书，他们将与金融家建立联系，这样就能得到不可或缺的十万法郎保证金。但是，要把报纸变成政治性报纸，首先必须拥有广大的订户，为此，最终得花几笔钱，如纸张费、印刷费、办公费，总而言之，需要一笔一万五千法郎的款子。

"我没有现金。"弗雷德里克说。

"我们就有啦！"戴洛里耶抄起手说道。

这个动作刺伤了弗雷德里克，他顶了一句：

"难道是我的错？……"

"啊！好极了！他们壁炉里有柴火，桌上有块菰，有一张好床,一口书柜,一辆车,一切舒适的享受!可是却有人在家里冻得发抖,吃二十个苏的晚餐,像苦役犯一样干活,深陷于贫困的泥淖!这难道是他们的错?"

他用带法院味道的西塞罗①式的嘲讽口吻,把"这难道是他们的错?"重复了一遍。弗雷德里克正想开口,他又接着说:

"再则,我明白,人家有……贵族的那些需要;因为,无疑……某个女人……"

"那又怎么样?难道我没有自由吗?"

"噢!你非常自由!"

沉默了片刻后,他又说:

"空口许诺,这太方便了!"

"天哪!我不开空头支票!"弗雷德里克说。

律师继续说:

"上中学时,人家赌咒发誓,将来要建立一个法郎吉②,模仿巴尔扎克的'十三人集团'③!后来,等到再碰头时,人家说:再见吧,老兄,一边凉快去!一个人本来可以帮助另一个人,却把一切宝贝似的留起来独个享用。"

"怎么?"

"一点不错,你甚至没把我们介绍给当布勒兹夫妇!"

弗雷德里克瞟了他一眼;律师那身寒碜的礼服,失去光泽的眼镜和苍白的面色,弗雷德里克觉得他活脱脱像个学究,嘴角不由得露出一丝轻蔑的微笑。戴洛里耶发觉了,脸一下子涨得通红。

---

① 西塞罗(前106—前43),古罗马最著名的演说家。
② 法郎吉,即法伦斯泰尔,法国空想社会主义者傅立叶幻想建立的一种社会基层组织。
③ 巴尔扎克在其作品《十三人故事》(由三部中篇小说组成)中,描写了一个活跃于十九世纪法国的强有力的社会集团,它的成员不是绿林好汉和江洋大盗,而是衣冠楚楚、戴着米黄色手套的"上流社会"的摩登强盗。

他拿起帽子要走。于索奈惶恐之极,用恳求的目光竭力平息他的怒气,见弗雷德里克不理睬他,便说:

"得了,我的小人儿!就当我的赞助人吧!保护一下艺术吧!"

弗雷德里克突然感到无可奈何,他拿起一张纸,在上面涂了几行字,然后递给了他。艺术家的脸一下子亮了。他把这封信递给戴洛里耶:

"老爷,快道歉吧!"

他们的朋友求公证人尽快给他寄一万五千法郎来。

"啊!这才像你!"戴洛里耶说。

"说句老实话,"艺术家补充道,"您是好样的,您的画像将陈列于有用人才的画廊!"

律师又说:

"你一点不会吃亏,这笔投机买卖十分上算。"

"自然啰!"于索奈叫道,"我拿脑袋担保。"

接着,他滔滔不绝地讲了那么多蠢话,空口许了那么多大愿(他本人或许信以为真),弄得弗雷德里克真不知道他究竟是在愚弄别人,还是在愚弄自己。

这天晚上,他收到母亲一封信。

她奇怪还没有见他当部长,同时稍稍揶揄了他几句。接着她谈到自己的健康,又告诉他罗克先生现在常来走动。"自从他丧妻后,我认为接待他没有什么不妥。路易丝变得好看了。"信尾附言:"你一点不同我谈你认识的那位名人当布勒兹先生;换了我,我一定利用他。"

为什么不呢?他已没有精神上的抱负,他的财产也不够(对此他心中有数);还完债,把说好的那笔款子交给旁人后,他的年收入至少减少四千法郎!而且,他感到需要摆脱目前的生活,紧紧抓住一个东西。于是,第二天在阿尔努夫人家吃饭时,他说母亲要

161

他选择一个职业,把他缠得好苦。

"我还以为当布勒兹先生会介绍您到行政法院供职呢!"她说,"这对您非常合适。"

这么说她要他这样做。他依从了。

银行家像第一次那样坐在办公桌前,做了个手势请他等几分钟,因为有位先生背朝着门,正同他商谈有关煤炭以及几家公司合并等重大事宜。

富瓦将军①和路易-菲力浦的肖像分别挂在大镜子的两侧;一排文件架依护壁板而放,高及天花板,还有六把草垫椅子。当布勒兹先生办公用不着更漂亮的屋子,正如美味佳肴是在阴暗的厨房里烹饪出来的。弗雷德里克尤其注意到两只竖在角落里的特大保险箱,心里琢磨着里面可能放了几百万。银行家打开其中一只,转动铁板,只见里面尽是些蓝纸簿子。

终于,那个人从弗雷德里克面前走过。原来是乌德里老爹。两人红着脸打了招呼,令当布勒兹先生感到诧异。不过,他显得非常和蔼可亲。把他的年轻朋友举荐给司法部长,这事再容易不过。人家得到这样的人才,会大喜过望;客气话讲到最后,他邀请弗雷德里克出席几天后他举办的一个晚会。

弗雷德里克登上马车准备赴会时,女元帅的一封短笺正巧到了。借着路灯的灯光,他读道:

"亲爱的,我听从了您的劝告,刚把我那位奥萨日②撵走了。从明晚起我就自由了!您说我是不是好样的!"

再没别的话了!这是请他去补缺。他发出一声欢呼,把短笺放进衣兜,走了。

有两名骑马的保安警察驻守街头。通行车马的两道大门上,

---

① 富瓦(1775—1825),法国将军,持自由派观点。他的葬礼引发了反对查理十世统治的示威游行。
② 奥萨日人,美洲某地区的红种印第安人,此处影射乌德里老爹。

点着一串彩灯;院子里,仆人们叫喊着,把车辆一直引到房子的台阶底下。进入前厅,喧声戛然而止。

楼梯间里摆满一株株大树;瓷灯的光倾泻在墙壁上,宛若白缎闪光的波纹。弗雷德里克轻盈地登上梯级。一名传达通报了他的姓名;当布勒兹先生向他伸过手来;几乎就在同时,当布勒兹夫人出现了。

她身着一袭镶花边的淡紫色长袍。环状鬈发比平日更多,但是没戴一件首饰。

她抱怨他不常来看他们,没话找话地谈了一会儿。客人们陆续到了;他们行礼的方式个个不同:有的把上身偏向一边,有的一躬到地,有的仅仅低一下头;接着一对夫妇、一家人走过来,众人分散在已经挤满人的客厅里。

客厅中央,吊灯下有个巨大的墩子,上面摆着一个花盆架,花朵如羽毛饰般从架上垂下来,悬于围坐成一圈的女士们的头顶。还有些女人坐在安乐椅里,组成两条笔直的线,珠光色丝绒大窗帘和金色过梁的高大门洞,对称地把这两条线截断。

男人们手拿帽子,立在地板上,远远望去黑压压一片,唯有纽孔上的绶带露出点点红色,在领带单一白色的衬托下,更显得晦暗。除去刚长胡子的小青年,人人看上去一脸厌倦;几个纨绔子弟,阴沉着脸,左右摇摆着身子。灰白头发和戴假发的人很多,不时可见到一个发亮的秃脑门;面孔或通红,或苍白,憔悴中露出不胜疲惫的样子,这些人都是政界或实业界的人士。当布勒兹先生也邀请了好几位学者,几位法官,两三位名医。听到人家对晚会的赞扬,以及对他财富的影射,他都谦虚一番。

号衣上镶着宽大金饰带的仆役们来回奔忙着。一只只大壁灯,如火的花束,怒放在帏幔上,映照在大镜子中。餐厅墙上爬满茉莉花枝,尽里的餐台好似大教堂的正祭台,又宛若金银器的展台,上面摆了那么多的盘子、餐盆罩、刀叉、银匙或镀金的银匙;当中,多棱面的水晶器皿在肉食上方交织着彩虹般的光辉。其他三个客厅摆满艺术品:墙上有名家的风景画,桌边有牙雕和瓷器,蜗形脚桌上有中国古玩,窗前摆着上了漆的屏风,壁炉下盛开着一簇簇山茶花;远处,乐声轻扬,仿佛蜜蜂的嗡嗡声。

跳四对舞的人不多,从舞者懒洋洋地拖着薄底皮鞋的样子看,他们似乎在尽一种义务。弗雷德里克听到以下的话:

"小姐,您参加了上次在朗贝尔公馆举行的慈善募捐会了吗?"

"没有,先生。"

"一会儿就该热死了!"

"噢!可不是,热得喘不过气!"

"这支波尔卡舞曲是谁写的?"

"哎呀,我不知道,夫人!"

在他身后,三个老来俏站在一个窗洞里悄声议论,话语猥亵;另一些人谈着铁路,自由贸易;一个爱好体育的人在讲述一次狩猎的经过;一名正统派和一名奥尔良党人①在争论。

弗雷德里克从一群人中间溜达到另一群人中间,来到了赌牌的客厅,在一圈神色庄重的人中,他认出了"如今在首都检察院供职的"马蒂侬。

马蒂侬那张蜡黄色的肥脸,恰到好处地蓄着一圈络腮胡子,黑须修剪得非常齐整,堪称一绝。他与年轻人所需要的风度和职业所要求的尊严都保持着适当的距离。按照雅士的习惯,他把拇指夹在腋下,随后模仿空谈家的做法,把一只胳臂伸进背心里。尽管他穿的靴子漆得锃亮,可是为了有一个思想家的前额,他把两鬓剃得干干净净。

---

① 正统派指维护波旁王族长系的人,该长系被一八三〇年革命赶下王位,取而代之的是波旁王族幼支奥尔良系的路易-菲力浦,一八三〇至一八四八年为法国国王。

他冷冷地和弗雷德里克寒暄几句后,又朝他的交谈者转过身去。一名业主说:

"这是一个幻想社会天翻地覆的阶级!"

"他们要求组织劳工!"另一个接着说,"简直不可想象!"

"有什么办法?"第三个说,"连德·热努德先生①也与《世纪报》携手了!"

"而且保守派竟然自称进步分子!要给我们带来什么?共和国?好像共和政体在法国行得通似的!"

大家异口同声地说共和政体在法国行不通。

"这无关紧要,"一位先生高声指出,"大家对大革命过于关心,出版了一大堆有关的故事,一大堆书!……"

"再说也许有更重大的研究题目!"马蒂侬说。

一名阁员大骂剧坛丑闻不断:

"比方《玛尔戈王后》②这出新戏,它的确出了格!有什么必要同我们讲瓦卢瓦王室呢?还不是要给君主制抹黑!这和你们的新闻界一样!不管怎么说,九月法令实在太温和了!我呀,我真希望设几个军事法庭,封住记者们的嘴!稍有不逊,就把他们拖到军事法庭去!看他们怎么闹!"

"噢!当心,先生,当心!"一位教授说,"别攻击一八三〇年的宝贵成果!尊重我们的自由吧!"

他认为必须做的倒是分散人口,把城市剩余人口分散到乡村去。

"可是乡村患了坏疽!"一名天主教徒叫道,"要设法巩固教会的势力!"

马蒂侬急忙说:

---

① 德·热努德(1792—1849),法国报人,一八四六至一八四八年为图卢兹议员。
② 《玛尔戈王后》,法国作家大仲马(1802—1870)于一八四五年发表的一部小说,以瓦卢瓦宫廷为背景。一八四七年改编成剧本,在历史剧院上演。

"的确,这是一种约束!"

超越本阶级,追求奢侈享受,这种现代欲望是万恶之源。

"不过,"一名工业家表示异议,"奢侈促进商业的繁荣。所以,内穆尔公爵要求穿短裤赴他的晚会①,我是赞成的。"

"梯也尔先生②是穿长裤去的。您知道他讲的那句话吗?"

"知道,妙极了!但是他变成了煽动家,他关于不能兼职问题的演讲对五月十二日的谋杀不无影响。"

"啊!唔!"

"哎!哎!"

一名听差端着托盘要进赌牌的客厅,一圈人不得不给他闪开一条路。

在蜡烛的绿灯罩下,一排排纸牌和金币铺在桌上。弗雷德里克在一张桌前停下,输掉衣兜里的十五个金拿破仑,踮着脚转了一个身,来到小客厅的门前,当布勒兹夫人正在里面。

小客厅里挤满女人,她们一个挨着一个,坐在没有靠背的椅子上。她们的长裙在身子周围鼓起,犹如波涛起伏,腰身浮现在波涛之上,胸衣半圆形的领口露出了乳房。每个女人手里几乎都拿着一束紫堇。手套灰暗的色泽更衬出她们手臂的白嫩;披巾的篷边和人造草挂在肩头,看到某些轻微的抖动,你还以为袍子会掉下来。但是,容貌的端庄减轻了服装的挑衅性;好几位女士甚至有一副近乎畜类的平静神态。这群半裸的女子聚在一起,令人想起穆斯林后宫的内室;年轻人的脑子里突然产生了一个更加粗俗的比喻。的确,这里聚集着形形色色的美人:几位纪念册侧面像式的英国女子,一名黑眼睛像维苏威火山那样炽烈的意大利女郎,身着蓝衣的三姐妹,如四月的苹果花一样鲜艳的诺曼底三姐妹;一位头发

---

① 当时短裤是上流人士的装束,下层百姓却穿长裤。
② 梯也尔(1797—1877),法国政治家、记者和历史学家。一八三〇年创办《国民报》,七月王朝期间历任财政、内政、外交大臣和行政法院院长。

呈红棕色,戴紫水晶首饰的高个儿女子。在头发间颤动的枝状的钻石闪烁的白光,佩在胸前的宝石的点点莹光,贴着脸蛋的珍珠柔和的光泽,与闪闪发亮的金戒指、花边、脂粉、羽饰、朱红的小口以及螺钿般的皓齿,交相辉映。天花板呈圆穹顶形,使这间小客厅像只花篮;扇子轻摇之间,香风阵阵飘来。

弗雷德里克戴着夹鼻眼镜,站在她们身后,觉得并非每个人的肩膀都完美无缺;他心里想着女元帅,这使他克制自己不受眼前的诱惑,或者从中获得慰藉。

但他仍然注视着当布勒兹夫人,尽管她的嘴巴有点阔,鼻孔张得过大,仍然觉得她很可爱。而且她的风度与众不同。环形鬈发好像带着因爱情引起的忧郁,玛瑙色的额头似乎蕴藏着许多东西,显出一副主子的气度。

她让丈夫的侄女,一个挺丑的姑娘坐在自己身边。她不时起身迎接进来的女宾;女人们的低语声越来越高,就像一群吱吱喳喳的鸟。

她们正在谈论突尼斯使节和他们的服装。有位夫人出席了法兰西学院最近一次新院士入院典礼;另一位谈起新近在法兰西剧院上演的莫里哀的《唐璜》。当布勒兹夫人瞟了侄女一眼,同时把一根指头放在嘴上。但是她忍不住露出的微笑,与这种严肃毫不相称。

突然,马蒂侬从对面另一扇门进来了。她站起身。他向她伸出胳膊让她挽着。弗雷德里克想看看他如何继续献殷勤,便从一张张牌桌间穿过去,在大客厅赶上了他俩;当布勒兹夫人立即离开她的男伴,同弗雷德里克亲热地交谈起来。

她理解他既不赌博,又不跳舞。

"在青春时期,人是忧郁的!"

接着向舞会扫视了一眼:

"况且,这一切并不有趣!至少对某些人是如此!"

她在一排安乐椅前停下来,向坐着的人一一说几句亲切的话。一些戴夹鼻眼镜的老头凑过来向她献殷勤。她把弗雷德里克介绍给其中几位。当布勒兹先生轻轻碰了一下他的胳膊肘,把他带到外面的平台上。

当布勒兹见过了部长。事情不大好办。必须先经过考试,才能被推荐为行政法院的助理办案员;弗雷德里克莫名其妙地信心十足,回答说他熟悉考试的内容。

金融家听了并没感到惊讶,因为他常听罗克先生夸奖弗雷德里克。

听到罗克先生的名字,弗雷德里克似乎又看到了小路易丝、她的家和她的房间;他回想起同样的夜晚,他伫立窗前,倾听运货马车辚辚而过。对以往伤心事的回忆,又唤起他对阿尔努夫人的怀念。于是,他沉默不语,继续在平台上走着。黑暗中,窗扇像一块块耸立的红色长板;舞会的喧声渐渐减弱;马车开始一辆辆离开。

"您为什么一心想进行政法院呢?"当布勒兹先生接着说。

他以自由派的口吻,肯定地说担任公职没有任何前途,他深谙其中的甘苦;做生意有出息多了。弗雷德里克说学做生意很难,不同意他的看法。

"啊!唔!不用多久,我就能教会您。"

当布勒兹先生想拉他入伙办企业吗?

年轻人仿佛在一道闪电中,看到一笔巨大的财富就要到手。

"进去吧,"银行家说,"您同我们一起吃夜宵,好不好?"

三点了,客人们走了。餐厅里,一张餐桌已摆好,等候着至亲好友。

当布勒兹先生瞥见了马蒂侬,就走近妻子,低声问道:

"是您请他的?"

她干巴巴地应道:

"是呀!"

侄女不在这儿。大家开怀畅饮,放声大笑;大胆的玩笑没有让人觉着刺耳,众人都感到长时间受约束之后的那份轻松。唯独马蒂侬一脸严肃;他挺有派头地拒绝喝香槟酒,但是他善于迎合人意,待人彬彬有礼。由于当布勒兹先生胸部窄小,叫苦感到气闷,马蒂侬三番五次询问他的健康状况;随后把那双青蓝色的眼睛转向当布勒兹夫人那边。

她问弗雷德里克有没有看上几个女孩子。他一个也没看中,再说他更喜欢三十岁的女人。

"也许这并不蠢!"她答道。

后来,大家正在穿毛皮大衣和外套的时候,当布勒兹先生对他说:

"最近哪天上午来找我一下,咱们谈谈!"

马蒂侬在楼梯下面点燃一支雪茄;他嘴里含着烟,从侧面看脸部显得那样肥厚,他的同伴不由得脱口说出这句话:

"说真的,你有一副挺和善的相貌!"

"它使好几个人神魂颠倒了呢!"年轻法官带着既自信又气恼的神情说。

弗雷德里克上床睡觉时,对晚会做了一个概括。首先,他的服饰(他曾照了好几次镜子),从上装的剪裁到浅口薄底皮鞋的鞋扣,是无可挑剔的;他同一些要人谈了话,在近处见到一些阔女人,当布勒兹先生显得十分和善,而当布勒兹夫人几乎楚楚动人。她的片言只语,她的眼神,许许多多只可意会不可言传的事情,他逐一掂量了一番。要是能有这样一位情妇,那可美透了!说到底,为什么不能呢?他哪一点不如人!或许把她弄到手并不那样困难?接着他想起了马蒂侬;迷迷糊糊睡着时,嘴角还挂着可怜这个好脾气青年的微笑。

一想到女元帅,他醒了过来;她短笺上的这几个字:"从明晚起",正是约他今天去。他一直等到九点钟,然后飞奔到她家。

有个人在他前面上了楼梯,把门关上了。他拉了拉门铃;戴尔菲娜来开门,说太太不在家。

弗雷德里克再三恳求,一定要进去。他有要事转告她,只说一句话就行。最后,他拿出一枚值一百个苏的硬币,女仆被这个论据说服了,让他一个人留在前厅等候。

萝莎奈特出来了。她只穿衬衣,头发松开了;她摇着头,打老远就双臂一摊,表示不能接待他。

弗雷德里克慢慢下了楼。这个任性的举动太过分了,他百思不得其解。

走到门房前,他被瓦特纳兹小姐拦住了。

"她接待您了吗?"

"没有!"

"您被赶出来了?"

"您怎么知道的?"

"这还看不出来!来!咱们出去吧!我快闷死了!"

她把他带到街上。她喘着粗气。他感到,被他挽着的她那只瘦胳膊在发抖。突然,她破口大骂:

"啊!这个浑蛋!"

"谁呀?"

"还有谁?就是他!戴马尔!"

她把事情说穿了,弗雷德里克觉得丢了脸;他又说:

"您拿得准吗?"

"那还用说,我一直跟着他!"瓦特纳兹小姐高声说道,"我看见他进去的!现在您明白了吧?再说我早该料到了;是我糊涂,把他带到她家里去。天呀!如果您知道,是我收留了他,供他吃,供他穿,还在报界替他活动!我像母亲一样疼他!"

接着,她冷笑一声:

"啊!原来先生需要的是丝绒长袍!您想想看,这在他是一

170

种投机!而她呢!告诉您,我认识她的时候,她是做内衣的裁缝!没有我,她早就掉进粪坑不止二十回了!可是我会把她推下去的!一定会!我要她死在医院里!真相就会大白!"

盛怒之下,就像哗哗流着的洗碗水冲走垃圾一样,她在弗雷德里克面前把情敌的一件件丑事乱纷纷地抖搂出来。

"她同儒米亚克、弗拉古尔、小阿拉尔、贝尔蒂诺、大麻子圣瓦莱里睡过觉。不!是另一个!管它呢!他们是兄弟俩。每当她有了麻烦,都是我出面调停。我得到什么好处了?她那样吝啬!再说,您会承认,我去看她,是出于大大的好意,因为我们毕竟不是同一个阶层的人!我,难道是娼妓!难道我卖身!姑且不提她笨得要命!把'种类'写成'种娄'①。尽管如此,他们俩倒挺般配,正好是一对,虽说他自称艺术家,自以为有天才!天啊!他只要聪明点,就不会干这等伤天害理的事!撇下一个上流女子,去要一个贱货!说到底,我才不在乎呢!他变丑了!我恨死他了!如果给我碰上,瞧,我不啐他的脸才怪!"

她啐了一口唾沫。

"是的,现在这事对我已无关紧要。可是对阿尔努呢?不是太可恶了吗?他原谅她多少次了!他作出的牺牲是难以想象的!她应该吻他的脚才对!他何等慷慨!何等善良!"

听她诋毁戴马尔,弗雷德里克心里很痛快。至于阿尔努,他早就接受了。他觉得萝莎奈特这样背信弃义是不正当、不公正的;受了老小姐情绪的感染,他终于对阿尔努产生了同情。突然,他发觉来到了阿尔努的家门口;不知不觉间,他被瓦特纳兹小姐带到普瓦索尼埃城关来了。

"我们到了,"她说,"我么,我不能上去。可您呢,您没有什么不方便的。"

---

① 原文中,萝莎奈特把catégorie(种类)写成cathégorie,法语中不存在后一个词。

171

"上去做什么?"

"当然是把一切都告诉他啰!"

弗雷德里克仿佛突然惊醒,这才明白人家正唆使他干一件不名誉的事。

"怎么样?"她又说。

他抬眼朝三楼望去。阿尔努夫人屋里的灯还亮着。他上去的确没有什么不方便。

"我在这儿等您。去吧!"

这道命令终于使他冷静下来,他说:

"我在上面恐怕要待很久。您最好还是回去。明天我上您家去。"

"不,不!"瓦特纳兹小姐跺着脚应道,"找他去!把他拉去!叫他当场捉住他们!"

"可那时戴马尔早就不在了!"

她垂下头。

"对,或许真是这样?"

她站在街心车辆中间,缄默不语,然后用她那双野猫似的眼睛盯着他,说道:

"我可以信赖您,对不对?现在是咱们两人之间的事了,这可是神圣的!去干吧!明天见!"

弗雷德里克穿过走廊时,听见有两个声音在对话。阿尔努夫人的声音说:

"别撒谎!别撒谎嘛!"

他走进去。讲话声停了。

阿尔努在屋里踱来踱去,夫人坐在火炉旁边的一把小椅子上,面色惨白,两眼发呆。弗雷德里克转身要走,阿尔努一把抓住他的手,很高兴自己有救了。

"可我怕……"弗雷德里克说。

"就留下来吧!"阿尔努在他耳边悄悄说。

夫人接着说:

"莫罗先生,您得宽容一些。这类事情,家里有时会碰到。"

"那是因为有人在家里闹,"阿尔努嬉皮笑脸地说,"您知道,女人们总有些怪念头!就拿这位来说吧,她并不坏。不,正相反!可是一个钟头了,她寻开心,拿一大堆无中生有的事来逗弄我。"

"是实有其事!"阿尔努夫人不耐烦了,顶了一句,"因为,到底你买了它。"

"我?"

"对,就是你!在那个波斯人开的店里买的!"

"开士米大围巾!"弗雷德里克心想。

他感到自己有罪,心里害怕起来。

她紧接着补充说:

"是上月一个星期六,十四号。"

"啊!那一天,我正好在克雷依!所以,你瞧!"

"不对!十四号,我们在贝尔坦家吃的晚饭。"

"十四号……"阿尔努抬起眼睛,好像在想一个日期。

"我甚至可以告诉你,卖给你东西的那个伙计长着金黄色的头发!"

"我怎么记得起伙计来呢?"

"但是他在你口授下写了地址:拉瓦尔街十八号。"

"你怎么知道?"阿尔努怔住了。

她耸耸肩膀。

"噢!这还不简单:我去修补我那条开士米大围巾,商店的一个部门主任告诉我,他们刚刚给阿尔努夫人家送去另一条同样的围巾。"

"如果同一条街住着另一位阿尔努太太,这能怪我吗?"

"不错!但不是雅克·阿尔努。"她又说。

于是,他开始胡言乱语,连连叫屈,说这是误会,是巧合,是有时会发生的那种讲不清楚的事。不应该捕风捉影,仅凭一些蛛丝马迹就定人家的罪;他还举了那个倒霉的勒絮尔克①的例子。

"总之,我肯定你弄错了!我向你起誓好不好?"

"用不着!"

"为什么?"

她直视着他,不说一句话;随后,她伸手在壁炉上拿起一只小银匣子,把一张打开的发票递给他。

阿尔努的脸一下子红到耳根,变了样的脸仿佛鼓了起来。

"怎么样?"

"不过……"他讷讷地答道,"这能说明什么呢?"

"啊!"她叹了一声,声调古怪,其中既有痛苦,又有嘲讽,"啊!"

阿尔努手里拿着那张发票,翻过来,掉过去,两眼紧盯着,仿佛必须在其中找到一个重大问题的答案。

"噢!对了,对了,我想起来了,"他终于说,"这是替别人买的。弗雷德里克,您,您该知道吧?"

弗雷德里克没有作声。

"是……是乌德里老爹托我代买的。"

"买给谁?"

"给他的情妇呀!"

"给您的情妇!"阿尔努夫人直挺挺地站起来,高声喊道。

"我发誓……"

"别再来那一套了!我全知道!"

"啊!好极了!这么说,有人盯我的梢!"

---

① 勒絮尔克(1763—1796),法国十八世纪末一起冤案的受害者。他因为酷似一名杀人凶手而被捕,并处以死刑。

她冷冷地顶了他一句：

"这也许伤害了您敏感的心？"

"既然人家大发雷霆，我没有办法讲道理……"阿尔努一边找帽子，一边说。

接着，长叹了一声：

"您可别结婚，我可怜的朋友，听我的话，别结婚！"

他溜了，需要出去走走。

这时，一片寂静；屋里的一切，似乎更加死气沉沉。卡赛灯①上方，一个光圈使天花板显得很白，而阴影在各个角落里展开，好像重叠的黑纱；听得见钟摆的嘀嗒声和炉火的哗剥声。

阿尔努夫人刚刚在壁炉另一角的扶手椅里重新坐下。她咬着嘴唇，浑身哆嗦；她举起双手，呜咽一声，哭起来了。

他在小椅子上坐下来，好像对病人说话那样，用温存的声音说：

"您不怀疑我不赞同……？"

她没有应声。然而，她继续高声说出心里的想法：

"我让他那么自由！他没有必要撒谎！"

"当然。"弗雷德里克说。

这大概是他的习惯造成的，他根本没想到那件事，也许，在更重大的事情上……

"您看到什么更重大的事情了？"

"噢！什么也没有！"

弗雷德里克低下头，听话地微微一笑。不过，阿尔努也有长处；他爱自己的孩子。

"啊！他做的一切会毁了他们！"

这是因为他的脾气太随和了；他毕竟是个好小伙子。

---

① 卡赛灯，一八〇〇年由法国钟表匠卡赛(1750—1812)发明的一种油灯。

175

她叫起来：

"好小伙子,这是什么意思?"

弗雷德里克就这样尽可能含糊其词地替阿尔努辩解;他既可怜她,心底里又感到快活,感到欣慰。为了报复也好,出于情感需要也好,她将躲避到他这里来。他的希望大大增加了,爱情也随之更加强烈。

他觉得,她从来没有像此刻这样迷人,美得这样深沉。她的胸脯随着呼吸时起时伏;一双发呆的眼睛,似乎被内心的一个幻觉扩大了;半开半闭的嘴巴,仿佛要吐露心曲。有时,她用手绢使劲捂住嘴,他恨不得自己变成一小方被泪水沾湿了的细麻布。他不由自主地望着凹室深处的那张床铺,想象着她的头靠在枕上的情景;他看得那样清楚,好不容易才克制住自己,没有把她紧紧抱在怀里。她闭上眼皮,气消了,没有精神了。于是,他挪动身子挨近她,俯下身,贪婪地审视着她的面孔。走廊里响起皮靴的橐橐声,是阿尔努回来了。他们听见他关上了自己房间的门。弗雷德里克打了一个手势,问阿尔努夫人他该不该进去。

她也打了一个手势,示意"应该";这种无声的思想交流,可以看作一个允诺,通奸的一个开端。

阿尔努快要上床,正在脱礼服。

"哎,她怎么样了?"

"噢! 好些了!"弗雷德里克说,"会过去的!"

但是阿尔努一副苦恼的样子。

"您不了解她! 现在她动不动就发火! ……那个笨蛋伙计! 这都是心地太好的结果! 如果我没把那条该死的披肩送给萝莎奈特就好了!"

"别后悔! 她对您感激得无以复加!"

"您这样想?"

弗雷德里克对此毫不怀疑。证据是她刚刚把乌德里老爹打发走了。

"啊！可怜的女人！"

阿尔努一时过分冲动，想马上跑到她家里去。

"不必了！我刚从她那里来。她病了！"

"那更该去了！"

他急忙又穿上礼服，端起烛盘要走。弗雷德里克心里直骂自己讲了蠢话，他向阿尔努指出，从情理上讲，他当晚应该留在妻子身边；他不能撇下她，这样做太不对了。

"坦率地讲，您错了！那边没啥要紧的！明天去好了！哎！就算为我做的吧！"

阿尔努放下烛盘，一边拥抱他，一边说：

"您呀，您真好！"

三

从此，弗雷德里克开始过一种可悲的生活。他成为阿尔努家的门客。

家里有谁不舒服，他一天来探望三次；他去找调音师来给钢琴调音，挖空心思大献殷勤；玛尔特小姐和他赌气也好，小欧仁总用脏手摸他的脸也好，他始终和颜悦色地忍受。他和阿尔努一家人常常一起吃晚饭，先生和夫人面对面坐着，互相不说一句话；要么阿尔努发些可笑的议论，惹他妻子生厌。饭一吃完，阿尔努到房间里和儿子玩耍，躲在家具后面捉迷藏，或者把儿子驮在背上，像那个贝恩人①一样在地上爬。终于，他走了；她立即无休无止地抱怨起阿尔努来。

---

① 贝恩人，指亨利四世（1553—1610），由于出生在贝恩地区的波城，常被称为贝恩人。传说亨利四世疼爱子女，曾将儿子驮在背上装马爬行。法国十九世纪画家安格尔曾以此题材作画。

令她愤慨的倒不是他的恶劣品行。看上去她由于心高气傲才感到痛苦。显得十分厌恶这个不高尚、不自尊、不体面的男人。

"要不他就是疯子!"她说。

弗雷德里克巧妙地套她的心里话。不久,他便知道了她的全部身世。

她的父母是夏特勒的小资产者。有一天,阿尔努在河边画画(那时他自以为是画家),她正从教堂出来,被他瞥见了,他向她求婚。她家里看他有钱,便毫不迟疑地应允了。再说,他发狂似的爱她。她补充说:

"天呀!他现在还爱我!他有他的爱法!"

婚后头几个月,他们漫游了意大利。

阿尔努面对风景和名画热情洋溢,尽管如此,除了抱怨酒不好,同一些英国人组织野餐消遣外,他终日不做别的事。由于转卖几幅画尝到了甜头,他做起了艺术品的买卖。后来,他又着迷地经营一家陶瓷厂。目前,他还试图做其他的投机生意。他越来越俗气,养成了言行粗鲁、挥霍无度的习惯。她责怪他身上的毛病,更责怪他的所作所为。任何改变都不可能发生,她的不幸是无法补救的。

弗雷德里克说他的生活也是不成功的。

不过他还十分年轻。为何绝望呢?于是她给了他一些忠告:"工作吧!结婚吧!"他报以苦笑。他没有讲出悲伤的真正原因,却捏造了一个高尚的理由;他装得有点像那个被诅咒的安东尼①,只在语言上像,这种语言倒没有完全歪曲他的思想。

有些男人欲望愈强烈,行动愈难于实施。他们缺乏自信,因而缩手缩脚;他们担心惹人讨厌,因而惊恐万分。况且,深厚的情感

---

① 安东尼,大仲马一出同名悲剧的主人公。他无家无业,不敢向少女阿黛尔求婚。她嫁给一名上校后,他俩仍然相爱。安东尼为挽救情妇的名誉,用匕首将她刺死。

好比正派的女人；她们生怕被人发现，一辈子总低着眉眼走路。

弗雷德里克对阿尔努夫人有了更多的了解（或许正因为如此），比以前更怯懦了。每天早上，他都发誓要把胆子放大。一种难以克制的腼腆却叫他胆子大不起来；他没有任何先例可循，因为这个女人不同于其他的女人。凭借梦想的力量，他早已把她置于凡人之外。在她身边，他觉得自己活在世上微不足道，还不如从她剪子上掉下来的碎绸子。

随后，他想干出惊世骇俗、荒诞不经的事，比方深夜用麻醉品和仿制的钥匙搞突然袭击。在他看来，无论做什么，都比承受她的蔑视更容易。

况且，她的孩子，两个女用人，房间和布局，全是无法克服的障碍。因此，他决心独自占有她，一起逃到遥远的地方，过与世隔绝的生活。他甚至寻觅去哪个澄碧的湖上，到哪个温暖的海滩，是西班牙、瑞士呢，还是东方。他故意挑她似乎火气更大的日子，告诉她必须摆脱目前的局面，想出一个办法，而据他看，除了分手外，别无他途。但是，出于对孩子的爱，她绝不会采取那样极端的行动。看她如此贤惠，他对她更加敬重。

每天下午，他用来回想头天的拜访，企求当晚的拜访。每逢不在他们家吃晚饭的日子，九点钟光景，他就在街角守望；等阿尔努拉开大门后，他急忙爬上三楼，神色天真地问女用人：

"先生在家吗？"

然后装出没有找到他而吃惊的样子。

阿尔努时常冷不防回家来。于是，弗雷德里克只好跟着他去圣安娜街的小咖啡馆，现在雷冉巴尔经常光顾这家咖啡馆。

这位公民先要发泄对王权的不满。随后他们东拉西扯，友好地对骂几句。制造商把雷冉巴尔当作一个了不起的思想家，看他白白耗掉才华很伤心，常拿他的懒惰取笑他。公民认为阿尔努感情充沛，想象力丰富，但实在太缺德。因此他待阿尔努毫不容情，甚至拒绝去他家吃饭,因为他"讨厌客套"。

有时,临到分手的时候,阿尔努突然饿得发慌,"需要"吃盘炒鸡蛋或炸土豆条。可是咖啡馆向来不卖这些食品,阿尔努打发人去买。大家等着。雷冉巴尔没有走,终于咕哝着同意吃点东西。

然而他心情悒郁;面对一杯半满的酒,一待就是几个小时。上天不按他的主张管理世事,他变得多愁多虑,甚至再也不愿读报,一听到英国二字便咆哮起来。有一次,有个侍者招待不周,他就大声嚷嚷:

"难道我们受外国欺侮还不够吗!"

除去这些发作外,他通常沉默寡言,思考"如何万无一失地把整个店铺炸平"。

雷冉巴尔陷入沉思时,阿尔努带着微醉的目光,用单调的嗓音讲述难以置信的逸闻趣事,由于他镇定自若,在这些事情上他总是大出风头。弗雷德里克觉得阿尔努有几分吸引力(大概由于深层的相似),他责备自己的这种偏爱,认为他恰恰应该恨阿尔努才对。

阿尔努在他面前唉声叹气,抱怨妻子脾气不好,固执己见,不公正地先入为主。以前她可不是这个样子。

"换了我,"弗雷德里克说,"我就给她一笔生活费,自己独自过日子。"

阿尔努不搭腔;过了一会儿,他开始夸奖妻子。她善良、尽职、聪明、贞洁;讲到她身体上的优点,他大谈特谈其中的妙处,就像那些在客栈炫耀自己财宝的冒失鬼。

一场大祸使他失去了平衡。

他进入一家高岭土公司,当监督委员会的委员。由于人家讲什么,他就信什么,签署了几份不准确的报告,未经核实批准了经理伪造的年度存货盘存表。不巧,这家公司倒闭了,阿尔努负有民事上的责任,最近法庭宣判,他和其他几个负责赔偿损失;他为此损失近三万法郎,而判决理由更加重了他的损失。

弗雷德里克在报上读到这条消息,便匆匆朝天堂街跑去。

他在阿尔努夫人的卧室受到接待。正是用早餐的时刻。靠近火炉的独脚小圆桌上,摆满一碗碗牛奶咖啡。地毯上零乱地丢着几双旧拖鞋,扶手椅上搭着几件衣服。阿尔努穿着短裤头和针织上衣,两眼发红,头发蓬乱。小欧仁正害腮腺炎,一边哭,一边啃他的面包片;他姐姐安静地吃着;阿尔努夫人的脸色比平日更苍白,正侍候着他们三人用餐。

"唉!"阿尔努长叹一声,说道,"您知道了!"

见弗雷德里克做了一个同情的手势:

"啊!我信任别人,却害了自己!"

接着他一声不响;他心情那样沮丧,连早饭也不想吃。阿尔努夫人抬起眼睛,耸了耸肩膀。他用手摸了一下额头。

"说到底,我没有罪。我无可指摘。这是飞来横祸!总有出头之日的!啊!说真的,算了!"

他到底还是听了妻子的恳求,拿起一块奶油圆球蛋糕吃起来。

晚上,他执意在金房子餐厅订了雅座,单独与妻子共进晚餐。阿尔努夫人根本不懂这个多情的举动,甚至以为他把她当作轻佻女人,心里很生气。其实恰恰相反,对阿尔努来说,这倒是一种恩爱的表示。饭后,他心里烦闷,便到女元帅家散心去了。

直到如今,由于他性情憨厚,别人在许多事情上都不与他计较。这场官司一下子把他归入有污点者之列。他的家变得门可罗雀。

弗雷德里克顾情面,认为应当比以往更密切地与他们交往。他订了意大利剧院楼下的一个包厢,每星期带他们去看一次戏。然而,他们夫妇貌合神离的关系已达到这样一个阶段:从原先的彼此迁就中,滋生出难以克制的厌倦情绪,使生活变得难以忍受。阿尔努夫人竭力忍着不发作,阿尔努也阴着脸;看见这对不幸的人,弗雷德里克很伤心。

阿尔努夫人信任弗雷德里克,委托他调查阿尔努的商务活动。但是他感到羞愧,吃阿尔努家的饭,又妄想得到他的妻子,心里实在不是滋味。然而他依旧这样做,还借口他应该保护她,总有一天他会对她有用。

舞会后过了一周,他去拜访当布勒兹先生。金融家建议他购买二十股煤矿企业的股票;弗雷德里克以后再也没去过他家。戴洛里耶给弗雷德里克写过几封信,他一封也没回复。佩勒兰邀他去看那幅肖像,他总予以回绝。但是他对西齐让了步,西齐总缠着他,想结识萝莎奈特。

她非常亲切地接待了他,但是没像以前那样跳过来搂住他的脖子。他的同伴很高兴来到一个不贞洁女子的家里,尤其高兴同一位演员聊天;戴马尔恰好也在。

戴马尔曾在一出戏里扮演农夫,他把路易十四教训了一顿,并预言了一七八九年的革命。他的表演那样引人注目,结果人家不断叫他演同类的角色;如今,他的职责就是嘲弄世界各国的君主。他扮演英国的啤酒批发商,痛斥查理一世①;扮演萨拉曼卡②的大学生,诅咒腓力二世③;或者扮演感情容易冲动的父亲,对蓬巴杜尔夫人义愤填膺,这是最精彩的!男孩子们为了见他,站在后台门口等候;他的传记在幕间休息时出售,把他渲染成侍奉老母、念福音书、帮助穷人的人,总之,把他渲染成圣徒万桑·德·保尔④,布鲁图斯⑤和米拉波。人称"我们的戴马尔"。他身负使命,变成耶

---

① 查理一世(1600—1649),英吉利、苏格兰和爱尔兰国王。
② 萨拉曼卡,西班牙一城市名。
③ 腓力二世(1527—1598),西班牙及其附庸国的国王。
④ 万桑·德·保尔(1581—1660),法国教士,建立了弃婴堂、女施主会等许多慈善团体。
⑤ 布鲁图斯(前85—前42),古罗马政治家,以刚正不阿著称。

稣基督了。

这一切迷住了萝莎奈特;她毫不在乎地甩掉了乌德里老爹,因为她不贪财。

阿尔努了解她,长期利用这一点,只花少量的钱供养她。老头子插了进来,他们三人都注意不把话讲穿。后来,阿尔努以为她打发走另一个人仅仅是为了他,便增加了她的生活费。但是她再三提要求,次数频繁得令人费解,因为她过日子并不大手大脚。她甚至卖掉了开士米披肩,据她说是为了还清旧债。阿尔努总是有求必应,她给他喝了迷魂汤,毫不留情地利用他。这样,发票和印花票据雨点般地落到他家来。弗雷德里克预感不久会大闹一场。

有一天,他来看阿尔努夫人。她出门了。先生在楼下商店里工作。

果然,阿尔努站在大瓷花瓶中间,正在唬一帮新婚夫妇,外省的资产者。他大谈车削和镟坯,纹饰和施釉;那些人不愿露出一窍不通的样子,连连点头称是,并且买了东西。

顾客们一出门,阿尔努便说早上他和妻子发生了小小的口角。为了防备她对开销说三道四,他声称女元帅不再是他的情妇。

"我甚至告诉她萝莎奈特是您的情妇。"

弗雷德里克十分生气;可是责备他有可能泄露内心的秘密,他结结巴巴地说:

"啊!您错了,大错特错!"

"这有什么要紧?"阿尔努说,"被人当作她的情夫有什么不光彩的?我呀,我正是她的情夫!您不高兴当她的情夫?"

莫非她说出去了?这是一种暗示?弗雷德里克急忙回答道:

"不,才不是呢!恰恰相反!"

"那是怎么一回事?"

"是的,不错!这毫无关系。"

阿尔努又说:

"为什么您不再到那儿去了?"

弗雷德里克答应一定去。

"啊!我倒忘记讲了!您谈到萝莎奈特时……应当……向我妻子透露点什么……是什么我不知道,但您会找到的……叫她相信您是萝莎奈特的情夫。我求您这样做,就算帮我一个忙,行吗?"

年轻人做了一个模棱两可的鬼脸,算是回答。这样无中生有会毁了他。当晚他就去他家,发誓说阿尔努讲的是假话。

"真是这样?"

他看上去很诚恳;她大大舒了一口气,嫣然一笑,对他说:"我相信您。"然后她低下头,没有望着他,说道:

"再说,谁都无权过问您的事!"

这么说,她什么也没有猜到,她不把他放在眼里,既然她并不认为他有可能爱她爱到忠贞不渝的地步!弗雷德里克忘记自己曾试图勾引另一个女人,觉得阿尔努夫人这句话是对他的侮辱。

随后,她求他不时去"这个女人家",看看情况。

阿尔努突然进来了。过了五分钟,他执意把弗雷德里克拉到萝莎奈特家去。

处境变得令人难以忍受。

公证人的一封信分了他的心,公证人将在次日给他寄来一万五千法郎。为了弥补他对戴洛里耶的怠慢,他立即去把这个好消息告诉戴洛里耶。

律师住在三玛丽街六层楼上,房间朝着院子。他的事务所是间斗室,铺了方砖,寒气袭人,贴了淡灰色的墙纸,主要的装饰是他做博士论文获得的一枚金质奖章,摆在靠镜子放的一个乌木框里。一只桃花心木的玻璃书橱,藏有近百册书。房间正中的写字台上铺着软羊皮。四把绿丝绒面的旧扶手椅,占据房间的四个角落。壁炉里刨花熊熊燃烧,旁边总放着一捆木柴,一听铃响,马上就可点着。这时正是咨询时间;律师戴着一条白领带。

听到一万五千法郎将到手的消息(他大概已不指望了),他高兴得傻笑起来。

"好,我的朋友,好,非常好!"

他朝火里扔了几块木柴,又坐下来,立即谈起办报的事。首先要做的是甩掉于索奈。

"这个傻瓜把我烦死了!至于想传播一种主张,依我看,最公正、最有力的办法,是没有任何主张。"

弗雷德里克好像怔住了。

"一定是这样!该是科学地对待政治的时候了。十八世纪的老前辈们开始这样做的时候,卢梭和文人们把博爱、诗歌和其他谎言塞到政治里去,令天主教徒欣喜若狂。再说,这是天然的联盟,因为现代宗教改革家个个相信默启(我可以证明这一点)。但是,如果你们为波兰做弥撒;如果你们用浪漫派的上帝——一名织毯工,取代多明我会的上帝—— 一名刽子手;最后,如果你们的绝对观念不比祖辈的更开阔,那么君主制将会从共和政体的形式中冒出来,你们头上的红帽子将永远只是教士的圆帽!不同的是,监禁将会取代酷刑,对教会的凌辱将会取代亵渎圣物,欧洲的一致将会取代神圣同盟。这个受到赞美的好秩序,由路易十世朝代的残骸和伏尔泰学说的废墟构成,外面刷了一层帝国的白灰浆,并点缀上英国宪法的断章残片。在这个秩序下,人们将看到,市议会竭力欺侮市长,省议会欺侮省长,两院欺侮王上,新闻界欺侮政府,行政部门欺侮大家!善良人对《民法》赞叹不已,可是不管怎么说,它是按照褊狭和专制的精神炮制出来的。立法者非但不尽其职,匡谬正俗,反而企图像利居尔格①那样塑造社会!家长立遗嘱,法律为

---

① 利居尔格,相传是公元前九世纪的斯巴达立法者,制定了许多严厉的规章制度。

什么为难他？强行拍卖不动产,法律为什么设置障碍？流浪连违章都算不上,法律为什么当作不法行为来惩罚？诸如此类,还有不少！我全知道！所以我要写一篇不长的小说,名为《公正观念史》,它一定很有趣！不过我口渴得要命,你呢？"

他把身子探出窗外,叫门房去小酒馆买些掺热糖水的烈酒来。

"概而言之,我看有三个党派……不！三个组织,其中没有一个引起我的兴趣:有产者的组织、失去财产者的组织和想方设法拥有财产者的组织。三方一致愚蠢地对权力顶礼膜拜！比方说:马布利劝告人们阻止哲学家发表他们的学说;几何学家乌龙斯基先生①用他的语言称书报检查是'对思辨自发性的批判性镇压';昂方坦神甫②庆幸哈布斯堡家族③'从阿尔卑斯山上伸过去一只有力的手压制意大利';皮埃尔·勒鲁④硬要你们听一个人演讲,而路易·勃朗倾向于建立一种国教,因为庶民那样热衷于当政！这些组织尽管有永恒的原则,但没有一个是合法的。原则的意思是本原,所以必须始终依靠革命、暴力行动和过渡行为。我们组织的原则就是民族主权,它包括在议会的形式中,尽管议会不承认！但是,人民的最高权力比神权更神圣在哪里呢？二者都有名无实！形而上学搞得够多的了！幻影似的东西别再提了！叫人扫大街用不着教条！有人会说我要推翻社会。那又怎么样？这有什么害处？其实,社会并不干净！"

弗雷德里克本来有许多话可以驳斥他,但是见他的论调大大有别于塞内卡尔的理论,也就宽而待之了。弗雷德里克只反驳了

---

① 乌龙斯基(1776—1853),波兰哲学家和数学家。
② 昂方坦(1796—1864),法国工程师和经济学家,他把圣西门主义变成一个教派。
③ 哈布斯堡是先后统治过神圣日耳曼罗马帝国、奥地利、西班牙、波希米亚和匈牙利的家族。
④ 皮埃尔·勒鲁(1797—1871),法国社会主义者,圣西门的信徒。

一句:这样的制度会给他们招来普遍的仇恨。

"恰恰相反,我们将向每个党派保证仇视它的邻党,这样所有党派都会依靠我们。你呢,你也出点力,给我们写些出色的评论!"

必须攻击固有的观念、法兰西学院、高等师范学校、音乐戏剧学院、法兰西喜剧院,一切类似于机构的东西。这样,他们将给他们的杂志一整套学说。等杂志出了名,就突然把它改为日报;到那时,他们再抓住人做文章。

"我们会受人尊敬,你放心吧!"

戴洛里耶正在实现当总编辑这个由来已久的梦想,就是说即将享受这样一种难以言说的幸福:指挥别人,大刀阔斧地删改他们的文章,约稿和拒稿。他的两眼在镜片后面闪闪发光,他情绪激昂,不由自主地把一小杯一小杯的酒接连喝下去。

"你应该每周请一次客。这是决不可少的,哪怕得破费你一半收入!大家会乐意来的,对别人这是一个中心,对你是一根操纵杆;从文学和政治这两头操纵舆论,不出半年,你看吧,我们将在巴黎占据显要地位。"

弗雷德里克听他这样讲,觉得自己精神焕发,仿佛一个久居室内的人被抬到了露天。这种热情感染了他。

"是啊!我过去是懒虫,是呆子,你讲得有道理!"

"好极了!"戴洛里耶叫起来,"我的弗雷德里克又回来了!"

接着,他用拳头抵住弗雷德里克的下巴:

"啊!你曾经叫我感到痛苦。这没什么!我依然喜欢你。"

两人站着,你看我,我看你,都动了情,正要拥抱。

这当儿,前厅门口出现了一顶女人的便帽。

"你怎么来了?"戴洛里耶说。

她是克莱芒丝小姐,他的情妇。

她回答说,她偶然路过他家,忍不住想看看他;为了同他一道吃点东西,她给他带来一些点心,说着把点心放在桌上。

"留神我的文件!"律师声音刺耳地说,"我可是第三次禁止你在咨询时间上我这儿来了。"

她想拥抱他。

"好!走吧!快点!"

他往外推她,她放声大哭。

"啊!你真叫我厌烦,咳!"

"那是因为我爱你!"

"我不要人家爱我,我要人家乐于帮助我。"

这句话那样无情,止住了克莱芒丝的眼泪。她伫立窗前,一动不动,额头贴在玻璃窗上。

她的态度和沉默惹恼了戴洛里耶。

"你哭完了,就叫辆车,是吧?"

她猛然转过身来。

"您赶我走!"

"一点不错!"

她抬起那双蓝色的大眼睛盯住他看,大概想最后再求他一次。然后把她的格子花呢披肩的两端打了个结,又等了片刻,这才走了。

"你应该把她叫回来。"弗雷德里克说。

"算了!"

戴洛里耶有事要出门,便走进厨房兼盥洗室。石板地面上,一双靴子旁边,丢着一顿粗劣午餐的残羹剩饭;被褥卷起来,放在屋角的地上。

"这向你表明,"他说,"我极少接待侯爵夫人!没有她们也过得去,真是!没有其他女人也一样。不花你分文的女人占用你的时间;而时间是另一种形式的金钱;我可不是有钱人!再说她们全是蠢货,十足的蠢货!您呢,你能同一个女人交谈吗?"

他们在新桥拐角上分了手。

"这样,就说定了!明天你一收到钱就给我送来。"

"一言为定!"弗雷德里克说。

第二天一觉醒来,他收到邮寄来的一万五千法郎银行支票。

这张纸头在他看来是十五大袋钱;他暗想,用这样一笔钱,他首先可以再把马车留用三年,而不必被迫不久将它卖掉;或者买两副伏尔泰滨河路见到过的嵌金银丝的漂亮盔甲,还可以添置大量东西,买画,购书,送给阿尔努夫人许许多多束鲜花,许许多多件礼品!总之,干什么都比为这份报纸冒险,白白扔掉偌大一笔钱要强!他觉得戴洛里耶自以为是,头天的冷漠令他寒心。弗雷德里克正在后悔的当儿,吃惊地看见阿尔努进来了。阿尔努好像不堪重负,重重地坐在了床沿上。

"出什么事了?"

"我完了!"

他当天必须付给圣安娜街的公证人博米奈先生的事务所一万八千法郎,这笔钱是向某个叫瓦纳鲁瓦的人借的。

"真是无妄之灾!我是抵押货款,他应该放心才对呀!可是他威胁我,如果今天下午,也就是不马上付给他这笔钱,法院就会发出支付催告!"

"然后呢?"

"然后,这很简单!他将让法院剥夺我的房产所有权。告示一贴,我就破产了,就这样!啊!如果能找到一个人替我先垫上这笔该死的款子,由他取代瓦纳鲁瓦,我就得救了!您是不是正巧有这笔钱呢?"

汇款单就放在床头柜上一本书的旁边。弗雷德里克拿起书盖在上面,回答道:

"哎呀,没有,亲爱的朋友!"

但是,拒绝阿尔努,他心里不受用。

"怎么,您找不着一个人愿意……?"

"没人愿意！您想想看,再过一周,我就会有进项！人家欠我……也许是五万法郎,月底到期。"

"您不能求那些债户提前还钱吗?……"

"唉！那怎么行！"

"您没有证券、期票什么的?"

"没有！"

"怎么办呢?"弗雷德里克说。

"我正琢磨呢！"阿尔努接口道。

他不吭声了,在房间里踱来踱去。

"天哪！这不是为了我,是为了我的孩子们,为了我可怜的妻子！"

接着,他一字一顿地说:

"好吧……哪天我狠狠心,把这一切都带走……到外面发财去……说不定去哪儿！"

"那不行！"弗雷德里克叫喊起来。

阿尔努神色平静地应道:

"现在我怎么在巴黎活下去呢?"

随之而来的是长时间的沉默。

弗雷德里克开口说:

"这笔钱,您什么时候还?"

并非他有钱;恰恰相反！不过他可以找朋友,活动活动。于是他拉铃叫仆人来侍候他穿衣服。阿尔努连连向他道谢。

"您需要一万八千法郎,是不是?"

"噢！一万六就行了！因为我的银器总可以卖到两千五,三千法郎,如果瓦纳鲁瓦允许我延期到明天的话。我再向您重复一遍,您可以向放款人担保发誓,再过一周,也许再过五六天,一定还钱。再说有抵押担保哩。所以是没有危险的,懂吗?"

弗雷德里克说他懂,并且马上就出门。

他待在家里,咒骂着戴洛里耶,因为他既想信守诺言,又想给阿尔努帮忙。

"我去找当布勒兹先生怎么样?但是以什么借口向他借钱呢?相反,该是我带钱去他家,还他煤矿股票的钱才对!啊!让他和他的股票一块见鬼去吧!我又不欠他的!"

弗雷德里克为自己的独立扬扬自得,好像拒绝了当布勒兹先生给他帮忙似的。

"好吧,"随后他想,"既然我在这方面有损失——因为,用一万五千法郎,我可以赚十万!在交易所,这种事时有发生……那么,既然我对一方食言,我不就自由了吗?……再说,让戴洛里耶等着好啦!——不,不,这不好,去办吧!"

他望了望挂钟。

"啊!不用急!银行五点才关门。"

到了四点半,他已经把钱取出来了:

"现在去没用!我找不到他的;今晚再去!"这样,弗雷德里克给自己留了一条改变决定的后路,因为讲了那么多歪理,良心上总有点不安,好像喝了劣酒,余味犹存。

他逛了一阵马路,独自在餐馆里吃了晚饭,然后又到剧院看了一幕通俗笑剧散心。但是身上带着那些钞票,他觉得不自在,仿佛是偷来的一样。即便丢了,他也不会难受的。

回到家中,他发现有一封信,信上这样写着:

> 有什么消息?
> 亲爱的朋友,我妻子和我不胜期待,云云。
> 祝好!

信尾是缩写的签名。

"他妻子!她求我!"

就在这时,阿尔努来打听是不是已经筹到那笔急需的款子。

"瞧!那不是吗!"弗雷德里克说。

二十四小时后,他答复戴洛里耶:

"我什么也没收到。"

律师接连来了三天,催他写信给公证人,甚至提出亲自去一趟勒阿弗尔。

"不!用不着!我自己去!"

一星期过去了,弗雷德里克怯怯地向阿尔努先生讨还一万五千法郎。

阿尔努推到第二天,然后又推到第三天。弗雷德里克怕戴洛里耶突然来找他,深更半夜还在外面踯躅。

有天晚上,一个人在玛德莱娜教堂拐角处撞了他一下。这人正是戴洛里耶。

"我去取那笔钱。"他说。

于是戴洛里耶,陪他一直来到普瓦索尼埃城关一幢房屋的门口。

"等我一下。"

戴洛里耶等着。过了四十三分钟,弗雷德里克终于和阿尔努一起出来了,他向戴洛里耶示意再耐心等一会儿。陶器商和他的同伴臂挽着臂走上奥特维尔街,然后又转到夏布罗尔街。

夜色深沉,和风阵阵。阿尔努缓步而行,谈着"商业长廊":这是一排排有顶篷的商业摊点,将从圣德尼大街一直延伸到夏特莱;这是一项极好的投机,他很想参加。他不时停下脚步,隔着店铺的玻璃窗望望俏女工们的面孔,然后再接着往下讲。

弗雷德里克听见身后戴洛里耶的脚步声,仿佛是一声声责备,对良心的一下下捶打。但是他不敢开口索债,怕难为情,担心讨也没用。另一个人走近了。他下了决心。

阿尔努用十分坦然的语气说,他没有收回账,目前无法还他一万五千法郎。

"我想,您不需要这笔钱吧?"

这时,戴洛里耶走上前来,把弗雷德里克拉到一边:

"有话直说,你究竟有没有那笔钱?"

"那好,没有!"弗雷德里克说,"我没有这笔钱了!"

"啊!怎么没有的?"

"赌输了!"

戴洛里耶二话没说,深深鞠了一躬,走了。阿尔努乘这工夫去烟草专卖店点燃了一支雪茄烟。他回来时问这个年轻人是他什么人。

"啥也不是!一个朋友!"

三分钟后,来到萝莎奈特家门口,阿尔努说:

"上去吧!看见您她一定很高兴。您现在这么不爱交际了!"

对面的一盏路灯照着阿尔努;他在两排白牙间含着雪茄,一副快乐的样子,弗雷德里克有点看不下去。

"哦!我想起来了,我的公证人今早到您的公证人那儿办了抵押手续。是我妻子提醒我的。"

"一个有头脑的女人!"弗雷德里克不由自主地说。

"敢情!"

阿尔努又开始夸她。她机智,善良,节俭,无人可比。他两眼滴溜溜转着,低声又补了一句:

"那女性的胴体才无与伦比呢!"

"别了!"弗雷德里克说。

阿尔努怔了一下。

"哟!为什么呀?"

阿尔努打量着弗雷德里克,一只手只向他伸出了一半,见他满面怒容,阿尔努不知所措。

"别了!"弗雷德里克干巴巴地应了一声。

他像一块滚落的石头,疾步走下布雷达街,气得大骂阿尔努,发誓永远不再见他,也不再见她,暗自伤心,懊恼。他本来期待他们夫妇一刀两断,哪知恰恰相反,阿尔努疼起妻子来,完完全全地,从她的头发梢一直爱到她的灵魂深处。这个人的俗气令弗雷德里克愤怒。这么说,一切都属于他,属于这家伙!他眼前又出现了阿尔努在那个轻佻女郎家门口的情景。他本来就对自己的无能气得要死,这时又增添了绝交的屈辱。而且,阿尔努为那笔钱作出保证的诚实态度叫他丢了脸。他真想掐死他;除了悲伤外,对朋友不守信用的负疚感,像雾一样笼罩在他的心头。眼泪簌簌地落下,喉头都哽住了。

戴洛里耶飞快跑下殉教者街,怒不可遏,破口大骂。因为他的计划,如同一块被推倒的方尖碑,如今在他眼中格外高大。他认为已遭了劫,仿佛蒙受了重大的损失。他对弗雷德里克的友谊终结了,他为此感到快活;这是一种补偿!他心里充满对富人的仇恨。他倾向于塞内卡尔的主张了,并且决心支持这些主张。

这当儿,阿尔努舒舒服服地坐在火边的一张安乐椅里,品着他的茶,膝盖上坐着女元帅。

弗雷德里克不再去阿尔努家了;为了排遣那不幸的激情,他随便找了个题目,决定写一部《文艺复兴史》。他的桌上横七竖八堆满了人文主义者和哲学家的著作,还有诗人的作品。他去版画陈列馆看了看马克-安东尼[①]的版画;他试图读懂马基雅弗利[②]。渐渐地,工作的安宁使他平静下来。他埋头研究别人的个性,忘记了自己的个性,或许这是不为之痛苦的唯一方式。

有一天,他正在安安静静地记笔记,门突然开了,仆人通报阿尔努夫人来了。

[①] 马克-安东尼(1475—1530),意大利著名版画家。
[②] 马基雅弗利(1469—1527),意大利政治家、哲学家和作家。

果然是她!一个人?当然不是!她手里牵着小欧仁,身后跟着穿白围裙的保姆。她坐下来,咳嗽了一声,然后说:

"您很久没上我家来了。"

弗雷德里克找不到推托之词,她补了一句:

"这是因为您心细!"

他接口道:

"怎么心细?"

"您为阿尔努做了事啊!"她说。

弗雷德里克做了个手势,意思是说:"我才不把他放在眼里呢!那是为了您呀!"

她把儿子和保姆打发到客厅去玩。他们彼此寒暄了几句,就相对无言了。

她身穿褐色丝袍,是西班牙一种葡萄酒的颜色;外面套一件镶貂皮的黑丝绒短大衣;这身裘皮叫人真想用手去摸摸,她紧贴两鬓的光滑长发诱人用嘴唇去吻。但是她激动得有点慌乱,于是把眼睛转向房门,说道:

"这儿有点热!"

弗雷德里克从她的目光中,猜到她谨慎的用意。

"对不起!两扇门只是推上了。"

"啊!真的!"

她微微一笑,好像要说:"我什么都不怕。"

他立即问她来此有何贵干。

"是我丈夫叫我上您家来的,"她吃力地说,"他自己不敢来。"

"为什么事?"

"您认识当布勒兹先生,是不是?"

"对,不大熟。"

"啊!不大熟。"

她不作声了。

195

"没关系！请说下去。"

于是她说，头两天，阿尔努无法偿付银行家签发的四张一千法郎的期票，而她在丈夫的要求下在这四张期票上签了自己的名字。她使子女的财产受到损失，追悔莫及。但是败坏名声比什么都糟糕；如果当布勒兹先生停止起诉，不久一定会偿还他这笔债，因为她马上要把她在夏特勒的一幢小房子卖掉。

"可怜的女人！"弗雷德里克喃喃地说，"我去讲。相信我好了。"

"谢谢！"

她起身要走。

"噢！别急着走嘛！"

她站在那里，细看挂在天花板上的一簇蒙古箭、书柜、精装书和各种文具；她托起装羽管笔的青铜盆；她的鞋跟踩在地毯的不同位置上。她曾经好几次来弗雷德里克的家，但总是同阿尔努一起来。现在，他们俩单独在一起，单独在他自己家里；这是件不寻常的事，几乎是一种艳福。

她想看看他的小花园；他伸出手臂让她挽着，带她参观他的领地，三丈见方一块地，被房屋包围，四角点缀着灌木，中央有个花坛。

时值四月初，丁香吐翠，清风吹拂，小鸟啁啾，鸟语和远处一家马车制造厂的打铁声此起彼伏。

弗雷德里克去找来一把小煤铲；他和阿尔努夫人并肩散步的当儿，孩子在小径上堆沙子玩。

阿尔努夫人不相信这孩子将来有多大的想象力，但是他性情温和。他姐姐正相反，天生一副硬心肠，有时叫她伤心。

"会改变的，"弗雷德里克说，"永远不要绝望。"

她应道：

"永远不要绝望！"

他觉得,她无意识地重复他的话是一种鼓励;他摘下花园里仅有的一朵玫瑰花。

"您记得吗……一束玫瑰花,有天晚上,在车里?"

她脸上泛起红晕;随后,带着自嘲的神情说:

"啊!我那时太年轻了!"

"这朵花,"弗雷德里克低声说,"也会遭到同样的命运吗?"

她像捏着纺锤的纱一样用手指转动着花茎,同时答道:

"不!我会留着它!"

她做了个手势唤保姆,保姆抱起了孩子。然后,在门口,在街上,阿尔努夫人把头歪向肩膀,闻着玫瑰花,眼神温柔得像一个吻。

他上楼回到书房,凝视着她坐过的扶手椅和她碰过的所有物件。在他四周流动着她身上的某种东西。她在时那种和风拂面的感觉依然还在。

"她到底来了!"他暗想。

无限的柔情如滚滚波涛,把他吞没了。

次日十一点钟,他来到当布勒兹先生家,在餐厅里受到接待。银行家正坐在妻子对面用早点。他的侄女坐在她身边,另一边是家庭教师,一个满脸麻子的英国女子。

当布勒兹先生请这位年轻朋友坐在他们中间,见他不肯,便问道:

"您找我有什么事吗?您说好了。"

弗雷德里克装出无所谓的样子,说他是来为一个叫作阿尔努的人说情的。

"哈哈!那个从前的画商,"银行家说,露出牙龈无声地笑了,"乌德里原先替他作保,后来两人闹翻了。"

他开始浏览放在他刀叉旁的信件和报纸。

两名仆人在一旁伺候,走在地板上不发出一点声响。餐厅挂着三幅绒绣门帘,有两座白色大理石喷泉;餐厅的高大,暖锅的光

197

亮,排列美观的冷盘,直至餐巾硬挺的褶裥,这一切奢侈的享受,在弗雷德里克的头脑里,与阿尔努家的另一顿早餐形成鲜明的对比。他不敢打断当布勒兹先生。

夫人看出了他的窘迫。

"您有时见到我们那位朋友马蒂侬吗?"

"他今天晚上要来。"少女急忙说。

"啊!你知道?"她的姑妈冷冷地盯住她说。

随后,一个男仆俯在她耳边说了些什么。她说:

"孩子,你的裁缝来了!……约翰逊小姐!"

家庭教师顺从地同她的学生一起出去了。

挪动椅子的声音打扰了当布勒兹先生,他问发生了什么事。

"是雷冉巴尔夫人来了。"

"啊!雷冉巴尔!我知道这个名字。我见过他的署名。"

弗雷德里克终于说出他的来意;阿尔努值得关心;仅仅为了践约,甚至即将卖掉妻子的一幢房子。

"听说她非常漂亮。"当布勒兹夫人说。

银行家一副老妇人的神气,补了一句:

"您是他们的朋友……至友?"

弗雷德里克没有直接回答,只说如果当布勒兹先生愿意考虑,他将不胜感激……

"好吧,既然这使您高兴,行!我等着!现在我还有点时间。一起到下面我的办公室坐坐好不好?"

早餐用完了,当布勒兹夫人欠了欠身,露出古怪的笑容,这笑容既彬彬有礼,又充满嘲讽。弗雷德里克来不及细想,因为当布勒兹先生一等到周围没有旁人时便说:

"您没来取您的股票。"

不容弗雷德里克解释,又说:

"好!好!您想多了解一些情况是对的。"

他请弗雷德里克抽一支香烟,然后谈了起来。

法兰西煤矿总联合会已经成立,现在只等立案了。合并能降低监督和劳动力的费用,单此一项就可增加赢利。另外,公司想出一个新招,让工人们关心公司的事业。它将给他们盖房子,卫生条件好的住房;最后,公司成为职工的供应者,按成本价向他们出售一切东西。

"先生,他们将得到好处;这是真正的进步,成功地回敬了共和党人的某些叫嚣!在我们的理事会中,"他拿出一份计划书说,"有一位法兰西贵族院议员,一位法兰西研究院的学者,一位退休的工兵部队高级军官,一些知识人士!这样的成员令胆小的投资者放心,聪明的投资者会招之即来!国家将向公司订货,此外铁路、海运、冶金厂、煤气公司以及市民做饭都需要用煤。这样,我们供暖、照明,一直打入最穷苦人家的炉灶。不过,你也许会问,我们如何能保证销售呢?靠保护税,亲爱的先生,我们会得到保护税的;这就看我们的了!我呢,我可是明确主张寓禁性高额关税的人!国家高于一切嘛!"

他被任命为经理,可是他没有时间做某些具体工作,尤其是编编写写的工作。

"我和作家可以说是冤家对头,希腊文也忘光了!我需要一个⋯⋯能表达我的思想的人。"

突然,他问道:

"您愿不愿意做这个人,身份是秘书长?"

弗雷德里克不知如何回答是好。

"哎,有什么难处吗?"

他的职责只限于每年给股东写一份报告。他每天将与巴黎最重要的人物交往。对工人来说,他代表公司,自然会受到他们爱戴。以后,这将使他平步青云,当上省议会议员,国会议员。

弗雷德里克的耳朵嗡嗡直响。哪儿来的这番好意呢?他连连

199

道谢。

但是银行家说,他不应该依附于任何人,而最好的办法就是入股,"再说这是极好的投资,因为您的资本保障您的地位,正如您的地位保障您的资本"。

"资本的金额大约应该是多少?"弗雷德里克问。

"哎呀!随您的便,我想四万到六万法郎吧。"

这个数目在当布勒兹先生眼中那样小,而他的权力又那样大,因此年轻人立即决定卖掉一处田庄。他接受了。当布勒兹先生近日将再约见他一次,把事情最后谈妥。

"那么,我可以告诉雅克·阿尔努……?"

"随您怎么说!可怜的小伙子!随您怎么说!"

弗雷德里克写信给阿尔努夫妇,要他们放心,并且叫仆人把信送去,回复是:"很好!"

他为他们进行的活动理应得到更好的报答。他期待着一次拜访,至少写封信来。可是,没有人来访,也没有信寄来。

他们是忘了,还是有意如此?既然阿尔努夫人来过一次,谁拦着她再来一次呢?她向他做的那种暗示,那番表白,难道是出于利害而耍的手腕?"他们是不是愚弄了我?她是不是同谋?"尽管他很想去他们家,但是廉耻心阻止了他。

一天早上(他们会晤三周后),当布勒兹先生写信给他,说当天,一个小时后等着他。

在路上,他又想起阿尔努夫妇来。他想不出他们这样做的理由,突然间感到焦虑,产生了一种不祥的预感。为了摆脱这种不安的心情,他叫了一辆马车,吩咐驶到天堂街。

阿尔努到外地去了。

"夫人呢?"

"在乡下,厂子里!"

"先生何时回来?"

"明天一准回来!"

现在去,她独自一人;正是大好时机。在他心里有个急切的声音在叫喊:"快去吧!"

可是当布勒兹先生呢?"哎,活该! 我就说我病了。"他跑到车站;然后,坐在车厢里,他想:"我也许错了? 唔! 没关系!"

左右两边,是绿油油的一马平川;列车滚滚向前,车站的小屋像布景似的——闪过,机车的烟总把大大的絮团倾倒在同一边;絮团在草地上跳动片刻,然后消散了。

弗雷德里克一个人坐在长椅上,无聊地望着跟前的景象,由于过分焦急,反倒没了精神。起重机、商店出现了。克雷依到了。

这座小城建在两个小山冈的山坡上(第一个山冈光秃秃的,第二个山顶上有片树林)。它的教堂的钟楼,参差不齐的房舍和那孔石桥,在弗雷德里克的眼中显得欢快,审慎和美好。一艘大平底船顺流而下,河水在风的拍击下汩汩作响。十字架的下面,成群的母鸡在麦秸里觅食;一个女人走过,头上顶着湿衣服。

过了桥,他来到一座岛上。岛的右边是一座修道院的废墟。一架风车在转动,截断了瓦兹河第二条支流的整个河面,工厂便竖立在河面上方。这座建筑规模之大令弗雷德里克十分惊奇,他不由得对阿尔努更加敬重。走了三步,他转进一条小巷,小巷深处有一道栅栏门。

他走了进去。看门的女人呼喊着叫他回来:

"您有许可证吗?"

"干什么用?"

"参观工厂呀!"

弗雷德里克粗声粗气地说,他是来看望阿尔努先生的。

"阿尔努先生是谁?"

"是头儿,东家,厂主呀!"

"不对,先生,这是勒伯夫先生和米利耶先生的工厂!"

这个老太婆一定在开玩笑。一群工人走过来。他上去问了两三个,回答都是一样的。

弗雷德里克走出院子,踉踉跄跄,好像醉汉一般。他来到布什里桥头,见他那副发愣的样子,一个正在抽烟斗的市民问他是否在找什么东西。这个人知道阿尔努的工厂,它在蒙塔泰尔。

弗雷德里克打听在哪儿能找到马车。在车站才能找到。他又回到车站。一辆散了架似的敞篷四轮马车,孤零零地停在行李房前,驾车的是一匹老马,脱了线的马鞍耷拉在车辕间。

有个男孩自告奋勇,去找"皮隆老爹"。过了十分钟,他回来了,皮隆老爹正在吃午饭。弗雷德里克无法再等下去,走了。但是道口的栅栏已经关闭,得等两列火车开过后才能通行。终于,他向田野冲去。

田野一片翠绿,色调单一,看上去好似一块巨大的台球桌毯。铁渣如一方方石子,整齐地堆放在大路两边。稍远处,工厂烟囱林立,浓烟滚滚。对面的圆丘上,耸立着一座带墙角塔的小城堡和一座教堂的方形钟楼。下方,长长的墙在树木间形成一条条参差不齐的线;最下面,是村庄的一片房舍。

村舍全是平房,房前有三级台阶,没有抹水泥。间或传来一家杂货铺的门铃声。黑泥浆上留着深陷的脚印。细雨霏霏,把灰白的天空切割了千百道。

弗雷德里克沿着铺石路中央走;不久,看见左边路口有个高大的木拱门,上面写着陶瓷厂三个金字。

雅克·阿尔努把厂址选在克雷依附近是有目的的;他把自己的工厂尽量靠近(久以信誉著称的)另一家工厂,就可以在公众中鱼目混珠,从中牟利。

厂房的主体依傍在一条流经草地的河的旁边。东家的住宅四周有个花园,房前石阶上引人注目地摆着四盆仙人掌。货棚下,露天空地上,晾晒着一堆堆白土。塞内卡尔站在院子当中,依然穿着那件红里蓝面的外套。

原先的辅导教师冷冷地伸出手来。

"您是来找老板的?他不在。"

弗雷德里克慌了神,糊里糊涂地应道:

"这我知道。"

但他立即改口:

"是为了与阿尔努夫人有关的一件事。她也许能见我?"

"啊!我有三天没看到她了。"塞内卡尔说。

于是他诉起一大堆苦来。当初他接受制造商的条件时,照他的理解是住在巴黎,而不是隐居在乡下,远离朋友,看不到报纸。这没什么了不起!他熬过来了!可是阿尔努看上去根本不重视他的长处。而且阿尔努智力有限,因循守旧,无知透顶。他与其在工艺上精益求精,倒不如采用煤炭和煤气烧制。这个资产者正在断送自己;塞内卡尔加重语气说出这几个字。总而言之,他不喜欢自己的工作;他几乎勒令弗雷德里克替他讲话,好让老板增加他的工资。

"放心吧!"另一位说。

弗雷德里克在楼梯上没有遇到任何人。在二楼,他朝一间空屋子探了探头;这是客厅。他高声喊人,无人答应;大概厨娘和保姆都出去了。最后,到了三楼,他推开一扇门。阿尔努夫人一个人站在带穿衣镜的衣柜前,晨衣半敞,腰带垂在腰际。整个一边的头发,如黑色的波浪披散在右肩,她两只胳臂抬起,用一只手托住发髻,另一只手往头发里插一枚别针。她叫了一声,不见了。

随后她穿得整整齐齐地出来了。她的身段,眼睛,衣裙的窸窣声,这一切令他神魂颠倒。弗雷德里克真想把她全身吻个遍,好不容易才克制住自己。

"请您原谅,"她说,"但是我刚才不能……"

他壮起胆子打断她的话：

"不过……刚才……您美极了！"

她一定觉得这句恭维话有点粗俗，两颊泛起了红晕。他担心把她得罪了。她接着说：

"什么好运气把您带来了？"

他不知如何作答；于是他傻笑了一下，有了思考的工夫：

"要是我说了，您会相信吗？"

"为什么不信？"

弗雷德里克讲他头天夜里做了一个可怕的梦。

"我梦见您得了重病，快要死了。"

"噢！我也好，我丈夫也好，我们从来不生病！"

"我只梦见了您。"他说。

她神色平静地望了他一眼。

"梦不是个个兑现的。"

弗雷德里克讲话结结巴巴，寻找着字眼，终于长篇大论地谈起了灵魂的投契。世上有一种力量，它可以跨越空间，把两个人联系起来，告诉他们彼此的感受，使他们聚首一堂。

她低头听着，脸上挂着她那迷人的微笑。他很快乐，用眼角打量着她，借一个谈滥了的题目，更自由地倾诉自己的爱情。她建议带他去参观工厂；在她的一再坚持下，他同意了。

为了先用一些有趣的东西分散他的心思，她领他看了陈列在楼梯上的展品。从挂在墙上或摆在小木板架上的样品中，可以看到阿尔努做出的努力和接二连三的爱好。他力求配制出中国紫红色，然后又想仿造马约里卡陶器、法恩扎陶器、伊特鲁立亚陶器①和东方陶器，最后还尝试做一些改进，后来居然成功了。所以，在这套陈列品中，有绘着中国官吏的大花瓶、闪光发亮的金褐色盆

---

① 伊特鲁立亚陶器，意大利文艺复兴时期或古代出产的陶器。

碗、点缀着阿拉伯文字的坛子、文艺复兴时期式样的有盖长颈壶,以及绘有双人像的大盘子;人像仿佛是用红粉笔画的,形态造作,线条模糊。目前,阿尔努制造招牌字母,酒瓶标签。但是他的才智还没有高达艺术境界,也没有庸俗到唯利是图,结果满足不了任何人的口味,正在一步步走向破产。两人正在观看这些东西时,玛尔特小姐恰巧走过。

"你不认得他了吗?"母亲问她。

"认得!"她边说边向他行礼,那清澈而猜疑的少女目光似乎悄悄地说,"你,你到这儿来干什么?"她登上楼梯,头微微扭向肩膀一边。

阿尔努夫人把弗雷德里克带到院子里,然后口气认真地向他解释如何研磨陶土,如何清洗,如何过筛。

"重要的是打坯。"

她带他走进一间放满大缸的屋子,缸里有一根带横臂的立轴在旋转。弗雷德里克直怨自己方才没有干脆拒绝她的建议。

"这些是捏泥机。"她说。

他觉得这个词挺滑稽,从她嘴里说出来很不相称。

宽大的皮带从天花板一头拉到另一头,卷在一些滚筒上,一切都在不停地、精确地、惹人厌烦地摇动着。

他们走出来,经过一间坍倒了的窝棚,过去它是用来放园艺工具的。

"现在它没用了。"阿尔努夫人说。

他用颤抖的声音应道:

"它可以容纳幸福!"

水泵的嘈杂声盖过了他的话,他们走进开坯车间。

一些男人坐在一张窄桌旁,把一团泥放在面前的转盘上,左手刮着土坯的内部,右手轻抚表面,一只只花瓶旋了出来,仿佛盛开的花朵。

阿尔努夫人叫人搬出制造更精细器皿的模子。

在另一间屋子里,工人们正在加工螺纹、凹颈和凸线。楼上,有人抹平接痕,有人用石膏填补上几道工序留下来的洞眼。

窗台上,角落里,过道中央,到处是一排排的陶器。

弗雷德里克开始厌烦了。

"您也许看累了?"她说。

他怕这次拜访到此结束,反而装得非常热情,甚至后悔当初没有投身于这一行业。

她露出惊讶的神色。

"是真的!那样我不就可以生活在您身边了吗!"

他寻找着她的目光。阿尔努夫人为了避开他,从一个小几上抓起一把整修剩下的泥丸,压成一个泥饼,把她的手掌印在上面。

"我可以把这个带走吗?"弗雷德里克说。

"天呀!你真孩子气!"

他正要回答,塞内卡尔进来了。

副经理先生一跨进门槛,就发现了一件违章的事。车间应该每周打扫一次;这天是星期六,工人们压根没有打扫,塞内卡尔于是向他们宣布,他们必须多留一个小时再下班。"你们活该!"

工人们俯身干活,没有发怨言;但是从他们胸腔中发出的粗重的气喘声,可以猜到他们怒火满腔。他们全是被那家大工厂撵出来的,很难驾驭。这位共和党人对他们严加管束。他是理论家,只重视群众,对待个人冷酷无情。

弗雷德里克因为他在场感到不自在,低声问阿尔努夫人去看看陶窑行不行。他们下楼来到底层;她正在解释盒子用途时,跟在他们后面的塞内卡尔插了进来。

他主动接替她做示范讲解,大谈各种各样的燃料,还有什么窑、测温锥、燃烧室、泥釉、上光剂和各种金属。他满口化学名词,氯化物啦,硫化物啦,碳酸盐啦。弗雷德里克一窍不通,时时朝阿尔努夫人转过身去。

"您怎么不听。"她说,"其实塞内卡尔先生讲得非常清楚。这类事情他比我知道的多得多。"

数学家听到夸奖很得意,建议带他们去看看如何着色。弗雷德里克用焦虑的目光征询阿尔努夫人的意见。她不动声色,大概她既不愿意和他单独在一起,又不想离开他。他伸出胳臂让她挽着。

"不用!多谢了!楼梯太窄了!"

他们上了楼,塞内卡尔打开一扇门,屋里全是妇女。

她们手里拿着画笔、小玻璃瓶、贝壳状容器和玻璃片。沿着墙壁上的突饰,靠墙排列着许多镌版;薄纸屑在屋里飞舞;一只铸铁炉散发出混杂着松节油气味的令人恶心的热气。

女工们几乎个个穿着污秽不堪的衣裳,只有一个戴着色彩鲜艳的布头巾和长耳环。她既苗条又丰满,黑眼睛很大,长着黑种女人的厚嘴唇。她的胸脯在衬衣下高高隆起,衬衣在腰间用裙带系住。她一只胳臂支在工作台上,另一只耷拉着,茫然地望着远方的田野。她身边乱丢着一瓶酒和一些熟肉。

按规定是禁止在车间里吃东西的,这项措施是为了确保工作场所的清洁和工人的卫生。

塞内卡尔出于责任感或者独断专行的需要,打老远就喊起来,同时指着木框里的一张告示:

"喂!那边的波尔多女人!您给我高声念念第九条。"

"念了又怎么样?"

"怎么样,小姐?您得付三法郎罚款!"

她厚着脸皮盯着他看。

"我才不怕呢!老板一回来,就会取消您的罚款!好家伙,我才不睬您呢!"

塞内卡尔背着手踱来踱去,就像自修室里的学监。听了这话,

207

他只微微一笑。

"第十三条,不服从,十法郎!"

那个波尔多女人又干起活来。阿尔努夫人出于礼貌,一句话也没讲,但皱起了眉头。弗雷德里克低声说。

"啊!对于一位民主派而言,您太严厉了!"

另一位盛气凌人地回答:

"民主不等于个人主义的胡作非为。这是法律面前的共同水准,是劳动分工,是秩序!"

"您忘了人道主义!"弗雷德里克说。

阿尔努夫人挽起他的胳臂。这种无言的赞许也许触犯了塞内卡尔,他拔腿走了。

弗雷德里克如释重负。从早上起,他一直在寻找表白的机会;现在机会来了。何况他觉得,阿尔努夫人的自发举动包含着许诺。他借口要暖暖脚,请求上楼到她房间去。可是,一旦坐到她身边,他开始局促不安,不知从何说起。幸而他想起了塞内卡尔。

"没有比这种惩罚更蠢的了!"他说。

阿尔努夫人接着说:

"有些严厉措施是不可缺少的。"

"怎么,您这样好心肠的人也这样说!噢!我错了!因为您有时也喜欢折磨人!"

"朋友,我听不懂隐晦的话。"

她那严厉的目光,比她的话还厉害,打断了他的话。但是弗雷德里克决不就此罢休。正巧五斗橱上有一本缪塞①的诗集。他拿过来翻了几页,随即开始谈爱情,爱的绝望和激情。

依阿尔努夫人看,这一切不是犯罪,就是装模作样。

这种否定态度伤了年轻人的心;为了反驳她的看法,他引报上

---

① 缪塞(1810—1857),法国诗人、剧作家和小说家。

登载的自杀为例,颂扬文学上那些伟大的典型:费德尔、狄东、罗密欧、德·格里厄①。他越说越乱。

壁炉里的火熄了,雨点敲打玻璃窗。阿尔努夫人坐着不动,两只手搁在安乐椅的扶手上;帽带低垂,好似狮身女怪的头带;面孔苍白,完美的侧影在黑暗中清晰地显现出来。

他真想跪倒在她面前。过道里咔嚓一声响,他没敢这样做。

而且,某种深深的畏惧阻止了他。这件袍子融入黑暗中,在他看来异常巨大,没有边际,无法撩起;而恰恰因为如此,他的欲望更加强烈。他既怕做过了头,又怕做得不够,完全丧失了分辨力。

"如果我叫她讨厌,"他想,"她赶走我得了!如果她要我就让她鼓励我!"

他叹着气说:

"那么,您不容许人家爱……一个女人?"

阿尔努夫人应道:

"如果是待嫁的女人,可以娶她嘛;如果是有男人的女人,就应该离开。"

"这么说,幸福不可能得到了?"

"不对!但是在谎言、不安和悔恨中永远找不到幸福。"

"这有什么!如果从极度的快乐中得到补偿。"

"尝试的代价太高了!"

他想挖苦她几句。

"贞操不就是怯懦吗?"

---

① 费德尔,法国作家拉辛(1639—1699)的同名悲剧的女主人公,国王忒赛之妻,她爱上了国王前妻之子希波吕托斯,因绝望而服毒自尽。狄东,古罗马诗人维吉尔(前70—前19)的长诗《埃涅阿斯纪》中的迦太基女王,她爱上了特洛亚英雄埃涅阿斯,后者奉主神朱庇特之命将她抛弃,狄东愤而自杀。罗密欧,英国剧作家莎士比亚(1564—1616)的悲剧《罗密欧与朱丽叶》中的男主人公,家族间的世仇酿成了一对恋人的爱情悲剧。德·格里厄,法国作家普雷沃神甫(1697—1763)的爱情小说《玛侬·莱斯戈》中的男主人公。

"不如说是明智。对那些忘记本分或宗教的女人,仅有良知就足够了。自私是贞洁的牢固基础。"

"啊!真是十足的资产者格言!"

"我没有夸口说自己是贵妇啊!"

这时,小男孩跑了进来。

"妈妈,还不来吃晚饭?"

"好,一会儿就来!"

弗雷德里克站了起来;玛尔特这时进来了。

他下不了决心马上就走,于是带着恳求的目光说:

"您说的那些女人全是麻木不仁的吧?"

"不!但必要时会是聋子。"

她站在房间的门口,身边是她的两个孩子。他躬身行礼,没说一句话。她也默默地向他还礼。

他最初感到无限惊愕。她让他明白他的希望是妄想,这种做法叫他受不了。他感到自己完了,好像跌入了万丈深渊,知道没有人会来救他,他非死不可了。

他信步走着,对周围的一切视而不见;脚不时碰到石头上,路也走错了。突然耳边响起一阵木屐声;炼铁厂的工人下班了。这时他清醒过来。

铁路的路灯在天际连成一条长长的火线。他赶到车站,一列火车刚刚开动,他被人推进一节车厢,然后睡着了。

一小时后,在马路上,巴黎夜晚的快活气氛一下子把他的克雷依之行推到遥远的过去。他想做个坚强的人,于是尽拣一些侮辱性的词儿把阿尔努夫人骂了一顿,缓解心中的痛苦:

"她是傻婆娘,蠢女人。未开化的女蛮子!别再想她了!"

他回到家中,见书房里有封长达八页的信,是用蓝色油光纸写的,信末的署名是萝莎奈特姓名的两个起首字母。

信的开头是友好的责备:

"亲爱的,您近况如何?我烦得很。"

字写得太潦草,弗雷德里克正想把信扔掉,突然发现信末附了一句话:

"我指望您明天带我去看赛马。"

这次邀请用意何在?是否又是女元帅玩的一个把戏?总不至于无缘无故地两次戏弄同一个人吧?他产生了好奇心,把信仔细地重读了一遍。

弗雷德里克辨认出:"误会……走错了路……幻想破灭……我们全是可怜的孩子!……如同两条河流交汇!等等。"

这种笔调和轻佻女郎平日的语言大相径庭。究竟发生了什么变化呢?

他把信在手里拿了很久。信纸散发出鸢尾的香气,那字体和不整齐的行距,仿佛是梳妆时的凌乱,扰乱了他的心。

"为什么不去呢?"他终于自言自语道,"要是阿尔努夫人知道了呢?啊!让她知道好了!那好极了!叫她吃醋去!这才解我心头之恨!"

四

女元帅准备好了,正在等他。

"您来了,这太好了!"她说,用那双既温柔又快活的漂亮眼睛注视着他。

她把帽子打上结,然后坐在沙发上,默默无语。

"咱们走吧?"弗雷德里克说。

她看了看挂钟。

"噢!不!不到一点半不走!"仿佛她给自己的迟疑不决立下了这条界限。

终于,一点半敲响了。

"哎！亲爱的，咱们走吧！"

她最后一次整了整帽子，向戴尔菲娜叮嘱了几句。

"太太回来吃晚饭吗？"

"干吗回来？我们一道吃顿饭，上英吉利咖啡馆，随便您上哪儿！"

"行！"

她的几只小狗围着她尖声叫着。

"可以带上它们，是吧？"

弗雷德里克亲自把它们抱到车上。这是一辆出租四轮马车，由一名车夫赶两匹驿马；弗雷德里克让他的仆人坐在后座上。女元帅对他的殷勤看上去很满意；她一坐好，便问他最近有没有去过阿尔努家。

"有一个月没去了。"弗雷德里克说。

"我呀，我前天遇到他了，本来他今天也想来的。可是他有各种各样的麻烦，又有一场官司，我不清楚什么事。真是个怪人！"

"对，非常怪！"

弗雷德里克一脸无所谓地补充说：

"哦，对了，您一直同……您怎么称呼他的？……那个原先的歌唱家……戴马尔，来往吗？"

她干巴巴地回答：

"不！吹了！"

这么说，他们的关系肯定破裂了。弗雷德里克生出了希望。

他们的车以常速驶下布雷达区；因为是星期天，街上冷冷清清，窗子后面露出市民的面孔。车子行驶得更快了；轮子的响声令行人回过头来，放下的皮车篷亮闪闪的，仆人挺着胸膛，两只长毛小狗好似摆在坐垫上的两只白鼬皮手笼。弗雷德里克随着车身的摇摆晃动着身子。女元帅左顾右盼，笑容可掬。

她的珠光色草帽配着黑花边，斗篷的风帽迎风飘动；她撑着一把丁香色缎伞遮挡阳光,尖尖的伞顶有如一座宝塔。

"这些纤细的指头多么招人爱!"弗雷德里克一边说,一边轻轻拿起她的左手,手腕上戴着一只链形金手镯,"呀!多么小巧玲珑!哪儿来的?"

"噢!我早就有了。"女元帅说。

年轻人对这个虚伪的回答不置一词,宁可"利用时机"。他握着她的手腕不放,把双唇贴在手套和袖口间的腕子上。

"行了,别叫人看见!"

"唔!看见有什么关系!"

经过协和广场后,他们走上大会堂滨河路和比依滨河路,在后一条路的一座花园里,长着一株雪松①。萝莎奈特以为黎巴嫩位于中国;她笑自己无知,求弗雷德里克给她上几堂地理课。随后,他们经过右手的特罗卡代罗宫,穿过耶拿桥,最后在校场当中其他已在跑马场排列好的车辆旁停了下来。

绿草如茵的小丘上挤满了平民百姓。一些看热闹的人站在军校的阳台上。体重过磅屋外的两个亭子里,场内的两个看台和国王看台前的另一个看台上,挤满了盛装的男男女女,他们以自己的仪表,向这项新兴的娱乐活动表示敬意。那时看赛马的观众比较特殊,外表不那么俗气:这是脚底系裤管带子、戴丝绒打裥颈圈和白手套的时代。女士们身着色泽鲜亮的长腰身袍子,坐在一排排阶梯式的看台上,宛若一个个大花坛,间或杂有男士们深色服装的黑点。所有的目光都转向著名的阿尔及利亚人布-马扎②,他毫无表情地坐在一个特殊观礼台上,夹在两名参谋部军官之间。骑师俱乐部的看台上全是一本正经的先生。

最热心的观众坐在下面,紧靠跑道,跑道两边拦着绑在木棒上

---

① 黎巴嫩山过去以生长高大挺拔的雪松著称,故有下面的话。
② 布-马扎,阿尔及利亚人的首领,生于一八二〇年前后。一八四五年鼓动阿拉伯人反对法国的统治,后向法国殖民军投降。

的绳子。在这条小道圈成的椭圆形大场子里,卖甘草柠檬露的商贩挥动着木铃,有的兜售赛马程序表,或叫卖雪茄烟,嘈杂声响成一片;保安警察来回巡视;一口钟挂在贴满号码的柱子上,钟响了。出来了五匹马,大家纷纷回到看台上。

这时,大块乌云翻卷着,掠过对面榆树的梢头。萝莎奈特担心会下雨。

"我有大雨伞,"弗雷德里克说,"还有一切消闲的东西。"说着提起一只箱子,里面放着一篮吃食。

"好极了!咱们彼此够了解的!"

"以后还会了解得更深,是不是?"

"可能吧!"她红着脸说。

身穿鲜艳绸上衣的骑师努力让他们的马排成直线,用两手笼住它们。有个人把一面红旗向下一挥,五位骑手伏在马鬃上出发了。起先他们挤成一团,不久队形变长,彼此拉开了距离。第一圈跑到一半,穿黄绸衫的骑手险些翻身落马;菲利和蒂比之间久久分不出高下;接着"汤姆大趾"领了先;但是从出发开始便落在后面的"俱乐部马鞭"赶上它们,第一个到达,以两身之差击败了"查理爵士"。这个结果出人意料;大家叫喊着,连连跺脚,看台的木板震得直晃。

"真开心!"女元帅说,"我爱你,亲爱的!"

弗雷德里克对自己的幸福不再怀疑;萝莎奈特这最后一句话进一步肯定了这一点。

离他百步开外,一辆四轮双座轻马车里出现了一个女人的身影。她从车门探出身来,接着急忙缩回去;这样反复了好几次,弗雷德里克看不清她的面孔。他心生疑窦,觉得她像是阿尔努夫人。但这不可能!她来做什么呢?

他下了车,借口去体重过磅处溜达溜达。

"您对女人可不大殷勤!"萝莎奈特说。

他根本不听,只顾往前走。轻马车掉转车头,疾驰而去。

就在这时,弗雷德里克被西齐一把抓住了。

"您好,亲爱的!近来怎么样?于索奈在那边呢!听我说呀!"

弗雷德里克试图脱开身去追那辆马车。女元帅示意他回到她身边来。西齐瞥见了她,硬要过去向她请安。

祖母的服丧期一过,西齐便实现了自己的理想,终于有了特色。苏格兰背心,短上装,薄底浅口皮鞋上打着大丝带结,入场券插在帽绦子上。被他自诩为他的"潇洒风度"的,一种盲目崇拜英国和火枪手式的潇洒风度,他的确一样也不缺。他一上来就抱怨校场是个糟糕的跑马场,接着谈起尚蒂依的赛马和发生的趣事。他发誓可以随着午夜十二时的钟声喝下十二杯香槟酒,并建议同女元帅打赌;他一只手轻柔地抚弄着她的两只狮子狗,另一只胳臂肘靠在车门上,继续滔滔不绝地讲废话,手杖头含在嘴里,两腿叉开,腰板挺直。弗雷德里克站在他身旁,一边抽烟,一边琢磨如何打探那辆轻马车的下落。

钟敲过了,西齐终于走了,萝莎奈特大为高兴,说这人非常讨厌。

第二场比赛毫无特点,第三场也一样,除了有个人被担架抬走了。第四场较有意思,有八匹马争夺城市奖。

看台上的观众爬到了凳子上,其他人站在马车里,用小型望远镜追随骑师们的位置变换;他们像红色、黄色、白色和蓝色的点子,从赛马场四周的人群旁飞逝而过。从远处看,他们的速度好像并不太快;在校场另一端,他们甚至好像放慢了速度,只向前滑行,马的腹部触到地面,伸直的马腿没有弯曲。但是,他们很快又回来了,形体愈来愈大;他们经过时,风声呼啸,地面颤动,飞沙走石;骑师的绸衫里灌进了风,像船帆一样颤动不已;他们奋力扬鞭抽马,奔向作为终点的柱子。号码已被取下,又换上了新的。在一片掌

215

声中,那匹获胜的马拖着步子来到体重过磅处,汗水淋淋,膝盖发直,颈部低垂,而他的骑师跨在马上,腰都直不起来,好像快死了。

一个争议推迟了最后一场比赛。人们感到不耐烦,纷纷散开。男人们三五成群地在看台下聊天,讲下流话。上流女子不堪与轻佻女郎为邻,便离开了。

在场的还有公共舞厅的明星,演通俗喜剧的女演员;接受男人最多的敬意的并非是最美丽的女人。那个老乔治娜·奥贝尔,被一位通俗喜剧作者称作卖淫的路易十一。她浓妆艳抹,不时发出猪叫似的笑声,她直挺挺地躺在她那辆长长的敞篷四轮马车上,好像在严冬一样把头缩在貂皮领里,德·雷穆索夫人因为打官司红极一时,由几个美国人陪着,神气活现地坐在一辆敞篷四轮大马车的座位上。泰蕾丝·巴什吕一副古代贞女的模样,裙子的十二道荷叶边填满蜗牛似的马车车厢,挡板处的花几上摆满玫瑰。女元帅忌妒这些名女人;为了引人注目,她开始大做手势,高声讲话。

一些绅士认出了她,纷纷向她致意。她一边答礼,一边把他们的姓名告诉弗雷德里克。他们全是伯爵、子爵、公爵和侯爵;一双双眼睛对他的艳福流露出几分敬意,于是他趾高气扬起来。

西齐被一群成年男子围着,看样子也很得意。这些人仰脸微笑,仿佛在嘲弄他。最后,他在最年长者的手上拍了一下,朝女元帅这边走过来。

她装出贪馋的样子吃着一片肥鹅肝;弗雷德里克听话地学她的样子,在膝头上放着一瓶酒。

那辆轻马车又出现了,正是阿尔努夫人。她的脸色异常苍白。

"给我倒香槟酒!"萝莎奈特说。

她尽可能高地举起斟满的酒杯,高声叫道:

"喂!那边的正经女人,我的保护人的老婆,喂!"

她周围笑声四起,轻马车不见了。弗雷德里克拉拉她的袍子,他简直要发火了。但是西齐过来了,还是方才的态度,甚至厚着脸皮邀萝莎奈特当晚一道共进晚餐。

"不行!"她答道,"我们要一块儿上英吉利咖啡馆。"

弗雷德里克仿佛什么也没有听到,闷声不响。西齐神情沮丧地离开了女元帅。

他倚着右车门同她讲话时,于索奈突然从左边走过来,听到英吉利咖啡馆这几个字:

"这是家好馆子,去吃顿便饭如何?"

"行呀。"弗雷德里克说。他倒在马车的角落里,望着轻马车消失在天际,感到刚才发生了一件不可挽回的事,他失去了他的至爱。而另一种爱情就在他身边,快活而容易到手的爱!他厌倦了,心中充满自相矛盾的欲望,他甚至不再知道自己要的是什么,感到无比忧伤,真想一死了之。

一阵嘈杂的脚步声和说话声使他抬起了头;一群顽童跨过拦着跑道的绳索,来瞧瞧看台;人群散了。天空落了几滴雨。车辆堵塞得更加厉害。于索奈找不见了。

"这太好了!"弗雷德里克说。

"你喜欢独自一人?"女元帅说着把自己的手放在他的手上。

这时他们眼前驶过一辆富丽堂皇的双篷四轮马车,闪着铜和钢铁的光泽,由四匹马拉着,驾车的是两名身着丝绒上衣、佩戴金穗子的骑师。当布勒兹夫人坐在丈夫身边,马蒂侬坐在对面的长椅上;三个人面露惊讶之色。

"他们认出我来了!"弗雷德里克暗想。

萝莎奈特想停下来看络绎不绝的车辆。阿尔努夫人可能还会出现。他冲车夫喊道:

"走呀!走呀!往前走!"

于是,这辆轿式马车向香榭丽舍大街奔去,左右前后都是车子:敞篷四轮马车、轻便四轮旅行马车、有长凳的载人马车、双套二轮马车、轻便双轮马车、运送猎犬的车辆。工人们酒后兴高采烈地唱着歌,坐在挂皮帘子的大型游览马车里。家长们谨慎小心地亲自驾驭独马四轮马车。在挤满人的敞篷四轮马车里,一个男孩坐在别人的脚上,两条腿垂在车外。呢面座椅的双座四轮大轿式马车,带着打盹的老寡妇们游逛,间或一匹骏马疾驰而过,后面拖着一辆马车,既简朴,又雅致,就像花花公子的黑礼服。雨越下越大。大家打开雨伞、阳伞,披上雨衣;隔着老远互相喊着:"你好!——近来好吗?——是的!——不!——回头见!"面孔一张张闪过,快得像走马灯。弗雷德里克和萝莎奈特彼此没有讲话,眼见所有这些轮子在他们身边不停地转动,他们变得迟钝了。

有时,一辆辆车接得太紧,只好同时停在好几条线上。大家靠得很近,彼此打量起来。冷漠的目光从饰有贵族徽记的厢板边落到人群身上;充满艳羡的眼睛在出租马车里闪烁;讥诮的微笑回答着傲然昂首的姿态;张大的嘴巴流露出愚蠢的钦佩。这儿那儿,在路当中溜达的人,有时猛然向后一闪,避开一名在车辆间驰骋并终于突破重围的骑手。随后,一切又开始动起来;马车夫松开缰绳,挥动长鞭;马匹受到激励,晃动嚼子,向四周吐出白沫;湿漉漉的马臀和鞭箬,在夕阳透过的水雾中冒着气。阳光射过凯旋门,在一人高处投下淡红的光带,照得轮轴、车门把手、辕杆端、小鞍环闪闪发光。林荫大道有如一条河,马鬃、衣服和人脸在河上随波荡漾;大道两侧,树木成行,宛若两道绿色墙垣,枝叶上挂着晶莹的雨珠。头顶上,有些地方露出蓝天,柔软光滑如缎。

这时,弗雷德里克回想起很久以前,他多么羡慕这种难以言喻的幸福:乘坐这样的马车,身边有这样一位女人。如今,他拥有了这种幸福,可是并没有更加快乐。

雨停了。在家具仓库的柱廊下避雨的行人纷纷散去。在王家街散步的人折回大马路。外交部宾馆前,一群看热闹的人站在石阶上。

走到中国浴室附近,由于路面坑洼不平,马车放慢了速度。一个穿浅褐色外套的男子在人行道边走着。从弹簧下面迸射出来的泥浆溅到他的背上。那人生气地掉过头来。弗雷德里克面色顿时发白;他认出了戴洛里耶。

在英吉利咖啡馆门口,他退掉了马车。正当他付钱给车夫时,萝莎奈特先上了楼。

他在楼梯上追上了她,她正同一位先生聊天。弗雷德里克挽起她的胳臂。但是,到了过道中央,她又被另一位阔佬拦住了。

"你先走吧,"她说,"我一会儿就来!"

于是他独自进了单间。隔着两扇打开的窗户,可以瞥见对面房舍窗前的人。快干的柏油路面上颤动着宽大的波纹闪光,阳台边摆着一盆玉兰向房间散发着馨香。花的芳香和鲜艳使他放松下来;他倒在镜子下的红沙发上。

女元帅进来了,在他额上亲了一下:

"心里不痛快,可怜的宝贝儿?"

"也许吧!"他应道。

"得了,不痛快的又不是你一个!"

这话的意思是:"让我们在共同的快乐中忘却各自的不痛快!"

然后,她把一瓣花衔在双唇间,伸过去给他吃。这个动作那样妩媚,几乎带有淫荡的善意,令弗雷德里克为之心动。

"你为什么叫我伤心。"他心里想着阿尔努夫人,说道。

"我,伤心?"

她站在他面前,注视着他,凑近他的眼睛,两手放在他的肩头。

他的全部德行,全部怨恨,沉入无底的怯懦中。

他又说:

"因为你不肯爱我!"说着拉她坐到自己的膝盖上。

她听凭摆布;他用双手搂住她的腰,丝袍的闪光令他欲火中烧。

"他们在哪儿?"走廊里响起了于索奈的声音。

女元帅倏地站起来,走到单间的另一头,背对着门。

她点了牡蛎,三人入了席。

于索奈兴致不高。每天他写五花八门的文章,阅读许多报纸,听到许多辩论,发表悖论惑人。到头来,他对事物丧失了准确的概念,被他那些算不上轰动的新闻迷住了自己的眼睛。以前他日子过得轻松,如今生活艰难,终日心神不安;他不愿承认自己无能,变得脾气暴躁,好挖苦人。提到新上演的芭蕾舞剧《奥扎依》,他破口大骂舞蹈;提到舞蹈,他大骂歌剧院;提到歌剧院,他大骂意大利剧团,现在西班牙演员剧团替代了这个剧团,"好像卡斯蒂利亚①还不够我们烦的!"这话得罪了弗雷德里克,因为他对西班牙怀着一种浪漫的爱。为了转移话题,他询问法兰西学院最近解聘基奈和密茨凯维奇一事②。于索奈是德·迈斯特③先生的仰慕者,表示支持当局和唯灵论。然而他怀疑证据最确凿的事实,否定历史,质疑最实在的事情,甚至一听到几何学这个词儿就大声嚷嚷:"几何学是胡扯淡!"讲话时总夹杂着对演员的模仿,圣维尔④尤其是他模仿的对象。

这些无聊话让弗雷德里克听了起腻。他不耐烦地一动,靴子碰到桌下的一只狮子狗。

两只狗汪汪叫起来,让人讨厌。

"您应该叫人把它们送回去!"他粗声粗气地说。

萝莎奈特对谁也不信任。

---

① 卡斯蒂利亚,西班牙中部地区名。
② 基奈(1803—1875),法国历史学家,在法兰西学院授课时宣扬自由主义、反教权主义和拥护共和的观点。密茨凯维奇(1798—1855),波兰爱国主义伟大诗人,思想激进,一八三二年定居巴黎,曾在法兰西学院讲授斯拉夫文学。
③ 约瑟夫·德·迈斯特(1753—1821),法国作家,自称基督教反革命派的理论家和教皇绝对权力主义者。
④ 圣维尔(1800—1854),法国王宫剧院的演员,善演愚钝的人物。

于是，他转向艺术家。

"喂，于索奈，您辛苦一趟吧！"

"噢！好，小老弟！这太好了！"

于索奈不等人央求就走了。

如何酬谢他这一番好意呢？弗雷德里克没有想，他正要享受二人世界的乐趣时，一名侍者走了进来。

"夫人，有人求见！"

"怎么！还有人？"

"不过我得去看看！"萝莎奈特说。

他渴望她，需要她，觉得她的离去是一种叛逆，简直是一个无礼的举动。他究竟想要什么？难道侮辱了阿尔努夫人还不够吗？其实那女人也是活该！现在他恨所有的女人；他的喉头被泪水哽住了，因为他的爱情受到轻蔑，他的淫欲未被满足。

女元帅回来了，把西齐介绍给他：

"我邀请了先生。我做得对，是吧？"

"怎么！那当然！"

弗雷德里克面带苦笑，示意这位绅士坐下。

女元帅浏览起菜单，目光停留在古怪的菜名上。

"我看咱们吃黎塞留①兔肉卷和德·奥尔良布丁，怎么样？"

"噢！不要德·奥尔良！"西齐嚷道，他是正统派，满以为自己说了句俏皮话。

"您更爱吃尚博尔②大菱鲆吧？"她又说。

看她这样客气，弗雷德里克心中不快。

女元帅终于选定普通腓里牛排、螯虾、块菰、菠萝冷盘和香草冰糕。

---

① 黎塞留(1585—1642)，法国红衣主教，路易十三的宰相。
② 尚博尔(1820—1883)，法王查理十世次子贝里公爵的遗腹子，具有正统王位继承权。

"吃了再说。别客气。啊！我刚才忘说了！给我来点香肠！不要加大蒜！"

她称呼侍者"年轻人"，用刀敲打玻璃杯，把面包心往天花板上抛。她想立即喝勃艮第葡萄酒。

"刚进餐是不喝的。"弗雷德里克说。

子爵说有时也作兴喝。

"不！从来不喝！"

"怎么不，我向您担保！"

"啊！你瞧！"

她说这句话时的目光意味着："这位可是有钱人，听他的吧！"

吃饭时，门总是开开关关。侍者们尖声叫喊，隔壁单间里，有人在一架蹩脚钢琴上拙劣地弹一支华尔兹舞曲。接着，从赛马谈到骑术和两种对立的比赛制。西齐维护博谢制，弗雷德里克同意奥尔伯爵制。萝莎奈特耸耸肩膀，说：

"天呀，够了！他比你懂，行啦！"

她肘子搁在桌上，啃着一只石榴，面前多枝烛台上的蜡烛在风中颤抖；在白色烛光下，她的皮肤透过光显出珠光的色泽，眼皮被抹上一层淡红，眸子闪闪发亮。红色的果子和她的朱唇融在一起，细巧的鼻孔翕动着；全身上下透着一股傲气，几分醉意，某种不能自拔的味道。这既使弗雷德里克恼火，又激起他心中疯狂的欲望。

接着，她用平静的嗓音问那辆大双篷四轮马车和穿栗色号衣的仆人是谁家的。

"是当布勒兹伯爵夫人家的。"西齐应道。

"他们很有钱，是不是？"

"噢！非常有钱！尽管当布勒兹夫人财产不多，她不过是布特龙家的小姐，一位省长的女儿。"

她的丈夫正相反，大概继承了好几份遗产。西齐一一列举出来，他与当布勒兹夫妇经常来往，知道他们的底细。

弗雷德里克想惹他不痛快,执意反驳他,硬说当布勒兹夫人姓德·布特龙,以此证明她是贵族。

"管它呢!我只想要她那样的车马随从!"女元帅说着仰面倒在扶手椅里。

她的袍袖微微上滑,露出左手腕上一只镶着三块蛋白石的手镯。

这让弗雷德里克看见了。

"咦!可是……"

他们三人面面相觑,涨红了脸。

门被小心地打开了一点,露出了一顶帽子的帽檐,随后是于索奈的侧面脸。

"对不起,打扰你们了,恋人们!"

但是他停住了脚步,见西齐也在,而且占了他的位置,他颇感吃惊。

侍者又拿来了一副餐具。他饿极了,在残羹剩饭中随意从盘里叉起一块肉,从篮里拿起一只水果吃起来;一只手执酒杯,另一只手拿东西吃,嘴里还讲着他完成任务的经过。两只小狗被送回去了。家里没什么事。他见厨娘和一个当兵的在一起;这是瞎编的,纯粹是为了博得一笑。

女元帅从挂衣钩上取下她的长大衣。弗雷德里克奔过去拉铃,老远冲侍者嚷道:

"叫辆车!"

"我自己有车。"子爵说。

"可是,先生!"

"不过,先生!"

两人四目相对,面色苍白,双手颤抖。

临了,女元帅挽起西齐的胳臂,指着坐在桌边的艺术家说:

"您照顾他吧!他快噎死了。我可不希望他热心替我的小狗做事而丢了命！"

门又关上了。

"那么？"于索奈说。

"那么，什么呀？"

"我原以为……"

"您原以为什么？"

"难道您不……"

他用一个手势补全他的话。

"不！哪有的事！"

于索奈不再坚持。

他不请自来是有目的的。他的报纸不再叫《艺术报》，而改名为《船员报》，还带着这么个题铭："炮手们，各就各位！"可是生意清淡，他想把报纸改名为周刊，独自办刊，不求助于戴洛里耶。他重提旧方案，陈述新计划。

弗雷德里克大概没有听懂，含糊其词地回答了几句。于索奈在桌上抓了好几支雪茄烟，说道："别了，亲爱的！"然后不见了。

弗雷德里克叫人结账。账单开得很长；侍者把餐巾夹在腋下等着收钱。这时，一个面色灰白、很像马蒂侬的人走过来对弗雷德里克说：

"很抱歉，刚才忘记算出租马车钱了。"

"什么出租马车？"

"就是方才那位先生送小狗乘的出租马车。"

侍者的脸拉长了，仿佛很同情这位可怜的年轻人。弗雷德里克真想抽他一耳光。他把找给他的二十法郎都付了小费。

"谢谢，老爷！"夹着餐巾的人深深鞠了一躬说。

次日，弗雷德里克整天咀嚼着他的气愤和屈辱。他后悔没有抽西齐几记耳光。至于女元帅，他发誓再也不见她了；这样的美人有的是；既然有钱就能占有这些女人，他将用卖田庄的钱炒股票，发大财,以奢华压倒女元帅和所有的人。到了晚上,他奇怪自己竟没有想到阿尔努夫人。

"那也好!何苦呢?"

第三天,刚八点钟,佩勒兰就来登门拜访了。他先对陈设发出赞叹,甜言蜜语了一番。随后他突然问道:

"星期天您去看赛马了?"

"是呀,唉!"

于是,画家开始攻击英国马的体型,夸赞热里科①的马,帕台农神庙②的马。

"萝莎奈特同您一道去的?"

他开始巧妙地赞美她。

弗雷德里克的冷淡使他很狼狈,他不知如何提起那幅画像。

他起先想作一幅提香式的画。但是模特儿多变的红润肤色渐渐迷住了他;他果断下笔,一次次地涂颜料,一次次地投光。萝莎奈特开始很高兴;她与戴马尔的幽会中断了绘画,让佩勒兰有充分时间自我赞赏。随后,欣赏之情平静下来,他怀疑自己的画是否缺乏高贵之气。他再次去看提香的作品,发觉了差距,承认自己有失误。他简单地修改了轮廓,然后想方设法冲淡轮廓,使之与头部和背景的色调糅合在一起。于是脸部有了立体感,阴影部分有了活力;整个画面看上去更遒劲有力。女元帅终于又来了。她竟然提出几条反对意见;艺术家自然坚持己见。他对她的愚蠢大发雷霆,后来又寻思她的话或许有道理。于是他开始怀疑自己,思想上的摇摆不定引起胃痉挛,失眠,发烧,甚至厌恶自己。他曾鼓起勇气做了几处修改,但已没有心思,感到自

---

① 热里科(1791—1824),又译杰利柯,法国画家。他善于捕捉马在运动中的形象,这方面的代表作有《一名皇家卫队骑兵军官在冲锋》《罗马自由赛马》等。
② 帕台农神庙是雅典卫城上供奉希腊雅典娜女神的主神庙,建于公元前五世纪中叶,饰有许多精美的雕刻,其中包括表现半人半马怪物的浮雕。

己的活儿没有干好。

他只抱怨被画展拒之门外,接着又责备弗雷德里克没有去看女元帅的肖像。

"我才不管女元帅呢!"

这一表白壮了佩勒兰的胆。

"您认为那傻瓜现在不要这幅画了吗?"

他没说出口的是曾向她索要一千埃居。女元帅根本不关心将来谁付钱,宁可从阿尔努那儿弄些更急需的东西,画像的事对他提都没提。

"那么,阿尔努呢?"弗雷德里克问。

她曾经把佩勒兰推到他那儿。从前的画商不需要这幅画像。

"他硬说这是萝莎奈特的。"

"的确是她的。"

"怎么!正是她打发我上您这儿来的!"佩勒兰应道。

要是他相信自己的画是佳作,或许就不会想到乘机捞一把了。但是一笔钱(而且是可观的一笔钱),将驳斥对他的批评,增强他的自信。弗雷德里克为了摆脱他,很有礼貌地询问他的要价。

价钱高得离谱,弗雷德里克十分气愤,说道:

"不,啊!不!"

"您可是她的情夫,是您向我订的画!"

"对不起,我只是中间人!"

"但是我不能老把它捧在手里啊!"

艺术家发火了。

"啊!我没想到您这样贪财。"

"我也没想到您这样吝啬!再见!"他刚走,塞内卡尔就来了。

弗雷德里克心里发慌,忐忑不安起来。

"出什么事了?"

塞内卡尔讲述了事情的经过。

"星期六,九点钟光景,阿尔努夫人接到一封信叫她去巴黎。由于身边碰巧没人去克雷依叫辆车,她本想打发我去一趟。我拒绝了,因为这不在我的职责范围之内。她走了,星期天晚上才回来。昨天上午,阿尔努突然来到厂里。那个波尔多女人向他诉苦。我不知道他们之间发生了什么事,不过他当众取消了她的罚款。我们吵了一架。总之,他解雇了我,我就上这儿来了!"

接着,他一字一顿地说:

"我倒并不后悔,我尽了职。没关系,这全是因为您!"

"怎么?"弗雷德里克叫起来,他怕塞内卡尔猜透了他的心思。

塞内卡尔什么也没猜着,因为他接着说:

"就是说,假若您不在场,也许我能找到更好的办法。"

弗雷德里克感到有点内疚。

"现在我能替您做什么呢?"

塞内卡尔想找个工作,什么工作都行。

"这事对您不难。您认识那么多人,尤其是当布勒兹先生,戴洛里耶同我讲过。"

他提起戴洛里耶,这引起朋友的不快。自从在校场相遇后,弗雷德里克不大想上当布勒兹家去。

"我和这家人关系不够密切,无法举荐什么人。"

这位民主主义者泰然自若地忍受了这一拒绝。沉默了一分钟后,他说:

"这一切,我敢肯定,都是由于那个波尔多女人,还有您的阿尔努夫人。"

"您的"这个字眼使弗雷德里克心中仅有的一点善意也消失了。不过,碍于情面,他伸手去拿写字台的钥匙。

塞内卡尔拦住了他。

"谢谢!"

接着,他忘记了自己的困苦,大谈国事,王上生日那天滥发荣誉勋章啦,内阁改组啦,当代丑闻德鲁雅尔和贝尼埃案件啦。① 他攻击资产者,预言将发生革命。

挂在墙上的一把日本波刃短刀吸引住他的目光。他把它取下来,试了试刀柄,又一脸厌恶地把它扔在长沙发上。

"好了,别了! 我得上洛蕾特圣母院去。"

"哦! 干吗去?"

"今天是艾德弗鲁瓦·卡韦涅亚克②的周年祭。这个人,他可是以身殉职的! 但事情还没完……谁知道呢?"

塞内卡尔果断地伸出手。

"我们也许永远见不到面了! 别了!"

这重复两次的道别,他看短刀时紧蹙的眉头,他的忍气吞声,尤其他的庄重神情,使弗雷德里克陷入沉思,但他很快就不再想这些事了。

在同一周,勒阿弗尔的公证人给他寄来卖田庄的钱十七万四千法郎。他把钱分成两份,一份买了公债,另一份送到一位经纪人那里炒股票。

他在时髦的餐馆里吃饭,经常去看戏,想着法子消遣。这时于索奈给他写了一封信,快活地告诉他女元帅在赛马次日就把西齐甩了。弗雷德里克很高兴,没有细想为什么艺术家把这件意外的事告诉他。

巧的是三天后他碰到了西齐。这位绅士泰然自若,甚至请他下周三吃晚饭。

这一天上午,弗雷德里克接到一份执达通知,夏尔-让-巴蒂

---

① 德鲁雅尔是巴黎银行家,一八四七年因贿选被判刑。贝尼埃是军需官,任内因贪污被判刑。

② 艾德弗鲁瓦·卡韦涅亚克(1801—1845),法国激进共和党人,一八三四年被投入监狱,次年越狱逃往英国。一八四一年返回巴黎,为《改革报》撰稿,一八四三年当选为人权协会主席。

斯特·乌德里先生在通知中说,根据法庭的判决,他成为雅克·阿尔努在贝勒维尔拥有的一份房产的买主,并准备支付总额为二十二万三千法郎的出售费。但是同一行为导致的结果是,不动产的抵押额超过了售价,因此弗雷德里克完全丧失了债权。

毛病就出在没有在有效期内重办抵押登记。阿尔努原答应自己去办,后来把这事忘了。弗雷德里克很生他的气,气消后,他想:

"那又怎么样呢?如果这能救他,不是很好吗!这没什么大不了的!别再想了!"

但是,他在翻桌上的废纸时,看到了于索奈的那封信,只见信后有几句附言,他初读时没有注意到。艺术家向他讨整整五千法郎,作报纸的启动费。

"啊!这家伙烦死我了!"

他写了一封简短的信,不客气地予以拒绝。随后他穿好衣服上金房子餐厅去了。

西齐介绍他的宾客,从最可敬的人开始——这是一位白头发的胖先生:

"吉尔贝·德·奥奈侯爵,我的教父。昂赛姆·德·弗尚博先生(这是位金黄头发、已经秃顶的瘦弱青年),"然后指着一位举止自然的四十开外的人说,"约瑟夫·博弗勒,我的表兄;这一位是我从前的老师维祖先生(此人半像赶大车的车夫,半像神学院的学生,蓄着浓密的颊髯,长礼服只系了下面的一个纽扣,胸部好似搭了一条披肩)。"

西齐还等一个人,科曼男爵,"他也许来,还不一定"。他时时跑出去,样子很不安。八点钟,大家终于步入一间灯火辉煌的大厅,与宾客人数相比,房间实在太宽敞了。西齐讲排场,故意挑选了这间大厅。

按照法国的古老习俗,餐桌上摆着银盘,正当中有一只装满鲜花和水果的镀金银盆;四周围了一圈盛腌货和香料的椭圆形碟子;

一罐罐冰镇玫瑰葡萄酒相隔而放；五只高低不等的玻璃杯排列在各人的盘子前，还有些不知用途的东西，许许多多精巧的餐具。单是第一道菜就有：香槟酒烧鲟鱼头、托卡依葡萄烧酒烹约克火腿、干酪丝烙斑鸠、烤鹌鹑、贝沙梅尔鱼肉香菇馅酥饼、煎红山鹑；这几盘菜的两端都放了拌块菰的土豆丝。一个多枝吊灯和几个多枝烛台照亮房间，四壁张挂着红锦缎帏幔。四名穿黑衣的仆人站在摩洛哥皮的扶手椅后面。看到这个场面，宾客们惊叫起来，尤其是那位家庭教师。

"说真的，我们的东道主太破费了！这太好了！"

"这个吗？"西齐子爵说，"不算什么！"

他刚吃下第一匙菜便问道：

"哎，我的老德·奥奈，您有没有去王宫剧场看《父亲和看门人》①？"

"你知道我没有时间！"侯爵应道。

他每天上午去讲授树木栽培课，晚上到农业俱乐部活动，下午在农具厂搞研究；每年有四分之三的时间住在圣彤日，利用来京城的机会学习和了解情况。他的宽边帽搁在一只小几上，里面放满小册子。

这时西齐发觉德·弗尚博先生拒绝喝酒，便说：

"喝吧，见鬼！您在结婚前的最后一顿饭上可不像个好汉！"

听到这话，众人纷纷欠身，向他道喜。

"我可以肯定那位小姐很可爱，对吧？"家庭教师说。

"那当然！"西齐高声说，"不管怎么说，他错了；结婚多蠢呀！"

"朋友，你讲得太轻率了！"德·奥奈先生应道，想到他故世的妻子，一颗泪珠在眼睛里打转。

弗尚博冷笑着一连说了几遍：

---

① 《父亲和看门人》，剧作家昂斯洛和布尔热瓦于一八三三年创作的两幕喜剧。

230

"您也有这一天的,也有这一天的!"

西齐抗辩着。他宁可逍遥自在,"承摄政之风"①。他想学踢打术,以便和《巴黎的秘密》中的罗道尔夫王子②一样,光顾巴黎旧城歹徒聚集分赃的小酒店。他从衣兜里掏出一只短管烟斗抽烟,呵斥仆人,无节制地饮酒。为了显得在行,他样样菜都批评,甚至退了块菰。家庭教师虽然爱吃这道菜,却低三下四地说:

"这可比不上尊祖母大人的泡沫蛋白!"

接着他又同邻座的农学家聊起来。农学家认为在乡村居住大有好处,哪怕只是为了抚养他的几个女儿,使她们养成简朴的习惯。家庭教师赞同他的观点,对他百般奉承,猜想他能影响自己的学生,家庭教师暗中希望成为学生的管家。

弗雷德里克来时对西齐怀着一肚子火,西齐的傻样儿叫他消了气。但是,他的手势,他的面孔,他整个人都令他回想起在英吉利咖啡馆的晚餐,使他越来越恼火。他听着约瑟夫表兄低声讲西齐的坏话,这是一位没有家产的好小伙子,喜爱狩猎,享受助学金。西齐好几次开玩笑似的把他叫作"小偷";随后突然说:

"啊!男爵!"

这时走进来一个三十岁的壮汉,表情严峻,四肢灵活,歪戴着帽子,一朵花插在纽孔里。他是子爵心目中的理想人物。西齐能请到他,不胜喜悦;这人的光临使他激动,他甚至讲了一句双关语,在上大松鸡这道菜时,他说:

"瞧,这是拉布吕耶尔③的最佳品格!"

---

① 指法国奥尔良公爵的摄政时期(1715—1723)。在这一时期,上层社会生活放荡,挥霍无度,腐败成风。
② 《巴黎的秘密》,法国作家欧仁·苏(1804—1857)的一部以下层人民生活为主题的长篇小说,主人公罗道尔夫是德意志一个小公国的公爵。
③ 拉布吕耶尔(1645—1696),法国作家,他的散文名著《品格论》,生动地描绘了大臣、亲王、教士、军官等众多人物形象,是一部寓意深邃的喻世作品,法语大松鸡(coq de bruyere)一词的后半部与这位作家的姓名(La Bruyere)相近。

随后,他向德·科曼先生提了一大堆问题,打听在座者不认识的一些人的情况;接着,仿佛突然想起一件事:

"喂!您有没有想到我?"

另一位耸耸肩膀。

"您还没到年纪,小娃娃!不可能的事!"

西齐求过科曼先生,希望参加他的俱乐部。男爵一定想照顾西齐的自尊心,说道:

"啊!我倒忘了!祝贺您打赌打赢了,亲爱的!"

"打什么赌?"

"您在赛马那天打赌说当天晚上去那位太太家。"

弗雷德里克觉得好像挨了一鞭子,但看到西齐的窘态,他立即平静下来。

原来,女元帅第二天就懊悔了,因为阿尔努,她的第一个情夫,她的男人,这天来到她家。两人让子爵明白他很"碍事",毫不客气地把他撵走了。

他装作没听见的样子。男爵补充说:

"她现在怎样了,那个好萝丝?……她的大腿还是那么漂亮吗?"这句话表明他与她关系亲密。

弗雷德里克对这个发现感到不快。

"没什么可脸红的,"男爵又说,"这是件占便宜的事!"

西齐咂了一下嘴。

"呸!没多大便宜!"

"啊!"

"哎,是呀!首先,我觉得她没有任何特别的地方,其次,这样的女人要多少有多少,因为,总之一句话……她是卖笑女!"

"并不逢人就卖!"弗雷德里克尖刻地说。

"他自以为与众不同!"西齐应道,"多么可笑!"

一桌人都笑起来。

弗雷德里克的心怦怦直跳,他觉得快憋死了,连着喝下两杯水。

男爵对萝莎奈特印象不错。

"她一直和那个叫阿尔努的人在一起吗?"

"我不清楚,"西齐说,"我不认识这位先生!"

然而,他说这是个骗子。

"等一下!"弗雷德里克叫起来。

"不过,这是可以肯定的!他甚至还吃了官司。"

"这不是真的!"

弗雷德里克开始替阿尔努辩护。他担保阿尔努为人正直,最后自己也信以为真,还编造了一些数字,一些证据。子爵满腔怨恨,又有几分醉意,便顽固地坚持自己的说法,结果弗雷德里克一本正经地对他说:

"先生,这是不是为了冒犯我?"

他注视着西齐,两眼像他的雪茄烟一样冒着火。

"噢!决不是!我甚至向您承认他有件绝好的东西:他的妻子。"

"您认识她?"

"那当然!索菲·阿尔努,大家都认识这女的!"

"您说什么?"

西齐站了起来,结结巴巴地重复道:

"大家都认识这女的!"

"闭嘴!您结交的可不是这类女子!"

"我还为此得意呢!"

弗雷德里克抓起自己的盘子朝他脸上扔过去。

盘子如闪电般飞过桌子,撞倒两瓶酒,砸坏一只高脚盘,撞到花果盆上碎成三块,击中了子爵的腹部。

众人站起来拉住他。他用力挣扎,发了疯似的叫着。

233

德·奥奈先生一再说:

"冷静点!得啦!亲爱的孩子!"

"这太吓人了!"家庭教师叫嚷着。

弗尚博浑身发抖,脸色像李子一样发青;约瑟夫哈哈大笑;侍者们忙着把酒吸干,捡起地上的碎片;男爵去关上窗户,因为尽管车声辚辚,吵闹声也有可能传到马路上。

盘子扔出去时,大家七嘴八舌地讲话,所以无法弄清这种冒犯究竟是阿尔努先生、阿尔努夫人、萝莎奈特,还是别的什么人引起的。有一点可以肯定的是,弗雷德里克粗暴得无法形容。他明确拒绝表示哪怕一点点歉意。

德·奥奈先生竭力打消他的怒气,约瑟夫表兄、家庭教师和弗尚博也一齐劝解。这当儿男爵在给西齐鼓劲儿,因为西齐神经脆弱,哭了起来。相反,弗雷德里克的火气愈来愈大。要不是男爵说了下面这句话来收场,大家恐怕会通宵待在那儿:

"先生,子爵明天会打发他的证人到府上去的。"

"什么时间?"

"就正午吧。"

"很好,先生。"

弗雷德里克一出来,就深深地呼吸着。他抑制自己的感情为时太久了,方才终于尽情发泄了一番。他感觉到男子汉的自豪,过剩的内在力量,令他飘飘欲仙。他需要两个证人。他第一个想到的是雷冉巴尔,于是立即朝圣德尼街的一家小咖啡馆走去。咖啡馆已打烊,但门上方的一扇玻璃窗里仍有灯光。门开了,他低低弯下身子从披檐下走进去。

柜台边,一支蜡烛照着无人的大厅。所有的凳子都腿朝天搁在桌子上。老板、老板娘和他们的小厮正在靠近厨房的一角用晚餐;雷冉巴尔戴着帽子分享他们的饭食,他的在场令那个小厮不大自在,每吃一口都要略略侧过身去。弗雷德里克三言两语向他讲

述了事情的经过,要求他帮助。公民开始没有搭腔;他转动着眼珠,若有所思,在大厅里踱了好几圈,终于说:

"好,我乐意!"

当他听说对手是贵族时,立即眉开眼笑,露出一股杀气。

"我们将迅速果断地干掉他,放心吧!一开始……用剑……"

"但是,"弗雷德里克反驳道,"也许我无权……"

"我跟您说必须拿剑!"公民粗声粗气地应道,"您会使吗?"

"会一点。"

"啊!会一点!他们全这样!他们还热衷于剑术比赛呢!练剑室有什么用?听我说:您要在远处站好,始终守在圈子里,然后往后躲!往后躲!这是允许的。把他累垮。然后果断地冲刺!可是千万别耍花招,别学拉福热尔的剑法!不!只要一,二,分开。喏,看见了吗?"他转动手腕,好像在开一把锁。"沃蒂埃老爹,把您的手杖给我!啊!这个就行。"

他抓起用来点煤气的小棍,拱左臂,曲右臂,往板壁上刺了好几剑。他跺着脚,生气勃勃,假装遇到了困难,同时喊着:"您明白了吗?明白了吗?"他的巨大身影投在墙上,帽子似乎触到了天花板,饮料店老板不时说道:"好!太好了!"他妻子虽说有点惊慌,但同样钦佩雷冉巴尔;泰奥多尔当过兵,是他的狂热崇拜者,惊讶得目瞪口呆。

次日一早,弗雷德里克跑到杜萨迪埃的商店。他走过一间接一间的屋子,货架上,桌子上,摆满布匹衣料。这儿那儿,蘑菇状的木架上挂着披巾。在一个用栅栏围起来的地方,他看见杜萨迪埃正站在一张斜面桌前写东西,四周全是簿册。好小伙立即丢下自己的活计。

证人们正午到了。弗雷德里克有君子之风,认为不该旁听他们的协商。

男爵和约瑟夫先生说,只要赔个不是,他们就不再追究了。但雷冉巴尔以决不退让为原则,坚持要维护阿尔努的名誉(弗雷德里克没有告诉他别的事),要求子爵赔礼道歉。德·科曼先生对这种傲慢态度大为愤慨。公民固执己见。一切调停均告失败,只有决斗了。

又出现了别的难题。西齐是受辱者,按规定应由他挑选武器。但雷冉巴尔坚持说,下挑战书的是西齐,因而他是侮辱者。他的证人们大嚷大叫,说打一记耳光是最大的侮辱。公民抓住这句话做文章,因为一击不是一记耳光。临了,大家决定向军人求助;于是四个证人出了门,到随便哪个兵营去向军官讨教。

他们在奥尔赛码头的兵营前停下来。德·科曼先生与两名上尉搭讪,向他们陈述了双方的争执。

公民从旁插了几句话,搅得上尉们没有听明白。总之,他们建议这些先生们写一份笔录,然后他们再做决定。于是,四人来到一家咖啡馆;为了谨慎从事,他们用 H 指西齐,用 K 指弗雷德里克。

然后大家回到兵营。军官们出现了。他们回来后说,武器选择权显然属于 H 先生。众人又回到西齐家。雷冉巴尔和杜萨迪埃留在人行道上。

子爵听到结果,方寸大乱,叫人重复了好几遍;当德·科曼先生提到雷冉巴尔的要求时,他低声说了一个"可是",心里却几乎想依从这个要求了。随后他倒在一张扶手椅里,说他不去决斗了。

"嗯?怎么?"男爵说。

于是,西齐叽里咕噜,前言不搭后语地说了半天。他想用喇叭口火枪决斗,用枪口顶着射击,只用一支手枪。

"或者把砒霜放在酒杯里,抓阄决定谁喝这杯酒。这类事时有发生;我在书里读到过!"

男爵生性急躁,粗暴地对他说:

"这几位先生在等您答复。咳!这是失礼的!您怎么想的?哎!使剑吗?"

子爵点点头表示同意；于是约定次日七时整在马约门碰面。

杜萨迪埃必须回去工作，所以雷冉巴尔去通知弗雷德里克。

他一整天得不到消息，不耐烦到了极点。

"好极了！"他叫道。

公民很满意他的态度。

"对方竟要求我们道歉，您信吗？没有什么，不过一句话！但是我狠狠地把他们顶回去了！我做得对，是不是？"

"那当然。"弗雷德里克嘴上这么说，心里却想早知道还不如选另一个证人哩！

随后，只剩下他一个人的时候，他大声对自己重复了好几遍：

"我就要决斗了。嘿，我就要决斗了！多滑稽！"

他在房间里来回踱着，走到镜子前，发现自己脸色苍白。

"到时候我会害怕吗？"

想到临阵会胆怯，他焦虑之至。

"不过，万一我被杀死了呢？父亲也是这样死的。是的，我将被杀死！"

陡然间，他瞥见母亲身着黑衣。一个个不连贯的画面在他脑际闪过。他为自己的怯懦感到气恼，突然变得英勇无比，产生了杀人渴望。即使一个营的兵力也不会使他退却。这阵狂热消退后，他欣喜地感到自己的意志不可动摇。为了散散心，他上歌剧院看一出芭蕾舞剧。他聆听音乐，用望远镜看女舞蹈演员，幕间休息时喝了一杯潘趣酒。但是，一回到家，看到自己的书房，家具，想到也许这是最后一次身处其间，他又产生了动摇。

他下楼来到花园。星光闪烁；他静静地凝视星斗。想到是为了一个女人决斗，他觉得自己既伟大又崇高。然后，他心安理得地上床睡觉了。

西齐就不一样了。男爵走后，约瑟夫努力给他打气，看他那一蹶不振的样子，便说：

"不过,好朋友,如果你宁可就此罢休,我可以去说说。"

西齐不敢回答"当然好",但心里责怪表兄不心照不宣地帮他这个忙。

他盼望弗雷德里克夜里中风而死,或者突然发生暴动,第二天街垒堵住通往布洛涅森林的全部路口,要不然出一件事,使一名证人无法到场;证人不在,决斗就会停止。他恨不得跳上一列快车逃到随便什么地方去。他后悔不懂医学,不然可以服点什么药,既不伤害性命,又会让别人以为他死了。他甚至希望生一场大病。

为了讨教和求援,他派人去请德·奥奈先生。这个善良的人接到一封快信,告诉他一个女儿身体不适,他已经回圣彤日了。西齐觉得这是个凶兆。幸好他的家庭教师维祖先生来看望他。于是,他掏出了心里话。

"怎么办,天啊!怎么办呢?"

"我呀,我要是您,伯爵先生①,我就去菜市场雇一名搬运工,把他痛打一顿。"

"他总会知道是谁指使的!"西齐说。

他不时唉声叹气,随后说:

"可是,究竟有没有权利决斗啊?"

"这是野蛮的残余!有什么办法呢!"

出于好意,学究主动留下来吃晚饭。他的学生什么也没吃,饭后,他觉得需要出去走走。

经过一座教堂时,他说:

"我们进去……看看怎么样?"

维祖先生求之不得,甚至给他洒了点圣水。

时值马利亚月②鲜花铺满祭坛,歌声悠扬,风琴鸣响。但西齐

---

① 原文如此,应为"子爵"。
② 马利亚月即五月,是基督徒纪念圣母马利亚的月份。

无法祷告,宗教盛典使他联想到葬礼;他耳边似乎嗡嗡响着哀悼经。

"咱们走吧!我觉着不舒服!"

两人打了一夜牌。子爵尽量输牌,以便消除晦气,这让维祖先生占了便宜。天蒙蒙亮,西齐支持不住,终于倒在牌桌上睡了一觉,做的全是噩梦。

如果说勇敢就是要克制自己的软弱,那么子爵是很勇敢的,因为,一看见来找他的证人,他竭尽全力挺住,虚荣心使他明白退却会毁了他。德·科曼先生恭维他气色不错。

但是,一路上,出租马车的摇晃和清晨阳光的热力使他的神经受不了。他又没了力气,连自己在什么地方也分辨不出来了。

男爵为了解闷,大讲死尸和偷运死尸回城的办法。

西齐听了更加害怕。约瑟夫在一旁帮腔;两人全觉得事情可笑,相信一定会顺利解决。

西齐一直耷拉着脑袋;他慢慢抬起头,提请别人注意他们没有带医生来。

"这没必要。"男爵说。

"那么不会有危险?"

约瑟夫用一本正经的口吻应道:

"但愿如此!"

车里谁都不再讲话了。

七时十分,他们抵达马约门。弗雷德里克和他的证人已经来了,三人全身着黑衣。雷冉巴尔没有打领带,却像大兵似的戴个长毛领;他提着一只状如小提琴盒的长盒子,是专为这类冒险用的。双方冷冷地打了个招呼,随后从马德里路进入布洛涅森林深处,寻找一个适当的场地。

雷冉巴尔对夹在他和杜萨迪埃之间走的弗雷德里克说:

"怎么样,还怕吗?如果您需要什么,尽管说好了,这个我懂!

239

害怕是人的天性。"

接着低声说：

"别抽烟了，越抽越没劲儿？"

弗雷德里克扔掉了碍事的雪茄烟，继续用坚定的步伐朝前走。子爵靠着两位证人的胳臂，走在后面。

稀稀落落的行人与他们交臂而过。天空湛蓝，不时听到兔子在蹦跳。在一条小径的拐弯处，一个布衣女子正和一个穿工装的男人聊着天；林荫大道的栗树下，几个穿粗布上衣的仆人在遛马。西齐回想起那些幸福的时日：他跨上他的栗色马，戴着夹鼻眼镜，伴着敞篷四轮马车骑行。这些回忆增添了他的焦虑；难以忍受的干渴烧灼着他；苍蝇的嗡嗡声与他脉搏的跳动声融合在一起；他的脚陷进沙子里；他觉得他已经走了无限长的时间。

证人们一边走，一边用目光搜索道路的两边。他们商讨究竟去卡特朗十字架那边，还是去巴加泰尔公园的墙下。最后，他们朝右走，在栽成梅花形的松树中间停了下来。

他们选定了地点，使双方的场地处在同一水平面上，并且标出了两个对手应当站立的位置。随后雷冉巴尔打开了他的盒子。在红羊皮的盒底上，放着四把逗人喜爱的剑，中间呈凹形，剑把上缠着金属丝。一道阳光透过树叶照在剑上；在西齐看来，这几把剑好似在血泊中闪动的银蛇。

公民给大家看几把剑的长度是一样的；他拿了第三把自用，以便在需要时分开两个斗士。德·科曼先生执一把手杖。这时鸦雀无声。大家面面相觑。每张面孔都露出或恐惧或残忍的表情。

弗雷德里克已经脱下礼服和背心。约瑟夫帮西齐脱衣服；取下领带后，只见他脖子上有一块圣牌。雷冉巴尔对此嗤之以鼻。

这时，德·科曼先生（为了让弗雷德里克仍有时间考虑）开始找碴儿。他要求戴手套的权利，用左手抓住对方剑的权利；雷冉巴

尔有点心急,便同意了。最后,男爵对弗雷德里克说:

"全看您了,先生!承认错误决不丢脸!"

杜萨迪埃做手势表示赞同。公民大为气愤。

"天晓得,您以为我们来这儿是为了拔鸭毛吗?……注意!"

两名对手面对面站着,他们的证人各在一边。他发出信号:

"开始!"

西齐的脸色顿时白得吓人。他的剑梢像马鞭似的抖动着。他的头往后仰,双臂分开,突然倒地,晕过去了。约瑟夫扶起他,拿一个小瓶子塞到他的鼻孔下面,并且用力摇晃他。子爵又睁开了眼睛,随即疯了似的突然一跃抓起他的剑。弗雷德里克一直握着剑等他,目不转睛,高举着手。

"住手!住手!"一个人的喊声从大路那边传来,同时还听见奔驰的马蹄声;一辆轻便马车的车篷碰断了树枝。一个探身车外的男人挥动手帕,不停地叫喊:"住手!住手!"

德·科曼先生以为警察来干预了,便举起手杖说:

"收场吧!子爵出血了!"

"我?"西齐说。

原来,他跌倒时,擦破了左手大拇指。

"不过,这是摔伤的。"公民补了一句。

男爵装作没有听见。

阿尔努从轻便马车上跳下来。

"我来得太迟了!没有!谢天谢地!"

他一把抱住弗雷德里克,摸摸他身上,吻遍了他的脸。

"我知道原因;您想保卫您的老朋友!这很好,这很好!我绝不会忘记的!您的心眼多好啊!噢!亲爱的孩子!"

他凝视着弗雷德里克,一边流泪,一边幸福地傻笑着。

男爵转身对约瑟夫说:

"我想,在这个小小的家庭团聚中,我们是多余的。这事了结了,对不对,诸位先生?——子爵,把您的胳膊包扎好;喏,这是我的围巾。"

然后,他做了一个专横的手势:

"得啦!别记仇!应当这样!"

两名斗士有气无力地握了握手。子爵、德·科曼先生和约瑟夫朝一边走了,弗雷德里克和友人们从另一边离开。

由于马德里餐馆离得不远,阿尔努提议去喝一杯啤酒。

"甚至可以吃中饭。"雷冉巴尔说。

但是杜萨迪埃没有空闲,他们只得在花园里喝了杯冷饮。众人都感到令人满意的结局所带来的无比幸福。不过公民对决斗被适时中止感到不快。

阿尔努是从雷冉巴尔的朋友,一个叫孔潘的人那儿得到消息的。他感情一冲动,便跑来阻止决斗,还以为自己是它的起因。他求弗雷德里克向他提供一些细节。弗雷德里克为他的亲热表示所感动,不好意思增加他的幻想:

"饶了我吧,别再提了!"

阿尔努觉得他这样克制非常高尚。随后,带着他惯有的随便,阿尔努转入另一个话题:

"有什么新闻,公民?"

于是他们谈起汇票,期限。为了谈话更方便些,他们甚至移到另一张桌子上,在一边说悄悄话。

弗雷德里克只听清了这几句:"您马上给我签发。——好!可是,您,当然啰……——最后我以三百法郎谈成了!——佣金不低,说真的!"总之,阿尔努显然和公民一起搞了不少交易。

弗雷德里克想提醒阿尔努那一万五千法郎的事。不过,由于他方才的举动,弗雷德里克不便责备他,哪怕最温和的责备。再说他感到很累。地点也不合适。他决定改日再提。

阿尔努坐在一株女贞树的树荫下,神情快活地抽着烟。他抬起眼睛,望着朝向花园的一个个单间的门,说他过去经常到这儿来。

"大概不是一个人来吧?"公民应道。

"那当然!"

"真是个放荡鬼!您还是个有妻室的人哪!"

"那么,您呢!"阿尔努说。

接着,他带着宽容的微笑说:

"我甚至肯定这坏蛋在哪儿有间屋子,在里面接待小妞。"

公民抬了抬眉毛,表明确实如此。于是两位先生陈述自己的口味:阿尔努现在更喜欢年轻女子,女工;雷冉巴尔讨厌"装腔作势的女人",首先看重的是实在。陶瓷商下了一个结论:对待女人不必认真。

"可是,他爱自己的女人!"弗雷德里克回家时想;他觉得阿尔努这个人不正派,怨他引起了这场决斗,仿佛方才真是为他拼老命来着。

但是他感激杜萨迪埃的忠心。经他一再恳请,这位店员不久便天天来看望他了。

弗雷德里克借书给他读:梯也尔的,杜洛尔的,巴朗特的,拉马丁的《吉伦特派的历史》。① 这个好小伙聚精会神地听他讲话,把他的见解当作师长的见解接受下来。

一天傍晚,杜萨迪埃慌慌张张地来了。

早晨,在马路上,一个跑得上气不接下气的人和他撞了个满怀;这人认出他是塞内卡尔的朋友,便对他说:

"他刚刚被抓起来了,我得赶紧走!"

这事是千真万确的。杜萨迪埃一整天都在打听消息。塞内卡

---

① 杜洛尔(1755—1835),法国大革命时期国民公会议员。巴朗特(1782—1866),法国历史学家和政治家。拉马丁(1790—1869),法国诗人和政治活动家,其专著《吉伦特派的历史》发表于一八四七年。

尔作为政治谋杀犯被关了起来。

塞内卡尔是一个工头的儿子,生在里昂,老师曾经是夏利埃①的弟子。他一到巴黎,就加入了"家庭社"②。他惯常的行为众所周知,受到警察的监视。一八三九年五月风潮③时,他参加过战斗;此后深居简出,但越来越狂热,对阿利博④着了迷,把个人对社会的不满和人民对君主政体的不满掺和在一起。每天早上醒来,他都盼望发生一场革命,在半个月或一个月内把世界变个样。最后,他对弟兄们的优柔寡断十分反感,为他的梦想迟迟不能实现而气愤,对祖国不再抱希望。于是,他以化学家的身份参与一起制造燃烧弹的阴谋;他带着炸药上蒙马特尔去试验——建立共和国的最后尝试,结果被当场抓获。

杜萨迪埃同样倾心于共和国,因为他以为共和国意味着人类的解放和普天下的幸福。十五岁那年,有一天在特朗斯诺南街一家杂货铺前,他看见一些士兵,刺刀被鲜血染红,枪托上粘着头发。从这时起,政府成为非正义的化身,令他义愤填膺。他有点把杀人犯和宪兵混为一谈;在他心目中,暗探和杀害父母者是一路货色。他天真地把人世间的一切罪恶都归咎于政府;他对政府的仇恨是固有的,恒久的,占据了他的整个心胸,使他变得更加敏感。塞内卡尔的夸夸其谈迷住了他。不管他有没有罪,不管他的图谋多么可恶,这又有什么关系!既然他是当局的牺牲品,别人就该为他效劳。

"贵族院议员们一定会给他定罪!随后,他将像苦役犯一样

---

① 夏利埃(1747—1793),法国大革命时期里昂革命党领袖。
② "家庭社",于一八三七年改名为"四季社",是一个社会主义者的俱乐部。
③ 五月风潮,指四季社组织的一次暴动:一八三九年五月十二日,六百名起义者占领了市政府,在圣德尼城关筑起了街垒,但很快就被政府军所镇压。
④ 阿利博(1810—1836),一名士兵,一八三五年三月二十五日,他乘路易-菲力浦外出时行刺未遂,被判处死刑。

被投入囚车带走,关在圣米迦勒山,在那儿被政府害死!奥斯唐疯了!斯特本自杀了!为了把巴贝斯转移到地牢里,人家拖着他的腿,抓住他的头发,在他身上踩!他的头在整个楼梯的每一级上弹来弹去。多么可恶啊!这些浑蛋!"

他愤怒得泣不成声,由于焦虑,他在房间里直打转。

"可总得想点法子呀!唉!我,我不知道怎么办!我们设法把他救出来,嗯?当他被押送到卢森堡宫去的时候,我们可以在走廊里向押送队扑过去!只要有十二个果敢的人,在哪儿都能得手。"

他的眼里冒出火来,弗雷德里克看了直打哆嗦。

在他看来,塞内卡尔比他想象的要伟大。他回想起这人所受的痛苦,所过的严肃生活;他虽然没有杜萨迪埃对塞内卡尔的那种热情,但十分敬佩为一个理念而献身的人。他暗想,如果塞内卡尔得到他的救助,也许不会落到这步田地;两个朋友绞尽脑汁,寻找解救塞内卡尔的办法。

他们无法接近他。

弗雷德里克从报纸上探询他的境遇,接连三周天天去书刊租阅处读报。

有一天,他拿到了好几期《船员报》。重要文章一成不变地以诋毁一位名人为目的。接着是社交新闻,流言蜚语。然后,拿奥岱翁剧院、卡尔邦特拉镇、养鱼业和死囚——如果有的话——打哈哈。一艘邮船的失踪,足以提供一年的笑料。第三栏的《艺术通讯》,以逸闻或建议的形式,登载裁缝广告、晚会报道、拍卖通知、作品分析,以同样的笔调谈论一部诗集和一双靴子。唯一严肃的部分是对小剧院的评论,两三位剧院经理受到猛烈攻击。谈及杂耍剧院的布景和游艺场扮演恋人的女演员时,艺术的利益作为理由被提了出来。

弗雷德里克正想把这一切丢开时,他的视线碰到了一篇题为

《三男一女记》的文章,以活泼粗俗的笔调叙述了他决斗的经过。他毫不困难地认出了自己,因为一句反复出现的笑话指的正是他:"一名毕业于桑斯中学但不通情理的青年。"①他甚至被描绘成一个外省的可怜虫,一个想攀附权贵的默默无闻的愣小子。至于子爵,他处于有利地位:首先在晚餐中,弗雷德里克是硬插进来的;其次是打赌,子爵带走了那个女郎;最后在决斗场上,他的表现像个绅士。弗雷德里克的英勇恰恰没有被抹杀,但文章叫人明白,一个中间人,即保护者本人,正好及时赶到了。全文以这句或许居心叵测的话结束:

"他们的温情是如何产生的?这里有问题!正如巴齐尔②所说,这儿受骗的是哪个鬼家伙?"

毫无疑问,这是于索奈对弗雷德里克的报复,因为后者拒绝给他五千法郎。

怎么办?如果要求他赔礼道歉,艺术家必定会申明他是清白无辜的,那么弗雷德里克将一无所获。最好还是忍气吞声。毕竟谁也不读《船员报》。

弗雷德里克走出书刊租阅处,瞥见一间画店前有许多人。大家正在看一幅女人的画像,画下方写了一行黑字:"萝丝-安奈特·布隆小姐,诺让的弗雷德里克·莫罗先生藏画。"

这正是她,或者很像她,是一幅正面像,胸脯袒露,头发松开,手里拿着一个红丝绒钱包;在她身后,一只孔雀把喙子伸向她的肩头,硕大的扇形羽翎遮住了墙壁。

佩勒兰把这幅画陈列出来,为的是逼弗雷德里克付钱。他确信自己有了名气,巴黎全城的人都将为他忙起来,管管这件小事。

这是不是一个阴谋?画家和记者是否联手欺侮他?

---

① 法国地名桑斯(Sens)和法语"感觉;情理"(le sens)同音同形。
② 巴齐尔是法国剧作家博马舍(1732—1799)的《塞维利亚的理发师》一剧中的乐师。

他的决斗没有制止任何事情。他成了笑柄,大家都嘲笑他。

三天后,到了六月底,北方股票涨了十五法郎。他在几个月前买进了两千股,因而一下子就赚了三万法郎。由于财运亨通,他恢复了信心,心想他不需要任何人,他的麻烦全源于他的腼腆和迟疑。他本该一开始就同女元帅蛮干,第一天就拒绝于索奈,并且不受佩勒兰牵累。为了表示他丝毫不感到窘迫,就在当布勒兹夫人平常举行晚会的一个日子,到她府上去了。

在前厅,与他同时到达的马蒂侬转过身来。

"怎么,你,你到这儿来?"马蒂侬一脸惊诧,甚至因为见到他而神情不快。

"为什么不来呢?"

弗雷德里克一边寻思马蒂侬为何对他抱这种态度,一边走进客厅。

尽管角落里摆着灯,光线仍很暗淡,因为三扇窗户洞开,平行地竖起三个方方的大黑影。画幅下方,几个齐人高的花盆架占据了墙壁的空当。客厅尽里的镜子映出一只银茶壶和一个茶炊。人们审慎地悄然低语,听得见薄底皮鞋踩在地毯上咯吱咯吱的响声。

弗雷德里克看出一些身着黑衣的身影,一张被带大罩子的灯照亮的圆桌,七八个穿夏装的女人和稍远处坐在一把摇椅里的当布勒兹夫人。她的淡紫色塔夫绸袍子开着袖衩,露出里面的细布绉泡,衣料柔和的色调与她头发的颜色十分协调。她身子微微朝后仰,足尖抵着一个椅垫,神情安详,好似一件小巧玲珑的艺术品,一朵精心培育的鲜花。

当布勒兹先生和一位白发老人在客厅里踱来踱去。有些人三三两两坐在小沙发上谈话,另一些人站着,在厅堂中央围成一圈。

他们谈选举,修正案,再修正案,格朗丹先生的演说,伯努瓦先生的答辩。① 第三党②显然走得太远了！中左派本该记清楚自己的起源！内阁受到了严重打击！不过，叫人放心的是后继者尚无眉目。简言之，目前局势与一八三四年的局势完全相似。

弗雷德里克觉得这些事很乏味，便朝女人们走去。马蒂侬站在她们身边，帽子夹在胳膊下，大半边脸侧着，侧得恰到好处，活像塞夫勒制造的瓷人。桌子上，在《效法基督》③和《哥达年鉴》④之间扔着一本《两世界评论》⑤。他拿起杂志，傲慢地评论一位名诗人，说他常去听圣弗朗索瓦的讲座，抱怨喉咙疼，不时咽一粒润喉糖；不过他仍然大谈音乐，装得很轻松。当布勒兹先生的侄女塞西尔小姐正给自己绣一副袖套，她用那双淡蓝色的眼睛偷偷看他；塌鼻子的家庭教师约翰森小姐也不由得丢下了她的绒绣活儿；两人仿佛在心里大叫："他多么英俊啊！"

当布勒兹夫人朝他转过身去。

"请把我的扇子拿来，在那边几子上。您搞错了！是另一把！"

她站起身；他正走回来，于是两人在客厅当中迎面相遇；她急速地对他讲了几句话，从她脸上骄矜的神色看，大概是几句责备的话；马蒂侬强作笑容；然后他去参加严肃男人们的交谈。当布勒兹夫人回到原来的位置上，她身子歪向椅子的扶手，对弗雷德里克说：

"前天我见了一个人，就是德·西齐先生，他同我谈起了您；

---

① 格朗丹（1797—1849），工厂主和政治活动家，保守主义者。伯努瓦（1796—1880），正统派议员，当时任议院副议长。
② 第三党是一八三四年六月议会选举后形成的一个很有影响的派别。
③ 《效法基督》，一部为修道士撰写的拉丁文著作，作者佚名，法文译本有六十多种。
④ 《哥达年鉴》，汇集名门谱系、外交官吏及统计学资料的参考书，一七六三年在德国哥达用德文和法文出版。
⑤ 《两世界评论》，一八二九年创办的半月刊。

您认识他,是吧?"

"对……不熟。"

突然,当布勒兹夫人高声叫道:

"公爵夫人,啊!多么荣幸!"

她一直走到门口,去迎接一位小老太太。这位老太太身着淡褐色塔夫绸袍子,头戴镂空花边、帽襻儿很长的便帽。她是阿图瓦伯爵①流亡时一位难友的女儿,一八三〇年被册封为法兰西贵族院议员的原帝国元帅的遗孀。她既珍惜旧朝廷,又依恋新朝廷,所以能谋得许多好处。站着讲话的人闪开一条道,然后又恢复了讨论。

这会儿的中心话题是贫困,据这些先生们看,对贫困的描绘全都言过其实。

"不过,"马蒂侬反驳道,"我们得承认,贫困是存在的!但治愈它的良方既不是科学,也不是政权。这是一个纯属个人的问题。当下层阶级愿意摒弃他们的恶习时,就可以从他们的需求中解脱出来。人民的道德越高尚,就越不贫穷!"

照当布勒兹先生的看法,没有极其雄厚的资本,就办不成任何好事。所以,唯一可行的办法是托付,"正如圣西门主义者所希望的那样(天呀!他们也有好的地方,我们对任何人都应当公道),我说,是把进步事业托付给那些能增加公共财富的人去办"。不知不觉地,他们谈到大工业企业、铁路、煤矿。这时当布勒兹先生声音极低地对弗雷德里克说:

"您没有来办我们的事。"

弗雷德里克推托说他病了;但他感到这个托词太愚蠢:

"再说,那时我需要用钱。"

---

① 即法兰西国王查理十世(1757—1836),他是路易十五之孙,路易十六和路易十八的兄弟。继承王位之前,他是阿图瓦伯爵。

"为了买辆车?"当布勒兹夫人接口道,她端着一杯茶走过他身边,打量了他一分钟,头略微歪向肩膀。

她以为他是萝莎奈特的情夫;那句暗示很露骨。弗雷德里克甚至觉得所有的太太都远远望着他,悄悄议论着。为了更了解她们的想法,他再一次走近她们。

在桌子的另一侧,马蒂侬在塞西尔小姐身边翻一本画册。这是一本介绍西班牙服装的石印画集。他高声读着图画的说明文字:"塞维利亚妇女——瓦伦西亚园丁——安达卢西亚骑马斗牛士";他一口气继续读到画页下方:

"雅克·阿尔努,发行人……你的一个朋友,嗯?"

"是的。"弗雷德里克说,被他的神气刺伤了。

当布勒兹夫人接着说:

"的确,有天早上,您来……为了一幢房子,我想?对,一幢属于他妻子的房子。"

言下之意是:"她是您的情妇。"

他的脸一直红到耳根;当布勒兹先生这时也过来了,他补充说:

"那时您看上去非常关心他们。"

最后这句话使弗雷德里克狼狈不堪。他想,人家看出了他的慌乱,这将证实他们的怀疑。这时当布勒兹先生更靠近他,用一本正经的口吻对他说:

"我想,你们不一块儿做生意吧?"

弗雷德里克频频摇头否认,他没有明白这位资本家的用意,后者不过是想给他一个忠告。

他真想离开,但又怕显得怯懦,就留了下来。一个仆人把茶杯收走了;当布勒兹夫人和一位穿蓝礼服的外交官聊天;两位少女头碰头地观看一枚戒指;其他女人坐在扶手椅里围成半圆,轻轻晃动着衬着黑发或金发的白皙面孔;总之没有人搭理他。他准备溜走,七拐八拐地快走到门边,经过一张靠墙放的蜗形脚桌时,他注意到桌上有一份折成两半的报纸,放在一只中国花瓶和护壁板之间。他把报纸抽出来一点,只见写着《船员报》几个字。

是谁把报纸带来的?西齐!显然不会是别人。管它哩!他们即将,说不定已经对这篇文章信以为真。为什么这样穷追不舍呢?无声的嘲讽包围着他。他感到迷失在一片荒漠里。但是马蒂侬的声音响了起来:

"说到阿尔努,我在燃烧弹事件被告名单中读到他的一名雇员的名字,叫作塞内卡尔。就是我们那位吗?"

"正是他。"弗雷德里克说。

"怎么?我们的塞内卡尔!我们的塞内卡尔!"

于是,大家纷纷向他询问这桩阴谋案子;他在检察院供职,一定掌握不少情况。

他坦言对此一无所知。再说,他不大认识这个人,只见过两三回面;归根结底,他把这人看成一个不怎么样的怪人。弗雷德里克生了气,他大声说:

"绝对不是!他是个非常正派的小伙子!"

"不过,先生,"一名业主说,"图谋不轨的人谈不上正派!"

在场的男士大多为四届政府效过劳;他们宁可出卖法兰西或全人类,也要确保自己的财产,避免苦恼和麻烦,甚至仅仅出于小人之心,出于对强权的本能崇拜。他们一致表示政治罪行不可宽恕。应当原谅的倒是迫于生计犯下的罪。于是,他们少不了要举出那个永恒的例子:一家之长在永恒的面包店里偷那块永恒的面包。

一位行政官员甚至嚷起来:

"我呀,先生,要是我听说自己的兄弟图谋不轨,我一定告发他!"

弗雷德里克以抵抗权作答;他回想起戴洛里耶对他讲过的一

些话,援引德索尔姆和布莱克斯顿①的著述,英国的权利议案,以及一七九一年宪法第二款。当年废黜拿破仑依据的正是这项权利;它在一八三〇年得到承认,被载入宪章之首。

"再说,君主一旦违背约法,推翻他是合理合法的。"

"这太可恶了!"一位省长夫人惊呼。

其他女人都缄口不言,隐隐感到恐惧,仿佛听到了子弹的呼啸。当布勒兹夫人坐在扶手椅里摇来晃去,笑眯眯地听他讲话。

一位工业家,前烧炭党人②竭力向他证明德·奥尔良是个高尚的家族;当然也有弊端……

"那又怎么样呢?"

"不该说出来呀,亲爱的先生!您可不知道反对派这样瞎嚷嚷多么妨碍做生意!"

"我才不把生意放在眼里呢!"弗雷德里克接着说。

这些老头子的腐朽惹他气恼。有时最胆怯的人也会变得英勇无畏;在这种勇气的激励下,他攻击金融家、国会议员、政府和国王,替阿拉伯人③辩护,讲了一大堆蠢话。有几个人讥讽地鼓励他:"说呀!继续往下说!"另一些人咕噜道:"见鬼!这么慷慨激昂!"最后,他认为该告辞了;他正要走,当布勒兹先生对他讲了一句话,暗示秘书职位之事:

"事情还没有了结呢!但是您得赶快呀!"

当布勒兹夫人则说:

"不久见,对不对?"

---

① 德索尔姆(1817—1877),法国报人。布莱克斯顿(1723—1780),英国法学家,著有《英国法释义》等。
② 烧炭党,十九世纪初意大利反对拿破仑和意大利君主的秘密政治组织,一八一八年后在法国获得发展。
③ 阿拉伯人在此指阿尔及利亚人。一八三〇年,法国发动对阿尔及利亚的殖民战争,一八三九至一八四七年占领该国全境。

弗雷德里克认为他们的道别是对他的最后一次挖苦。他决心再也不进这家的门,再也不和这些人交往了。他以为得罪了他们,他还不知道世人竟如此冷漠!女人们尤其令他气愤。没有一个女人帮他说话,哪怕用眼神支持他。他怨恨她们没有被他打动。至于当布勒兹夫人,他觉得她既无精打采,又冷酷无情,无法用一句话形容她。她有没有情夫?谁是她的情夫?是那个外交官还是旁人?说不定是马蒂侬?不可能!不过,弗雷德里克有点忌妒马蒂侬,对她则怀着莫名其妙的敌意。

杜萨迪埃同往常一样来了,正在等他。弗雷德里克满腔悲愤,这下全倾吐出来;他的不满尽管含含糊糊,难以理解,那好伙计听了仍然很伤心。弗雷德里克甚至抱怨自己孤立无援。杜萨迪埃迟疑片刻,然后提议上戴洛里耶家去。

弗雷德里克一听到律师的名字,便极为迫切地想见到他。弗雷德里克精神上异常孤独,单单杜萨迪埃与他做伴是不够的。他请杜萨迪埃照自己的意思去安排。

戴洛里耶自从与弗雷德里克闹僵后,同样感到生活中缺少点什么,在主动接近的热忱表示面前,他毫不困难地作出了让步。

两人拥抱在一起,随后开始谈一些无关紧要的事。

戴洛里耶的矜持令弗雷德里克感动。第二天,他向戴洛里耶讲述了损失一万五千法郎的经过,算是赔礼道歉,但没有讲这一万五千法郎原本是为戴洛里耶准备的。好在律师并不怀疑。这件倒霉事证明戴洛里耶对阿尔努抱成见是有道理的,这打消了他的怨气,他也绝口不提先前的诺言。

弗雷德里克误解了他的沉默,以为他忘记了这个诺言。几天后,弗雷德里克问他有没有办法收回自己的钱。

办法是有的:对先前的抵押提出异议,控告阿尔努犯了重抵押罪,向他的妻子提出起诉。

"不!不!别向她起诉!"弗雷德里克叫起来。

他经不起前文书的盘问,坦白了事情的真相。戴洛里耶确信他仍没有把事实和盘托出,大概是碍于面子。这样缺乏信任,戴洛里耶感到不快。

不过,他们仍同以前一样亲密交往,在一起那样快活,连杜萨迪埃在场也有点碍事了。他们借口有约会,渐渐甩掉了杜萨迪埃。世上有些人的使命就是为别人充当中介;他们好比一座桥,人家过了桥,就扬长而去了。

弗雷德里克对老朋友不隐瞒任何事,把煤矿和当布勒兹先生的建议也告诉了他。

律师变得若有所思。

"真好笑!这个职务需要一个相当精通法律的人担任!"

"但你可以帮助我。"弗雷德里克说。

"是啊……噢……那当然!这是肯定的。"

就在这一周,弗雷德里克把母亲的信拿给他看。

莫罗夫人承认过去看错了罗克先生,他对自己的言行作出了令人满意的解释。接着,她谈到他的财产,以及今后弗雷德里克与路易丝结婚的可能性。

"或许这并不坏!"戴洛里耶说。

弗雷德里克闭口不谈这件事。再说,罗克老爹是个老骗子。律师却认为这与结亲毫无关系。

七月底,北方股票莫名其妙地跌了价。弗雷德里克没有抛出手中的股票,一下子损失了六万法郎。他的收入大大减少了。他必须紧缩开支,或者找一份职业,或者结一门好亲。

于是,戴洛里耶和他谈起罗克小姐。他不妨去亲自看看。弗雷德里克有点累了;外省和母亲的家将消除他的疲劳。于是他走了。

他在月光下踏上诺让的街道,街景使他陷入对往事的回忆。他心头惴惴不安,如同那些远行归来的人。

母亲家里,往日的常客都来了:冈布兰先生、厄德拉先生、尚布里翁先生、勒布伦一家、"奥日家的几位小姐";还有罗克老爹,以及坐在莫罗夫人对面一张牌桌前的路易丝小姐。如今她是大人了。她站起来,脱口叫了一声。众人骚动起来。她仍然站着,一动不动,摆在桌上的四个银烛台,照得她脸色更显苍白。当她又开始玩牌时,手仍在颤抖。看她这样激动,傲气受挫的弗雷德里克大为得意,心想:"你呀,你会爱上我的!"为了弥补他在那边受到的挫折,他摆出巴黎花花公子的派头,谈论各家剧院的新闻,转述从小报上看到的社交界逸事,总之把他的乡亲们迷惑住了。

次日,莫罗夫人长篇大论地讲起路易丝的优点,随后逐一列举她将拥有的山林田庄。罗克先生的财产是很可观的。

罗克先生的这份家产是替当布勒兹先生投资时挣下的。他把钱借给能够作出可靠抵押担保的人,这样他就可以索要附加费或回扣。由于管理有方,资本没有任何风险。再说,罗克老爹对扣押是绝不犹豫的;然后,他用低价赎买抵押财产。当布勒兹先生见收回了资金,觉得他的生意做得很好。

但是,由于用非法手段牟利,财产管理人把当布勒兹先生捏在了手心里,他的任何要求都不能拒绝。正是在他的一再坚持下,弗雷德里克才受到当布勒兹先生的盛情接待。

原来,罗克老爹把一个愿望深埋在心底,那就是要他的女儿当上伯爵夫人;为了达到这个目的,又不破坏女儿的幸福,他在年轻人中间只看中了弗雷德里克。

有当布勒兹先生做靠山,弗雷德里克也许会得到祖上的头衔,因为莫罗夫人是一位福旺伯爵的女儿,与香槟地区最古老的世家,如拉威尔纳德家,德·埃特里尼家有姻亲关系。至于莫罗家,在新镇大主教磨坊附近的一篇哥特语碑铭上,提到了一位于一五九六年重修磨坊的雅各布·莫罗;其子皮埃尔·莫罗是路易十四时代王室的首席马倌儿,墓穴就在圣尼古拉礼拜堂内。

如此多的荣誉迷住了罗克先生,他的父亲原先只是个仆人。万一伯爵的桂冠得不到手,他将在别的事情上获得安慰。当布勒兹先生荣升贵族院议员后,弗雷德里克有可能当上国会议员,这时就能在生意上帮他一把,替他弄到供应品和特许权。这位青年本身也讨他喜欢。总之,他要弗雷德里克做他的女婿,因为他早就醉心于这个念头,如今更是有增无减。

现在,罗克经常去教堂,他尤其以获得头衔的希望吸引莫罗夫人。不过她避免作出决定性的答复。

因此,一周后,虽然未作任何承诺:弗雷德里克已被视为路易丝小姐的"未婚夫";罗克老爹是个无所顾忌的人,有时还让他们两人单独在一起。

五

戴洛里耶从弗雷德里克家里带回来代理证书的副本,和一份符合法律手续的全权委托书。但是,当他爬上六层楼,独自坐在凄凉的斗室中间那张羊皮扶手椅里的时候,他看见印花公文纸就恶心。

对这些东西,还有一餐三十二个苏的饭馆,乘公共马车的旅行,他的穷困潦倒,他的发愤图强,他全都腻了。他拿起毫无价值的文件,旁边还有其他文件,是煤矿公司的计划书,上面有各个煤矿的名称及储量的详细说明;弗雷德里克把这些东西全留给了他,想听听他的意见。

他脑子里闪过一个念头:到当布勒兹先生家去要秘书的职位。当然,要谋得这个职位,必须买一定数量的股票。他承认自己的计划是异想天开,心里想:

"噢!不行!这样做不好。"

于是,他思量如何把那一万五千法郎收回来。这样一笔钱对弗雷德里克来说不算什么。可是,如果他有这笔钱,那会起多大作用啊!原先的文书为另一个人有许多财产而愤愤不平。

"他有钱乱花,是个利己主义者。嘿!我在乎他那一万五千法郎干什么!"

为什么他出借这笔钱?为了阿尔努夫人那双漂亮的眼睛。她是他的情妇!戴洛里耶对此毫不怀疑。"这是金钱的又一种用途!"仇恨的思绪向他袭来。

随后,他想到弗雷德里克的外表。它对他始终具有一种近乎女性的魅力,于是他很快为弗雷德里克受到妇女的垂青而大为佩服,在这一点上他自愧弗如。

不过,意志难道不是事业成功的主要因素吗?既然依仗它可以战胜一切……

"啊!这将多么滑稽!"

但他为这种背信弃义的行径感到羞愧,过了片刻,他想:

"唔!难道我害怕了?"

由于经常听人谈起阿尔努夫人,他最终不寻常地想象出她的模样。这份爱情那样持久,如同一个问题刺激着他。如今,他对自己有点做戏似的严肃刻苦感到厌倦。再说,上流社会的女子(或者他所认为的这类女子)令律师眼花缭乱,好似千百种未曾尝到的乐趣的象征和缩影。身为穷人,他垂涎形式最鲜明的奢华。

"总之,即便他生气,那也活该!他待我太坏了,我何必客气!我完全不能肯定她是他的情妇。他对我否认过。因此,我可以自由行动!"

采取这个步骤的欲望时刻缠绕着他。他想考验一下自己的力量。于是,有一天,他突然亲自擦亮皮靴,买了一双白手套,然后上了路。他取代了弗雷德里克,而且由于思想上某种奇怪的演变,既想报复又怀好感,既有模仿又有胆量,他想象自己差不多就是弗雷德里克了。

他叫人通报来人是"戴洛里耶博士"。

阿尔努夫人十分惊诧,她并没有请医生来。①

"啊!抱歉之至!我是法学博士,为莫罗先生的事情而来。"

这个名字似乎使她心慌意乱。

"好极了!"前文书想,"既然她肯要他,也一定会要我!"取代情人比取代丈夫容易的固有观念鼓舞着他。

有一次,他曾有幸在王宫市场遇见过她;他甚至讲出了日期。如此好的记性令阿尔努夫人吃惊。他以令人肉麻的语气接着说:

"在生意上……您曾有过……一些麻烦!"

她没有搭腔,如此看来,这是真的。

他开始东拉西扯,谈她的住宅,工厂,随后,他瞥见镜子边框上挂着一些装有肖像的圆形颈饰:

"啊!这一定是家人的肖像啦?"

他注意到一位老太太的肖像,她是阿尔努夫人的母亲。"她的样子很仁慈,典型的南方人。"

听她反驳说是夏特勒人,律师便说:

"夏特勒!美丽的城市!"

他夸赞它的大教堂和馅饼;然后重提那幅肖像,发现与阿尔努夫人有若干相似之处,拐弯抹角地恭维了她几句。她没有显出不快。他有了信心,说他早就认识阿尔努先生。

"他是个好人!他自毁名声!比方这次抵押,想不到轻率不得……"

"是啊!我知道。"她耸耸肩膀说。

这个不由自主的轻蔑表示促使戴洛里耶继续往下讲。

"高岭土那件麻烦事,也许您不知道,差点弄得不可收拾,连他的名声……"

---

① 法语 docteur 一词有"博士""大夫"等含义。

258

她眉头一皱,他就停下不说了。

于是,他转入一般性话题,对丈夫挥霍财产的可怜女人表示同情……

"可是财产是他的,先生;我一无所有!"

那没关系!人家不知道……一个有经验的人是帮得上忙的。他自愿效劳,赞扬自己的长处,透过发亮的镜片直盯着她看。

她隐隐感到周身麻木;但是,她突然说:

"说正事吧,我求您!"

他摊开卷宗。

"这是弗雷德里克的委托书。这样一份证书落到执达吏手里,他发出支付催告,事情就再简单不过了:不出二十四小时……(她一直面无表情,他改变了策略)我呢,我倒不明白他为什么讨还这笔钱,说到底,他根本用不着嘛!"

"怎么?莫罗先生一直乐于助人……"

"是呀!是这样!"

于是戴洛里耶开始夸奖他,接着渐渐地讲起他的坏话,说他健忘,自私,吝啬。

"先生,我原以为他是您的朋友。"

"这并不妨碍看到他的缺点。比方说,他意识不到……叫我怎么说好呢?好感……"

阿尔努夫人翻着那本大簿子。她打断他的话,请他解释一个词儿。

他俯身在她的肩膀上,离她那样近,触到了她的面颊。她脸红了;这使戴洛里耶热血沸腾;他贪婪地吻着她的手。

"您干吗,先生?"

她靠墙站着,乌黑的大眼睛怒视着他,使他动弹不得。

"听我说!我爱您!"

她纵声大笑,笑声尖锐,残忍,令人绝望。戴洛里耶气得恨不

得掐死她。他克制住自己,带着败者求饶的神色说:
"啊! 您错了! 我呀,我不会像他那样……!"
"您究竟说谁呢?"
"弗雷德里克!"
"嗳! 我对您说过,我才不为莫罗先生操心呢!"
"噢! 对不起! ……对不起! ……"
接着,他用尖酸刻薄的口吻慢条斯理地说:
"我原以为您很关心他,会高兴听到……"
她的脸色变得惨白。原先的文书补了一句:
"他就要结婚了。"
"他!"
"至迟一个月内,对方是当布勒兹先生财产管理人的女儿罗克小姐。为了这件事,他专程去了诺让。"
她把手放在心口上,仿佛受了重重一击;但她马上拉铃叫人。戴洛里耶没等人下逐客令。当她转过身来时,他已经没影了。

阿尔努夫人有点透不过气来。她走近窗口呼吸。

街对面的人行道上,一名只穿着衬衣的打包工人正在钉一只箱子。有几辆出租马车驶过。她关上窗,走过来重新坐下。四邻的高房子截住了阳光。一道寒冷的光线照进室内。孩子们出去了,她的周围毫无动静。她好像众叛亲离。

"他就要结婚了! 这可能吗?"
她突然神经质地颤抖起来。
"为什么这样? 我爱他吗?"
然后,她突然想:
"可不是,我爱他! ……我爱他!"
她仿佛走下无底的深渊。时钟敲了三点。她听着钟声消逝。她一直坐在椅子边上。眼神发呆,脸上始终挂着笑。

同一天下午,在同一时刻,弗雷德里克和路易丝小姐在罗克先

生于小岛尽头拥有的一座园林里散步。老卡特琳娜远远地监视着他们;两人并肩而行,弗雷德里克说:

"您记得我曾带您去乡下玩吗?"

"您那时待我真好!"她答道,"您帮我用沙子做糕点,给我的喷壶灌满水,推着我荡秋千!"

"您那些玩具娃娃,有王后或侯爵夫人的名字,它们都哪儿去了?"

"说真的,我根本不知道!"

"您的小狗莫里科呢?"

"它淹死了,可怜的小东西!"

"还有那本《堂吉诃德》呢?我们一块儿给它的插图染颜色来着。"

"这本书还在!"

他向她提起她初领圣体的那一天,做晚祷时她多么可爱,头蒙白纱,手执大蜡烛,和其他女孩绕着祭坛行进,大钟当当响着。

这些回忆对罗克小姐来说大概鲜有魅力;她找不到话回答;过了片刻,她说:

"您真坏!一次也没给我写过信!"

弗雷德里克推说他有许多工作要做。

"您究竟干些什么事?"

他被问住了,随即说他在研究政治。

"啊!"

她不再多问:

"您为这个忙碌,可我呢!……"

于是,她向他讲述生活的乏味,没有任何人可拜访,没有一点点乐趣、一点点消遣!她很想骑马。

"副本堂神甫硬说姑娘家骑马不合礼俗;礼俗,多么愚蠢!过去,我想干什么就让我干什么;现在呢,干什么也不行!"

"您父亲可是爱您的呀!"

"对,但是……"

她叹了一口气,那意思是:"这不足以使我幸福。"

接着,是一阵沉默。他们只听见沙子在脚下咯吱咯吱的响声和瀑布的潺潺声。塞纳河在流经诺让前分了岔。推动磨坊的支流在此地排出多余的水量,再往下方汇入自然的水道。过了几座桥,朝右边陡峭的对岸望去,一片青草坡上耸立着一幢白房子。左边草地上,杨树林绵延不断,对面的天际被一道河湾挡住。河面平坦如镜;一些大昆虫在平静的水面上滑行。河边参差不齐地长着一簇簇芦苇和灯心草。各色各样的植物盛开着金色的花蕾,挂着一串串黄色的果子,竖起苋红色的花茎,胡乱射出绿色的花梗。在一个小河湾里,睡莲浮在水面上;一行老柳遮住捕狼的陷阱,在小岛这一侧,这行树是园林唯一的屏障。

园林内,四堵青石板盖顶的墙围着菜圃。方方正正的菜畦新近耕过,翻出褐色的土块。成排的瓜秧培育罩在狭窄的苗床上闪闪发亮;朝鲜蓟、四季豆、菠菜、胡萝卜和西红柿相间,最后是一畦芦笋苗,好似一小片羽毛林。

在督政府时期①,这个地方被称为游乐园。后来,树木长得异常高大。铁线莲缠住了千金榆,小径上长满青苔,到处荆棘丛生。残缺不全的石膏像的碎屑纷纷落在乱草里。行走中会被碎砖烂瓦堆里的铁丝钩住。楼阁只剩下底层的两间屋子,连同残破的蓝色壁纸。房子正面搭着一个意大利式的葡萄架,砖砌的支柱上,一个用木棒扎的栅栏撑起了满架葡萄。

两人来到葡萄架下,阳光透过枝叶间大小不等的空隙射进来。弗雷德里克一边同身旁的路易丝讲话,一边观察树叶在她脸上投下的阴影。

---

① 督政府,指一七九五至一七九九年间法国的政权机构。

她在红头发盘成的发髻里插了一枚针,针头镶着一颗仿翡翠的玻璃球。尽管她身着丧服(她的蹩脚的鉴赏力那样幼稚),却穿了一双玫瑰红缎子衬里的草编拖鞋,大概是在什么市集上买来的俗气的稀罕货。

他注意到这双拖鞋,用嘲讽的口气恭维她。

"别讥笑我!"她说。

接着,她把他周身打量了一番,上自灰毡帽,下至丝袜子。

"噢!您打扮得真俏!"

随后,她求他指点该读哪些书。他讲出好几本书的书名;于是她说:

"噢!您多有学问!"

小小年纪,她就产生了那种孩童的爱情,它既似宗教般纯洁,又如需要般强烈。他曾经是她的同伴、兄长和老师,他使她精神愉悦,令她怦然心动,无意间往她心坎上倾注了一股潜在而持续的醉意。随后,当她正处于悲惨的危机中时,他离开了她:她的母亲刚刚去世,两种绝望融合在一起。分离在她的记忆中把他理想化了;他仿佛头上顶着光环归来,她天真地沉浸在重逢的幸福中。

弗雷德里克平生第一次感到被人爱;这新鲜的乐趣,不外乎一种愉快的感觉,仿佛使他的心房涨大了;于是他舒展两臂,向后仰着头。

一大朵云彩从天上飘过。

"它朝巴黎飘,"路易丝说,"您愿意随它而去,对吧?"

"我?为什么?"

"那谁知道?"

然后她用犀利的目光搜索他的内心:

"也许您在那边……(她寻找着字眼)有份亲情。"

"唉!我哪儿有什么亲情啊!"

"真的?"

"那可不,小姐,当然是真的!"

不到一年的工夫,这位少女发生了异乎寻常的变化,弗雷德里克为之愕然。沉默了片刻,他又说:

"我们应该像过去一样以'你'相称,好吗?"

"不好。"

"为什么?"

"不为什么!"

他一再追问。她低下头答道:

"我不敢!"

他们走到园林尽头的利逢沙滩。弗雷德里克淘气地用石子打起水漂来。她命令他坐下。他依从了;随后,他望着瀑布说:

"这真像尼亚加拉瀑布①!"

他讲起遥远的国度和长途旅行。旅行的念头把她迷住了。她将无所畏惧,既不怕暴风雨,也不怕狮子。

两人并排而坐,抓起面前的细沙,一边聊天,一边任沙子从手中滑下;从原野吹来的热风给他们带来一阵阵薰衣草的芬芳和水闸下面一只小船上散发出来的柏油香味。阳光射在瀑布上;水从矮墙边流过,暗绿色的大石块似乎罩着一层不断展开的银白色薄纱。一长条泡沫有节奏地在墙脚飞溅,随后翻腾,打旋,形成千百条相反的水流,最后汇聚为一大片清澈的水面。

路易丝喃喃地说,她羡慕鱼儿的生活。

"在水里任你游来游去,觉得处处受到抚爱,那一定非常惬意。"

她战栗着,做出充满肉感的爱抚动作。

这时一个声音叫道:

---

① 尼亚加拉瀑布,位于美国和加拿大之间,高达五十米,是世界著名的自然景观。

"你在哪儿呀?"

"您的保姆在叫您。"弗雷德里克说。

"来了!来了!"

路易丝坐着不动。

"她要生气了。"他又说。

"我才不管呢!再说……"

罗克小姐做了个手势,暗示保姆听她的摆布。

不过,她还是站起来,然后抱怨头疼。他们走过一个堆放一捆捆细树枝的大棚子,她说:

"咱们钻到里面眯起来,好不好?"

他佯装不懂这个土字眼,还学她的口音逗弄她。渐渐地,她的嘴角绷紧了,她咬住嘴唇,跑到一边赌气。

弗雷德里克追上去,发誓说他并不想伤害她,他非常爱她。

"真的吗?"她叫了起来,微笑着望着他,长了几颗雀斑的脸露出了喜色。

他抗拒不了这份炽热的情感,她那少女的纯真,于是他说:

"我干吗对你撒谎呢?……你不相信……嗯?"说着,他用左臂搂住她的腰。

从她喉咙里迸出一声叫喊,像鸽子咕咕的叫声一样悦耳;她的头往后一仰,支持不住了,他扶住她。身为正人君子的种种顾虑没有用了;面对眼前的处女,他突然害怕了。随后他搀着她慢慢走了几步。他的温存话停止了,他只想讲些鸡毛蒜皮的事,就和她谈起诺让社交圈里的人。

突然,她把他推开,用苦涩的语气说:

"你不会有勇气带我走!"

他极为惊讶,呆呆地一动不动。她抽抽噎噎地哭起来,把头埋在他的怀里。

"没有你,我怎能活下去!"

他竭力使她安静下来。她把两手搭在他的肩膀上,以便看清楚他的面孔,用那双几乎带着凶光的水汪汪的绿眼睛直盯着他的眼睛。

"你愿意做我的丈夫吗?"

"可是……"弗雷德里克应道,寻找着一句答话,"当然啦……我求之不得。"

这时,罗克先生的鸭舌帽在一株丁香树后露了出来。

他带着他的"年轻朋友"到周围他的地产上转了两天。弗雷德里克回来后,在母亲那里看到三封信。

第一封是当布勒兹先生的一封短笺,邀请他上周二去吃晚饭。为什么这样客气?难道人家原谅了他的失言?

第二封是萝莎奈特写来的。她感谢他曾经为了她去拼命;弗雷德里克起先不明白她想说什么;绕了许多弯子,她终于提到他的友谊,相信他的高尚,由于燃眉之急,就像讨面包一样,她说她跪下来求他,小小地支援她五百法郎。他立即决定给她这笔钱。

第三封是戴洛里耶的信,谈及代理一事,写得又长,又晦涩。律师尚未作出任何决定,劝他别离开家乡。"你来也无济于事",还十分古怪地一再强调这一点。

弗雷德里克猜不出他葫芦里卖的什么药,想回到那边去;戴洛里耶竟企图左右他的行动,他很反感。

再说,他开始怀念大马路了;加之母亲逼他太甚,罗克先生总围着他转,路易丝又那样爱他,他不能再拖着不表态了。他需要思考,离远些,事情可以看得更清楚。

为了给巴黎之行寻找借口,弗雷德里克编了一个故事;他动身了,向众人说并且本人也相信,他不久就会回来。

六

回到巴黎,他一点也不高兴。这是八月末的一个傍晚,马路好像空空的,行人沉着脸,一个接一个走过。这儿那儿,一口烧沥青的大锅冒着烟,许多房屋紧紧关着百叶窗。他到了家:帷幔上布满灰尘;他独自一人用晚餐,突然有种被抛弃的奇怪感觉;于是,他想起了罗克小姐。

结婚的念头在他看来不再是什么出格的事。他们将一起旅行。去意大利,去东方!他看见她站在一座小山上眺望风景,或倚着他的胳臂来到佛罗伦萨的一个画廊,驻足欣赏绘画。见这善良的小姐在灿烂辉煌的艺术和大自然面前心花怒放,该是何等乐事!走出她的小天地,无须多长时间,她就会变成一位可爱的伴侣。罗克先生的财产对他也是个诱惑。不过,他厌恶为财产而决定结婚,认为这是软弱,是卑鄙。

但他下定决心(不管他必须做什么)要换个活法,就是说不再为没有结果的爱情耗费心力,他甚至迟疑着没去做路易丝托他办的事:到雅克·阿尔努的店里为她买两尊黑人的彩色大塑像,就像特鲁瓦省政府里的一样。她知道制造商姓名的起首字母,不愿另换一个厂家。如果再去他们家,弗雷德里克担心堕入旧日的情网。

他把这些事情想了整整一晚上,正要上床睡觉,一个女人走了进来。

"是我,"瓦特纳兹小姐笑着说,"是萝莎奈特派我来的。"

她们言归于好了?

"天呀,可不是!我心眼不坏,您是知道的。何况,那可怜的女人……这话说起来可就长了。"

总之,女元帅想见他,她的信从巴黎逛到了诺让,她正在等候回音;瓦特纳兹小姐不知道信的内容。于是,弗雷德里克问起女元帅的近况。

目前,她和一个非常有钱的人在一起,一个俄国人,柴尔努柯夫亲王,夏天他在校场赛马会上见到了她。

"人家有三辆车,骑用马,仆役,青年马夫,全是英国派头,还有别墅,意大利剧院的包厢,一大堆其他的东西。就这些,亲爱的。"

瓦特纳兹小姐仿佛从这时来运转中得了好处,显得更快活,十分幸福。她摘下手套,打量着房间里的家具和小摆设。她和旧货商一样,给这些东西估的价很准。他早该去请教她,买这些小玩意就可以便宜些了。她称赞他趣味高雅:

"啊!这很雅致,好极了!只有您才想得出来。"

随后,她瞥见床头有扇门:

"那些小女人就是从这儿被打发走的,嗯?"

她友好地托起他的下巴,触到她那双既瘦又柔软的长长的手,他浑身打战。她的手腕箍着一圈花边,绿连衫裙的上身镶着绦子,活像个轻骑兵。黑丝网眼纱帽边缘下垂,略微遮住了前额;一双眼睛在下边闪亮;紧贴两鬓的头发散发出广藿香香精的气味;摆在一张独脚圆桌上的油灯,像剧场的脚灯一样从下面照着她,使她的下颌骨显得更为突出;——突然,面对这个腰肢像豹子一样扭动的丑女人,弗雷德里克感到垂涎欲滴,有一种兽性的肉欲。

她从钱包里取出三张方纸片,用甜腻腻的声音对他说:

"您给我把这买下吧!"

这是三张戴马尔的演出票。

"怎么!他?"

"当然!"

瓦特纳兹小姐没有多作解释,只补充说她从来没有像现在这样崇拜他。据她说,这位戏子已确定无疑被归入"当代顶尖人物"之列。他扮演的不是这个或那个角色,而是法兰西的精神,是民众!他有"人道主义精神;他理解艺术这个神圣的职业"!弗雷德里克不想再听这些赞扬话,给了她三张票的钱。

"到那边您不必提这件事!——哎呀,天不早了!我该走了。啊!我忘了说地址:格朗日巴特利埃街,十四号。"

到了门口,她又说:

"别了,被爱的人!"

"被谁爱呢?"弗雷德里克心想,"多么古怪的女人!"

他想起杜萨迪埃有一天提到她时曾对他说:"噢!不足道的人!"好像在影射一些很不体面的事。

第二天,弗雷德里克上女元帅家去了。她住在一幢新房子里,挂的遮帘突出在街上。每个楼梯口的墙上都镶着一面镜子,窗前摆着带乡村风味的花架,楼梯的梯级上铺着一条布质地毯;从外面进来时,楼梯上的清凉使人疲劳顿消。

来开门的是个男性仆人,一个穿红背心的听差。前厅里,一个女人和两个男人,大概是供货商,坐在长椅上等候,就像在部长的门厅里一样。左边,餐厅的门虚掩着,可以瞥见餐台上的空酒瓶,椅背上的餐巾;平行的一道游廊里,贴墙种着一排玫瑰,用金色的木棍撑着。楼下院子里,两个小伙子光着膀子,在擦一辆双篷四轮马车。他们讲话的声音一直传到楼上,间或夹杂着马刷碰到石头上的响声。

仆人回来了,说"太太马上见先生"。他领着弗雷德里克穿过第二间前厅和一个大客厅,客厅张挂着黄色花缎帷幔,四个角的螺旋形流苏在天花板相接,似乎与缆绳状吊灯的叶旋涡饰连在一起。头天夜里一定摆过筵席,靠墙的蜗形脚桌上仍留着雪茄烟的烟灰。

最后,他走进一间小客厅,光线透过彩色玻璃窗,屋内影影绰绰。门上方装饰着三叶形木雕;一道栏杆后面,三床紫红的褥子拼成一张沙发,上面丢着一只白金水烟筒。壁炉上没安镜子,却有一个金字塔形的木架,几层搁板上陈列着一大套珍玩:老式银表、波希米亚小猎号、宝石别针、玉石纽扣、涂珐琅的装饰品、瓷人和一个披镀金银斗篷的拜占庭小童贞女。这一切与地毯的淡蓝色、矮凳螺钿的反光,以及挂满栗色皮子的四壁的浅黄褐色泽,融合在一片昏暗的金色中。角落的小台座上,青铜花瓶里插着一簇簇花,使室内更加气闷。

萝莎奈特出来了,穿着一件玫瑰色缎子上衣,一条白色开士米长裤,戴一串银币串成的项链,红帽上箍着一圈茉莉花枝。

弗雷德里克大吃一惊;然后说他带来了"提到的那件东西",说着把钞票递给她。

她十分惊讶地望着他;他手里一直拿着钞票,不知放在哪儿才好,便说:

"您倒是拿去呀!"

她抓过钞票,往沙发上一丢,说道:

"您真好。"

她在贝勒维尔买了一块地,这笔钱是为了结清她按年支付的款额。这种毫不客气的做法伤了弗雷德里克的心。不过,这样也好,总算为他报了过去的仇!

"请坐!"她说,"坐这儿,更近些。"

然后,用一本正经的口吻说:

"首先,我得谢谢您,亲爱的,冒了生命危险。"

"噢!这算不了什么!"

"怎么,可是这太了不起了!"

女元帅向他表示了令人难堪的谢意;因为她一定想他仅仅是为阿尔努去决斗的,而阿尔努也自以为如此,肯定忍不住这样说了。

"她也许在嘲弄我。"弗雷德里克想。

他已无事可做,便推托说有个约会,站起身来。

"嗳!别走!"

他又坐下来,恭维她的穿戴。

她快快不乐地答道:

"是亲王喜欢我这么打扮的!还得吸这样的东西,"萝莎奈特指着水烟筒又说,"咱们尝一口,好不好?"

火拿来了,这黄铜烟筒不容易点着,她急得直跺脚。接着她感到倦怠,一动不动地躺在沙发上,腋下垫着一个靠垫,身体略蜷,一只膝盖弯着,另一条腿伸得笔直。长长的蛇形红皮管在地上盘了几个环,绕在她的胳臂上。她把皮管的琥珀嘴抵在唇上,透过包围着她的缭绕上升的烟雾,眯起眼睛望着弗雷德里克。她胸部的呼吸使烟筒里的水咕嘟咕嘟地响,她不时喃喃地道:

"这可怜的小乖乖!这可怜的小宝贝!"

他努力寻找一个有趣的话题;他想起了瓦特纳兹小姐。他说他觉得她很有风度。

"那当然!"女元帅接口道,"她有我这样的朋友可高兴了,这女人!"她不再多说一个字,两人讲话都有所保留。

他们感到一种约束,一种障碍。因为萝莎奈特以为由她引起的决斗满足了她的自尊心。其次,她非常吃惊他没有跑来夸耀自己的行动;为了强迫他回来,她想出了需要五百法郎这个办法。弗雷德里克怎么会不要求一点点亲热的表示作回报呢?这样高雅的品格令她惊叹,冲动之下,她对他说:

"您和我们一起去海滨浴场好吗?"

"我们是谁?"

"我和我那家伙;我把你说成是我的表哥,就像老戏里演的那样。"

"快饶了我吧!"

"那么,这样,您在我们房子旁边租一间房子。"

想到要躲避一个有钱人,他觉得受了污辱。

"不!这不行!"

"随您的便吧!"

萝莎奈特转过身去,眼里含着泪。弗雷德里克发觉了;为了向她表示关心,他说,总之他很高兴看见她景况极佳。

她耸了耸肩膀。谁伤她心了?会不会人家不爱她了?

"噢!我嘛,人家一直爱我!"

她补了一句:

"究竟怎么个爱法还不知道。"

女元帅抱怨"热得喘不过气来",把上衣解开了;腰间除了绸衬衫外没有别的衣服,她把头歪向肩膀,一脸充满挑逗的奴婢相。

一个欠思考的利己主义者,不会想到子爵、德·科曼先生或别的什么人有可能突然闯进来。但是,弗雷德里克多少次上过这种眼神的当,不会再招来侮辱。

她想知道他同谁交往,有什么消遣,甚至打听他做不做生意;如果需要,她愿意借钱给他。弗雷德里克再也不想待下去了,拿起了帽子。

"好吧,亲爱的,祝您在那边玩得开心;再见!"

她瞪大了眼睛,然后用干巴巴的语气说:

"再见!"

他又一次经过黄色的客厅和第二间前厅。桌子上,一个装满名片的盆子和一个文具盒之间,有一只镂花的银匣子。这是阿尔努夫人的匣子!他为之心动,同时感到对亵渎圣物的气愤。他真想伸手去打开它,又怕被人看见,只好走了。

弗雷德里克是讲道德的。他没有去阿尔努家。

他派他的仆人去买两尊黑人塑像,事先做了一切必要的嘱咐;装着塑像的箱子当晚就寄往诺让。第二天,他去戴洛里耶家,在维维安纳街和大马路的拐角,与阿尔努夫人迎面相遇。

他们先都后退了一步;接着,嘴角含着同样的笑相互靠近。足足有一分钟,两人谁都没有讲话。

阳光洒满她全身；她那张鹅蛋形的面孔,长长的眉毛,紧裹住肩膀的黑花边披巾,闪色丝袍子,帽角插的一串紫堇花,这一切在他看来显得特别亮丽。她那双美丽的眼睛流露出无限的温柔。弗雷德里克结结巴巴地随口说道：

"阿尔努身体好吗？"

"谢谢您！"

"您的孩子们呢？"

"他们非常好！"

"啊！……啊！天气多好啊,是不是？"

"好极了,真的！"

"您上街买东西吗？"

"对。"

她慢慢地点了一下头,说道：

"别了！"

她没有向他伸出手来,没有说一句亲切的话,甚至没有请他上她家去。管它呢！他不会把这次相遇看成最美好的奇遇；他一面往前走,一面咀嚼着这次邂逅的甜蜜。

戴洛里耶见了他很吃惊,把气恼掩饰起来,因为他很固执,对阿尔努夫人仍不死心；他写信叫弗雷德里克留在那边,就是为了行动起来更自由。

不过,他说他去过她家,好了解他们的婚约是否规定夫妻共有财产：如果是,就可以向这个女人起诉。

"我告诉她你要结婚的时候,她的样子很古怪。"

"嘿！瞎编什么！"

"必须这样说,以便表明你需要钱用！她差点晕倒,一个无所谓的人可不会这个样子！"

"真的吗！"弗雷德里克叫道。

"啊！小伙子,你露馅了！喂,爽爽快快说了吧！"

无比的胆怯向阿尔努夫人的恋人袭来。

"没有的事！……我向你担保！……我发誓！"

这些无力的否认终于使戴洛里耶确信无疑。他向弗雷德里克道贺，要求他"详细谈谈"。弗雷德里克什么也没说，甚至强压下编几句瞎话的欲望。

至于抵押的事，他叫戴洛里耶什么也别做，等等再说。戴洛里耶认为他错了，粗声粗气地告诫他。

戴洛里耶从来没有像现在这样阴郁、易怒和心怀敌意。再过一年，如果还不时来运转，他将乘船去美洲，或者一枪把自己脑袋打开花。他仿佛对一切都深恶痛绝，激进得那样厉害，弗雷德里克终于忍不住对他说：

"瞧你和塞内卡尔一个样！"

听到这话，戴洛里耶告诉他，塞内卡尔已经从圣佩拉吉监狱①出来了，大概预审提不出足够的证据，无法审判他。

杜萨迪埃为塞内卡尔的释放而欣喜，想"举办一次潘趣酒会"。他请弗雷德里克"赏光"，同时告诉他于索奈也将出席，因为于索奈待塞内卡尔非常好。

原来，《船员报》刚添了一个事务所，广告上写着："葡萄园销售处。——广告社。——追讨债款及咨询处"，等等。但是，艺术家担心搞实业会损害他的文学声誉，便请了那位数学家来管账。尽管不是什么好职位，但是没有它，塞内卡尔早就饿死了。弗雷德里克不愿意伤善良的店员的心，接受了他的邀请。

杜萨迪埃提前三天亲自给他那间阁楼的红地砖打上蜡，拍去扶手椅上的灰土，掸掉壁炉上的浮尘；壁炉上有架带玻璃罩的大理石座钟，摆在一块钟乳石和一只椰子之间。由于他的两个烛台和一个蜡烛盘不够用，他又向门房借了两个烛台。五支灯烛在五斗

---

① 巴黎的一座监狱，一八九八年拆毁。

柜上大放光明；为了把蛋白杏仁甜饼、饼干、一只奶油圆球蛋糕和一打啤酒摆得更体面些，五斗柜上铺了三条餐巾。对面，紧靠贴着黄壁纸的墙，有一口桃花心木的书橱，里面有《拉尚博迪寓言集》[1]、《巴黎的秘密》、诺尔凡的《拿破仑传》[2]；放床的凹室中央，贝朗瑞的面孔在一个红木相框里微笑。

客人有：（除戴洛里耶和塞内卡尔外）一名新近取得资格但没有必要的资金开业的药剂师，一位与他同楼的青年、一名葡萄酒推销员、一位建筑师和一位在保险公司任职的先生。雷冉巴尔有事不能来。大家深感遗憾。

他们欢迎弗雷德里克，对他表示了极大的好感，因为大家从杜萨迪埃那里听说了他在当布勒兹家发表的那番言论。塞内卡尔表情庄重，只同他握了握手。

塞内卡尔靠壁炉而立。其他人叼着烟斗坐着，听他对普选问题高谈阔论，普选将导致民主的胜利、福音原则的实施。而且，这一时刻为期不远了；在外省，在皮埃蒙特、那不勒斯、托斯卡纳[3]……改革者宴会频频举办。

"的确，"戴洛里耶打断他的话说，"再也不能这样继续下去了！"

他对形势帮了一个概述。

我们牺牲了荷兰，好让英国承认路易-菲力浦；这著名的英吉利联盟，由于法国和西班牙的联姻名存实亡。在瑞士，基佐先生让那个奥地利人[4]牵着鼻子走，支持一八一五年条约。普鲁士用它

---

[1] 拉尚博迪（1807—1872），法国寓言作家，著有《大众寓言》（1839）等。他是共和党人，积极参加政治活动。
[2] 诺尔凡（1769—1854），法国史学家，七月王朝期间出任过省长。《拿破仑传》是他在一八二七至一八二八年撰写的著作。
[3] 皮埃蒙特、那不勒斯和托斯卡纳是意大利的三个地区。
[4] 指奥地利外交大臣梅特涅（1773—1859）。

的关税同盟给我们制造麻烦。东方问题悬而未决。

"因为康斯坦丁大公给德·奥马尔先生送礼就相信俄国①,这算什么理由!至于内政,从来没见过如此的盲目和愚蠢!他们的多数地位也维持不下去了!总之,正如一句名言所说,到处都一无所有!一无所有!一无所有!面对奇耻大辱,"律师叉着腰说,"他们竟称感到满意。"

这句话影射一次有名的表决,博得了阵阵掌声。杜萨迪埃打开一瓶啤酒;泡沫溅到窗帘上,他毫不在意;他替每个人装满烟斗,切开蛋糕请大家吃,好几次下楼去看看潘趣酒送来了没有。没过多久,大家兴奋起来,对政权同样义愤填膺。他们怒不可遏,唯一的原因是痛恨世道不公;在可以理解的抱怨中掺杂着最荒唐的责难。

药剂师哀叹我国海军状况可怜。保险公司的掮客不能容忍苏尔元帅②的两名哨兵。戴洛里耶揭露新近公然在里尔安顿下来的耶稣会会士。塞内卡尔更痛恨库赞先生,因为折中主义教人从理性中获得可靠性,发展到利己主义,破坏团结;葡萄酒推销商不大懂这些问题,只高声说他对许多无耻的行径毫不介意。

"北方铁路线的王家专列必须花八万法郎!谁付这笔钱呢?"

"是呀,谁付呢?"那位商业雇员愤愤地说,仿佛别人从他口袋里掏走了这笔钱似的。

于是大家尖刻地批评交易所贪婪的资本家和官员的贪污腐化。依照塞内卡尔的看法,应当追本溯源,首先控诉王公们恢复了摄政时代的风气。

"最近,你们有没有看见蒙庞西埃公爵的朋友们从万森回来?他们一定是喝醉了酒,又唱又喊,搅扰了圣安东尼城关的工人。"

---

① 康斯坦丁大公(1827—1892),俄国沙皇尼古拉一世的次子;德·奥马尔(1822—1897),路易-菲力浦的第四子。
② 苏尔(1769—1851),法国元帅,七月王朝时曾任陆军大臣和行政法院院长。

"大家甚至高喊:打倒窃贼!"药剂师说,"我当时在场,我也喊了!"

"好极了!泰斯特—居必耶尔案件后①,人民终于觉醒了。"

"我呀,这个案子可叫我不好受。"杜萨迪埃说,"因为它玷污了一名老兵的名誉②!"

"你们知道吗?"塞内卡尔继续说,"在普拉斯兰公爵夫人家里发现了……"

这时门被一脚踢开,于索奈走了进来。

"诸位大人,你们好!"他说着坐到了床上。

谁也没提他那篇文章,他也很懊悔,女元帅狠狠剋了他一顿。

他方才在仲马剧院看了《红房子骑士》③,"觉得叫人生厌"。

这样的评价令民主派们吃惊,这出戏的倾向,不如说它的背景,使他们的激情得到满足。他们提出了异议。塞内卡尔为了结束争论,问这出戏是否对民主有益。

"是……也许是;但它的风格……"

"嗳,那么这是出好戏啰;风格算什么?关键在于思想!"

塞内卡尔不容弗雷德里克开口,就抢着说:

"所以方才我说,在普拉斯兰案件④中……"

于索奈打断了他的话。

"啊!这又是一个老掉牙的话题!烦死我了!"

---

① 泰斯特(1780—1852),路易-菲力浦的司法大臣,一八四七年因受贿被判处三年监禁。居必耶尔(1786—1853),议员,两度出任陆军大臣,在泰斯特受贿事件中充当中间人,一八四七年被处以罚金并削职为民。
② 居必耶尔是行伍出身。
③ 《红房子骑士》,大仲马一八四五年发表的一部历史小说,描写王室卫队红房子骑士企图营救被关在神庙监狱的路易十六的王后的故事。一八四七年小说被改编成五幕话剧。
④ 普拉斯兰公爵(1805—1847),时为参议员,因爱上一名女仆,于一八四七年八月十七日晚杀死公爵夫人,并在传讯前服毒自尽。

"别人也烦!"戴洛里耶接口道,"为了它,有五家报纸被查封!听我念这份记录。"

他取出记事簿,念道:

"自从最佳共和国建立以来,我们经受了一千二百二十九起出版诉讼,结果是:作家们坐了三千一百四十一年的牢,被罚了七百一十一万零五百法郎的一小笔罚款。——这很不错吧,嗯!"

众人苦笑了。弗雷德里克和别人一样兴奋,接着说:

"《和平民主报》①为了它的长篇连载小说《女性的权益》招来一场官司。"

"嗳!好啊!"于索奈说,"怎么不禁止我们的女性权益呀!"

"可是什么事不遭禁呢?"戴洛里耶叫起来,"禁止在卢森堡宫抽烟,禁止给庇护九世唱赞歌②!"

"还禁止印刷工人举行聚餐会!"一个低沉的声音清晰地说。

这是建筑师的声音,他躲在凹室的暗处,一直没有开口。他又说,上周有个叫鲁热的人因为凌辱王上被判了罪。

"鲁热下了油锅!③"于索奈说。

塞内卡尔认为开这种玩笑太不合时宜,责备于索奈袒护"市政厅那个耍把戏的人,叛徒杜穆里埃的朋友"④。

"我呀,恰恰相反!"

他觉得路易-菲力浦思想陈旧,一副国民自卫队的派头,是戴

---

① 《和平民主报》,一份宣传傅立叶主义和女权的报纸,出版于一八四三至一八五一年。
② 庇护九世(1792—1878),一八四六年任教皇以来,采取了一些民主措施,因而大得人心,但后来转向反动。
③ 法语 rouget 一词,既为姓氏"鲁热",又可作"火鱼"解,故有此双关语。
④ 此处影射法王路易-菲力浦。当时有一张十分流行的政治漫画,把路易-菲力浦画成魔术师。杜穆里埃(1739—1823),法国大革命时代的将军,一七九二年,路易-菲力浦曾和他一起参加瓦尔米和热马普战役。一七九三年,法军在比利时的内尔温登被奥地利军击败,两人一起投奔奥地利。

布帽的彻头彻尾的市侩！艺术家把手放在心口上，讲了几句套话："始终怀着新的乐趣……波兰民族不会消亡……我们的伟大工作将继续下去……给我钱养活我的小家庭……"众人哄然大笑，称他是个非常有趣的诙谐家伙；看到饮料店送来了一钵潘趣酒，他们更加喜气洋洋。

酒精和蜡烛的火焰很快提高了房间的温度；阁楼的光穿过庭院，照亮对面的屋檐和耸立在黑夜中的烟囱管子。他们七嘴八舌，讲话声音很高；他们脱掉了礼服，撞在家具上，互相碰杯。

于索奈大声说：

"请几位贵妇上楼来，就更像奈勒塔①了，并且有地方色彩和伦勃朗绘画的意境，该死的！"

药剂师没完没了地搅动潘趣酒，拉开嗓门唱起来：

我的牲口棚里有两头大牛，
两头白色的大牛……

塞内卡尔不喜欢混乱，用手捂住他的嘴巴。房客们纷纷来到窗前，很奇怪杜萨迪埃的房里传出如此不同寻常的喧闹声。

好小伙儿很高兴，说这使他回想起过去在拿破仑滨河路的小小聚会；不过有好几个人没来，"比方佩勒兰……"

"他不来没关系。"弗雷德里克说。

戴洛里耶打听马蒂侬的情况。

"这位有趣的先生，他近况如何？"

弗雷德里克立即流露出对他抱有的恶感，攻击他的思想、性格、假风雅和整个的人。他十足是农民暴发户的典型！资产阶级

---

① 奈勒塔，巴黎的一座古塔，位于塞纳河左岸，与卢浮宫塔相对。传说法王美男子菲力浦（1268—1314）的几个儿媳在塔中胡作非为，腐化堕落，把她们一个个情人的尸体从塔上扔进塞纳河。大仲马曾写过一出五幕历史剧，名为《奈勒塔》。

新贵,比不上旧贵族。弗雷德里克坚持这个看法;民主派们支持他,仿佛他曾是旧贵族的一员,仿佛他们与新贵们打过不少交道。大家很赏识他。药剂师甚至把他比作德·阿尔彤-谢先生①,这人虽是贵族院议员,却捍卫人民的事业。

告辞的时间到了。大家热烈握手,互相道别。杜萨迪埃亲切地送弗雷德里克和戴洛里耶回家。一到了街上,律师好像在思考什么,沉默片刻后说:

"你非常恨佩勒兰吗?"

弗雷德里克不掩饰他的怨恨。

不过画家已经从橱窗中撤下了那幅有名的画。大家不该为区区小事伤了和气!何必树敌呢!

"他是一时闹情绪,对一个身无分文的人来说,这是可以原谅的。你呀,你是不会懂这个的!"

戴洛里耶到了家,店员仍不放松弗雷德里克,甚至劝他买下那幅画像。原来,佩勒兰对吓唬弗雷德里克这一着已不抱希望,便拿话哄他们,想靠他们劝弗雷德里克买画。

戴洛里耶重提这件事,反复劝说。艺术家的要价是合理的。

"我敢肯定,也许花上五百法郎……"

"啊!把钱给他吧!拿着这钱。"弗雷德里克说。

当晚,画就送来了。他觉得它比第一回见到的更不堪入目。由于修改过多,中间色调和阴暗部分呈现出青灰色,与明亮部分相比更显阴暗;明亮部分有些地方闪闪发亮,与整个画面极不协调。

弗雷德里克花钱买画,又尖刻地把它诋毁一番,替自己出了一口气。戴洛里耶相信他的话,赞许他的行动,因为他一直有个野

---

① 阿尔彤-谢(1810—1874),法国政治家,支持路易-菲力浦政权,但在一八四八年革命中拥护民主社会共和国。

心,想建立一个自己当头的法伦斯泰尔;有些人就喜欢让他们的朋友做他们本人不喜欢的事。

不过,弗雷德里克没有再去当布勒兹家。他缺少资本。得做没完没了的解释;他迟疑不决。也许他有道理?现在什么都不可靠,煤矿生意还不是和别的生意一样!必须抛弃这个阶层;最后,戴洛里耶劝他放弃了做生意的念头。仇恨使戴洛里耶有了德行;何况他更喜欢弗雷德里克碌碌无为。这样一来,他可以和弗雷德里克平起平坐,与他更亲密无间。

罗克小姐托办的事给办砸了。她父亲来信告知情况,并做了非常确切的说明,信末还加了一句戏言:"可能会让您受一番黑奴的劳累。"

弗雷德里克不得已,只好上阿尔努家去。他上楼到了商店,没见到一个人影。商行快倒闭了,店员们学老板的样子,工作马马虎虎。

横贯店铺中央的长长的货架上摆满陶瓷器皿。他沿着货架走到尽头的柜台前,加重脚步好让人听见。

门帘撩了起来,阿尔努夫人出现在他面前。

"怎么,您,您在这儿!"

"对,"她结结巴巴地说,心有点乱了,"我正在找……"

他瞥见斜面桌旁她的手帕,猜测她到丈夫的店铺来是为了查账,大概想澄清一个疑点。

"但是……您也许要买什么东西吧?"她说。

"一点小东西,夫人。"

"这些伙计真不像话!他们总不在。"

不该谴责他们。相反,他为这个机会感到高兴。

她讥诮地望着他。

"那么,婚事怎么样了?"

"谁的婚事?"

"您的呀!"

"我?绝没有的事!"

她做了一个否定的手势。

"究竟什么时候会有呢?对曾经幻想的美绝望之后,就会躲到平庸中安身!"

"然而,您的全部梦想原先并不如此……单纯!"

"您这话什么意思?"

"当您和……几个人在跑马场散步的时候!"

他心里咒骂起女元帅来。突然他想起了一桩往事。

"可以前是您求我去看她的,为了阿尔努!"

她摇摇头应道:

"于是您就借机行乐了。"

"天啊!让我们忘掉这些傻事吧!"

"对,既然您就要结婚了!"

她咬着嘴唇,忍住叹息。

这时,他高声说:

"我对您再说一遍不!难道您能相信我这样一个人,凭我精神上的需要,凭我的习惯,我会去外省隐居;打打牌,管管泥水匠,穿着木屐散步!那么,目的何在?有人同您讲她有钱,是不是?啊!我才不在乎钱呢!当我想望过最美丽、最温柔、最迷人,以人形出现的某种天堂后,当我终于找到了它,这个理想,当这个幻象给我遮住其他一切幻象的时候……"

他用双手捧住她的头,开始吻她的眼皮,一再重复说:

"不!不!不!我永远不结婚!永远!永远!"

她接受他的爱抚,又惊又喜,全身都僵住了。

楼梯上商店的门落了下来。她吓了一跳;伸着一只手,好像命令他别作声。脚步声愈来愈近。接着有个人在外面说:

"太太在吗?"

"进来!"

阿尔努夫人胳臂肘支在柜台上,平静地在手指间转着一支鹅毛笔,这时账房先生撩开了门帘。

弗雷德里克站起身。

"太太,我得向您告辞了。我要买的东西是不是就会准备好?这靠得住吧?"

她没有回答。但是,这无声的共谋有如通奸,羞得她满面通红。

次日,他又上她家去,受到了接待。为了乘胜追击,他立即开门见山地先为校场相遇一事替自己辩解。他与那个女人在一起纯属偶然。就算她长得漂亮(不是事实),她怎能占住他的思想,哪怕一分钟,既然他爱着另一个女人!

"这您是清楚的,我对您讲过。"

阿尔努夫人低下了头。

"您同我讲过,我为此很生气。"

"为什么?"

"按最起码的礼仪,现在我不该再和您见面了?"

他声明自己的爱情是纯洁的。他的过去应该对未来作出担保;他决计不打扰她的生活,不唉声叹气惹她心烦。

"但是,昨天,我心里有许多话要讲。"

"我们不该再回想那个时刻了,我的朋友!"

然而,两个可怜人互吐心中的愁闷,这有什么不好呢。

"因为您也不幸福!噢!我了解您,您需要情感,需要忠诚,但没有任何人满足您这种需要。您要我做什么,我就做什么!我不会冒犯您!……我向您发誓。"

他的心情过于沉重,一时支持不住,不由得跪倒在地上。"起来!"她说,"我要您起来!"

她声色俱厉地对他说,如果他不依从,他就永远也见不到她了。

"啊！我看您未必做得出来！"弗雷德里克接口道，"在世上我有什么事情可做！别人拼命追逐财富，名誉，权力！我呢，我没有职业，您是我唯一关注的对象，我的全部财富、我的生活和思想的目的和中心。没有您就像没有空气，我是活不下去的！我的灵魂渴望升向您的灵魂，二者应当融合为一体，为此我痛苦得要死，您对这一切难道没有感觉吗？"

阿尔努夫人全身都战栗起来。

"噢！您走吧！我求求您！"

看见她大惊失色的面容，他住了口，然后，往前迈了一步。但是她双手合十，直朝后退。

"离开我！看在老天爷的分上！求求您！"

弗雷德里克那样地爱她，于是走了。

但他很快大生自己的气，骂自己是笨蛋；过了二十四小时，他又回来了。

太太不在家。他呆呆地站在楼梯口，怒火中烧，义愤填膺。阿尔努出来了，告诉他说，当天早晨他妻子动身到乡下去了，住在他们在奥特依租的一幢小房子里，圣克卢的别墅已经不属于他们了。

"这又是她的一个怪念头！算了，既然这称她的心！再说，对我也方便，这样反倒好！今晚我们一起吃饭怎么样？"

弗雷德里克推说有件急事要办，然后飞奔到奥特依。

阿尔努夫人不禁快活地叫了一声。于是，他的全部怨恨烟消云散。

他闭口不谈他的爱情。为了赢得她更大的信任，他甚至表现得过分拘谨；当他问她是否可以再来时，她回答说"当然可以"，并且向他伸出手去，但几乎立即缩了回来。

从此，弗雷德里克频频去拜访她。他向车夫许以优厚的小费。但是，马儿走得慢腾腾的，他常常急不可耐，下了车，又气喘吁吁地爬上一辆公共马车。他鄙夷地打量着坐在他前面的乘客的脸,他们不是到她家去的!

他老远就认出她的房子,有一株高大的忍冬盖住了一侧的木板屋顶;这是一座瑞士山区式的木屋,漆成红颜色,有一个向外突出的阳台。花园里有三株老栗树,中央的一个小丘上,一根树干撑着一个伞形的茅草顶。墙壁的青石板盖顶下,一大株没有扎好的葡萄藤东垂西挂,仿佛腐烂的缆绳。栅栏的门铃拉起来有点费劲,铃声很长,总要等很久才有人来开门。每一次,他都感到几分焦虑,一种莫名的恐惧。

随后他听见女用人的拖鞋踩在沙子上咔嚓咔嚓地响;要么阿尔努夫人自己出来。有一次,她蹲在草坪前采紫堇花,他悄悄来到她的背后。

她女儿的脾气很坏,她只得送她去寄宿学校。她儿子每天下午都在学校,阿尔努与雷冉巴尔及其朋友孔潘在王宫市场吃中饭,一吃就是半天。没有一个讨厌鬼会来惊扰他们。

自然他们不应该恣意妄为。这个默契保证他们不冒风险,也便于他们互诉衷肠。

她向他讲述过去她在夏特勒娘家的生活,十二岁前后对宗教的虔信,后来对音乐的癖好;在她那间可以望见城墙的小小的房间里,她唱歌唱到半夜。他告诉她上中学时他心情悒郁,在他充满诗意的天国里怎样闪烁着一张女性的面孔,以致他头一次见到她,便如同故友重逢。

这些话通常只涉及他们相交的岁月。他向她提起一些细枝末节,在某个时期她衣裙的颜色,某天突然来了一个什么人,另一次她讲了什么话;她惊叹不已地回答:

"对,我记起来了!"

他们趣味相同,看法一致。一个人听另一个人讲话时,常常叫起来:

"我也是!"

轮到另一个,也叫起来:

"我也是!"

接着,没完没了地怨命:

"为什么老天爷不愿成人之美呢!要是我们早些相遇有多好!……"

"啊!我再年轻些就好了!"她叹气道。

"不!我,我应该再老些。"

他们设想一种纯爱情的生活,它丰富多彩,足以填满最空旷的寂寞;它超越一切欢乐,蔑视一切苦难,光阴将在他们绵绵不绝的倾诉中逝去。这生活将孕育出某种辉煌崇高的东西,如同闪亮的星辰。

他们几乎总伫立在露天楼梯的高处;秋天发黄的树梢在他们眼前绵延起伏,高低不等,直至灰白的天边。要不然,他们走到林荫道尽头,进入一个方阁,里面没有其他家具,只摆着一张灰布面的长沙发。镜子上有一些黑点;四壁散发出一股霉味;他们待在那儿,陶醉地谈自己,谈别人,无所不谈。有时,阳光透过遮光帘,仿佛在天花板和花砖地之间竖起一根根琴弦,一粒粒尘埃飞旋在这些光柱之间。她用手劈这些光柱玩;弗雷德里克轻轻地抓住她的手;凝视着脉管的交错,皮肤的纹路,手指的形状。对他而言,她的每根手指不仅仅是个东西,而几乎是个人。

她送给他自己的手套,下一周又送手绢。她称他"弗雷德里克",他叫她"玛丽"。他喜爱这个名字,说这个名字正是心醉神迷时用来轻轻呼唤的,它仿佛包含着袅袅香烟,簇簇玫瑰。

他们事先约好他来访的日子;她好像正巧出门,走到大路上去迎他。

她沉浸在巨大的幸福中,无碍无挂,不做任何事激发他的爱情。整整一季,她身着一件褐色的镶着同色丝绒边的丝便袍,衣服宽宽大大,正适合她懒洋洋的姿态和严肃的面容。再说,她已接近女子的壮年,这是既深思熟虑,又柔情满怀的时期,刚刚开始的成熟赋予目光更深邃的热情,情感的力量与生活的经验相互交织,在红颜将尽之际,全面发展的人在美的和谐中显得绚丽多姿。她从未像现在这样温存,这样宽容。她相信自己不会失足,沉湎于柔情蜜意中,她觉得这是她用忧伤换来的一种权利。再说,这是那样美好,那样新奇!阿尔努的粗俗和弗雷德里克的钟情两相对照,真有天壤之别!

他生怕说错一句话会失去他以为已经到手的一切,心想机会可以失而复得,讲了蠢话就收不回来了。他希望她主动委身,不愿意巧取豪夺。他对爱情充满自信,这如同想象中的占有的滋味,令他欣喜;再说,她身体的魅力与其说撩拨了他的感官,不如说使他心慌意乱。这是一种无边的至福,一种深深的沉醉,他甚至忘掉还有可能存在绝对的幸福。离开了她,他欲火中烧,备受折磨。

不久,在他们的交谈中出现了长时间的沉默。有时,对性欲的羞怯使两人面颊飞红。小心翼翼掩饰爱情的一切举动,反而把它暴露无遗;爱情愈强烈,他们的态度愈克制。由于一再自欺欺人,他们变得更加敏感。潮湿树叶的气味令他们舒服,东风叫他们难受,他们无来由地生气,他们有不祥的预感;听到脚步声,护壁板的咔嚓声,他们心惊肉跳,仿佛犯了什么罪;他们觉得正被推向一个深渊;一种暴风雨的气氛笼罩着他们;每当弗雷德里克不由自主抱怨几句,她便自怨自艾起来。

"是呀!我做错了!我像个卖弄风骚的女人!您别来了!"

于是,他重复同样的誓言,每次她都高兴地听着。

她回到巴黎,加之元旦诸事繁杂,他们的会面暂时中止。他再来时,举止更大胆了些。她每分钟都出去吩咐这吩咐那,不管他如何哀求,她接待来看望她的所有资产者。于是大家谈论莱奥塔德①、基佐先生、教皇、巴勒莫的起义②和巴黎第十二区引起不安的聚餐会③。弗雷德里克痛骂当局以泄心头之恨,因为他和戴洛里耶一样巴望天下大乱,现在他的情绪非常激烈。阿尔努夫人却变得阴郁了。

她的丈夫尽做荒唐事,养了工厂的一名女工,人称"波尔多女人"。阿尔努夫人亲自把这件事告诉了弗雷德里克。他想以此做个论断,"既然人家对她不忠"。

"噢!我才不为这种事心慌意乱哩!"

他觉得这个表白完全巩固了他们的亲密关系。阿尔努是不是起疑心了?

"没有!现在还没有!"

她告诉他,有天晚上,阿尔努留下他俩单独在一起,然后回来躲在门后偷听,由于两人谈的是一些无关紧要的事,从此他完全放了心。

"他有道理,对吧?"弗雷德里克辛酸地说。

"当然对!"

她本不该冒险说这句话。

有一天,她在他惯常来访的时刻没在家。在他看来这是一种负心的行为。

接着,见他带来的花始终插在一只玻璃杯里,不禁生了气。

"您究竟要花放在哪儿呢?"

"噢!别放在这儿!不过,在这儿倒不像在您心上那样冷。"

---

① 莱奥塔德因涉嫌杀害一名少女被判处终身劳役,但他的罪证不足,这桩案子引起公众舆论的不满。
② 巴勒莫,意大利西西里岛的首府。一八四八年一月,西西里岛爆发起义,要求独立,摆脱专制暴君斐迪南二世的统治。
③ 指改革者聚餐会,这是当时共和党人进行宣传鼓动的一种活动方式。

隔了一些日子,他又责备她头天连招呼都不打一声,就到意大利剧院看戏去了。其他人见到了她,赞美了她,或许爱上了她;弗雷德里克一味怀疑,无非是想和她吵架,想折磨她;因为他开始恨她了,至少她应分担他的部分痛苦!

一天下午(二月中旬),他来时发现她非常紧张。欧仁抱怨喉咙疼。大夫却说不要紧,不过是重伤风,流感而已。弗雷德里克见孩子迷迷糊糊的样子十分吃惊。但他仍然宽慰孩子的母亲,举了好几个同龄小孩的例子,他们新近患了同样的疾病,很快便痊愈了。

"真的?"

"可不是!当然啰!"

"噢!您心地多好啊!"

她执起他的手。他把她的手紧紧握住。

"噢!请放开!"

"这有什么关系,既然您把手伸给了安慰者!……您在这些事情上很相信我,但是……每当我向您谈起我的爱情,您就怀疑我!"

"我不怀疑,可怜的朋友!"

"为什么这样不信任人,仿佛我是个玩弄女人的坏蛋!……"

"噢!不是!……"

"哪怕我只有一个证据也行!……"

"什么证据?"

"随便什么人都可以给的证据,您曾经给予我本人的证据。"

于是他向她提起,有一次,他们在一个冬日下着雾的黄昏一道外出。这一切距今多么遥远!他多么想挽着她的胳臂出现在众人面前,没什么可害怕的,没什么不可告人的想法,周围也没有人打扰他们。究竟谁拦着他这样做呢?

"好吧!"她毅然决然地说,一开始倒使弗雷德里克吃了一惊。

但是他急忙接着说：

"我在特龙谢街和农场街的拐角等您,好不好？"

"天呀！我的朋友……"阿尔努夫人结结巴巴地说。

他不给她时间多想,又说：

"下星期二,行吗？"

"星期二？"

"对,两点到三点之间！"

"我一定去！"

她羞愧地转过脸去。弗雷德里克在她的脖颈上吻了一下。

"噢！这不好,"她说,"您会叫我后悔的。"

他担心女人通常的变化无常,便闪开了。接着,走到门口,他轻声低语,好像在讲一件说定了的事：

"星期二见！"

她谨慎而顺从地垂下那双美丽的眼睛。

弗雷德里克心中自有盘算。

他希望下雨或者出大太阳,他好让她在一个门洞里避一避,一旦到了门洞下面,她就会走进房子。困难在于找一栋合适的房子。

于是他开始寻找,特龙谢街快走了一半,他远远看见一块招牌上写着：带家具房屋出租。

伙计明白了他的来意,立即领他去看中二层的一间卧房和一间有两个出口的盥洗室。弗雷德里克租下了房间,租期一个月,并预先付了租金。

随后,他到三家商店去买最稀有的化妆品；他弄到一块假镂空花边,代替难看之极的红布床罩,还挑了一双蓝缎子拖鞋；仅仅因为怕显得粗俗,他才在购物上有所节制；他带着这些东西回来；然后,他比设临时祭坛的人还要虔敬地挪动家具的位置,亲自给窗帘叠出褶裥,在壁炉上摆几束欧石楠,在五斗柜上放几朵紫堇花；他恨不得把整个房间都铺上金子。"就是明天了,"他想,"对,明天！

我不是做梦。"他怀着狂热的希望,感到自己的心在扑通扑通地跳;随后,一切就绪,他把钥匙放在衣兜里带走,仿佛睡在那儿的幸福会飞走似的。

他家里有一封母亲的来信。

"为什么迟迟不归呢?你的行为开始显得可笑了。我明白,在某种程度上,你起初对这门婚事有些犹豫;可得好好想想!"

她把话讲得明明白白:四万五千利弗尔年金。再说,这正是"街谈巷议的话题";罗克先生正等待一个明确的答复。至于那个姑娘,她的处境实在很尴尬。"她十分爱你"。

弗雷德里克没有念完,就把信扔掉了。他拆开另一封,是戴洛里耶的一封短笺。

老兄:

  梨熟了。你做过许诺,我们信赖你。明天凌晨在先贤祠广场集合。你先去苏弗洛咖啡馆。游行前我得和你谈谈。

"噢!他们的游行,我知道是怎么回事。谢天谢地!我有一个更愉快的约会。"

次日,一到十一点,弗雷德里克便出了门。他想最后检查一遍准备的情况;而且,谁知道呢,万一她先到了怎么办?他走出特龙谢街时,听见玛德莱娜教堂后面一片喧嚣;他往前走,瞥见广场尽头左侧有一群穿工装的人和市民。

原来,报上发表了一篇宣言,要召集改革者聚餐会的全体捐助者在这个地点开会。内阁几乎立即张贴公告禁止。头天晚上,议会反对派放弃了集会计划;但是爱国者们不知道头头们的决定,按照约定来了,后面跟了一大群看热闹的人。学界的一个代表团刚才去见了奥狄翁·巴罗①。现在又到外交部去了。大家不知道聚

---

① 奥狄翁·巴罗(1791—1873),法国政治家,七月王朝时期保王党反对派领导人,一八四七年参加"聚餐会运动",加速了路易-菲力浦的倒台。

餐会是否举行,政府是否使用威胁手段,国民自卫军是否会出动。大家既怨恨当局,也怨恨议员。人越聚越多,突然《马赛曲》的歌声响彻云霄。

大学生的队伍过来了。他们排成两行齐步走,很有秩序,面带愠色,赤手空拳,不时齐声高呼:

"改革万岁!打倒基佐!"

弗雷德里克的朋友们自然也在队伍里面。他们会看到他,把他也拉进去。他赶忙躲进阿尔卡德街。

大学生们围着玛德莱娜教堂绕了两圈,然后朝协和广场进发。广场上人山人海;远远看去,拥挤的人群好似一块黑穗起伏的麦田。

就在同时,作战部队士兵在教堂左侧排成了散兵线。

可是,一群群人滞留不动。为了驱散他们,便衣警察抓了几个最不顺从的人,粗暴地把他们带到警察分局。弗雷德里克非常气愤,但没有吭声;因为人家会把他和别人一起抓走,他就会错过与阿尔努夫人的约会。

不久后,出现了保安警察的钢盔。他们用大片刀乱打四周的人群。一匹马倒下了;有人跑去救它;等骑手一跨上马,大家又纷纷逃开。

这时,一片肃静。霏霏细雨已停了,柏油路面湿漉漉的。西风无力地吹拂,驱散了乌云。

弗雷德里克开始在特龙谢街上走,边走边朝前后看。

两点钟终于敲响了。

"啊!就是现在!"他自言自语道,"她从家里出来,她走近了。"过了一分钟,他又想:"她来得及准时到。"直到三点钟,他努力保持镇定。"不,她没有迟到;耐心点!"

他闲得无聊,便细细察看仅有的几家店铺:一家书店、一家鞍具店和一家寿衣店。不一会儿,他看过了所有著作的书名,所有的鞍具,所有的衣料。商人们见他不停地走过来,走过去,起先很吃惊,后来害了怕,就关上了店门。

她一定有什么事耽搁了,她也在为此难过。可是一会儿该多快活啊!因为她就会来的,这是肯定的!"她明明答应过我!"然而,一种难忍的焦虑袭上他的心头。

他突然有个荒唐念头,回到了旅馆,仿佛她有可能在里面似的。就在此刻,她也许来到了街上。他冲到街上。一个人也没有!于是,他又开始在人行道上走来走去。

他观察路面的缝隙、檐槽口、金属灯杆和门牌号码。最微小的东西也变成他的伙伴,或不如说含讥带讽的看客;房舍规整的正面在他看来冷酷无情。他的脚步声震得他脑袋疼。

待他看到表针指到四点时,他觉得一阵头晕,一阵恐惧。他竭力背诵诗句,随便计算点什么,编一个故事!办不到!阿尔努夫人的形象总在他眼前晃来晃去。他真想跑去迎迎她。但是走哪条路才不会失之交臂呢?

他走近一个跑腿的,在他手里放了五法郎,托他去天堂街雅克·阿尔努家,问问门房"太太在不在家"。接着,他伫立在农场街和特龙谢街的拐角,以便同时看到两条街。在目力所及的马路上,乱哄哄的人群在移动。他偶尔看清楚一名龙骑兵的羽饰,一顶女人戴的帽子;他瞪大眼睛辨认她是谁。一个衣衫褴褛的小孩指着盒子里的一只土拨鼠,笑嘻嘻地向他乞讨。

穿丝绒上衣的人回来了。"门房没见她出门。"谁留住她了?如果她生了病,人家一定会说的!是不是有人拜访?不接待是最简单不过的事。他突然拍了一下脑门。

"啊!我真笨!是因为暴动呀!"这个解释合情合理,他如释重负。可是转念一想:"她那个街区很安静。"一个可恶的疑虑闪过他的脑际。"万一她不来呢?万一她的允诺不过是为了甩掉我而讲的一句空话呢?"不会!不会!她来不了,一定是偶然发生了

293

一件不寻常的事,一件万万料不到的事。遇到这种情况,她会写信的。他派旅馆侍者上伦弗尔街他的家去,看看有没有信。

侍者没有带回任何信件。没有消息,他反倒放了心。

从他随手抓的硬币的数量,从行人的表情和马匹的颜色,他做了种种预测;如果得出的是凶兆,他就尽量不信它。他大生阿尔努夫人的气,低声地咒骂她。接着他浑身无力,几乎要晕过去;突然,希望又使他重新振作起来。她快来了。她在那儿,在他背后。他转过身去:影子也没有! 有一次,他瞥见三十步开外有个女人与阿尔努夫人身材一样,穿着同样的袍子。他追了上去;这不是她! 五点钟到了! 五点半! 六点! 煤气灯亮了。阿尔努夫人没有来。

头天夜里,她做了个梦,梦见自己在特龙谢街的人行道上站了很久。她在那儿等一个捉摸不定的、然而又非同小可的东西;不知为什么,她怕被别人看见。但是一条该死的小狗缠住她,轻轻咬她袍子的下摆。你赶走它,它又倔强地跑回来,而且叫得愈来愈响。阿尔努夫人醒了。狗吠声没有停。她侧耳聆听。声音来自儿子的卧房。她赤着脚奔去。是孩子在咳嗽。他双手滚烫,面色潮红,声音特别嘶哑,呼吸一分钟比一分钟困难。她俯在他的被褥上观察他,直到天明。

八点钟,国民自卫军的鼓手来通知阿尔努先生:同志们在等他。他迅速穿好衣服走了,答应立即去请医生科洛先生。十点钟,科洛先生还没有来,阿尔努夫人打发她的贴身女仆去请。大夫正在乡下旅行,代替他的年轻人出门买东西去了。

欧仁侧着头躺在长枕上,始终紧蹙眉头,把鼻孔张得老大;可怜的小脸变得比被单还要白;每吸一口气,他的喉咙里就发出一阵嘘嘘声,而且呼吸声愈来愈短促、干巴,好似金属的声音。他的咳嗽有如装在玩具狗里的机械发生的响声。

阿尔努夫人惊恐万状。她扑过去拉门铃,高喊救命:

"来个医生呀! 来个医生呀!"

十分钟后,来了一位戴白领带、灰色颊髯修剪得整整齐齐的老先生。他提了一大堆问题,问小病人的习惯、年龄和体质,接着检查了他的喉咙,把头贴到他的背部,开了一个处方。这老头平静的样子令人讨厌。他身上散发出保存尸体的防腐剂的气味。她恨不得打他一顿。他说晚上再来。

没过多久,可怕的阵咳又开始了。有时,孩子猛然坐起来。胸部肌肉阵阵抽搐,吸气时腹部下陷,仿佛奔跑后喘不过气来。接着,他嘴巴大张,头朝后倒在床上。阿尔努夫人极其小心地试着让他吞下小瓶里的药,吐根糖浆,一种祛痰剂。但他推开羹匙,有气无力地呻吟着,好像在用嘴吹出他说的话。

她不时把那张药方再读一遍。上面写的注意事项令她惊恐;也许药剂师弄错了吧!她为自己的无能感到绝望。科洛先生的学生来了。

这是位态度谦逊的年轻人,干这一行还是个新手,不隐瞒自己的想法。起先他犹豫不决,怕影响自己的声誉,最终开出了处方:用冰块敷。冰块很久才找到。装冰块的气囊又破了,只好给孩子换衬衣。这番折腾引起了一次更可怕的发作。

孩子开始扯脖子上的毛巾,仿佛要去掉令他窒息的障碍,他搔墙壁,抓床帏,寻找一个支点帮助呼吸。现在,他脸色发青,浑身被冷汗浸透,看上去人也瘦了。一双惊慌的眼睛恐怖地盯着母亲。他用双臂搂住她的脖子,拼命地吊在上面;她忍住呜咽,结结巴巴地讲些温柔的话。

"是的,我的爱,我的天使,我的宝贝!"

接着,他突然安静下来。

她去找来了一些玩具、一个驼背小丑、一套画片,把这些东西摊在床上逗他玩。她还试着唱起了歌。

她开始唱一支歌,以前她把他裹在襁褓里,坐在这张小绒面椅上摇着他,唱的正是这支歌。但是,他浑身上下哆嗦起来,仿佛一阵风吹过水面;他的眼球凸了出来:她以为他快死了,掉过脸去不看他。

过了片刻,她鼓起勇气望着他。他还活着。时间一小时一小时地过去,沉重,阴郁,没有止境,令人绝望;她仅仅根据临终的进展来计算分秒。胸部的抖动把他往前抛,她像要把他折断似的;最后,他呕出一个奇怪的东西,很像一根羊皮纸管。这是什么呢?她以为他吐出了一段肠子。但是他的呼吸顺畅了,均匀了。这种表面的舒适比什么都让她害怕。她胳臂下垂,目光呆滞,好似泥塑木雕一般。这时科洛先生突然而至。依他看,孩子得救了。

起先她不明白,请他把话再说一遍。这是不是医生惯用的一句安慰话?大夫神色平静地走了。这对她来说,好比紧紧捆住她那颗心的绳索一下子解开了。

得救了!这可能吗?

她突然想起弗雷德里克,这个念头清晰而不可避免地出现了。这是苍天的一个警告。但是天主慈悲为怀,不想彻底惩罚她!如果她沉湎于这种爱情,以后要赎多大的罪呀!人家一定会因为她辱骂她的儿子;阿尔努夫人仿佛看见他长大成人,在一次决斗中受了伤,放在担架上抬回来,奄奄一息。她一跃扑到小椅子上,用尽全力把她的灵魂抛向苍天,牺牲她的初恋和唯一的偏爱,作为祭品献给上帝。

弗雷德里克回了家。他坐在扶手椅里,连咒骂她的力气也没有了。一阵睡意向他袭来;在噩梦中,他听见下雨了,总以为自己站在那边的人行道上。

次日,他最后一次忍气吞声,又派了一个跑腿的去阿尔努夫人家。

或许这个萨瓦人①没有捎口信,或许她有太多的话要说,一言

---

① 萨瓦是法国东南部的一个地区。

难尽,总之带回来的答复与上次一模一样。她太傲慢无理了!一股骄傲的怒火升上心头。他发誓决不再有任何欲望,他的爱情像被狂风卷走的树叶,无影无踪了。他感到一阵轻松,一份坚忍的快乐;随即他觉得需要做出激烈的行动,于是他信步朝街上走去。

一群市郊的人走过,挎着枪,佩着旧军刀,有几个戴着红帽子,众人齐唱《马赛曲》或《吉隆特党人之歌》。这儿那儿,几个国民自卫军士兵急急忙忙赶回区政府。远处,鼓声隆隆。圣马丁门那边打起来了。到处笼罩着快活和好战的气氛。弗雷德里克不停地走着。大都市的骚动使他开心。

赶到弗拉斯卡蒂附近,他瞥见女元帅的窗户;他产生了一个疯狂的念头,一阵青春的冲动。他穿过马路。

通行车辆的门关着;女元帅的贴身女仆戴尔菲娜正用木炭在门上写"武器已缴"几个字,她赶忙对他说:

"啊!太太情绪坏透了!今早她的马夫辱骂她,被她辞了。她以为到处都会抢劫!她吓得要死!更糟的是先生也走了!"

"哪位先生?"

"亲王呀!"

弗雷德里克走进小客厅。女元帅出来了,穿着衬裙,头发披在脑后,神色慌张。

"啊!谢谢!你来救我了!这是第二次!你呀,你从不要求酬报!"

"对不起!"弗雷德里克说着用两手搂住她的腰。

"怎么?你做什么?"女元帅结结巴巴地说,这个举动使她又惊又喜。

他回答道:

"我赶时髦,我也要改革了。"

她任他把自己推倒在沙发上,在他的亲吻下不断发出咯咯的笑声。

297

整整一个下午,他们从窗口望着街上的民众。然后,他带她去"普罗旺斯三兄弟"饭馆吃晚饭。这顿饭吃的时间很长,有滋有味。他们找不到车子,就徒步回来。

更换内阁的消息一传开,巴黎变了样。大家沉浸在欢乐中;散步的人来来往往,每层楼都点起小油灯,亮如白昼。士兵们缓缓走回营房,筋疲力尽,满面愁容。大家向他们致敬,高喊:"作战部队万岁!"他们继续走路,没有回答。相反,国民自卫军的军官们兴奋得脸色通红,挥舞军刀大声叫喊:"改革万岁!"每次听到这个字眼,这对恋人都会发笑。弗雷德里克说着笑话,非常快活。

他们从杜弗街走到大马路上。家家户户挂着彩色折纸灯笼,组成一条条火的花彩。下面影影绰绰挤满了人;暗影中有几处闪着刺刀的白光。响起巨大的喧哗声。人群过于稠密,他们要直接回去是不可能了,于是进了科马坦街。突然身后一声巨响,好像一大匹绸子被撕开一样。这是卡皮西纳大街齐射的枪声。

"啊!有几个市民被打死了。"弗雷德里克平静地说。

往往有这种情况,一个最不残忍的人,由于不关心他人,即便看到人类毁灭也不会心跳。

女元帅紧紧挽住他的胳臂,牙齿咯咯作响。她说她再走二十步就走不动了。于是,出于无以复加的怨恨,为了在心中把阿尔努夫人更痛快地凌辱一番,他把女元帅一直带到特龙谢街旅馆为另一女人准备的房间。

鲜花尚未凋谢。镂空花边的床罩摊在床上。他从衣橱里拿出一双小拖鞋。萝莎奈特觉得这份体贴实在无微不至。

将近一点钟,她被远处的隆隆声吵醒了;她见他头埋在枕头里在啜泣。

"你怎么了,我心爱的?"

"我太幸福了,"弗雷德里克说,"我早就渴望得到你了!"

第 三 部

一

　　一阵枪声蓦地把他从睡梦中惊醒；弗雷德里克不顾萝莎奈特的一再恳求，非要去看看发生了什么事。他走下香榭丽舍大街，枪声正是从那儿来的。在圣奥诺雷街的街角，一群穿工装的人迎面走来，嘴里喊着：

　　"不！别去那边！到王宫去！"

　　弗雷德里克跟在他们后面。圣母升天堂的栅栏已经被拔掉。更远处，他发现路当中有三堆石块，一定是街垒的起点，接着是拦阻骑兵的玻璃瓶碎片和一捆捆铁丝。突然从一条小巷里窜出一个面色苍白的高个子青年，黑发披肩，套着一件彩色圆点的汗衫。他握着一杆士兵的长枪，踮起穿着拖鞋的脚飞跑，神情像个梦游者，矫健如一只猛虎。断断续续地传来枪声。

　　头天晚上，目睹一辆四轮车载着五具从卡皮西纳大街收来的尸体，人民改变了行动部署。副官们陆续来到杜依勒里宫，正在组织新内阁的摩莱先生①没有回来，梯也尔先生试图组织另一个内阁，而王上事事挑剔，犹豫不决，然后把总指挥权交给比若②，目的是阻止他行使指挥权。正在这时，起义的组织工作好像在一个人

---

① 摩莱(1781—1855)，法国政治家，一八三〇年任外交大臣，一八三六至一八三九年任行政法院院长。
② 比若(1784—1849)，法国元帅，一八四〇至一八四七年任阿尔及利亚总督。

的指挥下声势浩大地进行着。一些能言善辩的人在街头巷尾向人群发表慷慨激昂的演说；另一些人在教堂里用力敲警钟。有人铸铅弹，有人制火药筒。马路上的树、公共厕所、长椅、栅栏、煤气灯，拔的拔，推倒的推倒。早晨，巴黎布满街垒。抵抗不久便停止了。国民自卫军到处干预。八点钟，不管愿意不愿意，人民占据了五个军营，几乎全部区政府，以及最牢靠的战略地点。七月王朝未经震撼，迅速自行解体。现在正在攻打水塔哨所，以解救五十名囚犯。其实他们并不在里面。

弗雷德里克不得不在广场入口处停下。广场上挤满带武器的人。几个步兵连占领了圣多马街和弗罗芒托街。一个庞大的街垒堵住了瓦卢瓦街。街垒顶上摇曳的硝烟稍稍散开，一些人在上面跑，用力做着手势，然后不见了；接着射击又开始了。哨所予以回击，不过里面的人一个也看不见；它的窗户用橡木窗板护住，上面钻了枪眼。这座两层楼的建筑有两个侧翼，小门开在中间，第一个侧翼前有个喷泉。在子弹的撞击下，建筑物开始布满白点。楼前的三级石阶一直是空的。

在弗雷德里克身边，一个戴希腊小帽、毛线衣上挂着一个弹盒的男人，正和一个戴彩色布头巾的女人争执着。她对他说：

"你给我回去！给我回去！"

"别烦我，"丈夫回答，"你一个人可以看守好房子。公民，我问问您，这对不对？我处处尽了自己的职责，在一八三〇年、一八三二年、一八三四年、一八三九年！今天有战斗。我必须参加战斗！——你走开！"

看门女人终于听从了丈夫和身边一名国民自卫军士兵的规劝；这名士兵年纪四十开外，憨厚的脸上蓄着一圈金黄色的胡须。他一边装子弹射击，一边和弗雷德里克聊天，在骚乱中心静如水，好像园艺家在自己的花园里一样。一个穿粗麻布衣的男孩讨好他，想要些子弹的底火，好使用自己的枪，一支漂亮的打猎用卡宾枪,是"一位先生"送他的。

"贴紧我的背,"这位市民说,"躲到一边去!你这是找死!"

战鼓敲着冲锋的鼓点。响起尖叫声,胜利的欢呼声。人潮在不停的涡流中波动。弗雷德里克夹在稠密的两大群人之间,一动不动,被惊呆了,又觉得特别好玩。倒下的伤兵,横卧的死尸,好像不是真的受了伤,真的死了。他觉得在看一出戏。

在人潮中间,在攒动的人头上方,只见一位黑衣老人骑在一匹丝绒鞍子的白马上。他一只手拿着一根绿树枝,另一只手拿着一张纸,一个劲地晃着它们。最后,他无法让人听见他的话,大失所望,退出去了。

步兵部队没了踪影,只剩下保安部队保卫哨所。一群勇敢者冲上石阶;他们倒下了,另一些人又冲上来;门在铁杠的连连敲击下晃得直响;保安部队寸步不让。但是,一辆装满干草的敞篷四轮马车,像一个巨大的火炬燃烧着,被拖过来靠在墙上。大家很快搬来几捆柴火、一些麦秸和一桶酒精。火顺着石头往上升,建筑物像硫气孔似的四处冒起烟来;楼顶上,平台栏杆的柱子之间,蹿出宽大的火舌,发出刺耳的响声。王宫二楼上全是国民自卫军的士兵。在广场的每个窗口都有人朝外射击;子弹呼啸,喷泉被打裂了,水与血掺和在一起,在地上东一摊西一摊的;人在泥泞里滑着,踩在衣服、筒状军帽和武器上;弗雷德里克觉得脚下有个软绵绵的东西;原来是一名穿灰色军大衣的中士的手,他脸朝下躺在路边的水里。民众一群又一群地蜂拥而来,把战士们推向哨所。枪声一阵紧似一阵。卖酒的店开着门;人们不时进去抽一锅烟斗,喝一杯啤酒,接着再回去战斗。一只迷失的狗拉长声音吠叫,引人好笑。

一个人腰部中弹,嘶哑地喘着气倒在弗雷德里克的肩膀上,把他撞得东倒西歪。这一枪可能是朝他放的,他非常气愤;正当他朝前冲时,一名国民自卫军的士兵拦住了他:

"这没用!王上刚刚走了。啊!如果您不信,去看看嘛!"

听到这样的说法,弗雷德里克冷静下来。卡鲁塞尔广场看上去平安无事,南特旅馆始终孤零零地屹立在广场上。后面的一排房屋,对面卢浮宫的圆顶,右边的木廊,以及高低起伏直至摊贩木板屋的空地,似乎全湮没在空气的灰颜色中,远处的嗡嗡声好像与雾霭融为一体。而在广场的另一头,云散开了,强烈的光线落在杜依勒里宫的正面墙上,用白色勾勒出所有窗户的轮廓。凯旋门旁边横卧着一匹死马。栅栏后面,人们五个一群,六个一伙聊着天。宫门敞开,门口的仆役任人通行。

楼下的一间小厅里,一碗碗牛奶咖啡摆在桌上。几个看热闹的人说说笑笑地在桌前坐下;其他人仍然站着,其中有一位出租马车的车夫。他双手抓起一只装满绵白糖的短颈大口瓶,朝左右不安地看了一眼,然后把鼻子伸进瓶颈,狼吞虎咽地吃起来。大楼梯下面,一个人正在登记簿上写自己的名字。弗雷德里克从后面认出了他。

"啊!是于索奈呀!"

"可不是!"艺术家答道,"我进入王宫了。这个玩笑开得不错,是吧?"

"我们上楼去,好不好?"

他们来到元帅厅。除了比若的画像肚子上被戳了一个洞外,这些名人画像均完好无损。他们用军刀支撑身体,身后有个炮架,那副令人生畏的样子与周围的环境极不协调,一个大时钟指着一点二十分。

突然,《马赛曲》响起来了。于索奈和弗雷德里克斜倚在楼梯栏杆上看。原来是老百姓。他们奔向楼梯,令人目眩地晃动光着的头、钢盔、红帽、刺刀和肩膀,其势如此迅猛,连人也消失在这一大堆乱攒乱动的东西中。他们一直往上爬,宛如春分落潮时倒涌的河水,在不可抗拒的推力下,发出悠长的咆哮。到了楼上,人群散开,歌声停了。

这时只听见千百双鞋子的践踏声和鼎沸的人声。无意破坏的群众只想饱饱眼福。但是,由于过分拥挤,不时一个胳膊肘撞破一块窗玻璃;要么一只花瓶,一尊小雕像从靠墙的蜗形脚桌上滚到地上。受挤压的细木护壁板咔啦咔啦地响。张张面孔热得通红,汗流如注。于索奈下了这个评语:

"英雄们的气味不好闻!"

"啊!您真讨厌!"弗雷德里克接口道。

他们不由自主地被人推着走进一间大厅,大厅的天花板上张着红丝绒的华盖。下面的御座上,坐着一个黑胡子的无产者,衬衣半敞着,样子快活而愚蠢,活像一个形象古怪的瓷人。还有一些人爬上台子,要坐他的位置。

"多么荒唐!"于索奈说,"如今人民当了君王!"

御座被高高举起,晃晃悠悠地穿过整个大厅。

"妈的!它摇摆得多厉害!国家这艘大船在惊涛骇浪中颠簸不已!它跳起了康康舞!它跳起了康康舞!"

大家把御座抬到窗口,在一片嘘声中,把它扔了下去。

"可怜的老东西!"于索奈见它落在了花园里,说道。大家很快又举着它游街直到巴士底狱广场,然后把它烧了。

于是,疯狂的欢乐爆发了,仿佛御座消失后,继之而来的是无限美好的前途。民众与其说要报仇雪恨,不如说想肯定他们的所有权,对镜子、窗帘、吊灯、烛台、桌椅、矮凳,所有的家具又砸又撕,连画册和做绒绣的针线筐也不放过。既然是胜利者,还不该开开心!贱民们含讥带讽地用花边和开士米打扮自己。金穗饰缠绕在工装袖子上,插着鸵鸟毛的帽子戴在铁匠的头上,荣誉勋位的绶带成了妓女的腰带。人人恣意妄为;有的跳舞,有的喝酒。在王后的卧室里,一个女人给自己的头发涂上发蜡;在一架屏风后面,两个牌迷在打牌;于索奈把一个倚在阳台上抽短管烟斗的家伙指给弗雷德里克看;群众极度兴奋,喧闹声变本加

303

厅，不绝于耳，瓷器和水晶的碎片四处飞溅，如口琴的簧片一样鸣响着。

接着，怒气消了。一种淫邪的好奇心驱使人们搜索各个小房间、所有隐蔽的角落，打开一个个抽屉。苦役犯把胳膊伸进公主的床褥，在上面打滚，为不能奸淫她们而聊以自慰。另一些人面孔更加阴森可怖，不声不响地东游西逛，想下手偷点什么；可是人实在太多了。从门洞望去，只见一溜儿房间里，包金的饰物之间，飞扬的尘埃之下，黑压压的全是人。所有的人都呼呼喘着气，房间里愈来愈闷热；两个朋友怕给憋死，就走了出来。

在前厅，一名妓女站在一堆衣服上，摆出自由女神的姿势，纹丝不动，双目圆睁，模样十分吓人。

他们在外面刚走了几步，一队穿军大衣的保安队员便朝他们走来，脱下警帽，同时露出微秃的头顶，向人民深深地鞠了一躬。看到这个尊敬的表示，衣衫褴褛的胜利者神气活现起来。于索奈和弗雷德里克也感到了几分快意。

他们劲头十足，又返回王宫。在弗罗芒托街口，一些士兵的尸体堆在麦秸上。他们面无表情地走过，觉得自己很镇定，并为此而自豪。

王宫里挤满了人。在内院，燃起了七堆柴火。人们从窗口扔下钢琴、五斗柜和挂钟。消防水泵把水一直喷到房顶。一群无赖试图用军刀割断水管。弗雷德里克叫综合理工学院的一名学生去劝阻。这名学生没有听明白，好像是个呆子。贱民们占据了酒窖，他们在周围，在两条游廊里，狂喝滥饮。酒流成小溪，浸湿了脚；痞子们就着瓶底喝酒，身子摇摇晃晃地破口大骂。

"咱们出去吧，"于索奈说，"这种人民叫我恶心。"

在整条奥尔良游廊上，伤员们就地躺着，底下铺着褥子，上面盖着紫红色的窗帘；本街区的一些平民女子给他们送来了汤和内衣。

"这有什么!"弗雷德里克说,"我呀,我觉得人民很崇高。"

在宽敞的门厅里,人潮如涌,愤怒的人们想去上面几层楼,把一切都毁掉;站在梯级上的国民自卫军士兵拦住他们。其中有名轻装兵最英勇,他没戴帽子,头发竖起,牛皮武装带被撕烂了。他的衬衣在长裤和上装间鼓了出来,在人群中拼命挣扎。于索奈眼尖,远远认出了阿尔努。

接着,他们来到杜依勒里宫的花园,想更自在地歇一会儿。他们在一张长椅上坐下来,闭起眼睛待了几分钟,他们头昏眼花,连说话的力气也没有了。周围的行人互相攀谈起来。奥尔良公爵夫人被任命为摄政王后①;一切都结束了;大家感到问题迅速解决后的那份惬意。这时,仆役们出现在王宫的每个阁楼上,撕破他们的号衣,扔到花园里,以示弃绝原来的政见。民众向他们喝倒彩,他们便退回去了。

一条壮汉分散了弗雷德里克和于索奈的注意力。他扛着枪在树木中间疾走,身穿宽大的红色短上装,腰间扎一条子弹带,鸭舌帽下的额头上系着一方手帕。他掉过头来。原来是杜萨迪埃;他拥抱了他们,说:

"啊!多幸福啊,可怜的老友们!"他又喜又累,喘着粗气,讲不出别的话来。

两天来,他一直站着,他在拉丁区筑街垒,在朗布托街战斗,救了三名龙骑兵,随杜努瓦耶纵队②进入杜依勒里宫,随后去了议会,又到了市政厅。

"我正是从那儿来的!一切顺利!人民胜利了!工人和资产者互相拥抱!啊!你们要是知道我看到了什么该多好!那是些多

---

① 一八四八年二月二十四日,路易-菲力浦把王位让给他的孙子巴黎伯爵,自己逃往英国。其妻奥尔良公爵夫人企图宣布由她摄政,但未成功。
② 杜努瓦耶(1786—1862),法国经济学家,一八三〇年革命后先后任省长和国务顾问,直到一八五一年。

么正直的人！这多么美好！"

他没有发现他们没带武器：

"我就知道肯定能在这儿找到你们！有段时间非常艰苦,这没关系！"

他的面颊上有一滴血往下流,另外两个人问他怎么回事,他答道：

"噢！没事！给刺刀划了一下！"

"还是应该治一治。"

"唔！我结实得很！这有什么了不起的？共和国宣告成立了！大家将过幸福的生活！方才有几个记者在我面前谈天,他们说就要去解放波兰和意大利了！再也没有王上了！你们明白吗？全世界都自由了！全世界都自由了！"

他向天际扫了一眼,伸开双臂,摆出胜利的姿态。这时,有一长列人在水边的平台上跑。

"啊！该死！我倒忘了！要塞被占领了。我得上那儿去！再见！"

他转过身来,挥着枪冲他们喊道：

"共和国万岁！"

滚滚浓烟夹着火星,从王宫的烟囱里往外冒。钟声齐鸣,远远听去,如同受惊的羊在咩咩地叫。

胜利者从左右两侧,从各个地方射击。弗雷德里克虽不尚武,也感到高卢人的血液在自己身上沸腾。群众的热情像磁铁般吸引着他。他畅快地吸着充满火药味的暴风雨的空气;然而,一种博大的爱,一种至高和普遍的感动,散发出某种气息,令他浑身打战,仿佛全人类的心在他的胸腔里跳动。

于索奈打着呵欠说：

"也许该去教育民众了！"

弗雷德里克跟随于索奈来到交易所广场他的记者办公室,用抒情的笔调为特鲁瓦的报纸写了一篇事件报道,一篇真正的文章,写好后署了名。接着两人在一家小酒馆一道用了晚餐。于索奈若有所思;革命的怪诞行动超过了他本人的怪诞行动。

喝完咖啡,他们去市政厅打听有什么新闻,他的孩子气占了上风。他像岩羚羊似的攀上街垒,讲些爱国的下流笑话回答哨兵的问话。

他们在火炬的照耀下听到临时政府宣告成立。最后,午夜时分,弗雷德里克疲惫之极,回到了家里。

"那么,你高兴吗?"他对正在给他脱衣的仆人说。

"当然高兴,先生!但是,我不喜欢人民蹦蹦跳跳。"

第二天,弗雷德里克一觉醒来,想到了戴洛里耶。他跑到他家去。律师被任命为外省的特派员,刚刚动身。头天晚上,戴洛里耶设法见到了勒德吕-罗兰①,以派别的名义死死纠缠,终于谋得一个职位,一项任务。不过,守门人说,他下周会写信来,告知他的地址。

然后,弗雷德里克去看女元帅。她用刻薄的话迎接他,抱怨他把她丢下不管。他一再保证外面太平无事,她的怨气也就消了。现在一切都很平静,没有任何理由害怕;他拥抱她;她表示拥护共和国,巴黎总主教大人已经这样做了,法官们、行政法院、学院、法国各位元帅、尚加尼埃②、德·法卢先生③、全体波拿巴分子、全体正统主义者和众多的奥尔良派,也将怀着迅速产生的不可思议的热情这样做。

---

① 勒德吕-罗兰(1807—1874),法国民主派律师。一八四八年二月革命后任内政部长。
② 尚加尼埃(1793—1877),法国将军和政治家,一八四八年被任命为驻阿尔及利亚总督。
③ 法卢(1811—1886),法国政治家,一八四八年十二月至一八四九年十月任教育部长。

君主政体以迅雷不及掩耳之势垮了台。最初的惊吓过后,资产者们似乎很吃惊自己还活着。几名窃贼未经审判便立即枪毙,看上去这是件十分公正的事。拉马丁关于红旗的那句话,被人反反复复讲了一个月,就是红旗"只绕了校场一周,而三色旗……"云云①;于是人人站到三色旗的影子下面,每个政党只看到三色中代表自己的那种颜色,而且决心一旦成为最强者便除掉另外两种颜色。

由于暂停业务,大家既惶惶不安,又喜欢在马路上看热闹,所以纷纷走出家门。衣着的随便缩小了社会地位的差距,仇恨藏起来,希望显出来,群众非常和气,脸上流露出赢得一项权利的自豪。大家像过狂欢节一样快活,态度举止如在野外宿营,最初几天,巴黎的面貌有趣之至。

弗雷德里克挽着女元帅的胳臂,一同在街上闲逛,看见人人纽孔上别着玫瑰花形徽记,扇扇窗户上挂着军旗,墙上贴着五颜六色的布告,她十分开心,不时往路当中一张椅子上为伤兵设的捐款箱里扔几枚钱币。接着她在一些漫画前停了下来,这些漫画把路易-菲力浦画成糕饼师、街头卖艺者、狗、蚂蟥。但是科西迪埃尔②的手下人挎军刀、戴肩带,她见了有点怕。还有几次,他们看到有人在种自由树。神职人员在制服镶金线饰带的仆役的护卫下,也来参加仪式,为共和国祝福;大众觉得这样做很好。最常见到的景象,是随便什么组织都派出代表团,去市政厅要点什么,因为各行各业都期待政府彻底消灭贫困。当然有些人去找政府,是为了给

---

① 拉马丁在一八四八年二月二十五日的讲演中说:"红旗只不过拖在人民的血泊中绕了校场一周,而三色旗却以祖国、光荣和自由的名义绕了全世界。"临时政府决定采用三色旗,象征着资产阶级的胜利。
② 科西迪埃尔(1808—1861),法国政治活动家,一八三四年因参加里昂起义被判二十年监禁,一八三七年获大赦。一八四八年二月,他参加了街垒战,后被临时政府任命为巴黎警察总监。

它出主意；向它表示祝贺，或者仅仅去做一次小小的拜访，看看机构如何运转。

三月中旬的一天，弗雷德里克去拉丁区替萝莎奈特办一件事。穿过阿尔科勒桥时，他见迎面走过来一队人，戴着奇形怪状的帽子，蓄着长长的胡须。打头儿的黑人敲着鼓，原来是画室以前的一名模特。有个人擎着一面旗，旗上"绘画艺术家"几个大字迎风招展；此人不是别人，正是佩勒兰。

他示意弗雷德里克等着他，五分钟后他又回来了，因为政府此刻正在接见石匠，他有的是时间，他和同事们去要求成立一个艺术论坛，一个类似交易所的地方，可以在里面讨论美学的利益。伟大的作品一定会产生，因为劳动者将共同努力，把才华施展出来。不久，巴黎将到处矗立起宏伟的纪念性建筑物；他将装饰它们，甚至已着手创造一幅象征共和国的画像。他的一个同志来叫他，因为家禽贸易代表团紧紧跟在他们后面。

"无聊透顶！"人群中有个人咕噜道，"尽是瞎扯淡！没有一点像样的东西！"

这是雷冉巴尔。他没有同弗雷德里克打招呼，却借机吐一肚子苦水。

这位公民成天在街头流浪，捋捋胡子，骨碌骨碌转着眼珠，听到坏消息便四下传播。他只有两句话，要么是："当心！我们马上会控制不了局面！"要么是："该死的！人家变魔术把共和国变掉了！"他对什么都不满意，尤其不满意我们没有收复天然边界。一听到拉马丁这个名字，他就耸肩膀。他觉得勒德吕-罗兰"没有能力解决问题"，照他的说法，（厄尔省的）杜邦[①]是个老傻瓜，阿贝尔[②]是白痴，

[①] 雅克·夏尔·杜邦(1767—1855)，七月王朝期间曾任司法大臣，一八四八年革命后任临时政府主席。
[②] 阿贝尔(1815—1895)，机械工人，是临时政府中代表工人的政府成员。

路易·勃朗是乌托邦主义者,布朗基①是极其危险的人。弗雷德里克问他该怎么办才好,他紧紧抓住他的手臂,简直要把它捏伤了,同时答道:

"攻占莱茵河,我跟您说,攻占莱茵河!见鬼!"

接着他控诉起反动派来。

反动派露出了原形。对纳依宫和絮雷纳宫的洗劫②,巴蒂尼奥勒的大火③,里昂的骚乱,所有的过火行动,所有的抱怨不满,如今都被大事渲染。还要添上勒德吕-罗兰的通告④,钞票的强制流通,跌到六十法郎的公债;最后,还要抽四十五生丁的税,这是最大的不公,最后的打击,加倍的恶劣!而除这一切之外,还有社会主义!尽管这种理论和跳鹅游戏一样新颖⑤,已经充分讨论了四十年,摆满了一口口书柜,但它仍然像下陨石雨一般,令资产者惊恐万状。不仅怕,还愤愤然,因为任何思想的出现都会煽起仇恨;正因为是思想,所以遭人痛恨,而它以后则将引以为荣,不管本身多么平庸,也始终把敌人踩在自己脚底下。

于是,所有权受到尊重,它上升到宗教的地位,与上帝合二为一。攻击它,就好像亵渎神明,几乎等于吃人肉。尽管法律的人情味前所未有,一八九三年的幽灵依然出现了,断头台的铡刀在共和国这个词的每个音节中震颤;但是大家仍然因为共和国的软弱而瞧不起它。法兰西感到失去了主宰,惊惶得大叫,好像瞎子没有了拐棍,娃娃丢掉了保姆。

---

① 布朗基(1805—1881),法国社会主义理论家和政治活动家,一八四八年二月至五月工人游行示威的领导人之一。
② 纳依宫位于巴黎西北,毗邻布洛涅森林,建于一七四〇年,路易-菲力浦喜在此居住。絮雷纳宫位于巴黎西部,是财阀罗特希尔德的私人官邸。
③ 巴蒂尼奥勒大街,在巴黎第十七区。
④ 勒德吕-罗兰于一八四八年三月八日发布通告,提到共和党人在革命中的功绩,并为他们在制宪议会的选举中获胜摇旗呐喊。
⑤ 跳鹅游戏,用两个骰子在一个棋盘上跳格子的游戏。

在所有的法国人当中,数当布勒兹先生怕得最厉害。新的事态对其财产构成了威胁,尤其是他的老经验不中用了。一个那么好的制度!一个那么贤明的王上!这怎么可能呢!就要天塌地陷了吧!次日,他辞退了三名仆人,卖掉了马匹,为出门上街买了一顶软帽,甚至想留起胡子;他待在家里,垂头丧气,心情苦涩地埋头阅读与其观点最抵触的报纸。他变得那样悒郁,连有关弗洛孔①烟斗的笑话也没能博他一笑。

身为前朝的支持者,他惧怕人民对他在香槟的产业进行报复。正在这时,弗雷德里克涂鸦的那篇文章落到了他的手里。于是他以为他的年轻朋友是位很有影响的人物,即便不能替他做事,至少也能保护他。因此,一天早上,当布勒兹先生由马蒂侬陪同,亲自上弗雷德里克家拜访。

他说,他只是来看看弗雷德里克,聊聊天,没有其他目的。总之,他为最近的事态欢欣鼓舞,由衷地接受"我们崇高的箴言:自由、平等、博爱,因为我骨子里始终是个共和党人"。在前朝,他之所以投票支持内阁,那仅仅是为了加速不可避免的倒台。他甚至对基佐先生大为生气,"我们得承认,他把我们置于难以摆脱的困境!"相反,他非常佩服拉马丁,此人的表现"十分出色,说真的,当他谈到红旗……"

"是的!我知道。"弗雷德里克说。

然后,当布勒兹先生表示同情工人们。

"因为,说到底,我们或多或少都是工人!"

他不偏不倚,甚至承认普鲁东②有逻辑头脑。"喔唷!很有逻辑头脑!"随后,他带着才智过人者的超脱聊起画展,说他看到了

---

① 弗洛孔(1800—1866),法国报人和政治活动家。一八四八年革命后,任临时政府农业和贸易部长。
② 普鲁东(1809—1865),法国社会主义理论家,鼓吹阶级合作,带有无政府主义倾向,其著作《贫困的哲学》(1846)曾受到马克思的严厉批判。

佩勒兰的画。他觉得那幅画别具一格,笔法上乘。

马蒂依对他的每一句话都表示赞同,也认为必须"坚决支持共和国"。他谈到种地的父亲,自称庄稼汉,平民百姓。话题很快转入国民议会的选举和福泰尔区的候选人。反对派的候选人没有希望当选。

"您倒该取而代之!"当布勒兹先生说。

弗雷德里克吃惊得叫起来。

"咳!为什么?"由于弗雷德里克本人的观点,他可以得到激进派的选票,由于家庭的关系,又可以得到保守派的选票。"或许,"银行家微笑着补了一句,"还可以靠我的一点点影响。"

弗雷德里克推说他不知该如何做。这再容易不过了,只须请首都的一个俱乐部把他推荐给奥布省的爱国者。他不必像天天见到的那样声明自己的政治主张,只要认真地阐述几条原则就行。

"把演讲稿拿给我看看;我知道在那儿讲什么合适!我再重复一遍,您可以给国家、给我们大家和我本人帮大忙。"

在这样的时期,大家应该互相帮助,如果弗雷德里克需要什么,他或他的朋友们……

"噢!感激之至,亲爱的先生!"

"投桃报李,不言而喻!"

银行家的确是个好人。

弗雷德里克情不自禁,考虑起他的建议来;没多久,他一阵头晕,眼花缭乱。

国民公会的伟人一个个在他眼前闪过。他觉得瑰丽的曙光即将升起。罗马、维也纳、柏林发生了暴动,奥地利人被赶出了威尼斯;整个欧洲动荡不安。是投身于运动,也许还是促进其发展的时候了。而且,议员们据说要穿的服装对他也是个诱惑。他已经看见自己穿上了翻领背心,系着三色腰带;他的心痒痒的,这个幻觉那样真切,于是他向杜萨迪埃掏出了心里话。

这位好青年的热情有增无减。

"确实,当然啦!您去竞选!"

不过,弗雷德里克仍然征求了戴洛里耶的意见。这位特派员在省里遭到愚呆的反对派的掣肘,自由主义倾向大大增强。他立即写信来,言辞激烈地给予鼓励。

但是,弗雷德里克需要更多的人赞成他。有一天,乘瓦特纳兹小姐也在,他把这件事告诉了萝莎奈特。

瓦特纳兹小姐属于巴黎的那班独身女人。每天晚上,她们授完了课,或设法卖掉几幅小画,代售了一些可怜的手稿,然后回家,衬裙上沾满泥泞。她们做晚饭,独自吃晚饭,接着把双脚搁在脚炉上,在一盏污浊的油灯下,幻想着爱情、家庭、住宅、财产以及她们所缺的一切。因此,她和许多人一样,把革命视为复仇时刻的来临,并狂热地进行社会主义宣传。

照瓦特纳兹小姐的看法,只有妇女解放了,无产者才有可能获得解放。她希望妇女能被各种职业接纳,谋求当家的权利,希望制订另一部法典,废除或至少"更聪明地规定婚姻制度"。这样,每个法国女子必须嫁给一个法国男子,或收养一名老人。奶妈和助产婆必须是领取国家工资的公务员;应该有审查妇女作品的评委会,专门为妇女服务的出版商,为妇女开设的综合理工学校,为妇女成立的国民自卫军,一切为了妇女!既然政府不承认她们的权利,她们只得以暴力来战胜暴力。一万女公民拿起枪,可以叫市政厅颤抖!

她觉得弗雷德里克的竞选对她的观点有利。她鼓励他,向他指出荣誉就在前头。萝莎奈特很高兴有个将在议会发言的男人。

"再说,人家也许会给你一个好职位。"

弗雷德里克这个意志非常薄弱的人,染上了痴狂的通病。他写了一篇演说词,拿去请当布勒兹先生过目。

大门砰的一声关上了,一扇窗后,帘子拉开了一点,露出一个女人的身影。他来不及认出她是谁;但是,在前厅里,一幅画使他停下脚步,这是佩勒兰的画,大概是临时搁在一张椅子上的。

画上,耶稣-基督驾驶一辆机车穿越原始森林,这象征共和国,或者进步,或者文明。弗雷德里克凝视了一分钟后嚷道:

"多么卑劣!"

"可不是吗,嗯?"当布勒兹先生说,他走进来时正好听见这句话,以为它指的不是画,而是画所颂扬的学说。

马蒂侬同时到达。他们进入书房;弗雷德里克正要从衣兜里掏出一张纸时,塞西尔小姐突然走进来,一脸天真地说:

"我姑妈在这儿吗?"

"你知道她不在,"银行家答道,"没关系!小姐,别拘束!"

"噢!谢谢!我走了。"

她刚走,马蒂侬便装出找手绢的样子。

"我把它忘在外套里了,请原谅!"

"好吧!"当布勒兹先生说。

他显然没有上这个鬼把戏的当,而且好像还促使它成功。为什么呢?不过马蒂侬很快便回来了,弗雷德里克开始他的演说。刚念到第二页,银行家就做了个鬼脸,这一页指出看重金钱利益是一种耻辱。随后,弗雷德里克谈到改革问题,要求贸易的自由。

"怎么……?对不起!"

弗雷德里克没有听见,继续往下讲。他要求征收公债税和累进税,建立欧洲联邦,组织民众教育,鼓励广义上的美术。

"要是国家向德拉克鲁瓦或雨果那样的人提供十万法郎的年金,这有什么不好呢?"

全文以对上层阶级的忠告结束。

"别吝惜,富翁们啊!出钱吧!出钱吧!"

他住了口,站在那儿。两位坐着的听众没有讲话;马蒂侬圆睁

双目,当布勒兹先生脸色煞白。终于,他掩饰住自己的激动,酸溜溜地笑着说:

"太好了,您的演说!"

他大夸演说词的形式,避免对内容表态。

这位从不伤害人的青年语言如此辛辣,当布勒兹先生听了大为惊骇,尤其把它视为一个征兆。马蒂侬竭力宽慰他。不久后,保守党肯定会进行报复;在好几座城市,临时政府的特派员已被撵走了;选举定于四月二十三日举行,在此之前还有时间;简言之,当布勒兹先生必须亲自参加奥布省的竞选;从此,马蒂侬与他形影不离,成了他的秘书,像儿子一样对他关怀备至。

弗雷德里克踌躇满志地来到萝莎奈特家。戴马尔正巧也在,他告诉弗雷德里克,他"肯定"成为塞纳区选举的候选人。在一份《告人民书》中,演员用"你"称呼人民,吹嘘"他"理解人民,为了拯救人民的灵魂,甘愿"被艺术钉在十字架上",故而他是人民的化身,人民的理想。他确实相信自己对群众有巨大影响,后来在内阁办公时,甚至建议单枪匹马地去平息一场骚乱;问到他将使用什么手段时,他答道:

"别担心!我将给他们看看我的脸!"

弗雷德里克为了折磨他,便把本人也参加竞选的事通知了他。戏子一听说未来的同僚以外省为目标,便表示愿意为他效犬马之劳,提议领他去各俱乐部看看。

他们参观了所有的,或几乎所有的俱乐部:红色的和蓝色的,狂怒的和平静的,清教徒式的和落拓不羁的,神秘的和酗酒的,宣布处死国王的,揭露杂货铺偷税漏税的。处处都是房客咒骂房东,穿工装者怨恨穿礼服者,阔人密谋反对穷人。好些人过去受过警察的迫害,要求给予赔偿;另一些人恳求给点钱,把发明转为应用,或者实施法朗斯泰尔计划、乡镇市场计划、公共福利制度。然后,这儿那儿,在这一大堆胡言乱语中闪过一个机智的念头,诘问之遽

315

然如泥水的迸溅,一句粗话就拟订了法律,一个没穿衬衣的泥水匠学徒在赤裸的胸膛上挂着军刀的肩带,口若悬河,嘴上生花。有时还出现一位先生,举止谦恭的贵族,大讲平民的事情,故意不洗手,以便显得手上结满老茧。一名爱国者认出了他,最有德行的人斥骂他一顿,于是他怒火满腔地走出去。为了装出有见识的样子,必须始终诋毁律师,尽可能经常地使用这些套话:"给大厦添砖加瓦——社会问题——工场。"①

戴马尔不放过任何一个发言的机会;当他无话可讲时,他的拿手好戏是一手叉腰,另一只手插在背心里,摆出神气活现的姿态,然后突然一侧身,让人清楚地看到他的脸。于是掌声雷动,瓦特纳兹小姐也在大厅后边鼓掌。

尽管这些演讲的人十分差劲,弗雷德里克也不敢贸然登台。他觉得这些人太没有教养,或者过于敌对。

可是杜萨迪埃四处打听,告诉他在圣雅克街有个俱乐部,名为"智慧俱乐部"。这样一个名称给人以希望,何况杜萨迪埃还会带一帮朋友来。

他把曾经请去喝潘趣酒的人带来了:账房先生、葡萄酒推销员和建筑师;甚至佩勒兰也来了,说不定于索奈马上就到。门前的人行道上,立着雷冉巴尔和另外两个人:一个是他忠实的孔潘,身材矮胖,一脸麻子,两眼发红;另一个像只黑猴,头发异常浓密,雷冉巴尔只知道他是"巴塞罗那②的爱国者"。

他们走过一条小径,然后被领进一个大房间,大概是木匠干活的地方,新刷的墙壁还散发着灰泥的气味。四盏油灯并排挂在墙

---

① 一八四八年二月二十六日,临时政府决定开办"国家工场",给失业者以工作。由于财力匮乏,工场迅速崩溃。六月,政府劳工委员会决定关闭工场。二十一日,解散工场的决议草案提交国民议会讨论。巴黎、马赛等地发生了起义,结果遭到军队的残酷镇压。
② 巴塞罗那,西班牙东北部港口城市。

上,发出怪不舒服的光线。尽里的一个台子上,摆着一张办公桌和一只铃。台子下边的一张桌子充当讲台,每边有两张更矮的桌子给秘书用。坐在长凳上的听众有老画匠、学监和没有发表过著作的文人。在这一排排领口油污的外套中间,间或可见到一个女人的便帽或一名工人的短工作服。房间尽里甚至挤满了工人,他们大概是无事可干才来的,或者是被演讲者拉来捧场的。

弗雷德里克十分小心,坐在了杜萨迪埃和雷冉巴尔之间。雷冉巴尔刚一坐下,就用双手拄着手杖,下巴贴着手背,合上了眼皮。大厅的另一头,戴马尔站着,俯视大会会场。

塞内卡尔出现在主席台上。

好伙计杜萨迪埃以为这会令弗雷德里克惊喜,哪知引起了他的不快。

群众对大会主席表现得毕恭毕敬。他是二月二十五日要求立即成立劳工组织的人之一;次日,在普拉多舞厅,他表态支持攻打市政厅;由于每个人都有一个榜样,这一个模仿圣鞠斯特,那一个模仿丹东,另一个模仿马拉,他呢,他竭力学布朗基的样子,而布朗基仿效的是罗伯斯庇尔。① 塞内卡尔戴黑手套,留着平头,神情严峻,显得极为得体。

他宣布开会,首先宣读人权和公民权宣言——惯常的信仰声明。接着,一个雄浑有力的嗓子唱起贝朗瑞②的《人民的回忆》。

响起另一些人的声音:

"不!不!不唱这个!"

---

① 文中提到的几个人均为一七八九年法国资产阶级大革命的主要领导人。其中圣鞠斯特(1767—1794)以铁面无私著称,随着罗伯斯庇尔的倒台被送上了断头台。丹东(1759—1794)是著名演说家,因政治分歧被罗伯斯庇尔处死。马拉(1743—1793)是《人民之友报》的编辑,后被人暗杀在澡盆里。罗伯斯庇尔(1758—1794)一度成为法国的主宰,最后也上了断头台。
② 贝朗瑞(1780—1857),深受人民喜爱的法国歌谣作者。

"唱《鸭舌帽》!"在大厅尽里的爱国者们吼起来。

他们齐声高唱这支流行的歌子:

在我的鸭舌帽前,你脱下礼帽,

在工人面前,你双膝跪倒!

主席说了句话,听众安静下来。一位秘书开始读信件摘要。

"一些青年宣布,他们每晚在先贤祠前烧一期《国民议会报》①,他们鼓励全体爱国者学他们的样子做。"

"好!通过!"群众回答。

"公民冉-雅克·朗格雷纳,排字工,家住多菲内街,希望为热月殉难者建立一座纪念碑②。"

"米歇尔-埃瓦里斯特-奈波米塞纳·樊尚,前教授,他希望欧洲民主政体采纳统一的语言。可以使用某种废弃的语言,比方经过改进的拉丁语。"

"不!不要拉丁语!"建筑师叫道。

"为什么?"一位学监接口道。

于是这两位先生展开了一场讨论,另一些人也加入进来,你一言,我一语,以博得别人的赞赏。讨论很快变得索然无味,许多人都走掉了。

可是,一个小老头要求发言,读一份紧急报告,他的额头高得出奇,额头下架着一副绿色眼镜。

他念的是一份关于税收摊派的陈情书。数字源源不断,没完没了!大家听烦了,先是窃窃私语,叽叽喳喳的交谈;但他依然不

---

① 一八四八年二月二十九日,七月王朝的遗老们创办《国民议会报》,专门攻击临时政府。

② 热月是法国共和历的十一月。共和二年热月九日,即公历一七九四年七月二十七日,公安委员会成员和温和的国民公会成员联合决定结束罗伯斯庇尔的过火行动。次日,罗伯斯庇尔与二十几位战友未经审判被处死,是为"热月政变"。

慌不忙地往下念。接着大家发出嘘声,向他喝倒彩;塞内卡尔斥责了听众;演说者像机器一样继续往下讲,后来被人抓住胳膊肘,他才住了口。老头如梦方醒,平静地摘下眼镜,说道:

"对不起!公民们!对不起!我这就走!请多多原谅!"

这人读报告的失败使弗雷德里克张皇失措。他口袋里装着讲演稿,可是即席发言也许更好些。

终于,主席宣布即将讨论要事,即选举问题。共和党的长名单不在讨论范围之列。不过,"智慧俱乐部"和其他俱乐部一样,完全有权开一张名单,"哪怕市政厅的那班官老爷不高兴",而渴求得到民众委任的公民可以陈述他们的资格。

"去讲吧!"杜萨迪埃说。

一个身着教士长袍、头发天生拳曲、表情活跃的人已经举起了手。他嘟哝着说,他叫杜克雷托,是教士和农学家,《肥料》一书的作者。大家把他打发到一个园艺俱乐部去了。

接着,一名穿工装的爱国者登上讲台。这是一位平民,肩膀宽阔,大大的脸庞非常温和,有一头乌黑的长发。他用近乎肉感的目光扫视全场,把头一昂,最后,伸开双臂:

"你们赶走了杜克雷托,弟兄们啊!你们做得好,但这并非因为不信仰宗教,因为我们都是虔诚的。"

好多人张着嘴听,带着初学教理者的神情,心醉神迷的姿态。

"这也并非由于他是教士,因为我们,我们也是教士!工人是教士,正如社会主义的奠基人,我主耶稣-基督是教士一样!"

开创上帝统治的时刻已经来临!福音径直通向一七八九年!奴隶制废除后,就要废除无产阶级。仇恨的世纪已经过去,爱的世纪即将开始。

"基督教是新大厦的拱顶石和地基……"

"您是在嘲笑我们吗?"酒精推销员叫嚷起来,"这样的教权主义者是从哪儿钻出来的?"

他这一插嘴,引起极大义愤。几乎人人都爬到凳子上,举着拳头破口大骂:"无神论者! 贵族! 流氓!"主席不停地摇铃,连连喊着:"请遵守秩序! 请遵守秩序!"但是,推销员毫无惧色,加之来前饮的"三杯咖啡"给他提了神,他拼命在人群中挣扎:

"怎么,我! 一个贵族? 去你的吧!"

终于,他被允许作出解释。他说有教士就绝不会有安宁,既然刚才谈到了节约问题,那么取消教堂、圣体盒,最后取消一切崇拜,将是一项了不起的节约。

有个人反驳说他扯远了。

"对! 我是扯远了! 可是,当一艘大船遇到风暴……"

另一个人不等他把比喻说完,便回答他说:

"同意你说的! 但是一下子就毁掉,好像泥水匠不分青红皂白……"

"您侮辱泥水匠!"一位浑身沾满灰泥的公民怒吼道。

他固执地以为受到了挑衅,于是破口大骂,想打一架,死死赖在凳子上。最后三个人才把他推出门去。

这时,那位工人仍然站在讲台上。两位秘书要他下来,他抗议受到不公正的对待。

"你们不能阻止我高呼:永远爱我们亲爱的法兰西! 永远爱共和国!"

"公民们!"这时孔潘开了腔,"公民们!"

由于他一再喊着"公民们",会场安静了一些。他用两只残肢一般发红的手支在讲台上,身子往前一探,眨着眼睛说:

"我认为必须把牛犊的头再扩大一点。"①

众人默不作声,以为自己听错了。

---

① 影射十七世纪英国独立党举行年会时吃牛犊头的典故。"把牛犊的头再扩大一点",意思是让更多的人参加改革者聚餐会。

"是的！牛犊的头！"

三百个人同时哈哈大笑,震得天花板直颤。面对这些笑走了样的脸,孔潘往后退了几步。他愤愤然地又说:"怎么！你们不知道牛犊的头是什么?"

快乐达到了极点,简直发了狂。大家笑得直不起腰来。有几位甚至倒在地上,凳子下面。孔潘再也忍受不了,溜到雷冉巴尔身边,想把他拉走。

"不！我要坚持到底！"公民说。

这句回答使弗雷德里克下了决心;正当他四下寻找朋友给他助威时,他看见佩勒兰已站在前面的讲台上。艺术家盛气凌人地对群众说:

"我倒想知道,艺术界的候选人在哪儿呢?我呀,我画了一幅画……"

"画对我们有什么用！"一个面颊上有些红斑的瘦子粗暴地说。

佩勒兰大叫竟有人打断他的话。

但那人拉着悲剧的腔调说:

"难道政府不早该下令取缔娼妓,消灭贫困吗?"

这句话立即为他赢得了民众的好感,于是他愤怒申斥大城市的腐败。

"可耻！卑鄙！资产者一走出金房子餐厅,就应当抓住他们,朝他们脸上吐口水！至少,政府不要助长荒淫无耻嘛！可是关卡职员对我们的女儿和姐妹非常下流！……"

远处有个声音喊道:

"真好笑!"

"滚出去!"

"向我们抽税,是为了给放荡行为付钱！比方,演员的高薪……"

321

"我来讲几句!"戴马尔高声说。

他跳到讲台上,推开众人,摆好姿势;他说他瞧不起这种庸俗乏味的指控,大谈演员的教化使命。既然剧院是国民教育的中心,他投票赞成剧院改革;首先,取消经理,取消特权!

"对!不要任何特权!"

演员的表演令群众振奋,颠覆性的动议此起彼伏。

"不要科学院!不要学院!"

"不要传教会!"

"不要中学会考!"

"打倒大学学位!"

"还是保留学位,"塞内卡尔说,"但必须经过普选,由唯一真正的评委——人民——授予学位!"

这倒不是最有用的。首先必须把富翁的生活降到一般水平!他描绘富翁恶贯满盈,却住在金银窝里;穷人品德高尚,却在陋室里挨饿。掌声震耳欲聋,他不得不中断讲话。足有几分钟,他闭起眼,昂着头,仿佛在他掀起的怒涛上荡漾。

接着,他以武断的语气讲话,句句如法律,不容分说。国家应当夺取银行和保险公司。遗产继承制将废除。要为劳动者设立社会基金。将来还需要采取许许多多的措施。就目前而言,这些措施已经够了。继而他又回到选举问题:

"我们需要纯洁的公民,全新的人!有人毛遂自荐吗?"

弗雷德里克站了起来。他的朋友们发出赞同的嗡嗡声。但是塞内卡尔摆出一副福吉耶-丹维尔①的面孔,盘问起他的姓名、经历、生活和品行来。

弗雷德里克简要地回答他,并且咬住嘴唇。塞内卡尔问有没

---

① 福吉耶-丹维尔(1746—1795),法国法官。一七九三年三月任革命法庭检察官,冷酷无情,把许多人送上断头台。一七九四年热月政变后被处以绞刑。

有人认为弗雷德里克不符合候选资格。

"没有！没有！"

但是他，他看出有不够格的地方。众人向前倾着身子，洗耳恭听。这位申请当候选人的公民答应捐一笔钱给民主基金办报，却没有交付。此外，二月二十二日，他明明得到通知，却没有去先贤祠广场赴会。

"我起誓，他那天在杜依勒里宫！"杜萨迪埃嚷着说。

"您能起誓在先贤祠见到他了吗？"

杜萨迪埃垂下了头。弗雷德里克默不作声；他的朋友们很气愤，不安地望着他。

"至少，"塞内卡尔又说，"您是否认识一位爱国者，能向我们担保您的原则呢？"

"我担保！"杜萨迪埃说。

"噢！这不够！还要一个人！"

弗雷德里克转向佩勒兰。艺术家冲他做了许多手势，意思是："啊！亲爱的，他们没有接受我！见鬼！有什么办法呢？"

于是，弗雷德里克用胳膊肘推推雷冉巴尔。

"呀！真的！是时候了！我去！"

雷冉巴尔跨到台子上，然后，指着跟在他身后的西班牙人说：

"公民们，请允许我向你们介绍一位巴塞罗那的爱国者！"

爱国者深深鞠了一躬，像自动木偶似的转动着他的银色眼珠，一只手放在胸口说：

"公民们，我极其珍视你们给我的荣誉，你们的心地那样善良，你们的关怀更是无微不至。"①

"我要求发言！"弗雷德里克叫道。

"自从加的斯宪法——西班牙自由的基本公约——公布以

---

① 这位爱国者的演说原文为西班牙文。

来,直到最近一次革命为止,我们的祖国有过无数英勇的烈士。"

弗雷德里克再一次提高嗓门,好让别人听见他的话:

"可是,公民们!……"

西班牙人继续说:

"下周二,在玛德莱娜教堂将举行一个追悼仪式。"

"这毕竟太荒唐了!谁也听不懂!"

这句批评激起了公愤。

"滚出去!滚出去!"

"谁?我吗?"弗雷德里克问道。

"就是您!"塞内卡尔威风凛凛地说,"出去!"

弗雷德里克站起身往外走,那个伊比利亚①人的声音一直追随着他。

"全体西班牙人都盼望能看到各俱乐部和国民自卫军的代表在那儿聚会。一篇纪念西班牙和全世界的自由的悼文,将由巴黎的一名教士在佳音厅宣读。我虽然是另一个国家的公民,但我愿意把法兰西人民称作世界上第一流的人民。光荣归于法兰西人民!"

"贵族!"一个流氓尖声叫着,向弗雷德里克挥舞拳头。

弗雷德里克一肚子气,奔到院子里。

他怪自己太忠心耿耿,没有想想对他的指责说到底是对的。参加竞选,这是一个多么要命的念头啊!可他们是群蠢驴!是群呆子!他拿自己和这些人比,他们的愚蠢减轻了他自尊心受伤的痛苦。

随后,他感到需要去看看萝莎奈特。目睹了那么多丑陋虚夸的事情以后,这可爱的人儿会给他一些宽慰。她知道这天晚上他得去一家俱乐部申请候选资格。可是他进去时,她连问也没问他

---

① 伊比利亚是古代西班牙的名称。

一声。

她正在火炉边拆一件袍子的衬里。见她干这种活儿,他大为惊诧。

"咦?你在干吗?"

"你不是看见了,"她没好气儿地说,"我在补旧衣裳!这就是你的共和国。"

"为什么是我的共和国?"

"难道是我的不成?"

她把这两个月来法国发生的一切都怪罪于他,指责他参加了革命,使她破了产,阔佬们纷纷离开巴黎,她有一天会死在收容所里。

"你呢,你有年金,可以说风凉话!不过,照这样闹下去,不用多久,你也不会有年金了。"

"这有可能,"弗雷德里克说,"最忠诚的人总得不到赏识;要不是为了讲良心,和那班粗人为伍,你一定会厌恶献身精神的!"

萝莎奈特眯起眼睛望着他。

"嗯?什么?什么献身精神?先生好像没有成功吧?好极了!这倒是个教训,看你以后还搞不搞爱国捐献!噢!别撒谎!我知道你给了他们三百法郎,因为你的共和国,她要人供养!那么,我的老好人,同她一块儿取乐吧!"

听到这一派胡言,弗雷德里克从沮丧转为失望,心情更加沉重。

他退到房间尽里。她跟了过来。

"哦!你想看看!一个国家就像一个人家,需要一个主人;不然的话,人人都要揩油了。首先,大家都知道勒德吕-罗兰背了一身债!至于拉马丁,你怎么能要一位诗人懂政治呢?啊!这可是真的!你摇头,自以为比别人聪明也没有用。可是你总吹毛求疵;人家根本插不上一句话。就拿圣罗什商店的傅尼埃-丰泰纳来说

325

吧,你知道他缺多少钱吗?缺八十万法郎!对面的包装工戈麦尔呢,这家伙也是共和党人,他用火钳砸他老婆的头,还喝了那么多苦艾酒,眼看就要被送进疗养院了。那些共和党人,他们全是这个样子了!一个打了二五折的共和国!是啊!吹你的牛去吧!"

弗雷德里克走了,这个年轻女人讲出这种下贱话,她的愚昧一下子暴露无遗,叫他十分反感。他甚至觉得自己又变得有点爱国了。

萝莎奈特的脾气越来越坏。瓦特纳兹小姐的热情令她气恼。这位小姐自以为肩负着使命,热衷于高谈阔论,宣传鼓动;她在这方面比她的女友强,向她提出一大堆论据。

有一天,瓦特纳兹小姐来了,对于索奈大生其气,因为他竟敢在妇女俱乐部做出下流的举动。萝莎奈特却赞成这种行为,甚至表示她将穿上男人的衣服,去"直言不讳地对她们大家讲自己对她们的看法,并且用鞭子抽她们"。正在这时,弗雷德里克进来了。

"你会陪我去,是不是?"

她们不顾他在场,吵了起来,一个装女资产者,另一个充女哲学家。

萝莎奈特认为,女人生来就是为了爱情,或者为了生儿育女,操持家务。

照瓦特纳兹小姐的看法,妇女在国家中应有自己的位置。昔日,高卢女子制定法律,盎格鲁—撒克逊女人也一样,休伦人[①]的妻子还参加国务会议。教化事业人人有份,妇女都应做出自己的贡献,最终以博爱取代利己主义,以联合取代个人主义,以大文化取代分散割据。

"好啊!如今你懂文化了!"

---

① 休伦人,北美印第安人的一支。

"为什么不呢?何况,这关系到人类,关系到人类的未来!"

"关心你自己的未来吧!"

"这你管不着!"

两人闹翻了。弗雷德里克充当和事佬。瓦特纳兹小姐十分激动,甚至拥护共产主义。

"真荒唐!难道这能实现?"

另一位列举艾赛尼派、摩拉维亚弟兄会、巴拉圭耶稣会以及奥弗涅地区梯也尔附近的潘贡家族为证①。由于她讲话时指手画脚,她的表链缠在一大堆小饰物中挂着的一只小金羊上了。

萝莎奈特的脸色顿时异常苍白。

瓦特纳兹小姐继续解被缠住的小玩意儿。

"别煞费苦心了,"萝莎奈特说,"现在我了解你的政见了。"

"什么?"瓦特纳兹小姐应道,面孔像处女一样涨得通红。

"哦!哦!你明白我的意思!"

弗雷德里克莫名其妙。在她们之间,显然发生了一件比社会主义更重大、更切身的事。

"那又怎么样?"瓦特纳兹小姐勇敢地挺直腰杆,"这是借来的,我亲爱的,以债抵债嘛!"

"自然啰!我不否认我的债!也就一千法郎,没什么了不起!至少我是借的,没有偷别人的!"

瓦特纳兹小姐强作笑容。

"噢!我要把手放到火上起誓。"

"当心!你的手那么干瘪,会烧起来的。"

---

① 艾赛尼派是公元前二世纪至公元一世纪犹太教的一个派别,因受迫害,隐居山野,过社团生活。摩拉维亚弟兄会是捷克宗教改革者胡斯(1369—1415)的后继者的组织,一五四八年前后其中心从波希米亚移至莫拉维亚。巴拉圭是南美洲的一个国家,十六世纪沦为西班牙殖民地,耶稣会传教士在境内建立信奉天主教的印第安人"归化区"。

老小姐向她伸出右手,正对她的面孔举着:
"可是你的一些朋友觉得这只手正合他们心意呢!"
"是安达卢西亚人吧?就会敲响板!"
"贱货!"
女元帅深深鞠了一躬。
"你也不是妙人儿!"
瓦特纳兹小姐没有回答。她的鬓角沁出了汗珠,两眼盯住地毯,喘着粗气。终于,她走到门边,哗啦一下用力把门打开:
"晚安!您等着我要您的好看!"
"悉听尊便!"萝莎奈特说。

她一直约束着自己,疲惫极了。她倒在沙发上,浑身发抖,嘴里叽里咕噜地骂着,泪流满面。难道是瓦特纳兹小姐的威胁折磨着她?不!她才不在乎呢!翻过来倒过去想想,也许是另一位欠她的钱?是金羊,一件礼物;哭声中,戴马尔的名字脱口而出。原来她爱这个蹩脚戏子!

"那么,她干吗要我呢?"弗雷德里克心想,"他怎么又回到她身边的?谁强迫她留住我?这一切究竟是什么意思?"

萝莎奈特继续低声啜泣。她一直侧身躺在沙发边缘,右颊枕在两只手上,看上去那样娇弱,头脑不清,悲恸欲绝。弗雷德里克忍不住走过去,在她额头上轻轻吻了一下。

于是,她向他作出柔情蜜意的保证;亲王走了,他们可以自由了。但是,目前她……手头拮据。"那天你亲眼看见的,我在用旧衬里。"现在没有车马了!这还不算,地毯商威胁要收回卧室和大客厅的家具。她不知如何是好。

弗雷德里克真想回答:"别担心!我来付钱!"但是这位太太有可能撒谎。经验叫他学乖了。他只说了一些安慰话。

萝莎奈特的担心不是多余的;她必须交还家具,离开德鲁奥街的漂亮住宅。她在普瓦索尼埃大街五楼上租了一套房间。原先小客厅里的珍奇古玩,把三个房间布置得十分雅致。窗上挂着中国遮帘,平台上搭了一个天篷,客厅里有一条碰巧买到的、仍然簇新的地毯,摆了几个粉红绸面的墩状软座。为了购置这些东西,弗雷德里克出了不少钱;他感到做新郎的喜悦,好像终于有了一幢属于自己的房子,一个属于自己的女人。他很喜欢这个地方,几乎每晚来这儿过夜。

一天早上,他走出前厅时,看见四楼楼梯上,有个戴筒状军帽的国民自卫军士兵正在上楼。他究竟去哪儿呢?弗雷德里克等待着。那人微微低着头,一直往上走。他抬起了眼睛,原来是阿尔努先生。情况是明明白白的了。两人同时红了脸,感到同样的尴尬。

阿尔努第一个想出摆脱窘境的办法。

"她好些了,是真的吧?"好像萝莎奈特生了病,他是来打听病情的。

弗雷德里克顺坡下驴,说道:

"当然是真的!至少她的女用人是这么对我说的。"他想暗示自己并未受到接待。

随后,他们面对面僵持着,迟疑不决,互相打量,看谁坚持不离开。阿尔努又一次打破了僵局。

"啊!算了!我以后再来!您打算去哪儿?我陪陪您!"

他们到了街上,他的谈吐和往常一样自然。大概他生性并不嫉妒,或者心地太善良,不会生气。

再说,他挂念着祖国的事。现在他再也不脱军装了。三月二十九日,他保卫过《新闻报》报馆①。议会受到侵犯时,他的英勇令人瞩目②,后来他出席了为亚眠国民自卫军举办的宴会。

---

① 《新闻报》是法国报人吉拉尔丹(1806—1881)于一八三六年创办的报纸。一八四八年三月二十九日,社会主义冲进报馆,遭到国民自卫军的镇压。
② 一八四八年五月十五日,以布朗基为首的队伍占领众议院达三小时之久,宣布解散国民议会,任命了一个由社会主义派领导人组成的临时政府。

于索奈一直和他共事,喝他的酒,抽他的烟,比谁揩的油都多。但是于索奈天生不尊重别人,喜欢反驳他,批评法令文笔不通,诋毁卢森堡宫的会议,讽刺"维苏威女人"①和"蒂罗尔男人"②,贬低一切,直至不用牛而用马拉一辆由一群丑姑娘伴随左右的农用畜力车。相反,阿尔努为政权辩护,幻想各党派的联合。不过他的生意做得不好,他有点担心。

弗雷德里克和女元帅的关系并没有使他伤心,因为这个发现(在良心上)给了他取消亲王走后再次付给她赡养费的理由。他大谈境况艰难,老是叹苦经,萝莎奈特表现得挺大方。于是,阿尔努先生自认是她心上的情人,因此更觉得自己了不起,人也变得年轻了。他不怀疑弗雷德里克付钱给女元帅,自以为"开了一个成功的玩笑",甚至佯装不知情,两人相遇时,他主动回避。

这样平分秋色伤了弗雷德里克的心;情敌的礼貌在他看来是一种过于持久的戏弄。但是,如果闹僵了,他就没有任何机会回到另一个女人的身旁了;再说,这是听人谈论她的唯一途径。陶瓷商出于习惯,或许为了作弄人,在谈话中很乐意提起她,甚至还问弗雷德里克为什么不去看她了。

弗雷德里克用完了所有的借口,只好说他到阿尔努夫人家去过几次,都未得见面。阿尔努对此深信不疑,因为他经常在她面前呆呆地问他们的朋友为何不来,而她始终回答他来时她不在家;这样,双方的谎话非但不矛盾,反而相互印证。

这位年轻人的温和以及愚弄他的快乐,使阿尔努更加喜欢他,甚至亲热到无以复加的地步,这并非出于轻侮,而是出于信任。有一天,阿尔努写信给弗雷德里克,说得上外省去一天办件急事,求弗雷德里克替他站岗。弗雷德里克不敢拒绝,上卡鲁塞尔哨所

---

① "维苏威女人",一八四八年成立的一个妇女政治团体。
② "蒂罗尔男人",对一八四八年二月革命后成立的一个政治团体成员的称呼。

去了。

他不得不和国民自卫军士兵为伍！除了一名提炼工,一个饮酒无度的滑稽家伙外,他觉得所有的人比他们的弹盒还愚蠢。谈话的主要内容是会不会用腰带替代武装带。另一些人攻击国家工场。有人问:"我们走向何方?"受诘问的人睁开双眼,如临深渊,应声道:"我们走向何方?"这时一个胆子更大的人叫嚷着:"这种局面长不了!必须结束了!"同样的谈话一直重复到晚上,弗雷德里克听得烦死了。

十一点钟,他看见阿尔努来了,大为惊诧。阿尔努立即说,事情已经办完,他跑来让弗雷德里克得以解脱。

其实阿尔努根本没有事,他编出这个理由为的是单独同萝莎奈特一起度过二十四小时。但是,阿尔努对自己估计过高,结果在厌倦之中感到愧疚。他来向弗雷德里克表示谢意,并请他吃夜宵。

"多谢!我不饿!我只想上床睡觉!"

"那就更有理由待会儿一起用午餐了!瞧您那副懒洋洋的样子!现在不能回家!太晚了!有危险!"

弗雷德里克又一次作出了让步。阿尔努不期而至,他的战友们,尤其那个提炼工,亲热地向他问长问短。大家都喜爱他;他心地特别好,连于索奈不在场也感到遗憾。但他需要闭会儿眼睛,不用多久,一分钟就行了。

"您躺在我身边吧。"他一边对弗雷德里克说,一边平躺在行军床上,没有摘下武装带。

他担心有警报,不顾禁令带着枪睡觉。他咕噜了两声:"我亲爱的!我的小天使!"不久便睡着了。

讲话的人住了口,渐渐地哨所里一片寂静。弗雷德里克被跳蚤咬得浑身难受,便向四周观望。刷成黄色的墙,半中腰有块长木板,背包放在上面,形成一连串小鼓包儿。木板下面一支挨一支地竖着铅灰色的枪。国民自卫军战士发出一阵阵鼾声,黑暗中,显出他们肚子的模糊轮廓。火炉上放着一只空酒瓶和几只盘子。三把草编椅围着桌子,桌上摊着一副纸牌。长凳中间有只鼓,鼓带垂着。从门口进来的热风,把油灯吹得直冒烟。阿尔努伸开双臂睡着;他的枪枪托朝下,略微倾斜,枪口直抵到胳肢窝。弗雷德里克注意到这个情况,吓得半死。

"不!我错了!没有什么可担心的!但万一他死了……"

立即,没完没了的画面一幅幅展现在眼前。他恍惚看见夜里他和她坐在一辆驿车里;接着一个夏日的傍晚两人在一条河畔,然后在他们家里的灯光下面。他甚至久久地计算家用,考虑家务的安排,静观并已触摸到自己的幸福。要想幸福到手,只须扣一下扳机!可以用脚趾尖推一下,子弹就会出膛,这不过是走火而已!

弗雷德里克反复琢磨这个念头,仿佛在编一出戏。突然,他觉得这个想法即将变为行动,他马上要下手,他真想这样做;于是,他害怕极了。焦虑之中,他有一种快感,并且愈来愈沉溺其中。他惊恐地感到他的种种顾虑没了踪影;在胡思乱想的狂热中,周围的世界消失了,由于胸部憋得难受,他才意识到自己的存在。

"咱们喝白葡萄酒吗?"提炼工醒来后说道。

阿尔努跳到地上;喝完白葡萄酒,他一定要站弗雷德里克的岗。

然后,他带弗雷德里克去夏特勒街帕利餐馆吃午饭。他需要恢复体力,给自己叫了两盘肉、一只龙虾、一份朗姆酒炒鸡蛋、一道生菜,等等。喝的是一八一九年索泰尔纳产的白葡萄酒和一八四二年罗玛奈产的红葡萄酒,还不算吃果品时上的香槟酒和各种利口酒。

弗雷德里克决不拂逆阿尔努的意思。他局促不安,仿佛另一位在他脸上发现了他那个念头的蛛丝马迹。

阿尔努两只胳膊肘靠着桌沿,低低俯下身子,目不转睛地望着他,向他吐露自己的种种设想。

他真想租下北方铁路沿线的全部路堤栽种马铃薯,或者组织一大队人在大街上骑马游行,队伍中有"当代的名人"。他要把所有的窗口都租出去,按平均三法郎计算,可以获得可观的利润。总之,他幻想独揽独占发一大笔财。不过他是讲道德的,他斥责过分贪心和行为不端,还提起他"可怜的父亲";他说每晚把灵魂献给上帝前,他都要做一番反省。

"来点柑香酒,嗯?"

"随您的便!"

至于共和国,事情总会妥善解决的;总之,他觉得自己是世上最幸福的人,他忘乎所以,夸赞起萝莎奈特的种种优点,甚至拿她与妻子相比。那可不一样了!那样美丽的大腿是想象不出来的。

"祝您健康!"

弗雷德里克碰了杯。出于好意,他酒喝多了一点;而且,大太阳直晃他的眼睛;他们一同走上维维安纳街的时候,两人的肩章亲如兄弟般地紧紧挨着。

弗雷德里克回到家,一直睡到七点钟。随后,他上女元帅家去。她和一个人出门了。也许和阿尔努?他不知做什么好,继续在马路上闲逛,但由于人太多,他过不了马丁门。

贫困使众多的工人哭天天不应,入地地无门;他们每天晚上来这儿,一定是互相检阅,等待一个信号。尽管法律禁止聚众,这些"绝望的俱乐部"却令人惊吓地增长着;许多市民天天都来,或为了充好汉,或为了赶时髦。

陡然间,弗雷德里克在三步开外看见了当布勒兹先生和马蒂依;他掉过头去,因为当布勒兹先生已经设法弄了个代表的身份,弗雷德里克对他怀恨在心。但是资本家把他拦住了。

"就一句话,亲爱的先生!我得向您解释一下。"

"我不要您解释。"

"求求您!听我说。"

这决不是他的错。是人家请求他,可以说勉强他这样做的。马蒂侬立即拿出了证据:诺让人曾派代表团去他家拜访。

"再说,我当时想我是自由的,既然……"

人行道上拥过来一群人,当布勒兹先生只好闪到一旁。一分钟后,他又出现了,对马蒂侬说:

"这是真正的效劳,这个!您不会后悔的……"

三个人背靠着一家店铺,以便更自在地聊天。有人不时高喊:"拿破仑万岁!巴尔贝万岁!打倒玛里①!"不可计数的人高声谈论着;所有这些声音,在房舍的回响下,犹如港口不绝的涛声。有的时候,声音静默下来;于是,《马赛曲》响起来了。在通行马车的门口,一些鬼鬼祟祟的人在兜售标枪。偶尔,一个人走过另一个人的面前,互相挤挤眼睛,然后迅疾地分开。一堆堆看热闹的人占住人行道;密密麻麻的人群在马路上骚动着。成队的警察从小巷出来,一上街就不见了踪影。这儿那儿,一面面小红旗如火焰般闪动;马车夫在高高的座位上大做手势,然后掉头走了。这是非常滑稽的一种运动,一种景象。

"要是塞西尔小姐在这儿,"马蒂侬说,"这一切会叫她多么开心啊!"

"我妻子,您是知道的,不喜欢我的侄女同我们一道来。"当布勒兹先生微笑着说。

他变得认不出来了。三个月来,他高喊:"共和国万岁!"甚至投票赞成放逐德·奥尔良家族的人。但是让步该结束了。他显得愤愤然,衣兜里甚至藏了一根短棍。

马蒂侬也有一根。法官不再是终身职位,因此他退出了检察院,比当布勒兹先生做得还过火。

银行家特别恨拉马丁(因为他支持过勒德吕-罗兰),此外还

---

① 玛里(1795—1870),临时政府公共工程部长,国家工场的领导人。

恨皮埃尔·勒鲁、普鲁东、孔西戴朗①、拉默奈②、所有爱冒险的狂热者和全体社会主义者。

"因为,说到底,他们要什么呢?肉类入市税和拘禁已经取消;设立抵押银行的草案正在研究之中;而那天说的是国家银行!现在预算中有五百万拨给工人!幸而这一切已经结束,多亏德·法卢先生。一路顺风!叫他们滚蛋吧!"

原来,公共工程部不知如何养活国家工场的十三万人,就在当天签署了一项命令,要求十八至二十岁的全体公民服役当兵,或去外省种田。

二者必择其一,工人们十分气愤,确信有人要摧毁共和国。远离首都生活无异于流放,这使他们苦恼;他们仿佛看到自己在蛮荒的地区染上热病,奄奄一息。再说,许多人习惯于做细巧的活儿,务农似乎是降了一格。总之,这是一个圈套,一种嘲弄,对全部诺言的正式否认。如果他们抵抗,人家会使用武力;对此他们并不怀疑,所以准备加以防范。

九点钟光景,在巴士底狱和夏特莱监狱前聚集的人群拥向了大马路。从圣德尼门到圣马丁门,万头攒动,组成一大片深蓝色的、几乎是黑色的人海。依稀看到的人个个眼珠发亮,面色苍白,脸被饿瘦了,因为不公道而神情激昂。这时,乌云密布,暴风雨将至的天空使群情更加激奋,人流打着转,犹豫不决,涌浪般大幅度地摆动着。人们感到在它深处蕴蓄着一股无法估计的力量,如同一种元素的能量。接着,众人开始有节律地高喊:"点灯!点灯!"好几扇窗户没有亮光;石子飞也似的砸到玻璃窗上。当布勒兹先生认为还是离开为妙。两个年轻人陪他回家。

---

① 孔西戴朗(1808—1898),法国哲学家,傅立叶的信徒,他提出的劳动权概念成为一八四八年法国社会主义者的主导思想之一。
② 拉默奈(1782—1854),法国作家,基督教社会主义者,一八四八至一八四九年是国会议员。

他预料大祸即将临头。民众有可能再次冲入议院。提到这事,他叙述了五月十五日那天,多亏国民自卫军一名士兵的全力相助他才大难不死的经过。

"这正是您的朋友,我倒忘了!您的朋友,那个陶瓷商,雅克·阿尔努!"

那天一群暴动者掐住了他的喉咙;这位正直的公民一把将他夺过来,放在了一边。所以,从那时起,他们之间就有了某种联系。

"最近哪天该一道吃顿饭,既然您常见到他,请让他相信我非常喜欢他。他是个大好人,依我看他受到了诽谤;他挺机灵,这怪物!再次问候他!好,晚安!……"

弗雷德里克离开当布勒兹先生后,又回到女元帅家;他脸色十分阴沉地说,她必须在他和阿尔努之间作出抉择。她柔声回答说,她根本听不懂"这一派胡言",她不爱阿尔努,丝毫不恋着他。弗雷德里克渴望离开巴黎。她不反对这个怪念头,于是第二天他们去了枫丹白露①。

他们下榻的旅馆与别的旅馆不同,院子当中有一个汩汩作响的喷泉。房间的门开向一条过道,如同在寺院里一样。租给他们的那个房间很大,摆着上好的家具,挂着印花布帷幔,十分安静,这是游客稀少的缘故。无所事事的市民沿着房舍经过;天黑下来的时候,街头的孩子在他们窗下玩捉人游戏。离开巴黎的喧嚣嘈杂,他们享受到这份宁静,感到既惊奇,又宽慰。

一大清早,他们就去参观宫堡。他们从栅栏门进去,它的整面正墙一览无余,还有五座尖顶的楼阁,院子尽头的马蹄铁形楼梯,院子左右两侧的两座更低矮的建筑物。路面上的苔藓远远地与浅褐色砖的色调糅合在一起;整座宫殿呈铁锈色,宛如一件旧的甲

---

① 枫丹白露位于巴黎东南,风景秀丽,林木葱茏。始建于中世纪的王宫经过历代修葺和扩建,巍峨壮丽,许多法国君王曾在此居住。

胄,带着几分镇定自若的王者风度,又有些许威严悒郁的武士气概。

终于,一个仆人拿着一串钥匙出来了。他先给他们看王后们的房间、教皇的祈祷室①、弗朗索瓦一世游廊、皇上签署逊位书②的桃花心木小桌,还有由原先的鹿廊分隔成的一个房间里,克丽斯蒂娜叫人暗杀莫纳岱斯基的地点③。萝莎奈特专心地听了这个故事,随后转身对弗雷德里克说:

"大概是出于嫉妒吧?你可要防着点啊!"

接着,他们穿过议事厅、卫士厅、御座厅和路易十三的客厅。高大的窗户没挂帘子,一道白光直泻而下,插销把儿和桌子的蜗形铜脚蒙着灰尘,色泽有些暗淡;到处是用粗布罩着的扶手椅;门上方可以见到路易十五的猎获物,到处挂着壁毯,上面织着奥林匹亚诸神像、普赛克像④和亚历山大大帝历次战役的图景。

萝莎奈特走过镜子前,总要驻足片刻,理理云鬓。

他们经过城堡主塔的院子和圣萨图南小教堂,来到了大礼堂。天花板分成一个个八角形的格子,镶金贴银,雕镂得比首饰还精美,金碧辉煌,把他们的眼睛都花了。从巨大的壁炉到另一头占了大厅整个宽度的乐师台,墙上全是壁画,令他们目不暇接;壁炉上,新月形和箭筒形的装饰环绕着法兰西的纹章。十扇拱孔形的窗户敞开着;阳光把壁画照得闪闪发亮,蓝天无限延伸着云青色的

---

① 教皇庇护七世(1742—1823)于一八〇四年为拿破仑加冕,后又开除他的教籍。一八〇九和一八一二年,教皇先后被拿破仑软禁于意大利的萨沃纳和法国的枫丹白露,一八一四年才回国。
② 一八一四年四月五日,拿破仑在枫丹白露宫签字逊位。
③ 克丽斯蒂娜(1626—1689),瑞典女王,一六五四年让位给堂弟查理·古斯塔夫。一六五七年旅居枫丹白露期间,以残酷手段谋杀了侍臣莫纳岱斯基。
④ 普赛克,又译普绪喀,希腊神话中的美丽少女,为爱神厄洛斯所恋,一天夜里,她不顾禁令点灯看爱神的容貌;爱神旋即离去,经过许多曲折,一对恋人才重新聚首。

337

拱腹。朦胧的树梢布满天际,从树林深处,似乎传来围猎时象牙号角的回声和神话芭蕾舞剧音乐的回响;扮演仙女和林神的公主、王孙聚集在树阴下——这是具有质朴的科学、奔放的热情和辉煌的艺术的时代,其理想是把世人带入赫斯珀里得斯①的梦境,把国王的情妇与天上的星辰相提并论。在这些鼎鼎大名的情妇中,最美的那一位让人把容貌画在右墙上,扮作猎神狄安娜,甚至扮作地狱女神狄安娜,这一定是为了表明她的威力超出坟墓之外②。所有这些象征是她荣耀的佐证;这儿留下了她的一些东西,一个模糊的声音,一道经久不息的光芒。

弗雷德里克突然产生了一种不可言喻的追溯已往的欲念。为了排遣它,他脉脉含情地打量起萝莎奈特来,问她想不想做这个女人。

"哪个女人?"

"狄安娜·德·普瓦蒂埃!"

他重复道:

"狄安娜·德·普瓦蒂埃,亨利二世的情妇。"

她轻轻说了一声:"啊!"然后就没有下文了。

她的缄默清楚地表明她什么也不知道,什么也不懂,出于好心,他对她说:

"也许你厌烦了吧?"

"不,不,正相反!"

萝莎奈特仰起下巴,用茫然的目光环顾四周,随口说出一句话:

"这唤起一些回忆!"

不过,从她的神色中,可以看出表示尊敬的一种努力,一种意

---

① 赫斯珀里得斯,希腊神话中夜神赫斯珀洛斯的三个女儿,负责守护天神花园中该亚送给赫拉的金苹果树。
② 指狄安娜·德·普瓦蒂埃(1499—1566),亨利二世的宠姬。

愿;这种严肃的神情使她显得格外漂亮,于是弗雷德里克原谅了她。

鲤鱼池使她更开心些。足足一刻钟,她把面包屑扔进水里,观看鱼跃。

弗雷德里克坐在椴树下,紧挨着她。他想着在这些墙壁间出出进进的所有人物:查理五世①、瓦卢瓦王室②、亨利四世③、彼得大帝④、冉-雅克·卢梭和"头等包厢好哭的美人"⑤、伏尔泰、拿破仑、庇护七世以及路易-菲力浦。他觉得这些乱哄哄的死者围着他,碰着了他;他觉得这一个个形象颇具魅力,但混杂在一起令他头昏眼花。

最后,他们来到下面的花圃。

这是一个长方形的大花圃,可以一览无余地看到它宽宽的黄色小径,一方方草坪,带子似的黄杨,金字塔状的紫杉,低矮的树木和狭窄的花坛,稀疏的花朵点缀在花坛灰色的泥土上。花园尽头是一座园林,一条长水渠从它中间流过。

王族府第本身有一种特别悒郁的情调。大概因为相对于少数几个主人而言,它的面积过大;因为在多少次军乐喧天之后,这儿安静得令人惊讶;因为它一成不变的奢华,以其古旧证明朝代的转瞬即逝,万事的永恒虚无。世世代代散发出来的这股气息,令人麻木和悲伤,一如木乃伊的防腐香料,连头脑最幼稚的人也嗅到了。萝莎奈特大打呵欠。他们回到了旅馆。

午餐后,人家给他们叫来了一辆敞篷马车。他们穿过道路交

---

① 查理五世(1500—1558),日耳曼皇帝,西班牙和西西里国王。
② 瓦卢瓦王室,卡佩家族的一支,一三二八至一五八九年统治法国。
③ 亨利四世(1553—1610),法国国王,曾花费大量财力修建枫丹白露宫。
④ 彼得大帝(1672—1725),俄国沙皇。
⑤ 一七五二年十月十八日,枫丹白露宫附设的剧场首次上演卢梭的歌剧《乡村卜师》。卢梭也去观剧,周围美丽的女观众为剧情感动得落泪,故有此语。

叉处的一个圆形大广场,离开了枫丹白露,然后徐徐驶上一个小松树林中的沙土路。树木变得更高大了;马车夫不时指点道:"这是连体树,这是法拉蒙①树,那是国王树丛……"他没有忘记任何一个著名景点,有时还停下来让他们观赏。

他们进入弗朗夏尔乔林。马车像雪橇一样在草地上滑行;看不见的鸽子咕咕叫着;忽然,一名咖啡店的侍者跑出来了;他们在一座花园的栅栏前下了车,花园里摆着几张圆桌。随后,他们经过左边一座倒塌的修道院的围墙,走在大块的岩石上,不久便抵达峡谷的谷底。

峡谷的一个坡面,交错覆盖着砂岩和刺柏;另一个坡面几乎是光秃秃的,朝谷底倾斜,一条小径从绿色的欧石楠丛中穿过,形成一道白线;远处可见一座扁圆锥形的山峰,以及后面的电报塔。

半小时后,他们再次下车,攀登阿斯普勒蒙高地。

曲曲弯弯的山路两边,嶙峋的巉岩下长着矮壮的松树;森林的这一角有种憋闷的感觉,稍嫌荒凉,十分幽静,令人想起那些隐士。他们与枝角间夹着火十字架的大雄鹿为伴,跪在山洞前,含着慈爱的微笑迎接法兰西的贤明君主。热烘烘的空气里弥漫着树脂的气味,露出地面的树根如脉管一般纵横交错。萝莎奈特常常被树根绊一下,心里很不痛快,真想哭一场。

但是,到了山顶,她发现了一个小酒馆,屋顶用树枝搭成,里面出售木雕制品,她又高兴起来。她喝了一瓶汽水,买了一根冬青手杖;她一眼也没看从高地上可以望见的景色,便在一个举着火把的男孩带领下,走进了名叫"土匪窟"的岩洞。

他们的马车在下布雷奥等着他们。

一位穿蓝罩衫的画家在一株橡树下写生,颜料盒就搁在膝上。他抬起头,望着他们走过。

---

① 法拉蒙,传说中法兰克人的一位首领。

到了夏依的半山坡,忽然下起雨来,他们戴上风帽。雨几乎立即就停了;他们回到城里时,街面在阳光下闪烁。

新来的旅客告诉他们,一场鏖战血染巴黎。萝莎奈特和她的情人并不感到吃惊。随后大家都走了,旅馆恢复了宁静,煤气灯熄了,他们在院子里喷泉的潺潺声中进入梦乡。

次日,他们去看"狼谷""仙女潭""长岩""玛尔洛特";第三天,他们又开始漫无目的地游览,听凭车夫安排,不问他们在什么地方,甚至常常忽略了名胜。

他们这辆旧四轮马车,像沙发一样低矮,带一个褪了色的条纹布车篷,坐在里面,他们觉得十分舒服!荆棘丛生的沟壑,在他们眼前不断地徐徐而过。一道道白光像箭一般穿过高大的蕨类植物。有时,一条无人再走的路,如一条直线出现在他们面前,东一丛、西一丛地长着柔弱的野草。在交叉路口正当中,一个十字架伸出四臂;在别处,一些路标如枯树般歪歪倒倒;一条条羊肠小道消失在树叶下,叫人真想顺着小道走。就在这时,马拐了弯,走进小道,陷在泥泞里;更远处,深深的车辙边上长出了苔藓。

他们以为远离了人烟,只有他们两个。可是突然走过去一名荷枪的猎场看守人,或者一群衣衫破烂、背着长长的细树枝捆的女人。

马车停下时,万籁俱寂;只听见辕马的喘息声和鸟儿反反复复的低鸣。

在某些地点,阳光照进林间空地,树林深处仍然一片黑暗;要么,阳光在近处被某种暮色减弱,却在紫烟氤氲的远方抹上一道白光。正午,太阳直射在广阔的绿野上,青翠满目,树梢上挂着银色的水珠,草地划出碧绿的道道,金色的斑点抛撒在一层层枯叶上。抬头仰望,树梢之间可以瞥见碧空。有些树高耸入云,一副族长和帝王之态;或者树梢相接,与长长的树干组成一座座凯旋门。另有一些树从根部起就长歪了,好像行将倒塌的圆柱。

这片好似由一道道垂直粗线组成的树林打开了一条缝,于是,浩瀚林海,起伏不平地一直延伸到幽谷的坡面。另一些山峦的小圆丘突出于谷地之上,俯瞰着金黄色的原野,渐渐地,原野消融在一片迷蒙的白色中。

他们相互紧挨着,站在一个山岗上,吸着清风,感到生活更加自由的骄傲、极其旺盛的精力和没有来由的欢乐,一起涌进心胸。

树木种类繁多,形成变幻的景致。山毛榉树皮光滑发白,树冠交接盘错;白蜡树无精打采地弯下海蓝色的枝叶;在千金榆的新林中,青铜像似的冬青一身尖叶;接着是一排纤细的桦树,躬身吟诵哀歌;对称如风琴管的松树不停地东摇西摆,仿佛在歌唱。一些树皮粗糙的大橡树浑身抽搐,在地面上伸展四肢,互相搂抱;树干好似人的上半身,腰板结实,伸着赤裸的臂膀互相发出绝望的呼唤和狂暴的威胁,仿佛一群发怒的提坦①,纹丝不动。某种更沉重的东西,好像发寒热引起的委靡不振,笼罩在池塘上方,水面被一丝丝荆棘割开。豺狼来这儿饮水,池塘两侧的陡坡上,苔藓成了硫黄色,仿佛被女巫的脚步烧焦了一样。青蛙呱呱地鸣个不停,应和着在天空盘旋的小嘴乌鸦的叫声。随后,他们穿过单调的林间空地,轮伐时保留下的幼树,东一株、西一株地栽在空地上。传来一种铁器声,一阵阵密集的敲击声;原来,半山腰上,一队采石工正在打石头。岩石愈来愈多,终于布满整个风景区,方方正正像房子,扁平如石板,互相支撑着,悬垂着,混合着,仿佛某个消失的古城奇形怪状、无法辨认的废墟。但是,这种凌乱不堪更令人联想到火山爆发,洪水肆虐和未知的大灾难。弗雷德里克说,灾难自开天辟地就有,直到世界末日才会结束;萝莎奈特掉过头去,说"这会叫她发疯的",然后去采欧石楠。它开着密密匝匝的紫色小花,形成大小不一的花穗,滚落下来的泥土就像黑色的流苏,缀在杂有云母片的

---

① 提坦,希腊神话中的巨神族,六男六女,共十二人。

沙地边缘。

有一天,他们来到一座沙丘的半中腰。沙土表层没有足迹,显出对称的波纹;这儿那儿,如同伸入干涸洋底的岬角,耸立着依稀如兽的岩石,有伸着头的乌龟,爬行的海豹,还有河马和熊。没有一个人。没有任何声音。太阳照在沙子上,令人目眩;蓦地,在光的颤动中,野兽仿佛动了起来。他们差点吓坏了,赶紧回去,以免眩晕。

森林的肃穆感染了他们;他们整整几个小时静默不语,身子随着车子弹簧的摇晃而摆动,仿佛在平静的醉意中变得迟钝了。他一只胳臂搂着她的腰,一边听鸟儿啁啾,一边听她讲话,几乎只扫一眼,便同时看到了她风帽上的黑葡萄,刺柏的浆果,她的面纱的褶裥,飞卷的浮云。当他朝她俯下身去,她的皮肤的清香和树林浓郁的馨香融合在一起。他们看到什么都开心。挂在荆棘上的游丝,石头堆中间注满水的窟窿,树枝上的一只松鼠,跟随他们飞舞的两只蝴蝶,他们都当作稀罕东西互相指着看。要么,离他们二十步远的树林里,一只牝鹿神态高贵而温和,带着它的小鹿安静地走着。萝莎奈特真想跑过去拥抱它。

有一次,冷不防出现一个男人,给她看一只盒子里的三条蝰蛇。她害怕极了,连忙扑到弗雷德里克怀里。看到她那样软弱,又感到自己有力量保护她,他十分幸福。

这天晚上,他们在塞纳河畔的一家客栈里吃晚饭。餐桌靠着窗,萝莎奈特坐在他对面;他端详着她那小巧白嫩的鼻子,翘起的嘴唇,明亮的眼睛,蓬松的栗色头发,椭圆形的标致面孔。本色的薄绸袍紧贴着她那微削的双肩;她从没有装饰的袖口伸出双手切食品、斟酒喝,伸到桌布上来。这时端上来一只四肢摊开的子鸡,用白黏土高脚盘盛着的酒烧洋葱鳗鱼块,味道涩口的葡萄酒,硬邦邦的面包和有缺口的餐刀。这一切增添了他们的兴致和幻觉。

他们几乎以为正在意大利做蜜月旅行。

动身回去前,他们沿着陡峭的河岸散步。

淡蓝的天空,像一个圆屋顶,架在天际锯齿状的树林上。对面,草地的尽头,林子里有一座钟楼。更远处,靠左边,一幢房子的屋顶在河上形成一块红斑;河流蜿蜒曲折,仿佛静止不动。不过,灯心草弯着腰,河水轻轻摇晃着插在河边张渔网的杆子;这儿有一只柳条捕鱼篓,两三条旧小艇。客栈旁,一个戴草帽的姑娘正从井里打水;每次水桶升上来时,弗雷德里克总怀着一种难以明言的乐趣,听着链条发出咯吱咯吱的响声。

在他看来,他的幸福是天经地义的,是他的生命和这个女人身上所固有的,因此他不怀疑幸福将伴随他终生。一种需要驱使他对她讲些温柔体贴的话。她也以亲切的话语作答,还轻轻拍拍他的肩膀,用出人意料的柔情蜜意令他着迷。最后,他发现她有一种全新的美,或许这种美不过是周围事物的反映,除非这些事物隐秘的潜在力量已使这种美灿然怒放。

当他们在田野间休息时,他躺在她那把小阳伞下面,头枕在她的膝盖上;或者,两人都趴在草地上,面对面互视,看到对方眸子的深处,彼此渴望,总得到满足;然后,半闭着眼皮,不再讲话。

有时,他们听见远处咚咚的鼓声。这是各个村庄擂响的紧急集合鼓,集合去保卫巴黎。

"啊!噢!暴动!"弗雷德里克带着轻蔑的怜悯说。与他们的爱情和永恒的大自然相比,整个这场骚动在他看来微不足道。

他们什么都谈,谈他们了如指掌的事,谈他们不感兴趣的人,许许多多无聊的琐事。她对他讲起她的侍女和理发师。有一天,她一不留神说出自己的年龄:二十九岁;她老了。

有好几次,她不知不觉告诉他一些有关她本人的情况。她曾当过"一家商店的售货员",曾到英国旅行过一次,为当演员学习过一阵;这一桩桩事情毫不连贯,他无法凑成一个全貌。一天,他们背对着一块草地,坐在一株梧桐树下,她更详细地讲述了自己的身世。下面的大路旁,一个小姑娘赤脚站在尘土里,牵着一头母牛吃草。她一看见他们,便走过来求乞;她用一只手按住破烂的短裙,用另一只手搔着她的一头黑发,她的头发好似路易十四式的假发,把她整个棕色的脸庞围了一圈,一双秀眼闪闪发光。

"她以后会长得很漂亮。"弗雷德里克说。

"要是她没有母亲,就会有好运气!"萝莎奈特接口道。

"嗯?怎么?"

"可不是,我呀,要是没有母亲……"

她叹了一口气,谈起自己的童年。她的双亲是里昂克鲁瓦鲁斯区的丝织工人。她跟父亲当学徒。这个可怜的老好人尽管忙得筋疲力尽,他的妻子仍然痛骂他,变卖掉一切去喝酒。萝莎奈特仿佛看到了他们的房间,靠窗放着的一排织机,火炉上炖着的家常菜,漆成桃花心木的床,对面的一口衣橱,还有她一直睡到十五岁的昏暗的阁楼。终于来了一位先生,是一个胖子,黄杨木颜色的脸,伪君子的做派,穿着黑衣服。她母亲和他谈了一次话,结果三天后……萝莎奈特住了口,然后,目光里充满寡廉鲜耻和辛酸苦涩,她说:

"就完事了!"

接着,她回答弗雷德里克的手势说:

"因为他结过婚(他大概担心在家里会身败名裂),我被带到一个饭馆的单间里,人家告诉我会很幸福,将收到一份漂亮的礼物。

"一进门,令我震惊的第一件事,是一张桌子上摆着一个枝形镀金银烛台和两份刀叉。天花板上的一面镜子把它们映照出来,四壁的蓝绸帷幔使整个房间好似一间放床的凹室。我大吃一惊。你明白,我是个没有见过任何世面的可怜人!尽管我眼花缭乱,仍然很害怕,真想溜走。不过我还是留下来了。

"房里唯一的座位是靠桌子的一张长沙发。我坐上去,它就软绵绵地往下塌。地毯下的热风口向我送来一股热气,我坐在那儿,什么也没吃。站在一旁的侍者请我吃些东西。他立即给我斟了一大杯酒;我的头发晕,我想打开窗户,他对我说:'不,小姐,这是禁止的。'然后他离开了我。餐桌上摊着一大堆我不认识的东西。我觉得一样都不好吃,不得已挑了一罐果酱,我一直等着。我不知道有什么事情妨碍他来。时间很晚了,至少已经半夜。我累得实在支持不住,便推开一个枕头,好躺得更舒服些,我的手碰到一个画册,一个本子;是一些春宫画……他进来时,我躺在上面睡着了。"

她垂下头,若有所思。

他们周围,树叶簌簌作响。一大棵毛地黄在乱草丛中摇摆,阳光波浪似的流过草地;那头母牛不见了,但它啃草的声音不时迅速地划破寂静。

萝莎奈特呆呆地望着地上离她三步远的一个点,鼻翼翕动,全神贯注。弗雷德里克执起她的手。

"可怜的人儿,你吃了多少苦啊!"

"是啊,"她说,"比你想象的还要多!……我甚至想一死了之;人家把我从水中捞上来了。"

"怎么?"

"啊!别再想了!……我爱你,我很幸福!抱抱我。"

她一根根拔掉钩着她袍子下摆的蓟草带刺的细枝。

弗雷德里克尤其思索着她没有讲出来的事。她是如何一步步摆脱贫困的?她靠哪个情人受了教育?他第一次上她家去以前,她的生活里发生了什么事?她最后一句表白不容置问。他只问她是怎样认识阿尔努的。

"是经瓦特纳兹小姐介绍认识的。"

"有一次我在王宫剧场看见有个人和他俩在一起,那人就是你吧?"

他说出确切的日期。萝莎奈特努力想了想。

"对,正是我!……那时我不快活!"

但是阿尔努待她极好。弗雷德里克对此毫不怀疑。不过,他们的朋友是个怪人,浑身是缺点;他把这些缺点一一指了出来。她统统承认。

"这没关系!……人家反正爱他,这匹骆驼!"

"现在还爱吗?"弗雷德里克问道。

她脸红了,半笑半嗔地说:

"嗳!不!这是过去的事了。我什么也不瞒你。即便还爱他,那也是另一码事!再说,我觉得你对你的牺牲品很不体贴。"

"我的牺牲品?"

萝莎奈特捧住他的下巴。

"就是呀!"

然后学着奶妈的腔调,故意把字音念错:

"我们有时不大乖!同他老婆睡觉觉!"

"我!绝没有的事!"

萝莎奈特微微一笑。他认为这证明她不在乎,内心受了伤害。但她带着那种哀求他撒谎的眼神,柔声说:

"当真?"

"自然啰!"

弗雷德里克赌咒发誓,说他从来没想过打阿尔努夫人的主意,因为他太爱另一个女人了。

"那么是谁呀?"

"是您呀,我的大美人儿!"

"啊!别取笑我了!你真烦人!"

他觉得还是编个故事,捏造一段恋情为妙。他想出了详细的情节。而且,这个人曾使他非常痛苦。

"你的运气确实不好!"萝莎奈特说。

"噢!噢!也许吧!"以此暗示他交过几次桃花运,以便给人更好的印象,正如萝莎奈特没有坦白她的全部情人,好叫他更敬重她。由于怕难为情,或者出于体贴和怜悯,在最推心置腹的谈话中也总有保留。你在旁人或自己身上发现一些悬崖或泥沼,使你前进不得;而且,你感到不会被人理解;不管什么事,要准确表达不是件易事;所以,完全的结合少而又少。

可怜的女元帅从未有过更好的伴侣。经常,当她打量弗雷德里克时,眼泪便夺眶而出;接着,她抬起眼睛,或遥望天际,仿佛看到了大片的曙光,无限幸福的前景。终于,有一天她坦言渴望请教士做一次弥撒,"好给我们的爱情带来好运"。

那么,她为什么久久拒绝他呢?她本人也说不清楚。这个问题,他提了好几次;她把他紧紧搂在怀里,回答说:

"亲爱的,这是因为我担心太爱你了!"

星期天早上,弗雷德里克从一份报纸公布的伤员名单中,看到了杜萨迪埃的名字。他叫了一声,把报纸拿给萝莎奈特看,说他要马上动身。

"干什么去?"

"去看他,照料他呀!"

"你不会把我一个人留下吧,我想?"

"同我一道走吧。"

"啊!叫我也卷进这场斗殴?多谢了!"

"可是,我不能……"

"得了!得了!好像医院里缺少护士似的!再说,那家伙,这和他有什么相干?人哪个不为自己!"

他对这种利己主义非常气愤,自责没有和大伙儿待在一起。对祖国的灾难如此漠不关心,未免有点褊狭,有点市侩气。他的爱情突然像罪孽一样压在他的心头。他们赌气赌了一个钟头。

接着,她恳求他等等再说,不要去冒风险。

"万一你被杀了呢!"

"嗳!那也不过是尽了我的义务!"

萝莎奈特跳了起来。首先,他的义务是爱她。他大概不想再要她了吧!真没道理!我的天,怎么这样想!

弗雷德里克拉铃要旅馆结账。但是返回巴黎并不容易。勒卢瓦运输公司的马车刚刚离开,勒孔特公司的轿式马车不准备走,波旁内的公共马车夜里才经过此地,而且可能已经坐满;这事可说不准。他浪费了许多时间打听这些情况,后来想到乘驿马这个主意。驿站长拒绝提供马匹,因为弗雷德里克没有通行证。最后,他租了一辆敞篷四轮马车(就是载着他们游山玩水的那辆),五点前后抵达默伦的贸易旅馆。

市场广场上架着一堆堆的枪。省长禁止国民自卫军开赴巴黎。外省的士兵要求继续赶路。人们叫嚷着。客栈里喧声不绝。

萝莎奈特很害怕,说她再也不往前走了,又一次央求他留下来。店家夫妇也帮她说话。一个正在吃晚饭的正派人插嘴说,他肯定战斗不久就会结束;何况应当尽自己的义务。于是,女元帅哭得更厉害了。弗雷德里克很恼火。他把自己的钱包给了她,匆匆拥抱了她一下,然后不见了。

抵达科尔贝火车站,人家告诉他起义者每隔一段距离就把铁轨拆掉,马车夫不肯再拉他往前走;他说他的马"累坏了"。

不过,他帮弗雷德里克弄到一辆破破烂烂的轻便马车,车夫答应一直拉到意大利门,要价六十法郎,不算小费。但是,离城门还有百步远,车夫就叫弗雷德里克下了车,自己掉头回去了。弗雷德里克在大路上走着,突然一名哨兵用刺刀拦住他。四个人抓住了他,嘴里骂骂咧咧:

"又是一个!当心!搜他的身!强盗!无赖!"

他惊愕已极,任人把他拖到城门哨所,哨所设在戈伯兰大街、医院大街、戈德弗瓦街和穆夫塔尔街四路交叉的圆形广场上。

四条路的尽头,四个街垒形成石子的大斜坡;东一个、西一个的火把噼啪作响;尽管尘土飞扬,他仍然看清楚一些作战步兵和国民自卫军士兵,个个面孔黝黑,衣冠不整,一脸凶相。他们刚刚占领了广场,枪毙了好几个人,而且余怒未消。弗雷德里克说,他从枫丹白露来帮助一个住在贝勒丰街的负伤同志;起先谁也不相信他;他们检查他的双手,甚至嗅嗅他的耳朵,看他身上有没有火药味。

但他一再重复同样的话,终于说服了一位上尉。上尉命令两名步兵把他押到植物园哨所。

他们走下医院大街。北风强劲地吹着。他又振作起来。

随后他们拐进马市街。右边,植物园犹如一个黑色的庞然大物;左边,慈善医院正面的一扇扇窗户灯火通明,好似发生了火灾,一些人影迅速地在玻璃窗上闪过。

押送弗雷德里克的两个人走掉了。另一个人一直陪他到综合理工学院。

圣维克托街十分昏暗,没有一盏煤气灯,也没有一家有亮光。每隔十分钟就听见有人喊:

"哨兵们!注意警戒!"

寂静中发出的这声叫喊,如同石头掉进深渊的回声,经久不息。

有时,一阵沉重的脚步声由远而近。这是一支至少有一百人的巡逻队;从这一大群模糊的人影中,传出窃窃私语声和铁器隐约的撞击声;队伍有节奏地摆动着走远了,融入黑暗中。

在十字路口的中央,有个龙骑兵骑在马上,一动不动。不时有名传令兵疾驰而过,接着又复归寂静。行进的炮车在远处的路面上发出低沉可怕的辚辚声。听到这种不同寻常的响声,心儿不由地缩紧了。这些声音似乎扩大了寂静,深沉,绝对,黑色的寂静。

几个穿白色工作罩衣的人走近士兵,同他们讲一句话,然后像幽灵似的不见了。

综合理工学院哨所里挤满了人。一些妇女堵在门口,要求见儿子或丈夫。她们被打发到改成停尸场的先贤祠去,没人理会弗雷德里克。他再三要求,发誓说他的朋友杜萨迪埃在等他,生命垂危。终于,人家派了一名下士领他去圣雅各街上坡的第十二区区政府。

先贤祠广场上全是躺在麦秸上的士兵。天亮了;营火熄了。

起义在这个街区留下了可怕的痕迹。街道的路面,从这头到那头,变得凹凸不平。在坍塌的街垒上,还留着公共马车、煤气管和大车轮子;有些地方,有一小摊一小摊的黑水,那一定是血。房舍弹痕累累,墙壁灰泥剥落,屋架裸露。遮光帘挂在一颗钉子上,破布片似的垂着。楼梯塌了,房门外是空的。可以瞥见室内的景象和破损的壁纸;有时,一些精巧的东西被保存下来。弗雷德里克注意到一只座钟,一个鹦鹉架,几幅版画。

他走进区政府,国民自卫军士兵喋喋不休地谈论着布雷阿、奈格里埃、夏博耐尔代表和巴黎大主教的死①。有人说奥马尔公爵已到布洛涅,巴尔贝从万森逃跑了,炮兵从布尔日开到,外省援军从四面八方涌来。三点钟光景,一个人带来了好消息;暴动者的谈判代表已到国民议会议长的府邸。

于是,大家欢欣鼓舞;弗雷德里克还有十二法郎,便叫人买来一打酒,希望借此更快得到释放。突然,好像响起一阵枪声。畅饮

---

① 布雷阿(1807—1848),法国将军,一八四八年六月二十五日被起义者击毙。奈格里埃(1788—1848),法国将军,因率政府军镇压六月起义,在进入圣安东尼城关时受重伤致死。夏博耐尔是国会议员,六月二十五日被起义者打死。巴黎大主教阿弗尔(1793—1848)试图在士兵与起义者之间进行调停,结果在一个街垒旁被政府军的枪弹击中身亡。

351

停止了;大家用猜疑的目光望着这个陌生人;他说不定是亨利五世①。

为了不承担任何责任,他们把他送到了第十一区的区政府,早上九点钟才放他出去。

他一直跑到伏尔泰滨河路。在一扇打开的窗户前,一位只穿着衬衣的老人仰天哭泣。塞纳河静静地流着。天空湛蓝湛蓝的;杜依勒里宫的树丛中,小鸟唧啾鸣啭。

弗雷德里克穿过卡鲁塞尔广场,正巧有人抬着一副担架经过。哨兵立即举枪致敬,军官把手举到帽檐上说:

"光荣归于不幸的勇士!"

这句话几乎变得必不可少;说这话的人总显得庄重而激动。一群愤怒的人护送着担架,高喊:

"我们要为您报仇!我们要为您报仇!"

马路上车辆川流不息,一些妇女在门前做裹伤口用的旧布纱团。这时,暴动已经失败,或者说差不多失败了,刚刚张贴的一张卡韦尼亚克②的声明宣布了它的失败。维维安纳街的上坡,出现了一小队国民别动队士兵。于是,资产者们发出一片热情的欢呼声;他们举起帽子,鼓掌,跳舞,想拥抱他们,请他们喝酒,女士们从阳台上抛下鲜花。

十点钟,炮声隆隆,正在攻打圣安东尼城关时,弗雷德里克终于到了杜萨迪埃的家,见他在自己的阁楼上,仰天躺着睡觉。从隔壁房间蹑手蹑脚走出来一个女人,原来是瓦特纳兹小姐。

她把弗雷德里克带到一边,告诉他杜萨迪埃受伤的经过。

星期六,在拉法夷特街的一个街垒上,一个顽童身上裹着

---

① 亨利五世,即查理十世之孙尚博尔伯爵(1820—1883),正统派的王位觊觎者。
② 卡韦尼亚克(1802—1857),法国将军。一八四八年六月二十四日被授予专政权,镇压了工人起义;六月二十八日被任命为政府首脑。

一面三色旗,向国民自卫军军士们嚷道:"你们要朝自己的弟兄开枪呀!"他们向前迈进,杜萨迪埃把枪扔掉,推开众人,跃上街垒,一脚踢倒那名起义者,扯下他身上的那面旗。后来,他在瓦砾堆里被人找到了,大脚被一颗铜弹打穿。人家给他做了清创术,取出了子弹。瓦特纳兹小姐当晚就来了,从此再也没有离开他。

她灵巧地准备好包扎伤口所需的一切物品,喂他水喝,留心他哪怕最小的欲望,身轻如燕地来回走动,脉脉含情地凝视着他。

半个月中,弗雷德里克每天上午必来。有一天他提起瓦特纳兹小姐的尽心尽责,杜萨迪埃耸了耸肩膀。

"咳!哪儿呀!这是出于私利!"

"你这么想?"

他又说:

"我敢肯定!"但他不愿做更多的解释。

她对他体贴入微,甚至把那些颂扬他英勇行为的报纸拿来给他看。这种敬意似乎惹他讨厌。他甚至向弗雷德里克坦言良心上感到不安。

或许他本该站在另一边,和工人们在一起;因为毕竟人家向工人们做了一大堆许诺,可是一个也没有兑现。战胜他们的人憎恨共和国;而且对待他们非常狠,他们一定错了,可没有完全错;这个好小伙想,可能他曾与正义作战,这个念头把他折磨得好苦。

塞内卡尔被关在杜伊勒里宫水边的平台下,他全然没有这种焦虑。

他们一共九百人,乱糟糟地挤在一起,满地污物;火药和凝结的血块弄黑了他们的脸,他们发烧,打着寒战,愤怒得大喊大叫;他们当中有人死去时,尸体也无人运走。有时,猛然一阵枪响,他们以为马上要被统统枪毙,便奔过去贴到墙上,随后又倒在自己的位子上;痛苦把他们变得如此迟钝,他们觉得仿佛生活在一场噩梦里,生活在悲哀的幻觉中。吊在拱顶上的灯犹如一块血斑;地窖散发出的气体,产生了黄绿色的小火苗,四处飞舞。由于担心疫病流行,成立了一个委员会。委员会主席刚下头几级台阶,就被粪便和尸体的臭味吓得连连朝后退。当囚犯们走近通风眼时,站岗的国民自卫军士兵拿刺刀往人堆里乱捅,阻止他们摇晃栅栏。

这些士兵一般没有恻隐之心。那些没有打过仗的也想表现表现。这是恐惧的大泛滥。他们同时向报纸、俱乐部、集会、学说,三个月来一切令人恼火的事进行报复。尽管胜利了,但是平等(好像是对其捍卫者的惩罚和对其敌人的嘲弄)却得意扬扬,这是野兽的平等,在血腥劣行上的旗鼓相当;由于利欲熏心,需求的痴狂得以平衡,贵族做出了恶棍的粗暴举动,戴棉布帽者的丑恶也不亚于戴红帽者。好像自然界发生了翻天覆地的变化,公众的理智紊乱了。有头脑的人终生成为白痴。

罗克老爹变得十分勇敢,几乎有些鲁莽。二十六号那天,他同诺让人一起来到巴黎,但是没有和他们一道回去,而是参加了驻扎在杜依勒里宫的国民自卫军;他很高兴被安排在水边平台前站岗。至少,他在这儿看管他们,这群强盗!他以他们的失败和道德的沦丧为乐,忍不住詈骂他们。

他们中间有个留金黄色长发的青年,他把脸贴在栅栏的铁条上要面包吃。罗克先生命令他住口。但是年轻人用可怜巴巴的声音重复道:

"面包!"

"我,我哪儿来的面包!"

其他囚犯也出现在通气孔前,胡子翘起,双目放光,你推我挤,高声嚷道:

"面包!"

罗克老爹见自己的权威受到蔑视,十分气愤。为了吓唬他们,他用枪瞄准他们;那个青年被挤得喘不过气来的人流推到拱顶,他

仰起头又一次喊道:

"面包!"

"哎!这就是面包!"罗克老爹边说边放了一枪。

只听见一声大叫,然后什么都没有了。在一只小木桶的桶边上,留下了一些白的东西。

之后,罗克先生回到家里;他在圣马丁街拥有一幢房子,是他给自己准备的一个落脚点;由于暴乱,房子正面遭到了损害,他因此火冒三丈。可是再次见到它时,他觉得原先夸大了损失。刚才自己的行动有如一种补偿,他的怒气消了。

他的女儿亲自来给他开门,立即对他说,他出门这样久,她非常不安;她担心出事,怕他受伤。

这种孝心的表示令罗克老爹感动。他奇怪没有卡特琳娜陪同,她竟一个人上了路。

"我派她去办事了。"路易丝回答。

她询问他的健康情况,打听这,打听那;接着,她带着若无其事的神情问他是否碰巧遇到了弗雷德里克。

"没有!根本没有!"

她仅仅为了他才出这趟门的。

有个人在过道里走。

"啊!对不起……"

她不见了。

卡特琳娜没有找到弗雷德里克。他有好几天不在家了,他的至友戴洛里耶先生现在住在外省。

路易丝回来时浑身发抖,讲不出话来,她靠在家具上。

"你怎么了?到底怎么了?"她父亲喊起来。

她示意她没事,然后拼命克制自己,恢复了平静。

对面的菜馆送来了晚饭。但是罗克老爹受了过于强烈的刺激。"吃了胃里不舒服",上果品时,他昏了过去。急忙派人去请

355

医生,医生开了一种药水。接着,罗克先生躺到床上,他要求给他盖上尽可能多的被子,好让他发发汗。他长吁短叹,哼哼唧唧。

"谢谢,我的好卡特琳娜!——亲亲你可怜的父亲,我的小心肝!啊!这些革命!"

女儿责备他,不该为了她苦恼,把自己弄出病来。他回答说:

"是呀!你说得对!可是我身不由己!我太容易动感情了!"

二

在小客厅里,当布勒兹夫人坐在侄女和约翰森小姐之间,听罗克先生讲述他作战的辛苦。

她咬着嘴唇,似乎不大舒服。

"噢!这没什么!就会过去的!"

接着,她带着亲切的神情说:

"今晚来吃饭的有您的一个熟人,莫罗先生。"

路易丝打了个哆嗦。

"另外只有几位知己,其中有阿尔弗雷德·德·西齐。"

于是她大夸西齐的举止,容貌,特别是他的品行。

当布勒兹夫人的话,不像她以为的那样虚假;子爵祈望结婚。他把这事告诉了马蒂侬,还补充说他肯定讨塞西尔小姐喜欢,她的父母肯定会同意。

他冒险透露自己的心事,一定掌握了嫁奁丰厚的情况。但是马蒂侬怀疑塞西尔是当布勒兹先生的私生女;随随便便向她求婚,可能有点过分。轻举妄动是有危险的;因此马蒂侬一直谨慎行事,没有给自己惹麻烦;再说,他也不知道如何摆脱她的姑妈。西齐的话使他下了决心;他向银行家提出了请求,银行家看不出有什么障碍,刚刚把此事告诉了当布勒兹夫人。

西齐来了。她站起身,说道:

"您把我们忘了……塞西尔,来握握手①!"

就在这时,弗雷德里克进来了。

"啊!终于找到您了!"罗克老爹叫道,"这一周,我同路易丝去过您家三次!"

弗雷德里克小心地避开了他们。他推脱说,他天天待在一个负伤同志的身边。而且,他老早就诸事缠身;他编了一些瞎话。幸亏客人们纷纷到了:首先是曾在舞会上见过的外交官保尔·德·格雷蒙维尔先生;接着是实业家菲米雄,有天晚上,这人对保守党的忠心耿耿曾使弗雷德里克大为反感;蒙特勒侬-南图阿老公爵夫人在他们后面驾到。

这时前厅里响起两个人的声音。

"我敢肯定。"一个说。

"亲爱的漂亮太太!亲爱的漂亮太太!"另一个回答道,"求求您,冷静点!"

这是用冷霜把脸搽得像木乃伊似的老来俏德·诺南古尔先生和路易-菲力浦一位省长的妻子德·拉西卢瓦夫人。她惊惧万分,因为刚才她听到一支用管风琴奏的波尔卡,它是起义者的联络信号。许多资产者也这样胡思乱想;他们以为,躲在地下墓穴里的人即将炸毁圣日耳曼城关;从地窖里传出喧闹声;一些可疑的东西从窗前闪过。

不过,大家仍然竭力宽慰着德·拉西卢瓦夫人。秩序已经恢复。再也不必担惊受怕。"卡韦尼亚克拯救了我们!"好像起义没有犯下大量暴行似的,还要加以渲染。社会主义者中,至少有两万三千名苦役犯!

大家毫不怀疑这些事:

在食品中放毒药,把别动队士兵夹在两块木板间活活锯死,旗

---

① 此句原为英文。

帜上写着抢劫放火的要求。

"还有别的呢!"前省长夫人补了一句。

"啊!亲爱的!"当布勒兹夫人怕有伤体面,马上接口说,同时瞄了一眼三位少女。

当布勒兹先生同马蒂侬从书房走了出来。她掉过头去,向走过来向她致意的佩勒兰回礼。艺术家不安地打量着四壁。银行家把他拉到一边,叫他明白他本人不得不暂时藏起艺术家的那幅革命的画。

"当然!"佩勒兰说,他在"智慧俱乐部"的失败改变了他的观点。

当布勒兹先生非常客气地悄悄说将请他画别的画。

"对不起,请再说一遍!……啊!亲爱的朋友!真幸运!"

阿尔努夫妇来到弗雷德里克面前。

他顿时觉得天旋地转。萝莎奈特对士兵赞不绝口,惹他生了整整一个下午的气;旧情复萌了。

膳食总管进来对太太说开饭了。她用一个眼神命令子爵挽起塞西尔的胳臂,并低声对马蒂侬说:"浑蛋!"大家步入餐厅。

桌布中央,菠萝的绿叶下有一尾鲷鱼,鱼嘴伸向一大块麇子肉,鱼尾碰着一盆堆成金字塔形的虾。无花果、大樱桃、梨和葡萄(巴黎培植的时鲜水果)呈棱锥状堆在老萨克森瓷盘里;一簇簇鲜花,每隔一定距离摆放在明亮的银餐具中间;白绸帘子垂在窗前,房间里光线柔和;两个放着冰块的人造喷泉送来了清凉;穿短套裤的高大仆人在一旁侍候。经过几天的动荡不安后,这一切显得更加美好。曾经害怕失去的东西,如今又得以享受;诺南古尔说的一句话表达了众人的心情:

"啊!希望共和党诸公将允许我们吃晚饭!"

"尽管他们大讲博爱!"罗克老爹俏皮地补了一句。

这两位嘉宾坐在当布勒兹夫人的左右两侧,对面是她丈夫;银

358

行家的一边是德·拉西卢瓦夫人和外交官,另一边是老公爵夫人和菲米雄。接着是画家、陶瓷商和路易丝小姐。马蒂侬为了坐在塞西尔身边,占了弗雷德里克的位置,结果他坐在阿尔努夫人旁边了。

她穿一件黑纱罗袍子,腕上戴一只金箍,就像他头一次去她家吃饭时那样,她的头发里有一个红的东西,发髻里缠着一根吊钟海棠枝。他忍不住对她说:

"我们好久没有见面了!"

"啊!"她冷冷地应道。

他又说,声音的柔和减轻了问题的无礼:

"您有时想到我吗?"

"为什么我要想到您呢?"

这句话伤了弗雷德里克的心。

"说到底,您也许是对的。"

但他很快就后悔了,发誓说他没有一天不因为惦念她而饱受折磨。

"我根本不信,先生。"

"可是,您知道我是爱您的。"

阿尔努夫人不回答。

"您知道我爱您。"

她始终缄口不语。

"那就去你的吧!"弗雷德里克心想。

他抬起眼睛,瞥见桌子另一头的罗克小姐。

她以为穿一身绿很俏,其实这与她的红头发极不协调。她的腰带扣得太高,细布绉领使她显得耸肩缩颈;弗雷德里克对她态度冷淡,一定和这身不雅的打扮有关。她好奇地远远打量着他;坐在她旁边的阿尔努白白大献殷勤,从她嘴里掏不出两三句话,他终于不再努力讨好她,注意听大家谈话。这时话题转到卢森堡宫的菠

359

萝酱上来。

菲米雄说,路易·勃朗在圣多米尼克街有座公馆,不肯租给工人住。

"我呀,"诺南古尔说,"我觉得勒德吕-罗兰在王家领地里打猎真滑稽!"

"他欠一名金银匠两万法郎!"西齐补充说,"甚至有人认为……"

当布勒兹夫人打住他的话头。

"啊!为政治激动多不好!一个年轻人,呸!您不如关心一下您的女邻座吧!"

接着,严肃的人开始攻击报纸。

阿尔努为报社辩护;弗雷德里克加入了谈话,称报社是商社,与其他商社一样。为它们写文章的人,一般不是蠢货就是吹牛大王;他装出很了解他们的样子。冷嘲热讽地抨击他朋友阿尔努的宽宏大量。阿尔努夫人没有听出这是对她的一种报复。

这当儿,子爵正绞尽脑汁,要征服塞西尔小姐。首先,他卖弄艺术家的鉴赏力,贬斥长颈大肚小玻璃瓶的形状和餐刀上的雕刻。接着,他大谈自己的马厩、裁缝和衬衫商;最后,他扯到宗教问题,设法暗示他履行自己的全部义务。

马蒂侬的做法更高明。他目不转睛地望着她,用不变的语速夸赞她鸟儿一般的侧影,没有光泽的黄头发,指头过短的双手。这一句句甜言蜜语,丑姑娘听得津津有味。

众人声音很高,谁的话也听不清楚。罗克先生盼望有个"铁腕人物"治理法国。诺南古尔甚至对政治绞刑的废除表示遗憾。这些无赖,本该成批地把他们斩尽杀绝!

"他们还是懦夫,"菲米雄说,"躲在街垒后面算不上勇敢!"

"对啦,给我们讲讲杜萨迪埃吧!"当布勒兹先生转向弗雷德里克说。

这位好店员现在成了英雄,就像萨莱斯、让松兄弟、佩吉埃女士,等等。

弗雷德里克欣然从命,滔滔不绝地讲起他朋友的故事来;他本人也感到面上有光。

大家自然而然地谈到各种勇敢行为。外交官认为,正视死亡并不困难,那些决斗者便是佐证。

"这可以让子爵讲讲。"马蒂侬说。

子爵顿时面红耳赤。

客人们望着他;路易丝比别人更吃惊,喃喃地说:

"到底怎么回事?"

"他在弗雷德里克面前退缩了。"阿尔努低声说。

"小姐,您知道什么吗?"诺南古尔立即问道。

他把她的答话转告给当布勒兹夫人,夫人身子微微前倾,打量起弗雷德里克来。

马蒂侬不等塞西尔发问,便告诉她这事与一个下贱女人有关。姑娘稍微朝后坐了坐,好像避免与那个荒唐鬼接触似的。

谈话重新开始。波尔多名酒斟了一巡又一巡,大家情绪很高;佩勒兰怨恨革命,因为西班牙博物馆彻底毁了。身为画家,这是他最伤心的事。听了这话,罗克先生问他:

"您是不是画过一幅非常出色的画?"

"也许是吧!哪一幅?"

"画上有位太太,服装……说真的!……有点……单薄,拿一个钱包,身后有只孔雀。"

这回轮到弗雷德里克脸涨得通红了。佩勒兰佯装没有听见。

"可这的确是您画的!因为有您的名字写在下面,画框上的一行字确认这画属于莫罗先生。"

有一天,罗克父女在他家等他,见到了女元帅的画像。这老头还把它当成一幅"哥特画"哩。

"不是!"佩勒兰粗声粗气地说,"这是一幅女人像。"

马蒂侬补充道:

"一位好端端活着的女人!是不是,西齐?"

"嗳!我不知道。"

"我还以为您认识她哩。不过,既然这叫您难受,那就请您多多原谅!"

西齐垂下眼睛,他的尴尬证明他与这幅画有关,扮演了一个可悲的角色。至于弗雷德里克,模特只能是他的情妇。这是那种立即便形成的信念。在场者的脸上无不清楚地表露出这种信念。

"他对我撒了多大的谎!"阿尔努夫人心想。

"原来,他为这个离开了我!"路易丝思忖着。

弗雷德里克以为这两件事会累及他的名誉;当大家来到花园时,他为此责备马蒂侬。

塞西尔小姐的仰慕者当面大声嗤笑他。

"哎!根本不会!这将帮你的忙!勇往直前吧!"

他这是什么意思?而且,为何一反常态,表现出这等好意?他不做任何解释,向女士们坐着的花园尽头走去。男人们站立着,佩勒兰在他们中间发表高见。对艺术最有利的自然是君主政体。他讨厌现代,"即便这仅仅是因为国民自卫军",他怀念中世纪,路易十四;罗克先生对他的观点大加赞许,甚至坦言这些观点推翻了他对艺术家的全部成见。但是他几乎立即走开,被菲米雄的声音吸引过去了。阿尔努试图证明有两种社会主义,一个好,一个坏。实业家看不出二者有何区别,听到"所有权"这个词儿,他气得头脑发昏。

"这是天经地义的权利!孩子珍惜自己的玩具;各国人民,全体动物,都同意我的看法;狮子如果能说话,也会宣布自己是所有者!所以,我呀,诸位先生,我是靠一万五千法郎的资本起家的!你们知道,我三十年如一日,每天早上四点钟准时起床!为了发财,我遭的罪一言难尽!可是现在有人来对我说,我不是自己财产的主人,我的钱不是我的,总之,财产是偷来的!"

"可是普鲁东……"

"让我安静点,别提您的普鲁东了!如果他在这儿,我想我会把他掐死!"

他真会把他掐死的。特别在喝了利口酒之后,菲米雄失去了自控力;他那中风似的脸像炮弹一样快要爆炸了。

"您好,阿尔努!"于索奈说,他轻捷地从草地上走了过来。

他给当布勒兹先生送来了一本题为《七头蛇》的小册子的第一页,这位艺术家捍卫一个反动俱乐部的利益,银行家就以这种身份把他介绍给客人们。

于索奈给他们解了闷。起先他非说油脂商花钱雇了三百九十二个男孩每天晚上大叫"点灯!"接着他嘲笑一七八九年的原则、黑奴解放和左翼演说家;他甚至鼓起勇气表演了一出《普吕多姆在街垒上》①,或许是由于对这些美餐了一顿的资产者抱有天真的嫉妒心。漫画化的表演不大招人喜欢。资产者们的脸孔拉长了。

何况,这不是开玩笑的时候;诺南古尔这样说,提起了阿弗尔大主教和德·布雷阿将军之死。两人的死一再有人提起,并拿来大做文章。罗克先生说,大主教死得"极其崇高";菲米雄把荣耀送给军人;大家不单哀悼这两位被谋杀的人,而且讨论哪一次谋杀应该引起最强烈的愤慨。接着又做第二个比较,即拉摩里西埃尔②与卡韦尼亚克的比较。当布勒兹先生赞扬卡韦尼亚克,诺南古尔赞扬拉摩里西埃尔。除去阿尔努,这一伙人中谁也没见过他们两人如何作战,但是个个对他们的军事行动作出了不可更改的

---

① 普吕多姆,法国画家兼作家莫尼埃(1799—1877)所塑造的一个墨守成规、庸俗愚蠢、满嘴格言警句的资产者的典型形象。

② 拉摩里西埃尔(1806—1865),法国将军,与卡韦尼亚克一起镇压了一八四八年的六月起义。

评价。弗雷德里克拒绝发表意见,坦白自己没有拿起武器。外交官和当布勒兹先生对他点头赞许。的确,镇压暴动,就是保卫共和国。结局是有利的,却巩固了共和国;现在清除了战败者,又希望摆脱胜利者。

当布勒兹夫人一走进花园,便拉住西齐,数落他笨手笨脚;看到马蒂侬,她把西齐打发走,然后问未来的侄女婿为什么拿子爵开心。

"不为什么。"

"这一切好像是给莫罗先生贴金!有什么目的?"

"没有任何目的。弗雷德里克是位可爱的青年。我十分喜欢他。"

"我也喜欢!叫他来!去找他!"

讲了两三句应酬话后,她开始对宾客们稍加贬损,这等于把他抬到他们之上。他也讲几句其他女人的坏话,无异于巧妙地恭维她。但她不时离开他,这天晚上是接待日,女士们相继到来;接着她又回到自己的座位上,座位的排列凑巧使别人听不到他俩的谈话。

她显得快活,严肃,悒郁且通情达理。她对当前人们操心的事不大感兴趣;有一类情感不这样短暂。她抱怨诗人歪曲真相,然后抬眼望天,问他一颗星星的名字。

树木中间挂着两三盏中国灯笼。风晃动灯笼,彩色的光线在她的白袍上颤抖。她和通常一样稍稍靠后坐在扶手椅里,前头摆着一张矮凳;一双黑缎鞋的鞋尖露在外面;当布勒兹夫人不时大声说一句话,有时还发出笑声。

这种种媚态没有映入一心陪着塞西尔的马蒂侬的眼帘,却即将令罗克小姐大为惊诧,她正和阿尔努夫人聊天。在这些女人中间,她觉得唯独阿尔努夫人态度不倨傲,于是走过来坐在她身边;接着,她忍不住吐露自己的心思:

"弗雷德里克·莫罗,他是不是很会讲话?"

"您认得他?"

"噢!很熟悉!我们是邻居,我很小的时候,他曾带我做游戏。"

阿尔努夫人久久地看着她,那眼神意味着:"您没爱上他吧,我想?"

姑娘的眼神毫不慌乱地回答:"爱上了!"

"那么您经常见到他啰?"

"噢!不!只在他来看母亲的时候。他有十个月没来了!他可是答应更准时的。"

"我的孩子,不该过于相信男人们的诺言。"

"但是我,他没有骗过我!"

"他们都一个样!"

路易丝不寒而栗:"他会不会凑巧也向她许诺过什么?"她的面孔因猜疑和仇恨皱紧了。

阿尔努夫人几乎害怕了;她恨不得收回自己的话。接着,两人都缄默不语。

弗雷德里克坐在对面的一张折椅上,她们打量着他,一位用眼梢看,十分得体,另一位张着嘴巴,毫无顾忌,以致当布勒兹夫人对他说:

"您转过身来嘛,好让她看见您!"

"谁呀?"

"罗克先生的女儿呗!"

于是,她拿这个外省姑娘的爱情取笑他。他矢口否认,强作笑容。

"这可信吗?我倒问问您!这样一个丑姑娘!"

不过,他感到虚荣心得到满足,快乐无比。他回想起另一次晚会,他离开时心中充满屈辱;于是他畅快地呼吸着,感到适得其所,

365

几乎置身于自己的领地里,仿佛这一切,包括当布勒兹公馆,都是属于他的。女士们围成半圈听他讲话,为了出风头,他表示赞成恢复离婚制度,离婚应当轻而易举,只要双方愿意,甚至可以无止境地分分合合。女士们听了惊叫起来;另一些人窃窃私语;黑暗中,在爬满马兜铃的墙脚下,发出低低的讲话声,活像一群快活的母鸡咕嗒咕嗒地叫。他阐发自己的理论,带着意识到成功而产生的那种自信。一名仆人把一托盘冰激凌端到凉棚下来。男士们走了过来。他们正在谈捕人的事。

于是,弗雷德里克向子爵进行报复,要他相信也许因为他是正统派会受到起诉。子爵反驳说他没出过房门;他的对手一一列举厄运;当布勒兹和格雷蒙维尔两位先生也来凑趣。接着,他们恭维弗雷德里克,同时惋惜他没有运用自己的才能维护秩序;他们诚挚地同他握手;从此他可以指望他们的帮助。最后,当众人纷纷离开的时候,子爵向塞西尔深深鞠了一躬:

"小姐,我谨祝您晚安。"

她口气生硬地回答:

"晚安!"

但是她冲马蒂侬嫣然一笑。

罗克老爹想继续和阿尔努讨论,提议送他"以及太太"回家,因为他们同路。路易丝和弗雷德里克走在前头。她抓住他的胳臂;当她离其他人稍远一些时,说道:

"啊!总算完了!总算完了!这一晚上我受够了罪!这些女人真坏!神气那么高傲!"

他想为她们辩解。

"首先,你进来时该和我讲话嘛,你有一年没来了!"

"不到一年。"弗雷德里克说,很高兴在这个细节上挑她的毛病,好避开其他细节。

"好吧!我觉得时间很长,就这么回事!但是,吃这顿讨厌的饭时,看上去你很嫌弃我!啊!我明白,我不讨人喜欢,不像她们。"

"你错了。"弗雷德里克说。

"真的!你向我起誓,你不爱她们当中的任何一个?"

他起了誓。

"你只爱我一个?"

"那当然!"

听了他的保证,她很快活。她恨不得在街上走失了,好一道逛一整夜。

"我在那边坐立不安!大家开口闭口都是街垒!我好像看见你仰天倒下,浑身是血!你母亲患风湿病躺在床上。她什么也不知道。我只好不开口!我实在待不下去,就同卡特琳娜一起来了。"

她向他讲述如何动身,一路的情况,以及向她父亲撒的谎。

"他两天后带我回去。你明晚来吧,就像碰巧来的,乘机向我求婚。"

弗雷德里克从未像现在这样不想结婚。何况罗克小姐在他眼中是个相当可笑的小女孩。同当布勒兹夫人这样的女人一比,真有天壤之别!另一种前途为他保留着!今天他对此确信无疑;所以不能感情用事,贸然作出如此重要的决定。现在必须讲求实际;何况他又见到了阿尔努夫人。不过路易丝的直率叫他为难。他反问道:

"这个行动,你有没有好好考虑过?"

"怎么!"她叫了起来,由于惊讶和愤怒浑身冰凉。

他说,现在结婚简直是发疯。

"这么说,你是不要我了!?"

"咳!你不理解我!"

于是他云山雾罩地胡诌一通,要她明白有些重大的理由阻拦着他,他有做不完的事情,连他的财产也受了损失(路易丝用一句话干脆把他顶回去),最后,政治局势也不允许他们结婚。因而最理智的办法是再忍耐一段时间。事情一定会妥善解决的;至少,他希望如此,他仿佛理屈词穷似的,佯装突然想起两个钟头前他就该去看杜萨迪埃了。

接着,他同其他几位告别,钻进奥特维尔街,绕竞技剧场走了一圈,再回到马路上,跑上萝莎奈特的五层楼。

阿尔努夫妇在圣德尼街口与罗克父女分手,默默无言地往家走;他讲话讲得精疲力竭,她感到疲惫不堪,甚至靠在他的肩膀上。晚会上,他是唯一流露出正直情感的男人。她感到对他充满宽容。不过,他对弗雷德里克走有点耿耿于怀。

"谈到那幅画像的时候,你瞧见他的脸色了吗?我不是跟你说过他是她的情夫?你还不愿意相信我!"

"噢!是啊,我错了!"

阿尔努为自己的胜利高兴,抓住这个话题不放。

"我甚至可以打赌,方才他把我们撇下去找她了!现在他在她家,没错!他在她那儿过夜。"

阿尔努夫人把她的阔边软帽压得低低的。

"你在发抖!"

"因为我冷。"她说。

父亲一睡着,路易丝便走进卡特琳娜的房间,摇着她的肩膀说:

"起来!……快!再快点!去给我找辆出租马车。"

卡特琳娜回答她说,这个时辰没有出租马车了。

"那么你亲自领我去?"

"去哪儿?"

"去弗雷德里克家!"

"不行!去干吗?"

去和他谈谈。她不能等了。她要立即见他。

"亏您想得出！半夜三更闯到一个男人家里去！再说,现在他睡了！"

"我会叫醒他！"

"一位小姐这样做不合适。"

"我不是一位小姐！我是他妻子！我爱他！走,戴上你的披肩。"

卡特琳娜站在床脚想了想,终于说:

"不！我不愿意！"

"那好,你留下！我,我自己去！"

路易丝像条小蛇似的滑下楼梯。卡特琳娜在她身后奔跑,终于在人行道上追上了她。她一再劝阻无效,只得一边把短上衣扣好,一边跟在路易丝后面走。卡特琳娜觉得路长极了,抱怨自己的老腿不中用。

"再说,我呀,我又没有推着您走的那个理由,真是的！"

接着,她心软了。

"可怜的心肝！你瞧,也只有你的卡托①还这样尽心！"

她不时生出一些顾虑。

"啊！您叫我干的事真够瞧的！您父亲醒过来怎么办！老天爷！千万别闯祸！"

在综艺剧院前,国民自卫军的一支巡逻队把她们拦住了。路易丝立即说她同女用人去伦弗尔街请医生。巡逻队放她们过去了。

走到玛德莱娜教堂的拐角处,她们又遇到一支巡逻队。路易丝作出同样的解释,其中一位公民说:

"是九个月的那种病吧,我的小猫咪？"

---

① 卡托是卡特琳娜的昵称。

369

"古吉博!"队长叫道,"不许在队列里开玩笑!——女士们,过去吧!"

尽管有令在先,他们仍然继续讲俏皮话:

"祝您愉快!"

"代我向大夫致敬!"

"当心狼!"

"他们喜欢说笑,"卡特琳娜高声评论着,"年轻人嘛!"

终于她们来到弗雷德里克家门前。路易丝用力拉了好几次铃。门开了一道缝,门房回答她的问话:

"不在!"

"但他应该上床睡觉了?"

"我告诉您不在!他不在家过夜已有三个月了!"

门房的小玻璃窗砰的一声关上了,活像断头台的铡刀。她们待在拱顶下的黑暗里。一个怒气冲冲声音朝她们喊着:

"出去呀!"

门又开了;她们走了出去。

路易丝不得不坐在一块墙角石上,她两手抱头,号啕大哭,声嘶力竭。天亮了。大车辚辚驶过。

卡特琳娜扶着她回家,一边吻她,一边对她说自己从经验中得出的各种安慰话。对情人犯不着如此伤心。如果这一个吹了,她还会找到别的人!

三

萝莎奈特对别动队队员的热情减退后,又变得比任何时候都可爱,弗雷德里克不知不觉养成了在她家生活的习惯。

一天中最好的时光,是清晨在阳台上度过的。她身穿细麻布短上衣,赤脚穿着拖鞋,在他身边走来走去,清理金丝雀笼,给金鱼缸添水,用火铲松松种花箱里的土,箱里有株旱金莲,花叶爬满墙壁。接着,他俩倚着阳台,一块儿看车辆行人;他们一边晒太阳,一边商议如何度过夜晚。他至多出去两小时就回来;然后,他们随便去一家戏院看戏,坐在舞台一侧的包厢里,萝莎奈特手执一大束鲜花,听着乐曲演奏,弗雷德里克俯在她耳边,给她讲一些快活的事或风流韵事。有几次,他们乘一辆敞篷四轮马车去布洛涅森林;他们在那儿散步,直到半夜。最后,他们经凯旋门和林荫大道返回,深深吸着空气,头上顶着星星,目力所及,两排煤气灯好似两串亮晶晶的珍珠。

他们要出门时,弗雷德里克总得等她,她久久地整理围着下巴的两条帽带,在穿衣镜前对着自己微笑。然后,她挽着他的胳膊,强迫他站在她身边照镜子:

"我们俩这样肩并着肩,是多好的一对!啊!可怜的爱人,我要吃了你!"

现在,他成了她的东西,她的私产。因此,她的脸上一直喜气洋洋。同时举止更显得恹恹无力,体态更显得丰满;他觉得她变了,尽管说不出怎么变了。

有一天,她当作一件重大新闻告诉他,阿尔努先生刚为他厂子里原先的一名女工开了一家白色织品商店;他每晚去那儿,"花大笔的钱,就说上周吧,他甚至送给她一套红木家具"。

"你怎么知道?"弗雷德里克说。

"噢!我有把握!"

戴尔菲娜照她的吩咐打听到一些情况。她这样关心阿尔努,分明很爱他嘛!他只回答她说:

"这跟你有什么关系?"

萝莎奈特听了他这句问话,露出惊讶的神情。

"那浑蛋欠我的钱呀!他养女叫花子不是太可恶了吗?"

接着,她带着扬扬得意的仇恨表情说:

371

"何况,她根本不把他放在眼里!她另外还有三个姘头。好极了!让她把他的最后一个铜板也吃掉吧,这样我才高兴呢!"

原来,阿尔努怀着老年人谈恋爱的宽容心理,听任那个波尔多女人盘剥他。

他的工厂停了工,整个生意都不景气。为了重振旗鼓,他起先想开一家咖啡歌厅,只唱爱国歌曲;如果部长给他一笔补助,歌厅将同时变成一个宣传中心和赢利单位。可是政权换了领导班子,这件事没有办成。现在,他梦想开一家大的军帽厂。但他没有启动资金。

在家里,他也并不更快活些。阿尔努夫人对他不那样温存了,有时甚至颇为严厉。贝尔特①总站在父亲一边。这增加了不和的气氛,家里待不下去了。经常,他一大早便离家,在外头跑一天,好自我排遣,然后在一家乡村小酒店边吃晚饭,边想心事。

弗雷德里克长期不来,他的生活习惯被打乱了。所以,一天下午,他来恳求弗雷德里克像过去一样去看他。弗雷德里克答应了。

但他不敢再去阿尔努夫人家。他觉得背叛了她。但不去是怯懦的表现,而且也找不到借口。该结束这种状况了!于是,一天晚上,他动身上她家去。

天下着雨,他走进儒弗鲁瓦小巷,在商店橱窗的灯光下,见一个戴鸭舌帽的矮胖子朝他走来。弗雷德里克一下子就认出他是孔潘,这位演说家的动议曾在俱乐部引起哄堂大笑。他靠在一个戴轻步兵红帽的人的胳膊上,这个人上唇很长,脸色黄得像橙子,下巴上留了一撮胡子,正瞪着因钦佩而发亮的大眼睛打量着弗雷德里克。

孔潘一定为他感到自豪,说道:

"我向您介绍这条汉子!他是我的朋友,做靴子的,一位爱国

---

① 原文如此,应为玛尔特。

者！咱们去吃点东西怎么样？"

弗雷德里克婉言谢绝,孔潘立即愤怒申斥拉托提案,①说这是贵族的阴谋。要结束这种局面,必须重演一七九三年！接着,他打听雷冉巴尔和其他几个人的情况,全是赫赫有名的,如马斯兰、桑松、勒科努、马雷夏尔,还有一个名叫戴洛里耶的人,最近在特鲁瓦截获卡宾枪事件中受了牵连。

这一切对弗雷德里克都是新闻。孔潘也只知道这些情况。分手时,他对弗雷德里克说:

"回头见,对不对,您会去的吧？"

"去哪儿？"

"牛头宴！"

"什么牛头宴？"

"啊！别装蒜了！"孔潘说着在他肚子上拍了一下。

两个恐怖分子钻进了一家咖啡馆。

十分钟后,弗雷德里克不再想戴洛里耶了。他站在天堂街的人行道上,一幢房子前面,望着三楼窗帘后的灯光。

终于,他上了楼。

"阿尔努在家吗？"

女仆答道:

"不在！可是请进来吧。"

然后,她猛地推开一扇门:

"太太,莫罗先生来了！"

阿尔努夫人站起身,脸色比她的绉领还要白。她发着抖。

"我哪儿来的荣幸接待……如此出其不意的……来访？"

"没什么！不过想见见老朋友！"

---

① 拉托(1800—1887),波尔多律师,一八四八年被夏朗特省推举为制宪会议的人民代表。他提议解散制宪会议,选举立法议会,该提议于一八四九年一月通过。

他坐下来,问道:

"这位好阿尔努身体如何?"

"好极了!他出门了。"

"啊!我明白!他晚上的老习惯没改;出去消遣一下!"

"为什么不呢?动了一天脑子,需要休息休息!"

她甚至夸丈夫工作勤奋,弗雷德里克听了很恼火;她膝盖上放着一块黑呢子和几条蓝饰带,他指着问道:

"您在做什么?"

"给女儿改一件上衣。"

"哦,对了,我没瞧见她,她在哪儿?"

"在一所寄宿学校。"阿尔努夫人应道。

她的眼眶里盈满泪水,但她一针针快速地缝着,不让眼泪掉下来。为了掩饰窘态,他拿起她身边桌子上的一期《画报》。

"卡姆①的这些漫画非常滑稽,是不是?"

"是。"

接着他们又沉默了。

一阵风突然把玻璃窗吹得震动起来。

"什么鬼天气!"弗雷德里克说。

"说真的,冒这么大的雨上这儿来,您太客气了!"

"噢!我呀!我才不管下不下雨呢!我不是那种一下雨没准就不去赴约会的人!"

"什么约会呀?"她天真地问道。

"您记不起来了?"

她打了一个寒噤,垂下头来。

他轻轻地把手放在她的胳膊上。

"我向您担保,您让我痛苦极了!"

---

① 卡姆(1819—1879),法国漫画家,真名为阿梅代·德·诺埃。

她接着说,声音里带着几分哀怨:

"我是为自己的孩子担心啊!"

她向他叙述了小欧仁的病,和那天全部焦心的事。

"谢谢!谢谢!我不再怀疑了!我始终爱您!"

"不!这不是真的!"

"为什么?"

她冷冷地看着他。

"您忘记另一个女人了!您带着上赛马会逛的那一个!您有她画像的那个女人,您的情妇!"

"好吧,是这样!"弗雷德里克叫着,"我什么也不否认!我是个浑蛋!听我说!"

他之所以和那个女人在一起,是出于绝望,好比自杀。何况,他为自己蒙受的耻辱,在她身上发泄怨恨,把她弄得怪可怜的。

"这是何等的折磨!您不明白吗?"

阿尔努夫人转过她那张美丽的脸庞,朝他伸出了手;他们闭起眼睛,完全陶醉了,仿佛躺在摇篮里,轻柔而悠久地晃动着。然后,他们紧紧挨着,互相对视。

"您能相信我不再爱您了吗?"

她用低低的,充满爱抚的声音回答:

"不!不管怎样,我内心深处一直感到这是不可能的,我们两人之间的障碍总有一天会消除!"

"我也有同感!我多么想再见到您,想得要死!"

"有一次,"她又说,"在王宫市场,我从您身边走过!"

"真的?"

他告诉她,那天在当布勒兹府上见到她,他多么幸福。

"可是,那晚离开的时候,我多么恨您!"

"可怜的小伙子!"

"我的生活多么凄凉!"

"我的呢！……如果只有悲伤、不安、屈辱，作为妻子和母亲忍受的一切，既然人总有一死，我是不会抱怨的；可怕的是，我孤苦伶仃，没有任何人……"

"可是我在这儿，我！"

"对！对！"

她满腔柔情，抽抽噎噎地哭起来，张开了双臂；于是两个人站着搂抱在一起，久久地吻着。

地板咔嚓咔嚓响起来。一个女人来到他们身边，是萝莎奈特。阿尔努夫人认出了她；她的眼睛瞪得像铜铃一样大，充满惊讶和愤怒，打量着阿尔努夫人。最后，萝莎奈特对她说：

"我来找阿尔努先生谈事。"

"他不在家，您不是看见了？"

"啊！真的！"女元帅说，"您的女仆讲得果然不错！抱歉之至！"

然后，她转身对弗雷德里克说：

"你，你在这儿呀？"

她当着阿尔努夫人的面用"你"称呼他，阿尔努夫人脸红了，好像挨了一巴掌。

"他不在家，我对您再说一遍！"

于是，女元帅东张张，西望望，平静地说：

"咱们回去吧？楼下有辆出租马车在等我。"

他佯装没有听见。

"好了，来吧！"

"啊！对！这是个机会！走吧！走吧！"阿尔努夫人说。

他们出去了。她斜倚在楼梯栏杆上望着他们；一阵撕心裂肺的尖厉的笑声，从楼梯高处落到他们身上。弗雷德里克把萝莎奈特推进马车，自己坐在她对面，一路上没说一句话。

他的名誉毁了，他受了凌辱，这是他自作自受！他既因蒙受奇耻大辱而羞愧,又为失去幸福而悔恨;当他终于即将抓住幸福的时候,幸福却成了泡影! 而这是她的错,这个妓女,这个婊子的错。他恨不得把她掐死;他喘不过气来。回到家,他把帽子扔在一件家具上,扯下他的领带:

"啊! 你刚才干了件好事,承认吧!"

她神气活现地在他面前一站。

"那又怎么样? 有什么不好?"

"怎么! 你竟盯我的梢?"

"这赖我吗? 你干吗去正经女人家寻开心呢?"

"这有什么! 我不要你侮辱她们。"

"我什么地方侮辱她了?"

他无言以对;接着,用更愤恨的语调说:

"那一次,在校场上……"

"啊! 你拿旧相好来烦我们!"

"贱货!"

他举起拳头。

"别杀我! 我怀孕了!"

弗雷德里克往后一退。

"你撒谎!"

"可你看看我!"

她端起一只烛台,照着她的面孔:

"你明白了吧?"

她的皮肤浮肿得厉害,上面布满小黄斑。事情明摆着,弗雷德里克并不否认。他去把窗户打开,来回踱了几步,然后瘫倒在扶手椅里。

这件事是一场灾祸,它首先推迟了他们的决裂,其次打乱了他的全部计划。何况,想到要当父亲,他觉得滑稽可笑,无法接受。可为什么呢? 如果,这不是女元帅……? 他想入非非,那样全神贯

377

注,眼前仿佛出现了幻觉。他看见壁炉前的地毯上有个小女孩。她像阿尔努夫人,也有点像他;一头褐发,皮肤白皙,乌黑的眼睛,浓密的眉毛,鬈发上系着玫瑰色的缎带!噢!他会多么爱她啊!他似乎听见她的声音:"爸爸!爸爸!"

萝莎奈特脱了衣服,走了过来,见他眼里噙着一滴泪水,便一本正经地吻了吻他的额头。他站起来,说道:

"当然啦!不会弄死他的,这小家伙!"

于是,她喋喋不休,说这肯定是个男孩!给他起名叫弗雷德里克。现在就得为他准备衣服用品了。看见她这样幸福,他的怜悯心油然而生。现在,他的气完全消了,想知道刚才她为什么要这样干。

原来,就在当天,瓦特纳兹小姐给她寄来一张早已拒付的票据;于是她跑到阿尔努家去要钱。

"我会给你的嘛!"弗雷德里克说。

"在那边拿属于自己的东西,再还给另一位一千法郎,这样更简单。"

"你就欠她这些钱吗?"

她答道:

"当然!"

次日晚九点(守门人指定的时间),弗雷德里克来到瓦特纳兹小姐家。

他在前厅撞在摞起来的家具上。但有讲话声和音乐声为他引路。他推开一扇门,门里正在举行晚会。戴马尔站在一位戴眼镜的小姐正在弹奏的钢琴前,像大祭司一样严肃,朗诵一首有关卖淫的人道主义的诗;深沉的嗓音,在用力弹出的和弦的伴随下回响着。一排妇女依墙而坐,大多着深色服装,没有衬衣领,也没有活袖口。五六个男人,全是思想家,东一个、西一个地坐在椅子上。一把扶手椅里,坐着一位老态龙钟、写过寓言的人;牌桌上摆着一碗碗巧克力饮料,两盏灯的呛人气味和巧克力的香味混合在一起。

瓦特纳兹小姐腰间围了一条东方风格的披肩,站在壁炉一角。杜萨迪埃待在另一头,她的对面,对自己的这个位置,他脸上露出点尴尬。而且,在艺术界人士中间,他感到惶恐不安。

瓦特纳兹小姐同戴马尔吹了吗?也许没有。不过,她似乎唯恐失去这个好店员。弗雷德里克要求同她说一句话,她示意他随他们走进自己的卧房。点清一千法郎后,她还要利息。

"利息就算了吧!"杜萨迪埃说。

"住嘴!"

一个如此勇敢的人也这样怯懦,叫弗雷德里克看了开心,好像他本人的怯懦也有了理由。他拿回了期票,再也不提在阿尔努夫人家的那场大吵大闹。但是,从那以后,女元帅的缺点在他面前暴露无遗。

她有不可救药的低级趣味,不可思议的懒惰,野蛮人的无知,甚至把德罗老大夫视为大名鼎鼎的人物,以接待医生夫妇为荣,因为他们是"结了婚的人"。她带着学究的神气,在生活上对伊尔玛小姐进行指导;这位小姐是个可怜的小尤物,嗓门很小,保护人是位"非常体面"的先生,海关前职员,玩纸牌戏法很有一手;萝莎奈特称他"我的胖狐犬"。弗雷德里克也受不了听她一再重复那些蠢话,比方:"简直是瞎扯!滚一边去!你压根儿就不会知道",等等;早上,她硬要用一双旧的白手套掸小摆设上的灰尘!她对女仆的态度尤其令他反感,她经常拖欠工钱,甚至向女仆借钱。结账的日子,她们像两个女鱼贩子那样争吵,事后又互相拥抱,言归于好。两人相守变得沉闷难耐。当布勒兹夫人的晚会恢复后,他长舒了一口气。

至少,这位女人使他开心!她知道上流社会的钩心斗角,大使的调动,女裁缝的全部名单;即便她冒出几句陈词滥调,也讲得恰到好处,叫人以为她的话是一种敬辞或一句反语。她在二十位交谈者中间,不忽视任何一位,引出她希望的答话,避开危险的答话,这番情景真应该看看!一些十分简单的事,经她一讲,仿佛成了秘密;她微微一笑便令人想入非非。总之,她的魅力是复杂的,难以形容的,正如她通常用的淡雅的香水味。弗雷德里克和她在一起,每次都感到有所发现的快乐;不过,他见她始终从容不迫,有如清澈的粼粼水波的闪光。但是她对侄女的态度为何如此冷漠呢?她甚至不时向她投去古怪的目光。

一提起结婚的事,她就以"亲爱的孩子"的健康为由,反驳当布勒兹先生的意见,并立即带她去巴拉吕克温泉浴场。回来后,她又想出新的借口:那个年轻人没有地位,这场热恋似乎并不认真,等一等没有任何坏处。马蒂侬的答复是他将等下去。他的行为十分高尚。他过分夸奖弗雷德里克。不仅如此,他还开导弗雷德里克用什么办法讨当布勒兹夫人的欢心,甚至暗示他从侄女那儿了解到姑妈的感情。

至于当布勒兹先生,他非但不吃弗雷德里克的醋,反而对这位年轻朋友十分尊重,在许多事情上同他商量,甚至对他的未来表示关切。有一天,大家谈到罗克老爹,他附在弗雷德里克的耳边,神情狡黠地说:

"您做得对。"

而塞西尔、约翰森小姐、仆役、门房,这一家人上上下下无不对他笑脸相迎。他撇下萝莎奈特,每晚都上这儿来。萝莎奈特将为人母,比以前严肃些了,甚至有点悒郁,仿佛心里惴惴不安。无论怎么问她,她都回答:

"你弄错了!我身体很好!"

原来她以前签过五张期票;支付了第一张后,她不敢把这事告诉弗雷德里克,又去找阿尔努。他立了一张字据,答应把他在朗格多克地区城市煤气照明公司(一个了不起的企业)利润的三分之一送给她,并嘱咐她在股东大会前不要使用这张字据;可是大会一周一周地向后推延。

但女元帅需要钱花。她宁可死也不肯向弗雷德里克要。她不愿意要他的钱。这会断送他们的爱情。家用当然是他供给的,但自从他出入当布勒兹家以来,按月租了一辆小马车,加上必不可少的种种破费,他手头没有更多的钱用在情妇身上。有两三次,他没在通常的时间回来,恍惚看到几个男人的背影从走廊里消失。弗雷德里克不想追根究底。近日,他将打定主意。他梦想过另一种生活,更有趣、更高尚的生活。这个理想使他对当布勒兹公馆变得宽容了。

这座公馆是普瓦蒂埃街委员会①的一个由知己们组成的分会。他在那儿邂逅了伟大的 A 先生,大名鼎鼎的 B,深谋远虑的 C,口若悬河的 E,博学多才的 Y,中左派的老头面人物,右派的勇士,中庸的城堡指挥官,喜剧中永恒的老好人。他们言辞可憎,心胸狭窄,满腔怨恨,居心不良,先前投票赞成宪法,如今又处心积虑地破坏它。看到这一切,弗雷德里克惊得发呆。他们四处活动,发表宣言、小册子和传记;于索奈写的菲米雄传是一部杰作。诺南古尔负责农村地区的宣传,德·格雷蒙维尔先生做教士的工作,马蒂依联合青年资产者。人人各尽所能,连西齐也不例外。如今他心里装着重要的事情,整天乘着马车为党奔波。

当布勒兹先生像一只晴雨表,党内的最新动态总在他身上反映出来。只要谈起拉马丁,他就会引用一个平头百姓的话:"诗听够了!"②卡韦尼亚克在他心目中成了叛徒,他佩服了三个月的总

---

① 普瓦蒂埃街委员会是保守派政治活动家组成的一个选举委员会,由梯也尔主持,支持拿破仑的侄子路易·拿破仑·波拿巴(1808—1873)竞选共和国总统。

② 一八四八年二月革命后,临时政府的外交部长、诗人拉马丁对聚集在市政厅前的民众说:"我们将共同创作最美妙的诗篇。"五月十五日,社会主义派的示威者冲进议会,对这句话大加嘲讽。

统也身价大跌(觉得他"魄力不够");他总得有个救世主,自国立工艺博物馆事件以来,①他把尚加尼埃看成了救世主:"谢天谢地,尚加尼埃……希望尚加尼埃……噢!根本不必担心,只要尚加尼埃……"

大家首先赞扬梯也尔先生的那部反社会主义的著作,该书表明他既是作家,也是思想家。众人对皮埃尔·勒鲁大加嘲讽,他在议会里一段段地引用哲学家的著述。他们取笑法伦斯泰尔的排队现象,还去为《思想集市》②捧场,把剧作者比作阿里斯托芬③。弗雷德里克和其他人一样,也去看戏。

政治空谈和佳肴盛馔麻痹了他的是非观。不管这些人在他看来多么平庸,他也以结识他们为荣,内心巴望得到资产阶级的敬重。有当布勒兹夫人做情妇,会提高他的身价。

他开始下一切需要下的功夫。

他等在她散步必经的路上,在剧院不会忘记去她的包厢请安;他知道她何时去教堂,伫立在一根柱子后面做郁郁寡欢状。为了说明哪儿有古玩,为了打听音乐会的情况或借阅书报杂志,两个人频频互写短笺。除晚上去拜访外,他有时还在黄昏时分去看她。他依次经过大门、院子、前厅和两个客厅,心中的快乐也逐步升级;最后,他抵达她的小客厅,它像坟墓一样幽秘,像放床的凹室一样温暖,在四处各式各样的物品中间走动,总要碰上家具的软垫:放针线、饰物的小柜,隔热屏,漆的、玳瑁的、象牙的、孔雀石的杯盘,花大价钱买来并经常更新的小玩意儿。其中有的很普通:做镇纸

---

① 一八四九年六月十三日,议会中的"山岳党人"在巴士底狱广场举行集会和示威游行,勒德吕-罗兰企图在国立工艺博物馆成立起义政府,结果被指挥巴黎卫戍师的尚加尼埃将军所镇压。
② 《思想集市》,一出讽刺共和党人的闹剧,一八四九年一月至十月在巴黎滑稽歌舞剧院上演。
③ 阿里斯托芬(前445—前386),古希腊喜剧诗人。

用的三颗埃特勒塔①卵石,挂在一架中国屏风上的一顶弗里斯兰②女帽。这些东西放在一起倒也协调,总体上还给人一种高雅之感。或许这是因为天花板很高,门帘华贵,长长的丝穗子飘拂在矮凳镀金的凳腿上。

她几乎总坐在窗口花架旁的一张小双人沙发上。他则坐在一个带小轮的墩状软垫上,向她说着尽可能恰如其分的恭维话;她注视着他,脑袋微微侧向一边,嘴上挂着笑。

他倾注自己的全部感情给她念几页诗,或为了打动她,或为了博得她的赞赏。她不时打断他,指出哪儿写得不好,要么提一条具体的意见;他们的交谈不断落到爱情这个永恒的问题上!他们讨论引起爱情的是什么,女人是否比男人对爱情的感觉更敏锐,男女在这方面有什么差别。弗雷德里克发表自己的看法,同时尽量避免粗俗和乏味。这简直成了一场较量,有时很愉快,有时又令人厌烦。

在她身边,他感受不到对阿尔努夫人心驰神往的那种身心陶醉,也体验不到当初萝莎奈特使他产生的放荡的快乐。但是他对她垂涎三尺,好像她是件不同寻常、难以到手的东西,因为她高贵,因为她富有,因为她虔诚,他想象她有如她的花边一样稀罕的细腻感情,她贴身戴着护身符,在放荡中仍有羞耻心。

他利用了旧日的爱情。他向她诉说过去阿尔努夫人使他感受到的一切,他的忧郁,他的担心,他的梦幻,好像这是由她引起的。她听着他的话,好像一个对这类事情司空见惯的女人,既不明确拒绝,又不做丝毫让步;他无法把她勾引到手,正如马蒂侬不能达到结婚的目的。为了断绝他和侄女的爱情,她竟说他贪图钱财,求丈夫考验考验他。于是当布勒兹先生对年轻人说,塞西尔是一对穷

---

① 埃特勒塔,法国西北部塞纳滨海省的一个市镇。
② 弗里斯兰,濒临北海的平原地区,位于荷兰北部和德国北部。

亲戚的孤女,"没有任何有望得到的遗产",也没有嫁妆。

马蒂侬不相信这是真的,或者陷得太深不好反悔,或者白痴似的一条道走到黑——这倒是天才的举动——他回答说他的财产合一万五千利弗尔年金,足够他们花用。这种意料不到的不计得失的态度感动了银行家。他答应为马蒂侬作保,一定给他谋个收税官的职位。一八五〇年五月,马蒂侬娶了塞西尔小姐。没有举办舞会。一对年轻人当晚动身上意大利去了。次日,弗雷德里克来探望当布勒兹夫人,觉得她的脸色比平素更苍白。她在两三件小事上尖刻地反驳他。说到底,男人全是自私自利的。

不过,忠心的人还是有的,哪怕只有他一个。

"算了吧!还不是跟别人一样!"

她的眼皮红红的;她哭了。然后,她强作笑容:

"请原谅!我错了!刚才我想起一件伤心事!"

他莫名其妙。

"管它呢!她不像我想的那样坚强。"他思忖着。

她拉铃要一杯水,喝了一口就叫人拿走,然后抱怨仆人对她侍候得极不周到。为了逗她开心,他自告奋勇当听差,自诩会递盘子,掸家具,通报来客姓名,总之可以当一名贴身男仆,或不如说做个跟班,虽说这已经过时了。他真想戴一顶装饰着公鸡羽毛的帽子,跟在她的马车后面。

"我抱着一只小狗,一步步跟着您,够多威风!"

"您真快活。"当布勒兹夫人说。

他接着说,把一切都看得那样认真不是发疯吗?世上的苦难已经够多的了,不要再去制造。无论什么,也犯不着为它痛苦。当布勒兹夫人竖起眉毛,似乎表示赞同。

感情上的一致促使弗雷德里克更加大胆。以往的失算如今使他心明眼亮。他继续说:

"我们的祖父辈活得更好。为什么不顺从驱使我们的冲动呢？"

说到底,爱情本身并不是如何重要的事。

"您说的这话可是不道德的！"

她又在沙发上坐好。他坐在椅边,靠着她的脚。

"您别以为我在撒谎！因为,要讨女人欢心,必须显出小丑的无挂无碍,或悲剧的狂热暴烈。如果仅仅对女人说你爱她,她才不把你放在眼里！她们以夸张为乐,我呢,我觉得这种夸张是对真正爱情的亵渎。结果,你反倒不知如何表达爱情了,特别当你面对……才智出众的女人时。"

她眯起眼睛端详他。他放低声音,朝她的脸孔俯下身来：

"是的,您叫我害怕！我也许冒犯了您？……对不起！……这些话我本不想说的！这不是我的错！您那样美！"

当布勒兹夫人闭上眼睛,他轻而易举便获得胜利,十分惊诧。花园里的大树停止了徐缓轻微的抖动。纹丝不动的云彩在天空划出许多红色的长条。天下万物都好像静止了。于是,相似的夜晚,同样的寂静,又依稀浮现在他的脑海里。那是在什么地方？……

他双膝下跪,执起她的手,发誓永远爱她。接着,他正要离开时,她用手招呼他回来,低声对他说：

"回来吃晚饭！就我们两个！"

弗雷德里克下楼时,觉得自己变成了另一个人,暖房芬芳扑鼻的热气包围着他,他终于进入贵族通奸和上层阴谋的高等社会。要在这个社会里占据头把交椅,只需有个像她那样的女人。她一定贪图权势并急于行动,嫁了一个平庸的男人后,又给他帮了大忙,她期望有个能干的男人让她指引。现在,没有办不到的事了！他觉得自己可以骑马驰骋二百法里,连续工作好几夜而不觉疲劳；他心里充满自豪。

在人行道上,他前面有个穿旧外套的人低着头走路,样子好不沮丧。弗雷德里克赶上去扭过脸看他。那人抬起了头。原来是戴洛里耶,他犹豫了一下;弗雷德里克扑上去搂住了他。

"啊!可怜的老兄!怎么是你呀!"

他把戴洛里耶拖到自己家里,一路上问了他许多问题。

勒德吕-罗兰的这位前特派员首先诉说了他受的苦。由于他向保守派宣传博爱,又向社会主义者宣传遵守法律,结果,一些人冲他开枪,另一些人带了绳子来要吊死他。六月以后,他被粗暴地革了职。他参加了一次密谋活动,枪支在特鲁瓦被扣押。由于证据不足,人家把他放了。接着,行动委员会派他去伦敦,在一次聚餐会上,他和弟兄们互掴耳光。回到巴黎后⋯⋯

"你为什么不来我家?"

"你总不在家。你那个看门人样子挺神秘,我不知道怎么想才好;再说我不愿意以失败者的身份重新露面。"

他叩了民主之门,自告奋勇用自己的笔杆、言论和行动为它服务;他处处碰壁;人家对他存有戒心;他卖掉了表、图书、衣物。

"还不如同塞内卡尔一道死在开赴贝尔岛①的囚船上呢!"

弗雷德里克正在整理领带,听到这个消息似乎不怎么激动。

"啊!他被流放了,这个好塞内卡尔!"

戴洛里耶带着艳羡的神情扫视四壁,回答说:

"并不是人人都有你的福分!"

"对不起,"弗雷德里克说,没有理会这句含沙射影的话,"我上外面用晚餐。一会儿有人给你送饭来,菜由你点!你睡我的床也行。"

面对如此周到的热忱接待,戴洛里耶的苦涩消失得无影无踪。

"你的床?可是⋯⋯这会妨碍你!"

"不会!我有别的床!"

"啊!很好,"律师笑着应道,"你究竟在哪儿吃饭?"

---

① 贝尔岛,法国布列塔尼南部大西洋中的岛屿,行政上属莫尔比昂省。

"在当布勒兹夫人家。"

"是不是……恰巧……她是……"

"你太好奇了。"弗雷德里克笑了笑说,微笑证实了这个猜测。他看了一眼挂钟,又坐了下来。

"就是这么回事!不应该绝望,人民的老卫士!"

"天哪!让别人去干吧!"

律师憎恨工人,因为在他那个省,一个产煤之乡,他吃过他们的苦头。每个采煤井都组织了一个临时政府,向他发号施令。

"而且,在里昂、里尔、勒阿弗尔、巴黎,无论在哪儿,他们的表现都够瞧的!这些先生们以企图排斥外货的制造商为榜样,要求驱逐英国、德国、比利时和萨瓦的劳动者!说到他们的智力,在复辟时期,他们鼎鼎大名的手工业行会起过什么作用?一八三〇年,他们加入了国民自卫军,可是连控制它的常识都没有!一八四八年革命次日,各行会不是打着自己的旗帜又抛头露面了吗!他们甚至要求有属于他们的、只替他们讲话的人民代表!就好像种甜菜的议员只关心甜菜一样!啊!这帮家伙,我可受够了!他们相继匍匐在罗伯斯庇尔的断头台、皇上的皮靴和路易-菲力浦的雨伞前,这些社会渣滓,永远忠于朝他们嘴里扔面包的人!人们总叱骂塔莱朗①和米拉波唯利是图;可是在下层那些替人跑腿的人,只要答应跑一次腿付给他三法郎,那么为五个生丁他就会出卖祖国!啊!多大的过错!我们本该在欧洲四处点火!"

弗雷德里克回答他说:

"可是缺少火种!你们不过是一群小资产者,其中的佼佼者是些学究!至于工人们,他们可以抱怨;因为,你们除去从国家元

---

① 塔莱朗(1754—1838),法国政治家,一生经历几个朝代,多次担任外交大臣等政府要职。

首年俸中减去了一百万,以最卑劣的逢迎拍马手段发给了他们以外,你们对工人只不过说了几句空话!存折始终在老板手里,雇佣劳动者(哪怕在法律面前)仍是东家的下属,因为他们的话是没人相信的。总之,我觉得共和国衰老了。谁知道呢?进步,也许靠贵族或者靠一个人才能实现?主动性总来自上面!不管怎么说,人民是无名小卒!"

"也许真是这样。"戴洛里耶说。

照弗雷德里克的说法,广大公民只渴望安定(他在当布勒兹公馆获益匪浅),保守派有一切机会。可是,这个党缺少新人。

"如果你竞选,我肯定……"

他没有把话说完。戴洛里耶心领神会,两手抹了一下额头;接着,他突然说:

"可你呢?你没有任何障碍啊?为什么你不当议员?"

由于举行两次选举,奥布省有一个空缺的候选名额。当布勒兹先生重新在立法议会中当选,属于另一个区。

"我来办这件事,你愿不愿意?"

他认识许多酒店老板、小学教师、医生、事务所的文书和他们的老板。

"再说,你要农民相信什么,他们就相信什么!"

弗雷德里克觉得野心复燃了。

戴洛里耶补充说:

"你该给我在巴黎找个工作。"

"噢!通过当布勒兹先生,这不难。"

"既然我们谈到了煤矿,"律师接着说,"他的大公司办得怎样了?我需要的正是这类工作!既对他们有用,又保持我的独立。"

弗雷德里克答应三天之内带他去银行家的府上。

他同当布勒兹夫人单独用餐非常美妙。她面对他坐在餐桌另一头,在吊灯的光线下,隔着一只花篮里的鲜花,冲他微笑着。

窗户敞开,可以望见星星。他们谈得不多,大概都提防着自己;可是,仆役们一转过身子,他们便从唇边互送飞吻。他说起参加竞选的想法。她表示赞同,甚至保证要让当布勒兹先生为此出力。

晚上,有几个朋友来向她道贺,并表示同情:侄女走了,她一定非常伤心吧?其实,对新婚夫妇而言,出去旅行是很好的;以后,有种种不便,有孩子的累赘!但是意大利和人们想象的并不一样。好在他们正处于幻想的年龄!再说蜜月能美化一切。留下来的最后两个人,是德·格雷蒙维尔先生和弗雷德里克。外交官不想离开。午夜时分,他终于站了起来。当布勒兹夫人示意弗雷德里克同他一道走,为感谢他的顺从还握了一下他的手,这一握比其他一切都甘美。

女元帅见他回来,快乐得叫起来。她等他已经五个小时了。他推说不得不为戴洛里耶奔走。他一脸得意,神采飞扬,把萝莎奈特的眼睛看花了。

"这也许是因为你的黑礼服很合身;可是我从来没有觉得你这么美!你多美呀!"

她心里涌起一股柔情,暗暗发誓不再属于别的男人,无论发生什么事,哪怕穷死!

她那双湿润的秀眼闪动着那样强烈的激情,弗雷德里克不由把她拉到自己的膝头,一边为自己的堕落喝彩,一边在心里说:"我真是个大坏蛋!"

四

戴洛里耶来拜访的时候,当布勒兹先生正在考虑重振他的煤矿大业。但是合并所有公司的做法不受欢迎,被人斥为垄断,仿佛这样大规模的经营不需要巨额资金似的!

戴洛里耶不久前特地阅读了戈拜①的著作和夏普先生在《矿业日报》②上发表的文章,对这个问题了如指掌。他指出,一八一〇年的法律为特许权享有者规定了不可转换权。何况人们可以给企业涂上一层民主色彩:阻止煤矿合并,就是侵犯结社的原则。

当布勒兹先生交给他一些材料,叫他起草一份申请书。至于他的工作报酬,当布勒兹先生作出了不明确、因而更好的许诺。

戴洛里耶回到弗雷德里克家,向他转述了商谈情况,此外,他出来时在楼梯下见到了当布勒兹夫人。

"我祝贺你,好的!"

接着他们谈起了选举。有些事得想想办法。

三天后,戴洛里耶又来了,带来一页供报纸发表的稿子,是一封私人信件,当布勒兹先生在信中赞成他朋友参加竞选。有一位保守派支持,又有一名革命党人鼓吹,竞选准能成功。资本家怎么会在这样一封充斥胡言乱语的信上签字呢?原来律师满不在乎地主动拿去给当布勒兹夫人过目,她觉得信写得不错,剩下的事就由她办了。

这个做法令弗雷德里克吃惊,不过他表示赞成;随后,由于戴洛里耶要与罗克先生接洽,他就把自己对路易丝的态度告诉了戴洛里耶。

"随你跟他们怎么说都行,就说我的事情一团糟,我会好好了结的;她很年轻,等等无妨!"

戴洛里耶动身了;弗雷德里克自认是个相当了不起的人。而且,他感到满足,感到非常称心。他占有一个有钱女子的快乐没有受任何反差的破坏;情感与环境十分和谐。如今,他的生活处处适意。

---

① 戈拜(1737—1781),法国史学家和矿学家。
② 夏普(1760—1828),法国电报发明者之兄,著有《电报史》等。《矿业日报》创刊于一七九五年,一八一五年停刊。

最最惬意的事,或许是在客厅里的许多人中间,默默凝视当布勒兹夫人。她的端庄举止令他联想到其他种种姿态;当她用冷冰冰的语气谈话时,他回忆起她结结巴巴讲的那些情话;对她的贤淑表示的敬重令他非常欢喜,好像这也是向他表示敬意;有时候,他真想高喊:"我可比你们更了解她!她是我的!"

他们的私情不久便成为一件公认的、被接受的事情。整个冬天,当布勒兹夫人带着弗雷德里克出入社交界。

他几乎总比她先到;他看着她进来,赤裸着双臂,手执扇子,头发里缀着珍珠。她在门口停下,门楣像个框子把她围住,她略显踌躇,眨着眼睛看他是否来了。她用自己的马车送他回去;雨点拍打着气窗;行人像影子似的在泥水中晃动;他们彼此紧紧搂着,带着心平气和的蔑视,依稀看着这一切。他想出种种借口,在她的卧室里再待足足一小时。

当布勒兹夫人之所以依顺,主要是因为无聊。但这最后一次体验,不应该让它失去。她渴望伟大的爱情,于是开始竭力奉承他,爱抚他。

她给他送鲜花,为他做了一把绒绣面的椅子,送他一只雪茄烟盒、一个文具盒、许许多多日常小用品,好叫他睹物思人,无论做什么事都想起她来。这种体贴起初令他陶醉,不久在他看来就平平常常了。

她坐上一辆出租马车,在一条小巷的巷口把车子退掉,从小巷另一头出来;随后,她戴着双层面纱,贴着墙根溜到街上,在那儿守候的弗雷德里克迅速挽住她的胳臂,把她带到自己家里。他的两个仆人正在散步,门房上街去了;她环顾四周,什么也不必担心!于是她长长舒了一口气,好像流放者又见到自己的祖国。他们运气好,胆子大了起来,约会愈来愈频繁。有天晚上,她甚至穿着舞会的盛装,突然来到他家。这种突如其来的举动可能很危险;他责备她不谨慎;再说,他也不喜欢她那个样子。敞开的上衣把她干瘪的胸脯暴露得太多了。

这时,他承认了一直向自己隐瞒的东西,就是感官的不满足。他仍然装出火一样的热情;但要感受到这种热情,他必须回忆萝莎奈特或阿尔努夫人的形象。

情感的衰萎给了他完全冷静的头脑,他从来没有像现在这样妄想在社会上拥有显赫的地位。既然他有这样一个进身之阶,最起码也要利用利用。

一月中旬的一天早上,塞内卡尔走进他的书房;见他惊讶地叫起来,塞内卡尔说自己是戴洛里耶的秘书,还给他带来一封信。信里谈了一些好消息,但戴洛里耶责备他大大咧咧;必须到那边走走才是。

未来的议员说他将在后天起程。

塞内卡尔对他的竞选没有表示意见,只谈他自己和国家大事。

虽然国事维艰,他仍然欢欣鼓舞;因为人们正向共产主义迈进。首先,行政部门主动朝这个方向发展,由政府主管的事情日益增多。至于所有权,一八四八年宪法虽说有缺点,对它却并不宽容;今后,国家可以公益为名,认为什么合适就拿走什么。塞内卡尔表示他拥护当局;弗雷德里克从他的言谈中,发现了经过夸张的自己同戴洛里耶谈话的内容。这位共和党人甚至大肆攻击群众的缺点。

"罗伯斯庇尔捍卫少数人的利益,结果把路易十六带到国民公会前,拯救了人民。① 事情的结果使事情本身合法化。专政有时是必不可少的。只要暴君行善,我们就高呼暴政万岁!"

他们讨论了很长时间。临走时,塞内卡尔坦言(或许这是他此次来访的目的),戴洛里耶对当布勒兹先生的沉默十分焦急。

---

① 法国资产阶级大革命期间,国民公会以387票对334票通过判处国王死刑的决定。一七九三年一月二十一日,路易十六在现今的协和广场被处死。

其实当布勒兹先生病了。弗雷德里克每天都见到他,作为知己,他有资格待在他身边。

尚加尼埃将军被解职,这位资本家受到极大的震动。当晚,他觉得胸口火烧火燎,透不过气,无法躺下来。用蚂蟥吸血后,他立即感到了轻松。干咳消失了,呼吸变得更加平缓;一周后,他咽着肉汤说:

"啊!好些了!我差一点去了阴曹地府!"

"要去一道去!"当布勒兹夫人高声说,她用这句话表明他死了,她也活不成。

他没有回答,只对她和她的情人古怪地微笑了一下,笑容中既有无奈、宽容,也有讽刺,甚至近乎快活的一点嘲讽,一点暗示。

弗雷德里克想去诺让,当布勒兹夫人不同意他走;而他随着当布勒兹先生病情的反复,今天解行李,明天打行李。

突然,当布勒兹先生大量咯血了。"诸位科学界泰斗"来会诊,没有想出任何新招。他的腿肿了,身体愈来愈虚弱。他多次表示想见塞西尔,她远在法国的另一头,丈夫一个月前被任命为收税官。他明确吩咐叫她回来。当布勒兹夫人写了三封信,拿给他过目。

她连修女也不相信,一秒钟都不离开他,觉也不睡了。在门房留名的访客钦佩地打听她的情况;行人见临街的窗户下铺了大量麦秸,无不肃然起敬。

二月十二日五点钟,可怕的咯血开始了。守护医生宣布病危。人们飞快跑去请神甫。

当布勒兹先生忏悔的当儿,太太从远处好奇地望着他。之后,年轻大夫给他敷了发疱药,然后等着。

灯光被家具挡住,房间里明暗不均。弗雷德里克和当布勒兹夫人待在床脚,打量着奄奄一息的病人。神甫和医生在一个窗口悄声交谈;修女跪着,喃喃地祈祷。

终于,响起嘶哑的喘息声。手变冷了,脸开始发白。有时,他突然发出很响的呼吸声;呼吸的次数愈来愈少;嘴里吐出两三句含糊不清的话;他转动着眼睛,吐了一小口气,然后头一歪,落到了枕头上。

足有一分钟,众人一动也没动。

当布勒兹夫人走过去,没花力气,合上了他的眼皮,纯粹是尽义务。

然后,她大张双臂,抽动着身子,好像抑制的绝望引起了痉挛。她在医生和修女的搀扶下走出了房间。一刻钟后,弗雷德里克上楼来到她的房间。

房间里有股说不出来的气味,是满屋子的精巧东西散发出来的。床当中摊着一袭黑袍,与玫瑰色的床罩形成鲜明对照。

当布勒兹夫人站在壁炉边。他猜测她并不痛惜死者,但相信她有点伤心;于是,他用悲伤的声音说:

"你难过吗?"

"我?不,一点也不。"

她转过身子,瞥见了袍子,检查了一番;随后,她叫他不要拘束。

"你想抽烟就抽吧!这是在我家里!"

她深深地叹了一口气:

"圣母啊!这下可轻松了!"

弗雷德里克对她的感叹有些吃惊。他吻着她的手说:

"我们原来也很自由嘛!"

他的话暗示他们的爱情没有受到约束,这似乎伤了当布勒兹夫人的心。

"嗳!你不知道我帮了他多少忙,也不知道我怎样忧心忡忡地过日子!"

"怎么?"

"可不是！身边总有这个私生女,哪有安全可言?这孩子是我们做了五年夫妻后被领进家门的,要是没有我,她准会叫他做出什么蠢事来!"

于是,她对自己的经济状况做了一番说明。他们是按夫妻财产分有制结的婚。她的全部财产是三十万法郎,婚约规定,如果当布勒兹先生去世,将保证给她一万五千法郎年金和公馆的所有权。但是,不久后,他立了一份遗嘱,把全部财产都给了她;按目前所掌握的情况看,她估计这笔财产不止三百万。

弗雷德里克瞪大了眼睛。

"这钱值得要,是不是?何况这里面有我的功劳!我保护的是自己的财产;不这样,塞西尔早就昧着良心把它抢走了。"

"为什么她不来看父亲呢?"弗雷德里克说。

听到这个问题,当布勒兹夫人把他打量了一番;随后,用生硬的语气说:

"我哪儿知道!一定是没有心肝呗!噢!我看透她了!她别想从我这儿得到一个子儿!"

她这人倒不大碍手碍脚,至少在她结婚以后。

"啊!她的婚事!"当布勒兹夫人冷笑着说。

这个蠢女人好吃醋,既贪利,又虚伪,"集她父亲缺点之大成!"当布勒兹夫人恨自己待她太好了。她把丈夫贬得愈来愈低。他伪善之极,而且冷酷无情,心肠像石头一样硬,"一个坏男人!一个坏男人!"

哪怕最聪明的人也免不了出错。当布勒兹夫人大肆发泄心头之恨,便是一个错误。弗雷德里克坐在她对面的一张安乐椅里思考着,心中愤愤不平。

她站起来,轻轻地坐在他的膝头。

"只有你是好人!我只爱你!"

她望着他,心软下来,一种神经质的反应引得她热泪盈眶,她喃喃地说：

"你愿意娶我吗？"

他起初以为没有听清楚。那万贯家私令他头晕目眩。她提高声音又问了一遍：

"你愿意娶我吗？"

终于，他微笑着说：

"这还用问？"

随后，他感到羞耻，为了给死者某种补偿，他自告奋勇为他守灵。但是，这种虔诚的感情叫他害臊，所以他口气轻快地补了一句：

"这样做也许更合适。"

"对，也许是的，"她说，"得做给仆人看！"

床已经完全拖出了凹室。修女待在床脚；床头站着神甫，是另一位，高高瘦瘦的，样子像西班牙的宗教狂。床头柜铺着一块白方巾，上面摆着三根点燃的蜡烛。

弗雷德里克拿过一把椅子坐下，注视着死者。

死者的脸像麦秸一样枯黄；带血的泡沫沾在嘴角。他头上包了薄绸围巾，身上穿一件毛线背心，双臂交叉于胸前，中间放了一个银十字架。

结束了，这充满动荡的一生！他往办公室跑了多少趟，做了多少笔账，策划了多少桩生意，听了多少个报告！多少次吹牛、微笑、鞠躬！因为他曾热烈欢迎拿破仑、哥萨克、路易十八、一八三〇年革命、工人们、一切制度，他那样爱慕权势，即便出卖自己也要得到。

可是他留下了福泰尔的产业、庇卡底的三家工厂、荣纳省的克朗塞树林、奥尔良附近的一个田庄，还有可观的动产。

弗雷德里克就这样概算了死者的财产；而这笔财产眼看就是他的了！他首先想到"人家的议论"，想到家里的一个老车夫，他要让这个车夫当门房。号衣自然要换个样子。他将把大客厅改成书房。拆掉三堵墙,完全可以在三楼开辟一个画廊。也许有办法在底层建一个土耳其浴室。至于当布勒兹先生的办公室,这个房间不叫人喜欢,究竟派什么用场好呢?

神甫擤鼻涕、修女拨弄火的声音,猛然打断了他的想象。但是现实证实这不是虚幻;尸体始终摆在那里。死者的眼皮又睁开了;瞳仁虽说淹没在黏稠的黑暗中,眼神却莫测高深,令人难以忍受。弗雷德里克仿佛从中看到了对自己的评判,几乎感到懊悔,因为对这个人,他从来没有什么可抱怨的,恰恰相反……"算了吧!一个老浑蛋!"为了变得更加坚定,他更近地打量他,同时在心里向他喊道:

"喂,怎么?难道是我杀了你?"

这时,神甫念着日课经;修女在打盹,一动不动;三支蜡烛的烛心抻长了。

整整两个小时,可以听见驶向中央菜市场的大车低沉的辚辚声。窗玻璃发白了,过去一辆出租马车,接着一群母驴在马路上碎步小跑,传来锤子的敲击声、流动商贩的叫卖声和喇叭声;一切都融入苏醒的巴黎喧嚣的市声中。

弗雷德里克开始四处奔波。他先去区政府申报;然后,等法医开出了证明,他又回区政府说明家属选定的公墓,接着又与殡仪馆接洽。

职员拿出一张图样和一张表。图样标明了殡葬的不同等级,表上有装饰的全部细节。要带镶边饰的柩车抑或羽毛饰的柩车?马匹要不要饰带?仆人戴不戴翎冠?要姓名的第一个字母,还是家族的纹章?要不要丧灯,是否雇个人捧功德牌?要几辆车?弗雷德里克很大方;当布勒兹夫人一定要大操大办。

随后他去教堂。

主持殡葬的副本堂神甫一开始便大骂殡仪馆借机赚钱,比方捧功德牌的人实无必要,倒不如多点几根蜡烛!他们商定做一场配乐小弥撒。弗雷德里克签字同意商定的事,并承担支付一切费用的连带债务。

然后他去市政厅购买地皮。一块长两米、宽一米的墓地售价五百法郎。租期是五十年还是永久?

"噢!永久!"弗雷德里克说。

他认真办事,不辞辛劳。在公馆的院子里,一名石匠在等他,给他看希腊、埃及、摩尔式坟墓的造价和图样;但是家里的建筑师已经和太太商量过;门厅的桌子上,摆着有关垫褥清洗、房间消毒、尸体防腐的五花八门的广告。

晚餐后,他去裁缝店定做仆役的丧服;他最后不得不又跑了一趟,因为他订购了海狸皮手套,应该订购的是绢丝手套。

次日十点钟他到的时候,大客厅里挤满了人。大家碰在一起,神情忧郁,几乎人人都说:

"我一个月前还见过他呢!天啊!这是命中注定,人人都得死!"

"是呀,可是我们要设法死得越晚越好!"

于是,大家心满意足地轻声笑起来,有人还扯起了与此时此地极不相宜的话题。终于,司仪身着法国式黑礼服和短套裤,外穿大衣,腰佩长剑,腋下夹着三角帽,向大家致敬,按惯例说:

"诸位先生,随时可以出发了。"

大家动身了。

这天玛德莱娜广场有花市。天气晴朗,暖和;微风轻轻晃动着临时搭的布棚,把挂在教堂大门上的宽大黑纱吹得鼓胀起来。黑纱上缀着三块正方形的丝绒,上面是当布勒兹先生的盾形纹章;黑底,金色左臂,握拳,戴银色手套,上有伯爵冠冕和这句箴言:路路皆通。

抬棺者把沉重的灵柩一直抬到阶梯上头,于是大家进去了。

六个偏祭台、半圆形的大殿和椅子罩上了黑纱。祭坛下方的追思台上点着大蜡烛,构成唯一的黄色光源。在两个角落的多枝烛台上,燃着酒精的光焰。

要员们在正祭台间就座,其他人坐在正殿;祭礼开始了。

除去几个人外,大家对宗教仪式一无所知,司仪得时时示意他们起立、下跪、再坐下。管风琴和两把低音提琴的奏鸣声与歌声相互交替;在间隔的寂静中,只听见神甫在祭台上喃喃祈祷;接着,又响起音乐和歌声。

暗淡的阳光从三个圆屋顶上倾泻下来;门敞开着,一道河流似的白光横着射进来,照在所有没戴帽子的头上;大殿半墙高处,当空浮动着一团黑影,贴在穹隅横肋和柱头叶饰上的金箔的反光,在黑影中闪烁。

弗雷德里克为了解闷,就听人唱《愤怒的日子》[①];他打量着在场的人,试图看清楚描绘玛德莱娜一生的太高的壁画。幸好佩勒兰走过来坐在他身边,立即长篇大论地谈起了壁画。钟声响了。大家走出教堂。

装饰着悬垂的黑纱和高高的翎毛的柩车,向拉雪兹神甫公墓进发。拉车的四匹黑马,马鬃上饰着花边带,头上戴着翎饰,用银线绣着花纹的宽大马衣一直裹到蹄子上。车夫足蹬马靴,戴一顶三角帽,帽子垂下长长的黑纱。执绋的四人是:众议院的一名财务官、奥布省议会的一名议员、煤矿的一位代表和友人菲米雄。死者的四轮马车和十二辆送葬车跟在后面。走在最后的宾客占满了马路中央。

路人们停下来观看这一切;一些女人抱着娃娃,爬到了椅子上,在咖啡馆里喝啤酒的人出现在窗口,手里拿着一根台球棒。

路长道远;正如在起初拘谨,而后有说有笑的宴会上一样,众

[①] 《愤怒的日子》,天主教在追思弥撒时唱的祷词。

人的态度很快便松弛下来。话题只有一个,就是议会拒绝给总统补贴。皮斯卡托里先生显得过于尖刻,蒙塔朗贝尔"像惯常一样慷慨",尚博尔、皮杜、克雷冬诸位先生,总之整个委员会或许早该听取康坦-博夏尔先生和杜福先生的意见。

到了罗凯特街,谈话还在继续。街两边的铺子里,尽是些彩色玻璃项链和绘着图画和金字的黑垫圈。因此,店铺看上去犹如长满钟乳石的山洞和陶瓷商店。来到公墓的栅栏前,众人即刻住了嘴。

坟墓一座座耸立在树林中间,有折断的圆柱、金字塔、寺庙、石桌坟、方尖碑、伊特鲁里亚青铜门墓穴。有些坟里可以见到内室,里面摆着乡村风格的扶手椅和折椅。蜘蛛网像破布似的挂在骨灰瓮的小链子上;一束束缎带和耶稣受难十字架上蒙着灰尘。栏柱之间,坟墓上,到处是用不凋花扎成的花圈、蜡烛台、花瓶、鲜花、写着金字的黑圆盘,以及小石膏像:小男孩、小女孩或小天使用黄铜丝悬于空中,有几个的头顶上还有锌皮的屋顶。用黑的、白的、天蓝色的玻璃丝缠成的粗大绳索,从墓碑高头如蟒蛇似的盘旋而下,直到墓石板底。太阳照在上面,玻璃绳在黑色木十字架之间闪闪发光。枢车在大路上行进,这些路铺得像城里的街道。不时地,车轴发出咔啦咔啦的响声。一些女人跪着,裙子拖在草地上,与死者悄声细语。灰白的烟从翠绿的紫杉林中冒出来,这是在烧丢弃的供品,碎纸残花。

当布勒兹先生的墓穴与玛努埃尔①和邦雅曼·贡斯当的墓穴相邻。地面从这儿起往下倾斜,形成一个陡坡。绿树的梢头就在人们脚下;更远处是火葬场的烟囱,然后是整个大都市。

趁致悼词的当儿,弗雷德里克观赏了风景。

---

① 雅克·安东尼·玛努埃尔(1775—1827),法国政治家,自由派议员,一八二三年因反对西班牙战争被逐出议会。

第一位代表众议院发言,第二位代表奥布省议会,第三位代表索恩-卢瓦尔煤矿公司,第四位代表荣纳省农业协会;另有一位代表一个慈善协会。最后,大家纷纷离开时,一位陌生人以亚眠古玩商协会的名义宣读起第六篇悼词。

这些人全借题发挥大肆攻击社会主义,说当布勒兹先生正是它的牺牲品。无政府现象和他对秩序的忠心,缩短了他的年华。他们赞扬他的智慧,他的耿直,他的慷慨,甚至他当人民代表时的缄默;因为,虽说他不是演说家,却有可贵千百倍的稳重品性,云云……每个人的讲话都离不开这些必不可少的字眼:"早逝——永世遗恨;——另一个祖国——永诀了,不,不如说再见吧!"

掺着石子的泥土落入墓穴;以后世上谁也不会再提起他了。

从公墓上下来时,大家还谈论他几句,毫不拘束地品评他。于索奈得为报纸写篇葬礼的报道,他甚至拿每一篇悼词打哈哈;因为,说到底,当布勒兹老头是前朝最杰出的行贿者之一。随后,送葬车辆把资产者们送回去办自己的事,大家庆幸仪式持续的时间不太长。

弗雷德里克很疲劳,回到自己的家。

次日,当他去当布勒兹府上拜访时,人家告诉他太太正在楼下办公室里工作。硬纸盒、抽屉打开了,乱糟糟的,账簿东一册、西一册地扔着;一卷纸上标着"死账"二字,丢在地上;他险些被它绊倒,把它捡起来。当布勒兹夫人身子埋在大扶手椅里,别人看不到她。

"喂!您究竟在哪儿呢?出什么事了?"

她一跃而起。

"出什么事了?我破产了!破产了!你听见了吗?"

公证人阿道尔夫·朗格洛瓦先生把她请到事务所,交给她一份遗嘱,是她丈夫在婚前写的。他把一切都传给塞西尔;另一份遗嘱丢失了。弗雷德里克顿时脸色煞白。她一定没有好好找吧?

"可你看看呀!?"当布勒兹夫人冲他指了指房间,说道。

两只保险箱被斧子砸破了,半开着门。她翻倒了书桌,搜索了壁橱,抖搂了擦鞋垫;突然,她尖叫一声,奔向一个角落,她方才瞥见这个角落里有一只带铜锁的小匣;她打开了它,什么也没有!

"啊!浑蛋!我那样尽心尽力地照料他!"

接着,她抽抽噎噎地哭起来。

"它说不定在别的地方?"弗雷德里克说。

"唉!不会!原来在这儿的!在这只保险箱里。新近我看见过。它给烧了,我可以肯定!"

有一天,当布勒兹先生患病之初,曾下楼来签字。

"他恐怕就是这个时候下的手!"

她倒在一张椅子上,沮丧之至。一位待在空摇篮旁的丧子的母亲,也没有面对大开的保险箱的当布勒兹夫人更哀伤。总之,尽管动机卑下,她似乎万分痛苦,他竭力安慰她,对她说,不管怎样,她并没有落到一贫如洗的地步。

"既然我不能送给你巨额财产,这不就是一贫如洗吗!"

不算公馆,她眼下只有三万利弗尔年金了,公馆或许值一万八至两万法郎。

这对弗雷德里克而言算得上富裕了,但他仍然觉得失望。永别了,他的美梦,他原可以过上的豪华生活!为保全面子,他不得不娶当布勒兹夫人。他思索片刻,然后带着温柔的神情说:

"我毕竟有你这个人!"

她投入他的怀抱;他把她紧紧搂在怀里,动了感情,这中间有几分自我欣赏。当布勒兹夫人不再流泪了,她仰起脸,焕发着幸福的光彩,她握着他的手说:

"啊!我从来没有怀疑过你!我知道你是可以信赖的!"

她事先肯定了他眼中的高尚行为,年轻人为此感到不快。

接着,她把他带到自己的房间,两人一起做了一番打算。他现在应当设法出头露面。她甚至对他的竞选提出了极好的建议。

第一条是会说两三句有关政治经济学的话。必须懂一门专业,比方种马饲养,就一个地区性问题写几篇论文,始终有一些邮局和烟草专卖店供自己支配,给人家帮一大堆小忙。当布勒兹先生在这方面做出了表率。比方有一次在乡下,经过一个补鞋匠的店铺前时,他叫满载朋友的马车停下来,给自己的客人买了十二双鞋,还给自己买了一双难看之极的靴子,并勇气十足地穿了半个月。这则逸闻叫他俩很开心。她还讲述了其他的趣事,言谈之间,又恢复了先前的娴雅、青春和才智。

她赞成他立即去诺让一趟。他们情意绵绵地道别。到了门口,她又喃喃地问了一遍:

"你爱我,是不是?"

"永远爱你!"弗雷德里克回答。

一个跑腿的在他家里等他,带来一封用铅笔写的短笺,通知他萝莎奈特即将分娩。几天来,他忙得不亦乐乎,没有想到这件事。她已住进了夏约宫那边的一家专科医院。

弗雷德里克乘上一辆出租马车去了。

在马伯夫街的拐角上,他看见一块木板上用大字写着"妇产保健院,开业人阿莱桑德里夫人,一等助产士,产科学校毕业,著作多种",等等。然后,在街的中段,保健院门上开了一扇小门,上有同样的招牌(少了"妇产"两字):"阿莱桑德里夫人保健院",以及她的全部头衔。

弗雷德里克叩了一下门环。一个模样像喜剧中的丫头的女仆把他领进客厅,客厅里摆着一张桃花心木桌子,几把石榴红绒面扶手椅,和一只带玻璃罩的座钟。

阿莱桑德里夫人几乎立即就出来了。这是一位棕色头发的四十岁女人,身材修长,有一双秀眼,老于世故。她告诉弗雷德里克母亲已顺利分娩,并带他到她的房间去。

403

萝莎奈特微笑着,那笑容难以形容;她好像被爱的浪涛淹没了,喘不过气来,低声说:

"一个男孩,这儿,这儿!"同时指着床边的一个婴儿吊床。

他拉开帘子,瞥见襁褓中间有个黄里透红的东西,满是皱纹,发出臭味,哇哇地哭着。

"亲亲他!"

他藏起心中的厌恶,回答道:

"可是我怕弄疼了他。"

"不会!不会!"

于是,他勉强吻了吻他的孩子。

"他多像你啊!"

她用两只无力的胳臂,把自己挂在他的脖颈上,流露出那样炽烈的真情,这是他从未见过的。

他想起了当布勒兹夫人。他责备自己没有心肝,竟背叛了这个可怜的人儿,她带着天性中的全部真诚爱着,受着苦。接连好几天,他陪伴她一直到晚上。

在这个隐蔽的产院,她感到幸福。房子正面的百叶窗经常关着;她的房间挂着浅色擦光印花布帷幔,朝向一座大花园。阿莱桑德里夫人对她关怀备至,唯一的缺点是把各位名医引为知己;萝莎奈特的同伴几乎全是外省的小姐,她们非常无聊,没有任何人来看她们。萝莎奈特发觉她们羡慕她,骄傲地把这事告诉弗雷德里克。不过讲话要放低声音;板壁很薄,尽管不断传来钢琴声,大家仍竖起耳朵偷听。

最后,正当他要动身到诺让去时,他收到了戴洛里耶的一封信。

又有两人提出竞选,一个是保守派,另一个是革命派;第三个候选人无论是谁,都没有中选的机会。这是弗雷德里克的错;他失掉了良机,他本该早些来,多方活动,"在农业促进会上都没见到你!"律师责备他与报纸没有任何联系。"啊!谁叫你以前没听我的忠告!我们要是有一份自己的报纸该多好!"他一再强调这一点。另外,许多人出于对当布勒兹先生的敬重,原本会投弗雷德里克的票,如今可能会抛弃他。戴洛里耶就属于这一类人。既然再也指望不上资本家了,他就撇开了受资本家保护的人。

弗雷德里克把信拿去给当布勒兹夫人看。

"原来你没上诺让去呀?"她说。

"为什么?"

"因为三天前我见到了戴洛里耶。"

律师听到她丈夫故世的消息,就把有关煤矿的一些材料送回来,并愿以代理人的身份替她效劳。弗雷德里克觉得这件事很古怪;他的朋友究竟在那边做什么?

当布勒兹夫人想知道他们分手后,他是如何打发时间的。

"我生了一场病。"他答道。

"那你至少该通知我一声。"

"噢!这倒用不着。"

再说,他有一大堆打扰他的事,约会啦,拜访啦。

从此,他过着双重生活,尽本分地在女元帅家过夜,下午在当布勒兹夫人家度过。这样,他仅在中午有一小时的空闲。

孩子寄养在昂迪依乡下。他们每周都去看他。

乳母的房子位于村子的高坡上,在一个像井似的阴暗小院子的尽里,地上有麦秸,母鸡东一只西一只的,车棚里有一辆运蔬菜的大车。萝莎奈特先发疯似的吻着她的小宝宝;接着,好像患了谵妄症,走来走去,试着挤山羊奶,吃粗面包,嗅厩肥的气味,想用手绢包一点肥料。

接着,他们东游西逛,走得很远。她走进苗圃,折几支挂在墙外的丁香,对着拉车的驴子大叫:"吁!小驴儿!"停下来隔着栅栏观看美丽的花园;要么,奶妈抱着孩子和他们一起散步,把他放到

405

一株核桃树的树荫下,两个女人扯起令人厌烦的无聊事,一扯就是几个小时。

弗雷德里克待在她们身边,观看坡面上一方方的葡萄园;树木东一丛,西一丛,满是灰尘的小径如一条条淡灰色的带子,房舍掩映在绿树丛中,露出星星点点的红色和白色。有时,一辆机车在树木茂密的山丘脚下驶过,拖着长长的烟雾,好似鸵鸟的一根巨羽,轻柔的羽尖在翩然飞舞。

然后,他的目光又落在儿子身上。他想象儿子已长大成人,将成为自己的伙伴;但也许儿子将是个傻子,而且肯定是个可怜虫。出生的不合法,将永远是压在他心上的一块石头;对他来说,不来到世上反倒更好。弗雷德里克喃喃地说:"可怜的孩子!"心里充满莫名其妙的忧愁。

他们常常误了最后一班车。于是,当布勒兹夫人怪他不守时。他给她编几句瞎话。

他还得给萝莎奈特编瞎话。她不明白他每天晚上做些什么,派人上他家,他总不在!有一天,他正好在家,两个女人几乎同时来了。他哄女元帅走了,又把当布勒兹夫人藏起来,谎称他的母亲即将来到。

很快,他从说谎中得到了消遣;他向一个女人重复刚刚向另一个女人起的誓,给她俩送去相同的两束花,同时给她们写信,然后拿她们做一番比较;可是,第三个女人的身影总浮现在他的脑海里。他无法占有她,因而他移情别恋是情有可原的,而交替对两个女人的不忠,更激发了他的乐趣。他愈欺骗两人中的一个,这一个就愈爱他,仿佛她们的爱情相互激励,仿佛在某种竞争中,每一个都想让他忘掉另一个。

"你看我对你多信任!"有一天当布勒兹夫人对他说,同时展开一页纸,上面有人告诉她,莫罗先生与某个叫萝丝·布隆的女人同居。

"说不定就是跑马场的那位小姐吧?"

"胡扯什么!"他应道,"让我看看。"

信是用罗马体写的,没有署名。当布勒兹夫人起初容忍了这个情妇,借以掩盖他们的奸情。但是,她的欲火愈烧愈旺,要求他们一刀两断。弗雷德里克说早就断了。等他申辩完,她眨着眼睛,目光像藏在轻纱中的尖刀一样锋利,说道:

"那么,另一位呢?"

"哪个另一位?"

"陶瓷商的老婆。"

他不屑地耸耸肩膀。她不再追问。

但是,一个月后,当他们谈论荣誉和忠诚问题,而他夸自己忠诚时(由于谨慎,他只附带讲了一句),她对他说:

"的确,你是诚实的,你不再去那儿了。"

弗雷德里克想到女元帅,结结巴巴地说:

"哪儿呀?"

"阿尔努夫人家。"

他央求她坦白从哪儿了解到这个情况。她说是她的裁缝助手雷冉巴尔太太告诉她的。

这么说,她了解他的生活,而他对她的生活却一无所知!

不过,他在她的梳妆室里发现了一位蓄长髭先生的微型肖像画;这位先生是否就是从前别人对他讲过的一个含糊其词的自杀故事中的先生呢?可是没有任何办法了解更多的情况。再说,何苦呢?女人的心就像那种藏东西的小家具,有许许多多抽屉,一个套一个;你自讨苦吃,碰断了指甲,结果在尽里头只有一朵枯萎的花,一点点灰尘,或者空无一物!再说,弗雷德里克或许怕知道得太多。

对于别人的邀请,只要她不能与他同去,她就叫他谢绝,她把他留在身边,唯恐失去他;尽管两人的结合日益紧密,可是谈起一些无关紧要的事,比方对一个人、一件艺术品的评价,他们之间会突然出现鸿沟。

她弹钢琴的手法既正确又生硬。她的唯灵论(她相信人死后灵魂在星辰上转生)不妨碍她掌管好银钱。她待奴仆很傲慢,面对衣不蔽体的穷人态度冷漠。一种不加掩饰的自私自利,表现在她通常讲的话里:"这跟我有什么关系?我还要多好!我有这个必要吗!"还表现在许许多多不可分析的、丑恶的小动作中。她会躲在门后偷听;她有可能对听她忏悔的神甫撒谎。出于驾驭别人的心理,她要弗雷德里克星期天陪她去教堂。他依从了,为她拿经书。

失去遗产后,她大大变了样。人们把这些悲伤的痕迹归因于当布勒兹先生的故世,对她很关心;她和过去一样,接待许多宾客。弗雷德里克竞选失败后,她想为他俩谋得驻德国公使馆的一个职务;因此,第一件要做的事,是顺应流行的各种思潮。

有些人想要帝国,另一些人想要奥尔良家族,还有一些人想要尚博尔伯爵;但是大家一致同意刻不容缓地实行地方分权,分权的方法已提出多种,比方把巴黎划分成许许多多条大街,以便建立村庄,把政府所在地迁往凡尔赛,把学校搬到布尔日,取消图书馆,把一切托付给各位师长。大家颂扬农村,因为文盲天生比别人更通情达理!仇恨在增长:恨小学教师和酒商,恨哲学班①,恨历史课,恨小说、红背心、长胡子,恨一切独立和一切个人表现;因为必须"恢复权威原则";不管以谁的名义行使权威,不管它来自何方,只要是力量,是权威就行!如今,保守派的言论与塞内卡尔的如出一辙。弗雷德里克不明白这是怎么回事,他在以前的情妇那儿听到同样的话,出自同一些人的口!

妓女的客厅(其重要性正始于这个时期)是个中立的场所,形

---

① 旧时法国中学的毕业班。

形色色的反动派在这里相聚。于索奈大肆诋毁当代名流(这对恢复秩序有好处),挑起萝莎奈特同别人一样也举办晚会的欲望。于索奈将为晚会做报道;他先带来一位严肃的人——菲米雄;继之而来的是诺南古尔、德·格雷蒙维尔先生、前省长德·拉尔西卢瓦先生和西齐。西齐现在是农学家,讲一口下布列塔尼方言,比任何时候都更信奉基督教。

来的还有女元帅过去的情人,如科曼男爵、儒米雅克伯爵和其他几位;他们举动放肆,弗雷德里克很不高兴。

为摆主人的谱,他更讲生活排场。于是,他雇了一名青年马夫,换了住宅,还添置了新家具。这些花销使他的婚姻看上去与他的财产更相称。他的财产因而大大减少,萝莎奈特对这一切莫名其妙!

她是沦落风尘的小市民,喜爱家庭生活,希望有个宁静的家。不过,她很高兴有个"接待日";谈到她的同类时说"这帮女人!"她想当"上流社会的太太",自以为已经是这样一位太太了。她求他别在客厅里吸烟,为了显得有派头,她设法叫他吃素。

总之,她演错了角色,变得很严肃,上床睡觉前,甚至总流露出几分忧郁,好比小酒馆门口栽了柏树。

他找到了个中原因:她也一样,梦想结婚!弗雷德里克恼火透了。再说,他回想起登门造访阿尔努夫人的情景,而且他怨恨萝莎奈特久久不依从他。

不过他仍然打听哪些人曾是她的情人。她一概否认。他产生了嫉妒心,不高兴她过去和现在接受礼物;她这个人的本性愈来愈惹他厌烦,而一种贪婪的、兽性的肉欲却把他吸引到她身边,这瞬间的幻觉化成了仇恨。

她的言谈,她的嗓音,她的微笑,一切都惹他讨厌,尤其是她的目光,这永远清澈和愚骏的女人的眼神。有时他对她烦透了,即便亲眼看着她死去也不会动感情。但是如何发火呢?她温存之至。

戴洛里耶又来了,解释他为何在诺让逗留,说他在那儿为一家诉讼代理人事务所讨价还价。弗雷德里克很高兴再见到他;他是个了不起的人!弗雷德里克叫他来和他俩做伴。

律师不时在他们家吃晚饭,出现一些小争执时,他总表示支持萝莎奈特,以致有一次弗雷德里克对他说:

"嗳!如果你高兴,就同她睡觉吧!"他真盼望有个机会摆脱她。

六月中旬,她收到一份支付催告。执达吏阿塔纳兹·戈特罗先生在催告中命令她还清欠克莱芒斯·瓦特纳兹小姐的四千法郎;否则,次日他将来查封她的财产。

原来,在过去签发的四张票据中,①只有一张付了款,后来她手里备好的钱,拿去派了别的用场。

她跑到阿尔努家。他住在圣日耳曼城关,看门人不知道是哪条街。她去找好几个朋友,没有一个在家,她失望而归。她什么也不想对弗雷德里克说,怕这个新的麻烦会损害她的婚姻。

次日上午,阿塔纳兹·戈特罗先生来了,左右跟着两名随从。一个面目奸诈,面色灰白,一副饱受欲望折磨的样子;另一个戴假领,鞋套系得很紧,食指上戴了一个黑塔夫绸指套。两人脏得不堪入目,衣领油污,礼服袖子太短。

他们的老板倒是个美男子。他一上来就对自己这件令人不快的差事表示歉意,同时打量着房间。"说真的,尽是漂亮东西!"他又补了一句:"不能扣押的还不算在内。"他做了个手势,两名助理不见了。

于是,他的恭维话越发多了。谁能相信这么……迷人的女人没有靠得住的朋友!由司法机关拍卖真是件不幸的事!永世不得翻身。他竭力吓唬她;接着,见她惶恐不安,他骤然换了一副慈爱

---

① 依据上文,此处的"四"疑为"五"之误。

的口气。他熟悉上流社会,和那些太太们全打过交道;他一边说出她们的名字,一边审视着墙上的画框。这是阿尔努的几幅旧画,松巴兹的图画小样,布里厄的水彩画,迪特梅的三幅风景画。萝莎奈特显然不知道这些画的价值。戈特罗先生朝她转过身来。

"噢!为了向您表明我是个好人,咱们这么做吧:您把迪特梅的这些画让给我,欠款全由我付,怎么样?"

正在这时,弗雷德里克戴着帽子,怒冲冲地进来了;戴尔菲娜已在前厅把事情告诉了他,他方才也见到了那两个讼棍。戈特罗先生恢复了他的尊严;由于门一直开着,他说:

"喂,先生们,写吧!在第二个房间有:一张橡木桌附两块活动桌板、两口碗橱……"

弗雷德里克打断他的话,问有没有办法阻止扣押。

"噢!完全有办法!谁付的家具钱?"

"我。"

"那么,写一份追还申请,您有的是时间。"

戈特罗先生迅速开好清单,在记条上注明紧急传唤布隆小姐,然后告辞了。

弗雷德里克没说一句责备话。他凝视着讼棍们在地毯上留下的泥脚印,自言自语地说:

"得马上去弄钱!"

"天啊!我多糊涂啊!"女元帅道。

她在一只抽屉里翻了一阵,拿出一封信,急忙去朗格多克照明公司,给她的股票过户。

一个钟头后她回来了。证券已卖给了另一个人!职员审查了她的信,即阿尔努的书面承诺,回答她说:

"这个字据根本不能证明您是所有人。公司不认这个。"

简言之,他把她打发走了,她气得说不出话来;弗雷德里克应该即刻上阿尔努家,把事情弄清楚。

但是,阿尔努也许会以为,他来为的是间接讨回他损失的那一万五千法郎抵押!再说,他觉得向情妇先前的情人讨债是卑鄙可耻的行为。他采取了一个折中办法,到当布勒兹公馆抄来雷冉巴尔太太的地址,派个跑腿的去她家,打听到了如今公民经常出入的咖啡馆。

这是巴士底狱广场上的一家小咖啡馆,他整天待在那儿,坐在尽里头右边的角落里不动弹,好像他是咖啡馆的一部分。

他接连喝下半杯咖啡、掺热糖水的烈酒、加香料的葡萄酒、热的酒和掺入少量红葡萄酒的水,然后再喝啤酒;每隔半小时,他吐出这个字眼:"包克!"①把语言简化成必不可少的词儿。弗雷德里克问他是否有时见到阿尔努。

"不!"

"咦,为什么?"

"一个草包!"

也许政治把他俩分开了,弗雷德里克以为应当打听一下孔潘的情况。

"大粗人!"雷冉巴尔说。

"怎么回事?"

"他的牛犊头!"

"啊!告诉我牛犊头是什么意思!"

雷冉巴尔露出怜悯的微笑。

"蠢话!"

弗雷德里克沉默良久,然后说:

"他原来换了住房了?"

"谁?"

"阿尔努。"

---

① "包克",法语 bock 的译音,意为"一啤酒杯之量"。

"对:弗勒吕街!"

"门牌几号?"

"难道我和耶稣会士来往!"

"怎么,耶稣会士!"

公民愤愤地回答:

"我介绍他认识了一名爱国者,这猪猡用人家的钱开了一家念珠店!"

"不可能!"

"您瞧瞧去!"

千真万确;阿尔努发了一次病,身体虚弱,转向了宗教;再说,"他骨子里始终是信教的"(生意头脑和天性的纯朴珠联璧合),为了拯救自己的灵魂,也为了赚钱,他做起了宗教用品的买卖。

弗雷德里克没费力气便找到了他的店铺,招牌上写着:"哥特式艺术品——祭礼餐具——教堂装饰——彩色雕塑——三王①香",等等等等。

橱窗的两角竖立着两尊木雕像,花里胡哨地涂着金色、朱红色和天蓝色:一尊是披着羊皮的圣徒巴蒂斯特,另一尊是围裙里兜着玫瑰花、胳膊下夹着纺锤的圣女热讷维埃芙;然后是一组石膏像:一名修女在教导一个小姑娘,一位母亲跪在一张小床旁,三个中学生站在圣餐台前。最漂亮的是一间木屋似的东西,展现了马槽内部的景象,有驴、牛和圣婴耶稣,他四仰八叉地躺在麦秸上,真正的麦秸。陈列架从上到下摆着成打的圣牌,各式各样的念珠,贝壳状的圣水缸以及教会名人的画像,其中有阿弗尔大主教和罗马教皇,两人都笑容可掬。

阿尔努低着头在柜台后面打盹。如今他老态龙钟,鬓角周围还长了一圈粉红色的丘疹,阳光照在金十字架上,反光正好落在丘

---

① 三王指朝拜初生耶稣的三位博士。

413

疼上。

面对这样的衰颓,弗雷德里克不禁悲从中来。但是出于对女元帅的忠心,他无可奈何,只得往前走;阿尔努夫人在铺子尽里出现了;于是,他转身就走。

"我没找到他。"他回家时说。

他又说马上写信向勒阿弗尔的公证人要钱,尽管这样说,萝莎奈特仍然大为光火。从来没见过这样软弱、这样懒洋洋的男人;正当她节衣缩食的时候,人家却大吃大喝。

弗雷德里克惦记着可怜的阿尔努夫人,想象着她家里四壁萧然的惨景。他坐到书桌前;萝莎奈特刺耳的声音仍在响,于是他说:

"啊!看在老天爷分上,你闭上嘴吧!"

"你没准还要替他们讲话吧?"

"嗳!正是!"他叫道,"你干吗这样不依不饶的?"

"可你呢,为什么你不要他们还钱?是怕你的旧相好难受,你招了吧!"

他恨不得用座钟把她砸死;他讲不出话来,闷声不响。萝莎奈特在房间里边走边补充道:

"我要跟他,跟你的阿尔努打场官司。噢!我用不着你!"

她抿着嘴唇又说:

"我去请教别人。"

三天后,戴尔菲娜突然走进来。

"太太,太太,来了一个男人,提着一罐糨糊,真叫我害怕。"

萝莎奈特走进厨房,看见一个无赖,满脸麻子,一只胳膊瘫痪了,喝得醉醺醺的,讲话结结巴巴。

他是戈特罗先生派来张贴告示的。反对扣押的申请遭到拒绝后,自然要举行拍卖。

为了上楼花费的力气,他先要了一小杯酒喝;接着他恳求再给他一点赏赐,就是要几张戏票,他以为太太是位演员。然后有好几分钟,他挤眉弄眼的,叫人摸不着头脑。最后,他说只要给他四十个苏,他就撕掉已经贴在楼下大门上的告示的四角。告示对萝莎奈特指名道姓,这种做法异常严厉,足见瓦特纳兹小姐对她多么仇恨。

瓦特纳兹小姐过去是个易动感情的人,有一回恋爱受挫,还致信贝朗瑞求教。可是,在生活的狂飙打击下,她性情变得乖戾了。她接连教过钢琴,管过旅馆里的客饭席,为时装报刊撰稿,转租住房,在轻佻女子中间做花边买卖,她与这一层人的关系帮了许多人的忙,阿尔努便是其中之一。以前她曾在一家贸易商行工作。

她在商行负责结算女工的工资。她们每人有两个账本,其中一本总在她手里。杜萨迪埃热心地替一个名叫奥棠丝·巴斯兰的女工保管账本。有一天,他来到账房,正好瓦特纳兹小姐带来了这名女工的账簿,出纳付给他一千六百八十二法郎。然而,头天杜萨迪埃在巴斯兰的账簿上只写了一千零八十二法郎。他找了个借口把它要回来;然后,为了掩盖偷盗的真相,对巴斯兰说账本丢了。女工天真地把他的谎话转告瓦特纳兹小姐;她为了把事情弄个水落石出,就若无其事地同这个好店员谈起这件事。他只回答说:"我把它烧了。"事情到此结束。不久后她离开了商行,可并不相信账簿被毁,猜想杜萨迪埃仍然保存着它。

听到他受伤的消息,她跑到他家,想取回那个账本。尽管仔仔细细搜寻了一遍,她什么也没找到;这个小伙子那样忠诚,那样温和,那样英勇,那样强壮,她对他肃然起敬,不久就爱上了他。在她这样的年纪,有这等艳情是意想不到的。她怀着极大的贪欲抓住这个好运,并为此抛弃了文学、社会主义、"令人欣慰的学说和慷慨的乌托邦"以及她那套反妇女从属地位的主张;总之,她放弃了一切,包括戴马尔本人在内;最后,她向杜萨迪埃提议两人结为夫妻。

虽然她是他的情妇,他可一点也不爱她。再说,他没有忘记自己偷钱的事。而且她太有钱。他拒绝了她。于是,她哭着向他诉说她做的美梦:两人合开一家成衣铺。她拥有必要的开业资金,下周还可增加四千法郎;她谈起了对女元帅的起诉。

杜萨迪埃为他的朋友难过。他回想起在警卫队送给他的雪茄烟盒,在拿破仑滨河路度过的夜晚,多少次倾心的交谈,借给他的多少册书籍,以及弗雷德里克表示的那么多好意。他求瓦特纳兹小姐撤诉。

她讪笑他老实巴交,对萝莎奈特表现出莫名其妙的憎恨;甚至她盼望发财的目的,仅仅是以后能用自己的驷马高车压死她。

这深不可测的狠毒的心,吓坏了杜萨迪埃;当他确实知道拍卖的日期后,便出了门。第二天一大早,他带着一副窘相走进弗雷德里克的家门。

"我得向您道歉。"

"为什么呀?"

"您一定把我当成忘恩负义的人,我,她是我的……"

他结结巴巴地说:

"噢!我再也不见她了,我不当她的同谋!"

另一位十分惊讶地望着他。

"三天后,不是要拍卖您情妇的家具了吗?"

"谁告诉您的?"

"她本人,瓦特纳兹小姐!可是我怕冒犯您……"

"不可能,亲爱的朋友!"

"啊!的确,您心眼这么好!"

他拘谨地伸出一只手,递给他一只小羊皮钱包。

这是四千法郎,他的全部积蓄。

"怎么!啊!不!——不!……"

"我就知道会伤害您的。"杜萨迪埃应道,一滴泪水在眼眶里打转。

弗雷德里克紧紧握住他的手,好小伙子语气激烈地说:

"收下吧!请给我这份快乐!我绝望到了极点!再说,是不是一切还没有结束?革命到来的时候,我以为大家会幸福的。您记得那时多么美好!多么自由自在!可是我们目前的境遇比任何时候都糟糕。"

他眼睛盯住地面,又说:

"现在,他们在扼杀我们的共和国,正如他们扼杀了另一个罗马共和国!还有可怜的威尼斯,可怜的波兰,可怜的匈牙利!多么可恶啊!首先,他们砍倒了自由树,接着限制选举权,关闭俱乐部,恢复书报检查制度,把教育拱手交给神甫负责,宗教裁判所也将再次出现。为什么不会呢?一些保守派不是巴望哥萨克来吗!报纸发表反对死刑的文章就被查封,巴黎刺刀林立,十六个省实行戒严;大赦又一次被推迟!"

他用双手捧住头,然后双臂大张,好像陷入了极度的困境:

"可是,如果大家尽力就好了!如果大家诚心诚意,是可以合作的!但情况不是这样!工人们并不比资产者强,您瞧!新近在埃尔伯夫,他们拒绝去救火。有些穷鬼把巴尔贝斥为贵族。为了取笑人民,他们想任命纳斗为总统,一个泥瓦匠,您倒说说看!真没办法!不可救药!大家全反对我们!我呢,我从未做过坏事,可是我心上好像压了一块石头。长此以往,我会发疯的。我真想叫人杀死我。我跟您说这钱我用不着!您以后还我好了!当然,算我借给您的。"

弗雷德里克由于急需钱用,终于收下了他的四千法郎。这样,在瓦特纳兹小姐那方面,他们不再担心了。

但萝莎奈特不久在同阿尔努打的官司中败诉;出于执拗,她还想上诉。

戴洛里耶费尽唇舌叫她明白,阿尔努的承诺既不是一种赠与,也不是合法的转让;她听都不听,认为法律不公道;这还不是因为她是个女人,男人们是相互支持的!不过,到了最后,她听从了戴洛里耶的劝告。

他在他们家无拘无束,好几次还把塞内卡尔带来吃饭。弗雷德里克借钱给他,叫自己的裁缝给他做衣服,但不喜欢他这样随随便便。律师把自己的旧礼服送给社会主义者,谁也不知道这位社会主义者靠什么维持生活。

不过,戴洛里耶确实愿意为萝莎奈特效劳。有一天,她拿出高岭土公司的十二张股票给他看(阿尔努为这个企业被科以罚金三万法郎),他对她说:

"这是不正当的!太妙了!"

她有权请法院传阿尔努偿付她的债券。首先,她将证明他有连带义务偿付公司的全部债款,因为他曾经宣布个人债务与集体债务一视同仁;最后,她将证明他盗用了公司的若干票据。

"按商事法典第五百八十六款和五百八十七款的规定,这一切构成他的欺诈破产罪;他将被逮起来,放心吧,我的小妞!"

萝莎奈特跳起来搂住他的脖子。次日,他把她介绍给自己原来的老板,因为他无法亲自过问这场诉讼,他需要去诺让;如有急事,塞内卡尔会写信给他。

他说要去商谈购买事务所一事,这不过是个借口。他在罗克先生家消磨时光,一上来就夸他们的朋友弗雷德里克,而且尽量模仿他的言谈举止;这就赢得了路易丝的信任,同时他大肆诋毁勒德吕-罗兰,又取得了她父亲的信任。

弗雷德里克之所以不回家乡,是因为他和上流社会交往频繁;戴洛里耶一点点地告诉他们,弗雷德里克爱上了一个人,他有个孩子,养着一个女人。

路易丝绝望之至,莫罗夫人也无比愤慨。她看见儿子正被卷进无底深渊,谨守礼俗的感情受到了伤害,好像自己丢了脸面。可

是突然间,她的表情变了。人家问到弗雷德里克时,她带着狡狯的神情回答道:

"他很好,非常好。"

她知道他要和当布勒兹夫人结婚了。

婚期已经确定;他正设法让萝莎奈特忍气吞声,接受这件事。

仲秋时节,她赢了高岭土股票的那场官司。弗雷德里克在家门口遇到了刚从法庭回来的塞内卡尔,听到了这个消息。

阿尔努被确认是一切欺诈行为的从犯,看到原辅导教师那副兴高采烈的样子,弗雷德里克不让他再讲下去,担保由他负责向萝莎奈特传达。他走进她家,一脸怒气。

"嗳!这下你高兴了!"

但是,她没有理会这句话,说道:

"你瞧呀!"

她让他看躺在火炉边一只摇篮里的孩子。早上在奶妈家,她觉得小孩情况不好,就把他带回了巴黎。

他的四肢瘦得出奇,嘴唇上满是白点子,口腔里好像有些奶的凝块。

"医生怎么说的?"

"啊!医生!他硬说旅行加重了他的……我记不清了,一个以 ite 结尾的字眼①……总之,他得了鹅口疮。你知道这种病吗?"

弗雷德里克毫不迟疑地回答:"当然知道。"并补充说这不要紧。

但到了晚上,他害怕起来,孩子样子十分虚弱,像霉点一样的白斑有所发展,仿佛生命已经抛弃了这个可怜的小躯体,只留下一种植物得以生长的物质。他的手冰凉;现在他已咽不下东西;门房从职业介绍所随便领来的一个奶妈翻来覆去地说:

---

① 法语中,-ite 结尾的名词常为"××炎"之意。

"我看他不行了,不行了!"

萝莎奈特一夜没睡。

早晨,她去找弗雷德里克。

"来看看吧,他动都不动了。"

原来他死了。她抱起他,摇着他,搂着他,用最温柔的名字唤他,用热吻和泪水盖满他的全身,狂乱地转来转去,扯自己的头发,发出声声叫喊;她倒在沙发边沿,张着嘴巴,眼睛发呆,泪如泉涌。接着,她陷入迷迷糊糊的状态,房子里寂静无声。家具东倒西歪。两三块毛巾乱扔在地上。钟敲六点,小油灯熄了。

弗德雷里克目睹这一切,恍若在梦中。他忧心如焚,觉得孩子的死不过是一个开端,后面还有一场更大的灾难即将临头。

突然,萝莎奈特柔声说:

"我们把他保存起来,好不好?"

她想用防腐香料保存孩子的尸体。反对这样做的理由有多条。弗雷德里克认为,最大的理由是,这样小的孩子的尸体是无法用防腐香料保存的。倒不如画一幅像。她同意这个意见。他写了张条子给佩勒兰,戴尔菲娜赶紧送去。

佩勒兰迅速来到,想以这份热心抹去对他以往行为的记忆。他首先说:

"可怜的小天使!上帝啊!多么不幸!"

但是,渐渐地,他身上的艺术家气质占了上风,他宣称,这双茶褐色的眼睛,这张灰白色的脸孔,是无法描摹的;这是一件真正的静物;富于天才的画家才画得出来;他喃喃地说:

"噢!不好画!不好画!"

"只要像就行了。"萝莎奈特反驳道。

"嗳!我不在乎像不像!打倒现实主义!画的是神韵!让我想想!我要尽力想象该把他画成什么样子。"

他思索起来,左手搁在额头上,右手托着肘部;突然,他说道:

"啊！有了！画一幅彩粉画！颜色都用中间色调，顺着边沿几乎平抹过去，就能漂亮地表现出形象的凸凹。"

他派女仆去取他的盒子；接着，他脚下垫着一把椅子，将另一把搁在旁边，开始用粗线条勾勒，心情之平静，如同在根据塑像作画。他夸赞柯勒乔的小圣约翰，委拉斯开兹的萝丝公主，雷诺兹的乳白色肌肤，劳伦斯的高雅，①尤其对坐在葛劳夫人膝上的那个长发儿童赞不绝口。

再说，难道能找到比这些小把戏更可爱的东西吗？崇高的典型（拉斐尔②以其圣母像证明了这一点），也许就是一位母亲带着自己的孩子！

萝莎奈特透不过气来，走出去了；佩勒兰立即说：

"哎！阿尔努……您知道他出了什么事吗？"

"不知道！怎么啦？"

"其实，这家伙也该有这个下场！"

"究竟怎么回事？"

"现在他也许……对不起！"

艺术家站起来，把小尸体的头抬高一点。

"您刚才说……"弗雷德里克接着说。

佩勒兰一边眯起眼睛量尺寸，一边说：

"我刚才说，我们的朋友阿尔努现在也许给关进大狱了！"

接着，他以满意的口吻说：

"您看看，是不是这样？"

"是，很好！不过阿尔努呢？"

佩勒兰放下了铅笔。

---

① 柯勒乔（1494—1534），意大利文艺复兴时期重要画家；委拉斯开兹（1599—1660），西班牙画家；雷诺兹（1723—1792），英国画家；劳伦斯（1769—1830），英国画家。

② 拉斐尔（1483—1520），意大利文艺复兴时期的大画家。

"据我的理解,他被一个叫米尼奥的人控告了,此人是雷冉巴尔的知己,雷冉巴尔这家伙,挺面善的,是吧?可他是个白痴!您想想看,有一天……"

"嗳!我问的不是雷冉巴尔!"

"这倒是。好吧,昨天晚上,阿尔努必须弄到一万二千法郎,否则他就完了。"

"噢!这也许言过其实了吧。"弗雷德里克说。

"一点也没有!我觉得情况严重,很严重!"

这时候,萝莎奈特又进来了,眼皮下边红红的,好像搽了胭脂一样发亮。她站到画像旁边看着。佩勒兰示意,因为她在场,所以不讲了。但弗雷德里克没有留意,继续说:

"不过,我无法相信……"

"我再跟您说一遍,我昨天晚上七点钟在雅各布街碰到了他。"艺术家说,"他甚至带着护照,以防万一。他说,他和一家老小要乘船去勒阿弗尔。"

"怎么!把他妻子也带走?"

"一定的!他是一个非常好的家长,哪能一个人过活!"

"您拿得准吗?……"

"当然啰!您叫他去哪儿弄到一万二千法郎呢?"

弗雷德里克在房间转了两三圈。他喘着粗气,咬着嘴唇,然后抓起他的帽子。

"你去哪儿呀?"萝莎奈特问道。

他没有回答,一转身不见了。

五

必须弄到一万二千法郎,否则就再也见不到阿尔努夫人了;到目前为止,他依然抱着不可遏制的希望。难道她不是他的心头肉,他的命根子?他跟跟跄跄地在人行道上走了几分钟,忧心如焚,不过他为自己离开了另一个女人的家而高兴。

到哪里去弄钱呢?弗雷德里克心里明白,不管付多大的代价,要马上借到这笔钱有多么困难。唯独一个人可以帮助他,那就是当布勒兹夫人。她的写字台的抽屉里,总放着一些钞票。他去了她家,用大胆的口吻说:

"你能借我一万二千法郎吗?"

"为什么借钱?"

这是另一个人的秘密。她想知道。他不肯说。两人相持不下。最后她说,不知道钱拿去派什么用场,她一个子也不给。弗雷德里克脸涨得通红。他的一个同伴偷了别人的钱。这笔钱今天就得归还。

"你怎么称呼他?他姓什么?嗯,他姓什么呀?"

"杜萨迪埃!"

他跪在她面前,央求她什么也别说出去。

"你把我当成什么人了?"当布勒兹夫人接口道,"倒像是你犯了罪。收起你那副可怜相吧!喏,钱在这儿!祝他好运!"

他跑到阿尔努家。商人不在他的铺子里。但他一直住在天堂街,他有两个住所。

天堂街的门房发誓说,阿尔努先生头天就没回来;至于太太的事,他什么也不敢说。弗雷德里克箭也似的奔上楼,把耳朵贴在锁孔上。门终于开了。太太跟先生一道走了。女仆不知道他们什么时候回来;她的薪水已经付了,她本人也要走了。

突然,门咔啦响了一下。

"里面不是有人吗?"

"噢!没有,先生!是风。"

于是,他退了出来。不管怎么说,这样匆匆忙忙地溜走,一定有无法解释的原因。

雷冉巴尔是米尼奥的知己,也许能向他说明个中缘由?弗雷德里克叫了一辆车,把他拉到蒙马特尔皇帝街雷冉巴尔的家。

房子旁边有个小花园,用栅栏围着,栅栏间的空隙用铁皮塞住。白色的正面墙下有三级石阶。从人行道上经过,可以瞥见底层的两间屋子。第一间是客厅,家具上到处扔着袍子;第二间是作坊,雷冉巴尔太太的女工们就在那儿干活。

全体女工坚信老爷忙着大事,有了不起的关系,是个出类拔萃的人。当他头戴卷边帽,板着一张长脸,身着绿礼服穿过走廊时,她们便停下手里的活儿。再说,他总不忘鼓励她们几句,讲一句格言式的客套话。她们回到家里,觉得自己命苦,因为她们把他当作了理想郎君。

不过,她们谁也不像雷冉巴尔太太那样爱他,这是个聪明小巧的女人,用自己的手艺养活他。

莫罗先生一报自己的姓名,她就迅速过来接待他,她从仆人那里知道他和当布勒兹夫人的关系。她丈夫"马上就回来";弗雷德里克一边跟在她后面走,一边赞赏住宅的整洁和地上铺的那么多油布。然后,他在一个类似办公室的房间里等了几分钟,这是公民平日闭门思索的地方。

这次他接待客人的态度不像通常那样生硬。

他讲述了阿尔努的事。米尼奥是名爱国者,拥有一百股《世纪报》的股票。陶瓷商给他灌迷魂汤,向他论证,从民主角度讲必须更换报社的经理和编辑。阿尔努借口为使他的意思在下次股东大会上占上风,向米尼奥要了五十股股票,说是要把这些股票转交给可靠的朋友,他们会投票支持他的主张;米尼奥不用负任何责任,也不会和任何人闹翻。事情成功后,他将在行政部门给米尼奥安排一个好职位,至少也有五六千法郎的收入。股票交给了阿尔努。可是阿尔努立即把股票卖掉,将所得的钱拿来和一个宗教用品商合伙做生意。这一来,米尼奥总去讨钱,阿尔努总一拖再拖。

最后,爱国者威胁他说,如果他不归还股票或等值的钱——五万法郎,就以诈骗罪起诉。

弗雷德里克一脸绝望。

"事情还没完哩,"公民说,"米尼奥是个好人,他只要阿尔努还四分之一的钱。另一位又作出许诺,自然又是空头支票。总之,前天上午,米尼奥限他二十四小时之内还他一万二千法郎,其余以后再补。"

"我有这笔钱!"弗雷德里克说。

公民慢慢转过身来。

"胡扯!"

"对不起!钱在我衣兜里。我把它带来了。"

"您呀,您可真行!真见鬼啦!不过来不及了;状子已经递了上去,阿尔努也走了。"

"一个人?"

"不!和他老婆一道。有人在勒阿弗尔车站遇见了他们。"

弗雷德里克的脸色变得异常苍白。雷冉巴尔夫人以为他就要晕过去了。他竭力克制自己,甚至还有力气对这个意外事件提了两三个问题。雷冉巴尔感到伤心,因为这一切总之有损于民主。阿尔努一直品行不端,没有条理。

"一个十足的冒失鬼!他挥金如土,贪恋女色把他给毁了!我同情的倒不是他,而是他可怜的妻子!"

公民钦佩恪守妇道的女子,十分尊重阿尔努夫人。

"她一定受了大罪!"

弗雷德里克感激他的同情心,激动地紧握他的手,仿佛自己得到了他的帮助。

"你该去的地方都去了吗?"萝莎奈特又见到他时,问道。

他回答说他没有勇气这样做,只信步在街上走,好让自己忘却。

八点钟,他们走进餐厅;两人相对无言,不时长叹一声,推开自己的盘子。弗雷德里克喝了一点烧酒,他觉得自己一败涂地,被压垮了,颓丧之至,除了极度疲惫外,不再有其他任何感觉。

她去取画像。红、黄、绿、蓝,各色杂陈,对比强烈,鲜艳刺目,使画像成了一件奇丑无比、近乎可笑的东西。

再说,死去的小孩现在也认不出来了。嘴唇的淡紫色调增加了皮肤的白皙;鼻孔变得更细小,眼睛凹得更深;小脑袋搁在一个蓝色塔夫绸枕头上,周围撒了山茶花、秋玫瑰和紫堇的花瓣;这是女佣的主意;主仆二人虔诚地为他做了一番布置。壁炉罩了一块镂空花边布,上面摆着几只镀金银烛台,中间用几束圣枝隔开;屋角的两只花瓶里,燃着锥状香。这一切再加上摇篮,好像搭了一个临时祭坛。弗雷德里克回想起他为当布勒兹先生守灵的那一夜。

差不多每隔一刻钟,萝莎奈特就拉开帘子端详她的孩子。她依稀看见,几个月后他开始学走路,然后在中学的院子里玩双杠;到了二十岁,他长大成人;她臆造出来的所有这些形象,好像都是她失去的儿子,过度的痛苦增强了她的母性。

弗雷德里克一动不动地坐在另一张扶手椅里,心里想着阿尔努夫人。

她现在大概坐在火车上,脸贴着车厢的玻璃窗,注视乡村在她身后朝巴黎方向逃遁;要么,她站在一艘轮船的甲板上,正如他初次遇到她时一样。但是这艘船无限期地驶向异乡,她将永不归来。接着,他看见她在一家客栈的房间里,箱子放在地上,壁纸残破,风吹得门直晃动。再往后呢?她将做什么?小学教师,贵妇的伴娘,也许会当侍女?她将听凭贫困的摆布。他不知道她的命运,十分苦恼。他本该阻止她逃跑,或在后面追她。难道他不是她真正的丈夫吗?可是他再也见不到她,一切都完了,他不可挽回地失去了她。想到这些,他五内俱裂;从早上起蓄集的泪水夺眶而出。

这被萝莎奈特发觉了。

"啊！你和我一样哭了！你很伤心？"

"是的！是的！我很伤心！……"

他紧紧把她搂在怀里，两人拥抱在一起啜泣。

当布勒兹夫人也在哭，她俯卧在床上，两手抱着头。

奥兰普·雷冉巴尔晚上来给她试第一件花袍子，讲述了弗雷德里克的来访，还说他筹好了一万二千法郎给阿尔努先生。

这么说，这笔钱，她的钱，是为了阻止另一个女人离开，为了保住一个情妇！

起初，她怒不可遏，决计把他当奴才一样撵走。大哭一场后，她反倒平静了。最好把这一切藏在心里，一字也不提。

第二天，弗雷德里克把一万二千法郎带了回来。

她求他留着钱，以备他朋友不时之需，对这位朋友，她盘问了他好久。是谁逼这位先生做出这等背信弃义的事？一定是个女人！女人能把你拖上犯罪之路。

这种揶揄的口气令弗雷德里克十分狼狈。听她诽谤女人，他愧疚万分。叫他宽心的是，当布勒兹夫人不可能了解真相。

但是她要打破砂锅问到底；第二天！她又问起他的小伙伴，接着打听另一个，就是戴洛里耶。

"这人可靠、聪明吗？"

弗雷德里克把他夸了一番。

"请他最近哪天上午到家里来一趟；我有件事想请教他。"

她发现了一卷纸，里面有几张阿尔努的、被明明白白拒绝承兑的票据，上面有他太太的签名。正是为了这些票据，有一回弗雷德里克在当布勒兹先生用早餐时赶了来。尽管这位资本家不想追回债款，但是他让商事法庭对阿尔努夫妇做了宣判。阿尔努夫人并不知情，因为她丈夫认为没有必要把这件事告诉她。

这个，可是个武器！当布勒兹夫人对此深信不疑。但是她的公证人也许会劝她克制；她宁愿找个默默无闻的人请教请教；于是

427

她想起了这个厚颜无耻的大高个子,他曾主动提出为她效劳。

弗雷德里克天真地替她去请戴洛里耶。

律师非常高兴与这么一位高贵的夫人攀上关系。

他跑来了。

她先告诉他,遗产是属于她侄女的,所以更有理由清偿这笔债款,她好还给侄女。她一心想作出最好的交代,叫马蒂侬夫妇无话可说。

戴洛里耶明白这里面必有文章;端详着票据,他若有所思。阿尔努夫人的亲笔署名使他眼前又浮现出她的整个身影,和他在她那儿受到的屈辱。既然报复的机会来了,为什么不抓住呢?

于是,他建议当布勒兹夫人把属于遗产的无法承兑的债券公开拍卖。一个做挡箭牌的人私下再买回来,并对债务人起诉。这个人由戴洛里耶负责提供。

将近十一月底,弗雷德里克经过阿尔努夫人的那条街时,抬眼望了望她的窗户,发现门上有张告示,上面用粗体字写着:

"出售贵重家具,包括成套金属厨房用具、内衣、餐桌用布制品、衬衣、花边、衬裙、长裤、法国和印度开士米披肩、艾拉钢琴①、两口文艺复兴式橡木矮橱、威尼斯镜子、中国和日本陶器。"

"这是他们的家具!"弗雷德里克思忖;门房证实了他的猜测。

至于要求拍卖的人是谁,他不得而知。不过拍卖估价员贝特尔莫先生也许会做一些说明。

这名司法助理员起先不愿说是哪个债主起诉要求拍卖的,弗雷德里克一再追问,是一位代理人,名叫塞内卡尔的先生;贝特尔莫先生出于好意,把自己的《广告报》也借给了他。

弗雷德里克来到萝莎奈特家,把报纸打开扔到桌上。

"念念吧!"

---

① 艾拉(1752—1831),法国著名乐器制造者。

"嗳,念什么呀?"她说,神色那样平静,他不由得火冒三丈。

"啊!别装蒜啦!"

"我不明白。"

"是你叫人家拍卖阿尔努夫人的家具的?"

她又看了一遍广告。

"她的名字在哪儿?"

"嗳!这是她的家具!你比我还清楚!"

"这跟我有什么关系?"萝莎奈特耸耸肩膀说。

"跟你有什么关系?你这是报复,就这么回事!这是你逼债的结果!难道你没有污辱她,甚至跑到她家去!你,一个分文不值的卖笑女。她,最圣洁、最迷人、最好的女人!为什么你拼命要把她弄得倾家荡产呢?"

"你错了,我向你担保!"

"算了吧!好像你没有拿塞内卡尔做挡箭牌似的!"

"胡说八道!"

于是,他心头火起。

"你撒谎!你撒谎!浑蛋!你嫉妒她!你有一份判决她丈夫的材料!塞内卡尔已插手你的事了!他恨阿尔努,你们俩全恨他,互相勾结。你赢了那场高岭土官司后,我看见他可高兴了。这场官司,你也要否认?"

"我向你发誓……"

"噢!你的誓言,我领教过!"

于是,弗雷德里克指名道姓地提起她的一个个情人,还有许许多多的细节。萝莎奈特面色惨白,直往后退。

"这叫你吃惊了!因为我闭起眼睛,你就以为我是瞎子。今天,我受够了!你这等女人的不忠不会叫人活不下去。如果做得太过分,甩掉她们就是!惩罚她们都降低自己的人格!"

她扭着自己的胳臂。

429

"天啊,是什么把你变成这个样子?"

"不是别人,正是你自己!"

"这一切都是为了阿尔努太太!……"萝莎奈特哭着喊道。

他冷冷地说:

"我从来就只爱她一个!"

受到这样的凌辱,她的泪水止住了。

"这证明你有鉴赏力!一个半老徐娘,甘草一样的脸色,粗粗的腰身,眼睛像地窖气窗一样大,一样空!既然你喜欢,就追她去吧!"

"我等的就是这句话!谢谢!"

萝莎奈特一动不动,被这种异常的态度惊呆了。她甚至听任他把门重新关上;随后,她纵身一跃,在前厅追上他,用胳臂搂住他说:

"你疯了!你疯了!这多荒唐!我爱你!"

她哀求他说:

"天啊,看在咱们小孩的分上!"

"你得承认这一手是你干的!"弗雷德里克说。

她仍然表白自己是无辜的。

"你不愿意承认?"

"不!"

"那好,永别了!永远!"

"听我说。"

弗雷德里克转过身来。

"如果你更了解我,你会知道我的决定是不能改变的。"

"噢!噢!你会回到我身边的!"

"永远不会!"

他砰的一声用力关上了门。

萝莎奈特写信给戴洛里耶,说她需要立即同他见面。

五天后的一个晚上,他来了。她讲述了她和弗雷德里克一刀两断的情况后,他说:
"就这个事啊!小小的不幸!"
她原以为他可以把弗雷德里克给她领回来;现在,一切都完了。她从门房那儿得知,弗雷德里克即将与当布勒兹夫人结婚。
戴洛里耶劝导她一番,甚至显得格外快活,格外滑稽。由于时间太晚,他要求允许他在安乐椅上宿一夜。接着,次日晨,他又动身去诺让,并告诉萝莎奈特,他不知道他们何时才会重逢;不久,也许他的生活会发生巨变。
他回诺让两小时后,诺让城闹得沸沸扬扬。据说弗雷德里克先生就要娶当布勒兹夫人了。终于,奥日家的三位小姐忍不住了,来到莫罗夫人家,她骄傲地证实了这条消息。罗克老爹感到难过。路易丝足不出户,甚至传出她疯了的消息。
可是弗雷德里克无法掩饰他的忧伤。当布勒兹夫人,大概想帮他排遣,对他更加关心。每天下午,她带他乘自己的马车兜风;有一回他们经过交易所广场,她灵机一动,想进拍卖行玩玩。
这天是十二月一号,正巧是拍卖阿尔努夫人家具的日子。他记起了这个日期,表示不愿进去,说此地人多嘈杂,叫人待不下去。她只想到里面看一眼。双座四轮马车停下了。他只得跟在她后面。
在院子里,只见堆着没有脸盆的梳妆台、扶手椅的木架、旧篮子、瓷器的碎片、空酒瓶、褥垫;还有一些穿工装或脏礼服的人,全弄得灰头土脸儿,面目可憎,其中几个挎着布口袋,三三两两地聊着天,或者乱哄哄地互相呼唤。
弗雷德里克说不便再往前走了。
"得了!得了!"
于是他们登上楼梯。
在右边的第一间大厅里,几位先生手里拿着目录,在仔细地看

431

画;另一间里正出售一套中国刀剑;当布勒兹夫人想下楼。她看着门上的号码,把他带到走廊尽头一个挤满人的房间。

他立即认出工艺社的两个陈列架,阿尔努夫人的缝纫桌,她的全部家具!这些家具按照高矮堆在尽里面,从地板直到窗口,形成一个宽大的斜面。在房间的另外几面,地毯和窗帘沿墙垂直挂着。下边,有几位老先生坐在阶梯形摆设台上打盹。左侧,立着一个像柜台的东西,打着白领带的拍卖估价员轻轻挥动着一个小锤子。他身边有个年轻人在记录;更低处,站着一条健壮的汉子,既像旅行推销员,又像卖中途外出戏票的人,他在叫卖家具。三个小伙子把家具搬到一张桌子上,沿桌坐着一排男女旧货商。人群在他们身后走来走去。

弗雷德里克进去的时候,衬裙、头巾、手绢直到衬衣,正在人们手里传着,翻动着;有时,这些东西被远远一扔,在空中突然划出一道白光,接着售出的是她的袍子和一顶帽子,折断的帽翎往下垂着,然后是她的皮裘,还有三双高帮皮鞋。在她的这些值得留念的物品中,他依稀看见了她四肢的形状;他觉得瓜分这些物品是个残忍的行为。仿佛目睹一群乌鸦在撕扯她的尸体。大厅里空气污浊,令他恶心。当布勒兹夫人把她的香水瓶递给他;她说她非常开心。

卧室的家具摆出来了。

贝特尔莫先生宣布了标价。拍卖人立即用更高的声音重复一遍;三位估价人安静地等着敲锤子,然后把物品搬到隔壁的房间。就这样,东西一件接一件地消失了,绣着一朵朵山茶花的蓝色的大地毯,她迎着他走来时,一双纤足曾轻轻踩在这条地毯上;绒绣面的小安乐椅,只有他们两人时,他总面对她坐在这把椅子上;壁炉的两块隔热屏,在她的手触摸下,屏上的象牙变得更加光润;一个丝绒针插,上面仍插着多枚别针。随着东西一件件地消失,他的心也仿佛一块块地随之而去。千篇一律的声音,一成不变的动作,使他疲惫得头脑迟钝,他好像在葬礼上一样麻木,好像自身解了体。

他耳边响起丝绸窸窸窣窣的声音;萝莎奈特用手碰了碰他。

她是从弗雷德里克口中得知这场拍卖的。她的悲伤过去了,想来捡点便宜货。她来看看拍卖,穿了一件珍珠纽扣的白缎背心,背心里面是一袭荷叶边袍子,戴着一双过紧的手套,一副胜利者的神气。

他气得脸色发白。她望着陪伴他的那个女人。

当布勒兹夫人认出了她;她们从头到脚彼此细细打量了一分钟,好找出对方的缺点、瑕疵;一位或许羡慕另一位的青春妙龄,而这一位对情敌气质的高雅和贵族的朴素感到气恼。

终于,当布勒兹夫人掉过头去,露出一丝无法解释的傲慢的微笑。

拍卖者打开一架钢琴,她的钢琴!他站着用右手弹了一遍音阶,宣布乐器售价一万二千法郎,接着把价压到一千、八百、七百法郎。

当布勒兹夫人用嬉戏的口吻,嘲笑这架钢琴是蹩脚货。

一只小匣子摆到了旧货商面前,匣上有圆形浮雕,四角和扣环是银的。这正是他第一次在舒瓦瑟尔街吃晚饭时见到的那一只,一度它曾摆在萝莎奈特家里,后来又回到阿尔努夫人手中。他同她谈话时,他的视线经常与它相遇。这匣子与他最珍爱的回忆联系在一起,他感动得心都化了。这时当布勒兹夫人突然说:

"嗳!我要把它买下来。"

"这又不是什么稀罕东西。"他接口道。

正相反,她觉得它非常漂亮;拍卖人吹嘘它做工精巧。

"这是文艺复兴时期的一件珍品!八百法郎,诸位!差不多整个是银的!用一点点白垩粉,就能把它擦得雪亮!"

看见她往人群里挤,他说:

"这念头多古怪!"

"您为这生气吗?"

"不!可是这小玩意儿有什么用?"

"谁知道?也许可以装情书!"

她的目光把这句影射解释得非常明白。

"那就更不该剥夺死者的隐私了。"

"我不相信她真的死了。"

她声音清晰地补了一句:

"八百八十法郎!"

"您这样做不好。"弗雷德里克喃喃地说。

她笑了。

"可是,亲爱的朋友,这是我第一次求您发发慈悲。"

"不过,这样您就不是一位可爱的丈夫了,您知道吗?"

有个人抬了价;她举起手:

"九百法郎!"

"九百法郎!"贝特尔莫先生重复道。

"九百一十……十五……二十……三十!"拍卖人一边尖声叫喊着,一边环顾全场的人,还频频点着头。

"请向我证明,我的太太是通情达理的。"弗雷德里克说。

他轻轻把她往门口拉。

拍卖估价人继续说:

"来呀,来呀,先生们,九百三十法郎!九百三十法郎有人要吗?"

当布勒兹夫人这时已经到了门口,她停下来,高声叫道:

"一千法郎!"

人群中起了一阵骚动,继之而来的是一片寂静。

"一千法郎,诸位,一千法郎!没有人再出价了吗?考虑好了吗?一千法郎!——卖定!"

象牙锤往下一敲。

她把名片传过来,匣子交给了她。

她把它塞进手笼里。

弗雷德里克感到一阵透心凉。

当布勒兹夫人依然挽着他的胳臂;她不敢正面瞧他一眼,一直来到街上,她的马车正在等她。

她钻进车子,活像一个逃跑的小偷。坐定后,她朝弗雷德里克转过身去。他手里拿着帽子。

"您不上车吗?"

"不,夫人!"

他冷冷地向她致意,关上了车门,然后示意车夫驶走。

起初,他感到欢快,感到重新获得了独立。他为阿尔努夫人牺牲了一份财产,但同时替她报了仇,心中十分自豪。然后,他对自己的行动感到吃惊,极度的疲劳使他难以支持。

次日清晨,他的仆人把种种消息告诉了他。颁布了戒严令,议会解散了,一部分人民代表被关进了马扎监狱。① 弗雷德里克一心关注自己的事,对国家大事漠然置之。

他写信给供应商,退掉准备在他结婚时用的许多订货。现在他觉得他的婚事是一件不大光彩的投机行为。他恨透了当布勒兹夫人,因为他险些由于她干出卑鄙的事。他把女元帅丢在脑后,连阿尔努夫人也不关心,只想到自己,只想到他一个人。他迷失在残破的梦里,病倒了,内心充满痛楚和沮丧。他憎恨在其中受了大罪的人为环境,向往草地的清新,外省的恬静,盼望在故居的屋顶下与心地质朴的人懒洋洋地度日。星期三晚上,他终于出了门。

成群结队的人聚集在马路上。不时,一支巡逻队来把他们驱散;巡逻队一走,他们又重新聚到一块。人们无拘无束地交谈着,

---

① 一八五一年十二月二日,路易-拿破仑政变成功。二百五十名议员在第十区区政府集会,宣布废黜共和国总统,结果立即遭到逮捕,当晚被押送到塞纳河右岸的马扎监狱。

435

不过是对军队开开玩笑,破口大骂而已。

"怎么！不会马上打起来吧?"弗雷德里克问一名工人。

身着工装的人回答他说:

"为资产者丢掉性命,我们没那么傻！让他们自己去解决吧！"

一位先生对这个郊区的工人侧目而视,嘴里嘟囔着:

"社会主义者这帮恶棍！这一次把他们斩尽杀绝就好了！"

弗雷德里克根本不懂为什么有这么多的怨恨和胡话。他更加厌恶巴黎了。第三天,他乘第一班列车动身去诺让。

一幢幢房舍很快消失了,田野逐渐展开。他独自坐在车厢里,脚搁在长椅上,回味着近来的事件和他经历的全部往事。他想起了路易丝。

"她从前爱我,这个女孩儿！我错了,没有抓住这个幸福……算了。别再想了！"

五分钟后,他又想:

"可是,谁知道呢?……以后,为什么不可能呢?"

他的幻想,一如他的视线,深深投入隐隐约约的天际。

"她天真烂漫,是个乡下姑娘,几乎是个蛮子,可又那么善良！"

他越朝诺让走,她离他越近。穿过苏顿牧场时,他同从前一样瞥见她在杨树下,水洼边割灯心草。诺让到了,他下了车。

随后,他胳膊肘支在桥栏上,好再看看他们在一个艳阳天散过步的小岛和园子,旅行和野外的空气使他头昏眼花,近日情绪的波动令他浑身无力,但他感到几分激动,心里想:

"她也许出去了;要是我马上遇见她就好了！"

圣洛朗教堂的钟声响了。教堂前的广场上有一群穷人,还有一辆敞篷四轮马车,本乡唯一的一辆(供举行结婚时使用)。突然,在结白领带的市民的人流中,一对新婚夫妇出现在教堂的大门口。

他以为产生了幻觉。可是,不对!这正是她,路易丝!披着一块白纱,从她的红头发一直垂到脚跟;这正是他,戴洛里耶!身着绣银线的蓝礼服,是省长的官服。这到底是怎么回事?

弗雷德里克躲在一幢房子的屋角,让队伍过去。

他满面羞惭,一败涂地,被压垮了。他回到火车站,重返巴黎。

出租马车车夫说,从水塔到竞技剧场的路上筑起了街垒,因此他取道圣马丁城关。在普罗旺斯街的拐角,弗雷德里克下了车,朝大马路走去。

正值五点钟,下着霏霏细雨。一些市民站在歌剧院那边的人行道上。对面的房屋门窗紧闭。窗口没有一个人影。在宽阔的马路上,龙骑兵们伏在马背上,挥着出了鞘的马刀疾驰而过;帽盔的饰鬣和身后扬起的大白斗篷,在煤气灯光下掠过;薄雾中,煤气灯随风扭摆。人群望着龙骑兵,沉默不语,惊骇万分。

一队队警察突然出现在冲锋的马队间,赶着街上的人往后退。

但是,在托尔托尼咖啡馆的石阶上,老远就可以看见一个身材高大的人——杜萨迪埃,他岿然不动,好似一根女像柱。

走在队伍前头的一名警察,三角帽压在眼睛上,用剑威胁他。

于是,杜萨迪埃朝前迈了一步,高呼:

"共和国万岁!"

他仰面倒下了,双手交叉在胸前。

人群中发出一阵恐怖的号叫。警察用目光环顾四周;弗雷德里克一怔,他认出了塞内卡尔。

六

他四处漫游。

他领略过大型客轮上的悒郁;帐篷里一觉醒来时的寒冷,风景

437

和废墟引起的惊愕,好感消失后的辛酸。

他回来了。

他出入社交场,又有过几次恋爱。但是,对初恋的绵绵回忆,使他觉得其他的爱情索然无味。接着,炽烈的欲望熄灭了,感觉的菁华失去了。思想上的抱负也变小了。

岁月蹉跎;他忍受着精神的闲散和情感的迟钝。

将近一八六七年三月底,在夜幕降临的时分,他独自待在书房里,这时走进来一位女人。

"阿尔努夫人!"

"弗雷德里克!"

她抓住他的手,轻轻把他拉到窗前,一边端详他,一边翻来覆去地说:

"这是他!果然是他!"

在昏暗的暮色中,他只依稀看见她的眼睛,罩在遮住她面孔的黑花边小面纱下。

她把一个石榴红丝绒小荷包放在壁炉边上,然后坐了下来。两人相视而笑,但讲不出话来。

终于,他向她提了许多关于她本人和她丈夫的问题。

他们住在布列塔尼的偏远地区,以便节俭度日,清偿债务。阿尔努几乎长年有病,如今好像是个老人了。她女儿嫁给波尔多一户人家,儿子当兵驻扎在莫斯塔加内姆①。随后,她抬起头来:

"可我又见到您了!我很高兴!"

他没忘记告诉她,听到他们落难的消息后,他曾跑到他们家去过。

"我知道!"

"怎么?"

---

① 阿尔及利亚一港口城市。

她在院子里瞥见了他,就躲了起来。
"为什么?"
于是,她用颤抖的声音,间隔好久才说出一个字:
"我害怕!是的……怕您……怕自己!"
听到这番表白,他快乐无比,心儿扑通扑通地跳。她又说:
"原谅我没有早些来。"
她指着绣满金棕榈叶的石榴红小荷包说:
"这是我特地为您绣的。里面有相当于贝勒维尔地产的那笔款子。"
弗雷德里克谢谢她送的礼物,同时责怪她专门为这跑一趟。
"不!我不是为这件事来的!我一定要来看看您,然后我就回去……回到那边。"
她同他讲起自己的住处。
这是一幢低矮的房子,只有一层楼,花园里栽满大黄杨,两条植有栗树的林荫道一直通向山丘的高头,从那儿可以俯瞰大海。
"我常去那儿,坐在一张长凳上,我管它叫作'弗雷德里克长凳'。"
接着,她贪婪地看着家具、小摆设、画幅,好把它们存在记忆里带走。女元帅的画像被一副帘子遮住了一半。但是在黑暗中呈现出来的金色和白色,仍然引起了她的注意。
"我好像认得这个女子。"
"不可能!"弗雷德里克说,"这是一幅意大利的古画。"
她说她想挽住他的胳臂,在街上兜一圈。
他们出去了。
店铺的灯光,不时照亮她苍白的侧面;接着,黑影重新包裹住她;他们在车流、人流和喧声中走着,只关注自己,什么也听不见,正如在乡间落叶覆盖的地上同行的人。
他们互相叙述往昔的岁月,工艺社时期的晚餐,阿尔努的癖

439

好,他拉假领尖头和往小胡子上挤油膏的样子,还有其他更隐秘、更内在的事情。第一次听到她唱歌,他多么陶醉!在圣克卢过生日那天,她多么美丽!他向她提起奥特依的小花园,剧院的夜晚,马路上的一次相遇,以前的仆人,她的黑种女仆。

她对他的记忆力感到吃惊。可是她对他说:

"有时,您的话又回到我的耳畔,好像遥远的回声,又像风儿送来的钟声;我阅读书中描写爱情的段落时,恍惚觉得您就在眼前。"

"爱情描写中,凡被人指责言过其实的东西,您全让我体验到了,"弗雷德里克说,"我理解维特为什么不嫌恶夏绿蒂①的涂黄油面包片。"

"可怜的亲爱的朋友!"

她叹了一口气,沉默良久后说:

"不管怎样,我们曾深深相爱。"

"可是谁也不属于谁!"

"也许这样更好。"她又说。

"不!不!我们本来会多么幸福!"

"噢!有您那样的爱,我想是这样!"

这爱情该是何等深切,离别这么久后依然存在!

弗雷德里克问她是如何发现他爱她的。

"有天晚上,您吻了我手套和袖口之间的手腕。我心里想:"他爱我呀……他爱我!不过我怕相信这是真的。您态度矜持,那样可爱,我把它当作一种不由自主的持久敬意来受用。"

他无怨无悔。以往的痛苦得到了酬报。

他们回到家里,阿尔努夫人摘下了帽子。搁在一张蜗形脚桌上的灯,照亮她的白发。这对弗雷德里克犹如当胸一击。

---

① 维特和夏绿蒂是歌德书信体小说《少年维特之烦恼》中的男女主人公。

为了向她掩饰这份失望,他在她膝下席地而坐,握着她的手,开始向她倾吐绵绵情意:

"我觉得,您这个人,您最微小的动作,在这个世界上具有超人的重要性。随着您的脚步,我心潮起伏,好似尘土的飞扬。您对我的魅力,宛若夏夜的目光,周围芬芳馥郁,暗影轻摇,银白洁净,茫茫无际。对我而言,您的名字里包含着肉体和灵魂的快乐,我一再呼唤您的名字,尽量用嘴唇亲吻它。除此之外,我想象不出别的东西。我想象中的阿尔努夫人,正是您平日的模样,带着她的两个孩子,温柔,严肃,美貌绝伦,心地那么善良!这个形象使其他一切形象黯然失色。我岂止想想而已!在我心灵深处,始终有您悦耳的嗓音和明亮的眼睛!"

她不胜欣喜地接受对一个女人的这番爱慕之言,她已经不是这个女人了。弗雷德里克被自己的话陶醉了,竟然相信了这些话。阿尔努夫人背对着光,朝他俯下身来。他感到她的气息轻拂他的额头,她的整个身体隔着衣服迟疑地触到他。他们的手握紧了;她的高帮皮鞋的鞋尖从袍子下边略微伸出;他快晕过去了,对她说:

"看到您的脚,我心都乱了。"

她感到羞耻,站了起来。接着,她纹丝不动,用梦游者的古怪语调说:

"在我这个岁数!他!弗雷德里克!……没有一个女人像我这样被爱过!不!不!年轻又有什么用?我才不在乎呢!我瞧不起她们,所有来这儿的女人!"

"噢!难道有人来!"他讨好地说。

她笑逐颜开,想知道他今后会不会结婚。

他发誓说不会。

"当真?为什么?"

"因为您。"弗雷德里克说着把她紧紧搂在怀里。

她没有挣脱,身子向后仰,半张着嘴,两眼朝天。她蓦地把他

推开,一脸绝望;他央求她回答他,她垂下头说:

"我多么想使您幸福。"

弗雷德里克猜想阿尔努夫人是来委身于他的;这激起他比以往更强烈的、疯狂热切的欲望。可是,他有某种难以言喻的感觉,一种厌恶,好似乱伦的恐惧。另一种担心,以后会腻烦的担心,使他不敢轻举妄动。何况,这将添多大的麻烦!一方面出于谨慎,另一方面不想贬低自己的理想,他转过身去卷一支香烟。

她凝望着他,惊叹不已。

"您多么高尚文雅!只有您才这样!只有您才这样!"

钟敲了十一点。

"已经十一点了!"她说,"再过一刻钟,我就走。"

她又坐下来,但她注视着挂钟,而他继续抽着烟走来走去。两个人再也找不出话来说了。分手之际,总有一刻我们所爱的人已经不再和我们在一起。

终于,指钟过了二十五分钟,她缓缓拿起帽子的系带。

"别了,我的朋友,我亲爱的朋友!我永远不会再见到您了!这是我身为女人的最后一次活动。我的灵魂永远不离开您。愿上天把一切祝福都赐给您!"

她像母亲一样在他前额上吻了一下。

不过她好像在找什么东西,然后向他要一把剪刀。

她取下自己的梳子,一头白发披了下来。

她狠命地齐根剪下一绺长发。

"留着吧!永别了!"

她出去了,弗雷德里克打开窗户。阿尔努夫人在人行道上,做手势叫一辆路过的出租马车过来。她上了车。车子消失了。

于是一切都结束了。

七

这年快入冬时,弗雷德里克和戴洛里耶坐在火边谈天,他们再次言归于好了,他们的天性注定两人永远相聚相爱。

弗雷德里克简略说明了他与当布勒兹夫人闹僵的原因,她后来改嫁给一个英国人。

戴洛里耶没有讲他是如何把罗克小姐娶到手的,只说有一天,他妻子同一个唱歌的私奔了。为了稍稍洗刷耻辱,他过分热心于省里的政务,结果名誉受损,被撤了职。后来,他当过阿尔及利亚的殖民长官,一位帕夏的秘书,一家报馆的经理,广告掮客,最后在一家实业公司的诉讼事务所当职员。

至于弗雷德里克,他挥霍了三分之二的家产,只得过小资产阶级的生活。

随后,他们互相打听朋友们的情况。

马蒂侬如今是参议员。

于索奈身居要职,掌管所有剧院和整个报界。

西齐笃信宗教,是八个孩子的父亲,住在祖辈的城堡里。

佩勒兰先后沉迷于傅立叶主义、顺势疗法、灵动桌、哥特艺术和人道主义绘画,最后成了摄影师;在巴黎所有的墙壁上,都可以看到他身着黑衣、头大身小的肖像。

"你的至友塞内卡尔呢?"弗雷德里克问道。

"不见了!我不知道!你呢,你热恋的阿尔努夫人呢?"

"她大概在罗马,和她当骑兵中尉的儿子在一起。"

"她丈夫呢?"

"去年死了。"

"啊!"律师说。

接着,他拍了一下额头:

"对了,那天,在一家铺子里,我遇见了那位善良的女元帅,手里牵着一个她收养的小男孩。她是某个乌德里先生的遗孀,如今非常胖,块头很大。变得真厉害!她过去腰身多么纤细!"

戴洛里耶不隐瞒曾趁她绝望之际对此亲自做过核实。

"其实是你允许我这样做的。"

他不打自招,补偿了曾对阿尔努夫人图谋不轨所保持的沉默。不过弗雷德里克会原谅他的,既然他并没有得逞。

弗雷德里克对这个发现多少有些恼火,但他佯装一笑了之;提起女元帅,他又联想到瓦特纳兹小姐。

戴洛里耶从来没有见过她,也没有见过其他许多上阿尔努家去的人;但他对雷冉巴尔记得非常清楚。

"他活着吗?"

"勉强活着!每天晚上,十分准时,从格拉蒙街到蒙马特尔街,他拖着脚步来到一家家咖啡馆前,身体虚弱,弯腰曲背,心力交瘁,一个幽灵!"

"那么,孔潘呢?"

弗雷德里克快乐得叫了一声,求临时政府的前代表告诉他牛犊头的奥秘。

"这是从英国进口的。为了戏谑地模仿王党分子每年一月三十日举行的典礼,一些独立党人每年举办一次酒会,在酒会上吃牛犊头,并用牛犊的头盖骨盛红酒喝,举杯祝贺斯图亚特王族的灭亡①。热月政变后,恐怖分子组织了一个完全一样的团体,这证明胡闹的事层出不穷。"

"我觉得你对政治失去了热情。"

"这是年龄使然。"律师说。

---

① 斯图亚特原为苏格兰王族,自一六〇三年起统治英国。一六四九年,该王族的查理一世被议会处死,一六五三年,共和军总司令克伦威尔(1599—1658)任英伦三岛的"护国公"。一六六〇年,查理一世之子查理二世复位。

他们对自己的一生做了总结。

两人都虚度了年华。一个曾梦想爱情,另一个则梦想权力。什么原因使他们没有梦想成真?

"也许因为没有走正道。"弗雷德里克说。

"对你,可能如此。我呢,正相反,我错就错在为人太直,不考虑许许多多次要的事,而这些事比什么都重要。我太讲逻辑,你太重感情。"

接着,他们责怪机缘、环境和他们出生的时代。

弗雷德里克又说:

"过去我们在桑斯时想做的人可不是这个样子。那时你想写一部哲学批评史,我呢,想写关于中世纪诺让的大部头小说,主题是我在弗鲁瓦萨尔的著作中找到的:布罗卡尔·德·费内斯特朗日老爷和特鲁瓦的主教,是如何攻击厄斯塔什·德·昂布雷西古尔的。你记得吗?"

他们追忆少时往事,每说一句话,就互相问道:

"你记得吗?"

他们仿佛又看见中学的院子,小教堂,会客室,楼梯下的练剑室,学监和学生们的面孔,一个名叫昂热马尔、用旧靴子做鞋套的凡尔赛人;米尔巴先生和他的红颊髯;教几何图形和教绘画的两名教员,老是争执不休的瓦罗和絮里莱;那个波兰人,哥白尼的同乡,总带着用硬纸板做的行星系图,一位巡回讲学的天文学家,讲一堂课的报酬是在食堂吃一顿饭;接着,一次散步时的酩酊大醉,他们第一次吸的烟斗,发奖仪式,假期的欢乐……

一八三七年的暑假,他们曾去土耳其女人那儿玩。

被大家这样称呼的女人真名叫佐拉依德·土耳克;许多人以为她是穆斯林,一个土耳其女人。这给她的房子增添了诗意,房子位于水边,城堡围墙的后面;即使在盛夏,房子周围也有荫凉;一个窗口摆着一盆木樨草,旁边有个金鱼缸,一看就知道是她的家。一些穿白色短上衣的小姐脸蛋上敷着脂粉,戴着长长的耳环,见有人走过就拍窗玻璃;晚上,她们伫立在门口,用沙哑的嗓音轻轻哼着歌儿。

这个使人堕落的场所,向全区投射出神奇之光。大家用拐弯抹角的话称呼它:"您知道的那个地点——某一条街——在桥下。"四邻的农妇为她们的丈夫胆战心惊,市民太太们为她们的女仆忧心忡忡,因为专区区长先生的厨娘在那儿被人撞见过;自然,这是所有青少年暗中心向往之的地方。

有个星期天,正做晚祷的时候,弗雷德里克和戴洛里耶预先烫好了头发,在莫罗夫人的花园里采了一些花,然后从通往田野的边门出去,在葡萄园里绕了个大圈,再从渔场往回走,溜进土耳其女人的房子,手里始终捧着一大束花。

弗雷德里克献上他的花,好像一个恋人把花献给未婚妻。但是,炎热的天气,对未知的惶恐,一种内疚,甚至一眼扫过去看见那么多女人供他使唤的快乐,都使他激动万分,以致脸色变得煞白,他待着不动,讲不出一句话。女人们笑了,看见他那副尴尬相十分快乐。他以为她们在嘲笑他,拔腿就逃;因为弗雷德里克有钱,戴洛里耶只好跟在他后面走了。

有人看见他们出来。这事惹出了麻烦,三年后还没有被忘记。

他们啰啰唆唆地互相叙述这件事,补充对方的回忆;讲完了以后,弗雷德里克说:

"这是我们最美好的经历!"

"对,也许吧?这是我们最美好的经历!"戴洛里耶说。

圣安东尼的诱惑

刘 方译

一

　　在泰巴依德①境内一座大山的峰顶上,有一个巨石环绕的半月形平台。

　　一间泥土和芦苇搭成的平顶小屋坐落在平台后方,没有房门的屋子里放了一只瓦罐,旁边是一块黑面包。小屋中央的木几上有一本又厚又大的书,地上散乱地放着编织用的席草、两三张芦席、一只篮子、一把刀。

　　离茅庐十步远处的地上竖了一个长长的十字架。平台的另一端,一棵歪歪扭扭的老棕榈树俯临在深渊之上;山势陡峭,尼罗河在绝壁下面宛如湖泊。

　　环绕左右的巨石挡住了视线,然而,靠沙漠那边,浩瀚的金色沙浪并排着往前伸展,后浪推前浪,一浪比一浪高,宛若一个紧接一个的海滩,连绵不断。越过沙漠,利比亚山脉远远形成一堵白垩色的墙壁,淡紫色的暮霭使群山微显朦胧。对面,太阳沉下去了,北方的天空呈现出珍珠般的灰白色;排列成巨大马鬃形的团团云霞抹红了湛蓝的穹隆。那一道道火焰般的红光逐渐变暗,碧蓝的部分也泛出螺钿一样闪光的微白色。这时,灌木丛、石块、整个大地都显出铜一般的坚硬。空气里飘浮着一种金色粉末,粉末如此细密,竟和光波交融在一起了。

---

① 泰巴依德,古代埃及的三个地区之一。在这一地区西部的沙漠里,隐居着最早一批基督教隐修士。

圣安东尼

〔他长须,长发,身穿山羊皮长袍,正盘腿席地而坐,编着席子。太阳落山了,他长长叹了口气,注视着天际:

又是一天!又一天过去了!

从前我可没有这么苦!那时,不等夜尽我便开始祈祷,然后去河边汲水。汲完水,我肩上挎着羊皮水袋,口里唱着圣歌,又重新爬上崎岖的山路。回来以后,我着手收拾小屋,聊以自遣。之后,我取出工具,尽量把席子编得大小相同,把篮子编得又薄又轻。那时节,我把自己的一举一动都看成是一种义务,完成起来毫不吃力。

我总是按时放下活计,张开双臂进行祈祷。我感到有道慈悲的清泉仿佛自天而降,流进我的心田。可如今,泉水干涸了,这是为什么?……

〔他在石围子里慢慢踱着步。

我离家时谁都责备我。母亲倒在地上几乎死去,妹妹老远向我招手要我回家;另一个一直在哭泣。阿莫娜丽亚姑娘,每天黄昏牵牛来蓄水池时,我总在岸上和她相会。当时,她在后面追赶着我,她的脚镯在尘埃里闪闪发光,她身上的开衩衫迎风飘动。领我出走的老修士冲她谩骂着,我们骑着的两匹骆驼却不停地往前奔跑。从此以后,我再也没有见到过一个人。

最初,我选了一处法老的陵墓栖身。然而在这些地下宫殿里,到处都透出一种蛊惑人心的魔力。由于昔日香烟缭绕,这里的黑暗似乎更加浓重了。我曾听见石棺深处有一种悲悲戚戚的声音在呼唤我;有时又看见画在墙上的面目可憎的东西突然活了起来。我逃了出去,直逃到红河岸边的一处城堡废墟里。在那里,有在石缝里爬来爬去的蝎子和我做伴,飞掠蓝天的鹰也不停地在我头顶盘旋。入夜,有爪子抓我,硬嘴喙啄我,软绵绵的翅膀擦过我。骇人的鬼怪在我耳边嗥叫,把我打翻在地。直到有一次,一支前往亚历山大城的商队救了我,才把我带走。

于是,我心甘情愿拜狄第穆老人为师。尽管他双目失明,在《圣经》方面却造诣很深,没有一个人能与他匹敌。功课完了,他总叫我扶他散步,我便把他带上帕内姆山①。从山上可以瞭望灯塔②和深海。然后我们取道码头回家。一路上我们总是和各种国籍的人摩肩接踵,里面甚至有穿熊皮袄的辛梅里安人③,还有浑身抹着牛粪的恒河裸体修行僧。因为犹太人拒绝纳税或暴动者企图驱逐罗马人,街上经常发生战事。而且城里到处是异教徒,有摩尼④的信徒,也有瓦伦廷⑤、巴西里得⑥和阿里乌⑦的信徒。他们老是缠住你,和你辩论不休,总想说服你。

我有时也回想起他们的演说,想不去理会它们也枉然,这些东西还真扰乱人心。

---

① 帕内姆山,亚历山大城内的假山。
② 灯塔位于亚历山大港附近的小岛上,为世界七大奇观之一。
③ 辛梅里安人,古代居住在高加索和亚速海以北一民族,公元前八世纪被西徐亚人赶走。后窜至安纳托利亚,公元前七世纪征服弗里吉亚,后又入侵吕底亚(古代小亚细亚西部的奴隶制国家)。
④ 摩尼(215—276),旧译"牟尼""末摩尼"。摩尼教的创始人,生于南巴比伦王族家庭。据传二十五岁时宣布自己的信仰,即在琐罗亚斯德教的基础上,吸取基督教、佛教、诺斯替教的思想,主张善恶二元论。摩尼曾到东方各地旅行,到过波斯、印度等地,后在伊朗各地传教,后此教被萨珊王国宣布为异端,摩尼教徒受迫害,本人也被处死。摩尼在世及死后不久,此教已西传至叙利亚、小亚细亚、埃及、北非、罗马、西班牙等地,后经新疆东传至我国。
⑤ 瓦伦廷(? —161),基督教诺斯替派的主要代表之一,生于埃及,曾在亚历山大城求学。他主张善恶二元论,认为物质的东西是坏的,来自恶源;灵性的东西是好的,来自善源。人的肉体来自恶源,人的灵魂来自善源,故灵魂脱离肉体才能解脱和得救。此派学说被基督教正统派视为异端。
⑥ 巴西里得,公元二世纪基督教诺斯替派的主要代表之一,杂糅基督教教义、亚里士多德学派和斯多葛派哲学,被基督教正统派视为异端。
⑦ 阿里乌(约280—336),古代基督教神学家,生于利比亚,安提阿教理学校创始人,路济安的学生。他反对三位一体教义,主张基督是人,不是神,系由上帝所造,其机级低于上帝。反对教会占有财富,尤其占有大量田产,故遭正统教会仇视。尼西亚公会议上此派学说被定为异端,但得到下层群众的拥护。

我后来避居在科尔岑①。我苦修苦练,功德圆满,再也不怕上帝了。有些人聚在我身边,想做隐修士。因为我对诺斯替派②的荒诞不经和哲学家们的立论十分反感,便给身边的人立下切实可行的戒规。我收到了各地的来信,还有人从老远的地方赶来看望我。

那时节,百姓正在折磨忏悔教士,于是,渴望殉教的激情又促使我回到了亚历山大城。不过,到那里时,迫害已经停止三天了。

折回去的路上,萨拉匹斯③庙前人山人海,拦住了我的去路。据说是总督最后一次当众执行儆戒。在柱廊中央,大太阳下,一个赤身露体的女人被捆在柱子上,由两个士兵用皮条抽打。每打一下,她全身抽搐一下。她转过脸来,张开嘴——越过人群,我透过她覆面的长发似乎认出了阿莫娜丽亚。

不过,这个女人个儿更高,长得更美……美得出奇!

〔他摸摸额头。

不!不!我不愿意想那些事!

还有一次,亚大纳西④要我支持他对付阿里乌派。所谓对付,无非是谩骂和讥笑。不过,自那以后,亚大纳西便遭到诽谤,免去教职,流亡在外。如今他在哪里?我不得而知。人家不会想到要

---

① 科尔岑,埃及苏伊士地区的古称。
② 诺斯替派。诺斯替教是罗马帝国时期希腊-罗马世界的一个秘传宗教,产生略早于基督教。基督教产生后,该教的有些派别吸收了某些基督教观念而形成"基督教诺斯替派",二、三世纪盛极一时,后被基督教正统派视为异端,受到迫害而渐衰。
③ 萨拉匹斯,希腊-罗马时期埃及宗教的神灵。古今不少宗教史家曾认为源出埃及之外,近年来多数人同意是由埃及孟斐斯人所崇拜之阿匹斯神牛同俄赛里斯混合演化而成,后再受到希腊宗教的影响。形象与宙斯相近,但兼有俄赛里斯的特征,能促进丰产、护佑死后的生活等。
④ 亚大纳西,又译阿塔那修(约293—373),基督教希腊教父,圣安东尼的弟子,基督教正统派著名领袖。在四十五年的主教任内几乎一直与阿里乌教派论战,曾五次被流放。

给我提供消息。我的弟子都离我而去了,希拉瑞昂①也不例外。

希拉瑞昂刚来时,大约只有十五岁。他当时多么聪明,多么好奇!经常向我提些问题。他在听我回答时总是露出若有所思的神气。我需要什么,他总是毫无怨言,立即替我取来,动作比小山羊还敏捷。他快快活活,连主教也被他逗得发笑。他真算得上是我的儿子!

　　天幕通红,大地一片漆黑。狂风卷起一根根沙柱,像大幅的尸布,往天空升腾,再往下沉落。混沌中露出一角青天,一群飞鸟从那里猛然掠过,它们排列的三角形队伍,像一块金属板,只有边缘在颤动。

　　[安东尼注视着飞鸟。

啊!我多么想随它们而去!

有多少次我凝望着那些长长的帆船!尤其在它们扬起鸟翅般的风帆载着我的客人远去的当儿,我多么羡慕!我们共同度过了何等美好的时光!我们曾怎样畅叙过衷肠!最让我感兴趣的莫过于阿蒙②。他给我讲述旅游罗马的见闻:地下墓地、图形剧场、知名妇女对宗教的虔诚,还有数不胜数的趣事……我当时竟不愿跟他走!我为什么如此顽固地坚持过这种生活?既然尼特里③的僧侣曾恳求我住下,我要是留在他们那里该多好!他们各自住在自己的静室里,又能互相往来。每逢礼拜日,一听见喇叭声他们便到教堂聚会。教堂里挂着三根鞭子,用来惩罚破戒、偷盗和擅自闯入教堂的人。僧侣的纪律是很严明的。

他们的生活也有某些乐趣。信徒们常给他们送去些鸡蛋、水

---

① 希拉瑞昂(291—371),生于巴勒斯坦的加沙,圣安东尼的弟子,巴勒斯坦隐修院的创立者。
② 阿蒙,三世纪亚历山大城哲学家,新柏拉图学派的创始人,奥利金的老师。
③ 尼特里,下埃及的一个地区,早期基督教徒隐居处。

果,甚至送拔脚刺的器具。在匹斯佩里①周围有些葡萄园,巴拜②的葡萄种植人还有一条木筏,用来运送食品。

我当一名普通的教士会更好地为我的弟兄服务。我可以救助穷人,分配圣事,在各家各户的事务中发挥自己的作用。

何况在俗的人也并非都该下地狱。我完全可以自己做主当一名……比如……语法学家、哲学家。我房间里也可以摆一个芦苇制的地球仪,我手里也拿着记事本,还有一群年轻人围绕着我。我的房门前还要挂一个桂冠作招牌。

不过,这样的排场未免太神气了,当一名士兵更为合适。我身体健壮,又有胆量,可以胜任拉缆索的活计,也敢穿越漆黑的森林,加之戴着头盔,不怕闯进硝烟弥漫的城邑!……没有什么能妨碍我用钱买一个过桥税税官的职务。旅客们会给我讲故事,还会打开行李让我瞧许多稀奇古怪的东西……

节日里,亚历山大城的买卖人在卡诺普③河上泛舟游乐,他们在震撼沿岸酒店的击鼓声中用圣餐杯畅饮。远处,剪成圆锥形的树木挡住了南风,护卫着静谧的田庄。高高的房舍由并在一起的细柱支撑屋顶,柱子酷似栅栏的木条。躺在长椅上的主人透过木柱的空隙可以瞥见他周围的领地:平原的麦地里有猎人出没,有人正在用榨床榨酒,公牛用蹄子踩着收割下来的麦秆打麦。主人的儿女们在地上嬉戏,他的妻子俯下身来拥抱他。

在黑里透白的朦胧夜色里,远远近近显现出一些尖削的嘴脸。它们耳朵笔直,眼睛熠熠闪光。安东尼朝它们走去。突然,沙石滚滚,野兽逃遁。原来是一群豺狼!

只有一头留了下来,它两腿直立,身子微微蜷曲,偏着头,

---

① 匹斯佩里,寺庙名,位于古埃及孟斐斯以南,濒尼罗河,是安东尼早期隐居地。
② 巴拜,濒尼罗河,为古代基督教集体隐修制创始人帕科米乌(约290—346)首次建立隐修院之处。
③ 卡诺普,位于埃及北部亚历山大城附近的滨海城市,现名阿布基尔。

一副疑惧的样子。

这头豺狼多漂亮！我真想用手轻轻抚摸它。

〔安东尼吹口哨叫它过来,豺狼消失了。

哦！它跑去找别的豺狼了！多么寂寞！多么无聊！

〔他苦笑着继续说:

把棕树枝烤成牧羊人的曲柄杖,编筐,织席,再拿这些东西去和游牧人换回些能硌碎牙的硬面包,多美妙的生涯！我的命真苦！难道就老这样过下去吗？倒不如死了好！我受不了啦！够了！够了！

〔他跺跺脚,在岩石当中急步打转,随后气喘吁吁地收住脚步,倒卧在地,号啕痛哭起来。

夜阑人静,无数的星星闪烁着,只听见蜘蛛发出嚓嚓的响声。

十字架的两臂在沙地上投下黑影,正在哭泣的安东尼瞥见了影子。

我真软弱,我的上帝！拿出勇气！站起来吧！

〔他走进茅庐,从炉灰里捡出一块火炭,点燃火把,然后将火把插在木几上,以便照亮那本厚书。

我是否应该翻开……《使徒行传》？对！哪一页都行！

"他看见天开了,有一物降下,好像一块大布,系着四角,缒在地上。里面有地上各样四足的走兽和昆虫,并天上的飞鸟。又有声音向他说:彼得,起来,宰了吃。"[1]

那么,主愿意他的使徒什么都吃？……而我……

〔安东尼深深垂下头去。风吹得书页簌簌直响,使他重又抬起头来。他读道:

"犹太人用刀击杀一切仇敌,任意杀灭恨他们的人。"[2]

---

[1] 引自《新约·使徒行传》第十章第十一至十三节。
[2] 引自《旧约·以斯帖记》第九章第五节。

接着是他们杀灭的人数:七万五千人。这些犹太人过去受过多大的罪呀!何况他们的仇敌乃是真上帝的仇敌。他们既屠杀了偶像崇拜者又复了仇,该多么惬意!全城一定是尸横遍地。花园门边,楼梯上,到处都有死人。屋里也堆得老高,连房门也无法转动了!……呀!我这不就钻到凶杀流血的念头里去了吗!

〔他把书翻到另外一页。

"尼布甲尼撒王俯伏在地,向但以理下拜。"①

哦!很好!上天颂扬他的先知在帝王之上。尼布甲尼撒整日花天酒地,而且不可一世。上帝为了惩罚他,将他变成了四蹄行走的牲畜。

〔安东尼笑起来。他伸出手臂,用指头乱翻书页,最后把视线停留在这句话上:

"希西家听从使者的话,就把他宝库的金子、银子、香料、贵重的膏油和他武库的一切军器并他所有的财宝都给他们看。"②

我想……大家一定看见了堆到房顶的上等宝石、钻石、大流克金币③……一个人竟如此富有当然是与众不同的。他抚弄这些财宝时一定会想,他掌握着无数人力创造的成果。好比掌握着人民的生命,他可以对之敲骨吸髓,也可以摒弃他们。这样的提防措施对帝王倒很适用,世上最聪明的人岂能忽略这点!他的战舰给他运来了象牙、猴子……这是在哪一章里?

〔他连忙翻书。

哦!在这里:

"示巴女王听见所罗门因耶和华之名所得的名声,就来要用难解的话试问所罗门。"④

---

① 引自《旧约·但以理书》第二章第四十六节。
② 引自《旧约·列王纪下》第二十章第十三节。
③ 大流克金币,古波斯金币,大流士一世在位时所铸。
④ 引自《旧约·列王纪上》第十章第一节。

她怎么会有考验所罗门的念头？魔鬼还想考验耶稣呢！不过，耶稣战胜了，因为他是神。所罗门或许是靠魔法般的学识克敌制胜的。他的学问很高深：宇宙——一位哲学家曾对我这样讲——是一个整体，它的各个部分，犹如人的各个器官，互相影响。这种学问在于认识事物相吸相斥的天然属性，并加以利用……这么说，人可以改变似乎是一成不变的秩序驶？

〔这时，十字架两臂在他身后投下的影子正往前移动，有如两只巨大的动物犄角。安东尼惊叫起来：

救命呀！上帝！

〔影子回到原处。

哦！原来是幻觉，不是别的！如此折磨自己的精神毫无裨益……我无事可做，的确无事可做！

〔他坐下来，交叉起双臂。

然而，我过去曾感到他即将来临，"他"为什么来？难道我不了解"他"的诡计？我赶走了像怪物一样的隐修士，他笑容可掬地把小热面包奉献给我，也赶走了那竭力拉我上马的半人半马的家伙和出现在沙地里自称"奸淫之神"的俊美黑小子。

〔安东尼大步流星来回踱着步。

他们遵照我的命令建造了这些隐修圣堂，里面住满穿粗布衬衫披羊皮的僧侣，数量之多，足可编成一支军队。我到远处治愈了病人，我驱赶了妖魔，我在鳄鱼群中渡过河去。君士坦丁大帝[1]给我写过三封信，而在我信上啐唾沫的巴拉齐[2]却遭到众马

---

[1] 君士坦丁大帝（约280—337），古罗马皇帝。他在统一帝国全境后改革军事、税制，加强中央集权。公元三一三年他颁布米兰敕令，承认基督教的合法地位，于公元三二五年全面控制基督教，使其成为罗马帝国的统治工具。公元三二〇年迁都拜占庭，命名此城为君士坦丁堡。

[2] 巴拉齐，埃及公爵，亚大纳西流放时，安东尼几次写信给他，他置之不理，据传几天后死去。

分尸。我重返亚历山大城时,那里的百姓争先恐后地前来看我,后来亚大纳西送我上了路。而我从事的又是什么样的事业呀!三十多年来我始终在荒漠里苦熬!我像优西比乌①那样在腰间挂了八十斤重的黄铜;我像马凯尔②那样赤身露体让虫叮咬;我像帕科米乌那样,五十三夜不曾合眼。也许连受斩首、钳烙、火焚酷刑的志士仁人也不如我道德超群,因为我有生之年自始至终经受磨难。

[安东尼放慢步子。

的确,还有人经受过如此深重的苦难!当今,心地慈善的人越来越少,谁都不再向我施舍了。我的披风已经破旧,脚上无鞋可穿,甚至没有一个汤盘!——我把财产都分给了穷人和家属,一个奥波尔③也不曾留下。即使只为买些做活的工具,我也需要些钱呀!噢!不要很多,只需小小的一笔钱……我会省着用的。

尼西亚④的神甫们身穿紫袍,像袄教僧侣⑤似的沿墙高踞在宝座之上,还受到盛宴款待,好不荣耀!尤其是帕伏努斯⑥,因为他在戴克里先⑦迫害教徒时期成了独眼和瘸腿残废,皇帝竟数次

---

① 优西比乌(约265—340),又译欧瑟伯,基督教教会史家,生于巴勒斯坦,曾就读于该撒利亚教理学校,后任该城主教。因同情圣子低于圣父的观点而倾向阿里乌派,并和亚大纳西时起冲突。著作有《君士坦丁传》《基督教教会史》十卷及其他,被誉为基督教教会史家的鼻祖,留下许多有关西方古代史、早期基督教史的宝贵资料。
② 马凯尔(约300—390),埃及苦修僧。
③ 奥波尔,古希腊钱币名。
④ 尼西亚主教会议,指公元三二五年在小亚细亚的尼西亚城召开的基督教世界性主教会议,会上制定强制性的统一信条,确认上帝圣父、圣子、圣灵三位一体,宣布拒不接受此信条的阿利乌派为异端。
⑤ 袄教,即琐罗亚斯德教,古波斯的一种宗教。
⑥ 帕伏努斯,埃及主教。
⑦ 戴克里先,古罗马皇帝(245—313),在位时实行军事独裁,镇压人民起义,并大肆迫害基督教徒。

吻他的瞎眼,多么愚蠢!此外,主教大会有些会员又何其卑劣!如斯基泰①的主教提阿斐罗,波斯主教约翰,还有那个看牲口的斯皮利狄翁②,亚历山大又太老迈……亚大纳西对待阿里乌的门徒本该和缓一些,以便取得他们的让步!

难道这些人竟会如此行事!他们从来不愿听我的劝告!那个反对我的高个儿卷须青年竟不慌不忙地冲我提出一些似是而非的不同意见。我正在斟酌句子时,他们公然恶狠狠地盯着我,露出满脸凶相,还狂犬般大吼大叫!哦!我怎么没让皇帝把他们全都流放出去!最好是揍他们,镇压他们,亲眼看他们受罪!我呢,实在是太苦了!

〔他支持不住,便紧靠住茅庐。

我断食太久,精疲力竭。倘若我能吃上……一块肉,只吃一次也好!

〔他有气无力地半闭上眼睛。

啊!带血的肉……可口的葡萄!……在盘里抖动的奶酪!……

呀!我怎么啦?……我怎么啦?……我感到心潮澎湃,犹如风暴临近时汹涌的海浪。我浑身酥软,温煦的和风仿佛带来一种头发的芳香。然而并没有女人光临呀!

〔他往石间的小径转过身去。

原来她们已从这边过来。瞧她们在黑皮肤太监扛抬的轿子里摇来摆去!这会儿她们下轿了。她们合上戴满戒指的双手跪到地上,向我诉说她们的忧虑:她们受着超出常人的肉欲折磨,真愿离开人世。她们在梦幻中已看见众神在召唤她们。她们长袍的裙边碰到我的双脚,我推开她们,她们却说:"噢!别这样!还不是时

---

① 斯基泰,欧洲东北及亚洲西北地区。
② 斯皮利狄翁,塞浦路斯岛某地主教。

候！我们该怎么办？"一切惩罚她们都心悦诚服,她们还愿意受到最严厉的惩处。她们要求替我赎罪,还希望和我同居。

我好久没有见到她们了,或许她们会倏忽而至？完全可能！倘若突然……我听见山间骡铃响,我似乎……

　　〔安东尼爬上小径入口处的一块岩石,俯身在黑暗中瞭望。

不错,在那边,尽那头,什么东西在蠕动,好像是一群寻路的游子。他们过来了！他们迷了路。

　　〔安东尼叫:

往这边走！来吧！来吧！

　　〔回声:来吧！来吧！

　　〔他惊呆了,双臂耷拉下来。

多不害臊！啊！可怜的安东尼！

　　〔他立即听见耳语声:"可怜的安东尼！"

有人吗？请回答呀！

　　〔吹过石群的风在缝隙里发出抑扬顿挫的声响,安东尼从嘈杂的风声里听出了嗓音,仿佛是空气在说话。嗓音低沉、嘶哑,带着讨好的味道:

第 一 个 声 音

你要女人吗？

第 二 个 声 音

还是大堆的银钱好！

第 三 个 声 音

要一把锃亮的剑？

其 余 的 声 音

百姓景仰你。

睡吧！

你去杀死他们！去！去杀死他们！

　　与此同时,周围的东西变了外形,绝壁边上那棵黄叶浓密的老棕榈树变成了女人；她上身俯在深渊之上，厚密的长发左右摇晃。

安　东　尼

［转身回到小屋。他感到支撑大书的木几和书上的黑字仿佛是一丛灌木，丛中栖息着燕子。

一定是火把的光亮在作怪……灭了它！

［他灭了火，周围一片漆黑。

突然，一洼清水在空中经过，紧接着是一个妓女，随后是古庙的一角，一个士兵的面孔，还有一辆马车，驾辕的两匹白马直立起来。

这些形象不规则地闪现在夜幕上，宛若镶在乌木上的一幅幅深红色的图画。

它们移动的速度加快，快得令人晕眩。同时，它们停下来，逐渐淡化，消失。有时又飞得无踪无影，另外的形象便接踵而至。

安东尼闭上了眼睛。

越来越多的形象将他团团围住。他被无法形容的恐怖攫住，只感到上腹一阵剧烈的痉挛。尽管他头脑里嘈杂轰鸣，他却觉察到周围一片死寂，把他和人世隔离开来。他想说话，然而不可能！仿佛他的全身正在解体。他不再硬撑了，一头倒在芦席上。

二

于是，地上显现出一个巨大的影子，比自然阴影更加缥缈，影子边缘缀着别的影子。

原来是魔鬼凭倚在茅庐的屋顶上。像一只硕大的蝙蝠为子女哺乳,它用双翼挟着七大罪孽①,可以隐约看见罪孽们的鬼脸。

安东尼手脚摊开躺在芦席上,闭目享受着悠闲懒散的乐趣。

他感到芦席似乎越变越温软,仿佛填满了软绵绵的东西,鼓了起来,变成了一张床,床又变成了划子,流水贴着划子汩汩淌过。

左右突起两座狭长的黑岬,岬上伸展着大片的耕地,其间稀疏长着无花果树。远方响起了铃铛声、皮鼓声和歌声。人们正在前往卡诺普城的萨拉匹斯庙求梦。安东尼知道这点,于是,他乘风滑行在运河两岸之间,比人还高的纸莎草叶和睡莲的红花垂身相迎。他躺在船舱里,船尾有一支桨垂在水中。阵阵温暖的微风使细长的芦苇交相触撞,细浪的汩汩声逐渐弱了下去,他不由得困倦起来。他梦见自己成了埃及的隐士。

〔于是他一跃而起。

我做梦了吗?梦境这般清晰,真难相信是梦。我口干舌燥,我渴极了!

〔他走进茅庐,四处乱摸。

地是湿的!………难道下过雨?呀!碎瓦片!我的钵子碎啦!……那么皮囊呢?

〔他找到了皮囊。

空的!全空了!

要下河至少得走三个钟头,夜已这么深了,我怎么也无法摸黑走到那边。我饥肠辘辘,面包在哪里?

〔他寻了好久才捡起一块比鸡蛋还小的面包。

怎么!是豺狼偷吃了吗?噢!真不走运!

〔他一生气把面包扔在地上。

他刚一扔,便见面前支起一张饭桌,上面摆满了各式佳肴。

---

① 七大罪孽,根据本书一八四九年稿,为嫉妒、吝啬、物欲、愤怒、馋、懒、骄傲。

毕苏斯①桌布上的条纹宛若斯芬克司②前额的绦带,闪出粼粼波浪般的光华。桌布上陈放着大块红色的鲜肉、硕大的鱼、带羽的鸟、带毛的兽、几乎和人体同色的水果。雪白的冰块与淡紫色的水晶壶交相辉映。安东尼看见饭桌中央放着一头浑身毛孔冒气的野猪,猪腿蜷在肚腹下面,猪眼半闭。安东尼一想到他能品尝这头令人生畏的畜生便乐不可支。随后,他又看见了平生从未见过的东西:黑色肉糜、金色肉冻,像池塘里的睡莲一般漂浮在炖肉里的香菇和轻似浮云的冒气泡的奶油。佳肴的浓香给他带来了海洋的咸味,清泉的凉爽,树林的芬芳。他竭力张开鼻翼,口里流出了涎水。他想,这些东西足够他一年、十年乃至终身受用。

他睁大眼睛浏览着菜肴,菜肴却越积越多,形成了金字塔,塔的诸角往下坍塌。于是,酒流动起来,鱼蹦跳了,菜盘里的血沸腾了。果肉有如情人的嘴唇伸了出来,饭桌往上升,直升到他的胸前,他的下颌。桌上只放了一个碟子,一块面包,恰好摆在他的面前。

他正要去拿这块面包,另外的面包又自动端了上来。

给我的!……全都是给我的!不过……

〔安东尼往后退。

刚才只是一块面包,现在竟变成了这么多!……这可是奇迹,和我主创造的奇迹一模一样!

有什么目的?哄!别的就更难理解了!呀!魔鬼,滚开,滚开吧!

〔他朝饭桌踢了一脚,桌子消失了。

什么也没有了?没有了!

---

① 毕苏斯,一种贵重的布料。
② 斯芬克司,希腊神话中带翼狮身人面女怪,亦指埃及的狮身人面像。

〔他出了口长气。

呀！诱惑是够厉害的，可我总算摆脱了！

〔他又抬起头来，一个带响声的东西把他绊了一跤。

什么玩意儿？

〔安东尼弯腰。

噢！是只酒杯！可能是哪位旅客丢失的。不必大惊小怪……

〔他沾湿手指擦拭杯子。

酒杯发亮！是金属的！不过，我看不清……

〔他点燃火把，仔细审视酒杯。

杯子是银的，杯口饰有一些椭圆形的玩意儿，杯里还有一个奖章。

〔他用指甲弹了一下奖章。

是一个钱币，值七八个德拉克马①，不会再多了！管它呢！反正我可以用来买一件羊羔皮。

〔火把的反光把杯子照得透亮。

不可能！是金的！是的！………是纯金的！

杯底还有一个更大的钱币，钱币下面还有好些钱币。

这可是一大笔钱……足够买三头牛……买一小块地！

〔这时，杯子盛满了金币。

好哇！一百个奴隶，还有士兵，一大群，真能买些东西呢……

〔杯口的小玩意儿脱开，变成一串珍珠项链。

有这串珠宝，真可以得到皇上的妻子！

〔安东尼轻轻一抖就把项链套上了手腕。他用左手握住杯子，用右臂举起火把，把杯子照得更亮。这时，大量的钻石、红宝石、蓝宝石、带帝王肖像的大金币像喷水池涌出的泉水，一齐往外喷流，竟在沙地上形成了一座小丘。

---

① 德拉克马，古希腊银币名。

怎么！怎么！这么多斯塔特①、西克勒②、大流克、亚里安狄克③！亚历山大、德梅特留斯④、托勒密诸王⑤、恺撒！然而这些帝王中谁也不曾拥有过如此大量的财富！真是天下无难事呀！不必再受苦受难了！这些光彩夺目的东西让我眼花缭乱。哦！千言万语也说不尽我内心的激动。这一切多么美妙！……对！再来点儿！永远不会嫌多！我即使不断往海里扔，我仍然有钱，何苦白白丢掉呢？我要留下这些钱，对谁也不讲。我要命人在岩石里凿一间屋子，屋子内壁贴上铜片。我要去那里亲自领略成堆的金子被我踩得往下沉的滋味。我要把双臂伸进金子堆里，就像伸进粮食口袋一般。我要用金币擦脸，我要睡在金子上面！

〔他扔下火把，去抱成堆的金子，却仆倒在地。他站起来，地上却空无一物。

我怎么啦？

如果此时此刻我死了，一定会下地狱！逃脱不了下地狱！

〔他浑身上下直打哆嗦。

难道有人诅咒我？哦！不对，是我自己的错！我老是让自己上当。没有人比我更愚蠢更无耻了。我真想揍自己，最好是摆脱自己的躯壳！我克制自己太久了！我需要报复，需要打人，杀人！我灵魂里似乎藏着一群猛兽，我真想到人群中去用斧头……哦！用匕首！……

〔他瞥见自己的刀，便扑了过去。刀从他手上滑脱，于是他斜靠在茅庐的墙上，大张着嘴，一动不动，仿佛浑身麻木了。

他周围的一切都消失了。

---

① 斯塔特，古希腊钱币，相当于二到四个德拉克马或四个金法郎。
② 西克勒，古巴比伦或犹太钱币。
③ 亚里安狄克，古波斯钱币，为埃及总督亚里安统治时期所铸。
④ 德梅特留斯，古代马其顿王国国王（前294—前287）。
⑤ 古埃及托勒密王朝统治时期为公元前三二三年至公元前三十年。

他觉得自己站在亚历山大城的帕内姆假山上,假山坐落在城市中心,一架螺旋梯环绕其间。

对面是玛瑞奥提斯湖①,右面通往大海,左面是乡村。他眼皮底下是一片零乱的平屋顶,当中有东西南北两条大道穿插交错,从头到尾形成两排科林斯式柱廊②,悬在柱廊之上的房屋装有五颜六色的窗玻璃,有些玻璃窗外部安装了巨大的木笼以接收外来的空气。

风格各异的宏伟建筑鳞次栉比,埃及式塔楼居高临下,俯瞰着一座座希腊神庙。方尖碑像无数长矛竖在红砖雉堞之间。一个个广场中央立着尖耳的赫耳墨斯③和狗头的安努毕斯④神像。安东尼辨认出一些院子里的镶嵌画,还有支撑天花板的小柱上挂的壁毯。

他一眼尽览大港和厄诺斯特港⑤,两个港口都像罗马竞技场一般呈圆形。一道防波堤将两港隔开,堤坝将陡峭的小岛和亚历山大城连接起来。岛上耸立着四角形灯塔,塔身高五百肘⑥,共九层,塔顶冒出煤烟。

一些内河港汊切断了主要大港,防波堤的两端各设一桥,桥由伸进海里的花岗石柱支撑。桥下有帆船往来。有满载商品的沉重驳船,有镶嵌象牙的画舫,带帷幔的威尼斯游艇,还有三排桨或双排桨的战舰。各式各样的船只有的停靠码头,有的穿梭游弋。

---

① 玛瑞奥提斯湖,亚历山大城南的湖泊,连接尼罗河,并通过运河出海。
② 科林斯式柱廊,即柱头饰有叶形之柱,古希腊科林斯城著名建筑柱式。
③ 赫尔墨斯,希腊神话中的众神使者,亡灵的接引神,行走如飞,多才多艺。
④ 安努毕斯,古代埃及坟茔神,豺头人身,神话说为死者通往"阴间"引路,在对死者的审判中主管称量心脏。
⑤ 大港,亚历山大城的大港,位于法罗斯半岛;厄诺斯特港位于玛瑞奥提斯湖上。
⑥ 肘,古长度单位,约等于半米(从肘部到中指端的距离)。

大港四周耸立着连绵不断的皇家建筑,有托勒密宫①、博学园②、海神庙③、恺撒庙④、马克·安东尼⑤的避难所提莫尼奥姆、亚历山大大帝⑥陵墓在内的索玛⑦。城市另一端,在厄诺斯特港后面的近郊,可以望见制造玻璃、香料和纸张的作坊。

　　一些商贩、挑夫、赶驴人东奔西跑,互相挤撞。这里一个肩扛豹皮的俄赛里斯⑧庙祭司,那里一个戴铜盔的罗马士兵,还有许多黑人。店铺门口站着些妇女,工匠都忙着干活。车辆吱嘎的响声使正在啄食地面残鱼剩肉的鸟儿吓得飞走了。

　　房舍一式纯白色,大街小巷像黑色的网络交织其间。青草覆盖的市场宛若一丛丛绿树,染房的晒场仿佛一个个绚丽的色板,庙宇门楣上的金饰形成光彩夺目的亮点。这一切都在浅灰色椭圆形墙垣里边,临近纹丝不动的大海,伸展在蓝色的苍穹之下。

　　这时,人群停止走动,注视着西方,从那里卷起了滚滚

---

① 托勒密宫,埃及托勒密王朝的宫殿。
② 博学园,类似科学院,包括一个图书馆和一个博物馆。
③ 海神庙,希腊神话中的海神波塞冬的庙宇。
④ 恺撒庙,恺撒(前100—前44),古罗马统帅,著名的军事家、政治家和作家。毕生征战,权力迅速扩大,于公元前四六年建立独裁统治,施行加强中央集权的改革并制定历法,后被元老派贵族阴谋刺杀。著有《高卢战记》及《内战记》。
⑤ 马克·安东尼(前83—前30),古罗马统帅,恺撒的部将,与埃及女王克娄巴特拉七世结婚,将罗马一部分领土赠其子,元老院等兴兵讨伐,兵败逃回埃及,自杀。
⑥ 亚历山大大帝(前356—前323),马其顿国王,曾就学于亚里士多德。残酷镇压希腊各城邦反马其顿运动。占领埃及后建亚历山大城。
⑦ 索玛,亚历山大和托勒密诸王的坟墓在此。
⑧ 俄赛里斯,又译奥西里斯,埃及宗教中的王свое丧葬神,死者的主宰,形象为一木乃伊,头部露出,戴双重王冠,表示统治上埃及和下埃及,手持王权标志。据说原为历史人物,在其统治的第二十八年时被其弟塞特杀害,尸体放在盒里扔进尼罗河。

尘埃。

原来是一群身披山羊皮的泰巴依德僧侣,他们手握粗短的木棍,声嘶力竭地唱着战争和宗教的圣歌,圣歌的叠句是:"他们在何处?他们在何处?"

安东尼明白他们来此是为了杀死阿里乌教派的信徒。

突然间,大街小巷空空落落,人们已纷纷拔腿逃窜。

隐士们此刻已进入市区,他们手上那令人胆寒的带钉短棍在空中旋转,仿佛一个个发出钢一般冷光的太阳。房舍里传出砸碎东西的哗啦声。间歇的安静过后,又响起震天的叫喊声。

街道上下,惊慌的人群川流不息。

不少人手握梭镖。有时,敌我短兵相接,扭成一团,随后一股脑儿滑到花砖地上,分开来,又摔到地上。不过,总是蓄长发的人活着站起来。

高大建筑物里冒出一股股浓烟,门扉炸裂了,墙垣坍塌了,柱头也倒了下来。

安东尼接连不断地找到仇人,连已经遗忘的仇敌也认了出来,在杀他们之前,他先凌辱他们,剖其腹,断其喉或击杀之。他揪住老人的胡须在地上拖着走,还用脚踩死儿童,殴打受伤的人。人们向一切奢侈进行报复,不读书的人撕碎书本,别的人打碎或摔坏雕像、绘画、家具、箱柜以及千百种他们不知用途的精致物品。正因为不知用途,他们见到这些东西便气充牛斗。有时他们停下喘喘气,随后又干起来。

在院子里避难的居民呻吟着,妇女向天公抬起泪眼,举起赤裸的双臂。为了打动隐士们,这些女人抱着他们的膝盖,却被他们打翻在地。鲜血从砍掉头颅的尸身往外喷洒,溢满沟渠,在地上形成一片片殷红的水洼。

血水淹到安东尼的腿肚,他在血泊中走着,吮吸着唇上的血滴。他感受到鲜血沾满四肢、湿透皮袄的快乐，不由得哆嗦起来。

夜幕降临，震耳的喧哗声平息下来了。

隐士们消失了。

突然，安东尼瞥见灯塔的九层外廊上都贴着粗大的黑线，仿佛是停在那里的一排排乌鸦。他往那边跑过去，到了灯塔顶上。

一台巨大的铜镜面朝外海，照出了泊在洋面上的船只。

安东尼看着这些船只消遣，他越看，船只越多。

船舶挤靠在一个半月形的海湾里，海湾后方的岬角显出一座罗马建筑式样的崭新都市。有石头圆屋顶，锥形房顶，还有粉红和湛蓝的花岗石。柱头、屋脊和檐角的螺旋形装饰上贴着大量的青铜。一大片柏树林俯瞰着这座新城。这里的海水更绿，气候更冷。伸展在天际的山峦覆盖着皑皑白雪。

安东尼正在寻路时，只见一个人走过来对他说："来吧！正等着您呢！"

他穿过广场，走进一个院子，进门时弯了弯腰，然后来到一座宫殿前面。殿前摆着一组蜡塑，蜡塑再现了君士坦丁大帝降龙的故事。云斑石喷泉的承水盘中央放着一个金海螺，海螺里装满松子仁。向导告诉他可以拿松子仁，他便拿了些。

一堵堵墙壁都镶嵌着瓷画，画面表现了众将军用手掌向皇帝奉献征服了的城池。这里到处都是玄武岩石的雕梁画栋、银丝编织的栅栏、象牙椅、镶有珍珠的壁毯。光，是由房屋拱顶射下来的。安东尼继续往前走着，周围散发出温热的气息。他不时听见便鞋走路的轻微脚步声。守护前厅的木头人似的卫士们肩上扛着镀金的短棍。

他最后来到一个大厅的阶下，大厅尽里悬挂着青紫色的帷幔，帷幔启开，皇帝出现在他眼前。他高踞宝座，身穿紫袍，

469

脚蹬红皮黑带的半筒靴。他戴一顶珍珠皇冠,头发梳成对称的发卷。他眼睑下垂,鼻子端正,面貌阴沉而狡黠。他头顶上方的华盖四角立着四只金鸽,御座下面蹲着两头珐琅狮子。鸽子叫了起来,狮子也开始咆哮。皇帝转动眼珠,安东尼便走上前去。他们省去寒暄,立即谈起事变来。在安提阿①、以弗所②和亚历山大各城,庙宇被洗劫一空,神像做了锅钵。皇帝听了哈哈大笑。安东尼指责他过分宽纵诺瓦替安③派信徒,皇帝却生气了,不管是诺瓦替安派信徒、阿里乌派信徒还是梅勒斯④派信徒,全都让他感到厌倦。不过,他很欣赏主教团,既然基督教徒属主教管理,而主教团中举足轻重的人物也仅有五六位,那么,只要收买了这五六位,就能争取其余的人,所以他免不了向他们提供大笔的款项。然而,他最恨尼西亚主教会议的教士们。"我们去看看他们!"安东尼便跟他走了出去。

他们来到一座平台,在上面并肩而立。

平台下面是一个竞技场,场内挤满了人,赛场上还有柱廊,有些人在那里散步。跑马场中央有一个狭窄的平台,平台上有墨丘利⑤小庙、君士坦丁大帝的塑像、三条相互缠绕的青

---

① 安提阿,现名安塔基亚,在土耳其境内,古时属叙利亚管辖,古代基督教重要中心之一,相传由使徒彼得始建主教座于此。该城离地中海很近,位于两山之间,通常称为"东方门户"。
② 以弗所,位于小亚细亚,为重要的通商大埠,有世界七大奇观的狄安娜庙。
③ 诺瓦替安,三世纪基督教神学家,意大利人。罗马主教死后,教会选出科内里继任。诺瓦替安反对科内里允许叛教者重新入教,他自己则被罗马郊外持同样观点的三名主教拥立为罗马主教。科内里召开会议革除其教籍,并宣布其主张为异端。后世基督教史家称他为"第一个敌对教皇"。
④ 梅勒斯,四世纪初上埃及里柯波利斯城的主教,反对亚历山大城的彼得,主教大会取消了他的职位。
⑤ 墨丘利,罗马神话中的商神,即希腊神话中的赫尔墨斯,为商业、交通、畜牧、竞技、演说、欺诈、盗窃各方面的保护神。

470

铜蛇。平台一端是几个巨大的木质蛋,另一端竖着七头尾巴朝天的海豚。

皇帝的看台后方依次坐着议会军政长官、内廷大臣和御前顾问。一排一排的座位一直摆到一座教堂的二楼,教堂的窗口挤满了妇女。右边是蓝队的站台,左边是绿队①的,下面是一队整装待发的士兵。和赛场平行,有一排科林斯式拱门,构成包厢的入口。

竞赛即将开始,赛马已经站齐。马匹双耳间插着高高的羽翎,羽翎像树枝一般迎风摇曳。赛马跳跃时震动了蚌壳一般的战车,车上的驭手身穿色彩缤纷的铠甲,铠甲袖子宽大,袖口狭窄。他们裸露着双腿,蓄着大胡须,前额的头发像匈奴人一般剃得精光。

安东尼起初被喧哗的人声震得什么也听不见。他居高临下,只看到一些浓妆艳抹的面孔,花花绿绿的衣服,耀眼的金银首饰。竞赛场地的白色细沙像镜子一般闪闪发光。

皇帝和他交谈,对他讲了许多重大的机密。他承认谋杀了自己的儿子克利斯普②,甚至就健康问题征求了他的意见。

安东尼这时却注意到,所有包厢尽里都有一些奴隶。原来是参加尼西亚会议的主教们!他们衣衫褴褛,面目猥琐。殉教者帕伏努斯正在给马匹刷鬃毛,提阿斐罗给一匹马洗腿,约翰给另一匹马的马蹄着色,亚历山大提着筐子拾粪。

安东尼从他们当中走过,他们连忙夹道恭迎,央他代为求情,并吻他的手。全体在场的人都嘲骂他们。安东尼眼见这些人落到如此地步,心里格外高兴。如今,他竟成了宫廷的要人,皇上的亲信,首相!君士坦丁把自己的皇冠戴到他的头

---

① 在古罗马或亚历山大等城市的竞技场上,有穿不同颜色衣服的啦啦队,他们支持战车比赛中的某个驭手,同时也受到观众的喜爱。
② 君士坦丁大帝听信后妻谗言,毒死了前妻的儿子克利斯普。

上,他竟把这种荣誉视为当然,接受了这顶皇冠。

不久,一间华灯通明、金碧辉煌的大厅透过黑暗显现出来。

高耸入云、半明半暗的圆柱在餐桌之外依次排列开来,餐桌一直排列到遥远的天边,那里,在闪光的云烟氤氲中显现出重叠的楼梯,绵延不断的拱廊,高大的塑像和亭阁,后面是柏树掩映下的一溜宫殿,形成黑压压一片。

宾客都戴着紫冠,他们双肘靠在低矮的榻上,两排宾客之间,觥筹交错;而尽里却坐着头戴圆锥形王冠、身缀红宝石的尼布甲尼撒王,他正独自享用着佳肴美酒。

两列头戴尖顶帽的教士在他左右摇着香炉。在他脚下,被俘的国王们俯伏在地,无脚无手,嚼着他扔下的骨头。再下面便是他的弟兄们,因为都是盲人,双眼蒙着布条。

从关押奴隶的地牢里不断传来痛苦的呻吟声;一架水力风琴柔和悠扬的乐音和合唱队的歌声此起彼伏。大厅的四周仿佛有一座巨大的城池,人海的波涛拍打着墙垣。

奴隶们端着盘子奔忙着,妇女们往来穿梭,为宾客斟酒;面包把篮子压得咔咔响,一只单峰骆驼驮着穿孔的皮囊踱来踱去,囊里流出的马鞭草水使地上的石板得以清凉。

斗兽奴隶牵来了雄狮,头发拢在发网里的舞女们两手着地不停地旋转,鼻孔喷出火焰。卖艺的黑人变着戏法,赤身的儿童互相抛掷雪球,雪球掉在亮光光的银器上立即融化了。喧哗声仿佛狂风暴雨,震耳欲聋。肉菜和人呼出的气息如此浓厚,竟在宴席上空形成了一片浮动的云。有时,风吹过奇大无比的蜡烛,火星便像天上的流星划过夜空。

尼布甲尼撒王用手臂擦拭自己脸上的香水。他用祭神的圣钵吃喝,随即摔碎这些器皿;与此同时,他在心里默数着他的战舰、军队和臣民。他心血来潮,过一会儿将和宾客们一起烧毁他的宫殿。他还准备重建巴别塔,废黜上帝。

安东尼远远地从他的额头看出他的心思,这些心思又渗透了他的全身——他变成了尼布甲尼撒。

他很快便酒醉饭饱而且尽情破坏了,他灵机一动,突然想在卑贱里打滚。再说,贬低使人畏惧的东西,就是对人们精神的凌辱,也是使人惊慌失措的一种手段。普天下最卑贱的莫过于野兽,于是安东尼学野兽爬上餐桌,像公牛一般鸣叫起来。

他感到手上疼痛,原来是一个石子凑巧伤了他的手——他依旧站在自己的茅庐门前。

巨石环绕的平台空无一物,繁星光芒四射;万籁俱寂。

我又上了一次当!为什么会这样?一定是肉欲作祟!哦!无赖!

[他冲进茅庐,取出一捆带铁钩的绳索。他脱光衣服,直到腰部,然后仰天叹道:

请接受我的忏悔,哦!我的上帝!请别嫌弃这种忏悔软弱无力!让它深切些、持久些吧!过分也在所不惜!是时候了,行动吧!

[他用力抽打自己。

哎呀!不!不!别怜惜自己!

[他又抽起来。

噢!啊!啊!鞭鞭都撕扯我的皮肉,割裂我的手脚,疼得我火烧火燎!

喂!这不算厉害,我会习惯的。我甚至觉得……

[安东尼停住手。

抽呀!懦夫!打吧!好!好!抽胳膊,抽背,抽胸脯,抽肚腹,抽全身!皮鞭呀,呼啸吧!咬我,撕我吧!我愿自己的鲜血喷涌到星空,折断我的骨头,暴露我的神经!拿钳子来!拿拷问架来!来点铅水!殉教者受过的罪比这更多呢!不是吗,阿莫娜丽亚?

　　〔魔鬼犄角的影子又显现出来。

我本该缚在靠近你的那根柱子上,和你面对面。你眼见我用叹息和你的号啕相呼应,我们的痛苦便会相互交融,我们的心灵也将相濡以沫。

　　〔他狂暴地抽打自己。

瞧!瞧!为了你,再抽一下!……可我全身怎么发起痒来了!哦!多么难受!多么快活!简直和接吻一样。我从骨子里酥软了!我活不下去了!

　　〔他迎面看见三个骑野驴的骑士,他们身穿绿袍,手执百合花,三人的面貌十分相似。

　　他转过身来,又看见另外三个相貌相同的骑士,骑在同样的野驴上,姿势也完全一样。

　　他往后退,三头野驴便同时向前一迈,伸头往他身上乱蹭,想咬他的衣服。这时,传来了人的喊声:"往这边走!往这边走!就在这里!"于是,山口出现了旗帜,随后是套红绸笼头的骆驼,载行李的骡子和戴黄面纱、骑黑白花马的女人。

　　牲口喘着粗气卧到地上,奴隶们连忙往行李奔去,取出一条条色彩斑斓的地毯,有人在地上摆出许多金碧辉煌的东西。

　　一只套金络头的白象、摆动着插在头上的一撮鸵鸟羽毛,疾驰而来。

　　白象背上,一个女人盘腿坐在蓝色绒垫当中,她微闭双眼,摇头晃脑,华丽的衣着光彩照人。人群立即俯伏跪拜,白象也跪了下来,于是,

示巴女王

　　〔沿着白象的肩部滑到地毯上,随即向圣安东尼走过去。
　　她身着金线织锦袍,裙边整齐地缀着珍珠、黑玉和蓝宝石

穗子,袍上罩了一件紧身上衣,衣上的颜色再现了黄道十二宫图案。她脚上的厚底鞋一只是黑色的,上面撒着银星和一牙新月;另一只是白色的,上面布满金点,中央有一轮红日。

她宽大的衣袖缀着碧玉和鸟翎,袖口露出她圆圆的手臂,手腕上戴着乌木手镯,手上戴着戒指,十指尖尖,宛若银针。

一条扁平的金链绕过她的下颌,顺着面颊直盘上她扑着蓝粉的头发,再顺势垂下,擦过双肩,由一枚钻石蝎子结在她的胸前,蝎子在她的乳房之间伸出舌头。她耳上戴着两颗硕大的金黄色珍珠。她还画了黑眼圈,左颧骨上长了一块棕色的斑点。她的上衣似乎太紧,因此她呼吸时张开了嘴。

她一边走一边摇动象牙柄的绿阳伞,阳伞上坠着镀金的铃铛。十二个头发拳曲的小黑人捧着她长长的衣裙后摆,后摆末端由一只猴子牵着,还不时往上举一举。

[她说:

噢!英俊的隐士!英俊的隐士!我的心支持不住了!

我心急如焚,跋涉过度,脚跟长出了茧子,趾甲也断了一根!我委派牧羊人在高山瞭望寻觅,我打发狩猎人去森林呼唤你的名字。我让探子走遍天涯,询问路人:"您见过他吗?"

漫漫长夜,我面对宫墙哭泣,流不尽的泪水在瓷画上滴出两个小孔,宛如岩石里的两片海水,因为我爱你,啊!是的,爱得很深。

[她握住他的胡须。

笑呀!英俊的隐士!笑呀!我多么高兴,你瞧!我会弹竖琴,我像蜜蜂一样舞蹈,我会讲许多故事,一个比一个有趣。

你想象不出我们跋涉了多么漫长的路,浑身披绿的驿夫的那几头野驴都疲劳致死了!

[野驴躺在地上不动了。

足足三个月它们不停蹄地往前飞奔,口里含一块石子挡风。它们直起尾巴弯着膝头,奔呀奔,的确无与伦比!这些牲口是我外

475

祖父的礼物,我的外祖父撒哈瑞是雅克察布的儿子,雅拉布的孙子,卡斯坦的曾孙。哦!如果这些牲口还活着,我们一定给它们套上驮轿,好尽快回家!不过……怎么啦?……你在想什么?

〔她仔细端详安东尼。

哦!等你做了我的丈夫,我会给你穿衣服,给你抹香水,为你剃胡须。

〔安东尼纹丝不动,身子挺得比木桩还直,脸色像死人一般惨白。

你神情忧郁,难道是离不开你的茅庐?而我却为你舍弃了一切——乃至所罗门王。他聪明过人,拥有两万辆战车,还长着漂亮的胡须。我已给你带来了结婚礼物,请选择吧!

〔她在一排排奴隶和货物当中走来走去。

这里有太巴列湖①一带的香脂、加达菲尼角②的乳香,有劳丹脂、肉桂、调味的西菲奥姆③。那里面有亚述④的刺绣、恒河的象牙、迦太基的大红颜料。这雪白的盒子里有一皮囊亚述诸王饮用的伽利奔酒⑤,这种纯酒用麒麟的独角饮用。那里是些项链、别针、发网、阳伞、巴萨⑥的金粉、达尔特苏斯⑦的锡、潘狄奥⑧的蓝色木头、伊斯多尼亚⑨的白色毛皮、帕莱西孟德岛⑩的红宝石、塔沙

---

① 太巴列湖,巴勒斯坦北部的大湖。
② 加达菲尼角,位于亚丁湾入口处。
③ 西菲奥姆,利比亚古都克兰尼一带生长的植物,苗和茎可食用,汁和根可药用。
④ 亚述(或译阿苏尔或阿舒尔),亚述帝国最早的首都。
⑤ 伽利奔,叙利亚一城市,出产美酒。
⑥ 巴萨,埃塞俄比亚城市名。
⑦ 达尔特苏斯,位于西班牙安达卢西亚山脉南部的岛屿。
⑧ 潘狄奥,位于印度南部。
⑨ 伊斯多尼亚,位于里海沿岸。
⑩ 帕莱西孟德岛,可能指锡兰岛(即今斯里兰卡)。

思①——地下发现的已绝种的兽类——的毛做成的牙签。这些垫子是艾玛斯②的产品,这些大氅的流苏出自巴尔米拉③。在这张巴比伦地毯上,有……你过来呀!过来!

〔她扯圣安东尼的衣袖,安东尼抗拒,她继续说道:

这薄薄的衣料经手指一摸便像火星一般咔咔作响,这是巴克特里亚纳④的买卖人带来的著名黄布。这些买卖人在旅途中需要用四十三个翻译。我要用这种布给你做袍子,到家时再穿。请把无花果木箱的钩推开,把象脖上的象牙盒给我!

〔有人从一个盒子里取出一个盖着纱的圆东西,又拿来一个雕花的小匣。

你要不要建造了金字塔的蒋邦将⑤的盾牌?喏,在这里!盾牌由七张龙皮做成,重叠的龙皮用钻石螺钉联结,全部在弑君者的胆汁里鞣过。盾牌的一面画着发明武器以来的历次战争,另一面画着世界末日到来之前可能发生的战事。雷打在盾上会像软木塞一般被弹回去。我要把盾牌挂上你的手臂,你将来狩猎时可以使用。

不过,你一定想不出我的小匣装着什么!把匣翻过来!设法打开它!谁也打不开。亲亲我,我教给你。

〔她捧起圣安东尼的面颊,他伸出手臂推开她。

所罗门王是在一天夜里失去理智的。最后,我们商定了一桩交易。他便站起身来悄悄走了出去……

〔她打了个转身。

哦!哦!英俊的隐士!你不懂得这种事,你不懂!

---

① 塔沙思,神话传说里的一种豪猪。
② 艾玛斯,叙利亚城市。
③ 巴尔米拉,古代叙利亚城市,今名塔德莫尔。
④ 巴克特里亚纳,亚洲古国,在今阿富汗北部。
⑤ 蒋邦将,在东方神话里被誉为赫拉克勒斯式的英雄。

477

〔她摇阳伞,伞上所有的铃铛都响了起来。

我还有别的东西呢,真的!我有些宝贝藏在画廊里,人走进去会像走进树林一般迷失方向。我拥有苇墙的夏宫,黑色花岗石的冬宫。在大如海洋的湖群中有我一个个圆如银钱的岛屿,上面覆盖着珠贝。温热的浪涛涌上沙滩时,岸边仿佛奏起了乐曲。司厨的奴隶在我的鸟笼里取鸟,在我的鱼塘里捞鱼。雕刻家日复一日坐着刻我的石像,冶炼工匠喘着气铸我的塑像,香料匠人用花草汁掺和香醋为我制作香膏。我的女裁缝为我剪裁,金银匠为我做首饰,理发女人替我琢磨发型。细心的画师往我房屋的镶板上泼树脂,然后扇风使之冷却。我的女婢足够组成三宫六院,我的太监足够组成一支军队。我有军队,有臣民!我宫殿的前厅由侏儒守卫,他们背上背着象牙号。

〔安东尼叹气。

我有套羚羊的轻车,套大象的战车,还有几百对骆驼。我的良种马鬃毛长到足以缠住它们奔驰的马蹄。我的牛羊犄角宽大到放牧时只有砍去前面的树木才能通过。我的长颈鹿在我的花园里走来走去,每当我晚餐后外出散步时,它们便把头伸到我殿前的屋檐上。

我坐在贝壳里,海豚拉我在岩洞里漫游,谛听钟乳石间流水的滴答声。我去到钻石之国,那里的魔术师朋友们让我挑选最漂亮的钻石,然后我再走上来,回到家里。

〔她吹了一声响亮的口哨,一只大鸟从天而降,扑到她的头顶上,使她发上的蓝色粉末散落下来。

大鸟的橙色羽毛仿佛由金属的鳞片做成,它那戴银冠的小头酷似人脸;它长着四个翅膀,秃鹫爪子,一条长大的孔雀开屏式的尾巴。

它用喙叼住女王的阳伞,站稳之前摇晃了一下,然后竖起全部羽毛,一动不动。

谢谢,美丽的西莫革安卡①!是你向我通报了我爱的人藏在哪里!谢谢!谢谢!我心灵的使者!

它像愿望一样插翅高飞,白日里周游世界,夜晚飞回来栖息在我床前,给我讲述它看见的东西:载着游鱼和船只在它身下流过的大海、它从天空鸟瞰的广袤沙漠、田野里倒伏的庄稼、荒城废邑的墙头乱草。

〔她情思昏昏地绞着手臂。

啊!倘若你愿意,倘若你愿意!……我有一间亭阁,坐落在两大洋之间一道地峡中央的岬角上,四面受风的亭阁配有玻璃护壁,地板由龟甲铺成。居高临下,我可以看见我那些返航的战舰和肩负重担往山岗攀登的黎民百姓。我俩将睡在柔软胜过云彩的羽绒上,用果子的外壳饮用清凉饮料。我们将透过万顷碧波观看太阳!来吧!……

〔安东尼往后退,她往前靠。她用激怒的语调继续道:

怎么?不要富贵、娇媚而多情的?你需要的不是这些?哎?你要的是淫荡的、嗓子嘶哑、火红头发、一身肥肉的!你宁愿要一个与蛇皮一样冷的身子,或者比神秘的洞穴更加阴暗的大黑眼睛?你瞧瞧我的眼睛吧!

〔安东尼情不自禁地看她的眼睛。

所有你邂逅的女人,从打着灯笼唱歌的街头妓女,到在驮轿里摘玫瑰花瓣的贵夫人,所有你隐约见过的形体,你欲念中想象的女人,你都去追求吧!我不是女人,我是一个世界。只要我脱下衣服,你便会在我身上发现一个接一个的秘密。

〔安东尼的牙齿咯咯作响。

倘若你把手指放到我的肩上,你血脉里便仿佛燃起了一股烈火。你占有我身体最小的部分都会比征服一个帝国更加快活。把你的嘴

---

① 西莫革安卡,神话传说里的波斯鸟。

唇伸过来吧！我的亲吻有如香甜的水果,会在你的心田融化！啊！你会怎样在我的云鬓里忘情,怎样吮吸我的酥胸,怎样为我的四肢惊喜得发呆,为我的眸子激动,在我的怀里感到天旋地转呀！……

　　[安东尼画十字。

你鄙弃我！永别了！

　　[她哭着走开,然后又转身回来:

你拿定主意啦？这样一个美人儿！

　　[她笑了。为她牵裙的猴子把裙高高扯起。

你会后悔,英俊的隐士,你会唉声叹气的！你会感到无聊,可我毫不在乎！啦！啦！啦！噢！噢！噢！

　　[她用双手蒙住脸,一只脚跳着走了。

　　奴隶们在圣安东尼面前列队走过,随后是马匹、单峰驼、大象、侍婢、重又驮上东西的骡子、小黑人、猴子、手持碎百合花的绿衣驿夫。示巴女王走远了,她抽抽噎噎,像呜咽,也像冷笑。

三

　　示巴女王一消失,安东尼便看见茅庐门口有一个小孩。

"是服侍示巴女王的什么人。"他想。

　　小孩矮小似侏儒,却像卡比里①一般粗壮。他畸形,外貌卑微,那大得出奇的头上长满白发,披着破长衫的身子哆哆嗦嗦,手上还握着一卷纸。

　　月亮的清辉穿过浮云照到他身上。

---

① 卡比里,弗里吉亚(古代小亚细亚国家)宗教的众冥神,亦具丰产神职能,又是水手们的守护神。爱琴海东北角的萨莫色雷斯岛是对他们举行崇拜仪式的中心。仪式带有秘传宗教的意味。

安　东　尼

〔远远端详着他,害怕起来。

你是谁?

小　孩

〔回答他:

你过去的门徒希拉瑞昂。

安　东　尼

你撒谎!希拉瑞昂多年以前就住在巴勒斯坦了。

希 拉 瑞 昂

我从那里回来了!的确是我!

安　东　尼

〔走过去仔细审视他。

可希拉瑞昂坦率、愉快、容光焕发,有如朝阳。你这张脸却如此阴沉,衰老。

希 拉 瑞 昂

长期的劳役使我疲惫不堪。

安　东　尼

嗓音也不一样,你的声音让人不寒而栗。

希 拉 瑞 昂

因为我吃的尽是苦东西!

安　东　尼

那么,白头发是怎么回事?

希 拉 瑞 昂

我饱尝了痛苦!

安　东　尼

〔自言自语。

难道可能是他？……

希 拉 瑞 昂

我住得并不如你想象的那么远。今年舍巴特月①时保罗隐士拜访过你。土人正好在二十天前给你送过面包。你前天曾叫一个水手给你弄来三个锥子。

安 东 尼

他竟什么都知道！

希 拉 瑞 昂

告诉你，我甚至从来没有离开过你，只是你多年来一直没有看见我而已。

安 东 尼

怎么会这样？可也是，我头脑如此不清醒，尤其是今夜……

希 拉 瑞 昂

所有的罪孽都降临过了，不过，它们无聊的诡计遇到你这样的圣人全都粉碎了。

安 东 尼

噢！不对……不对！我无时无刻不感到软弱！我怎么就不像伟人亚大纳西那样，成为思想坚定、果敢无畏之士呢。

希 拉 瑞 昂

他是由七位主教非法授予圣职的。

安 东 尼

那又何妨？只要他道德超……

希 拉 瑞 昂

得啦！一个傲慢而心狠的人！总是搞阴谋，到头来还是被当作囤积居奇的人流放了。

安 东 尼

这是恶意中伤！

---

① 舍巴特月，犹太历的十一月，相当于公历一、二月间，共三十天。

希 拉 瑞 昂

你总否认不了他曾企图贿赂厄斯塔特①司库吧?

安 东 尼

有人证实这点,我承认。

希 拉 瑞 昂

他为了报仇,焚烧了阿尔赛纳②的房屋!

安 东 尼

唉!

希 拉 瑞 昂

他在尼西亚大会上把耶稣说成"主的仆人"。

安 东 尼

噢!这是亵渎神明的话!

希 拉 瑞 昂

再说,他知识如此贫乏,自己也承认不懂得三位一体的第二位"圣子"的性质③。

安 东 尼

〔高兴得笑起来:

的确,他天资不很……高。

希 拉 瑞 昂

如果把你放到他的岗位上,这倒是你和你的教友们的福分。你这种离群索居的生活糟透了。

---

① 厄斯塔特,四世纪的异教领袖。他谴责结婚和基督教的友爱餐。
② 阿尔赛纳于公元三五〇年出生于罗马,曾任阿尔卡迪乌斯皇帝的家庭教师,后退隐于泰巴依德沙漠并死于该地。
③ "三位一体"为基督教基本信条之一。该教宣称上帝只有一个,但包括圣父、圣子(指耶稣)、圣灵三个位格。三者虽各有特定位份,却完全同具一个本体,同为一个唯一真神,而不是三个神,又非只是一位。教会认为这是奥秘的"启示",不可能靠理性来领悟,只能靠信仰来接受。

安 东 尼

恰恰相反！人既有灵魂，理当回避尘世，一切作为都让人堕落，我真愿意连脚底也别沾地！

希 拉 瑞 昂

伪君子！沉溺于孤独是为了更痛快地纵欲！你戒肉、戒酒，你不去浴室，不用奴仆，谢绝荣誉；然而你纵情想象的筵宴、香料、裸体女人和喝彩的群众。你的节操只是更巧妙的腐化，你蔑视尘世只说明你憎恨它而又无力反对它。正因为这样，或许还因为缺乏信仰，你这类人处境才如此凄凉。掌握真理能使人愉快。耶稣可曾悲伤过？他总是和朋友结伴而行；他在橄榄树荫下休息，他走进税吏家，喝酒时一盏接一盏。他宽恕有罪的女人，消除各种各样的痛苦；而你却一味地怜惜自己的困苦，似乎某种悔恨和疯狂的愤世心理使你惴惴不安，以致你连狗的亲昵和孩子的微笑也加以拒绝。

安 东 尼

〔抽抽噎噎地哭起来。

够了！够了！你太触动我的心了！

希 拉 瑞 昂

抖掉你破衫上的虱子吧！从垃圾堆里站起来！你的上帝并不是要求人肉祭献的摩洛①！

安 东 尼

不过，苦难受到上天的祝福，天使俯身接受忏悔者的血。

---

① 摩洛，腓尼基宗教对男性主神的称谓，主要有推罗城的摩洛"麦勒卡特"、西顿城的摩洛"爱希慕恩"等。旧时解释其原意为"王"。这种神要求以婴孩为祭品，进行火焚献祭。

希 拉 瑞 昂

那你就去赞美孟他努派①的信徒好了,他们比谁吃的苦头都多。

安 东 尼

促使人们殉教的却是教义的真理!

希 拉 瑞 昂

既然殉教也同时说明教义的谬误,这种行动又如何能证实它的卓越之处呢?

安 东 尼

你还不闭嘴,恶毒的家伙!

希 拉 瑞 昂

殉教这事实行起来也许并不那么困难,朋友们的鼓励,凌辱百姓的快感,自己立下的誓言,某种让人晕眩的激动……有千百种机遇促使他们这么干。

〔安东尼离开希拉瑞昂,希拉瑞昂跟随着他。

再说,这种死法会造成极大的混乱。丹尼斯、奚普里安和格列高利躲过去了,②亚历山大城的彼得谴责这种死法③,而埃尔维尔大会④……

---

① 孟他努派,指遵奉孟他努学说的基督教派别,二世纪中叶产生于小亚细亚的弗里吉亚。此派认为在基督的启示之外还需有圣灵的补充,世界末日已近,基督即将再临,并将在世上建立千年王国。他们反对教会世俗化并严守斋戒。后被判为异端,受到罗马帝国镇压。信徒被诬为盗匪,被捕后常被处以野兽撕噬的极刑。

② 丹尼斯系亚历山大城主教,奚普里安系迦太基主教,格列高利系新该撒利亚主教,他们在公元二五〇年教徒受迫害时期都逃脱了迫害。

③ 彼得,亚历山大城的主教,他曾劝受迫害的基督教徒用钱赎命。他本人也于公元三一二年殉教。

④ 埃尔维尔大会,公元三〇九年至三一二年间在西班牙格拉纳达城附近的伊利伯利举行。

安 东 尼

〔堵住耳朵。

我不愿再听下去了!

希拉瑞昂

〔提高声音:

瞧你又犯了懒惰的老毛病。愚昧是傲慢掀起的浪花。人说:"我的信仰已确定,为什么还要讨论?"于是便藐视学者、哲人、传统,直至他并不明了的法规。你认为自己掌握了智慧吗?

安 东 尼

我竟一味地听他讲下去!他吵吵嚷嚷,话音让我头脑发涨。

希拉瑞昂

努力了解上帝比你用苦修感动他更为高明,我们只有渴求真理才能功德圆满。宗教本身并不能解释一切,只有解决你并不重视的问题才能使宗教无懈可击,更为完美。因此,要想拯救自己的灵魂,必须和教友交往;否则,教堂、教友大会就成了空话。还应该听取一切有道理的意见,不蔑视任何事、任何人。巫师巴兰①、诗人埃斯库罗斯②、库姆的女巫③宣告了救世主的降临;亚历山大城的丹尼斯受命于上天阅读全部书籍。圣克雷芒④要我们进修希腊文学,海尔玛斯⑤因他爱过的女人产生幻觉

---

① 巫师巴兰,据《旧约·民数记》,摩西率以色列人进入迦南,在摩押平原安营,摩押人大恐,乃遣使者召比珥的儿子巴兰为他诅咒入侵者,因为巴兰为谁祝福,谁就得胜,诅咒谁,谁就败。
② 埃斯库罗斯,古希腊悲剧之父。
③ 库姆在今意大利坎帕尼亚区,那不勒斯西北。据说靠城有一座小山,山上有一片神圣的树林,山脚有一洞府,里面住着著名女巫德伊弗贝。
④ 圣克雷芒(亚历山大城的)(约150—约215),基督教希腊教父,生于雅典。曾游学意大利和近东。到亚历山大城后入基督教并接受神职,后任该城教理学校校长。他认为能引导人归向基督的学问才是哲学,希腊哲学只有移植到基督教教义里才有用。
⑤ 海尔玛斯,二世纪基督教教父,他曾企图协调柏拉图哲学和基督教教义。

而皈依了别的宗教。

安 东 尼

瞧你那专横的神气！你似乎正在往高里长……

〔果然,希拉瑞昂的身子逐渐长高了。安东尼闭上眼以免再看见他。

希 拉 瑞 昂

放心吧,好心的隐士！

让我们坐在这块石头上……像昔日一样,天刚拂晓,我给你请安时称呼你"明亮的晨星",你便立即对我进行训示。训示至今还没有结束呢,此刻月光还很明亮,我听你讲。

〔他从腰里抽出一支芦苇笔,双腿盘坐在地上,手上拿着一卷纸,抬头望着圣安东尼。隐士坐在他旁边,微微垂下头。

沉默片刻,希拉瑞昂继续说道:

奇迹为我们证实了上帝的话,对吗？可是法老的术士们也制造这类奇迹,一些招摇撞骗的人也能这么干,因此,人们就无法辨其真伪。究竟什么是奇迹？——我们认为超乎自然的事。然而我们是否了解这种事的威力？而一件通常并不使我们吃惊的事是否会促使我们去了解它？

安 东 尼

这都无关紧要,最必要的是相信《圣经》！

希 拉 瑞 昂

圣保罗①、奥利金②和其他许多人并不是逐字逐句地理解《圣

---

① 圣保罗(撒摩沙塔的),生于安提阿。公元二六〇年受巴尔米拉王后则诺比亚宠幸,任安提阿主教,并执掌当地财政权。他认为耶稣基督只是人,不是神,后成为上帝的嗣子。曾两次被判为异端,后去职,其学说延至五世纪始绝。

② 奥利金(约185—约254),古代基督教希腊教父的主要代表之一,生于埃及亚历山大城,死于该撒利亚城。曾主持基督教高等教理学校四十多年,并到各地云游,研究希腊哲学,把哲学中的术语做神学化的解释。他认为宇宙分三层次:上帝、灵性世界、物质世界。把人类天赋也分成三个等级。

经》,然而,如果用一些譬喻加以解释,它又只能被很小一部分人理解,这一来,它一目了然的真理也就消失了,怎么办?

安 东 尼

那就信赖教会吧!

希 拉 瑞 昂

那么《圣经》就毫无用处了?

安 东 尼

不对!尽管……我得承认……《旧约》有些晦涩难懂,但《新约》却十分清晰明快。

希 拉 瑞 昂

然而在《马太福音》里,天使出现在约瑟面前,而《路加福音》却说天使出现在马利亚面前①。一个妇女为耶稣敷圣油的事,第一福音书认为发生在他进入公众生活的时候,而其余三部福音书却认为此事发生在他遇难前几天。②《马太福音》认为人们给十字架上的耶稣奉献的饮料是醋和胆汁,而《马可福音》里却说是酒和没药。根据《路加福音》和《马太福音》,使徒不能带钱和口袋,也不能穿鞋,拿棍子,而《马可福音》却相反,说耶稣禁止他们带一切,只有鞋和棍子例外。我给弄糊涂了。

安 东 尼

〔惊讶地:

果真是的……果真……

---

① 约瑟和马利亚是耶稣的父母。《新约·马太福音》记载:他母亲马利亚已经许配了约瑟,还没有迎娶,马利亚就从圣灵怀了孕。她丈夫是个义人,不愿意明明羞辱她,想要暗暗地把她休了。正思念这事的时候,有主的使者向他梦中显现,说:"大卫的子孙约瑟不要怕,只管娶过你的妻子马利亚来……"而《路加福音》却记载:到了第六个月,天使加百列奉上帝的差遣……到一个童女那里,是已经许配大卫家的一个人,名叫约瑟,童女的名字叫马利亚。天使进去对她说:"蒙大恩的女子,我问你安,主和你同在了……"

② 参看《马可福音》第五章第二十五节及《路加福音》第八章第四十三节。

希 拉 瑞 昂

一接触患血漏病的女人，耶稣便转身问："谁摸我的衣裳？"①那么他并不知道谁碰他喽？这和耶稣的"无所不知"正相矛盾。如果坟墓有人看守，妇女们就不必着急去找人帮忙掀开坟上的石头了，由此可见并没有看守，或者这些神圣的妇女并没有去过那里②。耶稣在以马忤斯③和他的弟子一道用膳，他还让弟子们摸他的伤口。这的确是人的身子，是有分量的物体，而它竟能穿透墙壁，这可能吗？

安 东 尼

需要很多时间才能答复你。

希 拉 瑞 昂

既然是圣子，为什么他要接待圣灵？如果他是第二位的圣子，为什么他还需要受洗？魔鬼怎能引诱他这位上帝？

难道你从未考虑过这些问题？

安 东 尼

是的，经常考虑！这些想法不管是压抑的还是激烈的，总是停留在我的意识里。我把它们克制下去，又产生出来，使我窒息；我有时相信有谁在诅咒我。

希 拉 瑞 昂

就这样，你还只知道一味服侍上帝？

---

① 《新约·马可福音》第五章记载："有一个女人，患了十二年的血漏，在好些医生手里，受了许多的苦，又花尽了她所有的，一点也不见好，病势倒更重了。她听见耶稣的事，就从后头来，杂在众人中间，摸耶稣的衣裳，意思说，我只摸他的衣裳，就必痊愈。于是她血漏的源头立刻干了，她便觉得身上的灾病好了。耶稣顿时心里觉得有能力从自己身上出去，就在众人中间转过来说：'谁摸我的衣裳？'"

② 《新约·马太福音》第二十七章第六十六节说："他们就带着看守的兵同去，封了石头，将坟墓把守妥当。"

③ 以马忤斯，离耶路撒冷约二十五里的村子。参看《新约·路加福音》第二十四章。

安 东 尼

我始终需要膜拜他!

〔长时间沉默以后。

希 拉 瑞 昂

〔继续说道:

然而,除了教条,还允许我们自由探讨。你想了解天使的品级、《民数记》①的效能、萌芽和变形的根由吗?

安 东 尼

对!对!为了挣脱教条的桎梏,我的思想正在进行搏斗。我想,我竭尽全力总可以达到目的。有时在一刹那间,我好像挂在空中,旋即掉了下来。

希 拉 瑞 昂

你想掌握的机密正由圣贤保藏,他们居住在遥远的国度里。他们身穿洁白的衣衫,在参天的大树下打坐,像神灵一般恬静。温暖的空气养育着他们,周围有豹子在芳草如茵的地上走动。泉水的汩汩声,麒麟的嘶鸣和他们的话音交织在一起,你会听见他们说的话,那时,未知的一切便将揭示出来。

安 东 尼

〔叹气:

那是一条漫长的路,而我已经老了!

希 拉 瑞 昂

噢!噢!圣贤并不罕见!甚至在你身边就能找到。就在这里!我们进去吧!

---

① 《民数记》,亦译《户籍记》。《圣经·旧约》的第四卷。因卷内数处记有户口调查和士兵登记的事,希腊译本取此名。

四

于是，安东尼看见面前出现一座雄伟的教堂。

教堂深处射出奇妙的光，宛若色彩斑斓的太阳，照亮了无数人头；人们挤满殿堂，又经过柱廊，涌进侧道，那里的木头单间小房里设祭坛、床，连蓝色小石头串成的小链条和画在墙上的群星图也看得很清楚。

人群当中有的聚成小组，东一处西一处站立着。有的人站在木凳上指手画脚地演讲，另一些人交叉着双臂祈祷或躺在地上，还有人高唱圣歌，也有人喝酒。一些信徒围着桌子举行友爱餐，有的殉道者解开内衣让人看他们身上的伤痕，有些老人倚着拐杖讲述他们旅途的所见所闻。

有的是日耳曼人、色雷斯人，还有高卢人、斯基泰人、印度人。有的胡须上沾着白雪，头发上插着羽翎，衣服的流苏上插着荆棘，云鞋上沾满灰尘，皮肤晒得黝黑。大红披风、麻布袍、绣花祭披、毛皮宽袖外套、水手帽、主教冠以及各式衣服混成了一片。他们的眼睛闪着奇异的光，神态像刽子手也像阉臣。

希拉瑞昂在他们当中行进，受到众人的恭迎。

安东尼紧贴他的肩膀观察着这些人。他发觉其中有不少女人，有些还是男装打扮，剃了光头。他害怕了。

希 拉 瑞 昂

这是些基督教女信徒，她们劝丈夫改变了信仰。其实女人总是相信耶稣的，连偶像崇拜者也不例外。彼拉多的妻子浦罗库拉①和尼禄②的妾波佩就是明证。别怕了,往前走吧!

〔继续不断有人走来。

他们时而增多,时而分散,轻得像影子。只听见一片喧哗,有怒吼声,有性爱的狂叫,有圣歌声也有谩骂声。

安 东 尼

〔低声说:

他们想干什么?

希 拉 瑞 昂

主说:"我还有好些事要告诉你们。"③他们便懂得了这些事。

〔于是他推着安东尼朝一个金宝座走去,座下有五个台阶。宝座上坐着预言家摩尼,周围有九十五位弟子簇拥着他。这些弟子都敷过圣油,他们消瘦,苍白。摩尼像天使一般英俊,像塑像一般纹丝不动。他身穿印度式长袍,发辫里别着璀璨夺目的红宝石,左手握一本彩色画书,右手拿一个圆球。书中的绘画再现了在混沌中沉睡的人。安东尼俯身观看图画,接着

摩 尼

〔转动他的圆球,同时和着竖琴清脆的乐音说道:

天界在球的上端,尘寰在下端,支撑它的是两位天使,斯普朗底特能斯和六个脸面的奥冒佛尔④。

天界的顶端住着铁面无私的上帝,下端是对面而立的上帝之子和黑暗之王。

---

① 浦罗库拉,《新约·马太福音》载,浦罗库拉系巡抚彼拉多的妻,耶稣被解到彼拉多面前时,夫人打发人来劝他不要管耶稣的事。
② 尼禄(37—68),古罗马帝国皇帝,以暴虐放荡闻名于世。波佩原系阿通的妻子,尼禄遗弃自己的妻子,抢了波佩并娶了她。
③ 见《新约·约翰福音》第十六章第十二节。
④ 斯普朗底特能斯,意为大明神,摩尼教最高神,光明王国的首领。奥冒佛尔,意为凶神,黑暗王国的主管。

黑暗深入到上帝的王国,上帝便用自己基本的美德之一创造了世上第一个人,并赋予他五种要素,然而,黑暗魔鬼却盗走了其中的一部分,这被盗的要素便是灵魂。

只有一个无所不在的灵魂,有如一条河流分成无数的支流。这灵魂在风里叹息,在锯花岗石时吱嘎作响;它在海中咆哮,在摘无花果叶时流出奶样的眼泪。

这些灵魂飞出尘世,迁往群星——那些活的生命。

安 东 尼

［笑起来。

哈哈！多么荒诞的想象！

一 个 男 人

［无胡须,外表严峻:

哪里荒诞？

［安东尼正欲回答,希拉瑞昂低声对他说,这是伟大的奥利金,于是

摩 尼

［继续说:

这些灵魂首先停在月球,在那里涤除罪恶,然后再升上太阳。

安 东 尼

［缓慢地:

我不知道什么东西能妨碍我们相信他。

摩 尼

一切造物的目的在于释放禁锢于物质的天光,天光更容易从芳香物、香料、热酒的醇香和轻飘如思想的事物中逸出。然而,一切生灵的行动却只能使天光滞留在物质中。杀人凶手在色莱夫①体内重生,杀兽者会变成被杀的兽。倘若你种一株葡萄,你会被缚

---

① 色莱夫,似出自希腊文的两个词根:"快速"和"鹿"。

在它的枝丫之上,食物会把这种天光吞食掉,因此请节衣缩食!请严守斋戒!

希 拉 瑞 昂

你瞧见了,他们都节制饮食。

摩 尼

肉里有许多天光,草里却少些。虔诚的信徒劳苦功高,得以释放植物身上的天光,于是这部分天光便回升到它的家园。动物则因其繁殖后代而把天光禁锢在肉体里,因此,还是躲开女人吧!

希 拉 瑞 昂

对他们的禁欲表示赞赏吧!

摩 尼

或者不如设法使她们不生育。灵魂宁可落地也不愿受肉体的羁绊而萎靡不振。

安 东 尼

哦!可恶!

希 拉 瑞 昂

丑恶的程度有何相干?教堂还把婚姻当作圣事呢!

萨 图 南[①]

〔穿叙利亚服装:

他在宣扬一种不祥的东西!为了惩罚反叛的天使,天父命令他们去创造世界。基督降临了,目的在于使反叛天使之一的犹太人的上帝……

安 东 尼

天使?他!造物主!

---

① 萨图南,公元一世纪哲学家,魔术师西蒙的弟子,他认为物质本身是坏的。

塞 尔 多①

他不是企图杀死摩西、欺骗他那些先知、引诱各族臣民,而且散布谎言和偶像崇拜吗?

马 西 昂②

当然,造物主并不是真正的上帝!

亚历山大城的圣克雷芒

物质是永恒的!

巴尔德萨纳③

〔着巴比伦僧侣服装:

物质由七星神造成。

海尔米亚斯派信徒④

天使造就了灵魂!

普里西利安派信徒⑤

是魔鬼创造了世界!

安 东 尼

〔身子往后一闪:

多么可怕!

---

① 塞尔多,公元二世纪异教领袖,他主张世界存在两个本原,由《旧约》代表的恶和由基督象征的善。他是诺斯替派重要人物。
② 马西昂(约110—约160),生于黑海南岸的锡诺普,在罗马结识塞尔多并受其影响,主张对教会进行全面改革,认为犹太教的上帝同基督教的上帝不是同一位神,前者只是"公义的上帝",只能以律法约束人,不能救人,后者则是善良的上帝,能爱人。其所建教会自二世纪始在罗马帝国许多地区兴盛一时。
③ 巴尔德萨纳,二世纪叙利亚异教领袖,主张耶稣本无人身,只有尚未犯罪的灵魂所有的另一个轻盈的上天赋予的人身才能使他复活。
④ 海尔米亚斯派与诺斯替派相近,认为灵魂是由叛逆天使用火造成的。
⑤ 普里西利安(?—385),生于埃及孟斐斯,在西班牙传教。他认为《福音书》之外尚有许多基督的言论应奉为教义。他深受诺斯替教和摩尼教影响,主张严格持守虔修,提倡独身,弃绝世俗荣华,普里西利安及其门生曾被罗马帝国皇帝判处火刑,其学说传至六世纪。

希 拉 瑞 昂

〔扶住他：

你绝望得太快了！你没有很好地理解他们的教义！这一位接受过圣保罗之友提奥达斯①的教义,请听他说！

〔于是,在希拉瑞昂示意下,

瓦 伦 廷

〔身穿银色长袍,尖头,尖嗓音。

世界由癫狂的上帝创造。

安 东 尼

〔低下头。

由癫狂的上帝创造！……

〔沉默良久：

怎么会这样？

瓦 伦 廷

最完美的本质,最完美的"移涌"②——无限的境界,连同思想,存在于极点中。它们结合后产生智慧,与智慧相伴的是真理。

智慧和真理产生圣子和生命,而圣子与生命又造出人和教会,总共有八个"移涌"！

〔他掰指头计算。

圣子和真理产生另外十个"移涌",即五对。人和教会产生另

---

① 提奥达斯,圣保罗的弟子,瓦伦廷自称得其真传。
② 移涌(Eon)为诺斯替教用语,认为物质世界不是至高神所创,而是低于他的一位"巨匠造物主"所造。至高神的本质是"心灵""生命"和"光"。与物质世界"浮兮斯"相平行,有一个真实存在的精神世界。它由至高神的无数流出体"移涌"所充满,此一"充满"称为"普累若麻"。众"移涌"中有一最大"移涌",是为纯粹的"范型人"。世人的灵魂都是从"范型人"而来,肉体则从"浮兮斯"而来,前者处于后者之中就不得解脱,只有彻悟及此,把握"诺斯"(真知)才能得救,故应禁欲。

外十二个,其中有圣灵和信仰,希望和慈悲,完美和智慧——索菲亚①。

这三十"移涌"的总体构成"普累若麻",或叫至高神的"充满"。因此,好比正在远去的回声,正在散发的芳香,正在西沉的晚霞,从本原溢出的潜能总是越来越弱。

然而"索菲亚"渴求了解天父,遂从"普累若麻"中溢出;于是,第二位的圣子便创造了另一对,即基督和圣灵;二者又联结所有的"移涌",全体"移涌"便共同创造了"普累若麻"之花耶稣。

然而"索菲亚"竭力逃遁时在空中留下了自己的形迹,恶的物质,"阿沙拉莫特"②。救主怜悯她,使她从情欲中解脱出来。于是,光,从解放了的"阿沙拉莫特"的微笑中诞生,她的眼泪变成江河,她的悲伤造成丑恶的物质。

从"阿沙拉莫特"逸出巨匠造物主,他创造了尘世、天界和魔鬼。他住得比"普累若麻"低,甚至没有瞥见过"普累若麻",因此,这位巨匠还以为自己是真正的至高神呢。他借自己先知的嘴一再说:"除了我,没有别的至高神!"然后他创造了人,并在人的灵魂里撒下了非物质的种子,那便是教会——"普累若麻"内部另一教会的体现。

一天,"阿沙拉莫特"来到至高境界,和救世主结合。深藏尘世的火将毁灭一切物质,也会将自己吞噬,于是,变为纯粹精神的人将与天使结为一体。

奥 利 金

那时,魔鬼将被降服,至高之神的统治时期即将来临!

〔安东尼差点叫出来,立即

---

① 按瓦伦廷的理论,索菲亚是最后一个"移涌",代表智慧和科学。
② "阿沙拉莫特",希伯来语,意为智慧,为瓦伦廷的"移涌"之一。

巴西里得

〔抓住他的手臂：

至高的存在和它无尽无休的流溢叫阿布拉克萨斯①。

救世主和他的德操叫考拉考②，换句话说，就是线上加线，直线加直线。

只有借助一些铭刻在这块宝石上的字加强记忆才能得到考拉考的力量。

〔他亮出脖子上一块小石头，上面刻着稀奇古怪的线条。

这样你就会被带进肉眼无法看见的境界，你不受律法制约，便会藐视一切，乃至藐视美德！

我们这些虔诚的人，应当像考拉考那样回避痛苦。

安 东 尼

怎么！那么十字架呢？

厄勒克塞派信徒③

〔穿青紫色布袍，回答他道：

多亏布道团莅临，我父辈的愁苦、卑下、他们所受的刑罚和压迫才得以取消。

可以不承认下界的基督，人的耶稣，但必须膜拜另一个基督，在圣鸽卵翼下诞生的基督。

尊重婚姻吧！圣灵就是女性！

〔希拉瑞昂消失了，安东尼被众人推近，

---

① 阿布拉克萨斯是一种雕镂的宝石，从二世纪起，近东人用作护身符，诺斯替派用以代表三百六十五个数字，象征至高的存在。
② 考拉考，此处指基督。
③ 厄勒克塞派，早期基督教的一个犹太派基督徒派别，二三世纪出现于约旦河和死海地区。相信轮回，认为必须遵守摩西律法，耶稣就是活着的亚当、以诺、挪亚、亚伯拉罕等，上帝之子是一位无限的天使，在上天有三十二个地点。

加波克拉①派信徒

〔他们和女人一起躺在大红软垫上：

在回到独一无二的境界之前,你得历尽沧桑。要想摆脱黑暗,必须立即去做有益的事。丈夫去对妻子说:"请对你的兄弟行善!"妻子便会吻你。

尼古拉派信徒②

〔聚在一盘冒烟的菜肴周围：

这是奉献给偶像的肉,吃吧! 只要心灵虔诚,叛教是允许的。尽情满足你肉体的需要吧! 请放肆行乐以便毁掉你的肉体! 普罗尼科,天之母,便曾沉溺于无耻的勾当。

马可派信徒③

〔戴金戒指,芳泽淋漓：

来我们这里和神灵结合吧! 请来这里畅饮永生的芳醇!

〔其中一人指给他看壁毯后一个驴头的人身。它代表魔鬼之父萨巴奥特④。那人往魔鬼身上啐唾沫表示仇恨。

另一人揭开一张很低的床,床上撒满鲜花,他说：

神灵的婚礼行将结束。

〔第三个人手握酒杯,口中念念有词,杯里出现鲜血：

噢! 出来了! 出来了! 基督的血!

〔安东尼闪开,然而一只桶溢出的水溅了他一身。

赫尔威狄派⑤信徒

〔垂头冲过去,口里喃喃道：

---

① 加波克拉,二世纪诺斯替派神学家,否认基督的神性,宣称世界为天使创造。
② 尼古拉派系指倚仗圣保罗权势的一派。尼古拉为圣保罗外号。
③ 马可派,指二世纪异教领袖马可之信徒。
④ 萨巴奥特意为万军之主,是对耶和华的称呼,诺斯替派用来称恶的创造者,即以色列神。
⑤ 赫尔威狄派,四世纪异端教派,宣称圣母马利亚和约瑟生了几个孩子。

接受洗礼的人是完美无缺的!

〔安东尼走近一团熊熊烈火,亚当派信徒①在此取暖,他们一丝不挂,以此模仿天堂的纯净。安东尼撞上了

麦萨勒派②信徒

〔躺卧在地板上,痴呆地处于半睡眠状态:

哦!你随便踩死我们好了,我们再也不愿动弹!工作是犯罪,所有的活计都糟透了!

〔这些人后面是下贱的

帕特尔纳派③信徒

〔男人、女人、小孩横七竖八躺在一堆垃圾上,他们抬起溅满酒浆的丑脸:

魔鬼造就的身体下部属于魔鬼。大吃大喝吧!淫乱无罪!

埃 提 乌④

罪恶是上帝无法明察的需要!

〔可是突然

一 个 男 人

〔身披迦太基⑤式大氅,跳到他们中间,手上拿着一捆皮鞭,左右开弓,猛抽猛打:

噢!骗子,强盗,买卖圣物的家伙,异教徒,魔鬼!教派的害人虫,地狱的败类!那边,那个家伙,马西昂,他是锡诺普的水手,犯

---

① 亚当派,早期基督教派别,二世纪出现于北非。主张恢复《圣经》所载的亚当犯罪前所处的无罪境地,举行礼拜时完全裸体。主张为了不使原罪遗传下去,应取消婚姻,但传说他们实行乱交。
② 麦萨勒派,三世纪诺斯替教的一个宗派。
③ 帕特尔纳派,公元四世纪的一个异教派,认为人的肉体由魔鬼造就。
④ 埃提乌(? —约370),神学家,阿里乌的门徒。
⑤ 迦太基,公元前七世纪腓尼基人在北非创建的国家,其后与罗马争霸,为罗马所亡。

了乱伦罪被开除了教籍。加波克拉被当成巫师给流放了。埃提乌的妾是拐骗来的,尼古拉让他的妻子卖淫;而那个让人称菩萨又自称柯布里柯的摩尼,也让人用芦苇尖活剥了皮,他那制过的皮还挂在忒息丰①城门上呢!

安 东 尼

[认出是德尔图良②,连忙追过去见他。

师父!快来救我呀!快来呀!

德 尔 图 良

[继续说:

砸碎圣像!遮住贞女!祈祷吧!守斋,哭泣,禁欲苦修吧!不要哲学!不要书!耶稣之外,一切学问都毫无用处。

[所有的人都躲开了,安东尼看见一个女人替代德尔图良坐在一条石凳上。

她身穿一件棕色长袍,浑身瘫软,长发下垂,头靠在一根柱上嘤嘤啜泣。

他俩紧挨着坐在一起,远离人群。万籁俱寂,周围出奇地静谧,安宁,好像树林的风突然停息下来,树叶也不再摆动了。

这女人容貌秀丽但形容憔悴,面色惨白。他们互相凝视,眼波传送着澎湃的思潮和千百件模糊而深沉的往事。最后:

柏 利 西 拉③

[开始说话:

我躺在最后那间浴室,市街的嗡嗡声催我入睡。

---

① 忒息丰,在底格里斯河左岸,古代安息国(帕提亚)的首都。
② 德尔图良(约155—约220),基督教教父之一。生于北非迦太基城(今突尼斯城),是罗马帝国派驻北非殖民军队长之子。曾呼吁罗马帝国容纳基督教,并号召教徒忠于皇帝。他推崇信仰,贬低理性,著作有《辨惑篇》及《论异端无权成立》。
③ 柏利西拉,弃家随孟他努传道的女先知。

猛然间,我听到一片喧哗,有人在吼:"是个巫师!是魔鬼!"于是人群停在我家门前,对面是埃斯科拉庇俄斯①庙。我用双臂把身子撑到天窗的高度。

对面庙宇的柱廊上站着一个男人,脖子上戴着铁枷。他从炉里取出些火炭,在胸上烧出宽大的血痕,口里喊着:"耶稣,耶稣!"百姓说:"不许这样干!揍死他!"而他却继续烧下去。真是闻所未闻,激动人心!像太阳一般硕大的花朵在我眼前旋转,我听见空中响起了金竖琴的乐音。天黑下来,我双臂一松,放开了窗棂的铁条,我晕过去了。当他把我带到他的住宅……

安 东 尼

你究竟说的谁呢?

柏 利 西 拉

说的是孟他努呀!

安 东 尼

孟他努死啦!

柏 利 西 拉

那不是真的!

一 个 声 音

不,孟他努没有死!

[安东尼转过身来。在他另外一边的身旁,第二个女人坐在凳上。是个金发女人,脸色更加惨白,眼皮下面有些浮肿,仿佛哭了很久。他并没有询问她,她却说:

马 西 弥 拉②

我们翻山越岭从塔尔苏斯城③回来时,走到一条路的转弯处,

---

① 埃斯科拉庇俄斯,罗马神话中的医神,即希腊神话中的阿斯克勒庇俄斯,阿波罗的儿子。
② 马西弥拉,弃家随孟他努传教的女先知。
③ 塔尔苏斯,在今土耳其境内,西利西亚古都,罗马帝国工业中心。

看见一个男人站在一株无花果树下。

他老远就冲我们喊:"你们停一下!"而且骂骂咧咧朝我们跑过来,奴隶们也奔来了。他大声笑了,吓得马直立起来,猎狗也都汪汪直叫。

他站在那里,满脸大汗,风刮着他的大氅呼呼作响。

他直呼我们的姓名,并且责备我们干事只图虚名,说我们的肉体很不洁净。他见单峰驼都挂着银铃,竟对它们抡起了拳头。

他的狂怒吓得我胆战心惊,然而我却感到心醉神迷,浑身畅快。

奴隶们先来到跟前,他们说:"主人,牲口累了。"女人们接着发话:"我们害怕。"奴隶们走了,小孩们却哭起来:"我们饿!"女人们因为没有得到答复,溜走了。

他,还在说话。我感到有什么人紧挨着我,原来是我的丈夫。我却在听另一位讲话。丈夫在石头当中艰难地走着,一边冲我大声说:"你要抛弃我?"我便回答他:"不错,你走吧!"——我这是为了陪伴孟他努。

安　东　尼

一个阉臣!

柏　利　西　拉

噢!这也让你奇怪!粗俗的人!可是抹大拉的马利亚、约亚拿、马大和苏撒拿①也没有和救世主同过床。比之肉体,灵魂更能狂热地结合。为了不受惩罚地保住优斯托里,雷昂斯主教②阉了自己——他珍视自己的爱甚于自己男性的特征。再说,这不是我的过错,有魔鬼在驱使我,连索塔③也没能治愈我的病。不过,他

---

① 抹大拉的马利亚等四个妇女都是《新约·路加福音》第八章和第十章所说的随同耶稣周游各城乡传道的女人。
② 雷昂斯,安提阿的主教。
③ 索塔,色雷斯的主教,曾试图为柏利西拉驱邪。

的确残酷！那又何妨！反正我是最后一个女先知了。我死后，世界末日就会到来。

马 西 弥 拉

他赠予我的礼物实在太多了。再说没有哪个女人这样爱他，同时被他这样热爱。

柏 利 西 拉

你撒谎！是我！

马 西 弥 拉

不对！是我！

〔她们扭打起来。

〔一个黑人的头出现在她俩中间。

孟 他 努

〔穿一件由两个死人骨头扣紧的大氅。

别激动，我的鸽子！既然享不了尘世的幸福，我们这样的结合也能得到精神的满足。天父的时期过后便是圣子时期，我要开辟第三时期——圣灵时期。正当天上的耶路撒冷在苍穹光芒四射的那四十个夜晚里，圣灵之光已在佩普查①我家上空降灵了。

啊！皮鞭抽在你们身上时，你们叫得多么痛苦！你们痛彻骨髓的四肢是怎样激起了我的热情呀！情欲无法满足时你们扑在我怀里多么焦急！你们的情欲如此旺盛，竟使你们发现了别的天地，现在你们可以用肉眼看见灵魂了。

〔安东尼做吃惊的手势。

德 尔 图 良

〔回到孟他努身边：

毫无疑问，因为灵魂是附在形体上的，没有形体的东西并不存在。

---

① 佩普查，小亚细亚弗里吉亚地方的城市，二世纪时为孟他努派的圣城。

孟 他 努

为了使灵魂更为敏锐,我建立了许多清规戒律。一年三次四句斋,每夜必须闭口祈祷,才不致使气息玷污思想。不结第二次婚,最好不结婚! 天使接触了女人也犯罪。

阿尔颂特派信徒[①]

[身穿马鬃毛苦衣:

救世主曾说:"我来此的目的是摧毁妇女的创造。"

塔提安[②]派信徒

[身穿灯心草苦衣:

恶之树,便是她! 皮衣是我们的肉身。

[安东尼一直往同一方向走去,他遇到了

瓦雷斯[③]派信徒

[席地而卧,穿了内衣的下身有红色斑块。

他们给安东尼一把刀:

照奥利金和我们的样子行事! 难道你怕痛,胆小鬼? 是不是怜惜你的皮肉而不敢干,伪君子?

[正当安东尼看着他们仰卧在血泊里做垂死挣扎时,

该 隐 派 信 徒[④]

[毒蛇作绳结扎头发,经过安东尼身旁时,在他耳边大叫大嚷:

---

① 阿尔颂特派,四世纪诺斯替教的一个支派,该派认为世界由七重天组成,每一重天由一个执政官管辖。阿尔颂特原义为执政官。
② 塔提安(约120—约175),叙利亚人,基督教早期护教士,后被西部教会指责为异教者。他认为物质纯然是恶的,应绝对禁止婚姻,禁止食肉饮酒,著《致希腊人论》《四福音合参》。
③ 瓦雷斯认为传种是犯罪行为。
④ 该隐,《圣经》故事中人类始祖亚当的长子,据《旧约·创世记》载,他是种地人,其弟亚伯以头生羊羔和羊脂献给上帝,上帝悦纳而对该隐及其供物不中意,该隐忌妒,杀死亚伯。该隐派仗恃该隐和犹大名声反对"恶之因"耶和华。

光荣属于该隐！光荣属于所多玛①！光荣属于犹大②！

该隐造就强者。所多玛的惩罚使人间胆寒,上帝拯救世界靠的是犹大！——是的,是犹大！没有他便没有死亡,没有赎罪。

[他们躲开乱糟糟的一群

希尔孔塞利派③信徒

[身披狼皮,头戴荆棘冠,手持大铁棒:

捣碎果实！搅浑泉水！淹死儿童！抢劫饱食终日享尽荣华富贵的人！揍那些对驴衣、狗食、鸟巢眼红的穷鬼！这些家伙看见别人不像他那样受罪便气愤难平！

我们这些圣人,为了加速世界末日的来临,我们下毒,我们烧,杀！

只有殉道能拯救灵魂,我们自愿殉道。我们用钳子揭去头皮,我们把四肢摆在犁头下,我们跳进火炉！

废除洗礼！废除圣体圣事！废除婚姻！全部进地狱！

[于是大圣堂里掀起一片怒潮。

俄得派④信徒朝魔鬼射箭,柯利瑞德派⑤信徒把蓝色面纱扔向楼板,阿希得派⑥信徒对着一只羊皮袋匍匐跪拜,马西昂派信徒用油给死人行洗礼。在阿佩尔派⑦信徒旁边,一个女人为了说明她的想法,给他们看一只瓶里的圆面包;另一个

---

① 所多玛,约旦河谷地的古城,居民无恶不作,耶和华降火烧毁该城。相传死海就是所多玛及其附近的原址。见《旧约·创世记》第十八、十九章。
② 犹大,耶稣的门徒,后受贿出卖耶稣。
③ 希尔孔塞利派,四世纪北非农业季节工人,他们常起义反抗暴政。
④ 俄得派,四世纪时由俄得在美索不达米亚建立的教派,他们赋予上帝以人形。
⑤ 柯利瑞德派,四世纪的异教派别,崇奉圣母。
⑥ 阿希得派,二世纪异教派别,屏弃圣事而以羊皮袋代替基督谈到的盛满新酒的钵。
⑦ 阿佩尔,二世纪异教领袖之一,主张废除婚姻,否认耶稣复活,屏弃《圣经》的《旧约》。

女人在桑卜色派①信徒间像分发圣餐面饼似的撒着鞋上的尘土。在撒满玫瑰花的马可派信徒的床上，一对恋人紧紧抱在一起。希尔孔塞利派信徒互相掐着脖子，瓦雷斯派信徒嘶哑着嗓子喘粗气。巴尔德萨纳引吭高歌，加波克拉翩翩起舞，马西弥拉和柏利西拉大声呻吟，而那位加巴道西的假女先知②却光着身子双臂靠在一头雄狮身上。她挥舞着三个火炬，尖叫着宣告那可怕的祷词③。

廊柱像树干一样左右摇晃，挂在那群异教徒脖子上的护身符画出一道道纵横交错火光四射的线条。庙堂里的群星闪闪烁烁，人群来来往往，人头像一个个翻滚咆哮的浪涛，连四周的墙壁也似乎往外移动了。

与此同时，在一片喧哗声中响起了歌声和笑声。

耶稣的名字重又震响其间。

唱歌的是些平民百姓，他们用手打着拍子，他们当中有

阿　里　乌

[身穿基督教执事制服。

那些慷慨激昂攻击我的疯子自以为阐明了荒诞不经的原因。为了彻底击败他们，我编写了一些小诗，小诗如此妙趣横生，磨房、酒肆、港口里人人都能倒背如流。

绝不是如此！圣子并不与圣父共同永生，也不和圣父同体，否则，他不会说："圣父，请把圣餐杯拿开！你为何说我好？唯有上帝好！我去见我的上帝，去见你们的上帝！"还有一些话证明圣子是造物。此外，他所有的名字都证明了他造物的身份：羔羊、牧羊人、泉水、智慧、人之子、先知、光明大道、基石！

---

① 桑卜色派，一世纪生活在死海沿岸一带的异教徒，以基督教、犹太教和无神论为其教义基础。
② 加巴道西，在今土耳其境内，加巴道西的假女先知指三世纪初一个有宗教幻象的女人。她跑遍加巴道西，煽动人民，宣称世界末日来临。
③ 可怕的祷词指她宣称的世界末日的来临。

撒 伯 里 乌①
我赞成圣父圣子完全相同。
阿 里 乌
安提阿主教大会的结论恰恰相反。
安 东 尼
第二位的圣子究竟是什么?……耶稣又是怎么回事?
瓦伦廷派信徒
那是悔过的阿沙拉莫特的丈夫。
塞特派信徒②
是挪亚③之子闪④!
提阿多图派信徒⑤
是麦基洗德!⑥
塞林图派信徒⑦
无非是一个人而已!

---

① 撒伯里乌,二至三世纪基督教一位论者,生于利比亚,约二一五年在罗马传道。他反对三位一体论,主张上帝只有一位。圣父、圣子、圣灵只是同一位上帝的三种不同显现,犹如一个人具有灵、魂、体三个方面,一个太阳具有天体、光源、热源三个方面一样。

② 塞特,《圣经》故事中人类始祖亚当的儿子,《创世记》载为亚当的第三子。上帝因该隐和亚伯死去,便再次使亚当得子,以资补偿。二世纪崇拜塞特的一派称塞特派。

③ 挪亚,《圣经》故事中洪水灭世后人类的新始祖。据《创世记》载,他是塞特的后裔,上帝因世人行恶,降洪水灭世,挪亚一家能持守正义,乃命其造方舟,率领全家并各种禽兽避入舟中,洪水过后,全家及禽兽幸存。

④ 闪,《圣经》故事中挪亚的长子,得挪亚的宠爱。犹太传说称他为闪族人的始祖。

⑤ 提阿多图,二至三世纪拜占庭学者,基督教嗣子论的创始人,约在一九〇年被罗马主教维克多一世判为异端。

⑥ 麦基洗德,《创世记》第十四章谈到亚伯兰大胜归来时,所多玛王出来迎接他,"又有撒冷王麦基洗德带着饼和酒出来迎接,他是至高上帝的祭司"。

⑦ 塞林图(约一世),早期基督教异端派别创始人,生于亚历山大城,讲学于埃及、安提阿等地。认为上帝是主动本原,物质是被动本原;物质是恶的,物质世界不是上帝创造,而是天使造成。上帝不能降生为人,耶稣应和基督区分而非一体。耶稣是约瑟和马利亚所生,基督则是附在耶稣身上的上帝。

阿波利拿里主义者①

他表面像人,佯装受难!

安西耳城的马尔塞鲁②

是上帝的延伸!

卡里克斯特教皇③

圣父和圣子乃是一个上帝的两种形式。

美 多 迪 乌④

他首先体现在亚当体内,然后在人体内。

塞 林 图

他将复活!

瓦 伦 廷

不可能——他不是肉身!

撒摩沙塔的保罗

他是从受洗那天才成上帝的!

海 尔 摩 然 纳⑤

他住在太阳里!

[于是全体异教徒把捧头哭泣的安东尼围起来。

一 个 犹 太 人

[红须,皮肤上布满麻风斑点。他走近安东尼,恶狠狠地

---

① 阿波利拿里(约310—约390),基督教神学家,生于叙利亚,多年反对阿里乌派。认为基督乃以神性的逻各斯(即上帝的话和道)作为其心灵,但人由灵、魂、体三者结合而成,基督只有人的魂和体,却无人的心灵,因已为逻各斯取代,故只有神性而无完全的人性。
② 马尔塞鲁(约300—约374),基督教神学家,安西耳城(今土耳其安卡拉)主教。三二五年因在尼西亚主教会议上反对阿里乌而扬名。他强调上帝圣子的神性,被认为忽视其人性,否定上帝的三位一体,并为此受罚解职。
③ 卡里克斯特教皇(217—222),在亚历山大·塞维尔统治时期殉教。
④ 美多迪乌,小亚细亚奥林坡地方的主教,曾和奥利金论战,于公元三一一年殉难。
⑤ 海尔摩然纳,二世纪的异教领袖,主张物质和上帝共同永存。

嘲笑他：

他的灵魂是以扫①的灵魂！他患了柏勒洛丰症②。他的母亲，那个化妆品贩子，在收割小麦的一天夜里，在玉米垛上与罗马士兵庞特努斯野合。

安 东 尼

〔猛然一抬头，默默盯住他们，然后径直朝他们走去：

圣师，巫师，主教，执事们，人和幽灵们，你们往后退，都往后退！你们全是些骗子！

异 教 徒 们

我们的殉道者比你那些殉道者受的折磨更多。我们的祈祷更加艰难，我们爱的冲动更为高尚。我们也和你们一样长久地神往。

安 东 尼

然而并没有神的启示！没有证据！

〔于是大家挥动纸卷、小木片、小块的皮革、一条条的布，争先恐后地往前挤：

塞林图派信徒

这不是希伯来人的福音书吗！

马西昂派信徒

天主的福音！

马可派信徒

夏娃的福音！

---

① 以扫，《圣经》故事中以撒和利百加之长子，与雅各为孪生兄弟。遍身多毛，狩猎为生。一天，他打猎回家，饥饿疲乏，见雅各煮红豆羹，欲索食，雅各趁机要挟他让出长子名分，以扫急于求食，遂允诺。雅各披毛皮骗得盲父祝福，以扫恨而图谋害之，雅各出奔，越二十年始返家。以扫宽容大度，兄弟重归于好。
② 柏勒洛丰，原为希腊神话中的英雄，他曾骑飞马杀死狮头羊身龙尾的吐火怪物。传说中把他作为诸神仇恨的牺牲品，诸神竭尽全力反对他，他则受着忧郁症的折磨，柏勒洛丰症来源于此。

禁 戒 派①

多马的福音!②

该 隐 派 信 徒

犹大的福音!

巴 西 里 得

灵魂不期而至论!

摩 尼

巴尔古夫预言!③

[安东尼挣扎着逃出他们包围,于是他瞥见在布满阴影的角落里

老伊便尼派信徒④

[像木乃伊一般干瘪,两眼无神,白眉毛。

他们用颤抖的声音说道:

我们认识他,我们这些人全认识他,认识这个木匠的儿子!

我们当时和他同岁,我们住同一条街。他用黏土捏小鸟,不怕刀口锋利。他帮父亲干活,帮母亲绕毛线并染色。后来他去埃及旅行,从那里带回重要的秘方。他来找寻吃蝗虫的人时,我们正在耶利哥⑤,他俩低声交谈,谁也听不见他们说些什么。不过,自那以后,他在加利利有了名气,有关他的奇闻比比皆是。

---

① 禁戒派,二世纪基督教中一派,他们信奉诺斯替教教义,视物质为恶,禁食肉类,弃绝婚姻,隆重举行弥撒时也不饮酒。
② 多马的福音,即《以色列哲人多马的福音》,流传至今的一为希腊文本,另一为拉丁文和叙利亚文的译本。二者均为耶稣童年的奇迹故事集。
③ 《巴尔古夫预言》,巴西里得的作品,但他伪称别人所写。
④ 伊便尼,源出希伯来文,意为"穷苦人",所以又叫穷人派。一至四世纪流传于巴勒斯坦,倾向犹太教的激进派。主张凡信奉基督教者,不论犹太人或异族人,都应恪守摩西律法和礼仪。后其信徒大多成为基督教诺斯替派。
⑤ 耶利哥位于约旦河西岸,死海正北。

〔他们抖抖索索地重复说道:
我们认识他,我们这些人全认识他!

安 东 尼

噢!还有呢?往下说吧!说吧!他长相如何?

德 尔 图 良

面貌凶狠,惹人嫌恶;因为他背负着天下所有的罪孽、痛苦和丑恶。

安 东 尼

啊!不!不!我想象的恰恰相反,他一定具有超人的美。

该撒利亚的优西比乌

在帕尼雅得①,的确有他一座石头雕像,立在朝向一间小破房的乱草堆里,据说是害血漏病的女人树立的。不过年深日久,面部已经损蚀,雨水也毁坏了铭文。

〔一个女人从加波克拉派信徒群中走出来。

马 色 林 娜②

从前,我在罗马一个小教堂里担任助祭,我给信徒们看圣保罗、荷马、毕达哥拉斯和耶稣基督的银像。

我只保存了耶稣基督的像。

〔她微微解开外套。

你想看吗?

一 个 声 音

我们一叫他,他自己就会显现!是时候了!来吧!

〔安东尼感到一只手粗暴地抓住他的手臂,把他带走。

他顺着漆黑的楼梯往上攀登,走了许多级以后才来到一扇门前。

---

① 帕尼雅得,古代叙利亚一城市。
② 马色林娜,似曾活到公元一六〇年,崇拜圣像,她分不清异教和基督教。

于是,给他带路的人(是希拉瑞昂吗?他不知道)和另一个人耳语:"我主即将来临。"他们被引进一间天花板很低也无家具的房屋。

首先使他吃惊的是他对面那只长长的血红色蛹壳,上面还有个光芒四射的人头,周围写着希腊字"克努菲斯"①。蛹壳下面是带底座的圆柱。房屋其余的内壁挂着光滑的铁盾圆形浮雕像,上面刻着兽头,有牛头、狮头、鹰头、狗头、驴头等。

这些图像下面都挂着泥制的灯,射出闪闪烁烁的光。安东尼从墙孔望出去,看见远处月色溶溶,波光粼粼,他还听见波浪轻微而有规律的拍击声和船身与码头石块之间的低沉撞击声。

一些男人蹲在地上,用大氅遮住面孔,不时像狗一样闷声闷气地叫几声。女人们正在打瞌睡,她们把托住头的手臂放在膝上,面纱把脸遮得严严实实,活像顺墙根摆放的一堆堆旧衣裳。她们身边是一群半裸的小孩,满身虱子,呆呆地看着点燃的灯。大家都无所事事地等待着什么。

他们低声谈着各自的家庭,或互相介绍治病的良方。迫害太严重了,不少人准备黎明时分乘船远去。欺骗不信教的人可真不难。"这些蠢人竟相信我们对'克努菲斯'五体投地!"

这时,一个骤然受神灵启示的教友在圆柱前站定。那里放着一个装满茴香和马兜铃的篮子,篮上放了一块面包。

余下的人也在自己的位子上站定,排列成平行的三行。

受神灵启示的教友

〔打开一卷文书,文书上横七竖八地盖了些圆筒形状的

---

① "克努菲斯"不是希腊文,而是埃及文,意为由蛇象征的神。

东西。他开口说道：

圣子之光在茫茫黑夜中降临，那里响起一声猛烈的呐喊，仿佛是光明在召唤。

全 体 教 友

〔摇摆着身子呼应道：

奇利-埃勒依松！①

受神灵启示的教友

后来，可耻的以色列②的上帝便借助那些玩意儿创造了人。

〔他指着那些圆形浮雕像：

阿斯托法约斯、阿拉约斯、撒巴俄特、阿特乃、埃洛伊、伊阿奥！③

于是"人"便躺到污泥上，丑恶、虚弱、畸形、毫无思想。

全 体 教 友

〔唉声叹气地：

奇利-埃勒依松！

受神灵启示的教友

索菲亚怜惜他，用自己一部分灵魂助他获得了生气。

上帝见"人"变得如此英俊，盛怒之下，将他监禁在自己的王国里，禁止他接近智慧之树。

是索菲亚又一次援救了他！她打发蛇转弯抹角地引他抗拒了仇恨的律法。

于是，"人"品尝了智慧之果，领悟了天道。

全 体 教 友

〔有力地：

奇利-埃勒依松！

---

① 奇利-埃勒依松，希腊文中两个词。"奇利"意为"主"；"埃勒依松"意为"怜悯"。弥撒开始时用语。
② 以色列，《旧约·创世记》记载，雅各与天使摔跤，胜了天使，天使叫他改名以色列，他的后裔就是今日的以色列民族。
③ 皆为诺斯替派恶意称呼耶和华（以色列上帝）的名称。

514

受神灵启示的教友

然而雅布达劳特①为了复仇,把"人"连同蛇推进了物质!

全 体 教 友

[低声:

奇利-埃勒依松!

[他们闭上嘴,不说话了。

海港的气味在温暖的空气里和灯烟融合,灯芯噼噼啪啪即将熄灭。长串的蚊子在空中打转。安东尼焦虑已极,直喘粗气,仿佛他被包围在极其恐怖的气氛里。某种罪恶引起的惊慌似乎接近尾声了。

然而

受神灵启示的教友

[顿足,手指咔嗒作响,摇头,随着锣声和尖厉的笛声狂热地急诵着:

来!来!来!从你的洞穴里出来!

无足快步如飞的,无手而攫取自如的!

曲折如江河,滚圆如太阳。漆黑里闪着金点,宛如繁星装点的苍穹!像葡萄藤盘根错节,像脏腑盘旋缠绕。

非生殖产生的!食土者!你永葆青春!你明察秋毫!你在埃比多尔②受崇奉,为人类行善!你治愈了托勒密王、摩西的士兵和米诺斯之子格劳科斯!③

来!来!来!从你的洞穴里出来!

全 体

[重复说:

来!来!来!从洞穴里出来!

---

① 雅布达劳特,诺斯替派恶意称呼耶和华的名字。
② 埃比多尔,古代希腊城邑,濒爱琴海,有医神埃斯科拉庇俄斯庙,神像是蛇形。
③ 格劳科斯实系西绪福斯之子,而非米诺斯之子,福楼拜将二者混淆了。

〔然而,什么也没有出来。

为什么?他怎么啦?

〔于是大家商议提出办法。

一位老者献出一块草皮,篮子随即翻腾起来,绿波起伏,鲜花坠落——露出一个巨蟒的头。

它沿着面包边缘缓缓蠕动。犹如一个圆圈围住一动不动的圆盘旋转,随后便展开,伸长了。它巨大,沉重。为了不让它触地,男人们把它捧在胸前,女人把它顶在头上,小孩把它抱在手臂里。它的尾巴从墙洞里伸出,没完没了地直伸到海底。它的环节全部散开,充塞大厅,把安东尼堵在厅里。

信　徒

〔嘴唇贴着蟒皮,把面包从它嘴里拉出来。

是你!就是你!

最初由摩西把你举起,后来被希西家①砸碎,最后由弥赛亚②修复。他在洗礼水波里把你吸进去,你却在橄榄园③里离开了他,于是他感到衰弱万分。

你缠住十字架,而且高过他的头,你的口涎流在他的荆棘冠上,眼看他死去。因为你不是耶稣,你,你是第二位的圣子!你是基督!

〔安东尼吓得晕了过去,他跌在茅庐门前的碎木片上,从他手上滑下的火炬徐徐燃烧着。

震动使他微微睁开双眼,他瞥见月亮的清辉映照出波光

---

① 希西家,犹大王。他曾砸碎他的臣民崇拜的青铜蛇。
② 弥赛亚原意为"受膏者"。古代犹太人封立君王和祭司时,受封者额上被敷膏油而称"受膏者",意指上帝所派遣者。犹太亡国后,犹太人中传说,上帝终将重新派遣一位"受膏者"来复兴犹太国。弥赛亚遂成为犹太人盼望的"复国教主"之专称。
③ 橄榄园,"圣经"中称橄榄山,位于耶路撒冷城东,系三里长的一座小山。山上有四峰,其中一峰即耶稣升天的地方。

粼粼的尼罗河,宛若一条巨蛇躺在沙漠里,这一切又使他进入了幻觉。他似乎并没有离开奥菲派信徒①,他们围着他,呼唤他,他们搬运行李往港口方向走下去。安东尼和他们一起上了船。

短暂的一瞬逝去了。

接着,他身边出现了一座监狱的拱门。他面前的铁栏在蓝色背景上画出一条条黑线。阴影里,他左右都有人在哭着祈祷,旁边的人正在鼓励、安慰他们。

外面似乎有人群的嘈杂声,那里的景色也像夏日一般明丽。

有人尖声叫卖西瓜、水、冰冻饮料以及草编的坐垫。还不时传来鼓掌声。他听见有人在他头顶上走动。

突然响起一阵有力而深沉的长啸,好像渡槽的水声。

他瞧见对面那个小间的铁栏后面有一头雄狮走来走去,随后是一排便鞋、赤腿和大红的流苏。更远些的地方,匀称地围坐着一圈圈的人。从环绕竞技场的低处,越往上圈子越大,直到最高处。那里竖着一个个桅杆,撑着用绳扯在空中的青紫色布篷。由中心往四周辐射的阶梯等距离地隔开了这些石头砌的圆圈。圆圈上已座无虚席,观众有骑士、议员、士兵、平民;有供奉女火神的贞女,也有娼妓。他们或穿毛呢斗篷,戴丝绸手带②或穿浅褐色长袍,或戴珠宝枝状饰品,或插羽翎,有的还握着高级执法官的束棒。人群熙熙攘攘,吵吵闹闹,一片纷乱、狂热,像气泡翻腾的酒桶,使安东尼晕头转向。竞技场中央的祭坛上摆了一个香炉。原来他周围的人都是些判给

---

① 奥菲派信徒,二世纪异教徒,蛇的崇拜者。
② 手带,天主教神甫做弥撒时戴在手臂上的带子。

牲畜吞食的基督教徒。男人穿着萨图恩①大祭司长的红袍，女人戴着刻瑞斯②的头带。他们的朋友正在瓜分他们的衣服残片和戒指。这些人说，探监也得花大量的银钱。那又何妨！他们决心待到最后一刻。

安东尼在安慰难友的人群中看见一个秃顶的男人，此人身穿黑色长衫，相貌似曾相识。他正在和受难者议论人世的空虚和天堂的幸福。安东尼不觉为爱的激情而心荡神驰了。他祈望有机会为救世主献出生命，不过他并不知道自己是否属于这些殉教者的行列。

然而，除了一个长发的弗里吉亚教徒高举双臂外，其余的受难者都显得神态悲戚。一个老人在长凳上啜泣，一个站着的青年正在低头冥想。

老　人

[适才在十字路口拐角的密涅瓦女神③像前，他不愿捐款。这时他注视着教友们，眼神仿佛在说：

你们真该救援我才是！有些宗教团体就曾设法逃脱惩罚。你们当中不少人就搞到过这类文书，文书谎称你们已祭过偶像了。

[他问：

亚历山大城的彼得主教不是规定了屈服于肉刑的人该做些什么吗？

[他随后又自言自语道：

哦！我这么大年纪受这份罪是太苦了！我病残的身体多么虚

---

① 萨图恩，罗马神话中的农神，特别是谷种和耕作的守护神。罗马的农神节于每年十二月十七日举行。
② 刻瑞斯，罗马神话中的谷禾女神，源于意大利半岛的远古宗教，又与罗马上古的大地女神德鲁·马特相混同，并具冥神职能。其神殿建于罗马城阿文坦山上。
③ 密涅瓦，罗马神话中的手工艺女神，即希腊神话的雅典娜，被奉为手工艺的传授者和工匠的守护神。与朱诺、朱庇特共被尊为"三联神"。

弱！不过,我本来也许可以活到明年冬天的!

[一想起自己的小花园他就动情,于是他往祭坛望去。

男　青　年

[他曾三拳两脚搅乱了阿波罗①的一次祭辰,他喃喃道:

往不往山里逃可取决于我!

[一个教友说:"士兵会抓住你。"

啊！我应该像奚普利安②一样行事,我会回来的;到第二次,我当然更有力量。

[他随后又想到自己本应活着的数不清的日子,想到他再也领略不到的欢乐,便往祭坛那边望过去。

然而

穿黑长衫的人

[朝他这边跑来:

多么丢脸！怎么,你,精选出来的牺牲品？这些女人全都在看你,想想吧！再说,有时上帝也会创造奇迹。彼奥纽斯③使杀他的刽子手双手麻木;波利卡普④的鲜血扑灭了烧他的柴火。

[他朝老人转过身来:

老头！老头！你应该用死来感化我们,如你迟迟不死,你无疑会犯下恶行,结果会抵消你善行的成果。再说,上帝的威力无边无际,也许你的榜样可以促使全民皈依呢。

[对面小间里,雄狮走来走去,从不停息,动作敏捷而快

---

① 阿波罗,希腊神话中掌管音乐、弓箭、预言、医药、畜牧的神,并被认为是希腊文化的守护神。
② 奚普利安(约210—258),基督教拉丁教父,出身北迦太基城的贵族。二四九年任迦太基城主教,次年因罗马帝国皇帝德西乌迫害基督徒,曾隐蔽乡间一年多,后回迦太基继续任主教。
③ 彼奥纽斯,士麦那(今土耳其境内)地方的神甫,于公元二五〇年殉教。
④ 波利卡普,生于小亚细亚,传说为使徒约翰的门生,二世纪初任士麦那主教,因与罗马主教亚尼赛意见不合,于一五六年殉教。

速。最大的一头突然盯着安东尼吼起来,嘴里吐出水汽。女人们紧挨着男人,挤作一团。

安 慰 的 人

[从这位走向那位。

如果有人用烧红的铁片烙你,如果你被四马分身,如果你全身涂上蜜糖让苍蝇叮咬,你们会怎么样?你又会怎么样?你也只能像森林里被突然袭击的猎人那样送命而已。

[安东尼宁受这一切折磨而不愿遇上那令人胆寒的猛兽。他似乎已经感觉到它们的牙齿和爪子,听到自己的骨头被猛兽咬得咔嚓作响。

一个驯兽人走进了黑牢,殉道者都发起抖来。

只有一个人镇定自若,就是那个在一旁独自祈祷的弗里吉亚教徒。他曾焚毁三座庙宇,现在他双臂高举,昂首,张口,视而不见,梦游人似的往前走去。

安 慰 的 人

[高声说:

闪开!闪开!孟他努的鬼魂会抓走你们!

全　　体

[大声叫骂着往后退:

孟他努分子下地狱!

[他们咒骂他,啐他,想揍他。

勃然狂怒的雄狮互相咬着鬃毛,百姓尖叫着:"扔给畜生!扔给畜生!"

殉道者号啕大哭起来,他们互相紧抱着。这时,送上来一杯麻醉酒,他们迅速传递着。

单间兽栏门前还有一个驯兽人等着信号。门开了,雄狮走了出来。

它大步斜着穿过竞技场,其余的雄狮一只只跟在它后面,随后是一头熊、三头雌豹、几头雄豹,他们像在牧场上一样分散开来。

响起了鞭声,基督教徒摇摇晃晃,为了早结果他们的性命,他们的教友推搡他们。安东尼闭上了眼。

待他睁开眼睛时,眼前却是一片黑暗。

不久天变亮了,于是他看见一片丘陵起伏的干旱原野,类似荒废的采石场周围的情景。

一丛丛小灌木东一处西一处长在地上的石板之间。灌木上浮着白色的形体,比云还显得缥缈。

接着又轻盈地降下更多的形体。一双双眼睛透过长长的面纱闪闪发光。从她们徐缓的脚步和散发的香味,安东尼认出她们是些贵妇人。也有些男人,不过地位低些,因为他们的面孔显得天真而粗俗。

她们当中的一位

[做深呼吸:

哦!在圣墓间呼吸这深夜的冷空气多么舒服!我多么厌倦那温软的床,白日的喧嚣,那让人窒息的阳光!

[她的侍婢从布袋里抽出一个火把点燃,信徒们又点上一些火把,然后将火把插到一个个坟茔上。

一 个 女 人

[喘着气:

噢!总算到了这里!嫁给一个偶像崇拜者该多么无聊!

另 一 个 女 人

探监也好,和教友叙谈也好,什么都惹丈夫怀疑!甚至画十字也得躲躲闪闪,他们把这也当成念魔咒。

另 一 个 女 人

我们那位每天和我争吵不休,他对我的肉体要求太过分,我不愿逆来顺受。于是他为了报复,竟让人像追捕基督徒似的跟踪我。

另 一 个 女 人

你们还记得那个漂亮的路西犹斯吗?他像赫克托耳①,脚后跟拖在战车后面,从埃斯齐林门②直拖到梯布尔山。路两旁的灌木丛都染上了他的鲜血!我还拾了他的血呢。喏,在这儿!

〔她从怀里抽出一块黑色的海绵,不断地吻它,然后扑到石板上哭喊着:

啊!我的朋友!我的朋友!

一 个 男 人

今天正是多米提拉③死难三周年,她是在普洛塞耳皮那森林被乱石砸死的。我收捡了她的尸骨,尸骨在草里像萤火虫一般闪闪发光,现在已被泥土覆盖了。

〔他扑到一座坟上。

啊!我的未婚妻!我的未婚妻!

其 余 的 人

〔满山遍野:

啊!我的姐姐!啊!我的兄弟!啊!我的女儿!啊!我的母亲!

〔他们跪在地上,手捧着脸,或倒在地上,两臂摊开。他们强抑住痛哭,鼓起的胸脯仿佛要炸裂。他们仰天祈告道:

上帝啊!请怜惜她的灵魂!她在阴间受着痛苦的熬煎,请你容她复活,使她享受你的光辉!

〔有的用眼盯住石板,喃喃说道:

请平静下来,不必再悲伤!我给你带来了酒肉!

---

① 赫克托耳,特洛亚王普里阿摩斯之子,同希腊作战,被阿咯琉斯杀死。
② 埃斯齐林门之名源于罗马东面的埃斯齐林山,古时为圣人墓葬之地,罗马帝国时期为皇家公园。去梯布尔山由此出发。
③ 多米提拉,原为罗马贵妇,因改信基督教,在罗马皇帝图密善(51—96)迫害基督教徒时期被处死。

一 个 寡 妇

这是我按他的口味亲自做的菜粥①,放了好些鸡蛋和双倍的面粉。我们要像过去一样一起吃粥,对吧!

[她放一点在嘴里。突然间,她狂笑起来。

其余的人也像她一样啃一小块,再喝一口。

他们互相讲述着一些殉难者的故事,悲恸欲绝。

酒祭②更频繁了。他们用满眶热泪的眼睛相互凝视,含糊地说着醉话,倾吐各自的伤感。他们的手渐渐握在一起,他们的嘴也贴在一起了。长面纱微微扯开,他们在坟上那一片酒杯和火把当中结合了。

天空渐呈鱼肚白色,晨雾濡湿了他们的衣衫。于是,他们像陌生人一般沿着不同的乡间道路各奔东西。

阳光灿烂,百草成长,原野变了样。

安东尼透过竹丛清楚看见一丛蓝色的柱林,原来是从一株大树干生长出来的树丛,每根枝丫都长出另外的枝丫,这些枝丫又都直插进土地。如果没有疏疏落落的小无花果和像埃及无花果叶一般的微黑树叶,这些纵横交错的线条真像一个奇大无比的屋架。

他看见树杈间长着一串串黄花和紫花,还有状若鸟翎的凤尾草。

在最低的枝丫下面东一处西一处露出非洲巨羚的犄角或羚羊明亮的眼睛。鹦鹉栖息在树上,蝴蝶飞来飞去,蜥蜴在地上爬行,苍蝇不停地嗡嗡。静穆中仿佛有强大的生命脉搏在跳动。

在树林入口处,一堆焚尸柴火上有个稀奇古怪的东

---

① 菜粥是古罗马人在不会做面包之前的主食,后来成为穷人的食品或喂圣鸡和祭奠的食品。
② 酒祭,古代人洒酒、奶或油以祭神或死者。

西——一个满身涂着牛粪的男人。他全身一丝不挂,比木乃伊还干瘪。他那木棍样的骨头之间的关节仿佛一个个鼓出的疙瘩。他双耳挂着许多贝壳,脸很长,鹰钩鼻。他左臂直直地举起,僵硬得像根木桩。他坐在那里很久很久了,鸟雀竟在他的头发里筑了巢。

他身下的柴火四角点燃了四把火。他睁大眼睛凝视着正对面的太阳。他不看安东尼,却说:

尼罗河畔的僧人,你以为如何?

〔火焰穿过木柴的空隙,从四面八方直冒出来。

印 度 裸 僧

〔继续说:

我像犀牛一样坠入孤寂的深渊,我居住在我身后的树干里。

〔那棵奇大无比的无花果树裂缝处果然有一个像人身一般大小的洞穴。

我的饮食是花和果,我遵守教规一丝不苟,连狗也不曾见我用过膳。

有腐化才有生活,腐化的根源是肉欲,肉欲来自感觉,感觉又由接触产生,因此我逃避一切行动,一切接触。我像墓碑一样纹丝不动,我靠鼻孔出气,我的视线固定在我的鼻尖。我在自己的头脑里观察太空,在我的体内观察世界,在我的心里观察月亮。与此同时,我思考着伟大灵魂的实质,正是从伟大的灵魂里像火星一样源源不断地闪出生活的准则。

我终于在所有的生命里找出了崇高的灵魂,又在崇高的灵魂里找出了所有的生命。于是,我得以让我的灵魂进入这崇高的灵魂,因为我早就使我的感官回归我的灵魂了。

正如查达卡鸟[①]只饮雨丝止渴,我的学识直接受之于天。

---

① 查达卡鸟即布谷鸟。

我依此认识万物,因此万物也就不复存在了。

而今我已没有希望,没有忧伤;没有幸福,没有情操。无日无夜,无你无我,空无一物。

我令人不寒而栗的苦行使我强于大能天神①,我一动念就会结果一百个王子的性命;就会废黜众神,把世界搅得天翻地覆。

[他语气单调地说出了这一切。

周围的树叶皱缩起来,地上的老鼠逃遁了。

他慢慢垂下眼帘,看着升腾的火焰继续说道:

我对形体,对感觉,对认识本身已深恶痛绝。因为引起思维的短暂现象消失以后,思维也不复存在。精神和其他事物一样纯属幻象。

万物有生皆有灭,有灭皆有生。一切声销迹灭的生物都会在尚未成形的模子里暂存,并回返大地艰难地为别的造物服务。

然而我已无数次为投生而奔波,当过神,当过人,也当过畜生。我拒绝这种长途跋涉,我再也不愿为此而劳累了!我要弃绝我污秽的形体,这形体由肉做成。因血液而发红,上面还裹了一层丑恶的粘满脏物的皮。作为对我的报偿,我总算可以睡觉了。我要绝对地沉睡过去,一直睡到灭亡。

[火焰升到他的胸脯,然后把他全部包围起来。他的头像从墙洞里钻出来似的伸出火海,他始终睁大双眼看着什么。

安 东 尼

[又站起来。

地上的火炬已燃着了碎木片,火苗烧焦了他的胡须。

安东尼喊叫着踩灭地上的火,待只剩下一堆灰烬时,他说:

希拉瑞昂究竟去哪儿啦?他刚才还在这里呢。

---

① 大能天神,九品天神中的第六品。

我看见他了!

嗨!不是,不可能!我弄错了!

为什么?……我的茅庐,这些石头,沙子,也许全不是实在的。我发疯了。冷静点!我刚才在什么地方?发生了什么事?

噢!印度裸僧!……印度的圣贤都是这种死法。迦兰努在亚历山大面前自焚①而死,奥古斯特时代也有人这样做。他们对生活该有多大的仇恨呀!也许是傲慢促使他们这么干的?……无论如何,这总算是殉道的勇气!至于那些人,我现在才相信人家对他们花天酒地行为的议论。

而这之前呢?对,我想起来了!那群异教徒……他们怎样地叫呀!什么样的眼神!可为什么肉体如此放荡,思想如此迷茫?

他们还自以为通过这些途径可以走向上帝呢!像我这样老失足的人有什么权利诅咒他们?他们消失之后,我也许会更了解他们。当时乱纷纷地转得太快,我真来不及回答。到此刻,我的头脑好像才开阔、清醒了些。我不着急,我觉得有能力……这是什么?我还以为适才踩灭了火呢!

〔一缕火苗在岩石间飞来飞去,远处的山间立即响起断断续续的叫声。

是狼狗在叫还是某个迷途的游子在哭泣?

〔安东尼静听。火光靠近了。

他看见一个正在哭泣的女人,靠在一个白胡子男人肩头上往这里走来。

她身上披了件破烂不堪的红袍。男人和女人都没戴帽,男人穿一件颜色相同的长衫,手上捧一只青铜罐,罐里冒着蓝

---

① 迦兰努,印度哲人,他年老体衰时,当着亚历山大大帝的面自焚,并预言亚历山大即将死亡。

色火苗。

安东尼害怕了,他想弄清楚这女人是谁。

陌生人(西门)①

这是个年轻姑娘,一个可怜的孩子,我带上她走遍天涯。

[他举起青铜罐。

安东尼就着火苗摇摇晃晃的微光端详那个女子。

她脸上有咬伤的痕迹,手臂上也有抽打的伤痕。

散乱的长发钩在衣服的破缝里。她的眼睛似乎对光线毫无感觉。

西　　门

有时,她久久这样待着不说话,不吃东西。过后她醒了,便说出许多妙不可言的话来。

安　东　尼

真的吗?

西　　门

埃诺娅!② 埃诺娅!埃诺娅!说说你想说的!

[她如梦初醒,转动眼珠,用手指慢慢抚摸双眉,然后忧伤地说:

海伦③(埃诺娅)

我记忆里有个遥远的地方,碧绿碧绿的,那里只长了一棵树。

[安东尼战栗起来。

树的每一级宽大的枝丫上都悬空挂着一对精灵。他们周围的

---

① 西门,撒马利亚的犹太术士。使徒彼得,约翰到该城为人行按手礼,受礼者即得到"圣灵"。他认为这两位使徒法术高过自己,愿出钱购此术,传为丑闻。他皈依弥赛亚,去罗马,曾在罗马建立塑像。他身边的女子叫海伦。
② 埃诺娅,希腊文,意为"思维",为瓦伦廷的三十"移涌"之一。
③ 海伦,荷马史诗中著名的美女,斯巴达王墨涅拉俄斯之妻。特洛亚王子帕里斯乘她丈夫外出,把她诱走,从而引起持续十年之久的特洛伊战争。海伦在此象征思想。

树枝纵横交错,宛若身体的脉络。他们注视着那永恒的生命从阴暗的树根一直流到高出太阳的树梢。我处在第二级树丫间,我用自己的容颜照亮夏天的夜晚。

安 东 尼

〔用手触自己的额头。

噢!噢!我明白了!是头脑!

西 门

〔用一个指头封住嘴:

嘘!

海 伦

风鼓船帆,破浪前进。他对我说:"我即使扰乱了国家,甚至失去我的王国也在所不惜!你总会属于我,去我家里!"

他宫殿里华贵的卧房多么舒适!他躺在象牙榻上,抚摸着我的头发,情意绵绵地唱着歌。

入夜,我看见双方的军营和点燃的烽火,尤利西斯①在他的营帐外,阿喀琉斯②全副武装驾车沿海岸行进。

安 东 尼

她完全疯了!为什么?……

西 门

嘘!……嘘!

海 伦

他们把我全身涂上香脂,然后把我卖给百姓供他们玩乐。

一天晚上,我捧着曼陀铃站在那里,我让希腊水手跳舞。瓢泼

---

① 尤利西斯,即荷马史诗中的英雄奥德修斯,勇敢机智,在特洛伊战争中献木马计使希腊联军取得胜利。
② 阿喀琉斯,荷马史诗《伊利亚特》中的主要人物,特洛伊大战中的希腊英雄,曾杀死赫克托耳,但脚上中了赫克托耳之弟帕里斯一支毒箭。海伦说的"他",即指诱她私奔的帕里斯。

大雨往酒馆倾泻而下,盛满热酒的杯子正冒着气。有一个人并未开门便飘然而至。

西　　门

那就是我!我找到了你!

安东尼,她就是人们称作西格①、埃诺娅、巴贝罗②和普罗尼科的女人!统治世界的精灵嫉妒她,便把她附在一个女人的体内。

她就是特洛亚人的海伦。诗人斯特西科尔③忆起她时曾诅咒过她。她又是被诸王奸污过的罗马贵妇吕克莱斯④,也是曾剃过参孙头发的那个大利拉⑤,也是曾委身于公山羊的以色列姑娘。她喜欢通奸,崇拜偶像;喜欢撒谎,干蠢事。她是全体百姓的妓女,在所有的街头卖唱,和所有的人亲嘴。

在推罗⑥,这叙利亚女人曾当过窃贼的情妇,整夜陪他们喝酒。她曾在满是虱子的暖床上窝藏过杀人犯。

安　东　尼

嗨!这和我有什么相干!

西　　门

[怒不可遏:

告诉你,我把她赎回来了,而且使她恢复了昔日的丰姿,以至卡尤斯·恺撒·卡利古拉⑦爱上了她,因为他想和月亮睡觉!

---

① 西格,即希腊语 sige,意为寂静,瓦伦廷的三十"移涌"之一。
② 巴贝罗,诺斯替教的另一"移涌",即淫荡。
③ 斯特西科尔,公元前六世纪希腊抒情诗人。
④ 吕克莱斯,罗马贵妇,因被王子赛克斯图斯奸污,羞愤自杀,引起王室颠覆,共和国成立。
⑤ 大利拉,《旧约·士师记》第十三到第十六章记载,参孙在非利士人统治以色列人时,做了二十年以色列士师。因他神力非凡,非利士人无法制服他。后来托与参孙相好的女人大利拉,骗取了他的秘密,知道他的力量来源于他的头发,便伙同大利拉乘参孙睡熟时剃光了他的头发,使他软弱无力而就缚。
⑥ 推罗,即今提尔,黎巴嫩城市,为古代腓尼基著名商埠。
⑦ 卡尤斯·恺撒·卡利古拉,罗马皇帝(37—41),暴虐无道,荒淫无耻。

安　东　尼

怎么？……

西　门

她就是月亮呀！克雷芒教皇不是写过她曾被关在一座炮楼里吗？三百个人来包围这座炮楼。每一个枪眼都同时出现了月亮，尽管世界上没有几个月亮，也没有几个埃诺娅！

安　东　尼

对……我想起来了……

［他沉入冥想。

西　门

她和基督一样清白无辜，基督为男人而死，她为女人而献身。亚当的违禁显示了耶和华的无能为力，因此必须摆脱那些与万物顺序不相容的老规矩。

我曾在以法莲和以萨迦部落①宣讲变革，我沿着彼佐尔江②，经过胡拉赫湖③后面，到达玛基大谷④，再翻山越岭去波斯拉⑤，甚至去大马士革宣扬变革！满身是酒、满身是污泥、满身是血的人来找我。我和希腊人称作密涅瓦的圣灵一起擦去了他们身上的污迹。她就是密涅瓦！她就是圣灵！我是朱庇特⑥、阿波罗、基督、帕拉克莱⑦，上帝的强大威力化成了西门的肉身！

---

① 以法莲(约瑟之子)和以萨迦,以色列十二部落中之两支。
② 彼佐尔江;在巴勒斯坦南部,流入地中海。
③ 胡拉赫湖,约旦河经过的巴勒斯坦湖泊。
④ 玛基大谷,在耶路撒冷西北。
⑤ 波斯拉,距大马士革九十公里,图拉真时期为罗马帝国阿拉伯行省的首府。
⑥ 朱庇特,罗马宗教的主神,原为意大利半岛雷、电、雨之神和"葡萄之灵",后通过伊特鲁立亚宗教而传入罗马。罗马城的加庇多山上的朱庇特神殿中,供有他和朱诺、密涅瓦、基林努斯、玛斯等的偶像,和朱诺、密涅瓦构成一组三联神;又与基林努斯、玛斯构成另一组三联神。
⑦ 帕拉克莱指圣灵。

安 东 尼

哦！是你！……真是你吗？可我很清楚你的罪行！

你出生在靠近撒马利亚的吉托依①。你的第一个师父朵西特乌斯把你打发回去了！你憎恨圣保罗，因为他使你一个妻子改信了别的宗教。你被圣彼得制伏后，你又气又怕，把你一口袋戏法扔进了波涛！

西 门

你想变这些戏法吗？

〔安东尼注视着他，内心里却有个声音喃喃说："怎么不想？"

西门接着说：

认识自然威力和精灵实质的人都应该创造奇迹，这是所有圣贤梦寐以求的事。而你也心急如焚。渴求这么做，承认吧！

我从罗马人中间飞上竞技场，高到谁也看不见我。尼禄命人砍我的头，但落地的不是我的头，而是一只母羊的头。后来，有人活埋了我，不过，第三天我又复活了。我不是在这里吗，这就是证明！

〔他把手伸给安东尼闻，双手都有死尸味，安东尼往后退缩。

我能让青铜蛇爬行，让花岗石雕像发笑，让狗说话。我要给你看巨量的黄金，我要立国王，你会看见对我五体投地的平民百姓！我会踏云、踩涛、穿山；我会变作青年、老人、老虎和蚂蚁；我会换上你的面孔，而把我的面孔给你；我也会驾驭雷电。听见了吗？

〔雷鸣电闪相继大作。

这是至高无上者的声音！"因为'永恒'——你的上帝，乃是

---

① 撒马利亚，耶路撒冷北三十英里的重要城市，古代以色列王国的首都。吉托依是撒马利亚附近的乡镇。

烈火"①,而世间一切创造都是靠他喷射的火进行的。

你即将接受火的洗礼。耶稣宣告的这第二次洗礼是在风雨交加的一天,由开着的窗户落到使徒们身上的。

〔于是他用手慢慢搅动火焰,仿佛想让火苗舔到安东尼:慈悲之母,是你发现秘密,使我们能在第八住宅里安息……

安 东 尼

〔高声说:

哦!我如果拥有圣水该多好!

〔火焰熄灭,浓烟滚滚。

埃诺娅和西门消失了。

大气里充满臭不可闻的、不透明的冰凉浓雾。

安 东 尼

〔像盲人一样伸出双臂:

我在哪里?……我怕掉进深渊。十字架一定离我太远……哦!什么样的夜晚!什么样的夜晚!

〔一股风把雾吹开了,于是,他瞥见两个穿白长衫的男人。

其中一位个子很高,面容温和,举止庄重。他像耶稣一样,金发从中分开,整齐地垂到他的双肩。他把手上的小棍扔出去,他的同伴连忙像东方人一样屈膝接了过来。

接棍的人矮、胖、塌鼻梁、脖子粗短、头发短而拳曲、表情天真。

他二人光头,赤脚,风尘仆仆,仿佛经过了长途跋涉而来到这里。②

---

① 《旧约·申命记》第四章第二十四节为"因为耶和华你的神乃是烈火"。
② 下面关于阿波罗纽斯和达弥斯的这段描写是本书最动人的情节之一,福楼拜曾单独发表在《艺术家》杂志上。

安　东　尼

［蓦地：
你们想干什么？说呀！走开！

达　弥　斯

［矮个子：
得啦！……好隐士！我想干什么吗？我一无所知！我师父在这里。

［他坐下来,高个子仍旧站着。沉默。

安　东　尼

［继续说下去：
这么说,你们来自……？

达　弥　斯

噢！来自远方,远极了！

安　东　尼

你们去……？

达　弥　斯

［指高个儿：
去他愿去的地方！

安　东　尼

他究竟是谁？

达　弥　斯

你看看他吧！

安　东　尼

［在一旁说：
他看上去像圣人！如果我斗胆……
［浓烟消散,天气晴朗,月光似水。

达　弥　斯

你在想什么呀？为什么不说话啦？

安 东 尼

我想……噢!什么也没想。

达 弥 斯

[向阿波罗纽斯①走去,在他身边躬身转了几圈,头也不抬。

师父,这是加利利地方的隐士,他想知道智慧的来源。

阿波罗纽斯

让他过来!

[安东尼犹豫不决。

达 弥 斯

过来吧!

阿波罗纽斯

[声音洪亮:

过来!你希望知道我是谁,我做了些什么,我在想些什么?是这样吗,孩子?

安 东 尼

……不过,这些事得有助于我的灵魂得救。

阿波罗纽斯

快活起来,我这就对你说!

达 弥 斯

[低声对安东尼:

这可能吗!除非他一眼就看出你对哲学非凡的兴趣!我呢,我也得乘机听听!

---

① 阿波罗纽斯,一世纪的贤人,最初为毕达哥拉斯派哲学家和魔术家,到三世纪时已被崇奉为半个上帝,声名卓著。他似乎具备了宗教创始人的一切优点。作者着力塑造这位先知以唤起已在地中海一带和东方淡忘了的新的宗教感情,促使希腊人、亚洲人和罗马人去等待上帝之子或上帝的使者。作者以生动的想象塑造了基督和基督教的这位竞争者。

阿波罗纽斯

我首先给你讲述我为了获得教义而走过的漫长历程。如果你发现我一生中有什么不轨行径,你尽管打断我的话,因为做坏事的人说话也会使人反感。

达 弥 斯

［对安东尼

多公正的人!嗯?

安 东 尼

的确,我相信他是诚挚的。

阿波罗纽斯

在我降生的夜晚,我母亲觉得自己似乎正在湖边采摘鲜花。忽然一道闪电,她梦见自己在天鹅的歌声中生下了我。

十五岁前,我一天三次被放进阿斯巴得泉①里,这里的泉水能让背信弃义的人浑身水肿。还有人用克努扎叶②搓擦我的全身,使我纯正。

一天晚上,一位巴尔米拉的公主前来找我,把她知道藏在陵墓中的财宝献给我。狄安娜庙的一个女奴因为绝望用宰杀祭品的刀自刎;西利西亚的总督在他许愿的末尾,竟当着我家的人大声说他一定要置我于死地,可是三天以后,死的却是他自己,他是被罗马人谋杀的。

达 弥 斯

［用肘碰了碰安东尼,对他说:

嗯?我对您怎么说的?多了不起的人!

阿波罗纽斯

我连续四年绝对保守毕达哥拉斯派的秘密,最难逆料的痛苦

---

① 阿斯巴得泉,即阿斯玛得泉,希腊语,意为神泉,在阿波罗纽斯出生地提亚那(在今土耳其境内)的托罗斯山中。
② 克努扎叶,希腊语,俗名跳蚤叶或乳香叶。

也未能使我哼一声,而且在戏院里,人们一见我进去,就像躲鬼魂一样避开我。

达 弥 斯

您会这么行事吗,您?

阿波罗纽斯

我那些受苦受难的岁月一结束,我便着手教育一些丢掉传统的神职人员。

安 东 尼

什么传统?

达 弥 斯

让他说下去!住嘴!

阿波罗纽斯

我和恒河的隐修哲人谈过天,也和迦勒底的星相家、巴比伦的袄教僧侣、高卢的德落伊教①祭司以及黑人的司铎交谈过。我登过奥林匹斯山的十四峰,我探测过斯基泰的湖泊,我还丈量过大沙漠的面积。

达 弥 斯

这一切可都是真的!我也在场,我!

阿波罗纽斯

我首先到希尔卡尼海②,在那里转了一圈,然后经过埋葬布色法尔③的巴罗马特人之乡④,我朝尼尼微⑤的方向走去。在这个城市的城门口,看见一个人朝我走来。

---

① 德落伊教的最高神祇是战神特塔特斯,其教徒相信灵魂轮回。
② 希尔卡尼海,即欧亚洲之间的里海。
③ 布色法尔,原为亚历山大大帝的骏马名,后古印度一城市用此名。
④ 巴罗马特,印度一地区。
⑤ 尼尼微,古亚述帝国的都城,在底格里斯河东岸,摩苏尔附近,公元前六〇六年毁于兵祸。

达 弥 斯

是我,是我! 我的好师父! 我立即爱上了您! 您比姑娘还温柔,比神还美!

阿波罗纽斯

［不听他说话:

他希望陪伴我,为我当译员。

达 弥 斯

可是您回答我说,您通晓所有的语言,而且您能猜出所有的人想些什么。我便吻了您大氅的下摆,然后跟随您走。

阿波罗纽斯

过了忒息丰,我们便进入巴比伦的领土。

达 弥 斯

总督看见脸色那么苍白的人便大叫一声。

安 东 尼

［自言自语:

这意味着什……

阿波罗纽斯

在一间屋顶镶嵌着繁星的圆形大厅里,国王起身在银质御座旁接见了我。圆形穹顶上,由四根看不见的线吊着四只展翅的硕大金鸟。

安 东 尼

［沉思:

难道人间有这样的东西?

达 弥 斯

那才称得上一座城池呢,这巴比伦! 那里的人都很富有! 漆成蓝色的房屋都装了青铜门,楼梯直通江边!

［他用手杖在地上画着:

就像这样,看见了吗? 此外,到处都是寺庙、广场、浴池、水渠! 宫殿都镀了一层红铜。那里面呀,您要知道就好了!

537

阿波罗纽斯

北边的城墙上建造了一座塔,塔上还有塔,三层,四层,五层……上面还有三层呢!那第八层塔是一个小教堂,里面放了一张床。除了神甫为巴力王①挑选的女人,谁也进不去。巴比伦王便让我住在那里。

达 弥 斯

他们几乎没有看我一眼,哼!我只得自个儿在大街上瞎逛。我了解当地的习俗,参观作坊,我仔细观察给花园灌水的机器。不过,同我的师父分开,我感到恼火。

阿波罗纽斯

后来我们出了巴比伦。我们在月光下突然看见一只昂彼斯②。

达 弥 斯

对了!它跳到师父的铁靴上,像驴似的叫起来。它还在岩石中间猛跑,师父大声骂它,它这才跑得没影了。

安 东 尼

〔在一边说:

他们到底想干什么?

阿波罗纽斯

在塔克西拉③这个拥有五千要塞的都城,恒河王弗拉奥尔特斯④请我们看他的黑人卫队,这些人长得都有五肘尺⑤高。他还领我们到他的御花园里看那头待在绿锦缎营帐下的大象,王后们

---

① 巴力王,西亚古国亚述的国王,他的儿子尼努设法使他神化,因此,他成了迦勒底人的至高神。
② 昂彼斯,此处指希腊宗教里的冥间女神赫加特派出的幽灵。赫加特在希腊民间被认为掌管鬼魂和离奇恐怖的事,人们每月一次在十字路口以狗肉祭之。
③ 塔克西拉,印度城市。
④ 弗拉奥尔特斯,海德斯王朝不少国王的名字,也是印度一个国王的名字。
⑤ 肘尺,古代长度单位,约45厘米,自肘至指尖的长度。

为了寻开心给它洒了香水。是鲍吕斯①的象。它在亚历山大大帝驾崩后逃走了。

达 弥 斯

后来在森林里找到了它。

安 东 尼

他俩像醉汉一样说个没完!

阿波罗纽斯

弗拉奥尔特斯让我们和他同桌吃饭。

达 弥 斯

多奇特的国家!贵族老爷喝酒时往一个跳舞的娃娃脚下射箭消遣,可我并不赞成……

阿波罗纽斯

我准备启程时,国王递给我一把阳伞说:"我在印度河边有一群白骆驼,你不需要它们时,往它们耳里吹口气,以后它们自己会回来。"

我们沿河而下,夜里借竹林间萤火虫的闪光行走。奴隶一路上吹着口哨赶蛇。我们的骆驼在树下走过时得弯下身子,就像经过太低的门一样。

一天,一个黑孩子手握一根金质神杖②把我们引到圣贤学校,校长伊阿尔加斯③对我谈起我的祖先,我全部的思想、行为和我的生活方式。他前生是印度河,他还提起在色索斯特利斯④时代我在尼罗河上撑船的事。

达 弥 斯

我呢,谁也没告诉我什么,所以我对自己的前生一无所知。

---

① 鲍吕斯,印度国王,曾和亚历山大作战,战败被俘。
② 神杖指赫耳墨斯神杖,杖上绕着两条蛇,顶有两翼。
③ 伊阿尔加斯,印度圣贤,阿波罗纽斯认为自己的教义和法术来源于他。
④ 色索斯特利斯,埃及王室,多指公元前十四世纪君主拉穆赛斯二世,曾征服叙利亚。

安 东 尼

他们的神态模糊不清,有如影子。

阿 波 罗 纽 斯

我们在海边遇到西诺色法尔①,它们喝足了奶从塔普罗巴尼岛②远征归来。金色的珍珠随着温热的海浪朝我们涌来。琥珀在我们脚下咔咔作响,巨鲸骨头在峭壁缝隙间露出白色。后来,陆地竟变得比一只鞋还窄。我们向太阳洒去几滴大洋水,这之后便往右拐回来了。

我们途经香草之乡、恒河人之乡、科玛利亚岬角、萨卡利亚人地区、阿德拉姆人地区和荷梅利人③地区,随后经过卡萨尼亚山脉④、红海和托帕佐岛⑤,从俾格米王国⑥进入埃塞俄比亚。

安 东 尼

〔自语:

地球该有多大!

达 弥 斯

我们回家时发现所有过去的熟人都死了。

〔安东尼低下头。沉默。

阿 波 罗 纽 斯

〔继续说:

于是,人们开始谈论我。

当时瘟疫在以弗所蔓延,我命人用石块打死了一个老乞丐。

---

① 西诺色法尔,即狒狒,生长在非洲的一种哺乳动物,身体形状像猴,头部形状像狗。埃及人认为它们崇拜太阳。
② 塔普罗巴尼岛,即锡兰岛,今名斯里兰卡。
③ 香草之乡,指索马里海岸;恒河人之乡指印度恒河三角洲地区;科玛利亚岬角即科摩林角,在印度南端;萨卡利亚人地区在南阿拉伯海;阿德拉姆人指阿拉伯海南部的哈德拉姆人;荷梅利人指也门人。
④ 卡萨尼亚山脉,指阿拉伯山脉。
⑤ 托帕佐岛或奥菲俄得斯岛,系红海的岛屿。
⑥ 俾格米王国,即矮人国。

达 弥 斯

瘟疫便绝迹了。

安 东 尼

怎么！他会祛病？

阿波罗纽斯

在克尼德①,我治愈了迷恋维纳斯的人。

达 弥 斯

对,是个疯子。他甚至答应了娶维纳斯。爱一个女人还说得过去,可他爱的是雕像,多愚蠢！我师父把手放到他心上,爱情之火立即熄灭了。

安 东 尼

怎么！他会驱魔？

阿波罗纽斯

在塔兰托②,有人把一个死去的姑娘放在柴堆上。

达 弥 斯

师父摸摸她的嘴唇,她便坐起来直叫她母亲。

安 东 尼

什么！他会让死者复活？

阿波罗纽斯

我曾预言韦斯巴芗③掌握政权。

安 东 尼

怎么！他能预测未来？

---

① 克尼德,小亚细亚城市,位于卡利亚的特立奥皮翁海角,以市里的维纳斯庙闻名于世。庙内的女神雕像后移至君士坦丁堡,并在大火中被焚。
② 塔兰托,意大利南部商埠。
③ 韦斯巴芗(9—79),古罗马皇帝,弗拉维王朝(69—79)创立者。他本是尼禄帝的将军。尼禄死后,被军队拥立为帝。在位时整顿财政,广泛吸收行省上层奴隶主参加元老院,加强集权统治,曾建立罗马斗兽场等。

　　　　达　弥　斯

从前在科林斯①,有……

　　　　阿波罗纽斯

和他同桌吃饭时,在巴亚泉②边……

　　　　安　东　尼

请原谅,陌生人,天已晚了!

　　　　达　弥　斯

有个名叫麦尼朴③的青年。

　　　　安　东　尼

不!不!走开吧!

　　　　阿波罗纽斯

进来一只狗,嘴里衔着一只断手。

　　　　达　弥　斯

一天晚上,他在近郊遇见一个女人。

　　　　安　东　尼

您没听见我的话吗?你们走吧!

　　　　阿波罗纽斯

这只狗围着几张床乱窜。

　　　　安　东　尼

够了!

　　　　阿波罗纽斯

有人想赶走它。

　　　　达　弥　斯

麦尼朴便到她家去,他们相爱了。

---

① 科林斯,希腊城市。
② 巴亚,古意大利城镇,以泉水风景著称。
③ 麦尼朴,科林斯青年,曾被女妖爱上。

阿波罗纽斯

狗用尾巴敲着瓷砖,把断手放到弗拉维①膝上。

达 弥 斯

可是到了早晨上课时,麦尼朴脸色惨白。

安 东 尼

［跳起来:

又来了!嗨!让他们讲吧,既然没有……

达 弥 斯

师父对他说:"哦!漂亮的年轻人,你抚爱一条蛇,一条蛇抚爱你。什么时候举行婚礼?"我们都去参加了婚礼。

安 东 尼

我听这些话显然是错了。

达 弥 斯

一走进前厅,只见仆人们忙来忙去,门也开了,却听不见脚步声和门的响动。师父待在麦尼朴身边,新娘马上生了哲人们的气。可这时,金杯盘碗盏、酒童、厨师、侍从突然无影无踪了。房顶飞了,墙壁塌了,只有阿波罗纽斯一个人站在那里,还有新娘泪人儿似的在他脚边。她原来是一个吸血鬼,她为了吃青年们的肉便满足他们的要求,因为这类鬼怪认为什么东西也比不上恋人的血好吃。

阿波罗纽斯

如果你想掌握法术……

安 东 尼

我什么也不想掌握!

阿波罗纽斯

我们到达罗马城门口的那个晚上……

---

① 弗拉维是韦斯巴芗的名字。

安 东 尼
哦！对了！给我讲讲教皇们的城市！

阿波罗纽斯
一个醉汉前来和我们攀谈，他还用柔和的声音哼着歌子，原来哼的是尼禄的祝婚歌。谁不认真听他唱，他便有权处死谁。这个醉汉背上背了一个盒子，盒里装着尼禄皇帝齐特拉琴上的弦。我耸了耸肩，他便往我们脸上扔污泥，于是我解开自己的腰带，放到他手上。

达 弥 斯
噢！您这事可做错了！

阿波罗纽斯
夜里，皇帝命人把我叫到宫里，他正在和斯波鲁斯①玩骨牌，左臂靠在一张玛瑙桌边。他转过身，皱皱金黄色的眉毛问我："你为什么不怕我？"我回答说："因为上帝让您吓人，让我胆大。"

安 东 尼
〔自言自语：

说不清是什么东西让我害怕。

〔沉默。

达 弥 斯
〔用尖声继续说：

而且全亚洲都可以对您说……

安 东 尼
〔突然：

我不舒服！别管我！

---

① 斯波鲁斯，传说是尼禄帝之阉臣。

达 弥 斯

你且听着！他在以弗所看见图密善①在罗马遇刺。

安 东 尼

〔使劲笑：

这可能吗！

达 弥 斯

没错。罗马历十月十四日这天，大白天在戏院里，他突然大声说道："有人杀害恺撒！"过一会儿又补充说："他滚到地上了。哦！他在怎样挣扎呀！他又立起来了，他想逃走，门全关着。哦！完了，他死了！"而提图斯·弗拉维·图密善的确是在这天被谋杀的，这您知道。

安 东 尼

没有魔鬼的救助……当然……

阿波罗纽斯

这位图密善曾想处死我！我吩咐达弥斯逃走了，我一个人留在监狱里。

达 弥 斯

应该承认，这种勇气实在可怕！

阿波罗纽斯

快五点钟时，士兵们把我带到法庭。我的讲稿早就准备好了，我把它放在大氅口袋里。

达 弥 斯

当时我们这些人都在普佐尔河岸上！我们都以为您死了，我们正哭着。快六点时，您突然出现了，您对我们说："是我！"

安 东 尼

〔自语：

---

① 提图斯·弗拉维·图密善，古罗马皇帝(81—96)，韦斯巴芗的次子。

545

就像"他"！

达 弥 斯

〔高声：

一模一样！

安 东 尼

啊！不！您撒谎,对吗？您撒谎！

阿波罗纽斯

他自天而降。而我,我升天——我的情操助我上升,直到本原。

达 弥 斯

他的故乡提亚那城还为他建立了一座有神职人员的庙宇呢！

阿波罗纽斯

〔走近安东尼并在他耳边叫道：

因为我熟悉所有的神和礼仪,所有的经文和神谕！我曾钻进阿波罗之子特罗佛纽斯①的洞穴！我还为叙拉古②妇女制作糕点,让她们带到山里去。我经受了密特拉教③的八十种考验！我将萨巴支阿④的蛇贴在我心上,我接受了卡比里众冥神的披巾！我在坎帕尼亚湾⑤用波涛洗净赛比利⑥,我还在萨莫色雷斯⑦的岩洞里度过了三个月。

---

① 特罗佛纽斯不是阿波罗,而是奥尔科迈纳国王埃尔吉诺之子,他杀死兄弟阿加迈德后被埋进地缝。据说死后在那里传达神谕。
② 叙拉古(今译锡腊库扎),西西里城市。
③ 密特拉教,流行于帝国时期的罗马秘传宗教之一。密特拉原为古印度和伊朗神灵,公元前六七年传入罗马,成为主神,形成此教。
④ 萨巴支阿,弗里吉亚宗教的冥神,传入希腊、罗马后,与其他宗教神祇混同。以蛇为标记。
⑤ 坎帕尼亚湾,位于意大利南部。
⑥ 赛比利,弗里吉亚宗教的女性主神,被奉为大母神。具有繁殖和冥神职能,管山林动物。
⑦ 萨莫色雷斯,爱琴海岛屿之一,靠近色雷斯海岸,为崇奉赛比利的中心。

达 弥 斯

〔傻笑:

哈!哈!哈!知道了善良女神①的秘密!

阿波罗纽斯

现在,我们又该朝圣去了!

我们去北方,往天鹅和雪的方向走。在白皑皑的原野上,瞎眼的希波波德②用蹄子踩坏海外的草木。

达 弥 斯

来吧!曙光已经升起,雄鸡已经啼晓,马也已嘶鸣,帆船已准备就绪。

安 东 尼

雄鸡并没有啼鸣,我听见沙地里蟋蟀叫,我看见明月当空照。

阿波罗纽斯

我们去南方,爬过深山,涉过汹涌的波涛,到芳香里去寻觅爱情的来源。你会闻到没药的香味,这种香味会置弱者于死地。你把身体放进茹诺尼亚岛③的玫瑰油湖里,你会看见,每逢一百年,睡在报春花上的蜥蜴头上的红宝石熟透落地,蜥蜴便苏醒过来。繁星像眼睛一般闪烁,瀑布像竖琴一样弹唱,盛开的鲜花散发出醉人的芳香。你的思想会在太空里开阔起来,你的容颜和心田也得以舒展。

达 弥 斯

师父,到时候了!快起风了,燕子都已醒来,爱神树叶已被风吹走!

---

① 善良女神指众神之母赛比利。
② 希波波德,民间传说为马脚人,生活在斯基泰。
③ 茹诺尼亚岛,即今大西洋加那利群岛之一,气候温和,产酒。

阿波罗纽斯

对!启程吧!

安　东　尼

不!我,我留下!

阿波罗纽斯

你愿意我告诉你哪里长着起死回生的巴厘草吗?

达　弥　斯

不如问他是否想知道哪里有吸银吸铁吸铜的安德罗达玛①!

安　东　尼

啊!我多难受!我多难受!

达　弥　斯

你会懂得所有生物的叫声,虎啸,鸽叫!

阿波罗纽斯

我要让你骑麒麟,骑龙,骑马头人身的怪兽,骑海豚。

安　东　尼

〔哭泣。

啊!啊!啊!

阿波罗纽斯

你会认出穴居岩洞的妖魔,林中说话的妖魔,翻江倒海的妖魔,吹动云彩的妖魔。

达　弥　斯

束紧你的腰带!系上你的鞋扣!

阿波罗纽斯

我要告诉你神祇外形的来由:为什么阿波罗站着,朱庇特坐

---

① 安德罗达玛,系赤铁矿石类的一种宝石,由于它坚硬无比,又叫"征服人类石"。

着？维纳斯为什么在科林斯是黑色的,在雅典是方的,而在帕福斯却是圆锥形的①?

安 东 尼

〔双手合掌:

让他们走开!让他们走开!

阿波罗纽斯

我要当你面扯下诸神的甲胄,我们要强占神殿,我还要让你奸污神殿女祭司②!

安 东 尼

救救我,主呀!

〔他冲向十字架。

阿波罗纽斯

你有什么欲望?你的梦想呢?你只要一想……

安 东 尼

耶稣,耶稣,帮助我!

阿波罗纽斯

你愿意我让他,让耶稣显形吗?

安 东 尼

什么?怎么显形?

阿波罗纽斯

一定是他!不是别人!他会扔掉荆冠,我们便面对面聊天!

达 弥 斯

〔低声:

说你愿意!说你很愿意!

---

① 维纳斯在科林斯只有一间小庙,由一千个神妓主持;雅典的维纳斯塑像只有一部分像人;而帕福斯的维纳斯像乃是一个圆锥形柱。
② 女祭司,指古希腊得尔福城的阿波罗神殿女祭司。

549

[安东尼在十字架下喃喃念着祷词,达弥斯围着他转,做着曲意奉承的动作。

哦!善良的隐士,亲爱的圣安东尼!圣洁的人,名声卓著的人!被人赞不绝口的人!您别害怕,这是沿用东方人的夸张说法。这一点不妨碍……

阿波罗纽斯

别管他了,达弥斯!

他像未开化的人,竟相信事物的实在性。他对诸神的恐惧妨碍他理解诸神。而他又把自己的上帝贬低到一个好忌妒的国王的水平!

你,我的儿子,别离开我!

在一切形体之上,远离大地,高过天界,存在一个思维的世界。那里到处是圣子!我们只须一跳便会越过空间,你便能在它的无限里找到"永恒""绝对"和"本质"!好!把手给我!上路!

　　[他退着走近峭壁,走出去,悬在空中。
　　他俩肩并肩徐徐升到空中。
　　安东尼抱着十字架,注视他们升腾。
　　他们无影无踪了。

五

安　东　尼

　　[缓缓踱步:

这家伙比得上整个地狱!

尼布甲尼撒也没有让我这样眼花缭乱,示巴女王也没有让我如此心醉神迷。

听他如此这般谈论诸神,真想去认识这些神祇。

记得在戴克里先时期,我曾在埃列芳提那岛①上同时见到过几百位神灵。皇帝给游牧人让出一大片土地,条件是他们必须守住疆界。协定是以"隐蔽大能天神"的名义签订的,因为每个民族的神都不为其他民族所熟悉。

蛮人引来了他们的神祇,他们占据着沿河的沙丘。有人看见他们像抱着瘫痪的大娃娃似的抱着他们的偶像,或者驾上棕榈树干在瀑布间穿行。他们远远地亮出脖子上的护身符和胸脯上刺的鲸纹——而这也并不比希腊人、亚洲人、罗马人的宗教更罪过!

我住在赫利奥波里斯②的庙里时,经常仔细观察墙上各种各样的东西:持权杖的秃鹫、弹竖琴的鳄鱼、蛇身的男人面孔、匍匐在生殖神前的牛头女人,它们的神怪形体把我引到另外的天地。我真想知道这些安详的眼睛在看些什么。

物质只有内涵精神才得以如此无所不能。神祇的灵魂和他们的形象紧密联系……

外貌美丽的可以引诱人。然而那些……卑微的或可怕的,又怎能信得过……

〔他看见一些树叶、石头、贝壳、树枝、隐约显现的走兽,还有患水肿病的矮家伙都贴着地面过去了。而这些都是神!

他大笑起来。

他背后也爆发出一阵笑声,原来是希拉瑞昂。他身穿隐士服,比方才高大得多,像个巨人。

安 东 尼

〔看见他并不吃惊。

只有笨蛋才崇拜这些!

---

① 埃列芳提那岛,尼罗河上游的一个小岛。
② 赫利奥波里斯,希腊文,意为"太阳之城",是古代埃及的希腊族人对埃及伊乌努城的称谓,现译"日城",是古埃及阿图姆神的崇拜中心。

希 拉 瑞 昂

噢！对！笨极了！

　　〔于是,不同民族、不同年龄的偶像都在他们面前络绎走过,有木质、铁质的,还有花岗石、羽毛或兽皮缝合的。

　　比挪亚的洪水之年更为古老的偶像头上吊着海藻,海藻像马鬃一般遮住了他们全身。有的偶像身子太长,下部太短,走路时关节咯咯作响,连腰也折断了。还有的偶像让沙子从肚腹的窟窿里流出去。

　　安东尼和希拉瑞昂乐不可支,笑得前仰后合。

　　后来又走过一些外形像羊的偶像,它们的罗圈腿走起路来跌跌撞撞,它们微微睁开眼睛,像哑巴一样结结巴巴:"叭！叭！叭！"

　　它们越接近人形,安东尼越恼怒,他对它们拳打脚踢,还扑了上去。

　　它们变得令人丧胆了:头上长出高高的羽翎,眼睛圆得像球,手臂末端长出爪子,还长出鲨鱼下巴。

　　于是当着这些神祇的面,有人在石头祭坛上杀起人来。还有些人在酿酒桶里被捣碎,有的被大车压死,有的钉死在树上。还有一个神祇满身是烧红的铁,长着牛角,正在生吞小孩。

安　东　尼

太可怕了！

希 拉 瑞 昂

可是神祇始终要求酷刑,你的上帝甚至希望……

安　东　尼

　　〔哭着说:

啊！别讲了！住嘴！

　　〔岩石周围变成了山谷,一群水牛在一片浅草地里吃草。牧牛人仔细观察着一片云,急切地向空中尖声喊话。

希 拉 瑞 昂

他急需甘霖,因此他唱歌,想迫使天王打开那一片祥云。

安 东 尼

〔笑着:

愚狂之至!

希 拉 瑞 昂

那你为什么念咒驱魔呢?

〔这时,山谷变成一片乳海,纹丝不动,无边无际。

乳海中央漂浮着一只长长的摇篮,摇篮由一条蛇蜷曲而成,许多蛇头同时垂下,荫蔽着一位在它身上熟睡的神祇。

他年轻,无须,美过少女,身上罩着半透明的帷幔。他那三重冠上的珍珠像无数月亮,闪出柔和的光。一串星星在他胸前绕了又绕。他一只手枕在头下,另一只手臂伸出去。他正在休息,看上去像陶醉在沉思里。

一个女人蹲在他脚边,等他苏醒。

希 拉 瑞 昂

这就是婆罗门①最初的二重性,因为"绝对"性不可能由任何形式表达出来。

〔神的肚脐上长出一枝莲花,花萼里又出现一位三面神。

安 东 尼

瞧!了不起的创造!

希 拉 瑞 昂

圣父,圣子,圣灵同样是一个人!

〔三个头分开了,出现了三尊大神。

第一尊呈粉红色,正啃着自己的大脚趾尖。

第二尊呈蓝色,摇晃着四只手臂。

---

① 婆罗门,印度封建种姓制度的第一种姓:僧侣。

第三尊呈绿色，戴一根人颅骨做成的项链。

在他们对面立即出现了三位女神；一位裹在一张网里，另一位正在奉献一只酒杯，最后那位挥舞着一张弓。

男女众神不断增多，他们的肩上长出臂膀，臂梢又长出手，手上握着旌旗、大斧、盾牌、剑、阳伞和鼓。他们头上冒出清泉，鼻孔长出青草。

他们有的骑鸟，有的在轿里摇来晃去，有的端坐在金椅上，有的站在象牙壁龛里。他们或沉思，或遨游，或发号施令，或饮酒，或闻花香。女的翩翩起舞，巨人追逐妖魔，隐士在岩洞门前冥想。分不清眼珠和星星、云彩和彩旗。孔雀在金粉溪边畅饮，旗帜的彩绣和豹子的花点混成一片。箭在飞舞，香炉在晃动，它们与色彩斑斓的光在蓝色的大气里交相辉映。

这一切宛如一道高高的檐壁，从岩石上的底座升高，扩展，直达苍穹。

安 东 尼

［眼花缭乱：

这么多呀！他们想要什么？

希 拉 瑞 昂

用象鼻搔肚腹的那一位是太阳神，他启迪智慧。

用六个头举塔，用十四只手握投枪的那位是军中之王，是毁灭者火神。

骑鳄鱼的老者要去岸边洗涤死人的灵魂，这些灵魂即将受到那主宰地狱的烂牙黑女人折磨。

无腿车夫驾驶的红马大车拉着太阳之主在蔚蓝的太空遨游，月神乘坐三匹羚羊拉的驮轿陪伴着他。

跪在一只鹦鹉背上的美之神把圆圆的乳房献给儿子爱之神。她走远了，正快活地跳到草地上。瞧！瞧！她戴着耀眼的头巾正在小麦上、波涛上迅跑。她升到空中,散到各处去了。

诸神之间是风的精灵,星宿的精灵,月、日的精灵,还有十万个精灵!它们的面貌多种多样,瞬息万变。这里有个精灵由鱼变成龟,长着野猪头,矮人身。

安 东 尼

为什么这样?

希 拉 瑞 昂

为了恢复平衡,为了战胜邪恶。然而生命正在衰竭,形体正在毁损,他们只有在变化中才得以前进。

[突然出现

一个裸体男人

[盘腿坐在沙地里。

他身后悬着一轮颤动的光晕,他那带蓝色反光的黑色小发卷对称地环绕着他隆起的头顶。他的长手臂直垂到双肋;他双手张开,平放在大腿上,他的双脚脚底形状像两个太阳。他一动不动,面对安东尼和希拉瑞昂,他周围的众神祇像在竞技场的阶梯座位上似的,坐在一级一级的岩石上。

他微启双唇,用深沉的声音说:

我主持重大布施,普度众生,我向众僧俗阐述戒律。

我愿投生人间,以拯救尘世。在与我依依惜别之际,众神哭泣。

我首先寻觅合适的女人:武人后裔,国王之妻,品行端正,美貌绝伦,肚脐深邃,身体强健,有如钻石。趁满月之际,无须借助男人,我投入她腹中。

我从她右肋出世,当即有星辰停止运行。

希 拉 瑞 昂

[喃喃道:

"他们看见那星,就大大的欢喜。"①

---

① 见《新约·马太福音》第二章第七节。

〔安东尼越发用心观看。

菩 萨

〔继续说：

一位百岁僧侣从喜马拉雅山深处赶来看望我。

希 拉 瑞 昂

"有一个人名叫西面，他知道自己未死以前必看到主所立的基督。"①

菩 萨

有人引我入学，比之众位教师，我知识尤为渊博。

希 拉 瑞 昂

"……坐在教师中间……凡听见他的，都稀奇他的聪明。"②

〔安东尼示意希拉瑞昂住嘴。

菩 萨

我在园中沉思，日以继夜。树影婆娑，荫蔽我的树影却静止不动。

不论文字知识、列举原子、驾象、蜡工、天文、诗词、拳击，抑或全面训练、手工技艺，无人能与我匹敌！

入境随俗，我娶了妻。从此，我深居王宫，消磨时日。衣珍珠衫，沐芳香浴，三万三千佳丽为我挥扇驱蝇。我从饰铃齐鸣的楼台俯瞰我的臣民。

然而，目睹世间疾苦，使我放弃逸乐，逃避远处。

我身披拾于墓地之破衣烂衫沿路乞讨。见一隐士十分博学，我心甘情愿充当其奴隶，为他守门，为他洗脚。

于是，一切欢乐，一切忧郁，七情六欲，全部化为乌有。

尔后，我聚精会神思考更为广博深奥的问题，我理解了万物之

---

① 见《新约·路加福音》第二章第二十六节。
② 见《新约·路加福音》第二章第四十七节。

实质,形式之虚幻。

我旋即全部掌握婆罗门学。婆罗门僧侣表面刻苦,抹大粪,睡荆棘,实则贪得无厌,以为借死亡可到达极乐世界!

希 拉 瑞 昂

"法利赛人①,伪君子,粉饰的坟墓②,毒蛇!"

菩 萨

我本人亦曾做令人吃惊之事:我一天食一粒米,当时米粒并不比如今大。我毛发脱光,浑身发黑,眼睛深陷,酷似自井底观看的星辰。

整整六年我一动不动,听任蝇、狮、蛇骚扰。骄阳、暴雨、风雪雷雹,我一一承受,并不以手遮拦。

来往游子认为我已亡故,远远向我抛掷泥块!

我企望魔鬼前来引诱我。

我呼唤魔鬼。

来者却是魔鬼之子。状貌丑恶,遍体鳞甲,臭不可闻,有如死尸。他们狼一般嗥,蛇一般咝咝作响,牛一般嘶鸣,并碰撞甲胄及死人骨。他们或鼻孔喷火,或以翅膀散布黑暗。有的戴断手指串就的念珠,有的用手心喝毒蛇汁液。他们长猪头、犀牛头或蛤蟆头,奇形怪状,引人厌恶,使人恐惧。

安 东 尼

[在一边说:

想当年我也经受过这些!

---

① 法利赛人,古代犹太教一个派别的成员,以严格遵守成文法规见称。《圣经》中称他们是言行不一的伪善者。
② 粉饰的坟墓转义为伪君子。本句出自《马太福音》第二十三章第二十七节,原文为:"你们这假冒为善的文士和法利赛人有祸了,因为你们好像粉饰的坟墓,外面好看,里面却装满了死人的骨头和一切的污秽。"

菩　萨

之后,魔鬼又遣来他的众位千金,个个如花似玉,涂脂抹粉。她们腰束金带,牙齿茉莉花一般白,大腿像鼻一般圆。她们或伸臂呵欠,显示肘上小窝,或挤眉弄眼,或开怀大笑,或微解衣衫。有赧颜童贞女,有倨傲贵妇人,亦有众多奴隶、行李随身的皇后。

安 东 尼

［自言自语

噢!他也这样?

菩　萨

战胜魔鬼之后整整十二年,我专食香料,终获五德、五根①、十力②、十八物③,且深入隐蔽天地之四界。智慧归我,我乃成佛。

［众神鞠躬,多头神祇同时低下了头。

菩萨抬起上边那只手继续说:

为拯救生灵,我做出几十万次牺牲!我向穷苦人施舍绸衫、床、车、房屋、大量金子钻石。我向独臂人奉献手臂,向瘸腿人奉献大腿,向盲人奉献眼珠,还为被斩首之人砍下自己的头。任国王期间,我分封州邑;任婆罗门僧时,从不藐视人。成隐士后,我好言相待前来杀我的贼人。变成老虎时,我宁愿自己饿死。

最后一次转生时,我布讲戒律,之后遂无事可做,实乃大功告成!人、兽、神、竹、海洋、山、恒河④沙粒、无数星辰都必将消亡。仅存之火焰将跳动于世界毁灭的废墟之上,以等待全新生命。

［这时,众神感到一阵晕眩,他们摇摇晃晃,倒在地上抽

---

① 五根,三十七道品之一类,指佛教修行所依靠的五种内在条件:信根、精进根(又名勤根)、念根、定根、慧根。
② 十力,即佛具有的十种智力,如知足处非处智力、知三世业报智力等。
③ 十八物指佛教僧人用品,如衣、钵、锡杖、香炉、手巾、刀子等。
④ 恒河在此用复数,指恒河入孟加拉湾前的九条支流。

搐,吐出他们的生命。他们的冠冕爆裂,旌旗飞遁。他们扯掉自己的标志、性器官,把啜饮长生不老酒的杯子抛过肩头,用蛇互相勒死,最后,烟一般飘得无影无踪。——当一切逝去时……

希 拉 瑞 昂

〔缓慢地:

你适才看见了几亿人的信仰!

〔安东尼坐在地上,双手捧脸。希拉瑞昂站在他身旁,背朝十字架注视着他。

相当长的时间过去了。

随即出现一个奇特的活物:人头鱼身。他在空中直往前走,尾巴拍打着沙子。他那张老者的脸和短胳膊逗得安东尼笑起来。

俄 安 内①

〔声音哀怨:

尊敬我吧!我和世界的起源同龄。

我当时居住在不成形的世界,雌雄同体的动物还在那里沉沉酣睡,不透明的沉重空气笼罩大地,周围是一片深不可测的黑色波涛。那时手指、鳍、翅还混同一起;无头的眼睛像软体动物一般漂浮不定,到处是人脸牛、狗爪蛇。

蜷曲成环的奥莫罗卡②在这一切生物之上伸开她女人的身体,而巴力王却把她劈成两段,一段做天,一段做地。从此这两个相同的世界便遥相凝望。

作为"混沌"世界第一个有知觉者,我从深渊里突起,我使物

---

① 俄安内,巴比伦神话故事中的一个半人半鱼的可怕怪物。传说在洪荒时代,他将文明和各种技艺传授给巴比伦人。见《巴比伦-迦勒底史》。
② 奥莫罗卡,一条象征"混沌"的龙,迦勒底人传说巴力神把它砍成两截创造了天地。

质坚硬,成形;我教会人类捕鱼,撒种,写字,了解诸神的历史。

从此以后,我便生活在"洪水"遗留的池塘里。然而池塘周围的沙漠不断扩大,风往池里刮进沙子,太阳也吸干了池水,我便躺在稀泥上逐渐死去,两眼不透过河水凝望着繁星。我这就回到那里去。

〔他跳起来,消失在尼罗河里。

希 拉 瑞 昂

这是迦勒底人远古的神!

安 东 尼

〔嘲弄地:

那巴比伦的神又是谁呢?

希 拉 瑞 昂

你可以见到他们!

〔他们站在一座方塔的平台上,塔下还有六座塔,从下到上,塔身越高越窄,形成一座庞大的金字塔。塔下呈现出黑黢黢的一大片——显然是伸展在平原上的城市。空气寒冷,繁星在深蓝的苍穹闪烁。

平台中央竖起一根白石柱,一些穿麻布衫的教士围着石柱走来走去,他们不断转动,形成一个运动着的圆圈。他们抬头观看星辰。

希 拉 瑞 昂

〔指给圣安东尼看其中的几颗星。

有三十颗主要的星,十五颗面向地球的上界,十五颗面向地球的下界。每隔一定的时间,一颗星从上界飞往下界,另一颗同时离开下界升到上界。

七颗行星中有两颗主善,有两颗主恶,其余三颗主善也主恶。世上的一切都取决于这几点永恒的火星。可以根据它们的位置和运行预测未来。而你正行走在地球上最尊贵的地方。毕达哥拉斯和琐罗亚斯德①在此相遇。一万二千年前这些人就已开始观测天象以便彻底认识众神。

安 东 尼

星辰并不是神。

希 拉 瑞 昂

他们说:是的！因为万物在我们周围行进,而天,永恒的天,却一成不变。

安 东 尼

然而,天有个主宰。

希 拉 瑞 昂

[指石柱:

就是他,巴力,最初的光,太阳,雄性！另一个由他产生,在他下面！

[安东尼看见一座灯火辉煌的花园。

在一条种满柏树的大道上,他站在人群当中,左右有小径通向石榴林里的一间间茅屋,茅屋四周有芦苇栅栏。

大多数男人都头戴尖帽,身穿孔雀羽毛一般的花衣衫。北方人穿着熊皮,游牧人披着褐色毛大氅;脸色苍白的恒河人戴着长耳环。人们的地位和民族似乎都混淆不清了,因为水手、石匠与头戴圆锥形红宝石冠、手握雕镂圆柄手杖的王子摩肩而过。人人走路时都张大鼻孔,思想都集中于同一个欲望。

他们不时张罗着给一辆有篷的牛车,或者给一头毛驴让路,毛驴背上驮着一位裹在层层薄纱里的摇摇晃晃的女人,她也在茅屋那边消失了。

---

① 琐罗亚斯德,生于波斯西北部米底亚区,是古代波斯宗教的改革者,琐罗亚斯德教的创建人。

安东尼害怕了,他想转身回去,然而一种难以言传的好奇心促使他继续往前走。

柏树下,一些女人成排蹲在鹿皮上,头上都戴着绳结的发冠。其中几个着装雍容华贵的女人高声招呼着行人。羞怯些的把脸孔藏在手臂里,后面一个贵妇人大概是她们的母亲,正在鼓励她们。还有些女人头上裹着黑披纱,全身赤裸,远远看去仿佛一座座肉雕像。只要有男人扔些钱在她们膝上,她们便站立起来。

树丛下传来接吻声,有时是一声尖叫。

希 拉 瑞 昂
那是些为女神卖淫的巴比伦姑娘。

安 东 尼
什么女神?

希 拉 瑞 昂
她在那里!

[他让安东尼往大路尽头看:在明亮的岩洞门边,一块大石头再现了女人的性器官。

安 东 尼
可耻!给神安上性器官真是十恶不赦!

希 拉 瑞 昂
你真以为她是活人呀!

[安东尼又回到黑暗中。

他瞥见空中有一个放在好些平面翅膀上的光环。

这个光环有如一条松松的腰带,围绕着一个矮小的男人。他头戴法帽,手捧花冠,身体的下部被一些摆成裙裾式样的大羽毛遮住了。

他是

奥尔穆兹德①

[波斯人的神。

他喊叫着飞来飞去:

我害怕!我隐约看见了他的嘴脸。

我早把你制伏了,阿里曼②!可你又干起来了!

最初你起来反对我,造成人类始祖牛人凯约莫尔③的死亡,后来你又引诱了人类第一对夫妻梅西亚和梅西娅娜④。你还往人心里散布黑暗,而且把你的队伍驱向天界。

我昔日也拥有自己的队伍——众星辰的居民。我放眼观看我宝座下面的层层天体。

我的儿子密特拉住在无法通行的地方,他在那里接受灵魂,又使灵魂从那里出去,他每天清晨起床散发他的财富。

苍穹的光辉反映在大地之上。火,在山上闪闪发光,象征着我用以创造众生的火。为使火清白无瑕,大家都不焚烧死者,鸟儿便用嘴喙把死者带到天上。

我曾处理放牧、耕作、献祭木材、酒杯形状、失眠之夜当说之话等事宜。我的教士祈祷不息,企望永远向上帝致敬。人们用水净化自己,向祭坛奉献面包,高声忏悔自己的罪孽。

为了向人们传送自己的力量,郝玛⑤自愿让他们吞饮。

---

① 奥尔穆兹德,波斯神阿胡拉·玛兹达的希腊文译名,他是琐罗亚斯德教的最高神,是福神或善神,全知全能的宇宙创造者,光明和黑暗王国的支配者。历代国王被认为是他的使者。
② 阿里曼,波斯神安格拉·曼纽的希腊文译名,琐罗亚斯德教恶界的最高神,即恶神或凶神。是人格化了的谎言、不义、不净、破坏、死亡等恶行的象征。
③ 凯约莫尔,波斯人眼里的人间最高统治者。
④ 梅西亚和梅西娅娜,阿里曼杀死凯约莫尔后,让瑞瓦树从死者血泊里生长出来,梅西亚和梅西娅娜便是从这株树里出来的。他们听恶神指挥,如不服从便要受苦,直到复活为止。
⑤ 郝玛,波斯琐罗亚斯德教的精灵,人们把它看作生命之树。

天上的精灵大战魔鬼时,伊朗子孙①正跟踪追击蛇类。无数朝臣跪侍的国王冠我之冠,乃是我本人的化身。他的花园像天堂一般万紫千红,他陵寝的壁画画的是他杀妖的场面,象征"善"消灭"恶"。

在漫长的岁月里,我总有一天会彻底战胜阿里曼。

然而我俩之间的距离正在消失,黑夜来临了!阿姆查斯潘德,伊赛德,费努尔②,你们快来呀!密特拉!救救我!拿起你的剑!考西亚克③,你本来就该回来解救人类,快来保护我呀!怎么?……谁也不来!

哦!我要死了!阿里曼,该你主宰世界了!

〔在安东尼背后的希拉瑞昂强忍住欢呼;奥尔穆兹德沉入黑暗中。于是出现了

以弗希雅大女神④

〔浑身黛黑,两眼五光十色,上臂贴着身子,下臂分开并摊开双手。

几头雄狮在她双肩爬行;花果、星辰交织在她胸前,她胸间长了三排乳房;她从腹部到双脚都套在上大下小的罩里。公牛、鹿、蟋蟀和蜜蜂从罩里伸出半截身子。她的头后挂了一个像满月一样滚圆的银盘,银盘的白光映照出她的容颜。

我的寺庙在哪里?

---

① 伊朗子孙,指波斯人。
② 阿姆查斯潘德,波斯宗教的精灵,共七位,是奥尔穆兹德的扈从,造福的精灵。伊赛德是守护神。费努尔也是精灵,主救援垂死的人。
③ 考西亚克,波斯宗教中的人类救星。
④ 以弗希雅大女神,小亚细亚以弗所地方的大女神(神母)。与弗里吉亚宗教的大女神赛比利有相似之处。《新约》希腊文本错将她写成希腊女神阿耳忒弥斯,英译本又错译为罗马神狄安娜。故西方人称其为以弗所的狄安娜。主生育繁殖。

564

我的女战士在哪里？

我怎么啦？……我本是不衰不败的，如今竟感到四肢无力！

［她的花凋谢了，一个个熟透的果实也掉了下来。雄狮和公牛垂下脖颈，鹿累得筋疲力尽，直流口涎，蜜蜂嗡嗡坠地而死。

她一个接一个地挤自己的奶：全都枯竭了。她拼命使劲，下身的套子裂开。她伸臂像抓衣襟一般抓住套子下端，把动物和花卉扔进套里，然后回到黑暗中去。

远处传来喃喃的细语、低声的埋怨、狮吼、鹿鸣、牛叫。一片喘息声使夜显得更加深沉。一阵热雨滴落下来。

安　东　尼

多么美好呀！这芳香的棕榈，这簌簌颤动的绿叶，这晶莹透明的泉水！我真想扑在地上，用我的心去感觉它和我有多么贴近，我的生命将在它永恒的青春里得到锤炼！

［他听见一阵响板和铙钹声，于是在一群乡下佬当中，几个身穿白长袍红飘带的男人牵来一头套了华丽鞍辔的驴。驴尾扎着饰带，驴蹄上了彩。

驴背上，一只盖着黄布的盒子在两只篮子中间摇来晃去。一只篮子接受人们送上的祭品，有鸡蛋、葡萄、梨、干酪、家禽和零钱；另一只篮子装满了玫瑰。牵驴的人们一边走一边摘下花瓣往驴前面撒。

他们都戴着耳坠，披着大氅，扎了头发，施了脂粉。他们头上的橄榄枝冠用一个圆形像章束在额头，他们的腰带上插着匕首。他们挥舞着乌木柄鞭杆，每个鞭杆都挂了三条饰以碎骨的皮鞭。

走在行列最后的人们把一根大烛台一般笔直的大松树放在地上。松树上端正在燃烧，下面的枝丫荫蔽着一头绵羊。

驴停下来，布套揭开，下面还罩了一方黑毡。于是，其中一个穿白袍的男人一边敲响板一边跳起舞来。还有个男人跪在盒子前面敲铃鼓。这时

队伍中的长者

［开始说：

这便是善良女神、伊大山神、叙利亚大母神①！过来吧，诚实的人们！

她奉献欢乐，治愈病人，发放遗产，满足恋人。

无论天阴天晴，都由我们抬她到四野散步。

我们时常睡在露天，并不是每天都能享受佳肴盛馔。树林里有贼出没，野兽也常跑出洞穴；而且悬崖绝壁边上路滑难行。她在这里！她在这里！

［他们启开布罩，现出一个嵌有碎石的盒子。

比雪松还高大的她翱翔在蓝色的太空；比风还宽广无垠的她环绕世界。她用虎鼻呼吸，她在火山下轰隆作响，她的愤怒化作暴风骤雨，她苍白的脸庞使月亮泛出白光。她使庄稼成熟，使树皮丰满，使胡须得以长出。给她点什么吧！她最讨厌吝啬鬼！

［盒子微微启开，露出蓝色绸罩下的赛比利小像。

她全身的光片光芒四射，她头戴圆形冠饰，坐在两头雄狮举爪拉着的红石车上。

人群拥挤着前来观看。

总　盖　拉②

［继续说：

---

① 善良女神、伊大山神、叙利亚大母神均指赛比利（见本卷第546页注⑥）。伊大山在今小亚细亚，有赛比利庙。
② 总盖拉系赛比利的大祭司。盖拉本是些欺骗百姓的江湖郎中，但总盖拉却是克罗德皇帝指定的崇奉大母神的官方领袖，受尊敬的人。

她喜爱扬琴的乐音、顿脚声和狼嚎,她喜欢声如洪钟的山峦、幽深的峡谷,她喜爱扁桃花、石榴和翠绿的无花果,她喜欢回旋的舞蹈、浑厚的笛声,她喜爱甜的汁、咸的泪和——血!都属于你!属于你,群山的母亲!

〔他们用鞭子抽打自己,鞭子在他们胸前呼呼震响,铃鼓的羊皮都快震裂了。他们拿起自己的刀,在手臂上割出一道道口子。

她很悲伤,我们也应该悲伤!为了取悦于她,你们也应该痛苦。只有这样,你们的罪孽才能得到宽恕。血,能洗刷一切,请把血滴像散花一样洒出去吧!大母神需要别的血——纯洁的血!

〔总盖拉向绵羊举起刀。

安 东 尼

〔惊骇万状。

别杀羊羔!

〔冒出一片鲜红的血。

祭司往人群里洒血。所有的人——包括安东尼和希拉瑞昂——在燃烧的松树周围排成行,默默地注视着牺牲品脉搏最后的跳动。

一个女人从祭司群中走出来,她的面貌和小盒里的小像一模一样。

她看见一个戴弗里吉亚便帽的男青年便停了下来。

他穿一条紧身裤,裤上东一处西一处开着整齐的菱形口子,上面扎着彩色的结。他用肘靠着树枝,手上拿着一支笛子,姿势显得无精打采。

赛 比 利

〔用双臂抱着他的身子:

为了和你相会,我跑遍了所有地区——当时乡村正在遭受饥饿的折磨。你骗了我!那倒无关紧要,反正我爱你。暖暖我的身子!让我们结合吧!

阿 提 斯①

春天一去不复返了,啊!永恒的母亲!尽管我热爱你,我已不可能再渗进你的精华。我愿穿上一件你那样的彩衣。我羡慕你充满乳汁的饱满乳房,你长长的头发,你生儿育女的宽大肚腹。我要是你该多好!我怎么不是女人呀!不!永远不!走开!我多么讨厌自己是男人!

〔他用一块锋利的石头割下自己的生殖器,随后举着他割下的阳具狂奔起来。

祭司们学阿提斯的样干起来,信徒们又学着祭司的样。于是男男女女交换着衣裳,互相拥抱亲吻。随着这一阵血肉旋风渐渐远去,始终未曾停歇的人声变得越发尖厉刺耳,有如举行葬礼时听到的声音。

一座挂着大红帷幔的灵柩台,顶上放着一张乌木床,床的四周围着蜡烛和金银丝编的篮子,篮里的生菜、锦葵、茴香十分青翠。级级阶梯从上到下坐着一些女人,她们全身黑色装束,腰带松开,赤脚。她们神情忧郁地捧着大束的鲜花。

地上,台子四角都放着白玉钵,钵里的没药冒着袅袅轻烟。

床上摆了一具男尸,血从他的大腿间流出来。他垂下一只手臂。一条狗汪汪叫着舔他的手指。

蜡烛太密,看不清他的面容。安东尼忧心忡忡,生怕认出了什么人。

女人们的啜泣停止了,一阵静默后

---

① 阿提斯,弗里吉亚宗教的男性主神,赛比利的恋人。她疯狂地爱他,但他拒绝她的爱,她便发狂一样地打他。他在狂怒之际割了自己的生殖器而死。赛比利让他复活,并把他放在雄狮拉的车上走遍世界,主宰世界。他原为丰产神,每年春耕时如谷种落地一样死去,秋收时与成熟的庄稼一起复活。每年春分为弗里吉亚宗教重大节日以纪念他的死和复生。节后第三天叫"血日",大祭司取本人血奉献给他。

全 体 女 人

[都抑扬顿挫地吟诵起来:

英俊,英俊,他多英俊!睡够了,抬起头来吧!站起来!

闻闻我们的花!为了让你高兴,我们从你的花园里摘来了这些水仙和银莲。活过来吧,你让我们害怕!

说话呀!你需要什么?你想喝酒吗?想去我们床上睡觉吗?你想吃小鸟形状的蜜糖面包吗?

咱们搂紧他的腰,吻他的胸脯!瞧!喂!你感觉到了我们戴戒指的手指抚摸你的身子吗?你感觉到我们的嘴唇正在寻找你的嘴,我们的头发正拂过你的大腿吗?昏厥的神啊!你对我们的请求置若罔闻!

[她们大喊大叫,用指甲抓破自己的面孔,过一阵便默不作声了。狗吠声却连绵不断。

唉!唉!他雪白的肌肤已有黑血流淌!他的膝盖已开始蜷曲,他的双肋正在下陷。他脸上的花已濡湿了大红的帷幔。他死了!哭吧!该我们伤心了!

[她们依次走过来把长发放在蜡烛中间,远远看去,宛若一条条黑色或金色的蛇。灵柩台缓缓下沉,一直沉到岩洞那么低;这岩洞原来是一个黑暗的坟墓,坟墓的后部半开着。

于是

一 个 女 人

[向尸体俯下身去。

她那没有剪去的头发从头到脚遮住了她。她流了这许多眼泪,说明她的痛苦一定与众不同,这种痛苦超乎人类的痛苦,无边无际。

安东尼想到了耶稣的母亲。

她说:

那时你从东方冉冉升起,你把我浑身露水微微颤抖的身子抱在怀里,啊,太阳!鸽子在你周围蔚蓝的天空中翱翔,我们的吻激起微风,吹过叶丛。我在你的热爱里沉醉了,我尽情享受着失身的乐趣。

唉!唉!你当时为什么去群山上奔跑?

在秋分时节,一头野猪伤害了你①。

你死了,山泉悲泣,树木俯首。刺骨的寒风在无叶的荆棘丛中呼啸。

既然黑暗已包围了你,我的眼也该闭上了。如今,你居住在世界的另一端,靠近比我更有力量的情敌。

啊!珀耳塞福涅②,天下之美都下降于你,而且一去不复返了!

〔在她说话时,她的同伴们抬起死者放进坟墓,可是他仍然留在她们手里:原来是一具蜡尸。

安东尼似乎感到一阵欣慰。

一切都烟消云散了,又出现了茅庐、岩石和十字架。

此刻,他看见尼罗河对岸的沙漠中站着一个女子。

她一只手握住遮脸的黑色长面纱的下端,同时用左臂抱着一个她正在喂奶的婴儿。她旁边有一只高大的猴子蹲在沙地里。

她把头抬向天空,距离虽远,却能听见她的声音。

----

① 野猪伤害之事似典出战胜卡吕冬野猪的英雄墨勒阿革洛斯的神话,可能作者有所混淆。
② 珀耳塞福涅,希腊神话中宙斯和谷物女神得墨忒耳的女儿,冥神哈得斯之妻。荷马《致得墨忒尔赞美诗》说,珀耳塞福涅在尼斯河谷采花时,被哈得斯强行带入"冥间",其母得悉大为悲痛,遂不关心人间禾稼,顿使饥荒蔓延。宙斯出面命哈得斯放回珀耳塞福涅,但她已吃下一颗石榴子,不得自由。只得每年与哈得斯生活四个月,与其母生活八个月。

伊 希 斯①

啊！乃特②，万物的始祖！阿慕恩③，永恒的主；卜塔④，创世神；透特⑤，他的智慧；阿门推特之神⑥；各郡的地方三联神；蓝天的鹰、庙宇旁的狮身人面兽、站在牛角中间的白鹮、行星、众星座、河岸、萧萧的风声、闪烁的光，告诉我，俄赛里斯在哪里？

我找遍江河湖泊，比这更远，直到腓尼基的比布鲁⑦。安努毕斯竖起耳朵在我周围蹦跳，它尖叫着，用嘴搜索柽柳树丛。谢谢，好西诺色法尔，谢谢！

〔她友好地在猴子头上轻轻弹两三下。

丑恶的红胡子泰风⑧杀害了他，把他碎尸万段！我们已找到他身体的各个部分，可是我还没有找到让我怀孕的那个东西！

〔她尖声哀号起来。

安 东 尼

〔气愤填膺，向她扔石头，辱骂她。

寡廉鲜耻！滚吧！滚吧！

希 拉 瑞 昂

你应该尊敬她！那是你祖先的宗教！你在摇篮里还戴过她的

---

① 伊希斯，古代埃及女神，俄赛里斯之妻，古埃及最受爱戴的女神，温情妻子的象征。她修复丈夫被肢解的身体，并使之复活，又生下他的遗腹子何露斯。流行的形象是一个哺乳圣婴的圣母。
② 乃特，埃及红海三角洲一带备受爱戴的女神。
③ 阿慕恩神在埃及底比斯（今名卢克索）一带备受尊崇。
④ 卜塔，古埃及孟斐斯的地方神。人形，穿紧身衣，手持节杖。在孟斐斯神学中，为原始的创世神，也被视为技艺之神和坟茔神。
⑤ 透特，古埃及智慧和文学艺术之神，形象为鹮头人身。希腊人把他同赫耳墨斯同等看待，称其为"赫耳墨斯文学"神启之源。
⑥ 阿门推特，古埃及的西方女神，当时死者多葬于尼罗河以西的沙漠中，遂逐渐成为阴间女神，有时即"阴间"本身的人格化。
⑦ 腓尼基的比布鲁，在黎巴嫩贝鲁特附近。
⑧ 泰风，古埃及恶神，后与杀害其兄弟俄赛里斯之古埃及神塞特混同。

护身符呢。

伊希斯

　　从前,夏季来临时,洪水把不洁的牲畜赶往沙漠。堤岸决口了,小船相互碰撞,喘息的土地如醉如痴地喝着河里的水。牛角神,你当时躺在我胸脯上,那头永恒的母牛却在哞哞叫着!

　　播种、收割、打场和摘葡萄都随季节变化正常交替进行。在永远清澈的夜空里,巨大的星星光芒四射。白昼沐浴在不变的光辉里。当时,太阳和月亮像一对王室配偶高挂在天际的两端。

　　我们是双生的帝王,千古的夫妻。我俩高踞在格外壮观之处的宝座上。他手持豺狼顶权杖,我的权杖顶上是莲花,我们合掌而立,帝国的覆灭也改变不了我们的姿势。

　　埃及,宏伟而庄严,伸展在我们下面。它修长如庙宇的长廊,右边是方尖碑,左边是金字塔,中央是迷宫。到处是巨兽的通道和柱林。沉重的方柱从两侧掩护着一道道大门,门顶上是双翅地球。

　　埃及黄道十二宫中的动物又散到各个牧场,它们的形状和颜色充实了它神秘的文字。埃及划分为十二个地区,有如一年划分为十二个月,而每月每天都有自己的神祇,它复制了上天不变的秩序。人在咽气时面孔不会变形,他浸透香料汁,变得不可毁损,于是,到一个沉寂的埃及去长眠三千年。

　　那沉寂的埃及比埃及本身广阔,它伸展在地下。

　　人们借助梯子去到那里,走进一个个大厅,厅里再现了好人的欢乐,恶人的痛苦,还有看不见的第三星体里发生的一切。彩画棺椁沿墙排列成行,里面的死者等待着轮到自己。免除了跋涉的灵魂继续长眠,直到另一个生命苏醒。

不过,俄赛里斯有时也回来看望我,他的影子使我做了何露斯①的母亲。

　　[她凝视着婴孩。

　　和他一模一样!他的眼睛,他扎成公羊角的头发!你一定要重振他的事业。我们会像莲花一样重新怒放。我始终是伟大的伊希斯!还没有谁撩开过我的面纱!我的果实就是太阳!

　　春天的太阳,乌云笼罩了你的面庞!泰风呼出的气息摧毁了金字塔。我适才看见狮身人面兽逃走了,它像豺狼一般迅跑。

　　我在寻找我的祭司,他们身披亚麻大氅,抱着高大的竖琴,还提了一只神秘的气球吊篮,上面系着祭酒的银杯。湖边再也没有庆典!我的三角洲也不再灯火辉煌!在菲勒岛②也见不到一杯杯牛奶!阿匹斯神牛③早就销声匿迹了。

　　埃及!埃及!你伟大的神灵一动不动,他们的肩膀已被鸟粪弄得发白,吹过沙漠的风也刮走了你子孙的骨灰!阴间的守护神阿努毕斯,别离开我!

　　[西诺色法尔消失了。
　　她摇晃自己的孩子。

　　可你怎么啦?……你的手冰凉,头也垂了下来!

　　[何露斯刚死过去。

　　她向天空惨叫一声,声音如此尖厉,如此令人心碎,安东尼竟也应和着叫了一声,同时伸出手臂想扶她。

　　她不见了。他低下头,满面羞惭。

----

① 何露斯,俄赛里斯的遗腹子,他成人后为被赛特杀害的父亲报了仇。他常被描绘为一个由其母伊希斯哺乳的婴孩,一个手指放在唇上,额上有一朵莲花或一个月牙儿。
② 菲勒岛,尼罗河上游的岛屿。
③ 阿匹斯神牛,埃及雄牛神,崇拜中心在孟斐斯,源于尼罗河神,能促进牛羊繁殖。

他适才所见的一切在他脑子里乱作一团,仿佛在旅行中晕头转向,在酒醉后身体不适。他很想怨恨谁,然而一种模糊的怜悯之情使他心软了,于是他痛哭起来。

希 拉 瑞 昂

究竟谁让你伤心啦?

安 东 尼

[寻思好一阵后:
我在想所有被这些伪神弄得迷失了方向的人!

希 拉 瑞 昂

你不觉得他们……有时……像真的神祇?

安 东 尼

那是妖魔施的诡计,其目的是更便于引诱信徒。妖魔从精神上打击强者,从肉体上打击其余的人。

希 拉 瑞 昂

淫荡到疯狂时,还可以用赎罪的苦行加以补偿。热烈的肉体之爱却会加速毁灭这种爱,而且以它的脆弱显示这种爱竟如此不能持久。

安 东 尼

这和我有什么相干!我见到这些畜生神祇就感到恶心,他们只知道杀戮和乱伦!

希 拉 瑞 昂

你想想《圣经》里那些让你气愤填膺的事。你气愤,是因为你不理解它们。这些神祇也一样,他们罪恶的外形也许包含着真理呢。

现在还能看见一些,你转过身去!

安 东 尼

不!不!这太危险!

希 拉 瑞 昂

你刚才还想了解他们呢。难道你的信仰会因谎言而动摇?你怕什么?

[安东尼对面的岩石变成一座山。

一抹云彩拦腰隔断了山脉,上面显现出另一座郁郁葱葱的大山,条条山谷错落其间。山顶的月桂林掩映出一座金瓦象牙柱的青铜宫殿。

在宽敞的正殿中央,朱庇特高踞在宝座之上。他魁梧,赤身,一手握胜利,一手捧霹雳。他腿间的鹰昂首挺立。

他身边的朱诺①转动着大眼睛。她头戴王冠,王冠下露出像轻烟一样迎风飘动的面纱。

他身后的密涅瓦站在台座上,身体靠着她的长矛。蛇发女魔的皮盖住她的胸脯,褶皱匀称的亚麻无袖长衣一直拖到她的脚趾。她那双在遮阳帽檐下闪闪发光的海蓝色眼睛聚精会神地望着远方。

宫殿右面,老尼普顿②骑着一头海豚,海豚用鳍拍打着一片辽阔的蔚蓝——天或是海,因为大洋远远流去,同蓝色的太空相连,水天融成了一片。

宫殿的另一边,凶恶的普路同③身披黑夜一般颜色的大氅,头戴钻石三重冠,手握乌木权杖,站在斯提克斯河环绕的岛上,这条阴暗的河流入漆黑之中,在峭壁下形成巨大的黑洞,一个无形的深渊。

玛斯④身着青铜铠甲,狂怒地挥舞着宽大的盾牌和剑。

---

① 朱诺,罗马神话中的天后,朱庇特之妻,她的形象体现妇女的生命活力和性职能。
② 尼普顿,罗马神话中的海神,即希腊神话中的波塞冬。
③ 普路同,罗马神话中的冥王,即希腊神话中的哈得斯,参看本卷第570页注②。
④ 玛斯,罗马神话中的战神,即希腊神话中的阿瑞斯。

赫拉克勒斯①在稍下面的地方靠着狼牙棒,出神地看着玛斯。

阿波罗神采奕奕,伸出右臂驾驶着四匹奔驰的白马;坐在牛车里的刻瑞斯手持镰刀,正驶往他那里。

她后面的巴克科斯②乘坐一辆矮车,几头猞猁无精打采地拉着这辆车。他肥胖,无须,额上挂了些葡萄蔓,手握双耳爵,酒从爵里溢了出来。他旁边的塞壬③摇摇晃晃地骑在一头毛驴上。尖耳朵的潘④正吹着排箫。几个弥玛罗南伊德⑤敲着鼓;迈那得斯⑥们扔着鲜花;一些巴克坎忒斯⑦头发披散,头向后旋来转去。

狄安娜⑧撩起衣裙,和她的水仙女们从树林里走出来。

洞穴深处,伏尔甘⑨在卡比里众神当中打铁。到处可见年迈的河神们凭倚绿色的石头倾倒他们的罐子。众缪斯⑩在山谷里唱歌。

掌管时刻的众神祇一样高矮,手拉着手。墨丘利斜倚长

---

① 赫拉克勒斯,希腊神话中力大无穷的英雄,即罗马神话中的赫丘利,以非凡的力气和勇武的功绩著称。
② 巴克科斯,又译巴克斯,罗马神话中之酒神,即希腊神话中之狄俄尼索斯,是酒、水果和葡萄之神。崇拜仪式为野蛮狂热的纵饮,以男性生殖器为崇拜目标,参加者多为妇女。
③ 塞壬,希腊神话中善歌的女妖。
④ 潘,希腊神话中的畜牧神。
⑤ 弥玛罗南伊德,巴克科斯的女祭司的别称。
⑥ 迈那得斯,巴克科斯的女祭司。
⑦ 巴克坎忒斯,巴克科斯的女祭司,又称"巴克科斯的狂女"。她们不穿衣服,一说身披兽皮,披长发,手执鲜花和花束,一说手执火炬,参加酒神节,狂歌乱舞。
⑧ 狄安娜,罗马神话中的月亮和狩猎女神,即希腊神话中的阿耳忒弥斯。
⑨ 伏尔甘,罗马神话中的火神,即希腊神话中的赫淮斯托斯。
⑩ 缪斯,即艺术九女神,希腊神话中司音乐、诗文、美术的女神,兼管天文、化学等古代科学。

虹,手握赫耳墨斯的神杖,脚带双翼,头戴阔边圆帽。

众神的涡形楼梯转动时散落着玫瑰,楼梯顶端,维纳斯——阿佛洛狄忒①在轻柔如羽毛的云中照镜子。她眼皮略有些沉重,眼珠无精打采地溜来溜去。

她浓密的金发披散在双肩,乳房小,身材苗条,臀部肥大,状如竖琴;她大腿滚圆,膝盖周围肉窝点点,双脚十分纤细。离她嘴唇不远处,一只蝴蝶飞来飞去。她全身的光彩在她周围形成一圈灿烂夺目的珠色光晕。奥林匹斯山的其余部分沐浴在朱红色的曙光里,曙光渐渐染红了蓝色的穹顶。

安东尼

啊!我心花怒放,灵魂深处充溢着从未领略过的欢乐!多么美!多么美!

希拉瑞昂

他们从云端挥剑指挥作战。可以在道旁遇见他们,可以在家里占有他们,这样的亲密神化了人生。

人生唯一的目的是自由和美。宽大的服装容易使人显得雍容华贵。演说家的嗓子经过大海磨炼,声如洪钟,响彻石廊。男青年浑身涂油便可在骄阳下赤身格斗。最神圣的行动乃是展现完美的形体。

这些人尊重妻子、老人和求告的人。赫丘利庙后设有一座尊奉"慈悲"的祭坛。

人们宰杀祭品时手指绕着鲜花,记忆里也就抹去了死人的腐臭,只剩下少量的骨灰。而灵魂和广阔无垠的太空融合,早已投奔神灵去了。

[俯身对安东尼耳语:

---

① 维纳斯,罗马神话中的爱神和美神,即希腊神话中的阿佛洛狄忒,掌管爱情、婚姻及一切生物的繁殖,成为女性美的象征。

而且他们永远活着！君士坦丁大帝崇拜阿波罗。你会从萨莫色雷斯地方的秘传教义里发现天主三位一体的本义，也会在伊希斯那里看到洗礼的仪式，在密特拉那里发现赎罪之事，还能在巴克科斯的节日里看见神的殉难。普洛塞耳皮那①就是圣母！……阿里斯塔俄斯②就是耶稣！

安 东 尼

［一直垂下眼皮，后来突然重复念起了耶路撒冷信条③——因为他想起来了——而且每念一句便长叹一声：

我只信奉一位上帝：天父；一位天主：耶稣基督——上帝的长子；他化为肉身，降世为人。他被钉上十字架，后被埋葬，升了天。他要回来裁判活人与死人，而活人和死人的王国都没有尽头。我只相信一位圣灵、一种悔罪的洗礼、一座天主教圣堂。我相信肉身可以复活，也相信永生！

［十字架立即变高了，它直插云霄，在众神的天顶上投下暗影。

众神吓得脸色发白。奥林匹斯山动摇起来。

安东尼看出山脚下一些锁在一起的巨大身躯，有的在洞穴里半隐半现，有的用肩膀撑着石头。原来是提坦诸神④、巨人、赫卡通赛尔⑤、库克罗普斯⑥这时响起

---

① 普洛塞耳皮那，罗马神话中的冥后，即希腊神话中的珀耳塞福涅。
② 阿里斯塔俄斯，阿波罗和女神库瑞涅的儿子，主养蜂和种植葡萄等。
③ 耶路撒冷信条，系公元五〇到五二年间使徒在耶路撒冷举行会议公决的信条。
④ 提坦诸神，希腊神话的神系之一，赫西俄德所著《诸神谱系》称其为"先期之神"。传为地母神该亚和苍天神乌拉诺斯所生的六男六女。他们企图推翻乌拉诺斯的统治，后者将他们击败，并立幼子为统治者。幼子又被宙斯推翻，宙斯幽禁了所有的提坦神，建立了奥林匹斯诸神体系。
⑤ 赫卡通赛尔，百手巨人，天神和地神之子，赫西俄德认为他们是风的拟人化代表。
⑥ 库克罗普斯，希腊神话故事中的巨人。荷马史诗中称为穴居的独眼食人巨人，住在西西里岛西部，不懂法律和秩序，不怕神，不怕人。赫西俄德认为他们属提坦诸神。

一 个 声 音

［模糊不清而又令人生畏,像浪涛的轰鸣,像暴风雨中树林的喧哗,也像悬崖峭壁间狂风的咆哮。

我们,我们早就知道这些！诸神该完了。天神乌拉诺斯被萨图恩毁伤了肢体,朱庇特又对萨图恩如法炮制,朱庇特自己也会被消灭。谁都会轮到自己,这是命里注定的！

［于是他们逐渐陷进山里,消失了。

与此同时,金殿的瓦也乱飞起来。

朱 庇 特

［从宝座走下来,霹雳在他脚下冒烟,有如即将熄灭的木炭。山鹰抻长脖子用嘴喙捡拾它脱落的羽毛。

那么我不再是万物之主、至善至伟的胞族①之神了。我也不再是希腊人民的神灵、众王的祖先、天上的阿伽门农了②！

神鹰,是哪一阵厄内卜斯③之风把你吹到了我的身边？你或许从战场飞来,给我带来了最后一位皇帝的灵魂？

我再也不需要人的灵魂了！让尘世留着它们吧！让他们和尘世的卑劣同流合污吧！他们现在已养成奴隶的习惯,忘记了别人的辱骂,忘记了祖先和誓言。大众的愚蠢,个人的平庸,各个种族的丑恶到处占了上风。

［他急促的呼吸险些使他的两肋断裂。他正搓着双手时,泪流满面的赫柏④给他端上一杯酒。他抓住杯子。

不！不！不管在哪里,只要还剩一个人有头脑,痛恨混乱,只要他在构想法律,朱庇特精神便将永存！

---

① 胞族也叫大氏族,古希腊部落的分支。
② 阿伽门农,古希腊征讨特洛伊城时希腊联军的统帅。
③ 厄内卜斯,又译厄瑞波斯,混沌之子,永久黑暗的化身。
④ 赫柏,希腊神话中的青春女神。

〔然而酒杯是空的。

他把杯子徐徐倒向手指甲。

一滴酒也没有了！奥林匹斯山上缺少食物时，众神便离去了！

〔酒杯从他手上滑落，他往一根圆柱靠过去，感觉自己快死了。

朱　诺

本不应该如此多情！鹰、牛、天鹅、金雨、云彩、火焰，你什么形状都变过，你在什么场合都胡乱消耗你的光，你让你的头发失落在所有的床上！这次，离婚已不可挽回，而我们的统治，我们的存在也正在解体！

〔她升到空中远去了。

密　涅　瓦

〔已没有长矛。原来栖息在檐壁雕花里的乌鸦这时围着她旋转，咬着她的甲胄。

让我看看我那些在闪光的大海里破浪前进的战舰是否回到了我的三个港口，看看为什么乡村如此荒芜，雅典女儿目前在做些什么？

在百牛大祭月①，我的百姓由官员和祭司率领，全体出动向我拥来。随后走来的是一长列一长列穿白袍套金色无袖衫的童贞女，她们捧着高脚酒杯，挎着篮子，撑着阳伞。再后便是三百头祭神的牛，摇动绿色树枝的老人，互碰甲胄的士兵，唱圣歌的男青年、长笛手、竖琴手、行吟诗人、舞女，最后是我那张挂在带轮三层桨战舰桅杆上的巨帆，这张风帆由吃了一年特别饮食的童贞女绣制而成。它在始终唱着圣诗的队伍簇拥下，经过所有的街道、广场，在

---

① 百牛大祭月指希腊历的一月，相当于公历七月，这个月里希腊公众举行百牛大祭。

一座座寺庙门前走过,然后一步步往卫城的山岗上移动。它擦过卫城的山门,进入帕台农神殿。

我这心灵手巧的神祇竟突然感到一阵心慌意乱!怎么,怎么,全然没了主意!我颤抖得比女人还要厉害!

[她转身瞥见一片废墟,大叫一声,前额猛遭一击,翻身倒在地上。

赫 拉 克 勒 斯

[他扔掉狮皮,两脚用力站定,弓起背,咬住嘴唇,竭尽全力支撑着正在坍塌的奥林匹斯山。

我战胜了赛尔科勃①、亚马孙人②和肯陶洛斯③们。我杀死了众多的国王,砸断了河神阿刻罗俄斯④的角。我劈开了群山,汇拢了各大洋。我解放了奴隶之国,我使无人之国有了人民,我走遍高卢之乡,我穿越渴死人的沙漠,我保护了众神,我摆脱了翁法勒⑤。可是奥林匹斯山太重了,我的手臂已软弱无力,我要死了!

[他被瓦砾压垮了。

普 路 同

是你的错,安菲特律翁之子⑥!你为什么下到我的帝国?吃

---

① 赛尔科勃,希腊神话传说中背信弃义的民族,后被宙斯变为猴子,被英雄赫拉克勒斯所缚。
② 亚马孙人,指希腊神话中的一族女战士。
③ 肯陶洛斯,希腊神话中半人半马的怪兽。
④ 阿刻罗俄斯,希腊神话中的河神,曾和赫拉克勒斯争夺得伊阿尼拉,失败后被赫拉克勒斯拔去一只角。
⑤ 翁法勒,吕狄亚女王,赫拉克勒斯曾将自己卖给她为奴三年,后来女王知道他是著名的英雄后,要招赘他,他因为奴期满,立即离去。
⑥ 安菲特律翁之子指赫拉克勒斯,其实后者是宙斯和阿尔克墨涅所生,而安菲特律翁是阿尔克墨涅的丈夫。

提提俄斯①内脏的秃鹫抬起了头,坦塔罗斯②嘴唇湿了,伊克西翁③的火轮停止了转动。

凯瑞斯④却伸出她们的指甲想抓住灵魂;绝望的复仇女神⑤绞着她们头发里的蛇。被你用链子缚住的舍惹狈如斯⑥喘着粗气,三张嘴全都流着口涎。

你让门半开着,别的人便进来了,人间的阳光透进了塌塌如斯⑦!

[他沉入黑暗中。

尼普顿

我的三叉戟再也掀不起暴风雨,可怕的妖魔全在水底腐烂了。

雪白的脚在波涛上迅跑的安菲特利特⑧,海天连接处的绿色涅瑞伊得斯⑨,留住船只听她们讲故事的鳞光闪闪的塞壬以及在贝壳里喘气的老特里同⑩们全都死去了!大海的欢乐一去不复返了!

我也不能幸存!愿辽阔的海洋将我埋葬!

---

① 提提俄斯,希腊神话中的巨人,因强奸勒托,被宙斯投入地狱,让秃鹫啄食其肝脏。
② 坦塔罗斯,吕狄亚王,因他把自己的儿子珀罗普斯剁成碎块给神吃,触怒主神宙斯,罚他永世站在水中,水深到他下巴,想喝水时水即退,想吃头上果树之果时树枝即升高,因此他得永世忍受饥渴之苦。
③ 伊克西翁,希腊神话中的拉庇泰王,因想勾引天后赫拉,被罚捆在地狱里不停转动的火轮上。
④ 凯瑞斯,黑夜和死亡精灵的女儿们。
⑤ 复仇三女神,罗马神话称富里,希腊神话称厄里倪厄斯或欧墨尼得斯。她们是地母神之女,从被肢解的乌拉诺斯血泊中跳出来。住在阴间,有时上升到地面惩罚作恶者。形象为难看的妇女,身穿黑袍,手拿鞭子、火把或弯剑。
⑥ 舍惹狈如斯,又译刻耳柏洛斯,希腊神话故事中看守冥间入口处的一只三头恶狗。死者入冥间时需用蜜饼喂它,否则它要威胁死者,不让通过。曾被赫拉克勒斯拖至地面。
⑦ 塌塌如斯,又译塔耳塔洛斯,希腊神话中的地狱。
⑧ 安菲特利特,希腊神话中的海中女神,海神波塞冬之妻。
⑨ 涅瑞伊得斯,海中仙女,希腊神话中海神涅柔斯的女儿,一共五十人。
⑩ 特里同,希腊神话中的海神,波塞冬和安菲特利特之子。

［他在蔚蓝的海洋里消逝了。

狄 安 娜

［身穿黑衣站在她那些变成狼的狗群当中：

无拘无束的大森林，森林里沼泽和野兽的气味都使我沉醉。我保护的孕妇都生下些死婴，月亮在妖婆的诅咒声中颤抖。我的欲念强烈且无边无际，我想喝毒药，在晕眩和幻景中死去！……

［过往的云把她带走了。

玛 斯

［光头，血迹斑斑：

起初，我孤身作战，辱骂全军，进行挑衅。国家与我无关，只图杀个痛快。

后来，我有了伙伴，他们在笛声中秩序井然，步伐整齐，阔步前进。他们头上插满高高的羽翎，长枪斜挂腰间，胸前有盾牌护卫。他们鹰一般呼喊着投入战斗。战争像盛筵一样轻松愉快，三百将士对抗整个亚洲。

然而野人又回来了！成千上万，不可胜数。他们既然以人数、武器和计谋取胜，倒不如英勇就义，了结此生！

［他自杀了。

伏 尔 甘

［用一块海绵擦拭四肢的汗水：

世界冷却了，必须灼热水泉、火山和金属滚滚而流的地下江河！打重些！放开手臂打！使劲打！

［卡比里众冥神被斧头砍伤，被火星刺瞎了眼，他们摸索着往前走，在黑暗中迷失了方向。

刻 瑞 斯

［直立在轮毂带翼的战车上：

停下！停下！

清除陌生人、无神论者、伊壁鸠鲁派信徒和基督教徒，做得对！

篮之秘密已暴露无遗①,圣殿已被亵渎,全完了!

〔她跑下陡坡,绝望地叫着,扯着自己的头发。

哦!撒谎!并没把达伊拉②还给我!钟声召唤我去死人那里。又一个塌塌如斯!这一去就回不来了,多么可怕!

〔她陷入深渊。

巴 克 科 斯

〔狂笑:

那又何妨!执政官的妻乃是我的配偶!③ 戒律本身也会发狂的。新的歌曲,各式各样的形体都属于我!

吞掉我母亲的火在我脉搏里流动,哪怕我会丧命,我也愿意它烧得更旺!

不管雄的雌的,对谁都有用,我属于你们了,巴克科斯的女祭司!我属于你们了,巴克科斯的男祭司!葡萄藤会缠绕树干,嚎叫吧!跳舞吧!狂笑吧!放掉老虎和奴隶!用利齿狠狠咬肉吧!

〔于是,潘、塞壬、萨堤罗斯④、巴克科斯的祭司们、弥玛罗南伊德和迈那得斯举着蛇、火炬、戴着黑假面,互相扔着花。她们发现一个男性生殖器偶像便吻起来。她们摇着扬琴,敲着酒神杖,用贝壳互相击打。她们嚼着葡萄,掐死一只公羊,而且撕碎了巴克科斯。

阿 波 罗

〔用鞭子抽打骏马,白发飘飘:

---

① 篮之秘密指希腊秘传宗教伊流欣努派的秘密仪式。相传农业女神得墨忒耳(即罗马神话中的刻瑞斯)在寻找女儿珀耳赛福涅时,途经伊流欣努,得到该地人民礼遇,为了报答,授以农耕技术,令其每年举行秘仪。
② 达伊拉,珀耳赛福涅的别名。
③ 在一年一度的象征性节日期间,执政官的妻子是酒神的配偶。
④ 萨堤罗斯,希腊林神,羊角羊蹄半人半兽神。

我把多石的提洛岛①抛在后面,此刻它看起来如此洁白无瑕,那里的一切都仿佛不存在了。我尽量在得尔福的灵气尚未消散之前赶到那里。驴子啃着城里的月桂树,失踪的庇蒂②再也找不回来了。

只要更加聚精会神,我便可得到优美绝伦的诗篇,不朽的文艺珍品。我的齐特拉琴声会响彻整个物质世界。

〔他拨着琴弦,琴弦断了,打了他的脸。他把琴扔下,愤怒地抽着拉车的四匹马。

不!形式足够了!再高点!最高处!到纯粹的观念里去!

〔然而四匹马往后退,直立起来,砸碎了战车。他被车辕的碎木片和乱七八糟的鞍辔缠住,往深渊里一头栽下去。

天黑了下来。

维 纳 斯

〔冻得发紫,哆嗦着。

我的腰带构成赫勒尼亚③的地平线。

那里的田野闪耀着我面颊的红光,那里的河岸形状像我嘴唇的轮廓。比我的鸽子更为洁白的山峦在雕塑家的摆弄下颤动不已。节日的安排,头饰的规格,哲人的对话,各共和国的组成都体现了我的灵魂。然而我过分宠爱男人!是爱情使我蒙受了耻辱!

〔她哭着向后仰。

人间太可憎!我感到胸闷!

啊!墨丘利,竖琴的发明者,心灵的向导,带我走吧!

〔她把一个手指放在嘴上,再画一条巨大的抛物线,跌进深渊。

---

① 提洛岛,希腊东南部基克拉泽斯群岛中最小的岛屿。相传是阿波罗生长的地方,有阿波罗神殿。
② 庇蒂,得尔福的阿波罗神殿女祭司。
③ 赫勒尼亚,希腊古称。

什么也看不见了,周围一片漆黑。

　　[可是,黑暗里露出希拉瑞昂红箭般的一对眼珠。

安　东　尼

　　[终于看见了他高高的个子。

已经不止一次,你在说话时,我觉得你长高了——这并不是幻觉。怎么回事?对我说说……你的个头让我害怕!

　　[有脚步声,越来越近。

什么响声?

希　拉　瑞　昂

　　[伸出手臂。

瞧!

　　[于是,在淡淡的月光下,安东尼看见一队络绎不绝的客商在岩石顶上走过。这些旅行的人一个接一个从悬崖掉进深渊。

首先是萨莫色雷斯的三大冥神:阿克谢罗斯、阿克肖克罗斯、阿克肖克尔萨。他们聚成一簇,蒙上大红面具,举起了手。

埃斯科拉庇俄斯神情忧郁地往前走着,没有看见萨莫斯和特莱斯佛尔①正焦急地向他提问。厄立德城的索西波里斯②状若蟒蛇,蜷着全身的环节滚向深渊。多斯潘尼③也晕头晕脑地直往里跳。布里托玛提斯④吓得乱叫,紧紧攀住她织的网眼。肯陶洛斯们飞奔而来,乱糟糟地滚进黑洞里。

---

① 萨莫斯和特莱斯佛尔,罗马神话中掌管美梦、酣睡和病愈的神灵。
② 索西波里斯,古希腊城邦厄立德的保护神。
③ 多斯潘尼,古希腊阿卡迪亚地区的保护神。
④ 布里托玛提斯,希腊克里特岛的仙女,她发明了猎网,后被弥诺斯追逐,跳进海里。

在他们后面,一队可怜巴巴的林泽仙女一瘸一拐地走过来。草地仙女浑身粘满尘土,森林仙女被樵夫砍伤,呻吟着,浑身出血。

盖鲁德①、斯特利吉②、昂彼斯这些阴曹地府的冥神把她们的铁钩、火把、毒蛇交错成一座金字塔,塔顶铺了一张鹫皮,绿豆苍蝇一般发青的欧律诺墨③在皮上啃着自己的手臂。

随后,一阵旋风卷走了嗜血成性的奥尔提亚④、奥尔考迈纳城的希姆妮、帕特雷的拉芙丽雅⑤、埃伊纳⑥的阿菲亚、色雷斯的本狄斯、长着鸟腿的斯坦伐丽娅、只有三只眼眶却没有瞳孔的特利奥帕斯⑦、双腿无力而用手腕像残腿人一样爬行的厄里克托尼俄斯⑧。

希拉瑞昂

眼看他们如此卑贱痛苦该多痛快!不是吗?随我爬上这块石头,你这就像检阅军队的薛西斯一世⑨了!

那边,很远的地方,你有没有看见雾中那个金黄胡须的巨灵正让手中一把血染的剑落下去!那便是斯基泰人查勒摩克西⑩。他

---

① 盖鲁德,希腊神话中莱斯沃斯岛的吸血鬼。
② 斯特利吉,黑夜的恶鬼。
③ 欧律诺墨,希腊神话中的曙光之神,俄刻阿诺斯的女儿。
④ 奥尔提亚、希姆妮、阿菲亚、本狄斯和斯坦伐丽娅,都是阿耳忒弥斯地区性的别名。
⑤ 拉芙丽雅,希腊帕特雷城居民用此名称雅典娜女神,即智慧女神,掌管战争、文艺等。
⑥ 埃伊纳,邻近雅典的大岛。
⑦ 特利奥帕斯,小亚细亚克尼德地方的太阳神。
⑧ 厄里克托尼俄斯,雅典英雄,后来继安菲克提翁为雅典王。
⑨ 薛西斯一世(约前485—前465),古波斯帝国国王,大流士一世之子,即位初,残酷镇压埃及等地的反波斯起义。
⑩ 查勒摩克西,希腊色雷斯格塔伊人崇拜的冥神。又被认为是法学家和哲学家。

处于阿尔坦巴萨——金星,和奥尔希罗彻——月亮,这两个行星之间。

更远些,众神从淡淡的云层浮现出来,希麦人崇拜这些神祇。甚至过了图勒①,这些神也受到顶礼膜拜。

他们的大殿十分温暖,他们借着洒满拱顶的剑光用象牙角状杯饮用蜂蜜酒。他们用魔鬼铸的铜菜盘吃鲸肝,或倾听被俘巫师弹奏石质竖琴。

他们感到厌倦!他们冷!雪使他们身上的熊皮变得沉重,他们的脚从破了的便鞋里露了出来。

他们为草原哭泣,因为过去每逢打仗,他们都要去那里绿草如茵的山岗上喘喘气。他们为巨舰哭泣,因为舰头曾为他们破除冰山。他们也为冰鞋哭泣,因为他们曾穿上这些冰鞋用手臂托着与他们同时旋转的苍穹,沿着两极的轨迹前进。

[一阵狂风夹着冰霜铺天盖地朝他们压过来。

安东尼垂下眼睛朝另一边看过去。

他瞥见殷红的背景衬托出黑魆魆的一堆:原来是一群稀奇古怪的人物。他们戴着护颏和护甲,互相抛着球,你跳过我的头,我跳过你的头,一边做鬼脸,一边疯狂地跳舞。

希 拉 瑞 昂

他们是伊特鲁立亚地方②的众神,数不尽的伊萨尔③。

这是占卜的发明者塔该斯④,他试图一只手把天划分得更小,另一只手依靠大地。让他回到地里去吧!

---

① 图勒,希腊人认为最北的岛屿,即冰岛或设得兰群岛中最大的半岛。
② 伊特鲁立亚,古意大利中部西岸一带地方,居民从小亚细亚迁来。
③ 伊萨尔,伊特鲁立亚人称神为伊萨尔。
④ 塔该斯,据传伊特鲁立亚某地一农民耕地时,地下突然冒出一个小孩,即塔该斯。他知识超凡,启迪人民智慧,留下一些圣书后便不知去向了。

诺尔希娅①注视着庙墙,她曾往墙上钉了些钉子记年。墙面已盖满钉子,最后时期完结了。

有如遭暴风雨袭击的游子,喀斯土尔和普鲁土克②哆哆嗦嗦躲在同一件大氅下面。

安 东 尼

[闭上眼睛。

够了！够了！

[然而在扇动翅膀的巨响中,卡彼托尔③的全体维多利亚④在空中经过。她们用手掩面,挂在手臂上的战利品纷纷落地。

雅努斯⑤——黄昏的主宰,骑黑公羊逃走了。他一张脸已经腐烂,另一张脸因困倦睡着了。

苏玛努斯⑥,黑暗天空的无头神祇,将一块轮形陈点心贴在心上。

维斯太⑦在坍塌的圆屋顶下设法重新点燃她那熄灭了的灯。

柏洛娜⑧割破自己的双颊,却没有血涌出来涤除信徒的

---

① 诺尔希娅,伊特鲁立亚的女财神,每年都有人往她庙里的墙上钉钉子。
② 喀斯土尔和普鲁土克,伊特鲁立亚人对宙斯的儿子卡斯托耳和波吕丢刻斯的称呼。宙斯化身天鹅同丽达交配,致使丽达生二卵,一卵孵海伦,一卵孵出这对孪生兄弟。他们受多利安人信奉,是水手和运动员的守护神。
③ 卡彼托尔,罗马城外七山岗之一,有宙斯等神庙。
④ 维多利亚,罗马神话中的胜利女神,长有翅膀,手捧棕榈树枝和王冠。
⑤ 雅努斯,又译阿诺斯,罗马神话中守护百户的两面神。宙斯把萨图恩推翻后,萨图恩受到雅努斯礼遇,为了报答他,萨图恩使他能知过去和未来,故被看作既能瞻前又能顾后之两面神。
⑥ 苏玛努斯,罗马人的夜神,雷神,后成小偷的保护神,罗马圆形剧场旁建有其神庙。
⑦ 维斯太,罗马神话中的灶神,或家室之神。
⑧ 柏洛娜,罗马神话中的女战神,男战神玛斯的妻子或姐妹,其神殿亦在玛斯神殿附近。

罪恶。
安 东 尼
饶了我吧！他们让我厌烦！
希 拉 瑞 昂
他们从前却让人开心！

[于是他让安东尼看花楸树丛下一个全身赤裸的女子。

她像畜生一样手脚朝下，一个黑男人爬在她身上和她交配，一只手握一个火把。

是阿里奇亚①的女神和魔鬼威庇尤斯②在一起。她的司铎，那位树林之王，可能是个凶手。逃亡的奴隶、盗墓的贼、萨拉利亚大道③上的拦路盗匪、苏布利修斯桥④桥头的瘸子、苏布尔区⑤棚户里所有的歹徒崇拜她到了无以复加的程度。

马克·安东尼时期的贵妇更喜欢利比提娜⑥。

[于是他让安东尼看柏树和玫瑰丛下另一个披轻纱的女人。她满面微笑。在她周围放着锄头、担架、黑幔、各式殡葬器皿。远处，她的钻石在蜘蛛网下闪闪发光。拉尔伏⑦像骷髅一般在树枝间露出他们的骨头。幽魂勒穆尔⑧展开它们的蝙蝠翅膀。

在一片田野的边坎上，泰尔穆神⑨被连根拔起，斜着的身子溅满了泥污。

---

① 阿里奇亚，罗马东南一小城，有一座狄安娜庙，女神即指狄安娜。
② 威庇尤斯，阿里奇亚城居民崇拜的日神，和狄安娜住在一起。
③ 萨拉利亚大道，从罗马到安科纳的大道。
④ 苏布利修斯桥，罗马的木桩桥，由罗马国王安考斯·玛提尤斯命人建造。
⑤ 苏布尔区，古罗马市内一个区。
⑥ 利比提娜，罗马的农神，后又成为丧葬女神。
⑦ 拉尔伏，暴死者的鬼魂，漂泊地上，与人为难。
⑧ 勒穆尔，罗马人相信的幽灵。
⑨ 泰尔穆神，罗马人的地界神，通常是一根石柱，上面雕着他的半身像，立在地界上。

躺在犁沟中间的威尔土姆纳①,奇大无比的尸体正遭几只红毛狗啃噬。

田神们哭哭啼啼地走了,他们是萨尔托尔②、萨拉托尔③、威尔瓦克托尔④、考林娜⑤、瓦隆娜⑥、郝斯蒂里纽斯⑦。他们都披着带风帽的短大衣,手上拿着锹、叉、柳条筐或长矛。

希 拉 瑞 昂

这些神祇的灵魂使别墅欣欣向荣,有鸽笼,有睡鼠蜗牛园,有加网的家禽饲养场,还有雪松木熏香的温暖马厩。

他们保护所有的穷苦人:有的拖着脚镣走在萨宾⑧的碎石路上,有的吹起喇叭唤猪,有的爬上榆树摘榆钱,还有的在羊肠小道上赶运粪的驴。农人喘吁吁倚着犁把,祈祷神灵们保佑他手臂强壮有力;菩提树下的放牛娃靠近奶葫芦,轮番吹起芦笛颂扬神灵。

[安东尼叹气。

在一间房屋中央,一座高台上放了一张象牙床,四周围了一圈手拿松枝火炬的人。

他们是掌管婚姻的神祇,他们正在等待新嫁娘!

多米都卡⑨会把她领来,由维尔果解开她的腰带、苏毕果把她扶上床,普瑞玛便摊开她的双臂,在她耳边说些动听的话。

不过她不会来了! 于是他们辞谢了别的神祇:看护诺娜⑩和

---

① 威尔土姆纳,罗马的季节神。
② 萨尔托尔,罗马的除草神。
③ 萨拉托尔,同萨尔托尔。
④ 威尔瓦克托尔,罗马的休闲地耕作神。
⑤ 考林娜,罗马山岗女神。
⑥ 瓦隆娜,罗马山谷女神。
⑦ 郝斯蒂里纽斯或郝斯蒂纽娜,罗马麦穗女神。
⑧ 萨宾,意大利中部古国。
⑨ 多米都卡实指朱诺,她主持婚礼。
⑩ 诺娜,九月神。

德西玛①,三个接生的尼克西②,两个乳母:艾都卡和波蒂娜③,还有保姆卡尔娜④,她那束山楂花可以驱除小孩的噩梦。

以后,由奥西帕果⑤促他膝盖筋骨强健,巴尔巴图斯助他长胡须,斯提穆拉刺激他最初的性欲,沃吕庇亚促他第一次享乐,法布利纽斯教他善谈吐,努梅拉教他计算,卡梅拉教他唱歌,康苏斯⑥教他思考。

[房屋空了,床边只剩下了百岁老妪赖妮亚,她为自己哼着她昔日为去世的老人喊着唱的挽歌。

不过,她的声音旋即被尖叫声压下去了,原来是些:

拉 尔⑦户 神

[蹲在中庭深处,穿狗皮衣,身上围一圈花,握紧双拳捂住面颊尽情痛哭。

每餐供奉我们的盛馔,女仆的殷勤照料,主妇的微笑,孩子们在院里瓷砖上扔小骨玩时的欢乐,这一切都到哪里去了!孩子们后来长大了,便把金诏书皮诏书挂到我们胸前。

主人在凯旋之夜转过湿润的眼睛望望我们,那时有多幸福!他讲述战斗故事,济济一堂的家比宫殿更为荣耀,和庙堂同样神圣。

家人的聚餐,尤其是费拉利亚节⑧第二天的聚餐何等愉快!

---

① 德西玛,十月神。
② 尼克西,主管接生,其下跪的雕像在罗马的卡彼托尔,在密涅瓦神庙对面。
③ 艾都卡主管养育婴儿,波蒂娜主管婴儿喝水。
④ 卡尔娜,人类器官的保护神。
⑤ 奥西帕果,掌管婴儿筋骨强健的女神。
⑥ 康苏斯,出好主意的神祇。
⑦ 拉尔,罗马的家族神,被尊为交叉路口、田地交界处和房舍交接处的守护神。有人认为是远古罗马人的农田神,还有人认为是死者亡灵。其节日称作"户神节"。
⑧ 费拉利亚节,罗马人纪念死者的节日。

对死者的深情使一切嫌隙得到缓和,大家互相拥抱,为昔日的光荣,为未来的希望而畅饮。

然而我们身后的彩色祖宗蜡像渐渐发了霉。新的家族失望之余竟惩罚起我们来。他们敲碎了我们的牙床,我们的木头身子也被老鼠啃得七零八落。

〔大批门神、灶神、窖神、浴神纷纷四散。他们或化作大蚂蚁一溜小跑,或变作大蝴蝶模样飞走了。

克勒庇杜斯①

〔设法让人听见。

我也如此,从前很受尊崇,都给我祭酒,我是神嘛!

雅典人把我当作发财的征兆崇奉备至,而虔诚的罗马人却抡起拳头诅咒我。戒了蚕豆的埃及大祭司听见我的声音就浑身发抖,闻见我的气味就脸色发白。

浓醋流过没有刮过的胡须,大家痛痛快快嚼着橡实、豌豆、生葱头,还用牧童带哈喇味的黄油炖羊肉。这时,谁也顾不得旁边的人,个个变得无拘无束。吃了硬的食品不消化,肚子咕咕叫,人们便去野外太阳地里慢慢方便。

因此我和人的其他生理需要一模一样。正如梅娜②使童贞女痛苦不堪,正如温柔的鲁米娜③保护乳母青筋胀起的乳房,我并不丢脸。我快快活活,我引人发笑!因为有我,同桌进餐的人才浑身舒坦,每个毛孔都透出欢乐。

我也有过值得骄傲的日子。善良的阿里斯托芬④带我去舞台

---

① 克勒庇杜斯,掌管大便的神祇,只有让人听见才能存在。
② 梅娜,罗马神祇。
③ 鲁米娜,罗马神祇。
④ 阿里斯托芬,公元前五世纪希腊最著名的喜剧家,善用喜剧讽刺当时人物风俗。

上漫步。克劳狄乌斯·德鲁苏斯皇帝①请我和他同桌用膳。我在罗马贵族的官服里大摇大摆地走来走去!金便盆像扬琴一样在我下面鸣响。于是塞满海鳝、块菰和馅饼的皇帝的肠子噼噼啪啪一畅通,关心他的整个宇宙都知道恺撒用过晚饭了!

可如今我被禁闭在百姓当中,一听见我的名字,人家就大惊小怪叫起来。

[克勒庇杜斯悲叹着走远了。
接着是一声响雷。

一 个 声 音

我曾是众军之神,是天主,天主上帝!

我在山岗上打开雅各的帐幕,在沙砾里喂养我逃亡的臣民。

是我焚毁了所多玛!是我让洪水淹没了大地!是我溺死了法老和他的王子们,连同他的战车和车夫。

我是嫉妒之神,我嫌恶别的神祇,我把邪恶者捣成齑粉,又把优秀之士打翻在地。于是我仿佛一头糟践玉米地的脱缰单峰驼,左右开弓,四处破坏。

我挑选头脑简单的人解救以色列,一些带火焰翅膀的天使在荆棘丛中同他们谈话。

一些用甘松、肉桂和没药熏香的大胆妇女穿上透明的长袍,蹬上高跟鞋,就要去杀灭那些王室的总管。过往的风把先知们带走了。

我把我的法律铭刻在石板上,法律像城堡一般控制着我的臣民。他们是我的臣民,我是他们的上帝!土地属于我,人属于我,他们的思想、工作、农具和后代都属于我。

我的方舟放在三重圣殿里,前面挂着大红的帏幔,放着点亮的

---

① 克劳狄乌斯·德鲁苏斯(约前38—9),罗马皇帝,提比利乌斯之弟,马克·安东尼之婿,于公元前十二至九年率军远征日耳曼人。其全名为尼禄·克劳狄乌斯·日耳曼尼库斯·德鲁苏斯。

烛台。一大群人摇着香炉服侍我,大祭司身穿青紫色长袍,胸前戴着排列匀称的宝石。

真不幸!大祸临头了!最神圣的地方被打开,帏幔撕破了,燔祭①的香味随风飘散。豺狼在墓地嗥叫,我的庙堂倾圮了,我的臣民四散了!

有人用祭司衣上的束腰带勒死了祭司,妇女也成了俘虏,香钵都熔掉了。

〔声音逐渐远去。

我曾是众军之神,是天主,天主上帝!

〔于是,万籁俱寂。夜,深沉了。

安 东 尼

都走了。

一 个 人

还有我呢!

〔于是,希拉瑞昂来到他面前,可是已经改头换面。他像大天使一般英俊,太阳一般光彩照人。他个子那么高,为了看他,安东尼仰起头来。

安 东 尼

你究竟是谁?

希 拉 瑞 昂

我的王国幅员广大如宇宙,我的欲望无边无涯。我永远解放思想,衡量世界,没有恨,没有恐惧,没有怜悯,没有爱,没有上帝。我名叫科学。

安 东 尼

〔往后退。

你最好叫作……魔鬼!

---

① 燔祭,指犹太教徒祭祀时把祭品全部烧掉。

希 拉 瑞 昂
〔双眼紧盯着他：
你想见魔鬼吗？
安 东 尼
〔不再躲开希拉瑞昂的视线，对魔鬼的好奇心攫住了他，他越来越恐惧，而想看的欲望却又大得出奇。
倘若我看见魔鬼……倘若我看见他？……
〔随即狂怒得抽搐起来。
我一厌恶他，就会永远摆脱他。对！
〔出现一只魔鬼的脚。
安东尼懊悔了。
然而魔鬼已把他扔到自己的犄角上而且带走了他。

六

〔魔鬼飞翔着，扑在他身上的安东尼样子仿佛在游泳。魔鬼张开翅膀，把他全部遮住，看上去像一团云。
安 东 尼
我去什么地方？
我适才隐约看见了那鬼东西的形体。不！是一团云托着我。也许我已经死了，正在投奔上帝？……
哦！我呼吸多么舒畅！清新的空气充溢着我的灵魂。不再感到沉闷，再也没有痛苦了！
我身下正电闪雷鸣。我的视野扩展了，我看见江河纵横。那金色的一点正是沙漠，这片水是海洋。
又出现了另外的海洋，还有大片大片不认识的地域。现在是炭一样冒烟的黑色土地，这一片雪地被雾遮得发暗了。我想瞧瞧每个黄昏太阳往那里沉落的山峦。

魔　　鬼

太阳永远不沉落！

　　[这声音并不让安东尼感到吃惊。这正像他思想的回声,他记忆的回响。

　　此刻,大地变成了球状,他见地球在碧空里以两极为轴心自转着,同时又围绕太阳旋转。

大地并不是宇宙的中心喽？骄傲的人类,你还是谦逊点吧！

安　东　尼

我此刻几乎辨不出地球了,它已同别的火团混在一起。

苍穹不过是一大片星辰而已。

　　[他们继续往上升腾

没有一点声音！甚至听不见鹰的聒噪！什么也没有！……我俯身倾听众行星和谐的乐音。

魔　　鬼

你听不见！你也看不见柏拉图的安提克通①、菲洛拉乌斯的中心火团②、亚里士多德③的众星球,犹太人的七重天和水晶苍穹上的江河湖海。

安　东　尼

从下边看,苍穹似乎像墙壁一般坚固,其实恰恰相反,我穿过它,深入进去了！

---

① 柏拉图(前428—前347),古希腊客观唯心主义哲学家,苏格拉底的学生,亚里士多德的老师。他和毕达哥拉斯都认为宇宙存在一个安提克通,即想象的行星,它围绕太阳以与地球相反的方向旋转,所以人们永远看不见它。
② 菲洛拉乌斯,公元前四世纪的希腊哲学家,毕达哥拉斯的弟子。他认为所有的行星都围绕一个中心火团旋转。
③ 亚里士多德(前384—前322),古希腊哲学家,科学家,亚历山大大帝的教师,古希腊哲学家中最博学的人。哲学上动摇于唯物主义与唯心主义之间,是形式逻辑的奠基人。

〔于是他来到月亮面前，月亮像一块滚圆的冰球，上面覆盖着一层纹丝不动的光。

魔 鬼

这里过去是灵魂逗留的地方。好心的毕达哥拉斯还用美丽的花鸟装点过它呢。

安 东 尼

我只看见漆黑的天幕下荒凉的平原，熄灭的火山口。

让我们去光线柔和些的天体，去观看天使伸出手臂像举火把一般托起它们的情景。

魔 鬼

〔带他到众星辰当中。

众星辰相互吸引又相互排斥，每个星辰的活动都受别的星辰影响，同时又影响别的星辰。无须辅助，只凭唯一有效的秩序——规律的力量。

安 东 尼

对……对！我理解其中的意思！是一种超乎爱情之乐的喜悦！上帝的博大使我目瞪口呆，气喘吁吁！

魔 鬼

正如苍穹随你升高而升高，它也随你思想升华而变大。你会感觉到，发现世界和扩大无限都能增加你的喜悦。

安 东 尼

哦！再高些！再高些！一直往上升！

〔星辰越来越多，闪闪烁烁。天顶上，银河像一条巨大的腰带伸展开去，上面等距离分布着洞孔。在光的缝隙处，黑暗的空间延伸着。繁星点点，穿插着一道道金色的尘埃。发光的雾气飘浮着，消散着。

有时突然掠过一颗彗星，随后，那无数的星星重又静谧地放射着光芒。

安东尼张开手臂靠在魔鬼的两只犄角上,因此,他占了魔鬼双翅的全部地盘。

他忆起昔日的无知和平庸的梦想,不由得鄙弃自己。过去在下界遥望的明亮星球竟离他这么近!他看得出星辰交错的线条,复杂的方向。他看见众星自远而来,它们像投石器的石子悬在空中,描画着自己的轨道和抛物线。

他一眼瞥见了南方的十字星座和大熊星座,天猫星座和半人半马星座、剑鱼星座的星云,猎户星座的六个太阳,木星和它的四颗卫星,以及奇大无比的土星的三环!还有后人即将发现的所有行星和恒星!安东尼双眼充溢着这些星辰的光;他努力思索如何计算它们的距离,随后,他垂下头。

这一切都有什么目的?

魔 鬼

没有目的!

上帝怎么会有目的?他有什么经验可循?什么样的考虑能使他确定目的?

开始之前他没确定目的,到如今有目的也无用了。

安 东 尼

然而上帝用言语一下子就创造了世界。

魔 鬼

可是布满地球的生物是陆续产生的,天上的新星也是陆续出现的。不同的原因产生不同的结果。

安 东 尼

原因的多种多样,出于上帝的意志!

魔 鬼

承认上帝有多种体现意志的行动,就是承认有多种原因,也就破坏了他的统一性。

不能分割他的意志和他的本质,他不能有别的意志,也就不能有别的本质。既然他的存在是永恒的,他的行动也是永恒的。

你观察太阳!它的边缘射出火星四溅的高高火苗,火星分散,从而变成一个个世界。比最末一个远些,在你只见到黑夜的那一片深渊之外,别的太阳正在旋转,这些太阳之外还有别的太阳,还有别的太阳,无穷无尽……

安 东 尼

够了!够了!我怕!我要跌进深渊了!

魔 鬼

〔停下来有气无力地摇晃他:

没有虚!没有空!到处都有实体在恒定的空间运动。空间如果有垠就不再是空间,而是一个实体,因此空间是无垠的。

安 东 尼

〔目瞪口呆:

无垠的!

魔 鬼

你升上天空,一直升上去,你永远达不到天顶!你往地里走,走亿万亿万个世纪也达不到底;因为没有底,没有顶,没有高,没有低,什么界限也没有。空间包含在上帝之内,上帝不是宇宙或大或小的一部分,而是广阔无垠!

安 东 尼

〔缓慢地:

那么物质……是……上帝的一部分喽?

魔 鬼

怎么不是?你能知道它的终点吗?

安 东 尼

正相反,我对他的威力五体投地,我只能匍匐跪拜!

魔 鬼

可你还妄想打动他!你同他说话,甚至用道德、善良、公正、仁慈的字眼美化他,却不承认他本具有全部的美德。

设想这以外还有别的东西,就是设想上帝以外还有上帝,存在之外还有存在。因此,上帝是唯一的存在,唯一的实体。

如果实体能够分裂,它就失去了自己的性质,就不是实体了,上帝也就不复存在。因此他像无限一样不可分。而且,如果他拥有一个身体,他就必然由各部分构成,就不再是一个整体,就不再是无垠的了。因此,他不是一个人。

安　东　尼

怎么?我的祈祷,我的呜咽,我肌肤的痛苦,我激越的热情,这一切难道都奉献给了谎言……去到空间……毫无用处……像一声鸟鸣,像一团旋转的枯叶!

〔他哭了:

啊!不!在一切之上有一个人,一个伟大的灵魂,一位天主,一位天父。我衷心崇拜他,他也当爱我!

魔　　鬼

你希望上帝不是上帝,因为倘若他能感到爱,感到愤怒或怜悯,他的完美就会变得更大或更小。他不可能堕入某种感情,也不能囿于某种形体。

安　东　尼

我总有一天会看见他!

魔　　鬼

同一些有福之人一道,对吗?——那准是有限享有无限的当儿!而且是在一个包含"绝对"的小范围里!

安　东　尼

那无关紧要,必须让善进入天堂,恶下到地狱!

魔　　鬼

你合理的要求能支配万物吗?毫无疑问,上帝对恶并不介意,因为人间充满了恶!

上帝是因为无能而容忍恶,抑或出于残忍而保存恶?

你是否认为他像修正一件不完美的作品一样在不停地纠正世界,他监督着生物的运动,从蝴蝶的飞翔到人的思想?

如果说他创造了世界,他的神佑就成了多余;如果说神佑确实存在,他的创造就不够完善。

不过,善恶仅仅和你相关,正如日与夜,欢乐与痛苦,死与生仅和空间的一角,和特定的环境,和特殊的利害相关一样。既然只有无限是持久的,就说明存在着"无限",仅此而已!

〔魔鬼逐渐展开他长长的翅膀。这时翅膀覆盖了空间。

安 东 尼

〔什么也看不见,他支持不住了。

可怕的寒冷使我灵魂深处冰凉冰凉。这已超出了痛苦的极限,像是比死亡更加深沉的死亡。我在无边的黑暗中辗转反侧,黑暗已进入我全身,"虚无"的蔓延使我的良知粉碎了。

魔 鬼

事物只有通过你思想的媒介才被你认识,你的思想像一面凹镜歪曲了事物,而且你没有任何方法足以验证你认识的准确性。

你永远不会全面认识宇宙,因此你不可能思考出它的起因,也得不到有关上帝的正确概念。你甚至说不出宇宙是无垠的,因为要说就得先认识这种无垠!

"形式"也许是你的错觉,"实体"也许是你的想象。

世界既是万物永不停息的消长过程,如果表象反倒不是最真实的东西,那么幻象就该是唯一真实的了。

可是你肯定能看见吗?你甚至相信自己能活下去?也许什么也不存在!

〔魔鬼抓住安东尼,然后用手臂托住他。他望着安东尼,张大嘴巴想把他吞下去。

崇拜我吧!诅咒你叫作上帝的那个幽灵!

［安东尼抬起眼睛,表示最后一线希望。魔鬼弃他而去。

七

安 东 尼

［重又仰卧在绝壁之上。

天色逐渐发白。

是曙光,还是月光?

［他设法站立起来,随后又倒了下去,牙齿咯咯作响。

我精疲力竭,仿佛浑身的骨头散了架!

这是为什么?

哦!我想起来了,是魔鬼作祟!它甚至复述了我向老狄第穆学来的色诺芬[1]、赫拉克利特[2]、梅里斯[3]和阿那克萨戈拉[4]诸哲人有关"无垠""创造""不可知论"的学说!

我从前还自以为能皈依上帝呢!

［他苦笑起来:

噢!荒唐!荒唐!这能怪我吗?我对祈祷已感到厌倦,我的心已变得铁石一般无情!而昔日的我却满心洋溢着爱!……

那时,每天清晨,天际的流沙袅袅升腾,仿佛香烟缭绕。太阳落山时,晚霞映照在十字架上,宛如朵朵争妍斗艳的火红的花。午夜,我时常感到,万籁俱寂中,天地万物、芸芸众生都与我共同默祷

---

[1] 色诺芬,公元前六世纪希腊哲学家。
[2] 赫拉克利特(约前576—前480),古希腊唯物主义哲学家,爱菲斯学派的创始人。
[3] 梅里斯,埃利亚学派哲学家。
[4] 阿那克萨戈拉(约前500—前428),古希腊唯物主义哲学家,奴隶主民主制的拥护者。

为人敬慕的天主。啊！那动人心弦的祷词！那神往时无边的乐趣！那上天的馈赠！可如今竟到了这步田地！

回想当年我和阿蒙的那次结伴旅行,为的是寻觅寂静而偏远的处所去建立寺院。最后一天晚上,我们加快步伐,并肩前行,口中默念经文,却一言不发。太阳渐渐西沉,我俩的影子有如两个越拉越长的方尖碑,始终在我们面前移动。我们折断手杖,到处插上些小十字架,作为修建诵经间的标志。黑夜姗姗来迟,地面黑影起伏,天上还残留着大片的红霞。

小时候,我喜欢用石子堆砌隐修堂玩耍。母亲总是在我旁边观看。后来她诅咒我弃她而去,伤心得大把扯下自己的白发。如今,她的尸体安放在茅屋中央,四围的墙壁已经坍塌。狼狗闻到气味,竟从墙洞伸进它的嘴来！真可怕！真可怕！

〔他号啕痛哭。

不！阿莫娜丽亚后来并没有离开她。

阿莫娜丽亚如今究竟在何方？

也许此刻她正在浴室里一件件脱掉身上的衣裳。她首先脱下外衣,松解腰带,然后脱下紧身长衫和内衣,摘下项链。她裸露的身体随即被肉桂香味的水汽包围,最后,她躺到温热的花瓷砖上。她那黑色羊毛一般的美发披散到她的臀部。过分湿热的空气使她感到窒闷,她喘着气挺起胸脯,乳房高高隆起。呀！我已无法控制自己的肉欲！悲伤之余,还受到情欲的折磨,真是双重的苦楚,这太过分了！我再也不能容忍我自己了！

〔他俯身注视着绝壁。

人摔下去必死。只须往左边一滚,再容易不过了。必须这么做,只能这么做！

〔这时,出现

一 个 老 妇 人

〔安东尼又惊又怕,连忙站起身来——他以为看见自己的母亲复活了。

不过,这个女人更为老迈,而且瘦得出奇。

一块麻布片从她的白发直裹到她的脚踝,她的双腿细如拐杖。象牙一般白亮的牙齿使她土灰色的皮肤显得更加黝黑。她的眼眶发青,眼里闪烁着墓灯样的光。

走过来呀!谁拦住你啦?

安 东 尼

[啜嚅着说:

我怕犯罪!

她

[继续说:

扫罗王①自刎而死,拉齐亚斯②为正义献出生命,安提阿的圣女贝拉吉③也以身殉道,阿勒颇的多米宁④和她的两位千金,还有三位圣女都不惜一死。你再想想那些急于牺牲的教士如何英勇就义。为了更快地殉难,米勒地方的贞女们用带子欣然自尽;哲学家赫热西亚⑤在叙拉古宣扬死亡,他讲得如此娓娓动听,致使人们纷纷离开妓院去田野上吊。罗马贵族还把死亡当作享乐呢。

安 东 尼

是的,死亡是种强烈的爱,许多隐修士都屈服于它的力量。

老 妇 人

做一件能和上帝匹敌的事吧!你想想,上帝创造了你,你却以

---

① 扫罗,传为古以色列的第一位国王,屡立战功,后在一次战争中受重伤,自刎而死。
② 拉齐亚斯,马加比王朝时期著名犹太英雄,于公元前一六二年英勇就义。
③ 贝拉吉,四世纪的基督教女殉教者。
④ 多米宁,四世纪的殉教者。
⑤ 赫热西亚,四世纪希腊哲学家,主张轻生。

你的勇气任意毁灭他的作品！连艾罗斯特拉特①也没有领略过比这更大的乐趣呀！而且,你的肉体把你的灵魂大大嘲弄了一番,你总算可以报仇了。你不会痛苦的,很快就会结束,你怕什么？无非是一个大黑窟窿！也许是空的？

〔安东尼听着,但不回答;这时,从另一端出现

另一个女人

〔她年轻,美丽绝伦,起初他把她当成阿莫娜丽亚了。

但她更为高大,丰腴,披着像蜜一样金黄的头发;

她两颊施了脂粉,头上插着玫瑰花。缀在她长袍上的金属片五光十色。她有两片富于肉感的红唇,她情思昏昏,睡眼惺忪,看上去仿佛一个盲人。

她喃喃说道:

活下去吧！享乐吧！所罗门劝人快活,你应当随心所欲,随眼所欲！

安 东 尼

能找什么快乐？我的心感到厌倦,我已经老眼昏花！

她

〔继续道:

到城郊拉戈提斯②去,推开一扇蓝漆的门,当你走进喷泉叮咚的庭院时,一个女人会翩然来到你的面前。她身穿镶金边的无袖白色长袍,云鬓披散。她清脆的笑声有如伴舞的响板乐音。她聪明伶俐,在她的抚爱里,你会尝到接受宗教奥义启蒙时的自豪和欲望缓和时的慰藉。

你对奸淫、偷盗、抢劫一无所知,也从未领略过见到穿衣服时

---

① 艾罗斯特拉特,古代爱菲斯一市民,为使自己后世留名,于公元前三五六年亚历山大大帝诞生日,纵火焚毁世界七大奇观之一的狄安娜神庙。
② 拉戈提斯,亚历山大城妓女聚集的街区。

受尊敬的女人裸体时的欢愉。

你可曾把爱慕你的女子紧抱在怀里？你能否忆起她不顾羞怯委身于你，用甜蜜的眼泪洗去自己悔恨的情景？

你一定对你俩月下漫步于林间的情景记忆犹新。你们紧握双手，激动得浑身发抖；你俩的眸子相互吸引，眼波传情。你们心花怒放，仿佛卷入了柔情的旋涡，如醉如痴⋯⋯

老 妇 人

何必乐极生悲！只要远远望见此类欢乐，您就不由得憎恶万分。那千篇一律的动作，漫长的岁月，世间的丑恶，甚至太阳的蠢行都会使你感到厌倦！

安 东 尼

噢！不错，太阳照亮的一切都使我烦恼！

年 轻 女 子

隐士，隐士！你定能在石群里寻出钻石，在沙砾里找到清泉，在你忽视的偶然机会里感到兴趣盎然。有些处所风光如此旖旎，使人恨不能扑进大地的怀里。

老 妇 人

你每晚枕着大地入睡时，你恨不能让它埋葬了你！

年 轻 女 人

然而你相信肉体能够复活，复活会使生命永存。

〔老妇人说话时越变越瘦，一只蝙蝠在她的秃顶上盘旋。

年轻女人变得越加肥胖丰润，她身上的长袍闪出绚丽夺目的光彩。她鼻翼颤动，柔美地转动着眸子。

第 一 个 女 人

〔说话时张开双臂：

来吧！我是安慰，休憩，遗忘，永恒的安详！

第 二 个 女 人

〔献上自己的乳房：

我让人安睡,我是欢乐,生命,我是永无止境的幸福!

〔安东尼转身便逃,两个女人各放一只手到他肩上。

麻布片打开了,露出了死神的骷髅。

长袍撕开,露出淫欲之神的全身。她身材修长,臀部肥满,披着波浪一般的浓密长发,发梢随风飘动。

安东尼一动不动地停在两者之间,端详着她们。

死　神

〔对他说:

即刻,或者稍等片刻,都无关紧要!你属于我,有如属于我的太阳、人民、城市、国王、山上的积雪、田野的青草。我飞得比鹰高,跑得比羚羊快。我甚至能使希望破灭,我已战胜了上帝之子!

淫欲之神

别抵抗了,我是万能之神!我叹息,森林便呼啸轰鸣;我激动,江河便澎湃汹涌。一切贞操、勇气、虔诚都在我呼出的芳香气息里化为乌有。男人每走一步都和我形影相随,他临近坟墓也会回身向我走来!

死　神

你昔日希望凭借烛光从死人脸上发现的东西,或者你在金字塔那边流浪时想从人类残骸形成的大沙漠里找到的东西,我都能揭示于你。那会儿,不时有死人头盖骨滚到你的脚下。你抓起一把尘土,让它从指间落下,你的思想便化入尘土,变得虚无缥缈。

淫欲之神

我的诱惑力更是深不见底!花岗石也能引起淫乱的性爱。人们急不可耐地奔赴令人恐惧的幽会,自愿带上他们所诅咒的镣铐。娼妓为什么使人神魂颠倒?梦境为什么荒诞无稽?我的悲哀为什么无边无际?

死　　神

我对那一切嗤之以鼻！帝王的葬礼、种族的灭绝都能引起疯狂的欢愉。战争中的音乐、羽翎、旌旗、金鞍以及隆重的仪式，都为了向我致以更大的敬意。

淫　欲　之　神

我和你一样气愤难平，我叫，我咬，我像垂死的人那样满身虚汗，看起来和死尸也无区别。

死　　神

是我使你变得严肃，让我们紧紧拥抱在一起！

〔死神讪笑，淫欲之神咆哮，他们彼此搂腰齐唱道：

"我加快物质解体！"

"我协助播种发芽！"

"你摧毁，促成我新生！"

"你孕育，加速我死亡！"

"请增强我的力量！"

"请让我的腐烂繁衍增长！"

〔她们的声音在天际回荡，越变越强，直把安东尼震翻在地上。

某种震动使他不时微微睁开双眼，他在黑暗中瞥见面前出现一个妖怪模样的东西。

原来是一个死人的头，头上戴着玫瑰花环，头部下面是珠光般雪白的女人上身，下身裹了一块星星点点的布条，酷似一条尾巴。它全身上下不断蠕动，仿佛一条直立的巨虫。

幻影逐渐淡化，最后消失了。

安　东　尼

〔站起来！

又是魔鬼作祟！这次是双重面目：一个是奸淫邪魔，一个是毁灭凶神。

两者都无法使我胆战心惊,我拒绝幸福,我感到自己定将永生。

因此,死亡不过是幻景,是掩盖永恒生命某些历程的面纱。

然而,既然实质是统一的,为什么形式却变化无常?

一定在某处存在着最原始的形态,其躯体乃是一些影像。如果能弄清这些形态,就能对物质和思想的联系了如指掌,正是这种联系决定了生命的存在!

巴比伦巴力庙的壁画正好再现了这些原始的形态;迦太基港一幅镶嵌画也画的是它们。有时我自己也仿佛看见天上出现类似的形态。穿过沙漠的人也遇到过一些难以描绘的走兽。

〔在他对面,尼罗河对岸出现了狮身人面的怪兽。

它伸出脚爪,摇着前额的绦带,然后俯卧在地上。

一头绿眼狮首羊身的怪兽腾空而起,鼻孔喷火,用龙尾拍打自己的双翼。它旋转着,狂吠着。

它的卷毛甩向两边,一边和腰身的毛搅在一起,一边直拖到沙地上,同它的身子一起上下左右摇个不停。

斯 芬 克 司

〔纹丝不动,定睛瞧着狮首羊身兽说:

就在此地,喀迈拉①,停下来吧!

喀 迈 拉

不!绝不!

斯 芬 克 司

别跑这么快,别飞这么高,别叫这么响!

喀 迈 拉

你既然老是沉默不语,就别再叫我了,别叫我了!

---

① 喀迈拉,希腊神话中的喷火怪物,前半身像狮子,后半身像蛇,中部像山羊。这里做离奇怪物的象征。

斯芬克司

别在我脸上喷火,也别在我耳边嚎叫!你熔化不了我的花岗石!

喀迈拉

可怕的斯芬克司,你捉不住我!

斯芬克司

我不跟你在一起,你太轻狂!

喀迈拉

你追不上我,你太笨重!

斯芬克司

你跑这么快,究竟想去哪里?

喀迈拉

我在迷宫的廊下奔跑,我在群山之巅盘旋,我掠过波涛汹涌的水面,我在悬崖绝壁下任意叫喊。我用嘴攀附流云,我用长长的尾巴在海滩上画线,连山岗也按照我双肩的轮廓造型。而你却永远纹丝不动,或者只用爪尖在沙砾里描画字母!

斯芬克司

因为我要保守秘密!我在思考,我在计算。

大海涨潮后便退潮,风吹过时麦田起伏波动,商队穿过沙漠,尘土飞扬,城邑倾圮;我的视线却从不受干扰,始终透过现象达到难于知晓的境界。

喀迈拉

我却十分轻松愉快!我向人们昭示光辉的前景、云端的天堂、遥远的乐土。我向他们的心灵灌输永恒的狂想、幸福的设计、未来的蓝图、荣华的美梦、爱情的山盟海誓、贞节的坚定决心。

我怂恿人们做危险的旅行,从事伟大的事业。我用脚爪雕镂建筑的奇迹。是我在波赛纳①陵墓的金字塔上悬挂了铃铛;是我在大西洋岛屿②的码头上建造了青铜墙③。

我寻觅新的芳香,更硕大的花朵,追求从未领略过的欢乐。我一旦在什么地方见到头脑清醒的人,我便扑上去把他掐死。

斯 芬 克 司

我把所有苦苦思慕上帝的人吞到肚里。

为了爬到我高贵的额头,最强壮的人顺着我的头带像登梯一般攀缘而上。疲惫不堪时他们便自动从上面倒栽下来。

[安东尼发起抖来。

他已经不在自己的茅庐,而在大沙漠里,身旁是这两头怪兽,兽嘴触到了他的肩头。

斯 芬 克 司

啊!幻想的精灵,为了解除我的烦恼,张开你的翅膀把我带走吧!

喀 迈 拉

啊!不相识的,我多么迷恋你的双眼!我像一只狂热的鬣狗围着你转,祈求你让我受孕。这欲念把我折磨得多苦!

张开你的嘴,抬起你的脚,爬上我的背吧!

斯 芬 克 司

我的脚自从平放在地上就再也抬不起来。青苔像皮疹一般长在我的嘴上,过分的冥思苦想已使我无话可说。

喀 迈 拉

你撒谎,虚伪的斯芬克司!为什么你老呼唤我,却又不信任我?

斯 芬 克 司

是你,倔强任性,来回旋转!

---

① 波赛纳,公元前六世纪伊特鲁立亚国王,其陵墓建有金字塔,塔顶悬空挂着许多铃铛,铃铛由铁链连接,风吹铃响。
② 神话传说中的大西洋岛屿。
③ "青铜墙"中的青铜指古希腊传说中的一种金属。

喀 迈 拉

难道是我的过错？怎么！快离开我！

[它又汪汪叫起来。

斯 芬 克 斯

你一动弹,我就滑下来了！

[它不高兴地叫着。

喀 迈 拉

再试试！你把我压坏了！

斯 芬 克 司

不！不成！

[狮身人面兽逐渐下陷,最后消失在沙砾中。与此同时,狮首羊身兽伸长舌头匍匐前行,它绕着圈渐渐远去了。

它吐出的气息形成浓雾。

在弥漫的雾气里,安东尼看见团团云彩和轮廓不清的弧线。后来他看清了,好像是人体的外形。

走在前头的是：

一群阿斯托米人[1]

[酷似阳光透射的气泡。

别吹得太厉害！雨点会淋坏我们,虚假的声音会伤害我们,黑暗也会刺瞎我们的眼睛。微风与芳香造就了我们,我们滚着,漂着,比梦幻稍重,却并不完全有生命……

尼 斯 那 斯[2]

[只有一只眼,一个面颊,一只手,一条腿,半个身子,半个心脏。它们高声说着话：

我们在自己的半间房子里,同自己的半身妻子、半身儿女生活

---

[1] 阿斯托米人,传说中印度的没有嘴唇的一个民族。
[2] 尼斯那斯,福楼拜创造的名字,指某种怪兽。似根据莫里斯·桑松给他的速写画想象而成。

得自由自在。

布 莱 米①

〔无头：

我们的肩更宽;没有一头牛、一头犀牛或一头象能比我们驮更多的东西。

某些线条,犹如一张模糊的面孔,印在我们的胸前,再没有别的！我们只考虑消化,如何能吸收排泄得更好。我们的上帝在我们的营养液里平平静静地浮游。

我们总是直来直往,遇淤泥便踩过去,有深沟便越过去——我们是最勤劳、最幸福、最有道德的人。

俾 格 米 人

我们是侏儒,像寄生虫爬满驼峰,我们麋集在人间。人们烧死我们,淹死我们,踩死我们,而我们却不停地再生,生命力更强,数量也更多,多得吓人！

夏 波 德 人②

藤一般的长发把我们系在大地上。我们的脚大如阳伞,我们便在脚荫下过着单调的生活。阳光只能从厚实的脚跟间照到我们。没有干扰,也不工作！尽可能低下头,这便是幸福的秘诀。

〔它们抬起的大腿活像一个个树桩,越聚越多。

顷刻间出现一片森林。一些大猴四脚着地跑来跑去;原来是些长着狗头的人。

西 诺 色 法 尔

我们在树枝间跳来跳去,觅食鸟蛋;我们拔去小鸟的羽毛,把鸟窝顶在头上当便帽。

我们少不了咬下母牛的乳头,挖掉猞猁的眼珠。我们从树上

---

① 布莱米,埃塞俄比亚的一个民族,民间传说中把它想象为一种介于人和猴之间的怪物。

② 夏波德人,传说中利比亚的民族。

往下大便,我们在光天化日之下干卑鄙的勾当。

我们撕碎花瓣,敲碎果实,搅浑清泉,强奸妇女。凭借我们双臂的力气,本性的残暴,我们成了这里的主宰。

加油干呀,伙计们! 施展出你们嚼东西的本领吧!

[血和乳从它们嘴里流出来,雨水洒在它们毛茸茸的脊背上。

安东尼吸着绿叶的清香。

绿叶簌簌摇曳着,树枝相互碰撞着。突然出现一只长着公牛头的高大黑鹿,两耳中央长着一丛白色的鹿角。

萨 杜 扎 格①

我的七十四根空心鹿角有如笛子。

南风向我迎面刮来时,鹿角发出声音,引来一些欣喜若狂的飞禽走兽。蛇将我的腿缠住,黄蜂紧贴我的鼻孔,鹦鹉、鸽子和白鹳栖息在我的角杈之间。听!

[它把鹿角倒转,从里面传出妙不可言的轻柔音乐。

安东尼用双手紧紧按住自己的心窝,他感到自己的灵魂似乎被音乐的旋律摄走了。

萨 杜 扎 格

然而当我转向北风时,我那些密如排排长矛的鹿角便开始嚎叫。于是,森林战栗,河水倒流;果实的荚壳爆裂,青草像胆小鬼的头发那样竖立起来。

听!

[它把角杈斜下来,里面传出刺耳的呼喊声。安东尼仿佛被撕裂那样难受。

他的厌恶之情有增无减,因为他看见了:

---

① 萨杜扎格,想象中的鹿科动物,这词曾在本书一八四九年手稿里出现过,大概是福楼拜创造的。

玛尔提朔拉斯①

〔有三排牙齿的庞然大物——人面巨型红狮。

我朱红毛皮的波纹与沙砾的闪光交相辉映。我用鼻孔传播寂寞的恐怖,我用嘴巴散布瘟疫。如有军队来沙漠冒险,我必定吃掉它们。

我的指甲弯曲如螺旋钻,我的牙齿尖利如锯齿,我转折自如的尾巴插满标枪。我往左投,往右投,往前投,往后投。瞧!瞧!

〔玛尔提朔拉斯扔出它尾上的尖刺,尖刺箭一般射向四方,顿时血滴像雨点似的敲打着树叶。

卡脱布勒巴斯②

〔长着垂地猪头的黑水牛,脖颈细长,软似肠衣。它俯卧在地,浓密坚硬的鬃毛覆盖了它的脸和四蹄。

我肥胖,忧郁,胆怯,时刻感到肚子下面泥泞的温暖。我的脑袋如此沉重,全然无法把它托起,只能拖着它慢慢滚来滚去。我半张着嘴,用舌头啃掉我用气息浇灌的毒草。有一次,我竟不知不觉吞下了我的蹄子。

安东尼,没有人看见过我的眼睛,或者说,看见过的都已死亡。只要我抬起眼皮——我红肿的眼皮,你就会立即死去。

安 东 尼

哦!这家伙……有……有……倘若我愿意呢?……它的憨劲迷住了我。噢!不!不!我不愿意!

〔他目不转睛地盯着地面。

这时,地上的草燃烧起来,在袅袅升腾的火焰里竖起:

巴 西 利 克③

〔一条长着三叶形肉冠的紫色巨蛇,嘴里两颗牙,一上

---

① 玛尔提朔拉斯,又是福楼拜创造的词。
② 卡脱布勒巴斯,古代传说中头颅垂地的长颈怪兽。
③ 巴西利克,神话传说中的蛇怪,古人认为它能用眼来蛊惑人,使人丧命。

一下。

当心,你快跌进我嘴里了!我饮火,火就是我;我到处饮火:从云端,从石缝,从枯树里,从走兽的皮毛里,从沼泽的泥水面上饮水。我用自己的体温维持火山,我构成宝石的光芒,金属的色泽。

格 里 丰①

[长着秃鹫嘴喙的狮子,白翅,红爪,蓝脖。

我,地下瑰宝的主宰,我对昔日帝王陵寝的秘密了如指掌。墙里伸出的链支撑他们的头颅,他们心爱的女人漂浮在附近斑岩池的黑水里。他们的财宝在一个个大厅里摆成菱形、山丘形、金字塔形。在陵寝下室闷的黑暗中长途跋涉以后,可以见到金河、钻石林、红宝石牧场、水银湖泊。

我背靠地道门舞动利爪,用我的火眼金睛监视不速之客。寸草不生的广袤原野伸向天际,遍布着游子的累累白骨。为迎接你,双扇铜门会自动开启,你会闻到一股矿藏的气息,这时,你立即往下走进洞穴……快!莫迟疑!

[它用爪子刨土,像公鸡打鸣一般叫起来。

它的叫声得到如此众多的呼应,连森林也震颤了。

于是,各种各样的猛兽倏忽出现②:有半鹿半牛的特拉日拉菲斯,有狮身蚂蚁尾、生殖器逆向的米尔梅科莱奥,有让摩西胆寒的六十肘尺长的巨蟒阿克萨尔,有用臭气熏死树木的大黄鼠狼帕斯提那卡,有用接触让人变蠢的普勒斯特罗,有居住海岛的带角野兔米拉格。豹子法尔芒大吼震破自己的肚腹,三头熊色纳用舌头舔死自己的子女,公狗塞普将它的蓝色乳汁洒到岩石上。蚊子嗡嗡作响,蛤蟆乱蹦乱跳,蛇也打起呼哨来。闪电雪亮,冰雹大作。

---

① 格里丰,神话传说里的狮身鹰首鹰翼的怪兽。
② 以下提到的各种兽在中世纪的神话里作为象征性动物都被提到过。

阵阵狂风卷来各种奇妙的形体:狍脚、鳄头、蛇尾的鸱枭、虎面的猪、驴臀的山羊、熊一般毛茸茸的青蛙、大如河马的变色龙、一头哭一头叫的双头牛犊、像陀螺一般旋转的联脐四胞胎、像幼蝇一般飞翔的双翅肚腹。

它们从天而降,从地里冒出,从石缝里滴出。到处是发光的眼睛、咆哮的嘴唇、鼓起的胸脯、伸长的爪子、咯咯响的牙齿、噼啪响的肉体。有的分娩,有的交媾,有的一口吞下对方。

它们因拥挤而窒息,因接触而繁殖,一个压着一个地往身上爬;全都围绕着安东尼有规律地左右摇晃,地面仿佛变成了船的甲板。安东尼感到蛞蝓粘满了腿肚,毒蛇使双手冰凉,正在结网的蜘蛛将他关进它们的网里。

然而,鬼怪的包围圈松开了,顷刻之间,天空变得湛蓝,于是出现了:

麒　麟①

快跑!快!

我有象牙蹄子钢牙齿、朱红的头、雪白的身,我额上的独角有彩虹的花纹。

我云游四方,从迦勒底到鞑靼大沙漠,从恒河两岸到美索不达米亚。我飞奔时速度超过鸵鸟,赛过狂风。我穿过棕林,驰过竹丛,跃过江河。鸽子在我头顶盘旋,只有处女能把我驾驭。

快跑!快!

〔安东尼眼看它消失了。

他举目远眺,瞥见饮风生存的全部飞鸟②:谷依特、阿雨提、阿尔法里姆、高加索山脉的犹克乃特,还有被谋杀的阿拉伯人显灵的荷玛伊。安东尼听见鹦鹉说人话,硕大的海鸟像

---

① 麒麟,神话传说中的动物,鹿头、马身,头上长一只很尖的角,象征贞洁。
② 所提鸟类似为作者创造。犹克乃特为传说中的怪鸟,见于希伯来法典。

婴儿一般啼哭,像老妪一般冷笑。

一股咸味扑进他的鼻孔,这时他面前出现了一片海滩。

远处,巨鲸掀起了水柱。从海天深处游来了

海　兽

[它们,圆的像羊皮袋,扁的像刀刃,凹凸不平的像锯齿,都在沙滩上缓缓前行。

你来吧!到我们广阔无垠的世界里来吧,还没有人来过这里呢!

海洋之国居住着不同的民族。有的在暴风雨中栖身,有的在晶莹寒冷的万顷波涛里游弋,像牛一般啃食大片的珊瑚虫,用吸管吸取大海的落潮,用双肩负担沉重的大海之源。

[鱼鳞和海豹颈磷光闪闪,海胆像车轮一般旋转,石菊伸出的螺旋角有如绳缆,牡蛎抖响硬壳的铰链,珊瑚虫伸出触须,水母像水晶球一般战栗,海绵漂来漂去,海葵喷水,苔藓、海藻显示了盎然的生机。

各种植物都长出了枝丫;它们弯曲如拳须,长如尖钉,圆如扇面。葫芦如同一个个乳房,树藤像蛇一般互相缠绕。

巴比伦的德达伊姆①树长出了人头,曼德拉草②引吭高歌,巴拉斯根③奔驰在草原。

这时,鸟兽草木已混杂难辨。珊瑚树貌似无花果树,枝丫间竟长出了手臂。安东尼以为在两片树叶间看见了一只蛹,却原来是只翩跹起舞的蝴蝶。他正要踩上一块卵石,一只灰色蝗虫忽然一跃而起。昆虫有如玫瑰花瓣装点着一棵小树;蜉蝣的残骸使大地变成白茫茫一片。

---

① 德达伊姆,曼德拉草的希伯来语名称。
② 曼德拉草的根部有刺激性欲的功能,常用于巫术。
③ 巴拉斯根,产于黎巴嫩,用于驱魔祛邪。

接着,草木乱石融为一体。

碎石犹如脑子,钟乳石有如乳头,铁花好似绣像的壁毯。

安东尼在碎冰块中辨出了盐霜、贝壳和荆棘丛的痕迹——不知是痕迹还是这些东西本身。钻石像眼睛一般熠熠发光,矿石闪闪烁烁。

他竟什么也不害怕了!

他支起双肘伏在地上,屏住气息注视着。

没有胃的昆虫依旧吃着东西,干枯的凤尾草仍鲜花盛开,残缺的四肢又重新长出。

他最后看见的是细小的圆粒。针头大小的圆粒周围长了些颤动的纤毛。

安 东 尼

〔欣喜若狂:

啊!幸运呀,真幸运!我亲眼见到了生命的萌发,运动的产生。我的脉搏跳得如此剧烈,快把血管胀破了。我想飞,想游泳,想像狗一般叫,牛一般鸣,狼一般嚎。我多么想长出翅膀,长出甲壳,长出硬皮,长出长鼻!我多么想喷云吐雾,扭曲身子,让它开裂,散到各处,渗进万物,同气味一起发散,像草木一般生长,像水一般流淌,像声音一般震响,像光一般发亮。我多么想躲进所有的形体,钻进每一个原子,直到物质的深部——成为物质!

〔白昼终于来临,金色的云霞盘旋升腾,像撩开圣龛的帐幔,露出天空。

就在红日的正中,耶稣基督的面容是多么灿烂辉煌。

安东尼画着十字,开始祈祷。